U0008871

茶人三部曲 第二部

不夜之侯

王旭烽 著

序

兩千年，一花獨放，唯我獨尊，爾後，華茶的下一個大時代，便以與以往迥然不同之命運開始了——有世紀初皖地民謠為證：

三月招得採茶娘，四月招得焙茶工；
千箱捆載百舸送，紅到漢口綠吳中。
年年販茶苦價賤，茶戶艱難無人見；
雪中芟草雨中摘，千團不值一匹絹。
錢少秤大價半賒，口喚賣茶淚先嗟。
官家榷茶歲算緡，賈胡壟斷術尤神；
傭奴販婦百苦辛，猶得食力飽其身。
就中最苦種茶人。

這首載於中國安徽《至德縣志》的一九一〇年間傳唱的民謠，其中不但出現了歷代民間茶歌中的譴責對象——官家，還出現了另一個名詞——賈胡。

賈胡，即來華經商的外國人，而由賈胡生發，另一個有關茶業行的名詞——洋行，便要被我們引入二十世紀初的視野之中了。

中國官方專門對外做生意的機構，古來有之。只是到得清代，方被稱為洋行。洋行可以做各種生意，比如毛織品、洋布、鐘錶等，但最大宗的生意，到底還是國之瑞草茶葉。

追本溯源，人類與茶的親和，正是從華夏民族對人類的親和開始的。恰如茶聖所言：飛禽、走獸和人類，都生活在天地之間，依靠飲食維持生命活動，飲食的意義是多麼的深遠啊！要解渴，就得飲水；要消愁，就得飲酒；要消睡提神，就得喝茶。（《茶經．六之飲》）

茶的發現和利用，是一個真正的東方傳奇故事。《神農本草》中記載：神農嘗百草，日遇七十二毒，得茶而解之。這個茶，就是茶。

神農在中國古書中，被描繪成一個頭上長牛角缺一顆門牙的男子，一位距今四五千年前的上古時期的部落領袖。因為勸人們種百穀、植桑麻，被尊稱為神農氏。他正是那種類似於古希臘普羅米修斯和俄國丹柯那樣的受難英雄。他遍嘗各種草木，不幸中毒倒下，恰有水珠從茶樹上落下滴入口中，方才得救。

這個傳說在一定程度上反映了歷史的真實。因此，神農不但成了中國農業和醫學的創始者，也成為世界上最早的茶葉發現和利用者。

中國最早的地方誌書之一《華陽國志》告訴我們，三千年前，在現今中國的四川地區，人們就開始人工栽培茶樹，並把它作為地方特產獻給了當時的天子周武王。

戰爭打破了寧靜的茶葉世界。兩千多年前的春秋戰國時期，關中地帶的秦國人攻下了重巒疊嶂的巴蜀，中國西北部粗獷的士兵們驚異地發現了這種可以煎煮飲用的綠葉。這樣，茶葉就裹在他們的馬革中，翻出蜀道，被帶向廣闊的天地。

戰國之前，中國的茶葉種植已從湖北延伸到湖南、江西地區。自此以後，便在長江中下游擴展。茶，興於唐而盛於宋。唐貞觀十五年，茶作為文成公主的陪嫁品，不遠萬里，長途跋涉，來到了吐蕃松贊干布的故鄉。飲茶習俗，從此傳入西藏，成為邊疆少數民族不可或缺的飲料。

在這個茶葉文明大傳播的時期，茶在被架在馬背上走向雪山草地的同時，也被僧侶們負在肩背上，帶往寒冷的北方；然後，它又被盛入精美的器具，在宮廷達官貴人們的手中相互傳遞。公元八世紀初，北方飲茶習俗開始蔓延傳播。

明代，中國著名的航海家鄭和七下西洋，把茶帶到了遙遠的非洲東海岸和紅海沿岸。茶的羽翼已經豐滿，下一個歷史時期，它將在全世界翱翔。

英語中茶（Tea）的發音和法語中茶（Thé）的發音，恰與中國海路傳出的福建方言「茶」字的音Te相似；而由陸路傳向西亞、東歐的「茶」字音，則來自中國內陸地區的「茶」字發音——比如俄語中的Чай，土耳其語中的Çay——它們多少也從語音學的角度，向我們射來了一道悠遠的茶葉文明之光。

西漢時，茶沿絲綢之路至西域各國。阿拉伯商人在中國購買絲綢的同時，也帶回了茶葉，並把它們運往波斯。與此同時，土耳其商人在中國邊境也開始了以物易茶——「有一葉，作三葉草狀，其葉數，其香亦高，唯其味苦，水沸，沖飲之。」這是公元九世紀時一位名叫蘇萊曼的北非商人在他寫的一本名叫《印度中國紀行》的書中，對茶的形容。

公元九世紀初，茶離開故鄉，揚帆起航，東渡扶桑。日本最澄禪師和他的弟子空海先後從中國帶去茶籽和製茶工具。從此，中國的飲茶方法和習俗開始在日本傳播開來。至宋，日本高僧榮西兩度來華，歸國時帶去茶籽和飲茶法，著漢文著作《吃茶養生記》，為後來日本茶道的產生奠定基礎。

六個世紀以後（一五五九年），威尼斯作家拉馬西沃所著《中國茶》和《航海與旅行記》二書，把茶介紹到了歐洲。一位名叫克羅茲的葡萄牙神父，在那個時代成為中國最早的天主教傳播者。同時，他在一五六〇年把中國茶葉知識傳播回國，而他的同胞海員則彷彿為了印證他的知識一樣，從中國直接帶回了茶葉。

就這樣，十六至十七世紀始，茶先後到達了荷蘭、俄國、法國和英國。

華茶在歐洲，尤其在英國受歡迎，與一位葡萄牙公主凱瑟琳出嫁英國（一六六二年）密切相關——世界在出現一位飲茶皇后之後，也增添了一個以往從來不種茶葉的飲茶大國。

在此之前，英國基本上還是一個咖啡的王國，但茶葉的品質非常符合英國人據以自豪的紳士風度，故而朝野開始交相提倡。相傳一六五七年倫敦一家極有名的「嘉拉惠」咖啡店，已經在廣告上赫然寫道：

> 可治百病的特效藥——茶，
> 是頭痛、結石、水腫、瞌睡的萬靈丹！

飲茶皇后以為酒傷身體，不如茶好，從此以茶代酒，成為英國宮廷中的禮儀。達官貴人爭相效仿，茶遂成為豪門世家的高貴飲料。貴夫人在家中設精緻茶室，論茶媲美，一時成為時髦。一六六九年，東印度公司從中國購得「功夫茶」，獻呈皇后，以博歡心。當年英國就停止從荷蘭進口茶葉，由東印度公司獨占專營權。

茶在英倫三島人民生活的各個方面出現。英國詩人蒲伯是這樣讚美女王喝茶的：

您，偉大的安娜，三個國家齊向您低首。
您有時和君臣商談大政，有時也在茶桌旁激勵朋友。

這個島國的人民，成了世界上飲茶的冠軍。上午十時半和下午四時的飲茶習俗，成了生活中雷打不動的制度。學術界的交流被稱為「茶杯和茶壺精神」，電視臺下午四時的節目謂之「飲茶時間」。蕭伯納曾調侃說：破落戶的英國紳士，一旦賣掉了最後的禮服，那錢往往還是用來飲下午茶的。

當那時鐘敲動第四響；
一切的活動皆因飲茶而中止，
……

茶葉貿易史上，英國留下了不少的篇章和逸事。比如中國的平水珠茶，向被稱為綠色珍珠。但，據創建於一七〇六年的老牌英國茶商團寧公司印發的宣傳冊載，當時的英國人不識此茶，稱其為「gun powder green tea」，火藥綠茶，一直流傳至今。

還有一種老牌加香茶「格雷爵士茶」，說起來也有點意思。這位爵士本為二十世紀初出使中國的外交大臣，從清朝一位官吏手中得到了代代相傳的花茶配方，帶回國去，交一家公司試製。該公司為了感謝他，把該茶命名為「格雷爵士茶」。此茶上市，包裝上無不註明源於中國清朝某高級官吏的字樣，以為行銷之號召。

十八世紀，茶在英國國民經濟中，成了一項重大收入。十九世紀的英國大臣羅斯托倫說：「國家不可缺乏的糧食、鹽或茶，如果由一國獨攬供應權，就會成為維持其統治勢力的有力砝碼。」

茶由此而直接介入了政治。公元一七七三年，英國議會通過了《茶葉稅法》，規定每磅茶葉徵收三便士茶稅，波士頓茶葉事件——美國獨立戰爭的導火索由此引發，至今波士頓碼頭還有碑文如下：

此處以前為格林芬碼頭。一七七三年十二月十六日，有英國裝茶之船三艘停泊於此。為反抗英皇喬治之每磅三便士之苛稅，有九十餘波士頓市民，攀登船上，將所有茶葉三百二十四箱，悉數投於海中，以是而成為世界聞名之波士頓抗茶會之愛國壯舉。

在歐洲，只有一個國家在飲茶方面可以與英國相提並論——西伯利亞的寒風也無法抵擋華茶對俄羅斯人的誘惑，茶馬交易使茶從蒙古進入俄國。十九世紀初，俄國人從湖北羊樓洞運去茶種，成功地栽種在格魯吉亞的土地上。一位專和俄國做茶葉生意的劉姓中國人，被沙皇賜名為「茶葉劉」。俄羅斯偉大詩人普希金的《歐根·奧涅金》中這樣寫道：

天色轉黑，晚茶的茶炊閃閃發亮，

在桌上嘶嘶作響，它燙著瓷茶壺裡的茶水，

薄薄的水霧在四周蕩漾……

放眼全球範圍內的華茶貿易，我們大約可知，公元十世紀前，華茶已到了亞洲諸多鄰國及西北非等地；十六世紀抵達歐洲；十八世紀，茶與英國移民同坐五月花船漂洋過海，直抵美洲。而茶的另一支大軍，則於十七世紀南下，定居於被海洋擁抱著的南洋諸國。

華茶既被如此青睞，公元一八四〇年的中國鴉片戰爭之前，清政府便派官商十三人至廣州，行辦茶事，人稱十三行。從此，官僚、豪商、洋人，壟斷出口貿易，尤以茶葉為甚。生意之有利可圖，連皇帝見了也眼紅，直接插手進來，人稱皇商。

此等格局，直到鴉片戰爭之後方被打破，十三行與英商獨霸中國進出口貿易的局面從此一去不復返，洋行，變為各國實業家獨占的商行。五口通商之後，「千箱捆載百舸送，紅到漢口綠吳中」——福州、漢口、九江、寧波，成了當時中國茶葉出口最多的港口所在地。

第一次世界大戰，再次改變中國經濟的格局。從此洋行多遷於滬上，盛時曾達四五十家，而上海的茶葉輸出，竟占全國總輸出之一半以上了。

洋行壟斷中國對外茶葉貿易近百年，至二十世紀上半葉，中國茶業已落得奄奄一息之地步。此間，中華茶界有識之士自不甘於消沉，種種努力，艱苦卓絕，在漫長跋涉之中，企圖恢復昔日祖先之榮光。其中最傑出者，當屬吳覺農先生。

一八九七年出生於中國浙江上虞縣豐惠鎮的吳覺農先生，真正從實踐中走上為振興華茶而奮鬥的道路，乃是自二十世紀三〇年代初，應中國著名農學家、農業教育家、當時的上海商品檢驗局局長鄒秉文先生之約，籌辦茶業出口檢驗開始的，爾後，吳覺農又在江西修水、安徽祁門、浙江三界等地建立茶葉改良場，中國現代茶業，自此粗現雛形。

與此同時，吳覺農先生四處奔走，出入茶區，出國考察，撰寫大量調查報告，揭示茶葉貿易中洋行洋莊茶棧之壟斷操縱，譴責通事、茶號、水客等的重重剝削，描述中國茶農之悲慘處境，介紹國外茶界之先進技術和經驗，實踐中國茶業進步之種種方案——先生於不可為之時而為之，嘔心瀝血，慘淡經營，長夜彌天，大聲疾呼之聲，似乎終有回音——

一九三六年間，皖贛兩省議定並成立了皖贛紅茶運銷委員會，統籌運銷兩省之祁門與寧州紅茶，時稱「茶業統制」。

此舉霎時間翻了中國茶業行近百年的天。上海洋莊茶棧同業行會，聽到彼聲，不啻晴天霹靂，都一個個地突然「鄭重將來，顧慮意外」起來，一份《痛切宣言》公開發表，被眾多中國茶人看作為實踐先生「打破中間剝削，謀茶農之真正利益，復興茶業」之理想的大行動。最終，此次風波以政府妥協讓步而告終。

一九三六年，吳覺農先生在《中國農村》雜誌二卷六期上，以施克剛為筆名，撰〈反帝反封建的半幕劇〉一文，表達他對這次半途而止的茶業革命的認識，說：

> 在現社會中，大資本驅除小資本，也成了司空見慣的事情。此次統制糾紛的背景，實在不過是這樣一幕令人啼笑皆非的悲喜劇而已。……茶業統制的結果是茶業受了帝國主義金融資本與茶棧的統制，貧困的茶農因之而被統制於死地。反帝反封建的戲劇，本應當轟轟烈烈演下去，然而因

為反帝反封建的主角——茶農——被壓在舞臺下，因此演不到半幕便匆匆收場了。

作為半幕戲劇的皖贛茶業統制，卻成為吳覺農先生後來的正劇的序幕。當此時，實業部開始試圖採納吳先生的建議，成立較大規模的茶葉公司。又不知幾多周折，一九三七年六月一日，由實業部和皖、贛、浙、閩、湘、鄂六個茶區省政府集資，少數私人資本參加的中國茶葉公司，於上海北京路墾業大樓正式成立，吳覺農先生被聘為總技師。

僅僅三十七天之後，遙遠的北方，盧溝橋邊，日本軍隊開始了對中國的全面入侵。剛剛開始事業的中茶公司，被迫於上海輾轉遷徙，由武漢而終往陪都重慶。向被稱為「不夜侯」的中華茶葉，這嚮往溫暖與光明的綠色和平之舟，在數百年劫難之後，陷入了人類有史以來最凶險的驚濤駭浪之中。

真個是：

出我幽谷，上我喬木，茶兮葉兮，鳳凰涅槃！

第一章

孤山至葛嶺，跨湖架橋，全長不足半里。有亭三座，一大二小，兩旁荷葉，清風襲人。那一日，杭州忘憂茶莊青年商人杭嘉和，攜家帶口，一手抱著外甥忘憂，一手牽著兒子杭憶、侄兒杭漢，穿橋而過時，恰逢六月六日。按中國人的曆算，乃大吉大利之歲節，時為民國十八年——杭州西湖博覽會開幕之際。彼時，離忘憂茶莊杭氏家族民國十六年間的罹難，尚不足兩年，而離盧溝橋敵人的炮聲，還有整整八年呢。

嘉和許久也未到西湖邊來走動了。忘憂茶莊舊歲新年，盡是疊愁。父親杭天醉逝世，雖已過一年有餘，然家中悲哀，一如泉下流水，依舊暗暗流淌。又加那同父異母的弟弟嘉平，亡命天涯，不知所終。嘉平的生母沈氏綠愛，常常因為思兒心切發呆發痴，幸而還有略通醫道的趙寄客趙先生，三日兩頭來家中走動。綠愛因了趙先生的寬慰，再加自己本是一個要強的女人，到底還是撐著這杭州城裡有名的茶莊不倒。

話說這一家子慘淡經營，勉為其難，載沉載浮於歲月間，門可羅雀，常掩不開，倒也還算平安。不料竟有一日，又被一個不速之客的手杖打開了。

國民黨浙滬特派員沈綠村，杭家的大舅子，知道自己再去敲開忘憂樓府的大門，乃是一件多少有點尷尬的事情。但他一向是個自信心十足的男人，並且因為極度地缺乏感情色彩而活得內心世界風平浪靜。這可以從他輕快地舉起手裡的文明棍，富有節奏地敲打著杭家大門的動作中看出來。

時光的偉大是可以將一切抹平。沈綠村已經想好了，準備附和他的妹妹大罵一頓黨國。這不算什麼，在沈綠愛面前，哪怕把黨國罵得一佛出世二佛升天，也並不危及他沈綠村的宏圖大業。說實話，他多少是有一點想他的這一位刁蠻的妹妹了，況且他還有正經事情，需要他們杭家出面。他決定送上一個小小的機會，去換取家族的和平。如果可能，他還準備去一趟雞籠山，對那個他一天也不曾想過的死去的妹夫進行一番憑弔。

此刻，他一邊篤篤篤地敲著門，一邊看著大門兩側上方幾乎已經泛了黃的燈籠上的綠字——忘憂，鼻子裡發出了因為對這兩個字一竅不通的冷笑聲——忘憂，幼稚至極的座右銘！世界上總是生活著這樣大量的沒有頭腦的人。他們因為沒有頭腦，才總是犯愁。因為總是犯愁，才把自己稱為性情中人，還把這種性情做了標記掛到光天化日之下去。沈綠村從骨子裡看不起這些所謂的性情中人，他把他們當作群氓。然而，世上如我一般的聰明人，到底是沒有幾個的啊！他一邊敲著門，一邊寬容地感嘆著。

然後，門就打開了，沈綠村還沒看清楚那個懷裡抱著一個孩子的女人是誰，就被一陣警報般淒厲的尖叫震落了手杖。那女人跺著腳顛了起來，手裡的孩子也隨之尖叫啼哭。沈綠村還不曉得是怎麼一回事情，就被一雙指甲長長的利爪拖進了門，那女人抓住他的雙肩，就詛咒一般地翻來覆去地念著：

「我同你一道去！我同你一道去！我同你一道去——」

這時候，沈綠村已經分辨出那個一頭亂髮下的面孔是誰了。他倒吸了一口涼氣——林生被殺之後嘉草瘋了的消息，他也是聽說過的，但他從來也沒在意。嘉草從來也沒有被他納入杭氏族系，她本來就不是妹妹綠愛所生，且又是個少言寡語的女流之輩。況且這江湖戲子所出之賤貨，竟然又跟共產黨去睡覺，結果生下一個不三不四的「十不全」。如此這般，壞了大戶人家的血統，要能從杭家剔除了出去才解氣，他妹妹沈綠愛也才有安生之日。林生被砍頭的日子裡，沈綠村還巴不得這八竿子也打不著的外甥女也一起死了才好呢，沒想到她竟從門裡撲出來，一巴掌打掉了他的金絲邊眼鏡。

正不知如何是好，突然又冒出兩個六七歲的小男孩，見著他們扭在一塊兒，就愣愣地看著，然後，其中一個就叫：「小姑媽，小姑媽，快來，大姑媽又犯病了——」

沈綠村就跟著叫：「快去，快把你——」他不知道接下去該怎麼說，他完全不認識這兩個男孩，更不知道他們和綠愛的關係。他只好一邊氣喘吁吁地用文明棍招架著嘉草對他的進攻，一邊繼續喊著：「去，去把你——那個什麼——叫來！」

此時，男孩們所叫的小姑媽已經出現。所謂小姑媽，也就是一個比那兩個男孩大不了幾歲的姑娘。一看那雙眼睛，沈綠村就叫了起來：「去，快去把你媽給我叫來，把這個瘋子給我拉走！」

「你才是瘋子！」小姑媽杭寄草抱過了正在母親懷中啼哭的忘憂，毫不猶豫地反脣相譏。

「我是你大舅。」

「我不認識你。」寄草一邊說著，一邊就叫了起來，「媽，有個人說是我大舅，嘉草姊姊正和他打架呢。」

這麼說著，沈綠村就看著那一對小男孩兒拉著妹妹綠愛的手，從照壁後面風風火火趕出來。沈綠村就生氣地說：「你們杭家都成了什麼烏糟世界了，弄個精神病當門神，連個正經人都進不來。」

沈綠愛瞪著大眼盯著哥哥綠村，愣了片刻，突然撲了過去，也跟犯了病似的抓住沈綠村的肩就叫：「你還我的兒子，你還我的嘉平，你還我天醉！你個賊坯，你把我們杭家人一個個都還出來！」

這一聲喊和嘉草的可是不同，那是殺聲震天，千軍萬馬降到了杭家的大院。杭憶、杭漢許多年之後都能清清楚楚地記得奶奶歇斯底里的樣子。這個靜如處子動如脫兔的女人，剛才頭髮還光光地梳成一個髻兒，露出那個大大的腦門子。突然一低頭，再抬起時已經披髮跣足，憤怒的目光正從黑髮的密林中噴射出來。她的叫喊也是從密林中噴發出來的，而那密林，則跟通了電似的痙攣著，在叫喊中被糾纏入白牙，奶奶，便成了那種不可估量的復仇女神。

沈綠村被兩個女人扭成一團的樣子十分滑稽。他聲嘶力竭地叫著：「你聽我說，你聽我說，你──聽我──說──你們放我──走──」

「你個賊坯，你個槍斃鬼，你個斷子絕孫的畜生，你給我把杭家人一個個都還出來──」沈綠愛繼續眼睛發直地叫著。

「我同你一道去，我同你一道去，我同你一道去──」嘉草的詛咒是另一種風格的。她蒼白的面孔，深淵般的眼神，低聲的咒語，她那種義無反顧地同死落棺材的神態，在沈綠村看來，甚至比他妹妹驚天動地的撕打更瘮人。

如果杭寄草沒有果斷地跑過夾牆，穿過後場，進入忘憂茶莊的前店，一把扭住大哥杭嘉和的長衫一角，那麼這對瘋狂的女人會把那個男人抓成什麼樣呢？這可真是難說。總之，嘉和匆忙趕到現場時看到的沈綠村，已經是個鼻子不是鼻子眼睛不是眼睛的小丑了。沈綠村原本就是一個深度近視眼，掉了眼鏡，他幾乎都找不到門，也就談不上奪門而出。因此，好不容易從那兩個女人的利爪中掙脫出來的沈綠村，就像一隻無頭蒼蠅到處亂撞，一下子就磕在了嘉和身上。

嘉和手上正拿著從地上撿起來的金絲邊眼鏡，沈綠村一把抓過了眼鏡戴上，世界是清楚了，頭腦還沒從襲擊中清醒過來。也顧不上再搭理誰，他扒拉開嘉和就往外走，連門口停著的大馬車也被他給忘記了。走出了一丈路，腳下被什麼絆了一下，幾乎又摔他一跤，定睛一看，原來是他的文明棍。他往後一回頭，看到了高高瘦瘦的杭嘉和，那棍子無疑是他扔過來的。他撿起棍子又往前走，走了幾步終於想起來他得回來坐車。這就再往回走了幾步，強作若無其事也沒用，杭嘉和就在大門口看著他，一聲也不響。杭州人說不響最凶——悶聲不響是個賊。沈綠村能夠忍受那些女人的大喊大叫，可他不能夠忍受這個人一聲不吭站在臺門上盯著他。他氣得渾身發抖，舉著的文明棍哆嗦個不停，一會兒指指那門口的舊燈籠，一會兒指指杭嘉和，好半天才想出一句話：「我總算領教了，你們這份人家，就是這樣『忘憂』的。」

「誰也沒請你來。」嘉和說。

「誰也別想讓我再走進這個大門。」沈綠村氣急敗壞地說了一句沒有多少分量的話，轉身要上車，卻看到了車夫驚訝的眼神，他就突然想起了他來這裡的本意。特派員的角色一下子又回到了他的身上，他抹了一把臉，乾咳了幾聲，就回過身來，說：「我來這裡，原本是找你談明年西湖博覽會上名茶展銷的事情。你們這麼大一份人家，也就你頭腦還清爽一點。不過眼下看來，你們也是不要『忘憂茶莊』這個幾百年的老牌子了。我這個外人，還來替你們操什麼心呢！」

說完，跳上車子，一溜煙地就不見了蹤影。

一九二九年六月六日開幕的杭州西湖博覽會，乃因當時的浙江省國民政府為獎勵實業、振興文化而專門設置。博覽會設在裏西湖黃金地帶。開幕式上，浙江國術分館舉行國術表演。入夜，沿湖各地，分別舉行京劇、歌舞、音樂、電影、雜技、跑驢、跑冰、交際舞、新式遊藝、清唱等表演。梅蘭芳、金少山深夜專車來杭，於湖邊大禮堂演出《貴妃醉酒》，一曲唱徹，東方既白。又聞道發明了電燈的愛迪生，看了關於博覽會的介紹，以八十三歲高齡從美國專程來杭，於博覽會禮堂作〈天生萬物皆有用〉之演講。

至於農曆六月十八，觀世音成道日前夜，杭天醉生前曾經迷戀不已的湖上放花燈之夜，科學的博覽會亦是並不排斥的。那一日，博覽會專門舉行了放花燈活動。入夜，湖上人誦阿彌陀佛，梵歌四起，一片載沉載浮的星星點燈，又縹緲又世俗，又天上又人間。好詩者為之記曰：

笙歌夜月三千界，燈光西風萬點星。
遊覽人來皆好事，輸他春色滿家庭。

六月初的那一日，嘉和從茶莊回來，走進院子，見小妹寄草正蹲在走廊間煎中藥，便站住了說：「寄草，你到後院跑一趟，跟你二嫂說，請她過幾日和我們一起去看西湖博覽會。」

寄草撇了一下小嘴：「要說你自己去說。」

嘉和慍怒了，斥著小得幾乎可以做他女兒的小妹：「什麼話！」

寄草攤著手：「我沒時間，我真的沒時間，我得去看住嘉草姊姊吃藥。你知道我們倆是分了工的，你管二嫂，我管嘉草姊姊。」

嘉和記不起來什麼時候有過這樣的分工，不過他能感覺出來，小寄草暗自不滿他對葉子的那些個曖昧的關心。他嘆口氣說：「你以為我有時間出去逛，我是想讓忘兒出去見見世界，他兩歲了，還沒有出過門呢。」

「你看，我早就讓你們聽我的。洋白人有什麼關係，洋白人也是人，為什麼忘兒就不能出門？告訴你們也不要緊，我老早就帶他出過門了。」

「什麼？」嘉和聲音也大了起來，「人家、人家怎麼樣……」

「怎麼樣，怎麼樣，圍著看唄，還能怎麼樣！我就說——滾——開，這是我外甥，誰敢欺侮，我就請他吃巴掌。」

嘉和瞪著這個小妹妹，一時竟也說不出話來。寄草十歲了，沒有她不懂的事情。和姊姊最大不同之處，便是她的饒舌，整個五進的大院子，如今就聽她在磨牙。大家都喜歡她，嘉和也喜歡她，一個被悲哀幾乎壓垮的搖搖欲墜的大家族，需要這個小女孩喋喋不休的饒舌聲。

令嘉和不安的倒是弟媳羽田葉子，大門不出，二話不說，成了一個悶葫蘆。他們平時雖說住在一個大牆門裡，卻連照面也很少，見了面，話也少說。曠男怨女，一個去了丈夫，一個離了妻子，滿腹心事，不說也罷。趁了今日博覽會開張，嘉和才有了請葉子出去散心的機會。

「除非你答應我一個條件——」小寄草突然說，不過她根本等不及大哥回答，便自己先把條件說了出來：「把嘉草姊姊帶去吧，帶去吧，把嘉草姊姊帶去吧。」然後嘉和看見了小姑娘眼中的淚水，又大又重的淚水，一轉臉，淚水飛旋出去，打在嘉和的手上。小姑娘往後跑去，邊跑邊說：「我去找二嫂了，大哥我聽你的話，我去找二嫂了，可是你把姊姊帶去吧……」

於是，這一支老弱病殘的家族隊伍，在經歷民國十六年的大摧殘之後，在元氣尚未恢復但已經能從床上爬起來之際，便你攙著我，我攙著你，從清河坊那片高高的正在破敗之中的圍牆後面出來，再一次走向戶外，走向西湖了……

初近博覽會，看到北山路和斷橋之前那座淡黃色的門樓時，這群面部表情肅穆的人，臉上均呈現不同程度的鬆弛。寄草緊緊挽著迷迷瞪瞪的嘉草的手，指著門樓上的字，讀了起來：

地有湖山，集二十二省無上出口大觀，全國精華，都歸眼底；天然圖畫，開六月六日空前及時盛會，諸君成竹，早在胸中。

大人們都停了下來，臉上幾乎都露出了類似嘉草臉上的那種表情——他們還不能從兩年前的殺戮中一下子跳到今天的歌舞昇平、今天的天然圖畫、今天的空前盛會——他們把目光都投向了帶隊者杭嘉和。杭嘉和笑了笑，這種笑容，只有杭家人自己才能看懂。

杭嘉和輕輕地說：「孤山文瀾閣的農業館裡，有我們忘憂茶莊送的龍井軟新呢。」

那一次出遊，對杭家的孩子們，亦是童年中的盛大節日了。他們印象中最為驚奇的乃是設在岳廟中工業館的那個大力士——這隻鑿井機竟然用了六分鐘就打出了一口井，這使得杭憶、杭漢兩個孩子目瞪口呆。衛生館則把杭家的女人們看得面紅耳赤，裡面竟赫然地陳列著男人和女人的放大了的最隱私處，還有它們的生理特徵。寄草不管，拉著嘉草，看得津津有味。彼時杭人，開通也竟如西人，團團圍看，讚歎不已。

還有一處熱鬧地方，造勢者，乃是曾任《申報．自由談》主筆的鴛鴦蝴蝶派主打手——杭人天虛我生——陳蝶仙。

話說這位天虛我生，實實的天不虛我生也。其人一手舞文弄墨，一手也打起算盤，經營實業。當時中國市場，牙粉生意多為日本商人控制，國人只知金剛牌牙粉。這個陳蝶仙，倒是一奇士，和他的助手李常覺放下剛剛翻譯完的《福爾摩斯偵探全集》，卻成立了家庭工業社，偏偏就生產出了一種名叫無敵牌的牙粉。也算是愛國主義，無敵於金剛；也算是諧了「蝴蝶」之音——文人到底還是不能夠忘記掉那點風花雪月小情調的。恰是「五四」時期，國人抵制日貨，那無敵牌也是真夠爭氣，一上市，金剛牌就強虜灰飛煙滅了。如此十數年下來，無敵牌早已不只是牙粉，什麼雪花膏、潤膚霜、香水，統統冠以「無敵」。陳蝶仙那個多才多藝的女公子，面孔用無敵牌雪花膏擦得雪白，足蹬高跟鞋，南方的大街小巷一路那麼揚長而去，竟然是一道活脫脫的人生風景線，一幅水靈靈的流動廣告畫了。此次西湖博覽會，又是此等文人最有招數，西湖邊做一噴泉，吐灑香水四溢，圍得多少女人離不開，要沾那一股子的無敵香去。

杭家的女人們，此時雖還打不起幾分精神，但多少還是受一點人氣的澆灌。葉子和綠愛各自買了一把王星記的扇子，葉子是一把檀香的，綠愛是一把大黑扇子，拉開來，實實是半把陽傘。嘉草雖然還有些呆呆，但眼珠子竟也動了幾動，她什麼也沒有要，只是見了那些個花攤上，簇擁著各色花兒，有月季，有百合，有丁香，有茶，還有紫藤，那發著一股股濃香的，一聞就知是梔子花。嘉草薄薄的鼻翼顫動起來，嘴裡發出了聲音：「花兒，花兒，花兒……」她的臉色，少有地從沒有人色到有了一絲血氣。寄草立刻對那兩個小她沒幾歲的侄兒說：「去，小姑要花，大姑也要花。」兩個孩子伸出手來要錢，寄草就急了，叫：「媽，給我錢，給我錢，我給姊買梔子花。」

梔子花插在嘉草的頭上，好看得很。忘憂那麼小，還被一件黑大氅子從頭到腳地蓋住，他的眼睛不能見強光，此刻皺著眉頭，卻也能一下子聞到花香，尖聲地叫了起來：「媽媽，抱抱，媽媽，抱抱。」

杭家一行人此刻就看著嘉草——她正逗吻著她的寶貝兒子呢。母子倆，在飄揚的柳條下呢呢喃喃。燕子飛過他們的頭頂，幾片柳葉落在他們的頭上。看著看著，嘉和與葉子的目光就看到了一起，如蜻蜓點水般地碰開，嘉和就抱起了杭憶，葉子就背上了杭漢。

展覽茶葉的農業館在文瀾閣，小小一塊地方，倒也有數十個品種。茶葉用透明玻璃盒子密封了任人觀賞。在忘憂茶莊的牌子前，放著屬於他們店專有的那隻「軟新」。茶葉呈現出純正的糙米色，顯得與眾不同。綠愛看著看著，說：「嘉和，還是你啊。」

綠愛說的，恰恰便是今年春分之前，嘉和入了龍井山中專門去收軟新一事。春分未至，杭嘉和就讓綠愛為他打點了行裝，太陽剛剛出來，他帶著小撮著，一起進了杭州西郊——那層林疊翠的茶山之中了。

當時綠愛見杭憶生著病，曾勸嘉和算了，不去也罷。「少了軟新，就少了軟新吧。人都一個一個地那麼少了下去，還在乎軟新不軟新？」

綠愛那麼發了話，準備跟著嘉和進山的小撮著就猶豫了。小撮著在四一二政變之後，曾被當局抓進去關了好長一段時間，還是嘉和親自去把他保出來的。出獄當天，小撮著跟著嘉和到了杭家大門口，嘉和就把腳步停住了，說：「你是想好了，現在就和我進去，還是先去找你們的那些人？」

小撮著愣了一會兒，狠跺一腳，咬著牙說：「殺父之仇，豈能不報！」

嘉和也不說話，從口袋裡掏出一把銅錢，就放到小撮著口袋裡。小撮著別過頭就走，走幾步，回過頭來，說：「這次尋得到人，我就算是和杭家人作別了。尋不到人我回來，你們要趕也趕不走的。」

又過了幾個月，小撮著像叫花子一樣地回了忘憂茶莊，他找不到他的組織了，從前被他看不起的大少爺嘉和，從此就成了他的組織。

綠愛說話再厲害，小撮著也要看嘉和怎麼表態。嘉和呢，他總也不表態，他只是輕輕走到綠愛身邊，說：「不能沒有軟新。」

此刻，站在展品前，綠愛想到了嘉和的話。綠愛從前總不能明白，人都沒有了，為什麼就不能沒有軟新？現在看著軟新，突然從那裡面看到了使她眼睛發亮的東西，她一把把兒媳葉子拉了過來，問：「你看你看，你看那軟新裡有什麼？」

葉子盯著那些黃金般鑲邊的龍井片子，又一把拉過了杭漢，說：「盯著，你使勁盯著，看到了嗎，看到你爸爸了嗎？」

誰也不知道杭漢說的是真話還是因為看花了眼，總之他一本正經地盯了一會兒，便神祕地回答：「看見了。」

「誰？」兩個女人都慌慌張張地問。

杭漢看了看她們，嚥了一口唾沫，說：「都看見了。爸爸，爺爺，還有撮著爺爺……還有，還有小林叔叔……」

杭家人一時都沉默了，在熙熙攘攘的人群中呆立了許久，綠愛吐出一口氣來，失聲叫道：「皇天啊！」

到此為止，如果不去走那座博覽會橋，那麼杭家的這一次出行，應該說，基本上還是順利的了。從文瀾閣出來，行至放鶴亭，嘉和聽到有人在橋上叫他，定睛一看，卻是他在浙江第一師範學校就讀時的學友陳揖懷。

陳揖懷是個胖子，架著一副深度近視眼鏡，正在橋上亭子裡的一張書桌前寫對聯。他是杭州城裡小有名氣的書法家，一手好顏體，且在崇文中學裡當著中學教師，也是桃李滿天下的。見了嘉和，就提著王一品的湖筆叫道：「嘉和，嘉和，多日不見，看我送你一副對聯。」

杭嘉和過去一看，笑了，說：「這不是剛才在教育館門口看到的大白先生寫的聯子嗎？」

教育館就設在省圖書館、徐潮祠、啟賢祠和朱文公祠等處，門口那副聯子卻是新文學家、當年浙江第一師範學校的教師、五四新文化運動中的杭州「四大金剛」之一劉大白先生所擬的——

上聯為：「定建設的規模，要仗先知，做建設的工作，要仗後知，以先知覺後知，便非發展大中小學不可；」

下聯是：「辦教育的經費，沒有來路，受教育的人才，沒有出路，從來路到出路，都得振興農工商業才行。」

杭嘉和細細琢磨了一番，說：「到底還是大白先生，鼎新人物，一副對聯也是有血氣的，鍼砭好惡，都在其中了。」

正那麼說著，就見陳揖懷直給他使眼色，把頭一抬，嘉和不由得微微愣住了。

就這樣，兩個從前互為己有的人，今日陌路相逢。這一邊的男人手裡拉著一個小男孩，那一邊的女人手裡拉著一個小女孩。這兩個孩子，便是他們一世不得不相互正視的血緣。

杭嘉和與方西泠在亭上不期而遇之時，周圍正繚繞著博覽會會歌：

……薰風吹暖水雲鄉，貨殖盡登場。南金東箭西湖寶，齊點綴，錦繡錢塘。喧動六橋車馬，欣看萬里梯航……

真奇怪，兩個大人一邊幾乎是下意識地各自把自己撫養的孩子拉到身邊，一邊想，我怎麼會和這樣一個陌生的人度過一生中最為重要的年華的呢？

在方西泠看來，杭嘉和是這樣的苦寒，一襲舊布長衫，越發襯出這高高瘦瘦的人的清寂，真正如那《紅樓夢》裡遭了劫難的甄士隱一般，露出一副下世人的光景來了。

而在杭嘉和眼裡，從前那個短髮黑裙的五四女青年方西泠已經蕩然全無了。她成了一個標準的都市時髦女人，珠光寶氣，濃妝豔抹，走進人群，再也分不出來。

他們兩個，又緊張，又冷靜，又不知所措，看上去反倒是一副木訥相的了。會歌便顯得格外嘹亮，來回地在湖上繚繞——

……明湖此夕發華光，人物果豐穰。吳山還我中原地，同消受，桂子荷香。奏遍魚龍曼衍，原來根本農桑。

若不是又一個男人出面，這樣的橋上相峙，還真不知怎麼收場呢。

從形象上看，杭嘉和與李飛黃，都是屬於南方型的男人。他們都消瘦，清秀，面呈憂鬱。只是李飛黃明顯地要比嘉和矮下大半個頭去。另外，嘉和以茶為伴，神清宇朗，一口白牙，氣質高潔。李飛黃想來是菸酒過度之人，一臉焦氣，牙根發黑，臉上還有幾粒稀稀拉拉的麻點。好在舉手投足到底還是有些書卷氣的，就這一點，把他和杭州話裡形容的這樣的人相——「踏了尾巴頭會動」一類的好角色區分開來了。

果然，一見嘉和，他就綻開了笑容，伸出手去要握對方的手，半道上又改了主意，拍了嘉和一肩膀：「嘉和，沒想到在這裡就碰上你了。」

嘉和看了看他，沒有什麼反應。陳揖懷是個直性子人，脫口而出：「我們三個人，也是多年不見了，今日在橋上相會，也可以說不是冤家不碰頭啊！」

你道這三人如何會如此熟識？原來他們本是浙江第一師範學校讀書時的同學少年，「五四」時期一對半好朋友。三人也是差不多弄成一個桃園三結義的。李家開著小雜貨鋪子，陳家是窮教書的，倒是杭家最富，嘉和也就斷不了三天兩頭地接濟二位同學。李與陳又是一對不見要想、見了要吵的寶貝，杭嘉和便一年到頭地做他們的仲裁委員。李同學古文根底十分深厚，於史學向有偏愛，而陳同學則喜讀洋文，杭嘉和在仲裁中也每每有所得。三人友情，直到那一年嘉和進山搞新村建設，兩人中途而廢，未與嘉和同行，方才戛然而止。嘉和許多年來只記得那個在晨光裡幫著父親背雜貨鋪門板的李飛黃的形象。他和陳揖懷倒始終保持來往，李飛黃到大學，當了教授，又成了明史專家的消息，都是陳揖懷告訴他的。聽說方西泠竟然選擇了他，他確實是暗暗吃了一驚。還沒吃驚過來呢，不料今日湖邊橋頭真的就遇見了他們。

見對方不冷不淡的樣子，李飛黃倒也是臉不變色心不跳，便把西泠懷裡的杭盼——不——現在杭盼已經叫李盼了，但李飛黃並不想在杭嘉和面前展現這一勝利成果——抱了過來，一邊說「來，讓爸爸抱抱盼兒」，一邊就把姑娘塞進了嘉和懷裡。就在這模稜兩可的「爸爸」中，嘉和一把抱住了女兒。

方西泠卻並不想營造這種傷感性的相逢。她是有過人之處的新式女子，所以突然冒出一句話來：「吳瞿安先生倒算是個詞曲大家，這首會歌也虧得出自他手。」李飛黃應道：「那還用說，吳瞿安啊，二位聽說過此人嗎？」

嘉和沉默片刻，搖搖頭。還是陳揖懷打圓場說：「是南京中央大學的那一位吧？」

「正是正是，這位吳瞿安近日可是發了，」李飛黃立刻眉飛色舞起來，「張靜江用手指頭擊桌讀了三遍，立刻親筆批條——送稿酬一千元。一千元啊，你們算算，那可是每個字十三元。比比看，從前我給《申報》寫的稿子，乙級稿，多少稿費，你們猜也猜不到——一元。」

此話倒也發噱，教授要面子，像個弄臣一樣，苦心創造歌舞昇平的局面，剛才緊張的氣氛，多少緩和一些。杭憶也就是在這樣的氛圍裡，被他的母親方西泠抱到了懷裡。做母親的，見了兒子，眼淚都要流出來了，那點眾人面前硬撐的做派也差點要癱了下去。還是綠愛，不願意這種態勢再繼續。她也是知道這個李家開雜貨鋪底細的，從前欠了他們杭家多少債務，都一風吹過，提都不提，連句交代都沒有。沈綠愛看不起這樣的人，礙著嘉和同學的面子才不去追究，如今竟然做了她孫女的後爹，海馬屁打亂仗，還人模狗樣當起教授來了，真是不要臉。綠愛這麼東一頭西一頭地想著，就一把抱回了杭憶，叫了一聲：「回家吧，孩子都累了。」

這麼一行人，因她的一聲叫，清醒了過來，一個個地，就從西泠身邊擦肩而過了。

杭嘉和不敢看女兒的眼睛，他只是一個勁地摸著女兒的頭髮。女兒真是小，她好像已經認不出她的父親了，轉過身去伸出手說：「媽媽抱。」

西泠接過了女兒，有點說不出話的樣子，到底還是叫了一聲：「憶兒，媽會來看你的。」

也許是因為年來方西泠未曾登門看過兒子，再加她濃妝豔抹得完全變了樣，杭憶迷迷糊糊地被母親抱在懷裡，母親叫他他也沒反應過來，也不知是怎麼一回事。好一會兒，他有點清醒了，才問：「奶奶，剛才那女的是我媽？」綠愛不耐煩地點點頭說：「不是她還會是誰！」

杭憶便又掉頭問嘉和：「爸爸，我媽怎麼和從前不一樣了？」

「是不一樣了。」嘉和回答。

「那她還是我媽嗎？」

「還是吧。」嘉和嘆了口氣。

杭漢虎頭虎腦的也跑了上來，說：「伯伯，你答應我們下次還來西湖，我還沒玩夠呢。」

嘉和拉著兩個孩子的手，轉過臉去，再看西湖。湖上笙歌，湖畔楊柳，放眼綠荷，翻飛不止。橋上行人中，他再一次看見了女兒小小的弱影，她被抱在了另一個男人的懷裡。

陳揖懷拎著毛筆，一時不知道說些什麼才好，半晌，有點同情地問道：「你要寫什麼，嘉和，我這就給你寫。」

嘉和看著那個小小的女孩子的背影，融入了人海，閉目想了一會兒，說：「——心為茶荈劇，吹噓對鼎。」

這是西晉左思的〈嬌女詩〉，說的是女兒圍著茶爐煮茶的情形。陳揖懷聽懂了，鼻子就一酸，趕快攤開了紙來要下筆，手卻微微抖了起來。嘉和見狀，就攬著杭漢走到一邊看荷花，對剛才央求著他的杭漢說：「我答應你，下次再來西湖。」

風光真是美麗極了，真是美得讓人受不了，美得讓人恨它——既然西湖可以美成這樣，西湖邊怎麼還可以殺人呢？既然已經殺了人，西湖怎麼還可以這樣美麗呢？

走向西湖時的希望，就這樣突然地被最後的衝擊破壞了。嘉和不知道他今天應不應該來湖邊，也不能斷定，把他家的軟新拿到湖邊來展出，究竟有沒有意思了。

第二章

小小的少年忘憂，周身雪白，瞇著眼睛坐在廊下。和他的名字恰恰相反，他憂鬱得幾乎都要犯病了。

家裡的人，突然地就忙得像抲落帽風，一個也不見了。他抓抓這個抓不住，抓抓那個也抓不住。小姨媽寄草跟他是最親的了，連她也撇下了他。好不容易拽住一隻衣角，小姨媽便三言兩語地跟他講，昨日上海打起來了，是日本人和我們中國守軍開的火。她的嗓音又脆，口氣又快，劈里啪啦，兩張紅脣像是直擦火星，腋下夾著媽媽嘉草剛剛為紅十字會縫製好的大旗，匆匆忙忙地就往外走，衣角被拉得筆直再彈開，忘憂想拽也拽不住。

「說好了你們帶我去玉泉看大魚的——」

他沒能夠往下叫，因為小姨媽已經轉過照壁，不見蹤影了。

家裡幾乎所有的人都出去了——兩個表哥去了學校，大舅去了茶莊，綠愛外婆到汽車工會去找寄客外公，說他正在那裡商量抗日的事情，要調集五十輛汽車做軍需呢。

就這樣，從風火牆外飄入的八月江南之雨，把小小少年忘憂的心淋得溼漉漉的了。

他坐在大牆門第一進院子裡天井前的長廊下，看著大門內一長溜巨大的水缸接著天水時濺起的明明滅滅的水花，膝上攤著一本線裝書，翻開的那一頁，恰是清人查人渼所著的〈玉泉觀魚記〉一文。他就那麼看著書，就著雨聲，想念著青芝塢口玉泉的大魚兒。

身邊有人走過，忘憂連頭也懶得抬。他十歲了，什麼不知道？家裡人都哄著他，圍著他轉，把他當一件奇怪的珍物。他負氣地想——還不是因為我渾身上下雪白，眼睛是個半瞎子，和你們不一樣，走出去人家要圍觀。既然我這麼可笑，為什麼還要讓我生出來？

身邊那雙腳步停住了，穿著木拖鞋，一看就知道是葉子舅媽。

「忘兒，一個人坐在這裡幹什麼？」葉子有點吃驚，她蹲了下來，目光關切地盯著他。

「不幹什麼，看書。」

葉子湊過頭去一看，嘆了口氣，明白了，忘兒還在想青芝塢口玉泉的大魚呢，這真是要怪他的兩個哥哥的。

原來，忘憂因是殘疾人，不能去正規的學校讀書，便在家裡請了先生來教。一入八月，先生放了暑假，功課就由那兩個哥哥來代上了。誰知七七盧溝橋事變之後，全民動員抗戰，杭憶、杭漢兩個熱血少年每日在外面進行抗日宣傳，街頭十字路口拉一個圈子，就開始了《放下你的鞭子》，還有「九一八、九一八，在那個悲慘的日子」什麼的。全家人都被抗戰煽得熱火朝天，連嘉草也一天到晚忙著做軍鞋。

此時的林忘憂卻好像是完全被排斥在抗戰之外的了。家人對他的全部希望就是他不要生病，不要添亂，上不上課什麼的，無非一點虛架子，表示沒把他忘憂晾在一邊罷了。杭家人心細，知道若是別的正常孩子，此時不必太操心，可忘憂不一樣，是個要小心善待的孩子。

前日輪到杭漢給忘兒講《莊子．秋水》。你想，他哪裡還有心思講什麼「子非魚，安知魚之樂，子非我，安知我不知魚之樂」，把《莊子》扔給忘兒就說：「你自己先看一遍再說，把文章都給我弄明白了，再把心得講給我聽。」說著就往外走，被忘憂用一隻腳絆了在前，冷靜地說：「我都看了，正要你給我講解呢。為什麼黃庭堅一定要說『樂莫樂於濠上』呢？」

這頭杭漢就聽到杭憶用他那把從不離身的口琴吹〈蘇武牧羊〉呢。抬頭一看，杭憶正趴在窗上向他擠眉弄眼，知道是打招呼讓他走，只好說：「忘兒，等明日我再給你講『濠上』行不行？我今日真有事兒。」

「不行！」忘憂決不通融，「你們兩個不用賊頭狗腦，當我不知道〈蘇武牧羊〉是你們的聯絡暗號啊。我才不稀罕跟你們出去湊熱鬧呢！你就給我把『樂莫樂於濠上』講明白了，我就立刻讓你走。」

二位表哥都知道，他們的這個小表弟實在是太寂寞了。有心想把他一起帶出去，一來是怕大人責怪，二來是怕街上人多了有個閃失。急中生智，杭憶突然想起玉泉的魚樂國來，便說：「忘兒，要知『濠上之樂』，只需到玉泉魚樂國，看了那些二人長的五色大魚，你就什麼都知道了。」

一聽有地方可玩，忘憂就什麼也忘了，一把就抱住了杭漢的腰說：「小表哥大表哥，帶我去玉泉看大魚吧！」

杭漢就埋怨杭憶：「你看你看，你出的好主意。」

杭憶不慌不忙地就回了房間，拿出了那篇〈玉泉觀魚記〉，交到小表弟手裡，說：「你先把這文章看了，把精神吃透了，我們再帶你去。」

「我可不認得那麼些生字兒。」

「笑話，你兩歲時就認得許多字了，我們家就你識字最多，你不記得大舅怎麼誇的你！」

忘憂被戴了一頂高帽子，心裡不免得意，一不留神，卻發現兩個表哥已經一下子躥到了門口，忘憂只來得及對他們尖叫一聲：「說話算數，誰賴皮誰是狗！」

現在，他的兩個表哥都已經是「狗」了。因為忘憂不但把〈玉泉觀魚記〉的精神吃透，而且把那些個生字兒也查了字典，弄得爛熟，幾乎吃下去了。然而，表哥們又在哪一個十字街頭大喊大叫呢？

只有一個人可以央求了。他抬起頭來，望著葉子，他的眼裡，有大滴的淚水，從蒼白粉紅的面頰上掉下來。

「怎麼啦？」葉子有些吃驚。

「日本人要來了，我會被他們殺死的。」

「不會的，你是一個小孩子。」葉子安慰他。

「你怎麼知道？你又不是日本人。」

話音未落，突然忘憂一下子抬起頭來，吃驚地說：「我想起來了，小舅媽你是日本人。」

葉子怔住了，一會兒，她站了起來，摸摸忘憂的頭，便往外走去。

「舅媽你也出去嗎？」

「舅媽到淨寺去一趟。」

「去幹什麼？」

「那些死的人——為他們超度亡靈。」

「為什麼人——日本人？」

葉子盯著忘憂，緩緩地搖著頭。

「那麼你是為中國人了。」忘憂露出了笑容。

「我為死了的人——因為這場戰爭而死的人。」

現在，連葉子舅媽也走了。忘憂望著簷下的雨絲，在這五進的大院子裡走來走去，把鞋子也給走溼了，他不知道該怎麼辦才好。然後，他就百無聊賴地走到媽媽住的那進院子、那個房間的窗口。他知道媽媽已經在午睡。別人都說媽媽是個腦子有毛病的人，忘憂不覺得，忘憂僅僅覺得媽媽是一個不愛說話的人罷了。但媽媽比任何人都懂得傾聽，有許多時候，忘憂都是在對媽媽傾訴的時光裡度過的。

現在，忘憂就趴在窗櫺上喃喃自語開了：

「媽媽，他們都走了，外面下著雨，只有這樣的天氣我才看得清東西。太陽一出來，我就沒法看了。媽媽，日本人要來了，我得趕在他們前面把大魚給看了，要不我就看不到了。媽媽，我們是不是應該抓緊時間，我們應該馬上就把『濠上之樂』給弄明白，你說呢——媽媽？」

然後，忘憂就吃驚得不相信自己的眼睛，媽媽拿著一把雨傘，站在他的面前，媽媽說：「看——魚——」

湛湛玉泉色，悠悠浮雲身，閒心對定水，清淨兩無塵。

魚樂國，原是明代大書法家董其昌為玉泉池所題，此匾就一直掛在池畔亭廊之上。說到玉泉，亦不過是一長約四丈、闊約三丈、深約丈餘的方形泉池。至於小忘憂想得到的「濠上之樂」，可不在那些個閒心和定水之上。一入魚樂國，他就被池中的那幾百尾五色大魚攫住了小小的被幽閉著的心。他的兩隻手下意識地一下子抓住了自己的胸口，然後對著池中那些紅的、黃的、青的、墨色的和翠色的一人多長的魚兒，呻吟了起來：「媽——媽——」

而媽媽是多麼的快樂啊，因為媽媽也和忘憂一樣，平時是不能夠一個人出門的。人們說媽媽是瘋了的女人，怎麼會呢，怎麼會呢？媽媽只是想和爸爸在一起罷了。這麼想著想著，媽媽就看到爸爸了，媽媽就和爸爸說話。一個人看到了自己才能看到的人和事情，這怎麼可以說是瘋了呢？

忘憂不知道為什麼今天來魚樂國的人會那麼少，少得只有他們母子兩個。是因為下雨，還是因為日本人？沒有人真好，忘憂痛恨別人圍觀他。

一個老和尚走了出來，端著兩杯茶，在廊下的桌上放著，然後招招手，說：「女施主，請喝茶。」

嘉草只是笑，坐在那裡，用好看的鼻翼聞了一聞茶，然後，招招手叫兒子過來，把茶杯拿到兒子的鼻子下面，一邊說：「香，香。」

兒子很老練地聞了一聞，便說：「和尚爺爺，這可不是龍井茶。」

老和尚睜大了眼睛：「小施主，你怎麼知道這不是龍井？你那麼小，莫非也是個老茶槍？」

忘憂喝了一口：「和尚爺爺，你的茶有青草氣的，龍井茶不是這樣的一種香法。」

媽媽不高興兒子這樣說話了，媽媽不停地點著頭，說：「香，香的，香的。」

多麼善良的好媽媽啊！和尚爺爺也笑了：「小施主好功夫，果然這茶就不能算是龍井。茶倒就是在這山中採的野茶，老僧自己現炒的，用的眉茶製法，不曾壓扁了，又加殺青後沒有晾上那麼一天，所以有青草氣。只是這種評茶的功夫，不是茶道中人，斷斷聞不出來，小施主了不得。」

為了獎勵小施主的了不得，和尚爺爺還給了忘憂一隻饅頭，然後掰下一塊，扔進水裡——哎呀，可不得了，多少大魚過來吞食啊。忘憂這就想起了杭憶表哥要他吃透了精神的那一篇〈玉泉觀魚〉——

僧人於池上設几煎茶待客。客循池走，魚則亦尾客影而游；客倚闌，魚則亦聚闌邊仰沫若有求……

忘憂這就立刻拉了媽媽起來，帶著她繞著池走。哈哈，果然，果然，大魚就都跟著他們走呢。忘憂又叫媽媽停住，把著她的手往池子裡扔饅頭，大魚就急不可待地跟著跳了起來——瞧這嘴巴，多大的嘴巴啊，和尚爺爺，這些魚兒都是老爺爺魚兒了吧，牠們都活了多少年了呢？

和尚爺爺就看著那一池子的魚兒說起古來了——哎喲，要說這些大魚都有多大的年紀，我可真是說不好了，怕是都已經成了精，成了仙了吧。這裡的魚兒，都是人家送來放的生，阿彌陀佛，都是佛保佑的魚兒了，碰不得，碰碰可是要遭報應的呢。

滿池的魚兒，錦鱗千百，結隊成群，忽東忽西，時沉時浮，真是銜尾而游，怡然自得。忘憂一邊舒服地嘆著氣，一邊僥倖地想著：哎喲，哎喲，多麼運氣，多麼運氣，多麼好的媽媽啊，多麼好的和尚爺爺啊，多麼好的野茶啊，多麼好的大魚啊……

然後，忘憂就和水裡的那些魚兒同時跳了起來，嘩啦啦，大魚們躍上水面又飛速地潛入水下，一大堆，像逃難的人群一樣瞎竄，魚兒們竟然就重重地撞碰在了一起。

然後，媽媽就尖叫了起來，那聲音和現在正在迴旋著的聲音一樣，都是那樣的尖厲突然——巨大的不祥！媽媽一下子矇住了耳朵，茶倒了一地，媽媽尖聲地叫著：「等一等，等一等，我同你一道去，我同你一道去——」

忘憂緊緊地閉上了自己的眼睛，他不能看到魚兒那樣害怕，魚兒害怕的樣子，真是和媽媽一模一樣。他把媽媽一把抱住，還能夠說：「媽媽，別害怕，媽媽，別害怕，有我呢，有我呢。」

然後，他就感覺到和尚爺爺把他們拽住，塞到桌子底下了，一邊說：「什麼世道啊，日本佬來了，東洋飛機來了，這是空襲警報呢。阿彌陀佛，阿彌陀佛，阿彌陀佛，什麼世道啊，人也嚇死了，魚也嚇死了……」

公元一九三七年八月十四日午後——回響在杭州城的空襲警報聲，告知了人們，日本人對杭州城的侵略已迫在眉睫。

其時，於日軍對上海發動戰爭的同時，離上海數百公里的浙江亦已在侵略軍的望遠鏡中。日本軍隊第三艦隊的航空母艦「神威」號已經侵入象山縣以東韭山列島海面。早在杭城警報拉響前三天，日軍水上飛機已經飛入中國古代大美女西施的故里浙江諸暨，以及浙江省府杭州附近的筧橋、喬司和翁家埠偵察。面對日軍大規模的海陸空進犯，浙江境內空軍各個基地立刻進入緊急備戰狀態。

八月十三日下午，中國空軍第四大隊大隊長高志航在南京得令，駐河南周家口空軍第四大隊緊急移防杭州筧橋機場，擔負轟炸日本海軍艦隊的任務。這一支大隊的戰鬥機，是清一色的美製霍克雙翼機，每機配備武器有大「考爾脫」兩挺，可攜帶二百五十磅炸彈兩枚，航程一百七十英里。

而彼時的杭州筧橋機場，乃中國空軍軍官學校訓練基地，尚有空軍第九大隊獨立第三十二中隊停駐，又有作戰飛機數十架，為日軍空軍的主要襲擊對象。

一九三七年八月十四日下午的杭州，陰雨天氣，筧橋機場能見度甚低，機場跑道積水如窪。十四時五十分，日本海軍第一聯合航空隊所轄的木更津航空隊和鹿屋航空隊杭州空襲隊十三架「96」式陸上攻擊機，從臺北起飛，經溫州、金華，突然偷襲杭州筧橋機場。

差不多與此同時，二十九歲的東北青年空軍軍官高志航乘空運機從南京趕到杭州筧橋機場，此時，由青田方向發現的日本空軍轟炸機群正向杭州方向飛來，杭州城上空一片空襲警報之聲。

說時遲，那時快，正當高志航站在大雨之中萬分焦急之際，他的第四大隊戰機次第飛抵了機場。他特別關照的座機TV—1號，此時由一名名叫曹士榮的飛行員駕駛著降落機場。

陸續落地的飛行員們，隔著機艙玻璃的雨幕，看到高志航大聲地吼叫，他們在戰機的轟鳴聲中聽不到大隊長正在這樣指揮他們——起飛，敵機快到啦——但他們感覺得到大隊長的命令——他們來不及再問，一拉操縱桿，就衝上了剛剛下來的天空。

與此同時，TV—1號機降落機場還未待關機，高志航接下座機，一拉機頭，衝起幾丈高的水花，箭一般地，就閃向了杭州的天空。

彼時，高志航手腕上的錶指針指向十五時十分，中華民族抗戰史上的第一場空戰，在杭州的天空開始。

天空下的杭州市民們並非都在尖厲的空襲警報下躲入防空洞，至少年輕的杭州警備司令部中尉參謀羅力沒有把自己隱蔽起來。然而，身處十字街頭頭頂敵機巍然暴露於光天化日之下的冒險，也並非來自軍人的勇氣。說來事情十分簡單，這事僅僅和一個女人有關。

羅力聽不清那個手臂上掛著紅十字會標誌的姑娘，站在街頭瞎叫喊著什麼。她身穿月白色的旗袍，手攏成一個喇叭，半欠著腰，歇斯底里地叫著。此時杭州的天空，機聲、炮聲、槍聲混在一起，東一團煙，西一堆火，這個看來全然不知死亡和戰爭為何物的女人，隨時都有可能香消玉殞。

生死關頭，英雄美女，開著吉普車的羅力把車停在巷口，自己就下了車，不由分說地衝了上去。可笑的是這個女人對戰事一竅不通，還沒等他大吼一聲，那姑娘倒先大吼一聲了：「你看到孩子了嗎？」

羅力怔了一下，什麼什麼孩子，你還要不要命了。他一把挾住女人就往隱蔽處跑，女人卻在他的臂腕中掙扎，叫著：「一個白孩子，你們看見了嗎，一個白孩子，還有他媽媽！忘憂，忘憂，忘兒——」她尖叫起來，兩手兩腳亂動彈，比天上的警報還驚心動魄。羅力用手拍打了一下她的頭，吼道：「閉嘴！」

轟的一聲，天上一團火球，千團散碎的煙花，羅力一下子面對空中，張大了嘴巴。他的手也頓時鬆弛了，挾在腋下的少女就掉到了地上，而那掉到地上的女子也突然張大了嘴巴，目瞪口呆地望著天空。

「日本人的飛機？」羅力不敢相信地低下頭來，問這個他半道上挾下來的少女，少女也疑惑地看著他：「日本人的飛機，肯定是日本人的飛機！」

此刻，他們都有些心虛，都怕事實恰恰相反，正在他們你看著我、我看著你一時吃不準之時，只聽天空中厚厚的雲層裡又是一聲沉悶的「轟——」，又一個大火球從天墜落，濺得天空金星四射，煙火彌漫。此時，兩個年輕人不約而同地跳了起來，同聲叫道：「去筧橋！」

駕駛著軍用車的作戰參謀羅力，把汽車開得簡直和飛機一樣。他的任務，本來就是到筧橋去了解空戰情況，這湖濱十字街頭的姑娘可以說是順手撿來的。此刻她東倒西歪地一會兒靠在他身上，一會兒又彈出去老遠，倒也難為她了。

東北流亡青年羅力，自「九一八」以來的六年，早把這些槍林彈雨中的征戰看作家常便飯。因此他雖從軍在杭，對杭州人卻是真有那麼幾分瞧不起的。一看到那些節假日拖兒帶女一家子、腋下夾一領席子就到西湖邊去的家庭「婦男」，羅力就鼻子裡直哼哼。羅力也看不起杭州的官員們，動不動就到樓外樓去吃醋魚，邊吃醋魚邊討論抗戰，邊遠眺三潭印月，邊吟誦氣吞山河的七律五絕，卻又整個兒一副醉生夢死的架勢。羅力常想，幸虧全中國只有一個杭州，否則如此抗戰，中國人不做亡國奴才怪。

因為他從心眼裡接受不了杭州西湖，所以順便把杭州的姑娘也一併地討厭上了。小家碧玉，統統小家碧玉：豆腐西施，餛飩西施，弄堂西施——肩是塌塌的，臉是白白的，腰倒是細，胸卻像兩粒小土豆。走起路來，一步三扭，哪能和我們東北姑娘們的火熱強大相比。羅力和他的東北同胞們剛到杭州時曾經這樣評價杭州姑娘。那時他們年方十七八九，雖然滿腔亡國恨，但畢竟年輕，以為不出三年五載，必定能夠打回老家去，實現中國男人們傳統的「二畝地一頭牛，老婆孩子熱炕頭」的人生理想，故而彼此發誓，非東北姑娘不娶。

如今一晃六年過去了，非東北姑娘不娶的羅力的老鄉們已經統統娶了杭州姑娘。有一天，羅力還目瞪口呆地看著其中的一位，腋下也夾著一領涼蓆到平湖秋月去了。他看見羅力還知道苦笑一聲，說：「羅力，今日是中秋，咱們有家不能回的人，只好安了新家，千山萬水之外望一望東北的月亮了。」

羅力內心自然看不起那些腋下夾席子到西湖邊吃茶葉蛋的男人。不過他暗自以為，男人們之所以變成這樣——如撈不起的麵條、扶不起的阿斗一般，主要原因是這裡的女人。小礦工出身的東北青年軍人羅力正眼瞧也不瞧那些西湖邊的豆腐西施和餛飩西施。羅力今年二十五歲了，正是如火如荼的情愛歲月，但他為了實現打回老家去娶東北姑娘為妻的誓言，成了一個堅定的戰時禁慾主義者。

所以羅力盡管順手把這杭州姑娘擱在了車上，讓她做了一回搭車女郎，但他卻並不在意她。軍情十萬火急，操他娘的小日本，咱們終於幹上了。

然而那姑娘卻不讓他省心，羅力可是從來也沒有遇到過話這麼多的姑娘，一路上她就沒停過嘴：「喂，大兵，你肯不肯跟我打賭，我賭日本佬飛機被我們打下來了，你相不相信？要不要我們擲角子，正面我贏，反面你贏，來不來？」

羅力不答腔，心裡卻說，什麼杭州的小市民女人，把打仗當兒戲了。正那麼想著，突然聽她大叫一聲：「忘兒——停車——！」

羅力一個急剎車，姑娘一下子又彈入了他的懷抱，然後手一推要開門。可憐這也是個弄堂西施，大概從來沒坐過車，連車門也不會開，只會大呼小叫：「開門，開門！」

羅力不耐煩地一下子擰開車門把手，說：「下去！」

誰知那「西施」又不下去了，「西施」說：「不，不是忘兒。」她又坐了回來。

羅力口氣就不那麼好聽了：「下去下去，我這是打仗，弄個女人來攪什麼！」

那女人就愣了，突然抬起頭來，兩人算是正式打了個照面。然後，姑娘的眼裡突然就滲出了眼淚。羅力這輩子從來沒有看到過這樣的事情，眼睜睜地看著那兩隻眼睛像兩口大井，一下子就湧上來晶瑩剔透的淚水。而且，那姑娘的嘴角也抖動了起來，她語無倫次地說：「——他就不見了，回到家裡，他媽也不見了——他不能出門——」然後，那姑娘就跳下了車。

羅力不假思索地一踩油門，軍車立時躥出了一大截，然後又是一個剎車，雨大滴大滴地打在車窗上。他跳下車回過身去，一把拉住那杭州女子的胳膊，也不顧她的掙扎，就把她重新塞進車，重新發動車子，朝筧橋方向飛速而去，一邊大聲用東北話吼叫著：「住嘴，你給我老實地坐著，我們現在就到飛機場去。日本人都打到頭上來了，要死要活都是中國人的大事情，你還亂嚷嚷什麼！你放心，我們一定能把你那個什麼忘兒找回來，但是我們首先得把小日本的飛機打下來，你明白嗎？得把小日本打得趴下來。你不准再亂說亂動，小心自己的小命先沒了。你們這些杭州人，小市民，就知道想自己家裡的事，國家都要丟了，你還亂嚷嚷，還哭，哭什麼，有什麼好哭的，閉嘴！」

杭州忘憂茶莊小姐杭寄草，活到近二十歲，這輩子還沒受到過這樣的訓斥，她好幾次衝動起來要下車去，可是一方面她也是心掛兩頭，一頭在天上，一頭在地上；另一方面這東北大兵不停地罵罵咧咧，還開著飛車，她根本就沒法下去。杭寄草自然覺得委屈——她是最最抗日的抗日分子，但她不能因為抗日而丟了外甥，她覺得這樣抗日與外甥兩頭抓一點也不矛盾，她不知道這位看上去挺神氣的年輕軍官為什麼這麼不耐煩——這麼想著的時候，軍車已經把他們帶到了筧橋機場。

至於他們兩個怎麼就突然抱在了一起，這簡直就是上帝才能回答出來的問題。你想，幾乎前一分鐘，那東北大老爺還火氣沖天地邊開著車邊罵著人，突然，車尖叫一聲停住了。他們看見機場方向有人朝他們跑來，衝著他們叫：「打下兩架，打下兩架！日本佬的，首戰告捷！首戰告捷！」

「他們叫什麼？」羅力不相信自己的耳朵，轉過臉來問那杭州女子，可是還沒等他明白發生了什麼事情，他已經被一個溼淋淋熱乎乎的肉體緊緊地箍住，那又溼又熱的東西還能發出一種透不過氣來的歡呼：「我們勝利了，我們勝利了——打下了日本人兩架飛機，太好了，太好了，真是太好了，天哪，這是真的！」她竟然使勁地捶打起羅力的肩膀來，那力氣還真不小。羅力在這杭州女人的擁抱和捶打的縫隙之中，還能躲躲閃閃地噴吐出那一行句子來：「——我們——的——人，怎麼——樣了？」

「無一傷亡，無一傷亡，聽見了嗎，無一傷亡！」

那杭州姑娘突然又放開了他，一下子跳出車子，歡呼跳躍著：「萬歲！萬歲！空軍萬歲！」羅力被那從未有過的勝利消息和從未有過的女人的擁抱，一下子震得眼冒金星，目瞪口呆，僵在車上，說不出話來了。

一九三七年八月十四日夜，火樹銀花不夜天，杭州人的狂歡之夜，勝利之夜，羅力和寄草的突如其來的愛情之夜。

街上到處是人，報童們高舉著油墨未乾的報紙，就像舉著勝利的旗幟，他們穿行在杭州的大街小巷裡，稚嫩的帶著古意的越腔在杭州城的夜空裡此起彼落：「號外，號外，請看號外，飛將軍一戰成功，六比零大勝倭寇！號外，號外，請看號外！」

黑暗中羅力的胳膊，緊緊地摟著身邊這個他還叫不出名字的杭州姑娘：他多麼愛她啊，他說不出自己多麼地愛她！這從天上掉下來的愛情，從地上撿來的愛情，簡直叫他不能想像。他們已經這樣手挽著手，走了一個晚上。他們坐在一輛車裡做了多少事情——他們向司令部通報了勝利的消息，共飲了勝利酒，他們當然找到了忘憂以及忘憂的母親。他們把該做的都做了，依舊覺得什麼也沒做。姑娘一直在說，一直在說，羅力斷斷續續地聽到了一些字眼：……茶莊……忘憂……大哥……義父……抗日……勝利……

羅力有些恍惚，胳膊上緊裹著姑娘的手，人那麼多，他怕把她給弄丟了。他還時不時地別過頭來看看這杭州丫頭：她的紅脣很美麗，她的眼睛很美麗，她飄揚的短髮很美麗，粉紅的耳廓邊晶瑩的汗水很美麗。羅力漸漸聽不清姑娘在說些什麼了，他只聽到一片叮叮噹噹的金屬一般的鈴聲。……是的，是的，那麼現在，一對妙齡男女，除了戀愛，還能幹什麼？他們狂熱而盲目地步行在古老的街巷，在第一個隱祕的角落裡羅力堵住了姑娘的鈴聲。……然後，他們在每一個隱祕的角落裡狂吻。羅力發現姑娘突然沉默了，在狂吻與狂吻之間的街道上嚴峻地走著。在下一個拐角處，羅力就有些尷尬，他摟住姑娘的頭，說：「這是為了慶祝勝利。」姑娘嚴肅地點點頭，說：「當然是為了慶祝勝利。」然後，閉上眼睛，抬起下巴。在此之前，這對青年男女從來不知親吻的美妙，他們把這妙不可言的美事兒留給了勝利之夜。難道這不是命運？羅力一邊親吻著，一邊熱血沸騰地想：勝利萬歲！沒有勝利，就沒有這個被他親吻著的、愛著的、身邊的、不知名的杭州姑娘——勝利萬歲！

第三章

十一月，楊柳已老，殘枝敗葉，風中蕭瑟，凌亂起舞，像是留不住客的強顏歡笑的歡場女子。西湖畔密密麻麻的，挨個兒停著一艘艘小船，杭人土語，都稱之西划船兒。其中六碼頭陳英士像下不遠的一條小瓜皮舟上，坐著一個眉清目秀的青年，正在心不在焉地吹著不成調的口琴。

「杭州人真正是奇怪，飛機來了，不往隱蔽之處躲，卻往光天化日之下跑。你看，都跑到西湖上來了。」

說話的是一位瘦削的姑娘，瞇著眼睛，面色淺黑。

現在我們應該知道了，瓜皮舟上坐的不只是杭憶一個人，還有一位，坐在另一邊——一位女性，杭憶也是今天第一次看到她。

杭憶放下口琴，回答說：「說怪也不怪的，日本人轟炸到今天，還從來沒有炸到湖面上來過。你看，那邊湖上船中坐的，不正是剛上任的浙江省政府主席黃紹竑嗎？他一來湖上避空襲，杭州人就跟著上，黃紹竑就成了信號彈了。要不，我小姑媽怎麼偏偏就選了這裡來與你見面呢？」

「那是偶然的罷了。可笑我們杭州人，竟還以為這是湖上多廟宇之故，是佛地必得佛佑呢。」姑娘一邊皺起眉頭看看錶，一邊說。

杭憶便有一些惶恐，他生性敏感，知道這姑娘是在暗示小姑媽和杭漢遲到的時間太長了一些。為了掩飾自己的不安，他就猛不丁地來了一句高談闊論：「中華民族已經到了最危險的時刻了，同胞們還有不知道的呢，所以才要我們去喚起民眾嘛！」

近月來戰事頻繁，日寇飛機時常來杭轟炸，上月十三日，六架日機扔了十一枚炸彈，報上說是死傷了七人。兩天後再來，這回是把火車站全炸了。又過幾日，炸了閘口，聽說沉了八艘貨船，死傷了三十多人。

儘管如此，大多數杭州人還是挨在西湖邊不走，說是因為杭州乃兩浙省會，前頭又有從蘇州至嘉興的國防工事，自可以比之為法國的馬其諾防線，起碼還可以守那麼三個月時間。

話雖那麼說，但市政府還是一面動員市民們疏散到後方去，另一面又動員他們各自建築防空洞。無奈這兩方面都沒有什麼大用。同樣是杭州人的杭憶不免憤憤地想：杭州人不知何故，竟就是不願意離開這溫柔富貴鄉和花柳繁華地，就連奶奶這樣的奇女子也不願意離開。自己不離開還不去說它，奶奶她還發了一個大興，拉著父親、寄客爺爺和小撮著等一干子人，每日在後園子裡挖防空洞。嘉和一向由沈綠愛自說自話，這一次也免不得唱了句反調，說：「挖也是白挖。杭州這個地方，你們又不是不知道，一面是西湖，一面是錢塘江，城裡面還有大運河和市河，掘地數尺，便是一口井，何必白費力。」

綠愛聽了就不高興，說：「說來說去還是要我們過了錢塘江去逃難。我告訴你們，你們都走好了，我就是不走的。我倒要看看日本佬能把我們怎麼樣，又不是沒見過！」

聽了這話，嘉和不禁為難地看看葉子。倒還是葉子不動聲色，捲著褲腳，親自在那裡挖地三尺。水卻是已經沒到腳踝了，他們彼此對了個眼色，嘴角便有了一絲看不出的苦笑。

果然，杭家後花園裡倒是挖出了一個水漫金山的防空洞，但到底也沒有誰往那裡鑽過，連忘憂都不往那裡鑽。

在一家人大挖防空洞之際，杭憶杭漢兩兄弟也在進行一種屬於自己的祕密活動。他們是在十字街頭大演《放下你的鞭子》的時候被人注意上的。接著，便有高年級的同學來與他們接近，不久，他們就成了《戰地生活》雜誌的編外記者。聽說這個雜誌是共產黨的人把握的，杭家兩兄弟很好奇。因為林生的緣故，他們對這個組織有一份特殊的親近。但是，杭憶很快就感覺到，這些神祕的人，對杭漢的興趣，似乎更大於他。反過來，這種格局就又挑起了杭憶的興趣。對杭憶這樣的熱血青年來說，最初對眾多抗日團體組織的選擇，其出發點是相當情緒化的呢。

沒想到，第一次半祕密的行動，與他接頭的竟是一個姑娘。他們的聯絡方式倒是相當浪漫：杭憶手裡拿一把口琴。可是他沒弄明白，為什麼那接頭的姑娘一看到他就突然瞇起了眼睛，還皺起了眉頭，不時地上上下下地打量他。好一會兒，才伸出手來，嚴厲地說：「我叫那楚卿。楚國的楚，卿卿我我的卿。」

杭憶有些吃驚，上下打量著她：「怎麼，你姓那，你是旗人？」

「杭州城裡，旗人可是不少的呢！」姑娘突然換了剛才那口流利的國語，改用杭州官話。她有一雙灰眼睛，目光很冷，像有冰塊結在裡面——冰塊朝他偶爾一閃，杭憶的心就緊一緊。他一下子就覺得她成熟得不得了，經歷了許多，是他的上一代人了。

空襲警報響了起來，岸邊柳蔭叢裡散著的那些瓜皮小舟，突然就像撒骰子一樣地直往湖心拋了出去。差不多與此同時，杭憶看見杭漢和寄草一起朝他們這條船撲了過來。杭憶還來不及埋怨一句，立刻聽見楚卿喝道：「快划出去！」小艇就像離了弦的箭，直射湖心。杭憶抱怨說：「怎麼搞的，整整遲了一個小時。」

杭漢一邊喘氣，一邊說：「羅力哥剛從金山衛下來。哎，我說你們真應該去聽聽，他可是從正面戰場上下來的，有最新的戰事消息。」

接下去就全是寄草的話了——

「什麼固若馬其諾防線，簡直是國際玩笑。蘇浙邊區主任張發奎這一回親自到嘉善指揮作戰，羅力和他一起去的前線視察，那可是冒著槍林彈雨的呢。哪裡知道，保存工事圖表的人員和掌管掩體鑰匙的鄉保甲長，竟然統統都逃掉了，部隊根本就進不了工事。」

說起來，杭州城的信息倒也是並不閉塞的，月初日軍於迷濛大霧之中在杭州灣登陸的消息，大家當下就都知道了，還知道金絲娘橋守兵十數人全部犧牲之事。然而戰事到底發展到了哪一步，老百姓還是糊里糊塗，眼下聽寄草那麼一說，心一下子都沉到西湖裡去了。

「現在的戰況又怎麼樣了呢？」眾人一聽這新到的消息，氣都透不過來，只聞見天空中警報在一個勁地嗚啦嗚啦地響。

「羅力跟我說，上海已經淪陷，嘉興、湖州也入敵手，眼看著日軍正在集中兵力進犯南京。看樣子，撤出杭州城，是近在眼前的事情了。」

大家一時就都愣在那裡，不說一句話。也不知道什麼時候，警報解除了，一個小孩坐在湖心的一艘瓜皮小舟上，突然高聲地唱了起來：

……

八一四，西湖濱……

志航隊，飛將軍，

怒目裂，血沸騰，振臂高呼鼓翼升，
鼓翼升，群鷹奮起如流星，掀天揭地鬼神驚。
我何壯兮一擋十，彼何怯兮六比零。
……

杭憶突然地就一笑，說：「你看我們杭州人，什麼時候也有快樂。」空襲警報既已解除，人們就紛紛開始往岸上靠，這裡一船的人也待操槳，倒是被楚卿一把攔了，說：「再漂一會兒。」

「怎麼，還怕以後看不著了？」

寄草笑著，突然這麼一句接口令，說得大家眼一驚，都抬起頭來四處環看西湖。看著看著，不知誰說了一句：「既然來了，不妨到島上走走吧。」

杭憶發現，楚卿的灰眼睛，哆嗦了一下，就瞇起來了。

西湖三島，真正常有人來去的，還是三潭印月。此時人亦不保，誰還顧得上它。島上原來種的那些個月季、薔薇、丁香、玉蘭、海棠，從前是國色天香，姹紫嫣紅，如今也是蓬頭垢面如灶下之婢了。又，島上景色素有一絕，池塘中夏日睡蓮，有大紅、粉紅、嫩黃、純白，一一不等。其時意境，那才叫「一花一世界，一葉一菩提」呢。如今深秋敗荷，花亦頹傷，葉也頹傷，也是人無情趣，佛無禪意的了。又加島上幽徑雖在，青竹卻露敗象，枝杈橫生，黃葉枯下，實實的一番傷心淒迷之境矣。

一行人繞過小徑，便到了御碑亭，見那亭柱上當年康有為的長聯依舊在——

島中有島，湖外有湖，通以卅折畫橋，覽沿堤老柳，十頃荷花，食蓴菜香，如此園林，四洲遊遍未嘗見；

霸業銷煙，禪心止水，閱盡千年陳跡，當朝暉暮靄，春煦秋陰，飲山水綠，坐忘人世，萬方同慨更何之。

屈指算來，康有為在杭，亦不過十七年前之事。細想中華，庚子年以來，數十年間之風雲苦難，怎不叫人扼腕。因此，我們的那位嚮往革命嚮往殺敵的青年杭憶，此時到底還是露出杭氏家族血脈中的吁感傷懷，長嘆一聲，誦詩曰：「國破山河在，城春草木深。感時花濺淚，恨別鳥驚心……」

寄草女兒心腸，又加戰時鴛鴦離亂情思，想那郎君本就是一日不見如隔三秋的，如今也只能是生死置之度外的了。本來沒有這湖光山色來提醒，倒是不說也罷，既在此中，不免也是唏噓的了。被那侄兒杭憶誦詩一首，竟也觸景生情，一時便也長吟道：「……二十四橋仍在，波心蕩，冷月無聲。念橋邊紅藥，年年知為誰生！」

剛剛吟罷，眼角還沾著淚水，她便嚷嚷著說：「不好不好，我怎麼記起姜白石的〈揚州慢〉來了，什麼胡馬窺江，廢池喬木，沒有的事。我應該讀辛棄疾的〈破陣子〉才對——『醉裡挑燈看劍，夢回吹角連營……了卻君王天下事，贏得生前身後名。可憐白髮生！』」

楚卿沉默地走在他們身邊。出身舊貴族的她對這樣的小布爾喬亞情調，可以說是久違了。八個月前，中共中央代表周恩來應在杭養病的蔣介石之邀前來杭州會談時，那楚卿尚在國民黨的獄中。一九三七年三月間，蔣、周在西湖南山煙霞嶺上的國共會談，卓有進展；七月全民族抗戰始，中共閩浙邊臨時省委與國民黨再度和談，女共產黨人那楚卿出獄；十月，由共產黨領導的「國民革命軍閩浙邊抗日游擊總隊」，在浙江平陽北港山門改編集中，楚卿是聽完政委劉英的報告後，悄然離隊，潛往省城杭州的。作為一名資深的中共地下工作者，此次她的任務是挑選與《戰時生活》期刊一起撤往後方的編輯記者。毋庸贅言，楚卿一開始就對杭家人很有興趣，甚至對他們的那個時代女性小姑媽也很有興趣。楚卿知道，抗戰需要他們，理想與信仰的實現也需要他們——是的，我們需要你們，你們必須和我們在一起。

然而，首次見面的震驚卻是楚卿始料未及的；走在島上的小徑間，聽這些人吟詩長嘆，也是楚卿始料未及的。

一直沒有說話的杭漢沒有吟詩，卻捲了捲褲腿，說：「這島上風緊，我倒是有幾分寒意了。」話音剛落，杭漢早不在九曲橋板上。大家定睛一看，彼人已經矗立於橋欄杆，然後一下子猴躍似的，嗖嗖嗖地從這個杆柱躍到那個杆柱，蜻蜓點水一般，忽西忽東，一瞬間就飛遠了。

楚卿驚歎：「這叫什麼功，看不出他有這一手！」杭憶說：「我們才五六歲的時候，寄客爺爺就給我們請了一個南少林寺的遊方僧人，說是要深曉少林拳的『易筋經』的內功法，便要養氣練氣，也就是練拳先練功。怎麼練功，就從這馬步練起。站樁，喏，就像我現在那樣。」杭憶就地做了一個站樁的架勢。

楚卿問：「你也會？」

「會一點皮毛。不及漢兒百分之一。鎖心猿，拴意馬，我到底沒有他的那份恆心。說起來，今日杭州城裡，漢兒也算是一把好手了。」

正那麼說著呢，杭漢就從遠遠的一點，又飛速地越變越大，轉眼間，就輕輕一跳，落在楚卿眼前，雙手作了一個揖，便道：「見笑。」

但見這少年兩眼放射光芒，眉毛又粗又濃，正殷切地看著她——她突然想到她所掌握到的情況——杭漢是有一半日本血統的人。

身後有一人發了話，說：「好身手，好身手。」大家回頭一看，原來是個中年男子，手裡拿一把掃帚，看上去像是個雜役。見眾人對他的出現都不免一愣，那人笑笑說：「我叫周二，你們叫我老周就是。」

「你是這島上的？」寄草問。

「也是，也不是。」周二指著前面的我心相印亭，「各位請到亭子裡喝上一杯茶再走。」

大家不由得心裡稱奇。都這種時候，竟還有人存這份雅趣。雖這麼想著，說到茶，大家卻也立時地口渴了起來，也不推託，便七折八拐，走到那亭中。

所謂「我心相印」亭，乃不必言說，彼此意會之意。此亭立於島之南端外堤，在此駐足瞭望，亭亭三塔，便盡收眼底了。

亭內有桌子一張，配以幾把方凳。但見周二變戲法似的取出一把熱水壺來，又拎出幾隻青瓷茶杯，沖了釃釃的茶放在桌上，說：「少爺小姐，請用茶。」

就見那楚卿把已經到了脣邊的茶杯輕輕移開，卻問：「你怎麼知道我們是少爺小姐呢？」

周二微微一笑，說：「別人我不敢說，這幾位我卻是知道的。杭家少爺，大公子、二公子，還有小姑奶奶。」

這邊杭憶才喝了一口茶，便道：「這茶不是我們家的。」

「也不是翁隆盛的。」杭漢補充說。

見楚卿有些驚奇，寄草說：「那小姐不用太奇怪，實在也就是吃哪一行就精哪一行罷了。像我們家和他們翁家的茶，一到茶季，都是每天收了龍井新茶，然後當夜下鍋復炒的，還要篩簸，去掉茶葉末屑，第二天再加以包裝，放入石灰缸。等到賣時，還有一道篩選、揀別與拼合的工序。況且，杭州城裡，喝茶的誰不知道，杭家和翁家的龍井茶，一過了立夏，就停止收購的。我們現在喝的茶有股苦味，況且杯中茶片也不齊整，一看就知道不是春茶了。」

「那，姑娘你倒不妨說說，此茶是姓什麼的呢？」

寄草就笑了起來，指著東南面湖邊，道：「老周你還真要我說啊，你可是我們杭州茶人的生意對頭啊。你不是對面上海汪裕泰汪家的嗎？」

說得周二也笑了起來，問：「姑娘你好眼力，怎麼看出來的？」

「誰不知道啊，」杭憶也笑了起來，指著杯子下面刻的字說，「你看這不是個『汪』字嗎？」

這一說倒是提醒了楚卿，連忙問：「聽說汪莊被日本人飛機炸了，有這樣的事嗎？」

周二這才嘆了口氣說：「要說沒炸，其實也和被炸差了一口氣。茶莊生意早就停了下來，汪家人避難回了上海、香港，下人們也都作了鳥獸散。留下我們幾個人守著這一攤子。你看那些唐琴宋琴的，從前汪老闆何等地當作性命，如今晾在那個『今蜷還琴樓』裡，也是沒有人來過問了。」

「你怎麼就跑到這裡來了？」

「一開始也是到湖上來避飛機的。後來想，那麼乾熬著，還不如重操舊業。你們也不是不知道，我們汪家賣茶，從前最占便宜的便是湖邊的那個茶號『試茗室』。買主亦是茶客，三杯過後，茶葉包好了，就放到了你的眼面前。我呢，就是那個賣茶的。」

楚卿連連點頭：「我明白了，你是到島上來賣茶的。」

周二臉就紅了，說：「兵荒馬亂，什麼賣不賣茶的。不過一帶兩便，也是避飛機，也是煮點茶，有人來喝，能給幾個銅板就給幾個，沒有，不給也無妨。都什麼時候了，說不定一顆炸彈下來，屍首就漂到西湖裡去了呢。我們也是做了半世人的老杭州了，倒是真正沒有想到，還會有這樣一天。」

周二說著說著，眼睛就紅了起來，趕緊就給在座的各位沏茶，邊沏邊說：「你們幾位也是茶行中人，我今日也是誠心請你們喝茶，千萬不要提個錢字。有緣相會，說不定今生今世也就是這麼一遭了呢。」

看來這周二果然是個平日裡跑堂的，能侃。只是今日說來，都是悽悽惶惶之語了，眾人聽了，大有不忍之意。首先便是杭漢從口袋裡掏出錢來說：「真想多給你一點，沒了，對不起。」

「打起仗來，說不定花錢更多，趁現在日本人還沒進來，你能賺還是賺幾個。實在不行了就趕緊撤，留在城裡，也不是個事情啊。誰知道日本人會怎麼樣呢？」寄草一邊往小皮夾裡掏錢給那周二，一邊說，「羅力說了，日本兵真正不是人，平湖、嘉善那裡一路殺過來，多少老百姓死掉，看了眼睛都要出血，你還是早做打算吧。」

周二一邊感激不盡地收著錢，一邊突然咬牙切齒地罵道：「日本矮子，都不是人，沒一個是人，一看就不是人生父母養的。什麼種操，畜生洞孔裡鑽出來的。從前拱宸橋多少日本人，沒一個像人的，統統都是畜生。你們看我們汪莊後面的雷峰塔，都說是孫傳芳部隊進來的時候倒的，是孫傳芳造的孽。哪裡是這回事！孫傳芳再壞，是我們中國人的種操。中國人再壞也是人生的，日本人再好，娘賣屄也是畜生生的。雷峰塔就是前朝手裡日本倭寇燒掉的。日本人不要落在我們中國人手裡，有朝一日落在中國人手裡，有他們好吃的果子。要我說，殺得他們再沒人能生兒子才好，免得他們三日兩頭來，讓我們中國人做不成人。」

那罵人的，固然是無心，也是激憤。可是罵到種操上去，在座的幾個，就不可能不往杭漢身上想。要是平日裡，誰敢說杭漢半個不字，寄草姑姑也是不客氣的。今日卻由著那周二罵，一時竟也想不出來怎麼去對話。

這些年來，杭州人罵日本人，嘴皮子上，也是越來越厲害的了。罵得那麼凶，日本人還是長驅直入，進了中國。杭家人圍著吃飯時，也罵日本鬼子，但是從來不罵種操。所以杭漢猛不丁地聽到這些話，臉就立刻紅了起來，裝作不經意的，就用茶杯蓋住了自己的臉——不知是為自己的那一半血統羞愧了，還是因為有人罵他母親的種族而尷尬；掩飾這樣的情緒實在不容易，他對著茶杯憋氣，憋得嗆，吭吭吭吭，全身就抖起來了。

周二卻全然不知，換了笑臉說：「少爺你慢慢喝。等日本佬趕走了，我周二還要在此專門等著你們來品茶呢，你們可都記住我的話了。」

幾個人都點頭道謝。杭憶好像是漫不經心地對周二說：「老周，麻煩你再替我們燒壺水來。」

老周剛剛走開，杭憶便對楚卿說：「那小姐，你不是有話要對我們說嗎？」

寄草盯著楚卿，輕聲說：「我聽說你要把我的這兩個侄兒都帶走。家裡其他的人，還沒有一個知道的，他們先告訴我了。」

「我曉得。」楚卿把目光移到了寄草臉上，想了一想，補充道，「不過還得更正一下，不是去兩個人，是在兩個人當中選擇一個。另外，是我建議讓他們先告訴你的。」

「你看，這一來我們倆就想到一塊去了。我也跟他們說了，得讓我先和你談過了，這事才好作數。我這一道關過不了，家裡的那道關就更別想過了。」

楚卿就淡淡地一笑，寄草深知那笑意何在，於是她也淡淡地一笑。這兩個女人，一見面就知道了彼此的分量。

「我十六歲那年就離開家了，家裡人要把我嫁給一個闊少。我一跑，我父母在杭州城裡撈了三天三夜的井。」

「我知道這件事兒。真沒想到，事隔多年，你又回來了。聽說你爹媽一直不認你。」

「不，是我不認我爹媽。」楚卿更正道。

杭憶杭漢兩個人坐在旁邊，聽這兩個女人談閒天一樣地唇槍舌劍，暗地裡就遞著眼色。杭憶就插話進來：「雖說編輯部只要一個人，但我和漢兒已經商量好了一起走，總不能讓我們跟在老弱病殘身後逃難吧。」

「誰說要逃難了，至少媽和大哥都不走。」

「那我們也不能留下來當亡國奴啊。」杭漢說。

楚卿看著杭漢，灰眼睛一閃：「我正要通知你，你得留下來！」

杭漢看看杭憶，嘴都結巴起來：「怎麼——我、我、不能走了，不是說我懂日語，用得著嗎？怎麼……怎麼……」

杭漢為難地看著杭憶，心裡一急，卻說不出話來了。

「你不能走。」楚卿把剛才的意思又重複了一遍。

「為、為、為什麼？」杭漢的濃眉，就幾乎在額頭連成了一片。

「這是組織的決定。杭憶跟刊物撤，你留下。」

杭漢站了起來，兩手按著桌面：「因為我、我是日本人？」他覺得這麼講不夠準確，連忙強調，「因為我是半個日本人？」

杭漢是一個不長於表達的人，他急成那樣了，還是不知道怎麼說話。

寄草的臉有些掛不住了，說：「你胡說什麼，誰把你當日本人了！」

杭漢很茫然地又坐了下來，他看看杭憶，杭憶又看看楚卿。他和杭漢雖是堂兄弟，卻好得跟一個人似的。杭漢話少人憨，一身好功夫，他們平日裡分工合作也很好。油印傳單，從來就是他刻蠟紙，漢兒油印，他們是形影相隨的一對。他從來沒有想到過，上面會真的不同意杭漢和他一起去抗日。

楚卿不表達，不表達就意味著她的確是把他當作日本人了，這使杭漢又開始猛烈地打起哆嗦來了，一邊打著哆嗦，一邊就朝杭憶說：「你說，這是怎麼一回事？你說，這是怎麼一回事？」

楚卿看著這幾個人的緊張，這才淡淡一笑：「怎麼那麼沉不住氣，把我也當日本人了？」見他們臉上的表情都鬆了下來，她才對杭漢說：「你別急，把你留下，是因為以後要派你大用場，你不知道你自己的身分有多麼稀罕？」

「難道你要他去當特工？」寄草的臉也白了。

「不知道。」楚卿看著西湖，「不知道再過一個月，杭州會是怎麼樣的景象。也許日本人就進來了，這個亭子裡，就站著日本兵了。你們看湖上的水鴨，牠們現在飛得那麼自由自在。也許那時候，牠們就成了侵略者的獵物了，湖上會漂滿牠們沾血的羽毛……」楚卿眼睛一亮，盯著杭漢，「也許那時候需要你殺人，你敢殺人嗎？」

她的聲音低沉，幾乎不像是從她瘦削的身體裡發出的。杭憶激動得氣都透不過來，彷彿要去殺人的就是他。

「敢！」他就替杭漢先低低地叫了出來。

寄草臉白著，口氣卻依舊是一向的輕鬆：「就是，有什麼不敢的。日本兵又不是人，都是畜生，殺畜生，有什麼不敢的？」

杭憶知道，這句話是小姑媽專門說給杭漢聽的。小姑媽被楚卿剛才的神情震驚了，現在她需要掩飾這種震驚。她一邊往茶杯裡續著熱水，一邊說：「來來來，平日裡我們也是從來不喝人家上海汪家的茶的，今日碰上了，我們也不妨牛飲一番。以後想喝，也未必喝得上了。」

「怎麼會喝不上呢？」杭憶說，「不出三年五載，我們就會把日本佬趕回東洋去的。到那時候，我們再到這裡喝汪裕泰。」

「到那時候，這張桌子前，不知道少的是哪一個呢。」楚卿突然說。

寄草放下手裡的杯子：「我說女革命黨，你怎麼老說喪氣話呢？」

楚卿就低低地回答：「我說的是喪氣話嗎？」

大家就都默默地喝茶，都曉得，這女人說的不是一句喪氣話。

寄草把聲音壓得更低：「那小姐，我能不能問你們一個問題——你們為什麼選擇了我們杭家人？」

「你們家族，有過林生。」

「就那麼簡單？」

「還有——」楚卿想了想，「我們是最堅決抗日的組織，我們也需要最優秀的青年！」

寄草顯然是想和楚卿拗著來，她大聲說：

「我覺得在這樣的時候，整個中華民族，無論何黨何派，都在真正抗戰。所有在前方流血犧牲的將士，都是最優秀的青年。」

「我沒有說將士們不優秀，但我必須強調，我們是抗戰最為徹底的。」楚卿斬釘截鐵地說。

「羅力他們，也是抗戰最為徹底的。」寄草突然站了起來，她開始不能接受這種談話方式了。

楚卿也不知因為什麼，突然失去了耐心，她也站了起來，說：「需要我從『九一八』開始舉出實例，來說明我的觀點嗎？」

「不用了，當學生的時候，我也到南京請願過。我有我的頭腦。」

「你以後會看到我說的事實的。」

「你這是幹什麼，是到這裡來和我論黨爭的嗎？」

「我只是想告訴你，我們是抗戰最為徹底的。」

現在，楚卿的灰眼睛，幾乎灰無人色，灰得像一塊寒鐵了。

寄草想了想，氣就粗了起來，她不能接受這個叫楚卿的女人。這個莫名其妙的女人，她有什麼權力變著法子來貶低羅力他們。羅力是她的心上人，槍林彈雨，出生入死，她不管羅力的上下左右怎麼樣，她只知道，羅力是最抗日的。因此她一字一句地說：「你看，我到這裡來，可不是來和你爭什麼是非的。我只是來看一看，我侄兒跟你們走，放不放心。日後我對他們的父母也好有一句交代。可是你非得和我爭什麼誰最抗日，我真不曉得這有什麼意思。不過你一定要和我爭，我也只好奉陪。我不管你們是不是最抗日，反正我的羅力是最抗日的，他的父母兄弟都讓日本人殺了，他是最最最最抗日的。我不能讓你說他比你們不抗日。我不能讓你那麼說他，我受不了。」

杭憶和杭漢都愣住了，這兩個女人突如其來的戰爭，超過了這兩個少年人的人生經驗。兩個侄兒都很尷尬，只好站了起來，一人一隻胳膊拉住他們小姑媽的手說：「小姑媽你別在意，那小姐不是這個意思。」

「我不知道她是不是這個意思，反正我聽到的就是這個意思。我還是走的好，要不再聽下去我真不知道會怎麼樣。你們，你們都大了，請便吧。」

小姑媽杭寄草站著，想用那最後的一句話暗示侄兒們和她一起行動。可是侄兒們愣著，你看看我，我看看你，卻沒有一個動彈。小姑媽曉得再站下去也沒有用了，頭頸一別，揚長而去。

兩個少年看看在九曲橋上遠去的小姑媽，再看看坐在眼前的那小姐，都不知道該說什麼好。還是杭憶靈機一動說：「漢兒，你陪小姑媽去，那小姐這裡我負責送到岸上。」

見杭漢一跳又到了柱上，風一般地飄去了，杭憶才坐到了楚卿的對面，小心翼翼地說：「那小姐，你別在意，我的小姑媽，有時就那麼任性，家裡的人都讓著她。」

楚卿搖搖頭，突然說：「對不起。」

杭憶看到她的眼角突然出現了淚花，他嚇了一大跳，心情激動又不安，只好怔著不說話。然後，他聽到她說：「對不起，我剛從裡面出來，也許還有點不適應。」

「裡面，裡面是哪裡？」杭憶不解地問。

「裡面，就是許多人再也出不來的地方。」楚卿突然朝他笑一笑，淚花不見了，杭憶幾乎懷疑剛才是他看花了眼。

「三年前我和一個人在這裡喝過茶，也許喝的就是你家的茶。我不懂茶，真可惜，記不住那滋味了。我們那時候就知道說話——真不能想，三年了，他不會再回來了。」

她朝杭憶笑著，倒退著走向湖邊，杭憶擔心地站了起來，跟著她走。而她，一邊走一邊說：「今天我沒有把握好，說得太多了，意氣用事了。你不會對任何人重複我說的話吧，這可是我們的紀律。成為像我們這樣的人，第一就要話少，言多必失，你記住。我今天就違反了，我不該和你的小姑媽討論這個。她不知道有個人天天盼望出來抗日，可是他再也出不來了……」她就退到了湖邊，慢慢背過臉去。

杭憶目瞪口呆地站在她身後，看著她的背影。他太年輕，從來也沒有領略過這樣的女人。現在他被擊中了，他已經完全知道什麼是「裡面」，什麼叫「再也回不來了」的意思了。

第四章

忘憂茶莊後場倉庫裡，存放著幾十箱上半年積壓的平水珠茶，按常規，原本就是要通過上海的洋行才能賣出去的。如今上海都被日本人占了，還談什麼茶不茶。嘉和思忖著就把小撮著叫來，說：「這幾十箱珠茶放在後場，我終究有些不放心。你看還有什麼更安全的地方？」

小撮著說：「日本人果然打進來，要搶的恐怕也是金銀鋪子，一個清湯寡水的茶莊，還能搶出什麼元寶來。」

嘉和擺擺手：「日本人這一進來，準定見什麼都搶，否則，他們還靠什麼在中國扎下去？」

小撮著說：「莫非日本佬還真的要在我們中國住上三年五載了？」

嘉和搖搖頭，這事他不好回答。

「要不乾脆把這些珠茶移到後園假山內的暗室裡去，你看怎麼樣？」

嘉和點點頭說：「這主意好。暗室潮一些，但也離地隔了兩層，多放一點生石灰，箱子外面再多包幾層隔潮布。不曉得藏不藏得過去？」

小撮著跟嘉和那麼些年了，越發摸透了嘉和的脾氣。明明是他出的主意，他就是喜歡先聽聽人家的，看能不能夠從人家嘴裡說出他的心裡話。昨日他就看見東家在假山附近轉悠了，果然今日就有了這個主意。

小撮著立刻就要張羅著找下人去辦這件事情，嘉和又叫住了他，說：「這件事情，知道的人越少越好。等天黑了，我叫上杭漢杭憶，就我們幾個人辛苦一點算了，你看怎麼樣？」

「我看就那麼辦了。」小撮著曉得，凡事最後再加一句「你看怎麼樣」，也是嘉和的風格。可笑有些外人竟不知道分寸，一聽「你看怎麼樣」，就真的說三道四起來。卻不曾料到，你想至三分的時候，對方早已想到了八分，人家只是給你一個面子罷了。好在任憑他人怎麼說，嘉和也不插嘴，靜靜聽著，有可取之處，也點點頭，說的聽的都妥帖，過後，卻是該怎麼辦還是怎麼辦。跟嘉和幹，說輕鬆，也就輕鬆在這裡，他是這麼樣的一個細心人，凡事角角落落，早就想得周全，還特別為人的臉面著想。可是說不輕鬆，也就不輕鬆在這裡了。頭腦不接翎子的人，聽他的話，有時實在就是在打一場啞謎。常常地，他說東時，意在西，他說西時，卻又意在東了。你想，有幾個人能像多年跟在身邊的小撮著一樣，知曉這位艱難時世中硬撐著家業不倒的杭家傳人那令人費解的語言藝術呢。

嘉和關上忘憂茶莊的大門，從後門走出又進入夾牆中的邊門時，想像著他的兒子和侄子肯定都已經睡了。此刻，也該是子夜時分了吧，伸手不見五指，抬頭看，天上也不見星光，嘉和的心就沉了下去。他都能感覺到心沉下去時的那種黑色，又重又濃，和包圍著他的夜一模一樣。他的胸口就有些發悶，裡面像是壓著一種比以往任何時候都更切膚的不祥的預感。他站住了，用他那隻又大又薄的右手掌按住自己的上半身，心就慌慌起來，沉著而又茫然地想：怎麼了，這一次還能抗過去嗎？

他就這樣走進院子——當年這裡是他和嘉平的天下。有燈光從窗隙裡射出來，把一團團的夜霧切割開了。霧氣幽藍，和從前一樣，嘉平就是在那樣的霧氣裡一走了之的。嘉和一聲不吭地站了一會兒，心生一驚，想，原來他是在等著嘉平呢。

嘉和從來也沒有和任何一個人說起過他對嘉平的真正感覺。他不願意讓任何人知道他們兄弟之間那種因為歲月沖洗而逐漸疏離的感情，彷彿別人不知道，這種疏離就不存在一樣。可是他心裡卻再有數不過，這幾年，他不太願意想到嘉平，有時，突然看到葉子落寞的眼神，他的呼吸，就一下子憋住了。

兩年前嘉和就不再和嘉平通音訊了，可是他也沒有和任何人透露過當時他收到的是嘉平怎麼樣的一封信。他把這封信看後就撕了，信裡寫的事情，他連想都不願意想。儘管他認定自己生性多疑，但他還是不能想像嘉平竟然能夠在新加坡另有妻室。嘉和不願意原諒弟弟，不僅僅因為他這樣做對不起葉子，還因為，通過嘉平的這個舉動，他突然意識到，當別人為了嘉平徹底改變自己命運軌跡的時候，嘉平卻並沒有真正意識到別人為他做的改變——嘉和不能接受這樣不平等的關係。

當他在暗夜裡不慌不忙地泛著他早已熟悉的絕望心情時，他依舊固執地站著。和以往一樣，嘉平並沒有在眼前的霧氣中顯身。也就是說，一切依舊擔當在他一個人的肩頭——多年來他已經習慣了這種孤獨的擔當，這一次他也沒有指望誰來幫他。

這麼想著的時候，嘉和卻已經把他的眼睛貼到那間亮著光的廂房的窗外。從窗縫中看去，杭憶還坐在桌前，攤著紙，眉頭緊鎖時額上就有幾條又細又深的抬頭紋。他這是像我呢，真和我是從一個模子裡倒出來似的。可是瞧他那種不可控制的激動，這可不是我的，我心裡的話就放在心裡，可是你瞧我的兒子，他心裡有話就知道寫下來，斷斷續續的，他說這是詩。

當杭嘉和這樣悄悄看著自己的兒子時，心裡便有一股氣升上來了。他已經知道兒子要走的消息，在他看來，兒子杭憶，是一個前途未卜的人。他極度敏感，容易激動甚至盲動。有極其強烈的正義感而缺乏起碼的抵抗力。他屬於那種非常容易死去的人——被敵人殺死，或者為自己所害。同時，他還不懂得什麼叫生離死別，嘉和始終沒有時間與兒子細談一次，也許並不是真的沒有時間——嘉和經歷的送別太多了，也許他認為他已經不能夠承受送別了。

半夜三更，杭憶被自己的詩興激動得上氣不接下氣，他一會兒躺下一會兒爬起，和白天在西湖邊的節制有分寸判若兩人。他在他的堂弟杭漢面前從來沒有掩飾過他的任何一次心潮澎湃，杭漢永遠是他的第一聽者。他說：「漢兒，你可不能睡覺，你無論如何必須聽完我的十四行詩才可以睡。我已經完成了十二行。做一個詩人實在是不容易的。」

然而，堂弟杭漢白天被有關種操的話題困惑得頭昏眼花，他還要為他不能夠與他的詩人堂哥同去抗戰前線而調整心態，他早已被自己的事情折騰得毫無詩意了。

好在從小到大，他一向重視他的詩人哥哥，其重視的主要手段就是不斷地傾聽詩人的心聲，同時又不時地對詩人進行冷靜的質疑。比如此刻，他躺在床上已睡眼惺忪，但依舊能夠清醒地問道：「我記得你已經把你的十四行詩獻給你的女同學了，而且還不止一個。」

「別提那些朝生暮死的以往，那是抗日之前的事，死亡了的過去。從今天起，我的新生命，才算是真正開始了。」

「我記得你起碼向我宣布過三次，你的新生命重新開始了，我記得第一次——」

「——這一次才是真的！」杭憶壓低著嗓音，激動地打斷了杭漢的譏諷。他的手也因為激動而顫抖起來了，「多麼好，抗日的女性，革命的女性，永恆的女性你引我向上。」

杭漢便一下子沒有了睡意，他坐了起來，問：「為楚卿寫詩了？」

「你奇怪嗎？」杭憶回過頭來，「你以為我不會謳歌一位革命女性嗎？」杭漢立刻又躺了下去——不，他不但不以為奇怪，相反如果他的這一位哥哥沒有謳歌那位女性，那才叫奇怪呢。

杭憶靠在桌邊，胡亂地吹著口琴，看上去他已經長成了一個清高傲慢的長腳鷺鷥一般的蒼白的南方青年。有一天，他偶爾翻出了一把口琴。「這是你的嗎？」他問父親。父親點點頭，杭憶覺得不可思議。他原來以為，父親和口琴之間不會有任何關係。他猶豫了一會兒，輕輕地用嘴一碰，口琴孤獨和有些悽楚同時又那麼歡快的聲音嚇了他一跳，他一下子覺得，口琴很合他的胃口，就對父親說：「給我好嗎？」

父親點點頭，他抓起口琴一溜煙地跑到正在後園種菜的杭漢身邊，胡亂地吹了一陣，揮著口琴問：「這玩意兒怎麼樣？」

杭漢打量了人與琴一番，說：「你們倆倒挺般配。」

從此，杭憶就黏上了口琴。家中女性雲集的一些節日裡，杭憶也總會表現出一種與眾不同的冷漠，躲在房中嗚嗚咽咽吹，誰叫也不理睬。他那種故作高深愛理不理的架勢，反而得到了眾多女眷的噓寒問暖，到頭來他終於成了萬綠叢中的一點紅。

只有目光犀利的小姑媽寄草才敢當面對大侄兒說：「又犯病了，又犯病了，全世界就你沒有媽似的。」

「我就是想要個媽。」杭憶說。

「就是離不了大家都寵你。」寄草說。

杭漢雖然沒有附和他的小姑媽，但私下裡也以為他的這位哥哥性情的確是輕浮了一些。只是他和杭憶好得很，只在沒有人的時候，他才肯一句就擊中要害地把杭憶說得啞口無言。只有他才敢問他：「她又給你寫信了吧？」

他所說的她，乃是杭憶的親媽方西泠。

「你怎麼知道？」每次杭漢這樣問他，他就氣急敗壞地說，「我的事情，不要你來關心。」

杭漢早有經驗，不用我來關心我就不關心，遲早你還得找我傾吐衷腸。不出所料，沒幾分鐘，杭憶就憋不住了，就問：「我問你啊，你怎麼知道她又給我來信了？」

「你這副吃相，我看看也看出來了。」每當杭憶擺出一副討著要人關心的架勢，杭漢就知道他心裡又失去平衡了。果然，杭憶坦白了：

「她要我去看她，還說要我到湖濱公園大門口去和她接頭。」

「你去嗎？」

杭憶想了想，說：「我倒是想去的，不過這麼大的事情，我不能瞞著爸爸。」

杭漢說：「你就告訴他好了。要不要我去替你說？」

杭憶搖了搖手，這時候，他突然會表現出高出於杭漢的那種把握人的細微情緒的能力，他說：「不要去說，爸爸要為難的。」

「他不會不肯的，大伯父是多少通情達理的一個人！」杭漢安慰他的小哥哥。

「正是因為他這個人通情達理，所以才會為難。」杭憶這時已經調整好自己的情緒了，他揮揮手說，「算了算了，我也不想和她那份人家打交道。我聽盼兒說了，她那個繼父平日裡和她媽也是搞不到一起的，兩個人常常要為從前的事情吵架。她繼父說，她媽的魂靈還在杭家竄進竄出呢。我和她接上頭，以後她又有麻煩了，你說呢？」

他好像是徵求杭漢的意見，其實他已經決定了。你看不出來這個貌似風流的哥兒內心裡撐著一副什麼樣的骨頭。這種人是只有到了時候，才說變就會變的——他們會像蛹化為蝴蝶一樣，從一個人變成另一個人。

然而，時辰還沒有到，杭家的又一代大少爺時不時地還在他的青春之湖中冒著他那些輕浮氣泡。

就在杭憶遇見楚卿之前不久，他還正和一個在《放下你的鞭子》中出演賣唱姑娘的女學生眉來眼去。他還一邊抗著日一邊忘不了進行他的情愛小遊戲呢。杭漢譏諷他的正是他給那個姑娘寫的詩：

若說你的眼睛，不是柳後的寒星，
怎會如此孤獨？怎會如此淒清？
若說你的眼睛，不是火中的焰苗，
怎會如此熱烈？怎會如此高傲？

他覺得自己這首詩寫得挺不錯，但被杭漢一句話就頂回去了：「高傲？高傲個鬼！空襲警報一響，她首先亂竄，尖叫起來，自己也像一隻空襲警報了。」

杭憶很想反駁他的弟弟，可是想到漢兒的這個比方打得實在是好，不禁大笑，從此便給那姑娘正式命名為「空襲警報」。

此刻，在杭憶的強制性的對話下，漢兒也已經從第一輪的睏勁中醒來。他們開始熱烈地討論起這個白天他們剛剛認識的名叫楚卿的女子。

「你注意到了嗎？每當她往遠看的時候，她的眼睛就會瞇起來，好像很困難的樣子。那時候，她的眼睛很神祕，我從來也沒有看到過這樣的眼睛，我是說，這樣的姑娘的眼睛。」杭憶說。

杭漢想了一想，說：「她一定是近視眼。」

杭憶很掃興，杭漢總會有這樣的本事來一語中的。可是我想說的並不是近視不近視，我想說的是那種生命裡出現的具備著重大意義的人——那些以燃燒方式在夜空中劃破黑暗的永恆的星辰。現在我就要去追隨星辰了。想到就要離開家了，去遠方，去抗戰，和敵人決一死戰，我怎麼能不心潮澎湃呢！一連串的可以構成詩行的詞組從年輕詩人的心裡面跳了出來——血，鐵，死亡，愛，大地，天空，太陽，月亮，等等，等等。哦，還有鐵血意志組成的鋼鐵團體，在任何情況下也不能夠出賣的核心，民族抗日的最堅定的敢死隊，能夠參加他們本身就是無上的榮光。直到今天，我才開始懂得小林叔叔為什麼會為了這個理想去拋頭顱灑熱血。犧牲是多麼令人嚮往啊，昏黃的燭光下火苗在微微地跳動，像她時隱時現的目光。她的目光裡也有火，她的眼睛——是的，現在我想起來了，她的眼睛一瞇起來，一串灰色火星就從那裡跌落。她是所有的女人都無法比擬的女子，她是至高無上的。也就是說你不能喜歡她，喜歡她就是一種褻瀆。你只能仰望她，就像仰望啟明星。行了，我的十四行已經完成，漢兒，快起來，坐好，你不能夠躺著聽我歌頌她的詩，你得正襟危坐——

我想你該是蕭瑟西風中的女英，
你的眼睛像秋氣一般肅殺，
當我在湖邊的老柳下把你等待，
你將來臨前的峭寒令我心驚。

這一片湖畔未曾走過如你這樣的女郎，
你從來不讓你的人面與桃花相映，
你的眼睛也從不蕩漾春水秋波，
你向我一瞥時目光在另一個世界閃擊。

在這鐵血時辰你不期而來，
我卻正是對你一見鍾情的少年，
然而我甚至不能直呼你的名字，
我怕說話時把你的靈魂吐露；

我只是想在你走過的地方倒下，
和你的那個已經永別的親人一樣。

詩念完了，小小燭光下兩個少年都陷入了沉思。

杭漢，一直躺在床上，雙手枕在腦袋下，他沒有看著他的好兄弟，卻突然意識到，他的這位小哥哥將要進行的，並不是一次遠遊，你也可以把它理解為永別。有一種東西，正在這個不動聲色的暗夜裡從他們的身上離去，再不回來。另外還有一些新的東西正在無聲地注入他們的心裡。離去的東西雖然一樣，注入的卻分明是不一樣的東西了。兩個年輕人幾乎同時感覺到了這種離去和到來的片刻。他們都有些惶恐，被心靈的暗湧激動著，又不好意思說出來，只好呼哧呼哧地喘氣。然後，杭漢深深地吸了一口氣，雙手一推，打開了窗子。

一股寒氣撲面而來，兩兄弟把頭一起探了出去，他們就都愣了。杭憶半張著嘴，看著父親。父親的頭髮溼溼的。

扒兒張，就是在那天晚上，被杭家人當場抓住的。

杭人對小偷有一個專門名詞，叫扒兒手。扒兒手出了名，也是要冠之以姓的。比如這個張三，也算是杭城一大名偷，故命名為扒兒張。杭家的山牆甚高，平日嘉和管理亦嚴，按理不會有賊進入。無奈抗戰非常時期，一切亂套。比如這個扒兒張，就是從那水漫金山的防空洞裡，蹚水進來的。

當時杭家三主一僕，也算是把那幾十箱的珠茶，剛剛安頓停當，累得還來不及喘口氣，突聽腳下傳來嘩啦嘩啦的聲音。還是嘉和警覺，小聲說：「有人，別說話。」

杭家兄弟和小撮著立刻就屏住了呼吸。在黑夜裡待的時間長了，周圍景象，約摸就能看清楚。果然，不一會兒，就聽見防空洞那一頭，水聲越來越響，不一會兒，就見一人，頭上頂著個麻袋，從齊腰深的水裡，小心翼翼地蹚了過來。漢兒就要撲過去，被嘉和死死拽住，耳語道：「再等等。」

見那扒兒手從防空洞裡爬了出來，賊行鼠步地貼著牆根走，竟然就在那間杭家人多日不進去的花木深房門前站住了。此屋乃嘉和先父杭天醉念佛誦經之處，天醉逝後，少有人進出。嘉和突然就一個激靈，背上就有冷汗冒了出來——原來此屋雖不住人，卻是在佛臺上放著一些古董的，其中有明代的觀音瓷像，還有幾隻天目茶盞。那串念珠，還是父親專門託人從天竺捎來的。最最叫人放心不下的，乃是項聖謨的那幅〈琴泉圖〉，那是父親當命根子一般愛惜著的，前些日子祭他時才取出來掛在那花木深房中，該死的賊人，竟在這種時候下手。正那麼想著，就見門咿呀一聲開了，扒兒手溜了進去，就點著了一根火柴。

這頭，杭漢哪裡還按捺得住，被嘉和猛一推，就大吼一聲，撲了出去。杭漢是武林中人，那扒兒手豈是他的對手，沒幾個回合就把對方給摁住了。嘉和就連忙再點一根火柴，湊到那扒兒手面前。然後，小撮著就驚叫了一聲：「娘的，是扒兒張，攤到他手裡了。」

嘉和任那火滅了，呆站了一會兒。杭憶在一邊問：「爸，要不要趕緊點點這屋裡的東西？」

嘉和摸黑找了張椅子，坐下，說：「等一等，讓我想想。」

扒兒張倒比嘉和還性急，跪在地上就磕開了頭：「杭老闆，放我一馬。我實在是今日第一次摸上門來，那些東西都不是我偷的。我是見了別人從你家園牆下洞裡鑽進鑽出，揀了不少衣物，才動了心。我真是第一次進來。你要報案，就去報他們，千萬別報我，我上有八十歲的老娘，下有三歲孩子——」話沒說完，就被小撮著搧了兩個大耳光：

「——你給我閉嘴。誰不知道你扒兒張名聲，頂風十里臭。你娘早就被你氣死了，哪個女人肯嫁給你生孩子！你就趁早竹筒倒豆子，把肚裡這點髒水給我倒乾淨吐出來。你要不說，我也不把你報案，我就把你按在防空洞裡餵了那陰溝水，也強似你偷遍杭州城，害了多少人家。」

這一番話嚇得那扒兒張又雞啄米地磕頭，口裡只管杭老闆杭老闆地求個不停。嘉和嘆口氣，又劃亮一根火柴，果然就見那〈琴泉圖〉不見了。心裡火要上來，正欲發作，又壓了下去。扒兒張這種市井無賴，他也不是沒有領教過，那張皮也就是經打，怎麼打也改不了賊性。嘉和不止一次在街頭看到扒兒張被人吊著往死裡揍，有兩次他都看不下去，自己掏了錢贖了他的命。有什麼用，不是照樣偷到他頭上來。一時半刻要在他口裡掏出一點什麼，看來是不可能的了。他揮揮手，讓小撮著先把扒兒張帶下去再說，末了還添了一句：「別打他，打壞了，還得我們賠。」

這邊扒兒張一下去，嘉和就對兩個半大孩子說：「你們也都看到了，賊是從防空洞裡鑽進來的，你們今晚也就別睡了，趕緊趁天沒亮把那洞堵上。」

杭憶杭漢剛要走，又被嘉和擋住說：「這事千萬別和人說，特別是不能對你們奶奶說，你們看怎麼樣？」

杭憶杭漢一邊扛著鐵杴從後門往外走，一邊小聲說話。杭漢說：「我才不會和奶奶說，她要曉得那些寶貝被扒兒手偷了，又不知急成什麼樣！」

杭憶已經走到了圍牆外的那個不起眼的小洞前，拿蠟燭照了照，就開始幹活，一邊往下剷土，一邊說：「你比那些個小偷還缺乏想像力。你看他們，也都曉得隔著圍牆打通裡面的防空洞呢。小偷是從防空洞裡進來的，那麼防空洞是誰一定要挖的呢？是奶奶，你懂嗎！爸是怕奶奶知道了這事心裡過意不去，臉上又不肯放下來，爸是替奶奶在擔著呢。」

天朦朦亮的時候，杭嘉和已經把這五進大院的角角落落都走了一遍。總算發現得及時，嘉和一邊慶幸著，一邊突然想到，還漏下一處沒有去看——他把葉子住的那個小偏院給忘了。他一邊輕輕拍了拍自己的額頭，責怪自己不該那麼粗心，一邊就匆匆地朝那個種有一棵大柿子樹的偏院走去。

初冬季節，柿子樹的紅葉幾乎掉光了，樹梢上還掛著那麼一兩片，看上去倒像是舞臺上的暗示著淒涼的布景。這裡是第四進院子邊的一個小偏院，從前也是沒有人住的，偶爾有客人來才用幾天。葉子說這裡清靜，就搬了進去。嘉和平時幾乎不到這裡來，他和葉子之間的話，也是越來越少，幾乎就到了無話可說的地步。嘉和不知道葉子是怎麼想的，而在他，卻是說也說不清楚的內疚。不管杭家人對葉子做了什麼，嘉和都把那責任擔到自己身上，不管誰傷害了葉子，嘉和都好像是自己傷害了她。

還沒到那小門口，嘉和就聽到了輕輕的哭聲。嘉和的半邊身子就好像被麻了一下，他站住了。門沒有鎖，嘉和推門進去，葉子正抱著柿子樹幹，用頭撞著樹身子，發出了咚咚咚的聲音。嘉和衝上去一把拉住了葉子，見她的額頭都已經破了，血從額上流了下來。葉子看是嘉和，就開始往嘉和胸上撞，幾下就把嘉和的胸前沾染得紅糊糊的一片，一邊哽咽著哭叫道：「實在是受不了啊，嘉和哥哥，真的實在是受不了了啊！」

葉子手裡捏著一封從新加坡來的信，一看那筆跡，就知道是嘉平的。嘉和費勁地按住了葉子的肩膀，說：「你輕一點，我心口痛得厲害。」

葉子抬起頭來，看到嘉和蒼白的臉，她不哭了，撫著嘉和的臉，驚慌地問：「嘉和哥哥，你怎麼啦，你哪裡不舒服了？」說著就要把嘉和往屋裡扶。嘉和搖搖頭，眼睛溼潤著，靠在樹幹上，笑笑說：「沒事。」

與從前任何時候一樣，兩年前，嘉平把生活中的難題和盤向這個只比他大一天的大哥托出。他早已成為南洋一帶具有很高聲望的社會活動家之一。而這位富商小姐，則是他所主管的報社裡一位出類拔萃的女畫家。按照嘉平的原話——是共同的奮鬥目標、共同的理想、共同的磨難、共同的志向，把他和她結合在了一起。然而，這位小姐的父母則是信基督教的，他們不能允許自己的女兒按照中國人的某些個慣例行事。嘉平在給嘉和的信裡，希望嘉和能給自己提供一些積極的建議，還希望通過嘉和把這件事情告訴葉子。

「我曉得總有瞞不住的一天，」嘉和搖搖頭，「可我實在沒法跟你說，我……沒法跟你說……」

「我也曉得你早就知道了，我等著你來說……真難受啊，誰都不知道我有多難受……」

「我本來想找個你高興的日子跟你說，可你總也沒有高興的時候……」

「怎麼，你不曉得他要回來了。他要帶著他的那個她——天哪，我真受不了，嘉和哥哥，我真受不了……」

……

「他說他要回國抗日來了，他們就要一起回來了，他們……就要……一起回來了……」

她又抱著老樹幹，放聲痛哭起來。她哭得那麼專心致志，以至於門再一次打開，她的兒子杭漢進來，他們兩人也不知道。

「怎麼啦，媽媽，我們這個院子也讓人偷了嗎？」杭漢吃驚地問道。

第五章

中尉作戰參謀羅力，從警備司令部值班室接到女友寄草的電話之時，他的另一隻耳朵還在接另一個電話，國事家事同時在他的兩隻耳朵裡打混仗。

原來上海戰場失利之後，軍方立刻要求破壞錢塘江大橋，以防敵軍過江。此番電話打來，正是要羅力立刻通知警備司令部有關方面，速去省政府商量炸橋事宜。

這頭還沒放下耳機呢，那頭寄草就十萬火急地來了電話，說家裡出大事了。羅力聽她口氣不對，夾著那隻耳機，這邊歪過頭來輕聲說：「快說，什麼事？我這頭還有戰況要通報呢！」

寄草說：「家裡被盜了。」

羅力心想，兵荒馬亂的年代，偷點東西，倒也算不了什麼，便問：「賊呢？」

「賊倒是當場就被抓住了。」

「還不快送警察局去！」

「大哥不讓送，還說要把他放了。我們正扣著，等著你來發落呢。」

羅力嘆口氣說：「連個小偷也對付不了，哪有像你們那樣的生意人。」

說著，兩頭放下了電話耳機，連忙報告上峰，然後駕上軍車，立刻趕到省政府。炸橋是件大事，他是要配合完成到底的。

浙江省，向有浙東浙西「兩浙」之稱，且以錢塘江為界，又通常以杭嘉湖三府列為浙西，寧紹臺金衢嚴溫處八府列為浙東。

從前沒有大橋之時，浙東、浙西便被那滾滾東去之水隔開。民國初年的省議會，倒也是議過架橋之事的，無奈軍閥混戰，費用無著，議過也就當沒議過一樣的了。直至民國二十二年，建橋動議才重新提出，由橋梁專家茅以升為工程主持人。一九三四年十一月十一日，乃第一次世界大戰和平紀念日，亦為錢塘江大橋開工典禮日。至一九三七年九月二十六日，這座長達一千四百五十三米的中國最長的鐵路公路大橋建成，浙東浙西，從此一氣貫通。

此時，八一三淞滬抗戰已經開始，經錢江大橋南運物資甚多，最多時一天過橋的機車達到三百餘輛，客貨車兩千餘輛。等到十一月十七日公路橋面開通，步行過橋的人數每天達十餘萬人，那可真是如過江之鯽一般的了。

世界橋梁史上恐也未有這樣的事情——橋還沒建好，已經在考慮如何把它給炸掉了。九月二十六日，當大橋的下層鐵路已鋪成，清晨四時，第一輛火車緩緩駛過大橋時，有誰知道，大橋靠南岸的第二個橋墩裡，已經準備好了一個放炸藥的長方形空洞。

眼看著，這座由中國人第一次自己設計建造的大橋，要由中國人自己來炸毀了。

這一件要緊的戰事全部落實完畢，已過午夜，羅力開著軍車，沿著西湖邊歸來。一時沒什麼大急事了，羅力就不再開飛車，他慢慢地從湖邊的老柳間穿過，腦子裡一片空白。

夜空中能夠聞到濃郁的深紅色的恐懼氣息，它不僅從空中撲來，彌漫了整個城市的天空，而且，它也已經在內部生成，鬱結在了這個城市的地底。此刻，就從這湖面上強大而又緩緩地升起來，不動聲色，勢不可當，在夜幕中無聲地冷笑，逼近那些還在溫柔富貴鄉中的這個城市的南宋遺民。

羅力，從大中國的遙遠遙遠的東北而來，如果沒有戰爭，他恐怕永遠也不會被包圍在這樣一種操著「鳥語」的人們之中。這裡的男人身穿長衫，消瘦，如女人一般白皙，臉上浮現著不可捉摸的節制。羅力常常不能明白，這些南蠻子的內心深處到底在想些什麼。而且，他總是看到他們喝茶，喝茶，他們互相表示著友愛，就說：「怎麼樣，我們到西湖邊喝茶去。」這使羅力氣悶，在他們遙遠的東北，男人見了，就大吼一聲：「走，喝酒！」即便是在軍隊，這裡的軍人們也是很少像他們東北人一樣成群結隊地在一起豪飲的。那些年輕的軍官一旦被哪一個女人俘虜，立刻便從精神上進入了那些穿長衫的不動聲色的白皙的杭州男人的陣營。

羅力從來也進入不了這個城市。即便是在他也難逃杭州女子情愛的羅網之時，他也還是進入不了這個城市。比如說，他就實在是不能明白，為什麼杭州人這樣不願意離開西湖，他們似乎把西湖當成了他們的命，或者，是拿命來抵押給了西湖。前不久上海淪陷之後，杭州人曾經有過一陣子集體逃難，這種大規模的集體活動，人稱「杭兒風」。誰知這一段時間日軍進犯的消息稍一滯緩，杭州人的杭兒風又回來了。連日來，羅力發現又有不少疏散出去的市民回到了城中。他們放下挽在手裡的包裹兒，連一口水也不喝：趕快，趕快，趕快去看看久違的西湖。走到湖邊，放眼望不夠溫山暖水，在殘花敗柳叢中抿一口龍井茶，一聲長嘆方才出口——哎，回家了，總算回家了。

西湖再好，一窪子水，哪有咱們東北大平原一馬平川好啊。那雪刮的，那才叫是雪，哪像這裡啊，雪到了這裡也都軟了骨頭，成不了片，滴滴答答地沒了形狀，成了扯也扯不斷的雨絲了。

還有風，湖上吹來，一陣一陣的，小小的風，透著人氣。那叫什麼風啊，羅力深感遺憾地聳了聳鼻子——那叫什麼風啊，那簡直就是女人的手啊。這麼棒的東北小夥子，被這樣的風吹著，也不免就緩緩地停了車，頭一暈，便靠在了方向盤上。

也不知道那是多少一會兒，他突然地就被驚醒了。寧靜的暗夜裡，他聽到了一聲長長的鳥啼，婉轉的，柔腸百結的，少婦夜半閨怨似的，因為在無聲的時刻，這顫巍巍的聲音格外清晰。況且那聲音也是充滿著警覺的呢，牠似乎感覺到有人在聽牠的夜半歌聲了，牠便噤聲不語，人鳥便各個地一番心思。

然後，鳥兒似乎對這柳浪中聞鶯的人兒釋然了，牠便一聲長歌，一氣呵成小夜曲——呵——那是一種什麼樣的聲音啊，那可真是撼心驚魂，催人淚下的了。東北小夥子羅力一下子就撲在了方向盤上，萬千的思鄉之情瞬間把胸腔塞滿，羅力有一種心碎了的感覺，那是西湖給他的。然而，此刻他對西湖並不知情，他只是前所未有地思念起他的心上人——我的美人兒，我的南方女人……然後，他一下子全部想起了剛才他忘記了的那件重要的事情。

從清河坊忘憂茶莊雕花大銅門外洩出的燈光，吸引住了羅力的視線。聽寄草說，前方戰事吃緊以來，不少茶莊都已關門不做生意了，忘憂茶莊也只是在苟延殘喘罷了，怎麼這會兒都半夜了，還亮著光呢。他就上前貼住了臉一窺，見一男子側身坐著，一個穿長衫的南方男人，寄草的大哥嘉和。羅力見過他幾面，只知道這位大哥也是神情淡漠的，尤其對他——羅力能夠感覺出來。

不過此刻想來是沒有人了，這個男人的臉上便有了一層悲戚的神色。羅力看到他一動不動，偶爾，受驚似的抬起了頭，看一看四周，又沉入了冥思。羅力在門外站了一會兒，就輕輕地敲響了門。

兩個男人的說話一開始很隔，那是從嘉和過分的客氣中感覺出來的。畢竟還是男人嘛，不管北方的還是南方的，都知道男人間的較量是怎麼回事，不過用的是各自的手段罷了。

嘉和一看到羅力就熱情地站了起來：「坐坐，你看寄草也是，家裡這點事情也來麻煩你。她一直等你，夜裡到貧兒院去了。其實也沒有什麼。這種時候，哪一家不出一點事情。你喝點茶吧，喝茶提神，『破睡須封不夜侯』嘛。平水珠茶好不好？」

嘉和長長的個子，在店堂裡來來去去地找他要的茶罐子，一隻手舉著，數點著茶罐，另一隻手下垂的大拇指和其餘幾個手指在奇怪地不停地摩擦著，彷彿因為一時不知所措，又不願對方知曉，要找一點動作來彌補掩飾一樣。

羅力不理解這樣的男人，他記得上一次看到他的時候，這位大哥是幾乎不願意和他打照面的，點了點頭，就走開了。羅力還知道，杭家幾乎所有的人，對他都沒有太大的熱情。寄草曾經流著眼淚對他說過：「我本來應該是恨你的，可是我現在卻那麼愛你。這樣多麼痛苦，我沒臉見嘉草姊姊，我母親因此而看不起我，你明白嗎？你是他們的人！」

「真可笑，我是出來抗日的，我是軍人，真可笑，我和誰的人都沒關係。現在你還愛我嗎？」羅力跺著腳，佯裝著生氣說，他是一個急性子，肚子裡藏不下一個疙瘩。

寄草生氣地用手捶了他的胸，說：「羅力你幹什麼，你想氣死我不成，你可真是氣死我了。」

然後他們就在一起親吻，熱情的姑娘，沒完沒了，直到空襲警報再次響起。

然而羅力知道，這兩兄妹的熱情是不一樣的。也許，此刻嘉和的熱情，恰恰是一種拒絕。羅力在杭州待久了，知道這裡的人們，能夠把拒絕也做得像接受一樣好看。

因此羅力說：「大哥你別找了，我喝什麼茶都可以，我不喝也可以。真的，我沒喝茶的習慣。」

然後他看到大哥回過頭來，昏黃的電壓不穩的燈光下他的表情有些不解的樣子，說：「到這裡，怎麼能不喝茶呢？」

羅力立刻明白，不能這樣和他們杭州人說話，大哥是要留他坐一會兒呢。他趕緊就換了一個話題，問：「家裡少了什麼？小偷人呢？損失大不大？」

嘉和把泡好的平水珠茶盞放在羅力眼前，自己也在他對面坐了下來，他也抿了一口茶，才說：「我把小偷給放了。」

「放了？」

「杭州城不日就要棄守了，這你比我清楚。許多要犯都要轉移，聽說還有開釋的。連小車橋的陸軍監獄都要解散呢，這些個不大不小的偷盜案，就不算是個什麼的了，關在那裡，到頭來也未必有時間審。還不如早早地放了，他也有時間逃出杭州城。否則，鎖在監獄裡，莫非等著日本人來殺。」

羅力便想，大哥是個明白人，又問：「那——損失大不大？」

嘉和忖了一會兒，才說：「主要偷的還是父親生前的花木深房的那一進院子。別樣東西，沒有就沒有了。只是父親最看重的那張〈琴泉圖〉也被盜走，倒是讓人肉痛的。」

「很貴重嗎？」羅力想到這個地方的許多人家，但凡識得幾個字，都喜歡收藏字畫的，倒有點像農民一到秋天就要囤積糧食一樣的呢。

「貴重二字倒是不敢當。這幅圖原本是明人項聖謨所作，也不過二尺長、一尺寬的紙本，上面畫了幾隻水缸，一架橫琴。只是那一首題詩我父親在世時十分地喜歡——自笑琴不弦，未茶先貯泉——算了，算了，」嘉和突然揮揮手，「身外之物，生不帶來，死不帶去，都什麼時候了，還有心思想字畫。」

說到這裡，嘉和也好像沒什麼可說的了，便又喝茶。

羅力從沒買過茶，也從來沒進過寄草家的這個大茶莊。第一次來，又是夜裡，竟覺得茶莊是很神祕的了。店堂櫃子裡那些各種樣子的茶罐，有錫的，也有洋鐵的，還有，地上的那些個花磚，看了也讓人新鮮。還有這張大桌子，羅力說不上來那是什麼木頭的，但大理石桌面他還認得出來。他打量著周圍，一抬頭，卻看到嘉和正打量著他。羅力不知就裡，只得朝他笑笑，嘉和也笑了，方說：「你讓我想起一個人。」

「誰？」

「死了。」嘉和看著羅力，當年林生也是坐在這張桌子旁的。美男子林生，嘉草的心上人林生，忘憂的父親林生，他正在另一個世界，在幽冥處，注視著下一輪另一個登場的男人——嘉和不知道，林生在那裡，潮溼的溫厚的地下，能否接受這個北方來的國民黨軍軍官。

「我知道他是誰。」羅力啊，到底年輕氣盛，他脫下軍帽，放在桌上，說，「大哥，你應該知道，不是戰爭，我不會來到這裡，我不會是個軍人。我生來本是一個挖煤的，我不是生來就打仗的。」

這話說得硬了一些，嘉和好像沒有什麼思想準備，抬起頭來，說：「我們這些人，沒有人喜歡打仗的。」

話音剛落，電燈滅了。戰時的燈火管制，大家都已經不奇怪了。羅力問：「大哥，有蠟燭嗎？」

「有倒是有，不過店堂裡向來有規矩，不能夠點蠟燭的。」

大概是立刻想到羅力本不是一個茶人，並不知道茶的那些個講究，嘉和在黑暗中解釋道：「茶行中歷來就有這樣一說，茶性易染，別樣氣味不可與茶同在。故而店堂裡做生意，我們向來是蔥、蒜、羹不進口的。蠟燭氣味重，也不能進店堂。早先店堂裡用的是燈草，再後來，就用電燈了。」

兩個男人坐在黑暗中，各自摸索著茶盞，口中便各自發出了咂茶的聲音，在暗中，竟也是十分地響亮。羅力第一次知道，世界上有一種叫什麼平水珠茶的茶，它是圓的，在水裡放開而成為長的。它入了口，竟然是那麼苦澀的，清醒的，羅力永遠也不能夠忘掉這平水珠茶的了。因此他問：「大哥，難道你還準備把店開下去？」

嘉和在黑暗中好久也沒說上一句話，然後問：「照你看來，我是撤，還是不撤？」

羅力放下茶盞，黑暗中放大了聲音：「大哥，我今日來，除了家中偷盜一事之外，還有一件最重要的事情，就是立刻幫助你們撤到後方去。你別看城裡面現在又平安無事的樣子，淪陷就在眼前了。我把你們安頓好，我自己也要走了。」

「走哪裡？」

「上正面戰場。」

嘉和就不說話了，其實他倒是很想問寄草知不知道羅力的這一打算，但他立刻覺得不能夠這樣問一個國難當頭時的軍人。因此最後從他嘴裡出來的話就變成了那樣：「這樣好，男人上前線，女人孩子退到後方去，寄草準備帶著忘憂一起去貧兒院。」

羅力很關心杭家的其他人怎麼樣安排。他有一種直覺，認為這個家族的人是經不起戰爭的，他們不是那種在非常情況下能夠生存的人們。

因此，當他知道除寄草和忘憂之外，唯有杭憶要跟著抗日組織撤到金華去，杭家其餘的人都不打算離開杭州時，十分不能理解。他告訴嘉和，據他所知，杭州城裡的有錢人都已撤了自己的實業到後方去了，候潮門外那十幾家的茶行，不是也都撤了嗎？

嘉和聽著黑暗中羅力的略帶焦急的勸說，心裡想，是的，是的，你的話統統都是有道理的，但是你的這一番話應該和綠愛媽媽去說，你知道我們這幾天為她的去留磨破了多少嘴皮。你想想，和女人談戰爭，這本身便是一場多麼艱苦的戰爭。無論我們怎麼跟她說撤退的生死意義，她都能找出一些牛頭不對馬嘴的理由來。她一會兒說日本人不影響龍井茶的生意，比如這幾年，獅峰極品照樣賣到十六塊錢一斤，特級龍井照樣賣到十二塊八角一斤；她一會兒又說日本人不會打進杭州城，哪怕真的打進來他們也不敢殺杭州人——杭州是佛保佑的地方；一會兒她又說哪怕日本人要殺杭州人也不會殺她——她有什麼好殺的，稱稱沒有肉，殺殺沒有血，剝剝沒有皮，老太婆一個了，難道日本人還會看得上！最後一點，她堅信抗戰是立刻要勝利的，你看那麼多的黨，共產黨，國民黨，都要團結起來抗日的。中國多少人，從前是不團結，日本人才打進來，現在團結了，哪裡還會任他們橫行霸道，我又何必一歇歇逃出去一歇歇趕回來。

總之她一會兒這麼說一會兒那麼說，就是不想走。最後她甚至被自己的理由感動得哭了。她說，她是不能夠離開嘉草的，她是陪著嘉草親眼看著林生被殺頭的，所以嘉草才神志不清了。嘉草不能出去逃難，出去就要死。她不是她的媽媽！雖然不是親生的，但比親生的還要親，我怎麼能夠扔下她不管呢？

嘉和想說不會扔下嘉草不管的，嘉草的事情他會管。但綠愛不讓他插話——閉嘴，你們男人知道什麼，女人得讓女人陪著。嘉和又想說，葉子和杭漢也不走，他們也會照顧嘉草的。誰知這一說，綠愛更來勁了，綠愛把手和嘴湊到嘉和耳根，壓低聲音，彷彿進行地下工作似的說：「她是日本人。」好像那麼多年來他們杭家一直不知道葉子是日本人一樣。

因為綠愛媽媽太不講道理，嘉和實在是有些生氣了。忍啊忍的，好容易才沒有說出來：如果寄客伯伯走，你會不走嗎？不過他到底還是換了一句話，說：「媽，我們還是聽聽趙先生的見解，你看怎麼樣？」

只有提到趙寄客，綠愛的臉上才會重新露出年輕時的光彩，一絲溫柔泛上了她的嘴角。綠愛已經上了年紀了，依舊是杭州城裡有名的美人兒。她暗想，是應該聽聽寄客的意見！但是你們知道什麼，你們知道寄客伯伯已經決定與杭州城共存亡了嗎？我要是一走了之，我也見不到寄客了。我已經見不到我的心肝寶貝兒子，如今還要讓我見不到我一生以命相托的人，我還活著做什麼。

不過這些話，綠愛一句也不會和這些小輩說的。當她看著嘉和那張隱忍的面容時，她看出了他的命運。哎，她是多麼憐憫他，他這一輩子，還要忍受多少事情……多麼可惜，嘉和，你身上沒有我的血，所以你不能像嘉平那樣，沒心沒肺，浪跡天涯。你就只有在這五進的大院子裡，隱忍著過日子了。既然這樣，一切就交給你了，杭家的長子，忘憂茶莊屬於你，可是你也要一輩子和憂傷過下去了，你是忘不了憂了……

杭嘉和想，他們都不走，我怎麼能走呢？前日嘉和還專門到茅家埠都宅訪了都錦生。這麼大的絲綢老闆，也是他嘉和年輕時一起走過來的好友，一起說了多少年的工業救國，如今國卻要破了。他給杭嘉和帶來一個消息，說是上虞人、中國茶業公司的總技師吳覺農先生，自七七事變以後，已經從上海商品檢驗局停職，並邀請茶界各路英豪集結於紹興、上虞和嵊縣的三縣交界處——三界，成立浙江茶葉改良場，並準備在那裡進行長期的抗日游擊活動。這消息一時便使嘉和振奮起來，要不是有這麼一大家子拖著，嘉和會毫不猶豫地跟著吳先生上茶山。如今這個理想雖不能實現，但畢竟是有關茶業一行中的好消息。留下來吧，留下來，即便是在地獄裡，中國人也是要活下去的，要活下去，又怎麼能不喝茶呢？嘉和突發奇想地把活和茶就這樣地聯繫在了一起。

可是他不能夠把這一層意思和羅力說清楚。他們在黑暗中交談著戰事時，嘉和深深地感到自己沒法把他對茶的想法放進去。這樣，他們說著說著，就沉默了下來。這種沉默肯定不符合東北人羅力的性格，他有些窘迫了，便站了起來，說：「大哥，我走了，和寄草我會再談的。你看你、你、你，還有什麼要和我說的嗎？」

嘉和沒有跟著羅力一起站起來，他多麼想多留這個東北小夥子一會兒。也許，就這樣在黑暗中，永遠地告別了，永別了。嘉和幾乎在幾分鐘裡，就深深地喜歡上了這個小夥子。多少年來，他已經習慣了節制，習慣了把一切放在心裡，此刻他不想這樣。他想，他要還是這樣，也許他就永遠也沒有機會再彌補了。因此他輕輕地說：「羅力，你過來。」

羅力從來也沒有領略過這樣一種男人的感情——細膩，溫潤，幾乎微乎其微，神祕莫測，甚至帶有一些女子的陰柔氣，因此顯得脈脈深情起來。在黑暗中，羅力還聞到了一股清香，他不知道這是店堂裡固有的茶香，還是他們倆喝的茶散發的茶香，還是從嘉和大哥身上發出的氣息——他被嘉和吸引住了。他準確地走到了嘉和的身邊。嘉和也站了起來，在南方人中，他也算是一個高個子了，然而比起羅力，他仍然要略矮一些的，因此他又稍稍地退遠了一步，他說：「羅力，要活著啊！」

羅力被這句話嗆著了，他不知道怎麼回答才合適。抗戰以來，他們這些當兵的，聽到和說到的最多的一個字眼，就是死。他遲疑了片刻，才回答說：「只要能活下去——」

嘉和把一隻右手就搭在了羅力的肩上，幾乎耳語似的輕輕密告：「——活不下去的時候，你什麼也不要想，你就想一想那些山裡的野茶。你知道野茶是怎麼活的？一點點的土，一點點的水，要吃沒吃，要喝沒喝，根一頭扎在薄土裡，那一點營養，讓它活不下去又死不了。做人做茶，做到這個份兒上，都是可憐啊。可是它不死，它把根長長地在地底下延伸，一直伸到它找到活路的時候。聽明白了嗎？」他的手掌略微用力地在羅力的肩上又壓了一下。

羅力想說他聽明白了，但喉口一緊，卻說不出來了，便把自己的右手也搭在了嘉和肩上。兩個人就在黑暗中再一次發愣，彼此明白，再也沒什麼可交代的了，無話可說了。

「走吧。」嘉和就推了推羅力的背，上前一步，打開了大門。濃厚的夜氣，立刻就撲進來了。

杭城的午夜，還有多少人在戰爭這隻巨大的魔爪還未最後收緊的縫隙中，做著驚恐與祈禱交替進行著的初冬之夢呢。

我們新上任的女教師杭寄草剛剛從荷花池頭的貧兒院歸來。她一個人走著，嘴裡還哼著歌呢——大刀向鬼子們的頭上砍去……白天家中被盜的一場驚恐，此時已經被她丟到九霄雲外去了。

寄草從小就經歷著動蕩，對她來說，非常的事件和離奇的事件，都是最可以理解的。她有著很強的承受能力，顯然，這遺傳於她的母親。但她比她的母親更加開放一些，心胸也更寬。她往羅力的軍用車上一坐，滿城地轉，有人朝她乜斜著眼，她一點也不在乎。她對羅力，有著多麼熱烈而又浮淺的愛情啊，簡直就是一根起了火的火柴偶然地就擦到了一根還未受潮的爆竹——嘣的一聲，上天開花。

寄草去貧兒院，也可以說是偶然。她原本是跟著義父在紅十字會醫院工作的，她所頂替的，正是當年嘉草姊姊的位置。那天因為有事到基督教青年會去，卻碰到了許久不見的侄女杭盼。

杭憶杭盼這兩兄妹很是錯位。憶兒的性情，實在是像方西泠的，卻跟了嘉和；盼兒呢，倒是有那麼幾分像嘉和的，卻在了母親身邊。離開杭家之後，她有好幾年是和外婆在一起過的，外婆便給她洗了禮，說是相信上帝才能洗清罪孽。這姑娘在落落寡合中懷著對原罪的虔誠懺悔長大成人。

這憂鬱的少女幸而有了上帝與她同在。她幾乎每個禮拜都要到基督教青年會去，學英語，參加衛生演講，不過她永遠是聽眾。媽媽對她的一舉一動都有著嚴格控制，暗地裡就是怕這個女兒跑回杭家去。但去青年會，方西泠卻是支持的。方西泠自己的生活也要靠上帝撐著，她是一個社會活動家，離開社會活動，她的手腳沒處放。青年會大廳裡有一副對聯，是當年的浙江私立體育專門學校校長王卓夫所撰，上寫：此杭州最新建築，是青年第二家庭。方西泠看了覺得有缺憾，她以為此地不僅是青年的第二家庭，也是中年的第二家庭，更是她方西泠的第二家庭。由於她對基督教青年會各項活動的大力參與——不管是打老鼠還是滅蚊子，不管是接待教友還是應付官員——她對上帝的事業的滿腔熱情使她享有了當時的杭州人極少能享有的特權，位於青年路青年會四層樓的洋房，免費向方西泠開放淋浴。洗完淋浴，還可到二樓品嘗西餐和冰淇淋。方西泠每一次都把女兒也帶了去，以後，再大一點，盼兒就自己行動了。

盼兒永遠也成不了母親這樣的人。看上去，她總是有那麼一點神情恍惚的樣子。方西泠受不了這種神態，從中看到了杭家幾乎所有人的面容。因此，她對這個女兒表現出來的便是一份淡淡的母愛和強烈的管束。

盼兒幾乎看不到她的父親，偶爾看到了，她就頭一低側過身去。她也從來不和父親說話，只有上帝知道她對父親懷著怎樣的狂熱的思念。因為這種宗教般發熱病似的感情侵襲，盼兒幾乎就恨她的生父了。杭嘉和能夠感覺出這種不正常的女兒的感情，這也是他常常為之痛苦的原因。他不知道女兒為什麼不願意注視他的眼睛。他不知道他的眼睛使女兒想到了什麼。有一天，在祈禱的時候，盼兒突然被一種似乎來自上天的力量襲倒了。她不敢告訴任何人，那十字架上的耶穌的目光，使她想起了父親。只有到青年會去的時候，盼兒才會有一種輕鬆，在那裡，她有時會看到她的小姑媽寄草。杭家人中，只有見到了寄草她才不會有一種犯罪感——這可真是一件奇怪的事情，父母離異，背十字架的卻是這小姑娘。

此刻寄草看著盼兒的那張好像營養不足才出現的貧血般的面容、時不時地泛上來的鮮紅的玫瑰般的紅暈，還有她的瘦扁的少女胸脯上方脖頸處露出來的十字架項鍊，心裡一酸，摸了摸她的額頭，說：「怎麼都冬日裡了，你還直流汗，怕不是生了什麼病了。你不在我們大院子裡住著，有什麼不好也沒個說的地方，你自己要十分小心。兵荒馬亂的，日本人不定什麼時候就進來，也不知他們方家怎麼打算的。你呢？」

「媽媽是不打算走的，說是她後面有美國人，日本人不敢把我家怎麼樣。再說，我那個弟弟還小，才幾歲，可好玩了，我媽也捨不得讓他逃難受苦。媽還說了，實在不行，就往美國跑。」

「那你怎麼辦呢？」寄草關切地問，「你走不走啊？日本人看到年輕姑娘眼睛都要出血，要不你跟我一起走吧。」

盼兒眼睛一亮，這才說到正題：「小姑媽，我找你正是為了這事。我本來都已經說好了要和貧兒院一起走的。我這一向一直在貧兒院幫著工作，貧兒院的院長李次九還是爸爸在一師時的老師，媽也認識的。我跟了他去，媽也放心。沒承想我近日老咳嗽發低燒，怕是得肺病了，我這就走不成了。院長說了，有個人能頂我，我一聽名字，那不是小姑媽你嗎。我才找你來了，你能替我去嗎？」

寄草幾乎沒怎麼想，就說：「行啊，我跟乾爹商量一下怎麼和家裡人說就是了。去哪裡都是一樣的，我反正是決定離開淪陷區了的。再說我去貧兒院還可把忘憂帶上，他是林生的孩子，哪怕我們都死了，他也得活。要是到了勝利那一天，我們還活著，那我們就是賺回來了。」

話說到這裡，那大鐘樓上的鐘敲響，是下午四點了。這姑侄女兩個，就都把眼睛往那高高的鐘樓望去。鐘樓就在泗水路和從前的杭縣路轉角，離忘憂茶莊並不遠。寄草和盼兒從小就聽著鐘聲長大。難道這塊能夠聽得到鐘聲的地方，真的就要讓日本人的鐵蹄來踐踏了？她們相視著，一起抬起頭來，久久地望著那口熟悉的大鐘。

寄草專門跑到義父趙寄客那裡去打聽貧兒院院長李次九的為人。趙寄客一聽這名字就笑了，說：

「李先生嗎？他當年可是杭州城裡鼎鼎大名的無政府主義者，一師風潮中的重要人物，四大金剛之一。

你大哥、二哥都曾經是他的忠實信徒呢。這些年來，一點風聞也沒有，你可見著他了？」

「怎麼沒有見著！哪裡還有什麼無政府主義者的影子啊，儼然一個菩薩心腸的長者罷了。他還向我問起你，說他年輕時認識你呢。」

「都是青梅煮酒論英雄過來的嘛。你見了他，代我向他問好，就說趙寄客不日就去拜訪他。」

寄草見義父難得那麼來了興致，突發奇想，說：「乾爹，不如你也入了我們貧兒院，與我們一起走，一路上我也好照顧你啊。」

趙寄客說：「不是早就跟你們說定了，我不會再離開杭州了嗎？」

他的臉色，明顯地就黯淡了下來。寄草說：「我曉得你有心事，真沒想到，連你這樣的人也會有心事起來。你告訴我，我幫你去辦不就成了。」

趙寄客搖搖頭，說：「你還是管管你自己的事情吧。和那個東北佬處得怎麼樣？」

「很好啊！」寄草的眼睛就放起光，連鼻尖下巴都一起跟著紅了起來。

寄客說：「寄草，你要走了，我交代你一句話，你給我記在心裡頭了——千萬不要輕易地和一個男人成親！明白嗎？」

寄草愣了一會兒，才說：「不明白。」

「不要輕易地和一個男人成親，就是不要輕易地和一個男人生孩子。」

寄草眼睛瞪得滾圓，張了張嘴，饒舌姑娘這下子可是一句話也說不出來了。片刻，她突然跳起來，打著趙寄客的背說：「乾爹你怎麼那麼壞啊，乾爹你怎麼那麼壞啊。我不跟你說話了，我不跟你說話了……」她就這麼連推帶搡地撒了一陣嬌，跑掉了。

趙寄客望著寄草的背影，想，她還以為我是在開玩笑呢。

現在已經接近午夜了。寄草從貧兒院一路回來，她哼著歌，在暗夜裡輕快地跳著腳，突然就站住了。前方有兩束強光射來，直直地照著她。一輛車！寄草尖叫了一聲：「羅力！」

她熟練地跳上車，坐在羅力身旁，問：「回家嗎？」

「回家幹什麼？我剛從你家來。」

「都快半夜了。」

「是啊，我都以為再也見不到你了。」

「為什麼？」

「明天部隊就要集中了。我們要再見了，也許就是永別了。」

「這麼可怕？」

「瞧你對我多麼無動於衷啊，我就知道你們杭州姑娘是怎麼一回事，我早就料到了。」羅力垂頭喪氣地一踩剎車，「你回去吧，回去賣你的茶葉吧。」

寄草笑了：「看你，什麼叫尋開心都不知道。東北佬！」她親熱地擼一擼羅力的頭髮。

「走吧，我帶你去一個地方。」

「什麼地方？」

「最好最好的地方，香的地方，綠的地方……對，一直往前開，一直到洪春橋，然後轉彎。……是的，這裡的路很不好開，我們馬上就要到了。……你說什麼，你說我把你帶到郊外來了？杭州的郊外不好嗎？你聞，你聞，你聞到香氣了嗎？停車，停車。好了，現在一切都那麼安靜，你應該聞到那股香氣了，你聞到了嗎？」

一直也沒有說上一句話的羅力，此時停了車，馬達聲音一息，世界就此沉寂——空氣在杭州西郊的山間滲發出一陣陣夜的甜意。羅力下了車，朝天空看，他呆住了。他從來也沒有上心看過杭州的圓月亮——他曾想這樣的圓月是應該留到回東北老家時再看的。這是怎麼回事：剛才夜空還是那樣的壓抑，天空垮下來一多半，就那麼昏沉沉地、搖搖欲墜地、千鈞一髮地掛在人們的頭頂，怎麼突然間，就一下子清明爽朗了呢。羅力回過頭來，一下子攬住自己心愛的姑娘，說：「我可真不明白為什麼會喜歡上你。你是仙女變的吧？」

「我可不就是仙女變的，你怎麼才知道？你看仙女把你帶到什麼地方來了？」

這是一片舒緩的斜坡，從這對青年男女的腳下往前延伸，一直伸到他們肉眼看不到的月光深處。斜坡上稀稀落落地長著一些棕櫚樹，疏疏朗朗地展開著它們的大葉子，東一片西一片地從樹枝上生發開去，在夜風中輕輕地搖晃，像那些微醉醺醺地正從長堤上歸來的長衣寬袍的僧人。羅力聽見一個女人的聲音從他的懷裡，喘著氣低低地發了出來：「你看那些樹，它們就像是從月光下的湖水裡剛剛撈上來似的。瞧那些大葉子，搖啊搖的，窸窸窣窣的，月亮水就從那上面滴滴答答地落下來了。你聽見了嗎？」

瞧！那些大棕櫚樹廣大的兩側一眼看不到邊的、那些在月光下一大團一大團簇擁著的、整整齊齊一排排的、發著綠色亮光的，那是什麼？它們一大朵一大朵地蹲在地上，圓圓的身上還綴滿了小白花，這是怎麼回事——這是月光在它們身上開的花嗎？

女人的聲音又開始喘息了：「瞧你說的，你沒有看到過茶蓬開花嗎？陸羽說茶樹『其樹如瓜蘆，葉如梔子，花如白薔薇，實如栟櫚，蒂如丁香，根如胡桃』。聽見了嗎，花如白薔薇，你看你看，你看它像白薔薇嗎？」

羅力愣了一下，親了親寄草的臉：「對不起，我不知道，誰是陸羽，是你們家的人嗎？」

寄草也愣了一下，然後彎下了腰，發出了咕咕咕的笑聲，和鴿子發出的聲音一樣。

「你在笑話我？」羅力便警惕地問。

「你說得很對，陸羽就是我們家的人。」寄草不笑了，她突然陷入了沉思。

羅力從吉普車上取下了大衣和軍用雨衣，拉著寄草的手，走進了茶蓬的深處，說：「來，我們在這裡坐一會兒。說真的，我還真沒看見過茶樹開花呢。」

他們在茶蓬下找了一處避風而又寬敞的地方，把雨衣鋪在下面。月亮那麼大，一切都和白天差不多了，他們兩人就抱成了一團，把大衣披在身上。

周圍一陣亂晃，茶樹抖動起來，羅力綳緊上身，按住寄草，輕聲叫：「誰？」

寄草又咕咕地笑了，掰開了羅力的手，說：「那是睡在茶蓬心子裡的鳥兒呢，瞧你把牠們吵醒了，還倒打一耙。」

羅力一屁股坐了下來，舒服地躺下了，順便把寄草也扳了下來，那動作又粗魯又親熱，一下子就把寄草的頭按到他的胸膛上了。「俺的娘哎，俺可真沒想到俺的媳婦能成這樣，這麼大的學問，俺可怎麼受得了，受不了啦，受不了啦！」他突然用地道的鄉音說了這麼一番話，把寄草笑得起來又趴下，趴下又起來。笑夠了，終於安靜了下來，就靠在羅力身上，看著天上的月亮。

羅力摟著寄草，滿意地嘆了口氣，說：「這地方好。」

哎，我該怎麼告訴你呢，你這遠遠地從東北來的人兒，我可真沒法對你說明白，所以我才把你帶到這裡來了。瞧離這裡不遠，那邊，雞籠山裡，也有一片茶園，那裡就有我們的祖墳。每年冬至我們都要去上墳。我們路過的茶山，茶蓬長得可好了，有半人多高呢。這時茶花正發，月籠萬樹，要是你突然站住，對花兒默然生笑，此時忽生一種幽香，就是深可人意的了。你看這花，瓣兒雪白，和那剪雲綃一般，心兒呢，又黃得如抱檀屑。嘉草姊姊最喜歡茶花了。她站在茶樹蓬前就不肯走。這時嘉和大哥就總是為她折回數枝，插在青花觚中，那可真是枝梢苞蕚，顆顆俱開，整整能開上一個月呢。別小看這不上名堂的茶花，群芳譜裡未必有她一筆，可是她香沁枯腸，色憐青眼，素豔寒芳，自可與春風另有一番姿態迥隔啊。可惜，世上的人知道她的又有多少呢？

當寄草嘀嘀咕咕地偎在羅力胸前，說著那些他時而能聽懂時而又聽不懂的話時，他突然心生一驚，立刻把胸前的女人緊緊地抱住。「你怎麼啦，你怎麼啦？」寄草吃驚地問，她想把自己的身體從男人的胸膛中掙脫出來。可是不行，羅力把她越抱越緊，然後，對著她耳朵說：「真奇怪，剛才有那麼一會兒，我把這場戰爭給忘了。」

寄草一下子就不動彈了。她就那麼緊緊地摟著羅力，兩個年輕人都似乎意識到有一件重大的事情，將在始料未及中發生。他們想到了這一點，並為此而感到說不出來的緊張和難以言傳的羞愧。茶樹下的慾望啊……大地上的茶樹蓬兒啊，它們激動得窸窸窣窣地摩擦著葉子，它們的花兒激動得綴不住枝頭，掉在了這對年輕人的身上。還有茶樹心子裡的鳥兒們，牠們噤聲不語，只怕打攪了佳期好夢。還有月亮，她看著這對炮火迸發前夜的年輕人，她是什麼也不說的，她默許一切。

「你在想什麼？」羅力一邊困難地喘著氣，一邊開始把自己的手伸向那個未知的神祕王國。

「我、我、我……我在想……嘉草姊姊，還有小林哥哥，我、我……乾爹說，不要輕易地和一個男人成親……」寄草激動得說不出話，她終於哭了起來。羅力嚇了一跳，連忙停住手：「對不起，對不起，我不是故意的，我，你……我明天就要上戰場了，我要見不到你了……」他一邊擦著寄草的眼淚，心裡的火卻又燃燒起來了。

寄草用手捂住了羅力的嘴，兩人便都又不說話了。好久，她摟住了羅力的肩頭說：「要是我們兩個人是一個人兒就好了。」

「要是你現在就做我的新娘就好了！」羅力突然說。寄草先是嚇了一跳，然後就大叫一聲：「你壞！」她就捶著羅力的肩笑了起來。笑了一會兒，她又放開了那個被她弄得迷迷瞪瞪的東北小夥子。然後，她伸出手去摘下了一大捧茶花，然後，她把茶花一朵朵地插在頭上，然後，她轉過了一頭插滿茶花的腦袋，然後，她對他說：「像新娘子嗎？」

一頭茶花的杭寄草渾身上下散發著一種幽香——她是不是真的？他怕不是夢吧！羅力看著寄草發起怔來了。

「不像新娘子嗎？」寄草碰碰羅力。

「像……」

「那麼你就娶我吧。」寄草閉上了眼睛——誰知道她頭上插了多少花兒啊……

羅力溫情地摟著姑娘，一動也不動。不知為什麼，他現在渾身上下再也沒有一絲燥熱，有的只是那種似洗過熱水澡後的疲倦的、愜意的、懶洋洋的舒服。他迷迷糊糊地想：……是的，是的，戰爭就要來了，一個女人，不要輕易地和一個男人成親，尤其是和一個就要上戰場的男人成親……

天矇矇亮時，這對愛人兒醒來了，是那些從茶心中飛出的鳥兒們把他們叫醒的。他們從茶蓬中探出頭來時都被眼前看到的一切迷住了。

周圍一片片的茶園，幾乎每一蓬又大又圓的茶樹都被蜘蛛網罩著，茶花就從網中間探出她們小小的腦袋。然後，所有的網罩上都綴滿了明亮的露珠，一大片一大片的露珠，在茶葉子上星羅棋布，閃閃爍爍地發著光芒，把整個綠世界閃得晶瑩透明，猶如玻璃天地。

天邊，炮聲隆隆，敵人來了……

第六章

一九三七年十二月二十三日下午，戰事逼緊，日軍已攻下武康，窺伺富陽，杭州危在旦夕。杭州警備司令部作戰參謀羅力早已到了橋工部，於錢塘江南岸監督執行炸橋事宜。

一百多根引線此時已經接到了爆炸器上，炸橋的命令再一次下達。北岸，仍有無數難民如潮湧來。橋上擁擠不堪，杭州人摩肩接踵，絡繹不絕，單向行走，全部朝南。遠遠地從江岸往上看，還不知這是怎樣的一番奇景呢。

羅力正手撫欄杆往江岸看，似乎聽到了有人在叫他，像是他的心上人在呼喚。回過頭，他眼睛一亮，撲了過去——「杭憶，憶兒。」他一把抓住了杭憶的肩，「你也走了。你和誰走？寄草呢，她跟貧兒院撤了嗎？我怎麼沒看她往橋上過？」

杭憶激動，浮躁，眼花繚亂，語無倫次，回答說：「羅哥，你還沒有撤，我們到金華會師好嗎？我不知道寄草姑媽怎麼樣了，她不是帶忘憂上電臺了嗎？」

羅力大叫一聲：「不好！真傻，都這個時候了，還上電臺，電臺早就撤了，政府也撤了，現在大家都亂作了一團，誰還管那些貧兒院。」

「國民政府要對此負全部責任。」杭憶身邊那個長著一雙灰眼睛的少女冷冰冰地說了那麼一句，「事先不作準備，臨時抱佛腳，多少機器都沒運出去。」

羅力沒心思聽誰負什麼責任，他衝著杭憶說了幾句話，就揮揮手朝橋頭走去，一下子落入人海。

「這就是你那個未來的小姑夫？」楚卿邊走邊問。

「這一下子，我們還真不知道什麼時候才能見面呢。」杭憶的眼睛裡流露出迷茫的神色，他突然站住了。

「我想幫著羅哥找找我的小姑媽，行不行？」

楚卿想了一想，才說：「你考慮好了，還打不打算跟我們走？」

「我什麼時候說過不走了？」

「對你們來說，許多事情都不矛盾，但我們不一樣。」

「怎麼不一樣？」

「我們把每一次分別都作為永別。」

杭憶一個踉蹌就在橋頭上站住了，他的眼前一片昏黑。黑壓壓的，到處都是人，一大片一大片地潮水一樣地向南岸撲來。是的，不能夠停下，這是什麼主意啊，追兵已經到了。他對楚卿說：「我們趕快走吧。」

最後的大離難，是杭家白孩子忘憂跟著寄草姨媽上電臺錄音去時親身感受到的。

在望不斷的白雲的那邊，
在看不見的群山的那邊，
那邊敵人拋下了滿地瘋狂……
我那白髮的爹娘，幾時才能回到夢裡邊！

含著淚兒哭問，流浪的孩兒你可平安？

……

貧兒院的孩子一邊唱著，一邊就發現路上行人少了，幾乎所有的商店都上了門板，街上只有幾輛黃包車還在轉，還有幾家小食攤。看見小食攤上的茶葉蛋，忘憂突然餓了，就對拉著他手的小姨媽說：「茶葉蛋真香。」

「回去吃你外婆燒的茶葉蛋，那才是杭州第一蛋呢！」

「我不要吃杭州第一蛋，我就要吃這裡的。」

忘憂就站住了，固執地盯著小姨媽。其餘所有的孩子，也站住了，盯著寄草。寄草想了想，說：「好吧，小討債鬼，下不為例。」

這麼說著，寄草就掏出了一個大口袋，把那一鍋子早已經冒著涼氣的茶葉蛋全部買了下來，她打算唱完了歌，拿茶葉蛋當孩子們的夜餐。

那一天，忘憂渴望一展歌喉的願望沒有實現，並且從此以後成了再也不能實現的夢想。暮色降臨中他們進入了電臺，誰也不曾料到裡面已經空無一人。演播室裡什麼也沒有了，連寄草熟悉的那架德國造的鋼琴也已被搬走。牆壁上空留著那些個播音設備撤走後的白白的顯影，孩子們凌亂的身形也被暗淡的天光在地板上斜拉出了東一條西一條的影子。他們頓時就驚慌失措起來，這些孤貧兒都知道被人拋棄的可怕，並對被拋棄有著一種幾乎天生的本能的嗅覺。他們一聲不吭地朝寄草擁了過來，而那幾個小的，就緊緊地抱住了她的腰。一群影子，就那麼憧憧地無聲地疊在了一起。

寄草張開手臂，一隻手空著，一隻手還提著一大包茶葉蛋，說：「沒有人正好，我們唱一首歌回去，老院長還在等著我們呢。來，排好隊，一、二、一，我們來唱一首什麼歌呢？」寄草帶著整整齊齊排好隊從電臺裡出來的孩子，走到了門口，突然想了起來，說，「我們要離開杭州了，就唱一首〈杭州市市歌〉吧。忘憂，你來起頭。」

忘憂張大了嘴巴，他怎麼也想不起來〈杭州市市歌〉是怎麼一回事了。

「忘了，『杭州風景好』？」寄草提醒著她的小外甥。

忘憂吃進去一大嘴的寒氣，一個激靈，什麼都想了起來。在空曠曠的街道上，他放開了還沒有變聲的男孩子的童音，用盡力氣叫道：「杭州風景好——一——二——」

孩子們便一起唱了起來：

杭州風景好，獨冠浙西東。
白日青天下，湖光山色中。
波搖春水碧，塔映夕陽紅。
出品絲茶著，謳歌慶歲豐。
……

天空中又有敵機討厭的聲音嗡嗡而來，在這座美麗城市的邊緣，出現了不同以往的激烈槍聲。從小巷子裡竄出了一群流寇，穿著不三不四的衣服，歪騎在式樣各異的自行車上，一看就知道，這些自行車是他們從店鋪裡搶來的。他們的身上竟然還背著式樣不同的來自敵國的槍支，見了他們不順眼的人，他們立刻就是那麼一槍。寄草一看不好，連忙帶著孩子們轉進一條小巷，孩子們嚇得一頭扎進了寄草的懷裡，不敢吭聲。直到這群人鬼影憧憧地沿著迎紫街和延齡路、湖濱路鬼哭狼嚎而去，孩子們才探出頭來。

忘憂小心地拉拉小姨媽的衣角，問：「這就是日本佬嗎？」

寄草一看就知道，這是一群被當地人罵作破腳梗的地痞流氓，還有漢奸和日本浪人。此刻，他們正沆瀣一氣，趁火打劫，為非作歹，他們是一群為豺狼打前站的吸血鬼。寄草緊緊地摟住了忘憂，輕聲地說：「從現在開始，你們一步也不要離開老師，有我在，就有你們在。」

「不回家了嗎？」忘憂突然問寄草。

「從現在開始，只有大家沒有小家了，貧兒院就是我們的家。懂嗎？」

「那我媽的藥怎麼辦？」忘憂突然想到這事，就急了起來。

「林忘憂！」寄草突然一聲輕喝，「你還想不想和小姨媽在一起？」

忘兒低下了頭，一會兒，只要這麼一會兒，戰爭就能把一個孩子變成大人，他說：「我要和你們在一起。」

「走吧。」寄草說。所有的孩子，一聲不吭地尾隨著她走著，像小大人似的沉默著。寄草說：「來，我們還可以在心裡面唱我們的歌——杭州風景好——預備起——」

孩子們輕輕地疾步走著，無聲地在心裡唱著：

杭州風景好，獨冠浙西東。
白日青天下，湖光山色中。
……

槍聲從南星橋方向傳來，天空中敵機猖狂地撲掃，三秋桂子十里荷花的杭州，正在淪陷之中了。

現在，我們可以知道，當羅力站在錢塘江橋頭彷彿聽見一個聲音在叫他之時，那聲音並非幻覺。寄草在很遠的橋下一條小船上，把嗓子也喊破了。遠遠看去，羅力在大橋欄杆上趴著，小得幾乎看不清楚。但是寄草還是一眼就把他給認出來了，情人之間那種氣息的共振真是只有天曉得。坐在船上的孤兒們也跟著寄草一起喊，看來這一次他們是命中注定要擦肩而過的，但見羅力轉動了一下身體，沒有朝橋下看，卻一頭扎到橋上人流中去了。寄草正急得跺腳，卻見那白鬚過胸的老院長李次九先生正在招呼著孩子們上船坐穩，寄草一咬牙，就別過頭去不叫了。

原來這幾日戰事失利，人心惶惶，草木皆兵，貧兒院果然就是被政府給忘了，真正成了烽火中的棄兒。待杭寄草趕到貧兒院，教職工也已大部分都走了，剩下五十幾個孩子和幾個老弱病殘的教職員工。李次九先生，多年來不知藏在命運之河的哪一葉浮萍之下，此刻受命於危難之間，見此慘狀，不禁老淚縱橫。老伴和他的兩個女兒也陪著他一起抱頭痛哭。寄草見此情景，一時慌了陣腳，竟也嗚咽起來。

貧兒院的那些孩子，大的大，小的小，也有懂事的，也有混沌未開的，見院長老師都哭成了一團，知道大事不好，也嚇得大聲哭了起來。這裡孩子一哭，天地頓時失色，大人們立刻醒悟了，戰爭是不相信眼淚的。李院長當即決定乘船撤退，到省政府的臨時所在地金華去。

此時，寄草等人好不容易弄到兩艘方頭小船，剛把孩子們安頓好，便有孩子叫餓了。寄草買的那袋茶葉蛋，這時就用得上了，一人一個。到底是孩子，剛才還哭喊連天，如今坐在小船上，看遠遠的大橋上一條粗大的人龍遊也遊不完，又覺得自己是幸運的了。那林忘憂竟覺得吃了綠愛外婆燒的那麼多蛋，也沒有今天這個又冷又硬的茶葉蛋好吃，便打著嗝說：「比我家的杭州第一蛋好吃多了。」

有個孩子好奇地問：「什麼叫杭州第一蛋啊？」

「煮這樣的蛋煩著呢，我外婆得花一個晚上。先把蛋在白水裡煮熟了，撈起來，用笊籬的背把那些蛋殼劃碎了。然後茶葉啊，茴香啊，桂皮哪，糖哪，雞湯啊，哎喲煩死了煩死了，我不想講了，還是吃要緊。」

忘兒的這一番話把大家都聽得笑了起來。這頭李次九先生見大家都已坐穩了，也掏出自己隨身帶來的烘青豆分給孩子們吃。寄草輕輕地一聲驚呼：

「湖州烘青豆！」

先生說：「你也知道湖州烘青豆啊。」

寄草回答：「先生你有所不知，我媽她就是湖州人，這種烘青豆，我們家裡是專門用來配德清鹹茶的。」

老人聽了這話，竟如電擊了一般，半晌才說：「虧你還說了『德清鹹茶』這四個字。我這才想起來，世界上還有這樣好的田園風情的東西。恍若隔世，恍若隔世啊。」

這一邊，重新獲得了小小安全感的老弱病殘們正在唏噓不止，突然就見了不知從哪裡冒出來的一支散兵游勇，槍栓子嘩啦嘩啦地響著，大聲吆喝著：「下來下來，我說老子抗戰流血，怎麼連條船都弄不到，全叫這些活不了死不成的人占了。下不下來？再不下來老子開槍了！」

忘憂正在吞吃那最後的一口茶葉蛋，猛聽一聲吆喝，嚇得一下子就給噎住了，憋了半天也透不過氣來。寄草一邊手忙腳亂地給他揉胸口，一邊對那些重新驚慌失措的孩子說：「別怕，別怕，他們不敢把我們怎麼著的。」

「什麼，不敢把你們怎麼著？看我們能把你們怎麼著！」這些散兵就有人上來拉扯孩子，小船頓時搖晃起來，孩子們尖叫不已。

突然就見李先生站了起來，破口大罵：「哪裡來的殘兵敗將，到老人孩子面前來談勇，真正不知天下還有『羞恥』二字！有本事上前線和日本人拚了性命，二十年後也是一條好漢。在這裡欺侮自己同胞，還有沒有臉面。我看你們錢塘江裡一頭扎進不要做人算了，國家養了你們這種兵痞流寇，也算是瞎了眼睛——」

大概這些人還從來沒有捱過這麼痛快淋漓的罵，一時竟被鎮得說不出話來。李先生也是罵性一起，二十年前怒目金剛之本色畢露：

「要我們上岸，你們來坐我們的船！好，好，虧你們想得出，就是不知道我的那些個學生認不認你們的帳！我在這裡等著，你們去把省政府主席朱家驊叫來，看他還認不認得我這個教過他的先生。還有民政廳長阮毅成，他也是我的學生。他們都管自己溜了，把我們這些老的小的丟下不管，莫非要我們留在杭州城裡當漢奸不成？快去，快去，我就在這裡等著，我今天倒要看看，這些人良心還在不在肚子裡！」

正痛斥到此，轟隆一聲巨響，驚天動地，滿天煙霧把江岸上所有的人都怔得目瞪口呆，江水在天崩地裂中把小船一下子拋向空中，然後一浪一浪推向江心。親眼目睹著大橋轟然倒塌的樣子，孩子們帶著哭腔尖叫：「大橋，大橋，我們的錢塘江大橋！」

羅力和杭憶、楚卿等人，站在南岸，隱約看得到敵騎已到北岸橋頭。但見江上暮靄，天地失色，楚卿緩緩說：「一二七六年，元兵攻入臨安府，也就是對面，杭州城。文天祥第一次被捕，就是在這裡。」

杭憶突然抓住楚卿的手，近乎狂熱地說：「人生自古誰無死，留取丹心照汗青！」姑娘吃了一驚，但她沒有鬆手，只是望著倒塌的大橋說：「大橋會重建的！」

「我們會到大橋上來行走的！」

楚卿搖搖頭，掙開杭憶的手，指著江心說：「我們會不會回來，無所謂！」

杭憶想了想，眼睛發熱了，點點頭，說：「是的，無所謂！」

向晚時分，南星橋一帶，有凌亂槍聲入耳。天是陰沉得可怕了，杭州，就如一座瀕於死亡的孤城。有一個人，與杭家結了一世的冤，終於在這樣的黃昏登場了。

真可謂「暝色入高樓，有人樓上愁」啊，吳升要死要活地爭了一輩子臉，如今卻要敗在他的兒子頭上了。

爭強好勝了一世的吳升，卻生了兒子吳有，昌升茶行的大老闆想起來就要吐血。吳有那種彷彿與生俱來的流氓習氣，正是吳升奮鬥了一輩子都想抹去的。他老了，越來越看重自己的一張老臉。對手杭天醉也死了，他如今可是坐在從前天醉常坐的那個臨湖的位子上了。有時候，他聽著「杭灘」，身穿一件杭紡長衫，袖口鬆鬆地挽起，雪白的襯裡翻了出來。此時他若端起越瓷青杯，一口龍井茶入口，心裡頭便生一驚——怎麼——怎麼自己竟也越來越像他從前的那個對頭了呢。

可惜啊，這種恍兮惚兮得意忘形的境界怎麼也長久不了。往往這時候，樓梯口一陣亂晃，吆三喝四亂七八糟一通人聲，茶客中就有人對吳老闆說：「聽聲音，就曉得是少東家駕到了。」

吳升就冷眼看著他的大兒子，嘴裡叼著老刀牌香菸，一邊摟著一個青樓女子，和他的狐朋狗黨一起上了樓。這群人，在杭州城裡，個個都是算得著的吃空手飯的「壞貨」，聽聽稱呼就曉得是什麼樣的東西——四大金剛、五猖使司、菜地阿奴、螺螄阿太……加上吳有，杭州人背地裡都叫他「破腳梗」。吳升知道了，把吳有叫來一頓痛罵。有什麼用！吳有不在乎，破腳梗就破腳梗，就要破給你們看一看才好。

日本佬要進城，吳升是憤怒的。不要說三十年前頭他吳升差一點就死在日本佬手裡，那是舊恨，還有新仇在眼皮子底下呢。你想想看，十六塊錢一斤的龍井茶現在只好賣到兩角錢一斤，況且再下去連兩角錢一斤也賣不到了。茶莊也罷，茶樓也罷，統統上了門板，那老茶客們，八九不離十，都作了鳥獸散。吳升再精明也拉他們不回來。茶客們說：「我們不比你，你可是有個兒子從前同日本人做茶葉生意的，也算是洋行裡的買辦吧。現在雖然不知到哪裡去了，總歸和日本佬有瓜葛，你可以篤坦地坐在茶樓裡不走。我們沒有這樣的兒子，日本佬放不過我們，還是三十六計走為上的好。」

吳升聽了還要辯爭幾句：「說過頭了，說過頭了。你們又不是不曉得，我這個兒子，本來就是一個乾的，不過是代人家養罷了，姓還是人家的，同我有什麼關係呢？」

茶客們一邊打那逃亡的包裹兒，一邊搖手：「吳老闆，你就不要脫了這一層的干係了，哪個不曉得你對嘉喬是比吳有還要親的。嘉喬到上海同日本人做茶葉生意，不是你的主意？」

「同日本佬做生意，總比同自己兄弟對打要好。我也是要他避一避罷了，哪裡是要他跟日本佬去做漢奸的。」

「吳老闆，你這句話兒也不要說得那麼滿，嘉喬跟日本人做了七八年生意，平常回來，人丹小鬍子一撮，咿里哇啦一口東洋話，你敢保證他不當了漢奸？」

吳升聽了，悶聲不響，半天才說：「反正不是我生的，不是我們吳家門裡出漢奸，我叫他們杭家門裡領了回去便是。」

茶客們走都要走了，聽了此話，又有不忍之心，便回頭再寬慰他一句：「吳老闆，你也不要往心裡去，嘉喬現在是沒有消息，也沒說他就當了漢奸。和日本佬做生意的人多了，早年他們杭家也是和日本人有過生意的，娶個媳婦還是日本人呢。做生意是做生意，當漢奸是當漢奸，兩碼事的。」

吳升聽了，拱一拱手說：「有你們這句話，我聽了也就踏實。我吳升一世做人，千錯萬錯，做漢奸是不做的。日後萬一有個什麼說不清楚的地方，你們要為我作一個證。」說著，眼淚水竟然就要落下來，慌得那一干老茶槍一個個地勸他：「你急什麼，你是你，他是他，等嘉喬真有了消息，你再作打算也不急的。」

等老茶槍們一個個飲了那茶樓的最後一次茶，悽惶而去，大兒子破腳梗吳有才放聲大笑起來，說：「從前人家拿我和你比，說我吳有再破腳梗，也是三個抵不上我老頭兒一個，一比就把我比下去了。我心裡還一直不信，今日領教，不得不服了。」

吳升立刻起身關了門窗，輕聲怒斥道：「你懂個屁！」

「我怎麼不懂？我也是你面前長大的，你這一手，我學不來八分，也學得來二分。嘉喬封封信都是到你這裡的，你怎麼會不曉得，他早已經做了日本人的翻譯，過幾日就要跟著日本兵回杭州城來了呢！」

吳升氣得渾身發抖，半天才迸出一句話：「你偷看我的信？」

吳有一看到爹真氣了，口氣就緩了下來，說：「爹，你別生氣，我這是佩服你呢。你活一輩子了，人爭一口氣，樹爭一張皮，你是不用出頭和日本人打交道的了，還有我們當兒女的呢。實話跟你說了，嘉喬也給我和珠兒寫了信，讓我組織一批人，先行一步，杭州城裡各到各處標語先貼了起來，歡迎皇軍入城呢！」

吳升聽了此話，五雷轟頂一般，半晌才說：「我不是再三告訴他，千萬不要回來嗎，他沒跟你說？」

「怎麼沒說？」吳有手裡晃來晃去地晃著那封嘉喬給他的信，「可是你也不想想，嘉喬那麼多年住在我們家，一心一意就為了什麼？還不是為了奪回他那個五進的杭家大院子。他要不是借了日本人的力，不當他們的翻譯官，他能回來嗎？」

「這是我們吳家門和杭家門自己的事情，和日本佬沒有關係。沒有日本佬，我照樣能幫嘉喬把那五進大院子弄到手裡。你快快去想辦法，一定不要讓嘉喬當了翻譯官回來。」

「爹，你這可就是老糊塗了。從前嘉喬小，你護著他，他翅膀沒長硬，那時你就是他頭上的天，他不聽你聽誰的？如今他也是個人物了，跟著日本人，日本人就是他的天，他還要你這個天幹什麼？」

「你——你以為嘉喬和你一樣，一副壞下水！他當漢奸也是沒奈何。」

吳有此時已經聽得不耐煩了，心想，當爹的到底也是老了，背時了。都什麼形勢，日本佬都打到南星橋了，你還在分什麼杭家的吳家的日本佬的？眼見得就是日本佬的天下了，識時務者為俊傑！再說，當漢奸有什麼不好，我若當了漢奸，茶葉生意做得比沒當漢奸時還要好。這麼想著，就一邊往外走著，一邊說著：「爹，你這話可不是又說得不當時了。說你話講早了，是說你沒見著嘉喬，你怎麼知道他就是沒奈何當的漢奸，或許他還是哭著喊著才當上漢奸的呢！說你話講晚了呢，是說那明日一早，嘉喬就跟著東洋兵進城了，這會兒正在半路上呢，你還叫我到哪裡去找著再給擋回去啊？」

說完下樓，咣噹咣噹，騎上自行車，洋槍都打他不著了。

吳升氣得坐在太師椅上，半天不動彈。好一會兒，一半是咬牙切齒，一半是無可奈何地自言自語：「嘉喬，嘉喬，到底不是我吳家的親骨肉啊！」這麼一路心裡且怨且咒地回了家，主意已經打定。他在吳山圓洞門小院子的那株老柳之下，想了一想，便叫來他那個黃臉老婆說：「吳有他娘，整理東西，我們回家吧。」

那黃臉老婆著實嚇一大跳，說：「老頭兒，這不是我們的家？你要我們搬哪裡去啊？」

「這是吳山圓洞門，是杭家的，嘉喬明日回來，這房子就是他的了。」

黃臉老婆到底沒什麼心計，腦筋一點別不過來，反倒喜出望外：「明日嘉喬回來了？真是的，也不告訴我一聲，看這兵荒馬亂的，到哪裡去弄好吃的。」

話說到此，被吳升大吼一聲喝斷：「別人家的兒子，要你軋什麼忙頭！」

老婆愣了半天，才說：「從前——」

「——從前是從前，從前他不是漢奸，我收他，給他一口飯吃。如今他跟日本人討飯吃去了，他就不是我們吳家人了。」

老婆想了想，也不知道此事到底嚴重到什麼份上，又說：「從前你還說，總有一天要搬到他們羊壩頭五進大院子裡去的。現在倒好，連這吳山圓洞門的小院子都保不住了。」

吳升長嘆一口氣，對老婆說：

「嘉喬要害人啊，和他在一起，不要說羊壩頭五進大院，連昌升茶樓也早晚保不住，我們還去跟他套什麼近乎！」

老婆嚇哭了，說：「老頭兒，要不我們還是跟大家一起逃吧，偏偏就是你捨不得這份家業，家業再要緊，也是人要緊啊。」

又是一陣槍響，眼見著，城郊東南，火光就恐怖地升起來了。吳升望著那片被火光照徹的天空，長嘆一聲，說：「來不及了，已經開始死人了……」

吳有從小不好讀書，跟著一幫久居在租界的日本浪人，在杭州城內趁火打劫，沿街牆上朱墨淋漓地一路寫著標語——「大日本皇軍乃神軍也，皇軍武運長久」，等等，他也就只配跟在後面拎糨糊桶。那寫字的朝哪面牆上一指，吳有就朝著哪面牆上揮刷子，心裡面竟還激動得不行。心想，此時嘉喬若騎著高頭大馬進城，恰恰碰到他吳有在鞍前馬後地跑，說什麼也得在皇軍面前為他美言幾句的。他吳有別的理想也沒有，就是想在杭州城的黑白二道上，做一個響噹噹的人物，腳一跺滿城顫，此生足矣。

正那麼一邊想著一邊起勁刷著，就見眼面前一扇上了門板的門打開了，從裡面探出一個中年男子的頭來，正是杭嘉和的同學陳揖懷。看著這撥子人在黃昏中吆吆喝喝的，一時十分吃驚，說：「昨日我這裡門板上還有一條『打倒日本帝國主義』呢，好不容易用豬毛刷子刷乾淨了。你們這會兒寫了，我還得刷。各位耐耐性子，等趕走日本佬，我第一個來寫。我這一手顏體，杭州城裡也好算算看的，不信你們去打聽打聽。」

那群惡棍聽了，一陣大笑，說：「你四隻眼睛也不曉得怎麼生的，出來看看，我們寫的是什麼？」

陳老師湊近了一看，臉色頓時就變了，緊張地回過頭來，面孔在濃暮中一下子唰地雪白，只有那兩隻眼睛在鏡片後面，出奇地亮了起來。

「瞌睏不醒，知道我們是什麼人了吧？」

陳揖懷說：「知是知道，就是沒想到你們這般氣急喉頭，饅頭還沒蒸熟，就來煞不及要出籠了！」說完，嗵的一聲，把門關上了。

那夥人，此時一個個都跟吞了炸藥似的，見陳老師這般吃相，一時就躁怒起來。有一日本浪人就說：「明日皇軍到，第一個叫他吃生活。」

正說著要走，只見門又開了，一杯涼茶迎面就潑了出來，茶渣倒了吳有一身，吳有大吃一驚，吼道：「你幹什麼！」

陳揖懷輕輕回答：「茶有茶渣，人有人渣，你家賣茶，這點道理還不曉得？」吳有再蠢，也能聽出來陳老師這番話的意思。上去要抽人家耳光，便見一浪人撥開了吳有，將陳老師一把從門裡拖了出來，冷笑著，說：「你們中國人很會說話，也很會寫字。不是說你有一手好顏體嗎？我要你這就給我們寫——大日本皇軍萬萬歲——你給我寫！」

陳老師說：「日本佬還沒進城呢。」

「我諒你現在也不肯寫，」那浪人突然抽出刀來高舉在頭，「我今日也叫你知道什麼叫人渣！」但見手起刀落，一聲慘叫，陳老師右手臂，竟生生地被劈了一刀。只聽陳老師一聲慘叫，嚇得吳有一跳三丈遠。見陳老師家人衝出來哭天搶地地救人，吳有拔腿就跑，跑好遠停下來，一頭的茶渣直往下掉，眼前晃動的是那姓陳的手臂上噴出的血。

這下吳有是夠刺激了，他就驚慌不停地吐了起來。這裡頂著一頭茶渣還沒有吐完，那裡幾個日本浪人已經輕鬆地笑著過來。他們都是中國通，甚至是老杭州。住在拱宸橋下，平日裡就結交著青洪幫橫行霸道，今日終於開了殺戒，見了吳有縮成一團，便一手拎了他領子提起來說：「走，走，你以為這就完了，這還沒開始呢。等皇軍來了，那才叫好看了呢！」

羊壩頭附近，有兩面青磚大高牆，當中隔了一道臺階高門，這夥人亂紛紛叫道：「這裡好，正好一邊一條。」便叫吳有上前刷糨糊。吳有愣了一下，說：「這是忘憂茶莊。」那夥人又叫：「正是忘憂茶莊，你家老子的死對頭。一邊寫上一條，等著歡迎嘉喬大翻譯官衣錦還鄉。從此以後，大日本皇軍就是你們吳家的鐵打靠山了。」

吳升聽了此話，抖掉了頭上最後一粒茶渣，勁兒又上來了。刷子滿滿地沾了糨糊，就往青磚牆上蹭。沒蹭幾下，哎呀一聲叫，手肩就像被砍下來了似的死痛，刷子就掉在了地上。回頭一看，一根手杖夾頭夾腦地劈下來，打得他抱頭鼠竄，連聲叫著：「快，快抓住他，快！」

就見那人如黃鐘大呂般地一聲喝：「我看你們有這個膽！」

又聽那幾個人說：「四爺，四爺，有話好說，有話好說，別動手累著自己。」

吳有趁著暮色中最後一點亮色，看清楚了，原來正是杭州城裡的老英雄獨臂四爺趙寄客。吳有一時發矇：趙四爺是場面上一條好漢，這誰都知道。可那畢竟是中國人的好漢啊，不是明日就來了日本人了嗎？不是剛才還砍了陳老師的手了嗎？怎麼見了這四爺就點頭哈腰又變成狗了呢？

吳有正想不通呢，又聽趙寄客說：「怎麼給我塗上去的，怎麼給我擦下來！」

吳有抱著腦袋走過來，心裡面就不服。好歹他吳有「破腳梗」名聲在外，杭州城裡也是一方霸主，又有弟在日本人那裡當翻譯官。這個趙四爺，活了今日活不了明日的，他吳有還能聽他的？

誰知那撥子人竟說：「吳有，聽四爺的，擦了。」

吳有簡直不相信自己的耳朵，僵在那裡一時沒有動彈，就見自己衣裳被四爺的枴杖齊胸剖膛般地一把挑開了：「就用它擦。」

吳有沒辦法，只好脫下他那件九成新的褐色暗花緞夾襖，苦著一張臉，一把一把地擦自己的「屁股」。四爺虎視眈眈地立在背後，他連馬虎都不行。

直到吳有那件夾襖都擦得沒法子穿了，趙寄客才用枴杖一個個指著他們的腦袋說：「記住，這地方不是你們這種人來的，來了就別怪我趙寄客不客氣。」

正這麼說著，就聽大門被人很快地打開了，見一年輕女人披頭散髮衝出來，一邊叫著：「我同你一道去！我同你一道去！」又見幾個人跟著衝了出來，抓住那女人的肩勸著：「嘉草，你不要急，忘兒一頓飯工夫就回來的，有他小姨媽和他在一起呢，不會出事的，不會出事的。」那麼勸著，一群人才又回了門，四爺也跟著他們一起進去。等一切恢復了平靜，吳有提著他那件被糟蹋壞了的夾襖，呸地吐了一口，叫道：「這是什麼事啊，皇軍也怕趙四爺！」

那夥子人吵吵鬧鬧往前走著，一邊說：「你知道個什麼！昨日皇軍就有令下來特意關照了，杭州城裡有幾個人物不能動，其中就有這個趙老爺子。說句實話，殺你倒沒關係，得罪了他可不行。」

這一番話，把吳有說得一下子縮回了脖子，再也發不出聲音來了。

趙寄客闖進杭家，正是時候。嘉和原本性情平和，不失謙謙君子風，此時也幾乎被眼前的這幾個女人弄得咆哮起來了。

此時的杭州城，東南一角，槍聲不斷，一支來不及撤退的中國部隊正和日軍邊撤邊戰。從南星橋至閘口，已是火光沖了天，沿江一帶，漸成焦土。還剩下了十萬人的杭州城中，婦孺老弱們紛紛四處逃散。杭州城號稱東南佛國，亦是中國基督教重要傳播地，而中國伊斯蘭教的四大名寺之一鳳凰寺也就在忘憂茶莊的附近。杭州人，平日裡要燒高香，臨時更要抱佛腳。那些畫十字的就進了由牧師蘇達里、萬克里等人以萬國紅十字會名義出面設立的難民收容所——湖山堂、思澄堂等；那些祈禱安拉的回民紛紛避入了鳳凰寺；杭家既不信上帝，也不信安拉，杭天醉過世之後，連釋迦牟尼、觀世音也不太去光顧了。如今想暫避一時，想來想去，卻還是想到靈隱寺。先父杭天醉在那裡還有幾個和尚朋友，或可收留幾日，避過這血腥之災。

不料眼前留下的這三個女人，一個因為尋不到兒子，幾乎瘋了一般，不按住她，她就箭一般往外射。一個又幾乎一言不發，老僧入定，任人發落。倒是綠愛媽媽抱著一根房柱子說：「我老早就跟你們說好了的，我是不離開這裡的。我要想離開這個家，不好一早就跟著寄草她們走？我嫁到杭家幾十年了。從前是想走也沒走成的，現在是不想走了。我這一走，以後我們杭家，還怎麼在杭州城裡吃飯做人？」

嘉和勸她說這不過是一時之避，綠愛搖搖頭說：「你當我不曉得，嘉喬在上海當漢奸，這一次要跟著日本佬一起回來。他回來就要奪我們的茶莊和院子。我要不在，讓他直是直橫是橫，這口氣哪裡嚥得下！」

嘉和氣得直敲桌子：「你那麼看重這五進院子，我替你守著行不行？你們去避難，我在這裡，好不好？」

綠愛也不生氣，繼續說：「我留下來，不是為了我也不是為了你，是為了杭家茶莊。你要不走，嘉草怎麼照顧？葉子、漢兒，都要有個大男人在旁邊護佑。嘉和你放心，躲過這一關我們杭家總會團圓，不相信過幾日你回來，我保證活得好好的給你看。」

「媽！」嘉和忍不住大吼了一聲，「好吧，大家都在這裡等死吧。」

漢兒突然開了口：「我本來是可以留下來的，可是我不願意讓你們以為我是個東洋佬，我不想讓你們以為日本人見了我會高興，以為我待在中國就是為了歡迎他們來——」

漢兒的話沒能夠再說下去，臉上就結結實實地捱了他母親一個巴掌——「你姓什麼？你爸爸是誰生的！」

葉子在杭家大院裡十多年了，今日是第一次露了這廬山的真面目，大家望著這女人，一時就愣了。

趙寄客此時的駕到無疑是解了嘉和的圍，他帶來了寄草託人傳來的口信：寄草帶著忘兒已平安撤出杭州城。大家總算舒出一口長氣。趙寄客說：「你們趕快走吧，南星橋都燒死不少人了。嘉草這樣神志不清的樣子，不找個地方避一避，搞得不好就要出事。」

「我不走。」綠愛還是那句話。這自信的女人到了下半輩子，竟變得越來越固執。說到底，她還是不相信日本人真的會動他們杭家。不管他們願不願意承認，杭家和日本人，還是有了多少牽扯不清的關係啊。

趙寄客在燭光下看看這女人，女人的鬢髮在微明的天光下發著白光。寄客就被這白光擊中了，揮揮手說：「實在不想走，就留下來吧。我也留下來，我本來就沒想走的，在哪裡不是一個守字，我就守在這杭家大院裡了。」

其實大家都明白，趙寄客不走，沈綠愛才不走的。嘉和終於把這句話說了出來：「趙先生，你就和我們一起走吧，大家一起走，死活都在一起，好不好？」

這種時候，嘉和還沒忘記顧及趙、沈二人的面子。他不說趙先生走，沈綠愛就會走，他說大家死活都可以在一起。

趙寄客卻搖搖手不讓他再說：「我不走，自有我的理由。放心，我不會死。我們這樣的人，什麼人來了，都要先拉一拉的，拉不動再殺也不遲嘛。」

嘉和吸了一大口氣，還想說什麼——突然，什麼也不想說了——好吧，就這樣了，就這樣吧。

第七章

子夜來臨，陰風嗖嗖，淅瀝雨敲打殘枝敗葉。天，黑入人心骨髓。城東南一角，時有火光槍彈之聲。介乎這地獄的黑暗與明亮之間，綠愛引著寄客，到忘憂樓府這五進大院子的第三進——從前天醉和她居住的地方。小客廳依舊原樣，多少年前，紅男綠女，才子佳人，正是在這裡相逢一見恨晚，從此結下了這一段前世的緣。

綠愛點紅那一豆燭光，寄客便見屋裡依舊橫放著那隻前朝遺物般的美人榻。寄客奔波勞累數日，如今突然人去樓空，性命亦已到了最後關頭。無私無欲之人，心中竟也平和如故，見了臥榻，頓生睏意，二話不說，便躺了下去。

綠愛這頭就趕緊撥亮了白炭火爐，移至榻前，又從櫃裡取出已經脫了毛的一張狗皮褥子，蓋在寄客腳膝。忙極生靜，兩人一時無話，綠愛就坐到靠椅上去，且取了椅下籃內未打好的毛線衣，一針一針地挑了起來。

燭光，火爐，躺在榻上的微睏的男人，坐在椅子上的做著女紅的女人，大難來臨之前的最後的微乎其微的和平，恍兮惚兮，不知今夕何夕。

突然，火車站一帶又有密集的槍炮聲襲來，俄頃，復歸於萬籟俱靜。綠愛一下子扔了手裡毛衣，直起了脖子，側耳傾聽。

再沒有聲音，卻比有聲更驚心動魄。綠愛下意識地回過頭來，求助於男人了，卻見寄客躺在榻上向她微笑。

「怎麼一點聲音也沒有了？」綠愛問。

「真是——蟬噪林愈靜，鳥鳴山更幽。」寄客突然這麼來了一句。

綠愛一想，驚大了眼睛，說：「寄客，你可是真會用典啊。」然後上上下下地打量起寄客來了。

寄客任她用眼睛掃了一陣，才欠起身體，說：「我知道你這會兒在想什麼。」

「人都快死了，我能想什麼？」綠愛就掩飾似的又去挑毛衣。

「剛才你看我躺在榻上吟詩的樣子，你就想起天醉來了，是不是？你是不是還想，寄客這副樣子，和天醉真是越來越相像了？」

綠愛飛快地挑毛衣的手停住了，抬起頭來，看著寄客，說：「天醉早走，有早走的好啊，他哪裡過得了這一關。」這麼說著，她的手就抖了起來。

「怕什麼，有我在。你以為我只會吟那『蟬噪』啊。明日日本佬來了，殺一個夠本，殺兩個還賺一個。」

說著，一個鯉魚打挺坐起，這把年紀的人，又少了一隻手臂，竟然不失當年的矯健，一下子就跳到了磚地上。一頭鬈髮是已經花白了，卻依然濃密，連著鬍子，飄揚在他的頭上。

自辛亥以來，軍閥混戰，政客鑽營；國土淪喪，民不聊生；黃鐘毀棄，瓦釜雷鳴。如寄客般肝膽相照者，又有幾人被起用？共和理想，今日安在？青年時代的暴風驟雨，果然就換成了暮年的淺斟低唱？又有幾人偶爾相問，廉頗老矣，尚能飯否？不承想果然到了國破家亡之際，滄海橫流之時，英雄本色頓生光芒，不減當年豪情。綠愛一個激靈，也從椅子上彈跳了起來。燭光裡，當年那個年輕的辛亥義士又回來了。

趙寄客就於黑暗中一把推開了門，大股夜氣頓時奪門而入。寒風迎面襲來，雨絲射在臉上。趙寄客背對綠愛問：「我老了嗎？」

綠愛便覺面頰上有熱淚流下來，卻是笑著說：「你這一問，倒是讓我想起曹操來了——老驥伏櫪，志在千里，烈士暮年，壯心不已。」

趙寄客並不回過頭去，背對著綠愛，長嘯一聲：「那麼說，我到底還是老了……」

「綠愛不是與君同老了嗎？」

寄客嘆了一聲，道：「美人暮年，依舊是英雄紅顏知已。」

話音未落，背上便被一陣熱烈的溫柔攝住，錢江大潮回頭而來，再一次把他們埋沒其中了。

但見寄客忽然跳到院中，蹲下身撿起一塊小石子，說：「可惜不見了三十年前的茶花。」話音剛落，一陣唰唰響，院中一枝蠟梅枝杈應聲落地。

綠愛連忙跑了過去，撿了那花枝，折下一朵梅花。蠟梅雖小，但香氣襲人，綠愛戴在頭上，當年茶花插頭的情景不由湧上心頭，感極生悲，不禁掩面啜泣起來。

寄客一邊扶著綠愛回屋，一邊說：「你看你看，好好地笑著，怎麼又哭了？」

「這麼多年了，我看你這張面孔都看熟了，我都當我再也沒有當年的五雷轟頂一樣初識你的心情了。」

「你們女人就是寡情，我可是從來也沒有這樣想過的。」

「那你說，到底是什麼時候看上我的？」綠愛就用胳膊肘撞了寄客一下，這動作也幸虧是在綠愛身上，才那麼自然，換了一個人，就是老來裝俏了。

話音未落，爆豆子一樣的槍聲又來了，火光轟地起來，照徹了半個天，把綠愛從一腔傷感愛意之中拉了回來。她不禁又直起脖子，還踮起腳，彷彿想以這樣一種姿勢去看到什麼。

寄客看著這女人的樣子，拍拍她的肩說：「我嘛，我是一眼就看上你了。我就想，天醉兄弟，你真正是作孽，怎麼我去了東洋幾年，就把我的媳婦搶去了。」

綠愛回過頭來，又笑，安頓了寄客重新坐在榻上，說：「你又瞎說，當我不知道你是怕我被日本佬嚇著了，拿話挑我分心啊。說我是你的媳婦，有什麼證據？」

「把你的曼生壺拿出來。」寄客就說。

綠愛連忙取了壺來。寄客指著壺上的字說：「你看，我這不是寫得好好的：內清明，外直方，吾與爾偕藏。吾與爾偕藏，懂得這意思嗎？」

綠愛看著看著，放下壺，抱住寄客那一頭亂髮的腦袋，哭著說：「那麼多年，你怎麼不把我藏起來啊！」

寄客也不說話，也無話可說。他本不是一個好色之人，心裡放了一個，也就足矣。這倒不是說趙寄客從此成了一個清心寡慾之人。只是他凡與女子交，必不考慮婚配。凡有女子動此心者，立刻揮手即去的。他少年時便自取一號，曰「江海湖俠」，從此便以浪跡天涯出入無定為活法。不料老了，依舊不改其衷，這一點恰恰也是和綠愛的天性極其相符。綠愛一生，幾乎沒有什麼大的變化，依舊是個性情中人啊。

自鳴鐘響，午夜已過了，寄客綠愛這兩人，卻過了睏勁，一時又新鮮起來。綠愛看寄客衣服單薄，便說：「我去給你沏一壺滾燙的熱茶來，提提你的神。」

「就是你們這種賣茶人家，三句話不離本行。這種時光了，要喝就喝酒。你給我取酒來。」

綠愛欠起身子要往外面走，又回頭問：「有梅城嚴東關的五加皮，還有紹興東浦的老酒。嘉和招待客人的白蘭地、威士忌，這裡都還有幾瓶，你喜歡喝什麼？」

寄客揮揮手說：「天寒地凍，必以熱老酒暖心為好。再說，今日這種日子裡不喝老酒，又喝什麼？」

「此話怎講？」

「越王勾踐十年生聚十年教訓，最後率大軍兵臨吳王夫差城下。出發前取來老酒，投入河中，此河從此名為投醪河。當年我隨女俠秋瑾在大通學堂之時，常與她到河邊，望那東流之水，女俠曾與我言《呂氏春秋》之文：『越王之棲於會稽也，有酒投江，民飲其流而戰氣自倍。』今日你我痛飲此酒，明日不是正可以戰氣自倍嗎！」

綠愛聽了，捧來一小壇紹興東浦老酒。壇口用泥封著，二人忙了一陣，把那壇口打開了，老酒紅黑油亮的，就咕嚕咕嚕地倒在了一個大搪瓷杯裡。綠愛又在炭爐上架了火鉗，把大搪瓷杯再架在火鉗之上，說：「就這麼熱著，一會兒就好。」

寄客又叫綠愛取三隻小酒杯來，綠愛一時有些疑惑，再一想，就恍然大悟了。眼睛一陣發熱，就下去張羅。再上來，又取了下酒的小菜，有茴香豆，有水煮花生，還有老家帶來的德清烘青豆。片刻間，酒就熱了，酒氣上來，直往鼻孔裡鑽，綠愛就被薰得別過頭去直打噴嚏。一連串的噴嚏配著杭州城外那一連串的槍聲，此起彼伏，把黑夜也打得退避三舍。綠愛和寄客兩個，一杯酒在握，竟然也就處變不驚了。

三隻玳瑁杯酒盞，倒滿了江南老酒，一隻放在桌子上橫頭，寄客拿自己那一隻酒杯與他的那隻一碰，說：「天醉，你我兄弟，今日一起等那東洋佬殺進城吧。魚死網破，就看明日了。」

說完一飲而盡。

綠愛聽了心酸，說：「話是那麼說，我就不信日本人進了城真的就會殺我們。我們待在自己家裡，他們能把我們怎麼樣？就說嘉喬，再壞，也是姓杭的，總不至於姓杭的要姓杭人的命吧。」

說完自顧自地也仰脖子喝了一盅老酒。

兩人你一杯我一杯地，竟就喝得有五分的醉意了。剛才被寄客用手從樹上打下的梅枝，被屋裡的熱氣一薰，放出濃郁香氣，屋裡一時的酒氣花氣與人氣就氤氳了一片。綠愛又總覺這酒喝到現在還是少了點什麼。想了想，是了，還是少了茶。杭家人喝酒與別家不同，從來就是酒茶同席的。便起身到隔壁廂房裡轉了一圈，拿回來一個碗狀的紙包物，說：「都說茶酒是對頭，其實不然。我上了酒，我也給你上一道茶。」

說罷打開了紙，寄客見了說：「我道是什麼了不起的茶，我從來沒有見過的，原來也就是這個。此茶出自雲南，名叫普洱沱茶，當年我反袁世凱時到過雲南，那裡的人都愛喝這個。比起我們這裡的龍井，那可是豪放得多了。」

綠愛聽寄客那麼說著，一邊就又拿過了一個大茶杯子，盛了大半杯子水在裡頭，又把它擱到了炭爐上的火鉗之上。等著那水一會兒工夫就翻開了魚眼，然後使勁掰開那普洱茶，往茶杯裡放。寄客見她掰著吃力，接過來一隻手就捏碎了，一邊就說：「我知道你們這一家是非龍井不喝的，怎麼想著吃這道邊茶了？」

「就准你喝老酒有故事啊。」綠愛平生不能碰酒，一碰酒就露了本性，見過她喝酒的，都說她八十歲喝酒，恐怕也還是俏佳人一個。此時偌大一個院子，就她和她一輩子的冤家共度長夜。明日強寇一到，死活不知，這最後的時光，安能不回頭一笑百媚生。便見她一杯醇酒飲下去，兩朵桃花紅上來，瞇縫著眼睛道：「你是只知其一不知其二，我這茶，也有一個故事在裡頭呢。」

「此話怎講？」

「說來就話長了。我也是前些年聽一個趕過馬幫的滇商，來杭州做生意時說給我們聽的。他說他賣給我們的這普洱沱茶，可是雲南最好的，單單就產在那南糯山。還說那裡至今還有一株八百歲的大茶樹呢！」

「這也不奇怪，未必就是那滇商說的大話，我早年在雲南見過這麼高大的茶樹。人採茶葉，是手腳並用地爬到樹上去，用刀把樹枝砍下來，再捋下葉子。我看忘兒一日日地背著那《茶經》：『茶者，南方之嘉木也，一尺二尺，乃至數十尺，其巴山峽川，有兩人合抱者，伐而掇之。』我就想著，有一日他長大了，我要帶他到雲南去看看，讓他知道了，我們大中華到底有多大。這大茶樹，不單單巴山峽川才有，雲南也有呢。陸羽寫那《茶經》時，怕還不知道世上有個南糯山吧。中國真是太大了。我看他小日本，就是想占，也是占不過來的。」

這麼聽著，綠愛早就又是幾杯老酒下肚了。酒壯人膽，她就嚷嚷起來：「你看你看我才開了一個頭，你就說上那麼多，你還讓不讓我說了。從現在開始，再不許插話，聽到了嗎？」

然後也不管寄客有沒有真聽她的，就說開了：

「你道這南糯山的茶是怎麼來的？這和諸葛亮孔明還有干係呢！說是當年三國，孔明帶兵七擒孟獲到了南糯山。此時兵疲馬乏，水土不服，拉肚子的拉肚子，害眼病的害眼病，這仗，可就沒法打了。諸葛亮一看不行，得想個辦法，就拿自己手裡的那條枴杖，插在南糯山的石頭寨上，立刻，就生出了一株大茶樹來。士兵們採了那茶樹葉子煮了喝茶，什麼病都沒有了，又能打仗了。從此以後，長那株大茶樹的小山，就被叫作孔明山了。那山上的茶樹呢，就被叫作孔明樹了。孔明山附近的那六座山，也都種了孔明樹，如今都成了普洱茶的六大茶山了。」

綠愛說的那些個故事，其實寄客都聽到過。當年他在雲南，雖不是茶人，但有了天醉這樣一個茶人兄弟，自然是耳濡目染，不懂也懂了許多。那六座山，曰「悠樂、革登、倚邦、曼枝、曼喘、曼撒」，寄客都去過。不過他不想再多說什麼。他和綠愛恩恩怨怨一輩子了，知道綠愛是個喜歡聽好話的女人。況且今天，他也喜歡看綠愛那種自以為是的架勢。屋子裡暖洋洋的、香噴噴的，女人也是風情萬種的。為了造一點小波瀾，寄客就故意說：「說這個故事有什麼意思呢？也不就是顯得你懂得比我多嗎？」

果然綠愛就上當了，大睜著眼睛說：「你看你看，年紀大了果然就不靈了。就准你講越王勾踐，就不准我講諸葛亮？莫非只有勾踐的酒能助你戰氣自倍，諸葛亮的茶就不能助你逢凶化吉嗎？」

聽了此言，寄客禁不住一大口酒下去，說：「我說綠愛你是我的紅粉知己嘛。來，乾了此杯！」

此時架在火鉗上的兩隻茶杯都熱浪滾滾地升著霧氣，一隻冒著酒氣，一隻冒著茶氣。茶熬的時間一長，都濃郁成汁了。綠愛便用一塊毛巾包了茶杯把手，然後醉眼矇矓地把那普洱沱茶汁往熱騰騰的酒杯裡倒。一不小心就倒到了火爐裡，嘭的一聲，就冒上來一陣灰煙。寄客要去幫，綠愛不讓，說：「你知道這是什麼？這是龍虎鬥，懂嗎？記住，得用茶往酒裡倒，可不能酒往茶裡倒。你嘗嘗，什麼味道？治百病的。趁熱吃，祛溼發汗，祛寒解表。也是那滇商教的。趙寄客，你喝了我家一輩子的茶，恐怕也沒喝過這種龍虎鬥吧。」

寄客一仰脖子，就把那「龍虎鬥」給灌下了半杯，說不出這是什麼樣的滋味，只說：「龍也喝了，虎也喝了，我還怕什麼小日本這一條蟲嗎！」

那剩下的另一半，綠愛也咕嚕咕嚕地喝了一個底朝天。都道酒能醉人，卻不知濃郁的茶汁也能醉人，此時二醉合一，可就真是把個綠愛喝成了七八成的醉態了。外面槍聲炮聲的，這二人竟然都已經聽不見了。醉人膽大，寄客就一把拉了綠愛過來，說道：「想必天醉在上，看了我們如此也不會生氣，今日裡我倆也來喝一杯交杯酒！」兩人就繞了手臂，一飲而盡。

綠愛飲了酒，脖子就軟了，靠在寄客身上，有氣無力地用拳頭砸著寄客，道：「說，當初為什麼不帶了我去南京。我若當時走了，這一輩子，也就不是這樣過了。」

寄客也就長吁短嘆起來：「女人啊，我就是跟你說不清。你想，搶個把女人，在我趙寄客眼裡，又算得了什麼？只要女人願意，一百個我也敢搶。可是你不一樣。天醉在我們面前橫著，我是繞來繞去，繞了他一輩子，繞不開啊！」

綠愛是個很以自我為中心的女人，她不能夠真正懂得男人和男人之間的情分是怎麼回事。掙扎地從寄客懷裡脫出來，她說：「今日裡我就是要讓你知道，你這輩子扔掉的是件什麼樣的無價之寶！你等著，我給你彈曲子聽。」

說完歪歪斜斜地站了起來，踮起腳，取了櫃上的一隻錦囊，抖了抖，一陣灰塵撲面。從裡面取出的那隻古琴倒是還很齊整。綠愛此時見了琴，一時又清醒了幾分，說：「這琴，還是八年前西湖博覽會那陣上海茶商汪自新送展的古琴。當時送的有唐代霄文所製的天籟琴，元代朱致遠所製的流水琴，還有明代的修琴——」

「我倒要來見識見識，你這琴莫非還是唐代的？」

「這倒不是。蜷翁的那些個古琴，原來都是藏在汪莊『今蜷還琴樓』裡面的。如今日本飛機日裡炸夜裡炸的，這些前朝遺物也不知道會有怎麼樣的一個灰飛煙滅的下場。好在他自己也能製琴。你以為我們賣茶葉的就只認得幾片茶葉幾張鈔票啊。蜷翁取揚州僧寺的古木造琴，別出心裁，有梅花、鳳頭等格式。你看他送嘉和的這把，就是梅花的呢，要不要看一看？」

寄客本來對藝術並無大長處，只是能欣賞。隔著煙霧，他瞇著眼擺手說：「彈個什麼？要帶勁的。〈胡笳十八拍〉不好，太悲涼了。毛敏仲的〈漁歌〉，不好不好，太散淡了。姜夔的〈古怨〉也不好，我就見不了這些佳人薄命的腔調──」

「你不用說，我知你喜歡什麼。郭沔的〈瀟湘水雲〉怎麼樣？情懷故國，身南心北，真正愛國家的浙派大琴師的大曲。可惜了，古調雖自愛，今人多不彈。我也只是將就著了。」

綠愛少女時代，對古琴曾經是下過一番功夫的。後來既和天醉一起生活，想那麼一個風花雪月之輩，也少不了對月彈琴，見花落淚。綠愛跟他在一起，免不了還要摸摸琴。倒是天醉死後的這些年來，綠愛再不摸琴。今日一觸琴，便知手生。但借了酒力，一腔熱望卻在。先還磕磕碰碰，後來好一些了，便彈得肝膽俱張起來。寄客聽著聽著，突然一腔少有的心酸上來，便道：「綠愛你且慢彈。」

綠愛連忙趕了過來，扶住他的肩頭說：「怎麼不舒服了，要不要床上躺著去？」

寄客緊緊握著綠愛的手，把臉貼了上去，說：「就這樣好了。就這樣，一會兒就好了。」

綠愛覺得奇怪，說：「你想到什麼了，你這麼一個人也會有心裡過不去的時候，講給我聽聽，我幫你化解了去。」

「我是想跟你說的，只是說了你不能生氣。」

「說吧，都這種時候了，天大的事情也頂得過去了，難道你心裡還有別人不成？」

寄客就把手移開了，說：「不瞞你說，我見你彈琴的樣子，眼一花，就想起我當年在日本的那個女人了。我也是在她彈琴的時候認識了她的。她原本就是一個藝伎，彈得一手的好琴呢。」

綠愛還是有了醋意的，不過她不那麼說，她說：「你怎麼就找了一個日本女人呢？如今他們日本人殺進中國了，你那日本女人，可不就成了你的仇人了？」

「你看你看，我說你要生氣吧，你還說不會。那時候不是還不認識你嘛。」

綠愛連忙掩飾自己，說：「我什麼時候吃醋了，我是說，你既然娶了她，你就該把她領回中國，怎麼把她和孩子一起給扔在日本了呢？」

「日本的藝伎原本也是規定了不能明媒正娶的。後來有了一個男孩，我說要把他們一起帶回來的，那女人不願意。我回國後再託人去找，口信捎來，說那女人到底還是跟了一個浪人去了。沒過幾年，又在大地震中死了。我一直也沒有跟人說起過，其實那些年，我可是去過日本好幾趟，想找回那孩子，卻是再也找不到了。」

「若那孩子還活著，怕也有嘉和這把年紀了吧。你有什麼念物給他們留下了，萬一日後見了，也是一個憑證。」

「倒是留下過一塊德國造的懷錶，反面刻了『江海湖俠趙寄客』七個字。不過，我如今卻是怕有人拎了這塊錶來認親了。」

「哪有這麼巧的事情啊！」綠愛就笑了起來。

趙寄客停箸罷杯，垂下頭，半天抬頭，苦笑著才說：「綠愛，你說老話怎麼就有些那麼對路的地方。比如說無巧不成書，比如說，說到曹操，曹操就到——」

「莫非今日說到你的日本兒子，明日你的日本兒子果然就到了？」綠愛依舊笑著，只是笑得勉強，臉也沉了下來。

趙寄客說：「豈止是到中國啊……」

綠愛的眼睛越瞪越大，手裡的筷子頭觸在了桌面上，就哆哆嗦嗦地響個不停。突然抽了一口冷氣，舉起筷子直戳趙寄客的鼻尖，輕聲叫道：「我說你怎麼死活不肯離開杭州城啊，原來你這是在等——」

還沒「等」下去，就被寄客一掌擊落了筷子，反手捂了綠愛的嘴，氣急敗壞得臉都綠了，也是輕聲地喝道：「你叫什麼，還嫌曉得的人不夠多嗎？」綠愛頓時明白過來，輕輕碰了自己嘴脣兩下，又一仰脖子，倒進一口酒，使勁嚥下去，說：「看，我把這句話和著酒都嚥下去了，爛死在肚子裡我也不會和任何一個人說。」

她和寄客相識了大半輩子，除了為她，她還從來也沒有見過寄客為了別人心裡亂了陣腳。今夜非同尋常，她看出寄客內心深處的慌亂來了，便定定神寬慰他說：「即便人家來了杭州，也沒什麼大不了的。中國人當兵拉壯丁，日本人打仗就不拉了？說不定他就是被硬拉來的呢，也不見得凡日本人就殺人放火的啊。」

寄客這才說：「我們兩個，是死是活也說不準的，我也不想瞞你了。我在日本的老友寫信來告訴我，說我那個兒子突然就冒了出來，向他要了我在中國的地址。原來大地震之後，他就被一家武人收養了。後來上了日本的陸軍大學，還娶了個將軍的女兒。這次侵華，他進了日軍特務機關，貨真價實一個法西斯分子。這次來杭，八九不離十，是衝著我來的呢。」

「你也別上心，真要來了，也未必是壞事。日本佬雖壞，他還是你的骨肉。有你在，他或者還可以保住幾個杭州人的性命呢。」

寄客哼了一聲，說：「只怕因為我，他倒反而多取幾個中國人的性命呢！」

見綠愛有些不解，趙寄客才說：「他明知我的地址，也明知能打聽到我，多少年來也不和我聯繫。他這是心裡種著仇恨哪。」

「即便仇恨，也是一家子的事情，哪裡就會拿了國家的大事，來出自己個人的怨氣呢。」

寄客說：「你啊，到底是女人。我這一輩子，見過多少道貌岸然的人，口口聲聲天下大事。鑽到他們肚子裡去看看，骨子裡還不是那點點見不得人的牛黃狗寶。怪不得魯迅要做詩呢——強盜裝正經，各自想拳經。真正是入木三分——」

「那是罵我們中國人裡的政客呢。」

「天底下的強盜，說到底，都是一樣的。你沒聽從南京逃出來的人是怎麼說的？」前不久日本人血洗南京，殺了三十萬南京人，綠愛也是聽說的。可是她不願意這樣去推測寄客的骨肉，便有些生氣地說：「你這是怎麼回事？怎麼只管把自己的血脈往惡心惡肝裡想？他既是這麼一個混世魔王，你還留下來幹什麼。你這點心事，還是我來幫你捅破了吧。你不就是心存僥倖，還想見他一面嗎？」

寄客長嘆一口氣，說：「綠愛，這話豈是可以捅破了的。我趙寄客一世的做人，莫非老了，竟然英雄氣短，兒女情長起來。天醉若是活著，豈不活活笑煞？」

「造孽萬千哪……」綠愛就流下了眼淚，說，「我去替你見見他吧。你只管告訴我，如今他叫什麼名字了，萬一碰上了，我也好心裡有個數。」

寄客張了張嘴，突然一拍桌子，說：「不提了，不提了，只管這麼囉囉唆唆做什麼！你我一世冤家，頭髮都白了，還是算算自己的這本帳吧。」

綠愛想，可憐寄客啊，這麼俠肝義膽的一個英雄，如今也是石板縫裡要夾死了。這麼觸景生情，就想到自己身上，怔了一會兒，突然掩面就哭倒在寄客的懷裡，一邊叫道：「嘉平我的兒啊，你到底上哪裡去了，你讓你媽死都不放心死啊。」

寄客知道，這種時候再怎麼勸也沒有用的。見她哭得差不多了，才一把扶正了那女人的肩，說：「好了，哭也哭過了，笑也笑過了，心裡頭那點話也都說開了。把這剩下的龍虎鬥，都給我喝乾淨了。」

他不由分說地就把那龍虎鬥往綠愛的嘴裡倒了一大口下去。自己也豪飲而盡，兩隻眼睛就閃閃發光起來。許多許多年前，在赤木山上被壓下的慾望的旗幟，原來並沒有被時光侵蝕。今夜，它嘩啦啦地展開了，再也無礙無阻了。兩個老去的人兒不約而同地想到——在死去之前相互擁有，這是多麼僥倖啊。

此時燭光已滅，盆中炭火也已微紅，兩人的身體因了酒精之故，滾燙熱烈，呼吸簡直就像是在往身體之外噴射火焰。寄客只覺熱酒煮腸，五內俱焚一般，便用那殘臂一把推開了窗子。從窗口望出去，一陣一陣的黑紅透亮的光，如鬼火憧憧，照徹杭州城的夜空。此乃中華民國二十六年冬十二月二十三日凌晨，當杭家大院忘憂樓府中那對男女，正在償還他們一生的夙願之時，倭寇的大皮靴，已經開始踩入中國的人間天堂杭州城了……

杭州西郊靈隱寺，八百年前，華夏禪院五山之首，今日大難臨頭，卻成了一艘普度眾生的夜航船了。

大雄寶殿下，緊靠大柱，此時已經坐滿了人。嘉和安頓下家人，又急著去照看一路相攜而來的陳揖懷。陳揖懷失血過多，又加一路顛簸，眼看著奄奄一息，所幸廟中有懂得刀傷的和尚，立刻抬到僻靜處上藥，重新紮繃帶，是死是活，也只有靠上天保佑了。

杭嘉和是在往靈隱寺來的半路上遇見陳揖懷一家的。出城往西郊去的杭人也不少，大多是老弱病殘、婦孺兒童。嘉和夾在其中，竟也算得上是個臨時的領袖人物，不僅要照顧自家人，還和杭漢跑前顧後地招呼著他人。彼時，雖已深夜時分，又兼濛濛細雨愁人，但一路跌跌撞撞而來，除了嘉草於不曉人事之際，伸手不見五指之中，偶爾發出一兩聲尖叫之外，其餘的人，幾乎不說一句話。緊緊包圍著嘉和的，就是那一片越來越響的力不能支的喘氣聲。

背後彷彿聽見了轟的一聲，就聽到漢兒大叫：「伯父，城裡起火了！」

猛回頭，不得了，半邊的天都是紅的，襯得那另一半的黑，便如同地獄一般地恐怖了。

入了靈隱寺，眾人一通忙亂，驚心稍安，嘉和靠著大殿圓柱。一炷香火之下，往大殿上空望去，但見這高十三丈五尺的殿堂，此時卻顯得深不可測。唉，佛也無心保佑這一方土地民生了，那釋迦牟尼，只在巍巍頂端，不動聲色地觀看這不知是幾朝幾劫的又一場人間災難。

嘉和不信佛，也不似其父，素無逃禪之心。後腦勺靠在冰涼的大柱上，卻想到這些大柱的來歷。這些柱子，原本都是清宮為修頤和園，於宣統二年特意從美洲買來的。不意其時，清廷已四面楚歌，要修那頤和園，又有何用？故而才又千里迢迢運到了杭州，重修了靈隱寺。

國家天崩地裂之間，不過二十餘年，佛又曾何時保得百姓平安？去年靈隱香火最盛之時，倒把一個羅漢堂燒得乾淨。這羅漢堂，就在大雄寶殿之西的西禪堂旁。那五百羅漢，個個有真人那麼高，又個個面相不一，兼仿著淨寺的田字殿，佛像背列，四面可通，杭人便有數不清的靈隱羅漢之說。先燒了羅漢堂，信佛的人就說不是好兆頭。嘉和雖與家人躲入其中，卻並無一絲安全感，心裡恍恍然不知如何才有著落，只覺今夜靈隱，未必是個可藏人之處，不祥之感陣陣襲來，竟使他無法安歇。輾轉多次，只得起身，踱出大殿，只往那飛來峰下而去。

話說這靈隱寺，也是東南佛國之中，又一江南名剎了。

東晉咸和元年（公元三二六年），印度和尚慧理來到此處，見山川鍾秀，便以為必有仙靈棲隱，自此，結廬林中，名以「靈隱」。從此南朝三百六十寺中，便以此寺為冠，至今，已有千六百餘年矣。

杭家與靈隱結緣，自然又離不開那個「茶」字。

想那大唐大曆年間，安史之亂之後，茶聖陸羽浪跡天涯，盡訪中華茶事，亦曾到過靈隱山中。故而《茶經・八之出》中方有此言：錢塘（茶）生天竺、靈隱二寺。

杭家上輩在天竺一帶，尚有茶園。到了天醉手裡，家道中落的那幾年，才把那茶園給賣了。雖如此，杭家人仁慈，老東家的那份情誼還在。天醉後來又熱衷於「茶禪一味」，來來往往地總往這靈隱走。老家人撮著祖居又住在翻過了天竺後的翁家山，嘉和兄妹們常來常往，靈隱，對他們一家人而言，本來並不陌生。

茶人心目中的茶聖陸羽，雖為茶中之聖人，亦是中唐著名詩人。寫過許多文章詩篇，可惜大多失傳。既到靈隱，陸子便又撰〈靈隱寺記〉，所喜的倒是茶人與靈隱真正有緣，那〈靈隱寺記〉竟然就保留了此一段，其中云：

晉宋已降，賢能迭居，碑殘簡文之辭，榜蠹稚川之字。榭亭巋然，袁松多壽。繡角畫拱，霞翠於九霄；藻井丹楹，華垂於四照。修廊重複，潛奔潛玉之泉；飛閣岧嶢，下映垂珠之樹。風鐸觸鈞天之樂，花鬘搜陸海之珍。碧樹花枝，春榮冬茂；翠嵐清籟，朝融夕凝。

畢竟國勝佛勝，國衰佛衰。明末靈隱幾毀於火，竟只剩下大殿、直指堂和輪藏堂了。此時此刻，嘉和走出大雄寶殿，來到殿前那尊吳越國留下的八角九層石塔前，心緒萬端，只有舉頭望天。但見細雨濛濛，寒氣瘮人，又是一個月黑殺人之夜，風高放火之天。嘉和理不清自己的思路了。

嘉和生性不好鬥，於國事，也一向認為，即便是出於本國的利益，戰爭也絕不是可供選擇的方案。在很長一段時間裡，嘉和內心深處甚至還帶著隱隱的樂觀。他總模模糊糊地認為，再壞的政府，出於自身的權益，也會盡可能地維護和平。他家和日本人的交往一向不少，他也就不像那些對日本人一點不瞭解的人那樣，把他們看得如洪水猛獸。但他對時事並沒有樂觀的估計，這或許和他天生的悲劇性格有關，總是朝嚴重的局面做心理和物質的準備。然而，儘管如此，他依舊心存幻想，以為某一天早晨醒來，或許還會聽到一個令人欣慰的消息。

我們可以說，這七八年來的不問國事，只問茶事，果然使得忘憂茶莊的老闆杭嘉和於政事上缺乏洞察力了。看上去，他甚至變得有些僵化和狹隘了。他依然是杭家的頂梁柱，一旦災難從天而降，依然是他在把握家中的全局，安排各人的逃生之路。看上去他依然胸有主張，天崩地裂於眼前而不動一下睫毛。但內心裡，他發生了強烈的震撼——他越來越不能夠解釋身邊的這個世界——他是一個從血液裡、從心理到生理都無法離開和諧的人。甚至在經歷了小林這樣的血腥慘案之後，他依然認為，這只是他們杭家的不幸。他以自心度他心，以為人之所以為人，能生存至今，實乃人的天性不能離開和平。然而，就在此刻，靈隱之夜，他開始懷疑——人，真的乃是一種和平的種類嗎？如果是，何以連年征戰，從無止休；如果不是，人與禽獸又有何區別？他事茶至今，向以茶為和平之飲而心生自慰，如果人竟都是與禽獸一般的東西，人又怎麼配得上飲茶？他事茶，又有什麼意思？他若終生以茶為生，豈不是等於要堅持他的和平為人？他若堅持和平為人，豈不是非人了嗎？豈不是遲早要被那些禽獸般的人活活吞吃了嗎？就算他逃生有方，苟且一世，到處都是人形的禽獸，他還有什麼必要偷生？再說，一個不具有殘暴之性的人，又如何在這世上生存？活下去又有什麼意義？

你道嘉和這一思索，又如何了得。原來，世上凡如嘉和一般性情的人，輕易是必不可動疑心的，不動則已，一動便移了根本。

就這樣，嘉和搖搖移移，恍兮惚兮，魂無所依，大夜彌天之時，幻知幻覺之中，竟來到了那飛來峰下了。

峰巒或再有飛來，坐山門老等；
泉水已漸生暖意，放笑臉相迎。

飛來峰，對著靈隱寺，高不超過二百米，怪石洞壑，滿山遍布。有人算過，在這長不過一里有餘、寬又不到半里的地方，竟有佛像一百五十三龕、四百七十餘尊。嘉和自小到大，到靈隱不知來過多少次，來來回回地路過飛來峰，那些雕像，數來數去的，也從來沒有數清過。看看這個又看看那個，到底也不知該在哪尊石峰下站定為好。不過大人小孩，最喜歡的還是冷泉南側的那尊南宋造像——布袋彌勒。嘉和的腳，不知不覺地就移向了那裡。他摸出口袋裡剛才點過蠟燭的火柴，劃出一點星火，舉起來，方寸之外，什麼也看不見——是的，黑暗太大了。這樣大的黑暗，真是嘉和一生中從來也沒有遇到過的，他只能默默地站在原地，想像著布袋和尚的樣子。

聽說這個布袋和尚還有一番來歷，原名叫契此，浙江奉化人氏，終生荷一布袋雲遊四方，後來就成了彌勒佛的化身而供人膜拜，杭人都叫他「哈啦菩薩」，對面靈隱大殿裡，就供著一尊呢。

在印象中，飛來峰上的石雕哈啦菩薩，乃是嘉和看到的這裡所有的雕像中最大的一個了。聽人說他有九米高，但是看上去他卻一點也不笨拙。在如此的黑暗中，嘉和想像著他那袒胸露腹、歡眉大眼、喜笑顏開、包容萬物的大石臉。嘉和還能清晰地看到——不是用眼，而是用心靈看到布袋和尚一隻手拿著布袋，另一隻手拈著一串佛珠的樣子。那串佛珠，彷佛正在江南的斜風細雨之中，微微搖晃，閃著溼光。而兩旁的十八羅漢，又是各具著什麼樣的神態，又是怎麼樣地相互關照，渾然一體的啊。嘉和想起了杭人常常拿來作為座右銘的一副對聯——它往往就分立在布袋和尚的雕像前：大肚能容容天下難容之事；開口便笑笑世上可笑之人。

突然，他被黑暗壓得一下子喘不過氣來——他頓時就蹲倒在地，按住胸口。他心如刀絞，萬箭穿胸。他不能想像，如果明天早上，倭寇殺進佛地，如果倭寇要搶走布袋和尚手裡那串集日月精華的佛珠，那布袋和尚能依舊笑嘻嘻地敞開肚子說——大肚能容容天下難容之事嗎？然後，將是由誰來開口便笑，笑那世上的可笑之人呢？

嘉和不由眼冒金星，肝腸寸斷。他蹲著，忍受著心痛，一聲不吭，卻聽到一個聲音說：「怎麼啦，是不是受風寒了？」

嘉和沒有回答他，許久，他覺得好些了，才站了起來。見那說話的人黑影憧憧的，依舊站在他面前，嘉和的聲音便變得像這個寒夜一樣冰涼了。

「沒事。」他說。

那人又說：「我是看你從大殿裡出來，就跟在你後面，一起出來的。」

「你也在這裡？」嘉和想平靜一些，但聲音裡卻有了探尋。

那聽話的又是何等聰明之人，便道：「她們母女兩個都進了基督教青年會，我剛巧是到艮山門一帶辦事，眼看著日本人燒進城裡來，跟著一群難民，就撤到了這裡。」

「沒燒死人吧？」

那聲音停頓了一下，才回答說：「你怎麼不問一問你家的茶莊有沒有被燒？」

嘉和也停頓了一下才說：「沒人喝茶，茶有何用？」

那聲音苦笑一聲說：「『廄焚，子退朝，曰：傷人乎？不問馬。』杭嘉和雖然做了商人，依舊是儒士本色。讀書時習的《論語》，至今還能身體力行，不佩服是不行的。」

嘉和與李飛黃，要說起來，民國十八年在西湖博覽會橋上相遇之後，似乎就再也沒有打過照面了。

這倒不僅僅是因為這位李君竟娶了嘉和的前妻方西泠為夫人。事實上，自畢業之後，杭嘉和與李飛黃就各自走了各自的道。當年陳揖懷聽到李、方二人的結合時，曾上門來告嘉和，且說：「我從此必定和李飛黃這傢伙一刀兩斷，再不認這個同學。」

「這又何必。」嘉和說，「我與西泠分手在前，他們結合在後，他們有緣，礙卿底事？」

陳揖懷連連跺腳道：「杭兄此言差矣，他哪裡是為了他和西泠的那點緣分，他是衝著方西泠的爹呢。你和西泠不和，他背地裡多少次當著我面嘆你愚笨，不會用你那個大舅和你那個岳父，還說他要有你那份背景，不知會混出什麼樣的天地來。」

嘉和想了想，竟不知道說什麼才不失分寸。西泠與李飛黃結婚，乍一聽說，他也吃驚。後來一想，此二人雖出身、地位、家庭背景各不相同，但說到性情，卻是十分地相近，都是心裡藏著那麼許多的疙疙瘩瘩小塊壘，每日只為了要弄平它們，睜開眼就動心思忙到黑。正因如此，李飛黃如此聰明一個人，雖也混到了副教授，竟也再做不了大學問，總想走了捷徑，躍了龍門才好。原本一個好好的媳婦，從小對門住著，家裡開著醬鋪，還是裹了小腳的，娶來做了幾年老婆，孩子沒生下一個，就自己上吊死了。他哭得死去活來，哭得都不像一個讀書人。陳揖懷嘴損，卻說那老婆明明是被他逼死的，卻來演一場好戲給誰看。場面上有幾個人知道李飛黃為人？都道他道德文章都好，杭州城裡一塊牌子，這塊牌子恰好拿來騙了西泠。西泠自嫁了一次商人，以為一失足成千古恨，偏偏就要嫁一學者的了。如今也算是遂了心願。哎，蘿蔔青菜，各有所愛吧。嘉和說：「人以群分，他們走到一起，那是他們同氣相投，強似我們。」

陳揖懷說：「我哪裡是為了方西泠？她雖與你夫妻一場，她這個人的聰明心機，我比你看得還要清楚。說實話，你們結婚時我來喝喜酒，就看出你們走不到頭的架勢來了。她端著酒杯，一副當仁不讓的樣子，以為把你操縱得團團轉呢。她這就是不懂你了，就埋了伏筆。如今她和李飛黃，各自想拳經，倒也是一對。只是可惜了你那女兒。在這種人手裡，只怕以後吃苦頭的。」

聽到這個，嘉和心就縮了起來。女兒，他不敢想，他是真捨不得。可就是這麼一聲聲地在心裡念叨著捨不得的時候，女兒卻就那麼捨出去了。

這麼想著，腳步就不知不覺地往前移著，嘉和想了起來，問道：「揖懷也在廟裡，你去看了嗎？」

「看是去看了，只是流了那麼多的血，只有進氣沒有出氣的人了，哪裡還認得我？我也是心裡悶，沒有著落，不知這仗再這麼打下去，我們下半世做人的出路在哪裡。出來透透氣，就見著了你也在我前面。我就想起你我三人當年出來建設新村的事情。也不知都錦生這麼一家大廠，如今怎麼辦呢？」

李飛黃亦嘆亦憶的感慨中，彷彿不經意地拉出一個都錦生，旨在回憶當年他們幾個人少年意氣之時的交情，由此便把自己和嘉和拉近了，甚至成功地使嘉和都沒有在意他當年並沒有真正出來建設什麼新村的事實了。

他停頓了一下，發現嘉和並沒有表現出不能接受往日友情的樣子，便加重了感情分量，說：「十多年前，我們都還是多少有志氣的人，『五四』時候，舉著標語，上街燒燒日貨之時，哪裡會想到真的會有今日！嘉和，我近日常想，選擇了做學問這條路，恐是我一生的大錯了。不要說成就一番大事業，就是做人求得性命，也是件朝不保夕之事了。」

李飛黃那麼說著，自己就先被自己說得感動起來。他是最能營造氣氛渲染環境的，這一點竟也有些女裡女氣，和西泠也是最相似的了。嘉和從前心裡最不能見的就是他的這點造作。但今日飛來峰下，聽這男人的唏噓聲，突然就使他的心軟了下來，橫在他們面前的那個女人濃郁的影子，一時竟也就淡淡地化去了。

有人從他們身後扔石頭，劃過身邊，飛過澗，碰在什麼硬物上，又彈了回來，聲音清晰的，就掉進了澗裡。嘉和喝了一聲：「誰？」俄頃，有一少年應答：「是我。」嘉和聽出來了，那是杭漢。便又問他半夜三更扔什麼石頭，杭漢說他睡不著，出來看看天，又聽人說前面那尊石像是楊璉真伽，常有人來扔石頭砸他，這才跟在後面如法炮製的。

「你們這是要學張岱啊，可惜砸錯了對象。」李飛黃說，「這是多聞天王，四大金剛之一。夜裡你看不出來，他手裡拿著寶幢，豹頭環眼，許多人不知道，當他楊璉真伽來打。上回我來靈隱，還見了廟裡僧人用鐵蒺藜把它給蒙了起來，你可不要砸錯對象了。」

「那真正的楊璉真伽石像呢？」杭漢就問。

「早就被張岱砸了扔進廁所了。」

嘉和知道李飛黃專攻晚明史，這段掌故倒也是不會有錯的。原來南宋亡後，元世祖忽必烈就任命楊璉真伽為江南釋教總統，集江南教權於一身。這個楊璉真伽，殘害百姓，狐假虎威，這倒也不去說他。最最天人共憤的一條，是他竟然挖了南宋皇帝的陵墓，還建了一座塔，把他們的骨骸壓在塔下。這就弄得人神同怒了。

偏偏這個楊璉真伽還想著流芳百世，竟在飛來峰上為自己造像，意欲永垂不朽。等到明末清兵大舉入侵之時，人們恨清兵，就如前朝恨元兵一般的了。故而山陰文人張岱來此，對那石像驗明了正身，當然就不會放過了。砸碎了石像不說，還把石像頭扔進了茅坑。誰料想，千劫萬難到如今，這楊璉真伽，又勾起了人們對日本兵的仇恨，且又陰差陽錯地把那多聞天王當了楊璉真伽，又為後世留下了一段逸事。

嘉和拍拍侄兒的肩膀，說：「這種事情，偶爾為之，倒也不失性情。」

杭漢自小在嘉和身邊長大，把嘉和當了親爹一樣恭敬，他立刻明白嘉和的意思了。這是他們杭家男人特有的交流方式，不明白的人，斷斷聽不出那話裡面的許多微言大義。比如這一句「偶爾為之，倒也不失性情」的評價，到底是褒是貶呢？恐怕只有漢兒聽出來了，這分明還是阻止的意思了。漢兒甚至能夠聽出來伯父不會說出口的那句話——要殺就殺真正的活強盜，這種動作，到底還是小兒科的。

這麼想著，心裡不免又沮喪，便過溪，沿一條隱隱約約的小路，拾級而上。前面不遠處有四角亭一座，杭漢就在這裡停了下來。他知道，伯父是肯定會跟上來的。在這樣的不祥之夜，這個受了強烈刺激的少年，有一場根本的對話需要進行。

果然，不大工夫，杭漢便見嘉和伯父從小徑中出現。伯父一向身輕如煙，走路說話都少有響聲。有時在家中走廊上，杭漢會見著伯父在前面走著，竹布長衫下襬極輕微地顫動著，配著腳下的不動聲色的青磚，飄飄蕩蕩地遠去了，那才叫「此時無聲勝有聲」呢。杭漢便時有納悶，他自己是習了拳術的，知道輕功非一日之功，可是從未聽說過伯父習過輕功啊。在背面看到的是伯父的輕，從正面看到的是伯父一臉肅穆，恰恰又是心事重重的人了。杭漢是個愛在心裡琢磨的少年，時間長了，竟把伯父給琢磨出來了。他想，伯父那是在努力地把人做得舉重若輕啊。

家裡的老人都在私下裡說，嘉和不像爹，更像早已過世的那個大管家茶清，不過沒有吳茶清的「煞克」罷了。杭人形容人性情厲害，有這麼一個專有名詞。那麼嘉和倒真是和那「煞克」無緣的了。人家說到嘉和，便說杭家門裡大少爺最好商量。如此說來，嘉和卻又有天醉的影子了。

暗中見了伯父上來，後面沒有跟著那饒舌的李飛黃，杭漢就鬆了一口氣，突然虎躍而起，就在原地，耍了一套南拳。地方小，杭漢就打得縮手縮腳，嘴裡發出的暗吼聲卻響。滿山的石頭菩薩，想是亦都在屏氣傾聽，城裡的火光把伯侄兩個，時不時地從暗無天日中襯出一個人形來。

杭漢一套拳術完了，鬆了形體，依舊站在原地，也不說一句話。嘉和這才說了：「你這套拳配了這個亭子，最好。」

原來竟也是十二分巧了，這亭，原是南宋紹興十二年間清涼居士韓世忠所建。老杭州人，幾乎沒有不知道岳飛的戰友蘄王韓世忠和他的夫人——那擂起金山戰鼓的巾幗英雄梁紅玉的，至今杭州城，尚有一條蘄王路呢。

只是待到蘄王建此亭時，抗金大勢已去，岳飛被害於風波亭剛恰過了六十六天。故，韓世忠在此特建一亭，又命了他那才十二歲的公子韓彥直刻了題刻一塊在此，題曰：紹興十二年，清涼居士韓世忠因過靈隱，登覽形勝，得舊基建新亭，榜名「翠微」，以為遊息之所，待好事者。

明眼人誰不知這其中的欲蓋彌彰，原來這亭名就是直接取自岳飛的〈登池州翠微亭〉——

經年塵土滿征衣，特特尋芳上翠微。
好水好山看不足，馬蹄催趁月明歸。

蘄王韓世忠，是在以自己特有的方式紀念岳飛呢。杭漢知道這個典故，所以也能明白伯父何以言說他這套拳配這個亭好。然而拳打得再好又能怎麼樣？古來就有如岳飛一般的大元帥，渾身的武藝加一顆忠心赤膽，到頭來還不是仰天長嘯「天日昭昭」而死。何況千年之後的他——一個無聲無息的小民百姓。

杭憶走後，杭漢一直感到委屈。夾在老弱病殘者中，苟且偷生似的逃到這靈隱山中來，杭漢一路上都有一種大錯位的感覺。他不能夠明白，自己這麼一個平時從來不燒高香的人，這會兒臨時來抱什麼佛腳。因為羡慕或者乾脆可以說是忌妒著杭憶，他就幾乎恨起那個灰眼睛的女郎來了。什麼留下我有用？分明就懷疑我是日本奸細嘛。越想越氣，才喊出了口，倒捱了母親一個耳光，還問我到底是誰生的。不問倒還可以，一問杭漢就更委屈。你說我是誰生的，是那個名叫杭嘉平的人生的嗎？怎麼他倒把我們給扔下不管了呢？

這麼想著，杭漢便說：「我早知道英雄無用武之地，我就不那麼下功夫練了。我這不是等閒白了少年頭空悲切嗎？」

嘉和扶著杭漢的肩膀坐下，說：「你急什麼，日本強盜還不夠你打啊？只怕到時候要用你時你又不在了呢！」

杭漢身板筆直，兩隻手握了拳頭樣，擱在膝上，把頭低了下去，沉默片刻，像小孩一樣委屈地聲明：「我是中國人。」

「誰說你是日本人？」嘉和輕輕打了一下侄兒的脖子，「真該讓你媽搧你耳光。你爹不是姓杭？你不是姓杭？」

不說這話倒還不要緊，一說，杭漢突然就湧出眼淚來。一邊哭著，一邊就恨自己堂堂一條漢子竟會女人一樣，就為自己丟臉。那麼哭著，恨著自己，他就只好站起來，發著狠勁又來了一套南拳。這一次他也不顧地方小不小了，放開手腳，從亭裡就打到了亭外。半夜三更，他竟然還沒有掉下山去，也是虧得菩薩保佑了。

杭漢這一舉動的確反常，倒叫嘉和看出了蹊蹺，用手輕輕地一攔，杭漢就定住了。

「說，有什麼事藏在心裡了？」嘉和聲音就陰沉了下來。

黑暗中伯侄二人又對峙了一會兒，然後侄兒就說：「說就說，媽在大殿裡哭呢，憑什麼我要為她保密！」

聽杭漢說出這樣一句話來，嘉和未曾聽下文，就先打了一個寒戰。

「你們還動不動地就說我是誰生的，可是他早就不要我們了。」

嘉和拍了拍杭漢的肩膀，嘆了一聲才說：「本來是想過了這一陣，再把這件事情告訴你的。你該為你媽多擔待一些才是，哪裡還輪得到你發牢騷啊？」說著就下山往寺裡走去，倒把一腔委屈的杭漢給說愣了，說慚愧了。

其實葉子知道，一旦兒子杭漢發現了嘉平的那些信，她的祕密就再也守不下去了。兒子可不像她，一守就守了幾年。葉子縮在天王殿那尊手執降魔杵的護法天尊韋馱神像下，心煩意亂地想。

韋馱面朝大雄寶殿，威武雄壯，英氣煥發，就像是佛界中的白馬王子。葉子看著它想：嘉平就是這種樣子，這麼帥，這麼瀟灑，這麼一心一意地衝在前方，愛起人來把人愛死，忘起人來也把人忘死。嘉平啊，要說過日子，和嘉和比起來差遠了。父親說得對，他是一個無所畏懼的人，他不怕死，也不怕拋下別人往前走。葉子和杭家的兩個兄弟從小一起長大，以後又作為杭家媳婦，在杭家大院裡度過了青春。葉子比別人都更明白，在智勇上，兩兄弟並不能比出多少高下來。但是嘉平的那種與生俱來的向外傳遞自己精神的能力，卻是嘉和沒有的。嘉和正是那種任勞任怨的男人，活著得受人的勞，得受人的怨，得受人的苛求。嘉和縱然心裡有二十分，表現出來的也只有十分，甚至十分也不到。他就像是一座浮在海上的冰山，人們看不到那沉在海底的三分之二。那麼如果用山來比較這兩兄弟，弟弟嘉平，就是一座隨時可能噴發的火山了。當嘉平有十分，並老老實實地向外展示那十分的時候，他卻能夠讓人領略到二十分。他站在那裡，把他那赤子的情懷向大家一展，人們便會像中了魔法一般地集中在他的身邊。男人便不由自主地崇拜他，女人則不由自主地愛上他。他做任何出格的事情，都是可以有理由解釋的。即便是現在，他杭嘉平的媳婦葉子，於兵荒馬亂之中，獨自躺在大廟裡，她也不怨嘉平食言。

此時，葉子躺著，和嘉草一起，蓋著一床薄被。嘉草折騰了半宿，這才剛剛安靜下來，睡著了，正在夢裡母子相見呢。葉子就看著韋馱佛像前的那副對聯——立定腳跟，背靠山頭飛不去；執持手印，眼前佛面即如來。那年她到靈隱來燒香時，僧人告訴她，整一個靈隱寺，就這個用整塊香樟木雕成的韋馱是最古老的，從南宋傳來的，八百年前的神物。葉子看著看著，眼淚就流下來了——她不敢想也想不通，人的情愛為什麼就不能像這八百年的佛像那樣，生生死死，長長遠遠。

現在，另一個男人就夾著寒風疾步走到了她的面前。他一下子就蹲在她的面前，看著她，嘴唇奇異地抖動了起來。葉子問他是不是冷了，他搖搖頭。燭光下兩個中年人的面容，都帶著溫柔和憂傷，以及離亂的痕跡了。

嘉和知道他不能夠離葉子太近，這倒不是因為害怕發生什麼——不！像嘉和這樣的男人，如果他要做什麼，也許他會做不到。然而，如果他要不做什麼，他是能夠做到的。

只是現在，和平消失戰爭來臨之夜，嘉和突然覺得，沒有什麼是不可以做的了——他正是那種熱愛著古老長久的事物的人。他與葉子在一起相處得越久，他就越離不開葉子，越覺得葉子天生的、本來就是屬於他的，葉子就越發成了他生活中不可或缺的一部分。

這麼想著，他情不自禁就用他那薄大的手掌去撫摸了幾下葉子的頭髮。葉子想說什麼，還沒來得及說，嘉和就管自己搖了搖手，說：「你放心，你放心，有我在，不是還有我在嗎！」

葉子的手，就從被窩裡伸了出來，下意識地擋開嘉和靠近的身體，自己也不知道自己怎麼會開口說了這麼一句話：「我沒有不放心，不是還有漢兒嗎？」

嘉和的心一下子就煞住了，但嘴巴卻罕見地一時煞不住，因此，他只能結結巴巴地按照原來的思路、羞愧萬分地繼續下去：「……是的，是的，我想起來了……還有漢兒……」他說不下去了，心一大片一大片地涼了下來。

葉子看著他的眼睛，看著他暗淡下去的、退到心的夜幕之後去的尷尬眼神，頓時心生了巨大的恐慌——她突然想到，她正在失去的東西是一去不復返的，是一期一會的，她下一次再也不能與之相遇了——她還來不及想那失去的究竟是什麼，只是覺得不能夠失去它。因此，她竟也很勇敢地握住了嘉和要抽回去的手。她的眼淚流出來了，還使勁地搖著頭。而嘉和，因為意識到了自己的失態，面孔紅得變了態，死活要抽出手來。就在韋馱像下，兩個人推推搡搡著，一聲也不吭，漸漸生出與剛才初衷不一樣的性情來。兩人便彷彿同時意識到了這一點，又停了下來。香燭下，竟不知說什麼才好了。

還是葉子先冷靜了下來，對著嘉和的耳朵說：「我口渴了，想喝茶。」

嘉和的耳邊便吹到了葉子口中傳來的熱氣。這熱氣，給他這樣的男人在這一殘暴冰寒的世上以生的氣息。嘉和驟然地就鬆弛了下來。他聽到了拒絕的聲音，但這拒絕是可以接受的，是溫情脈脈的拒絕——你甚至可以說，這是以一種拒絕方式來表達的不拒絕呢。他站了起來，說：「等著，我給你到僧房裡去倒茶。」

直到出了大殿，嘉和都還沒有從剛才那種失態的驚愧中恢復過來。今夜太短也太長，他頭昏目眩，彌夜中思路不知從哪裡開始理起。天邊依然時黑時紅地泛著火光，殺人的強盜離我們多麼近啊，嘉和舉起手來——他真的不敢相信，自己竟然會有這樣的膽——在這樣的時候，萬死一生的時刻，去握住另一個女人的手。他不知道，就在那裡，火光沖天的城裡，忘憂樓府的五進大院子裡，另一則幾乎相同的故事亦在進行。

真是向死而生的情愛啊，那是絕對無法並且也不能拒絕的情愛啊……

站在大殿的簷下，正在遠眺燹火之時，嘉和的眼睛猛然間狠狠地跳了一下——怎麼？燹火怎麼一下子躥到了眼前？只見伽藍殿、梵香閣的房上，一下子躥出了火苗。從那裡面頓時就有人跳了出來，嘶聲喊道：「起火了，起火了！香案翻倒，著火了！」

頓時狂聲大作，一片著火之聲，難民大亂。嘉和顧不上想更多，一頭扎回了天王殿。但見葉子正在煙火中聲嘶力竭地叫著：「嘉草，嘉草——」見了嘉和，一頭撲了過去，抱住他的肩膀就叫：「嘉草不見了！嘉草不見了！」嘉和拉著葉子，在天王殿裡飛快地打了一個轉，發現沒有嘉草，就趕緊往外跑。一群人還沒跑出合澗橋，便有人迎頭哭喊著回來，一邊叫著：「日本佬殺進來了，二寺門被他們燒了，我們逃不出去了！」

嘉和緊緊地摟著葉子站住了——前面是火，後面也是火，前面要我們死，後面也要我們死——如此長夜，我們往哪裡逃生呢……

第八章

杭家女兒杭嘉草，幾乎很少睡眠，她的耳朵就跟長了眼睛似的大大地睜開。她的眼睛、她的皮膚、她的每一個指甲尖，以及她的每一根神經末梢，都能夠聽到兒子在呼喚她——媽媽——媽媽——媽媽——

不是因為瘋狂，人才無所畏懼的；不是因為神志錯亂，杭家女兒嘉草才衝過了那前面要她死、後面也要她死的火海的。

母親只是本能地朝兒子所在的方向奔去——

而到兒子所在的地方去，是要穿越一道火門的。那麼她就平安地穿越了過去——上蒼保佑，一片火舌也不曾將她舔傷。

火門之外便是一片茶園了。嘉草迷茫地盯著清晨裡雨絲下的這一片綠野，她聞到了親切的家族氣息——她家族中另外一名女性的愛情氣息。那一對在茶蓬下談情說愛的青春的大膽的戀愛的影子，甚至在這個飄揚著苦雨的悽楚的早晨，也不曾消散。像中國古代那些神祕的傳說一樣，他們神奇地把自己的魂魄一分為二——一個義無反顧地走向前方，另一個則留下來等待——徘徊在無人採摘的早已老去的秋茶和同樣無人理會的茶花之間，迎候命運的到來——強寇與親人相擊的一剎那的到來。

而這樣的時刻，終於到來了。當我們的親人穿越茶園時，我們的敵人也開始穿越茶園了。

一面是赤裸著雙腳、以膚髮趾甲親吻著那略帶著酸性的熟土地的方式、以子民感激上天恩賜的情懷走過茶園的；另一面是穿著大皮靴，以鐵騎的方式，獸一般地踐踏著掠過我們的茶園的。他們豺狼般的行跡所到之處，我們美麗無比的茶蓬，就被深深地踩入了泥中。她那沒有一根棘刺的枝杈，溫柔的葉兒，她那從來也不譁眾取寵的小花，她那一頭的累累的卻又不為人知的果實，生來都是永不防範地獻給人類的——這樣無限地愛著人卻從來也不戒備著人的瑞草，因此而被人踐踏著了。我們不知道她被折埋入腳下的土地時的心情——也許，這正是她復仇和等待的方式——是她在滅頂之災般的大苦難面前的生命的方式！

一九三七年十二月二十三日夜幕降臨之後，在佛國淨土靈隱寺被前後大火包圍的同時，日寇進入杭州的一路，郊區留泗公路旁，日軍點起了兩三百團燈火，焚燒著中國江南的一片片散落在丘陵平原上的茶園和被菜地包圍著的茅舍竹籬。

次日天明，日寇約一個師團，冒雨分三路侵入杭州市區。

北路孤川部隊自武林門、錢塘門入；

東路岡井部隊自清泰門、望江門入；

西路三林部隊自鳳山門入。

北路日軍，自京杭國道到小河進至武林門時，杭州通敵第一人、日本駐杭州領事館翻譯董錫林，帶著大小漢奸，在武林門外混堂橋邊，打躬作揖地夾道歡迎。杭州昌升茶行大老闆的大兒子吳有，也舉著小旗子，伸著他那伸不長的短脖子，巴巴地跟在後面，不時地踮起腳來喊：「歡迎皇軍！」

果然就見日本兵扛槍進了城。刺刀閃閃的，微雨中，不知滴了血水還是滴了雨水。那幾個杭州人的敗類就嘖嘖嘖起來：「到底他們日本人，這種架勢，中國人不敗，那就有個鬼了。不服不行！不服不行啊！」

「那是。」破腳梗吳有最是個好大喜功的人，什麼地方也忘不了為自己臉上貼金，連忙接了話茬說：「要不我們家阿喬在上海做生意，怎麼美國人英國人法國人白俄人那麼多西洋人都不認，就認準了日本東洋人做了主子呢？你看看這些日本矮子，一個個多少有殺氣，中國人哪裡是這些矮子的對手！」

話剛說到這裡，就被那頭號漢奸一把捂了嘴輕聲說：「破腳梗你還要不要命？那兩個字——是你好這樣光天化日之下叫的嗎？」

董錫林這是在警告吳有，不准按杭州人的俚語，把日本兵稱為日本矮子。吳有卻沒有聽見似的，一隻手掰著董錫林的手，另一隻手只往前方指，整一個人就歡欣鼓舞起來，叫道：「阿喬！阿喬！我是阿有啊，你大哥。你看你都騎在馬上進城了，我還怕接你不到呢！」

杭嘉喬穿著一套西裝，腳上卻蹬了一雙日本軍靴，披一件黑色大氅，上唇齊齊兩撇小鬍子。他停下了馬，淡淡地側過頭去，用日語與旁邊另一匹馬上的日本軍官說話。

和嘉喬的略帶女性化的清秀面目不同，那日本軍官面有虎豹之相，一臉大鬍子，雙目閃閃發光，雖然戴著軍帽，額下還是露出一縷又黑又亮的鬈髮。嘉喬對他說話的時候，吳有一臉仰慕的樣子，他怎麼看嘉喬，也看不出他是個中國人。他甚至想不起來從前嘉喬的中國人樣子了。

幾句嘰哩咕嚕東洋話之後，嘉喬才回頭對吳有說：「有哥，跟爹說，我和小堀大佐先隨部隊進城，然後再來找你們。」

吳有就見那小堀大佐用審視的目光盯了他一眼，吳有就像是被什麼毒蟲叮了一口，立刻就是一個寒噤。為了掩飾這種骨子裡的寒意，吳有又故意歡天喜地地說：「你可快點回家，吳山圓洞門都給你騰出來了。」

杭嘉喬的馬韁一鬆，馬兒又開始往前走，黑大鼈在微雨中沉重地抖動著，從那裡面扔過來一句話，比水滲透的黑大鼈還黑：「我什麼時候想住吳山圓洞門了？回去告訴他們，杭嘉喬，要住就住羊壩頭！」

日軍第十軍司令部及第十八師團，就此進駐杭州。次日，日軍當局下令放假三天，縱士兵燒殺擄掠，姦淫婦女。當日軍中的一支尚在錢塘江北岸的南星橋、閘口一帶縱火焚燒之時，另一支日軍一路向西郊而來。

焚燒二寺門，平添了他們的快意，使他們那從骨頭縫裡塞擠得滿滿的殺戮欲，終於又有了一次噴發的狂樂。這些來自島國的年輕人，出征前也許還有人連一隻雞也不曾殺過。而此刻，他們殺人如麻，殺中國人如麻。他們在中國的土地上立刻就悟出了一個有關殺人的真理——殺一個人和殺一萬個人，完全是一樣的。殺人甚至和抽鴉片一樣地可以使人上癮，又像做遊戲一樣地能夠使人樂此不疲。

當然，作為肉身凡胎，即便殺人，也會有殺累的時候。他們從二寺門放火出來之時，天色已經大亮，他們沒有選擇周圍的村落再去燒殺，而是折轉了出來，跨入一片無人理會的荒蕪的茶園。

微雨中杭州龍井初冬的茶蓬，閃著鐵綠的光澤，即使在這樣殘暴的敵人面前，她們也沒有那種枯木朽株齊努力的劍拔弩張之勢。她們的沉默，便也一時有了某種不可判斷的面貌。

而那些身穿軍裝的年輕日本兵中，也許恰恰就有那麼幾個，是從那島國的茶鄉而來的；也許他們中，不久前就有人曾經當過茶農。否則，你何以理解他們看見這片茶園時的驚訝而又愉悅的心情呢？他們解下了他們的軍刀，擱在茶蓬上。這一片中國茶園，在那些遠在異鄉的年輕劊子手看來，又是何等賞心悅目啊——和故鄉的茶園真的是一樣的鬱綠，一樣的生機勃勃呢！天空蒼白，下著微雨，那是令人生發懷鄉之情的天空啊。其中一個年輕的日本士兵，突然手握戰刀，面對茶園，深情地高歌起來：

立春過後八八夜，滿山遍野發嫩芽；

……

這首來自日本本土茶鄉的茶曲〈摘茶曲〉，滲透著日本民歌中那種特有的悠揚的憂鬱。而當這個離開本土多時的年輕日本士兵才引吭高歌了兩句之後，另外幾個士兵竟然立刻就熱淚盈眶了——他們立刻就和他們的同伴一樣手握戰刀，面對茶園，放聲高唱：

那邊不是採茶嗎？紅袖雙綾草笠斜。
今朝天晴春光下，靜心靜氣來採茶。
採啊，採啊，莫停罷！停了日本沒有茶。

……

一曲唱罷，他們中就有人摘下了幾片溼淋淋的老葉，含在嘴裡，一邊咀嚼著，一邊快樂地說：「啊，支那的茶葉，怎麼和我家鄉佐賀縣神埼郡的茶一樣啊？」

那年輕士兵，就同樣快樂地把臉抬向中國多雨的冬日天空，說：「你家鄉的茶，怕不就是從支那而去的吧？」

「胡說！」另一個就立刻吼了起來，「世界上最好的東西，沒有一樣不是從我們大和民族自己的土壤裡生長出來的。只有支那人，才會從我們日本人手裡偷盜！」

那麼說著，他舉起剛剛殺過人的軍刀——現在沒有人可以殺了，他們就開始劈斬冷若冰霜的中國杭州西郊的茶蓬——他們要在茶園中劈出一條路來。

也許那個面孔朝向天空的日本兵，那說著茶是從中國而去日本的日本兵，對他的同伴們的武斷並不很以為然。也許他比那幾個正在茶地裡亂砍的士兵，更具備一些常識。也許他模模糊糊地有所知道，佐賀縣神埼郡的茶，正是八百年前的日本茶聖榮西，從中國天台山帶回去的種子培育而成的呢。

然而，由於他的視野的局限，他那種島國人被孤守一處時產生的盲目的夜郎自大，他那來自鄉間的有限的教育——關於他對中國人的瞭解，大約也就到此為止了。

因此，他就不可能知道，這裡，中國的浙江，中國的東南一隅，中國黃金海岸中的某一段優美曲線的所在，是他們的茶聖榮西兩次朝拜的聖地。

榮西的第一次入宋，是中國宋王朝的宋孝宗乾道四年，也就是公元一一六八年。高僧榮西，也就是日本人所尊稱的千光國師，自四月從中土的寧波上岸，歷時五個月，經四明山、天台山，在參拜了育王山廣利寺、天台山萬年寺等名寺之後回國。

而榮西的第二次入宋，則已經是在十九年之後的宋孝宗淳熙十四年——公元一一八七年了。那一年，他已經四十七歲，作為一名僧人，亦不可以說是資歷不深了。因為什麼原因他對中土依然有著這樣深遠的依戀呢？僅僅是佛禪嗎？就在那一年，榮西經當時的宋王朝京城臨安，也就是今天日本軍人用軍刀殺進的杭州城，入天台山萬年寺，拜中國的高僧虛庵，也就是懷敞禪師為師。

然而，當高僧榮西雙手合十、口誦阿彌陀佛、拜倒在天台山的羅漢堂前時，即便已經法力高深，也不會預料到八百年後，他的民族進入中國會以這樣的一種鐵血方式。他於四年後的一一九一年回國時，還因為茶禪一味而帶入了世上最溫柔的草木——那誕生在中土腹地而又在中國廣袤的土地上生長，以及在天台山茁壯成長的和平之飲——茶的種子，並把它播撒在日本國博多安國山聖福寺及脊振山的靈仙寺。

今天，在這些殺人放火的日本軍人中，不是恰恰有著從安國山和脊振山而來的年輕的茶農嗎？他們中或許還有人親自讀過榮西為推廣這種由中國茶葉所製作的飲料而撰寫的《吃茶養生記》；他們中甚至還有人，在穿上軍裝之前，乃是茶道中人呢！那曾經習練過無數次的一招一式中，有著八百年前榮西的心血——正是他傳播了中國宋代各大寺院中僧侶講經布道的行茶儀式，從而豐富、發展了日本的飲茶藝術啊。

那些曾經虔誠地捧著茶碗的日本青年的手——在那些手的靈巧莊嚴的動作中，依稀還有著中國古代僧人手的動作的痕跡——恰恰就是這些手，今天卻在中國、在榮西高僧屏氣靜心走過的天堂茶園，舉起了槍和軍刀。

彼時，在中國西郊靈隱寺不遠處的接近茅家埠的茶園中，我們的剛剛從靈隱寺火劫中脫逃而出的杭州忘憂茶莊的倖存者杭嘉草，她什麼也不知道地縈繞在這片茶園。她是這樣的神情恍惚，目空一切。而與此同時，她卻能夠聞到她的家族中的人們在這裡留下的氣息——茶蓬下的氣息。她輕輕地蹲在地上，一株一株茶蓬地摸索過去。她在想像中笑了，她以為兒子正藏在哪一株茶蓬之中。她甚至以為兒子變成了一株茶。因此，她一邊輕輕地移動著茶蓬的枝杈，一邊輕輕地說：「出來，出來，出來……」

茶蓬的心子中，便有一隻因為害怕那些殺人放火的人而躲藏著的鳥兒，在經過了嘉草這樣溫柔的呼喚之後，誤以為自己是虛驚一場。因此，這隻中國的鳥兒，就因為不好意思和為自己的膽怯而掩飾，牠撲出了茶蓬，朝嘉草還咯咯咯地笑了幾聲，又側過頭去看了看初冬微雨的蒼白天空。「茶蓬固然是最理想的棲身夜床，但作為一隻鳥兒，畢竟還是在天空中自由飛翔最好啊！」牠這麼想著，便展開了翅膀，先繞著那幾株棕櫚樹飛了幾圈，然後，就向著西湖的方向，直衝天空而去了。

而此時，那個因為中國茶和日本茶被同伴搶白了幾句的日本青年士兵，心裡正有些無聊。剛剛進行過大燒殺的人，那殘存的殺欲平息下去，還得有個過程。因此，那隻展翅飛翔的鳥兒便給他提供了目標。他不假思索地舉槍向天，嘭的就是那麼一槍。

鳥兒顯然是被大大地嚇了一跳，但牠已經飛遠了，這是一次僥倖的死裡逃生。

槍聲卻驚動了正蹲在地裡尋找親人的嘉草。她一個激靈就站了起來，目光愣愣地看著槍聲響起的地方。

那個掃興的日本兵，正因為自己槍法不準而沮喪著，突然見到遠處茶蓬裡冒出半個身子。再一看，竟然是個年輕女人。他放下槍，不懷好意地笑了起來，邊笑邊朝嘉草走去。走著走著，他開始疑惑了。他不明白，這個中國女人，為什麼看見他們，不但不躲，還朝他們笑。看著她披頭散髮的樣子，還那麼理直氣壯，嘴裡還吆喝著什麼——出來！出來！

日本兵不知道什麼叫「出來」，但中國女人對他毫不害怕的樣子，讓他相當生氣。一生氣，他就習慣性地端起了槍。由於這個舉槍瞄準的動作過於下意識了，所以，直到這時，他還沒有想過，槍口面對的那個人，他到底是要她死還是要她活。然而，這個中國女人直到這時候還對日本士兵的槍口毫無知覺，她依然站著，並且她依然還在笑——突然她不笑了，她顯出生氣的樣子，叫道：「出來！出來！我同你一道去！」

日本兵對這個中國女人的行為終於不耐煩了。他順手就是一槍——管她是死是活。只聽那女人尖聲地叫了起來，然後，重重地倒入了茶蓬。

日本兵和他周圍的同伴們，此時都笑了起來。她被槍打中時發出的聲音，正是這幾個月來，他們在中國土地上對所有的中國平民百姓開槍時從受害者嘴裡發出來的最熟悉不過的慘叫聲。

證明了這一點，那日本兵才解開了剛才和同伴發生的那一點點的小芥蒂。現在，這片茶園已經不能引起他們的什麼興趣了。既然在這片茶園裡，已經有中國人倒下，這就是一片已經被掃蕩過被踐踏過的土地了。因此，這一支小分隊，吆喝著，笑著，跳著，唱著，踐踏著龍井茶蓬，朝九里松向東，一直向玉泉方向而去了。

鮮血，正從杭家女兒杭嘉草的左肩上，汩汩地流淌下來。刺骨的疼痛使她驟然清醒，又驟然糊塗。一開始，她像常人受到重大襲擊時一樣，被鮮血嚇了一跳，然後，劇痛便開始使她忍不住地倒地打起滾來。這江南柔弱女子的鮮血，就東一片西一片地沾在茶蓬上，沾在那些鐵綠的老葉上，甚至，沾在了那些潔白清香的茶花上了。

西湖邊長大的女子杭嘉草，她的命，本是像茶花一樣平和寧靜的，像茶花一樣祥和幽雅的。這樣的空谷幽蘭般的妙人兒，命運卻注定要她來與鐵血相拚，讓她生離了兒子，死別了丈夫——在茶園中痛苦呻吟輾轉。她的聲音很快就從慘叫轉變成了低吟。幾陣昏厥之後，她坐了起來。她突然清晰地以為，她的兒子，她的白孩子忘憂，是被剛才那群扛槍的人給帶走了。這麼一想，她就急火攻了心，她就掙扎著站了起來，而她的血，也就立刻沿著臂膀往下滴。那麼歪歪斜斜地、跌跌撞撞地往前走著，兩旁蹲著的茶蓬都心痛地為這茶的女兒掉淚，只恨了沒有手去扶她一把。那些沾了血的茶蓬，就用她們的枝葉攙扶著她，做了這無依無靠、受苦受難的女子臨時的依靠。

這麼走了一段路，嘉草想是突然明白了一些，不能讓血再這麼流下去的了，否則我的孩子看見了可就得害怕。這麼想著，她竟也神志清爽了幾分，就停住腳步，用那隻不曾受傷的手，從褲子口袋裡掏出了一塊毛巾，然後，她靠在茶蓬上，用她那雙已經迷糊了的睜不開的眼睛，在茶蓬上尋找著嫩葉。這是什麼時節啊。幾乎所有的茶葉都是呆綠呆綠的，沒有一片可以做包紮茶人傷口的綳帶。嘉草想了一想，乾脆就用嘴去摘下了幾朵小茶花，嚼碎了，吐在毛巾上。嘉草想當然地以為這是可以拿來作為藥的。或許在做這件事情的時候，她是想起了當年她曾經用茶水為她的心上人兒林生洗傷口的往事來了。因此她口中不停地喃喃自語：「我同你一道去，我同你一道去！」這麼想著，她就一邊著急地為自己包紮起傷口來，一邊往前方看——那邊，還能看到那些把我忘兒給帶走的人的蹤跡。趕快，趕快，趕快追上他們，向他們要回我的兒子忘憂。再不追上去就來不及了，再不追上去，我的孩子，就要被他們永遠地帶走了，像我的林生一樣，永遠也看不見了。

現在，那一群日本兵也已經注意到，遠遠的，在他們的身後，跟著那個半死的跌跌撞撞的中國女人。看來這個女人確實是瘋了。他們一邊半倒退地往前走著，一邊時不時地回過頭來，朝那女人隨意地開槍。子彈落到茶蓬上，把那些老茶枝打得驟然飛揚，劈里啪啦翻在半空中，又重新落下來。那女人卻好像對周圍的險象環生一無所知，她始終處在一種置若罔聞的狀態之中，光天化日之下就讓自己成了一個人靶子。

翻上了那一條去玉泉的小山嶺。這群日本兵回頭看看，女人不見了，想必是死了。日本人就笑了起來，嘰嘰咕咕一陣，那意思是說，還有打不死的中國人？這倒是讓他們開了眼了！這麼說著，他們就找了個地方坐下來，靠著初冬的幾株大玉蘭樹，他們美美地抽起了紙菸。

他們東拉西扯了一會兒，就有些睏了，畢竟又燒又殺地幾天幾夜了，殺人也是個累活兒嘛。他們就把帽子拉了下來，在微雨的玉蘭樹下，在玉蘭樹大葉子窸窸窣窣的雨打之聲中，微微地睡去了。他們要在這短暫的行軍小憩中，和遠在日本列島上的親人們團聚呢。

還是那個比別人更多一點頭腦的年輕日本士兵，不知道為什麼，他就是有那麼一點不踏實。在那個短暫的夢裡，先是除了一片火光，他什麼也沒有夢見；後來他就夢見他剛才路過的那個茶園，周圍都是火光，都是火光，就這一片綠色，在火光中顯得格外之綠，燒不焦的綠色。然後，他就看見剛才的那個中國瘋女人，她全身血淋淋地站在他面前。他朝她吼叫，她置若罔聞，他朝前走一步，那女人就朝後退一步，他朝後退一步，那女人又朝前走一步。他大怒，一陣連發地開槍，子彈在她的身上開花，鮮血像泉水一樣地汩汩地往外流淌，甚至於她的眼睛、她的鼻孔、她的耳朵，都在向外湧血。

然而，這女人儘管已成血人，卻依然平靜地站著，不倒下。這種要死不死的樣子，弄得他火冒三丈，他終於叫了起來：「八格牙魯，你要幹什麼？」

然後他竟然聽見了那女人的聲音，她嘴裡吐出來的每一個字都伴著一股鮮血，她說：「我要同你一道去！」

那來自茶鄉的年輕日本士兵在極度的緊張中醒了過來，一睜開眼睛，他嚇得一下子張大了嘴巴，他的細長的眼睛也嚇得斜了上去——他看見那女人——她血淋淋的，比夢中看見的還要血淋淋，她就站在他面前，她的眼睛，冷靜而又瘋狂。士兵呆呆地輕聲地問：「你要幹什麼？」然後，他看見那中國女人微微地張開了嘴，鮮血，立刻就從她的嘴角流了下來，她說了一句中國話，重複了一遍，又一遍。這次，那個士兵突然聽明白了她的中國話，她說：「我要同你一道去！」

年輕的士兵，有那麼一剎那，真的是有一種被惡魔纏身的感覺。年輕人害怕了，這是他登上中國大陸之後，在他殺了許多中國人之後的第一次手軟。但是這種瞬間的手心出汗立刻被他同伴們的醒來阻隔了。他敏感的心，一下子就發現他的戰友們正用一種從來沒有的目光看著他——他怎麼可能不被激怒呢？由於這個中國瘋女人，這個一身血糊糊的中國瘋女人，他的膽怯，竟然有可能被他的同伴們發現——這是何等的屈辱！年輕的日本士兵在片刻間從半人半獸變成披著人皮的完全的野獸，他大吼一聲，跳了起來，拔出軍刀，亮閃閃的，朝那女人的背上砍去。那女人再一次慘叫起來，又再一次地倒下了。

這一次，日本士兵不再為這個中國女人的慘叫而欣慰了，他們幾乎人人都憤怒了——太過分了，他們想，一粒子彈就應該去死的中國人，竟然打了無數粒子彈也不死——太過分了……

為了表示對年輕同伴的同情，使他盡快地從剛才那個場景中擺脫出來，這群日本兵翻過了青芝塢，來到了玉泉魚樂國。

玉泉寺的長老們早就離散逃難去了，這裡就沒有了一個人。那些日本士兵，一個個坐在木欄杆前，把半個身子趴了出去，七嘴八舌地說著關於大魚的話。在他們看來，這麼巨大的魚兒，怎麼是可以在中國生長的呢？為什麼他們大和民族卻不曾有讓他們看到這樣美麗大魚的地方呢？那個年輕士兵就高聲地叫了起來：「就是衝著這些大魚，我們也值得戰死在中國。」他的話立刻得到了一片喝彩。

眾多的五色大鯉魚們，發現日本士兵的到來，禁不住歡欣鼓舞。牠們已經有好多天不曾見到人了。要知道牠們既然生來就已經是觀賞魚了，牠們就離不開和人的和平共處。如果魚會說話，牠們會告訴人們牠們被欣賞時的那種精神上的滿足，還有與此同時的物質上的滿足——牠們總是會被遊客們餵得腦滿腸肥。牠們也早已習慣了人類對牠們的這種特殊待遇——牠們被杭州人如此寵愛地一代一代呵護，至今已經有一千多年了。

所以，當日本士兵們也從自己口袋中拿出乾饃餵牠們時，牠們一方面非常高興，另一方面也不覺得有什麼受寵若驚。牠們都算是開過眼界的大魚兒了，所以此刻牠們就顯得很有分寸。牠們一邊忙不迭地張著大嘴，一邊從容不迫地一遍又一遍地從這些牠們從來也沒有見過的人面前掠過。

可是你聽聽那些沒心肝的島國人說的話。如果那些善良的大美魚兒，能夠知道他們一邊餵著牠們一邊說的話，牠們哪裡會像現在這樣和善地與他們交往。說起來牠們也是被國人給寵壞了，牠們每一代都是善始善終地活著，哪裡會知道自己有一天會死得那麼慘呢。

總之，這些日本人一邊興致盎然地餵著魚兒，一邊同樣興致盎然地討論著如何殺了吃掉。戰爭時期一切從簡，什麼鉤啊，網哪，統統否決。他們中有人還想用刺刀刺，看來不行。杭州的魚兒雖大，可畢竟是江南的魚兒，是靈巧智慧的，刺了幾下，沒刺著，倒把那刺魚的強盜累得夠嗆。最後一致決定用手榴彈炸。那年輕人這一下子就從剛才血淋淋的中國女人的陰影中擺脫了出來，他高聲叫著：「我來，我來，我來！」然後又熱火朝天地把他的同伴們招呼到了安全地帶，然後，他屏聲屏氣地踮到魚池旁，咬著牙根，彷彿那一池的魚都是中國人。

但見他一下子拔了引信，然後，手一鬆，只聽水裡一聲發悶的巨響——可憐那些一向是「花著魚身魚嘬花」的魚兒，那些「好向碧波深處去」的魚兒，一瞬間驚得翻上了水面幾尺高，不一會兒，水上汙血翻了起來，就有不少大魚兒翻起了牠們的魚肚皮。那其餘的魚兒何嘗遇到過這樣的滅頂之災，一時驚慌得沒有主張，亂作一團，如熱鍋上的螞蟻，就在池子邊緣上發瘋一樣地飛轉起來。

魚兒的驚慌刺激了這幾個日本兵，他們興高采烈地忘乎所以地大叫起來，一個個地就朝水裡扔起手榴彈。水浪和著爆炸聲，反彈了回來，一些不太大的魚兒，竟然像飛梭一樣地飛上天，再彈到那些殺牠們的人身上。閒心定水，此刻就像開了鍋的血水，一股股地就在池上噴射。魚樂國，魚樂國，此時哪裡還有一分的樂？一剎那間，這裡就成了魚的地獄國了。

那些殺手，就這樣轟著，炸著，把玉泉的五色大鯉魚兒，炸得連一條也不剩，這才心滿意足了，一條條地往上撈。那年輕的還性急，嫌太慢，一個猛子就扎進了水裡那些魚的屍體之中，一條條地往上扔。魚重得超過了他的想像，他爬上岸時踉踉蹌蹌，口裡吐著嗆到嘴中的血水，又興奮又疲勞，連話都說不出來。

他們這麼一群士兵，此時是把槍支當了擔架，才把魚兒從玉泉給扛出來的。大魚兒太大了，嘴巴掛在槍托上，尾巴就拖在地上掃地了。只有那年輕的，一個人扛著槍，刺刀上就掛著一條最大的，那魚兒，幾乎就和他一般高了。

這一次他們不唱懷鄉的採茶曲了，他們唱著軍歌，雄赳赳地走了出來——

……

跨過大海，屍浮海面，

跨過高山，屍橫遍野，

為天皇捐軀，視死如歸。

……

他們的極其特殊的戰利品，立刻得到了一路上陸陸續續碰見的同部隊士兵的青睞。一個隨軍記者，不失時機地舉起照相機，拍下了這個歷史鏡頭，當天就發回了國內，發在了日本的各大報紙上。

有關這一張照片之外的事件，就在那個隨軍記者走後不久發生了。

先是那幾個抬著魚兒的日本兵，突然用眼神暗示那獨自扛著一條大魚的年輕士兵，然後，那士兵就覺得自己被什麼東西拽住了。他回過頭來，這一次可真的是驚得目瞪口呆——那血淋淋的女人，竟然又出現在他的面前。她已經被他們打得千瘡百孔了，她的身上沒有一處不流血，現在卻大概因為流盡了而結成血洞。她彷彿是在經歷了那樣的地獄煎熬之後，變成了復仇的厲鬼。是的，現在這個日本士兵看到的中國女人，的確已經是一個鬼氣森森的地獄使者。她的嘴唇，一張一合的，發出的聲音誰也聽不見了。她搖搖晃晃地站在那士兵身後，每一根頭髮絲都在往下滴血，每一滴血都在呼喚著——忘兒，忘兒——

士兵驚得退了一步，結結巴巴地說：「你、你、你……」

然後，他聽見她說：「我、同、你、一、道、去！」

士兵看看周圍的同伴，他覺得自己被逼得走投無路了，他有一種要發瘋的感覺。然後他退後幾步，端著刺刀就衝了上去，他甚至來不及取下掛在刺刀上的那條大魚，便撕心裂肺地狂嚎了一聲，把尖刀刺進了那厲鬼一樣的女人的胸膛。

女人一聲不吭地倒下了，但她是抱著那條大魚兒倒下的。現在，那條大魚和她一起，被刺刀捅穿在了一塊。年輕的日本士兵拔出刺刀時不敢相信自己的眼睛——女人緊緊抱著那條魚時，臉上竟露出了一絲欣慰的微笑……

第九章

昌升茶行老闆吳升，現在，也站在微雨之中了。

他手裡舉著一把油紙傘，正好遮住視線，兩匹高頭大馬立在他的面前時，他便只看見那八條馬腿了。

雖然如此，憑著眼睛的餘光，他已經知道他那個漢奸乾兒子把什麼人帶到他的吳山圓洞門來了。因此，昨天還有一雙犀利老眼的他，此刻成了一個老眼昏花的人。他筆挺的頭頸，也彷彿老蔫了。他撐著傘的手越舉越低，嘉喬和他的皇軍長官，看不到那張老臉上狡猾的目光，一把杭州孫源興傘鋪的油皮紙傘，把這個老謀深算的中國老頭暫時遮蔽了。

這種微妙的格局當然不會長久。杭嘉喬一發現養父吳升並沒有那種要把雨傘收起來迎接人的熱情，便立刻翻身下馬，對父親鞠了一躬，說：「爹，這是太君小堀一郎，是梅機關駐杭分機關我的頂頭上司。」

吳升這才把雨傘往後移了一移，那叫小堀一郎的日本軍官的眼睛，便和吳升的老眼作了一個最初的較量。小堀那副幾乎眉心連在一起的濃眉和眉下一雙圓而明亮的眼睛，使吳升心尖子猛烈地一抖——憑他多年來闖蕩江湖的相面經驗，他知道他又遇見了一個真正的對手。

吳升知道，他沒有能力和這目光對峙，因此他立刻裝聾作啞，把手罩在耳根上，大聲叫道：「什麼梅，梅菊花，吳山圓洞門沒有梅菊花。」

杭嘉喬朝小堀攤了攤手，說：「老了，幾年不見，老了。」

杭嘉喬不打算向父親解釋什麼梅機關。這原本是日本大特務土肥原主持下的軍事特務機關之一，代號卻取得如中國文人情懷式的清麗——按地區分為梅、蘭、竹、菊四個系統組織。江浙東南沿海一帶，都是屬梅機關管的，小堀一郎和嘉喬，都是梅機關特工人員。這種事情，杭嘉喬當然不想讓父親知道，他畢竟還是姓杭的人，那種家族特有的敏感也一樣遺傳在他身上。他感覺得出來，養父對他不像從前那樣鍾愛了。

小堀一郎下了馬，用幾乎看不出來的動作點了點頭，操一口流利的漢語說：「中國人有句老話，叫有朋自遠方來不亦樂乎？老先生怎麼不請我們喝茶啊？據我所知，客來敬茶一向是貴國迎賓的禮節呀！」

吳升這才恍然大悟，說著「請，請」，就把他們往裡面帶。在客廳裡讓他們坐下了，自己卻站著，說：「喬兒，你看我這老不死的這兩年到了什麼樣的程度。昨日我剛剛把房子全部清理了一遍，我和你媽搬回去住了，這裡留給你，也是物歸原主。你親媽臨死前交代的大事，我也就了了。」說著，把那串已經磨得光光的吳山圓洞門的鑰匙拎了起來，扔到嘉喬手裡。

嘉喬接了鑰匙，臉就變了，說：「爹，誰讓你搬的家，我什麼時候說過要住吳山圓洞門了。拿回去，吳山圓洞門是你的了，你讓誰住就讓誰住。」他一下子就把鑰匙又扔了回去。

「那你住哪裡？」接了鑰匙的吳升沒忘記頂了他一句。

「我不是早就和你說了，要住就住羊壩頭。」

吳升想了想，把鑰匙又退了回去，說：「阿喬，我看你還是住在這裡，羊壩頭那裡先不要去動那個腦筋了。」說著去取熱水壺，搖了搖，都是空的，便苦笑著說，「忙著搬家，你們坐一會兒，我去燒水。」

嘉喬問：「下人呢？」

「逃日本佬，逃得一個不剩了。」

嘉喬看看小堀，便覺得有些不好意思。他帶他的上司來，原本是想顯示一下自己，這下卻出了個洋相，便站起來說：「算了，我們還有事，再說，我還想到羊壩頭去看看。這兩天正搜城呢，我不去打招呼不放心。那五進的大院子可是我的，燒了怎麼辦？」

誰知吳升又說：「阿喬，羊壩頭暫時不要去算了。」

這下嘉喬真的覺得奇怪，他一直記得父親提起個羊壩頭，有多少咬牙切齒。吳升一個何等老奸巨猾之人，怎麼能不知道嘉喬是怎麼想的，心裡卻說，也不看看這是什麼時候，日本佬都打進來了，我們自道夥裡還打什麼仗。真當是荷葉包肉骨頭——裡戳出。這麼想著，一肚皮的懊惱。人一動惱，氣就粗了，吳升就擺起了老爺子架子，說：「叫你不要去，你就不要去了嘛！人家羊壩頭那邊房子，現在有他們老大看著呢。」

杭嘉喬一聽說是沈綠愛，就淡淡一笑，看上去就像是打定主意要讓誰去死時的那種決然之笑。吳升便又說：「趙四爺趙寄客也在那裡呢。有他在，諒他們日本兵也不敢輕易放火的。」

杭嘉喬聽到趙寄客這個名字，突然想起來了，轉過身便對小堀一郎說：「太君，你不是向我打聽趙寄客這個人嗎？喏，現在，他就在我們杭家大院子裡。怎麼樣，有沒有興趣去見一見？」

小堀一郎一言不發地從剛剛坐下的太師椅上站了起來，掏出了放在左邊口袋裡的一隻老式懷錶，看了看時間，然後，就往外走去。

杭嘉喬一看這副架勢，就知道他的這位皇軍上司，是要去會一會杭州城裡的大人物趙寄客了。

梅機關的一個重要使命，就是在中國本土物色他們看中的官員，其中有三條標準：一是日本留學生，主張「日中親善」的；二是日本洋行的買辦，地方上的地痞流氓；三是中國的失意政客、官僚、軍閥、退職的文武官員及隱居的林泉名宿。

照杭嘉喬想來，趙寄客趙四爺就是一個典型的第三類人才。不過，憑他杭嘉喬多年來的瞭解，知道趙寄客是決不會出山為日本人做事的。關於這一點，他也已經用各種婉轉的言辭向小堀一郎解釋。他不明白，為什麼這位皇軍大佐對趙寄客會發生那麼大的興趣。他調動了他所有的智慧，也還是不太能夠吃透像小堀一郎這樣的人。

嘉喬親眼看到過小堀一郎殺人。他在馬上悠閒地踏步，突然拎起手槍就朝路邊一槍，一個婦女應聲倒下，小堀的馬連停都未停。嘉喬不明白他何以勞神殺人？小堀笑了笑說：「逃難就逃難吧，背上還背什麼青花瓷瓶呢？」

他說這話時，看上去那麼平靜，真正稱得上是名副其實的殺人不眨眼。但嘉喬佩服他的並不是殺人不眨眼，而是他能夠把人殺得這樣不動聲色的同時，卻又能同時保留著作為平常人的那麼多生活的情趣。即便是在這樣戎馬倥傯的日子裡，他也不曾忘記他的許多趣味。比如他殺了那中國婦女，往前走了一段路，突然勒住韁繩，回馬到那女人的血泊前，彎腰撿起一塊剛剛碎裂的青花瓷片。那瓷片上沾著血跡，女人還在血泊中抽搐。小堀伸著手讓瓷片淋著雨，沖去了血跡之後，那女人才嚥下了最後一口氣。

嘉喬還是不習慣這種場面，時不時地別過頭去。小堀卻興趣盎然地對嘉喬說：「你看，這是什麼朝代的？」

嘉喬看那瓷片上一個小孩子的頭，便搖搖頭說不知道。

小堀說：「你看這孩子的臉，便知道他該是崇禎朝的。崇禎朝起，中國工藝品上嬰戲圖的嬰孩們，臉上突生怪疾，然後，一個王朝就滅亡了。你看這個小孩子的臉，不是很有一種不祥的預兆嗎？」

「怪不得那女人就死了。」

「嘉喬君，你可是沒有回答我的問題啊。」小堀斜了他一眼，勒馬繼續前走。

「這可真不是我能夠回答得了的。」嘉喬一邊策馬跟了上去，一邊順嘴就說，「如果做您的翻譯官的，不是我而是我的大哥嘉和，那麼或許你們兩個還可算是棋逢對手將遇良才呢！」

「你可是從來也沒有和我說起過你的大哥，他是個中國文化通嗎？」

「我不知道應該怎麼和你解釋我與他的關係。不過我知道，拿出任何一張畫來，他能夠判斷真偽；拿出任何一隻器皿，他能知道那是什麼朝代；他和人下棋，從來沒有下輸過。」

「他和我一樣，總是贏嗎？」

「不，他總是和。」嘉喬笑了，說，「連和我這樣的臭棋簍子下棋，他也總是和。」

「如此說來，你的大哥，倒真可以說是一個值得我一見的人物了。」小堀收起了青花瓷片，若有所思地回答。

現在，小堀一郎果然是要動身去杭嘉和居住的地方了。他再一次翻身上馬的時候，吳升比剛才的態度熱情多了，因此看上去他那種巴不得他們走的表情，也是瞞也瞞不過誰了。小堀看著馬下打躬作揖的吳升，突然，淡淡地用日語對嘉喬說：「我們沒有能夠喝上你父親的茶，你看，他因此而多高興啊！」

嘉喬頓時覺得脊梁一陣冰涼。他一時張口結舌，好一會兒才回答：「太君，您多疑了吧？」

小堀已經策馬向前趕去了，臉卻往後轉著，一邊微笑著和吳升告別，一邊對嘉喬說：「真有意思。

我來中國的時間已經不短了，而你的養父，則是我看到的最狡猾的中國老人。你知道，這意味著什麼？」

嘉喬沉默了，他不願意說，這意味著他的養父拒絕承認日本人是他的客人。他竟然會有這樣的心機，這可是他杭嘉喬沒有想到的。

小堀卻笑了，說：「沒有關係，你的身上，沒有他的血。你可以把他看成為一個普通的杭州人，一個和你沒有關係的人。」

「我是他養大的。」嘉喬企圖解釋，被小堀打斷了——

「不！沒有什麼比人種和血緣更為重要的了！」他聲音放高了，同時鬆開了轡繩，他好像並不願意人們看到這時候他的那副淡漠的神情了。

已經有人先行一步來到了杭家大院。

杭州商會會長謝虎臣，帶著救火會會長王五權，急匆匆地走進了杭家大院，在第一進院子的大客廳前花園裡，便見著正在花下賞梅的趙寄客。謝虎臣抱著拳，邊作揖邊說：「趙四爺畢竟英雄，今日杭州城到哪裡還能找得到你這樣的閒人。」

趙寄客見著這兩個忙人，也不回禮，一邊兀自喝著杯中之酒，一邊說：「我是在這裡等著與城同歸於盡的。大限已近，自然是要活一刻快活一刻的了。倒是不知你們二位跑到我這裡來湊什麼熱鬧？你們都是黨國要人，一城百姓的命都繫在你們身上，你們可是不能跟了我一起去的。」

謝虎臣連連苦笑說：「趙四爺好會挖苦，我們算是什麼黨國要人，不過生意場中人罷了。前些日子省主席約了我們同去，說是一旦杭州淪陷，要我等擔負起維持地方和救濟難民的責任，以免地方糜爛，那日怎麼不見趙四爺的面呢？」

「朱家驊什麼東西，也要我去見他？我不見他又怎樣的，我該幹什麼還不是照樣幹什麼。再說，我雖不曾與你們同去見那個朱家驊，我也不曾如你們一樣，昨日一大早就去武林門迎那些日本人啊！」

「原來趙四爺是秀才不出門，便知天下事啊。」王五權笑著說。

「我是什麼秀才，我是劍客，殺一個夠本，殺兩個還賺一個。我雖不迎日本人，日本人若找上門來，我倒也有另一種的迎法。只怕這時候我紅了眼，連你們也一塊兒迎了進去呢！」

趙寄客這一番話說得殺氣騰騰，倒把謝、王二人說得愣住了，半晌也回不出一句話來，悻悻然地就要回頭走人，卻又被趙寄客喝住了：

「無事不登三寶殿，你們既然來了，自然有話要對我說的，我現在還沒開殺戒呢，你們只管道來！」

那姓謝的只好再回過頭來，說：「今日一大早，他們杭家的嘉喬就帶著一個叫小堀的日本軍官來了，說是杭州眼下正處在無政府的狀態，得有人出來主事。日軍的供應，也需要地方紳士負責，要我們立刻成立杭州市治安維持會。我想，這麼大的事兒，還是得你趙四爺幫著拿個主意的——」

趙寄客就喝住了他們：「放屁！虧你們想得出，這種事情找我來幫著拿主意！」

王五權就諂媚地說：「趙四爺是真不曉得，還是裝糊塗？日本人早就發了話呢——杭州城裡有一個人是動不得的，那就是您趙四爺啊。」

趙寄客聽了此言，倒還真是心生一悸，想，莫不是心裡壓著的那事兒，果然來了？眼前恍惚一陣，連忙長吐一口氣穩住自己，心裡喝道：罷罷罷，快刀斬亂麻，今日裡，誰殺進杭州城，誰就是我趙寄客不共戴天的仇人了。再見眼前這兩個累累如喪家之犬的傢伙，知道他們早已有落水之心了，只是欲蓋彌彰再來忸怩作態一番罷了。可恨他們自己要做狗，還要拉了人來墊背，也是瞎了眼睛。心裡這麼想著，便故意問：「照你們說來，我倒是交了好運了。從前在黨國手裡，好歹也是辛亥義士，建國元老。如今到了日本人手裡，又有他們做了我的保鏢。我是哪朝手裡都是吃得開了，就是不知二位如何為自己的前程做打算？」

王五權是個粗人，立刻就興致勃勃地說開了：「我們也是這樣想的。俗話說，到什麼山唱什麼歌，又說大丈夫能屈能伸，還說識時務者為俊傑。日本人也罷，國民黨也罷，無論誰在杭州，都要靠我們這些做事情的人。您老說，哪個屋簷下不是做人？如今日本人既然給我們一個出頭挑事的機會，我們為了爭口氣又生生地扔了，天底下豈不是又多了幾個呆木頭——」

謝虎臣畢竟是當了商會會長的，知道做人還要一點遮羞布，不可赤膊上陣，不能一點幌子也不打，便打斷了王五權的話說：「出頭挑事，什麼時候不好出，偏要挑這種兵荒馬亂的年頭。我們還不是為百姓計，自己來受委屈。搞得不好，人家還要把我們當秦檜來罵呢！」

「罵就罵好了，秦檜也不見得就被人家罵死了，倒還是在自己家裡壽終正寢的呢。你看那岳飛，總算流芳百世了吧，有什麼用？活著的時候，還不是風波亭裡當了冤大頭！」

趙寄客這才哈哈大笑起來：「我今日倒也是領教了，沒想到當漢奸，竟也能當得這樣理直氣壯。我也才曉得世上怎麼會有秦檜這樣的小人。你若不說，我還真以為你們雖然做了狗，還剩一點人性。好，你們既然來了，一點東西不帶走，也委屈你們了。你們過來，看我給你們什麼？」

謝虎臣聰明，知道不好，就往回縮。王五權卻往前走，臉上就結結實實捱了趙寄客一口唾沫。王五權要叫，謝虎臣卻說：「還不快走，什麼事情不好找皇軍說！」王五權才回過神來，趕緊往回退，卻聽見後面有人說：「不用找皇軍，皇軍已經到了。」那王五權回頭一看，你道是誰，原來正是那吳升的兒子吳有。他身後站著的，正是那個叫小堀一郎的日本人，小堀一郎旁邊那一位，不是嘉喬，又是何人！

空氣一時就緊張起來。趙寄客站在花下，一邊品著酒，一邊繞著那株梅花轉，沒有要理睬那些不速之客的意思。這邊，小堀一郎手握軍刀，好一會兒，也不說一句話。謝虎臣和王五權，見這副架勢不妙，倒退著就溜了出去。出得大門，又撞上了也跟著溜出來的吳有。謝虎臣就說：「你回去盯著，我看這個日本人著實奇怪。」吳有苦著臉說：「我可不敢回去，今日這架勢，保不定誰得死。」

「死也死不到你的頭上，日本人要我們派大用場呢！」王五權一把把吳有又推進杭家大院，這才溜之大吉。

小堀一郎和趙寄客的對話很有意思。他盯了半天，才走上前去，問：「你的手臂，怎麼會少了一條？」

趙寄客，見那日本軍官還能說中國話，倒也有些吃驚。上下打量一番，從腳底板開始就燥熱了上來，眼睛也像是起了霧，說：「說來倒也簡單。世上總有殺不盡的賊，我卻偏想殺盡了他們，故而少去一臂。」

趙寄客這樣說話，吳有在旁邊聽得連汗毛都豎起來了。嘉喬見狀，轉身對小堀用日語說：「太君，您就別理睬這個老糊塗了。走，我帶您去看看我家院子，您不是想找一處江南宅院嗎，您看這裡如何？」

小堀沉下臉來，也用日語說：「嘉喬君，免開尊口。」

「可是太君，他冒犯了您。」

「那是我和他之間的事情。」

「可是太君——」

「住嘴！」

趙寄客就大笑，說：「你看是不是，馬屁拍在馬腳上了，漢奸也不好當啊。」

原來趙寄客也是會一口日語的，聽了他們的對話，正要挑他們動怒呢。

小堀竟然還笑，說：「倒還真是我想像當中的那個趙寄客。」笑過之後，想必是要為自己找一個落場勢，便說：「好吧，嘉喬君，去看看你的這個五進的大院子。」

天下事情，也就是出在一個「巧」字上。這頭小堀一行正要往裡面撞，卻有人未見身影，先聞其聲，一路叫了出來：「寄客寄客，怎麼這半日也不回屋子，小心著了涼。」再見那厚門簾子一掀，眾人眼睛一亮，但見裡頭就出來了一個風韻猶存的半老徐娘。

沈綠愛手裡捧著那隻曼生壺，眼睛一掃，見了一院子的人，其中還有嘉喬，頓時就什麼都明白了。明白是明白了，但也不能因此而亂了陣腳，特別是當了那漢奸嘉喬的面。這麼想著，綠愛就舉著曼生壺走到了寄客身邊，摘下他手中的酒盅，遞過壺去，說：「風裡站了這多半日，還是喝口熱茶，這是我剛給你沏的。」

趙寄客就道：「這茶來得好，正有人惹我費口舌呢。」

「和人說人話，和鬼說鬼話，你也不看看值不值得，走，回屋去。」

兩人就要往屋裡頭走呢，嘉喬這一頭早已忍不住叫了起來：「姓沈的，你給我站住！」

綠愛都把那門簾重又掀起來了，畢竟是金枝玉葉長大的，一生都受不得人氣，一句話也吃虧不得的女人。也是一腳不來一腳不去，你既來了我也不客氣，就回罵道：「好好一個人住的院子，哪來的狗叫！」

杭嘉喬平生最恨的人，就是綠愛，夢裡頭也不知道給他殺掉多少回了。這種仇恨，先還事出有因，總以為有了綠愛，他媽媽小茶才被逼得上了吊，他杭嘉喬才落得一個有家不能回的地步。後來人事漸長，也知道凡事沒那麼簡單。雖如此，見了綠愛就沒來由地氣，甚至綠愛的美貌，也成了他噁心的理由。杭嘉喬這幾年跟著日本人，看那些殺人放火，刑訊逼供，也早已不動心肝。雖然還沒有親手殺過人，但他知道那是遲早的事情。若有一天開了殺戒，他必得先殺了那杭家大院的女主人沈綠愛，然後立刻就搬進那院子裡取而代之，這才解他多年來的心頭之恨。

沒想到他還沒來得及發作呢，這頭倒先開始發作了。他火冒三丈，拔出槍來就往前衝，還是被小堀給攔住了，近乎自言自語地問：「那女人，就是沈綠愛？」

「我媽就死在她手裡。」杭嘉喬且悲且憤地控訴。

小堀說：「就是那個纏住了趙寄客的女人？」

「我那糊塗親爹，也是死在他們手裡的。」

「噢，這女子年輕的時候，倒是絕色的。」他們開始在杭家的院子裡一進一進地走了起來。

破腳梗吳有跟在後面，好不容易撈上了在皇軍面前表現自己的機會，見縫插針地說：「太君，太君，你還別說，你此刻就是走在一個美人窩裡呢。杭州城裡的美人，可都是讓他們杭家占了。你看那嘉喬的爹，一個人就占了兩個：這個沈綠愛，你是看到了，人都稱她龍井西施；還有一個叫小茶的，喏，就是嘉喬的親娘，當年嘉喬的爹為了她，可是把那龍井西施都冷落了呢。我爹為了這個小茶，把我和我娘扔在鄉下多少年都不問。……女人啊，娘煞的，真正是厲害！」

小堀就停住了腳步，問吳有：「你就不恨嘉喬的母親？」

吳有喜笑顏開地回答：「不恨，恨什麼呀。沒有嘉喬的娘，哪有嘉喬，沒有嘉喬，哪有我們今日的風光。你看一城的人，見了皇軍都是鬼哭狼嚎一般地躲，單單我們吳家人，鞍前馬後地皇軍眼前湊，那是什麼樣的光彩？我們歡喜都歡喜不過來呢。」

小堀看了看吳有，就往前走，嘉喬就在心裡頭罵這個乾哥哥無知無識，胡話連天。小堀看了看嘉喬淡然的臉，拍拍他的肩說：「別在意，這就是血統和種族。」嘉喬心照不宣地撇撇嘴，吳有在一邊聽不懂他們的話，只乾乾地傻笑著，嘉喬看了心更煩，頭就別了過去。

「這第二進院子，想必是你大哥住的吧。」小堀突然指著院子說。嘉喬不解地看著小堀，小堀卻指指院子裡石桌上畫的圍棋盤格子，石桌旁一株大玉蘭樹在冬日裡，也是直插雲天。

「這裡倒是一應設備都齊全的，太君要是不嫌棄，就住這一進吧。」嘉喬建議。小堀不置可否，嘉喬知道，這就是那麼定了。

他們這麼說著話，幾乎就要把剛才那一幕劍拔弩張的場面翻過去時，小堀一郎坐在石桌前的石凳上，突然從口袋裡掏出了那塊青花瓷片，一邊細細地在石桌邊打磨著，一邊說：「怎麼不見你大哥屋子裡那些擺設？」

嘉喬知道小堀喜歡中國古董，連忙說：「太君有所不知，那些前朝的寶貝，從前我家不知有多少，都被我爹我爺爺輩抽大煙抽沒了。到我大哥手裡，實在也沒有幾件，我留心著給你找找。」

「日本人看重的倒不在別的。茶道中人，從前一直把從中土傳去的茶具叫作唐山茶具，那是最貴重的東西了。」

「哈，」嘉喬不由得失聲叫了起來，「小堀太君你也是茶道中人？」

「算是跟過裏千家家元習過茶道吧，我的茶道先生叫羽田，在杭州住過許多年，前不久才過世呢。」

小堀說到這些，臉上分明有了一種親切的感情。

小堀顯然是沉浸到他的思緒中去了。他全神貫注地盯著那瓷片，左看右看，天光下照到東照到西，然後漫不經心地說：「剛才我看到，你家龍井西施手裡拿的那件紫砂壺，倒是寶貝。」

嘉喬一拍石桌：「小堀太君，我不服你還實在是不行，你可真是有眼力。那隻紫砂壺，倒真是件寶貝，原是趙寄客送給我爹的曼生壺。我爹一死，這件寶貝還不到那女人手裡？那女人又狠，若自己得不到，砸了她也敢。」

小堀總算欣賞完了瓷片，放進口袋時，突然說：「你還記得我為什麼殺了那背青花瓷瓶的女人？」

嘉喬想了想，笑笑說：「我可真是給忘了，也沒什麼特殊的理由，看著不順眼吧？」

「正是看著不順眼。」小堀若有所思地說，「我不喜歡高大健壯的女人。只有日本女人才是最美的，她們那麼嬌小、瘦弱，像絹人一樣，我不喜歡高大健壯的女人。」

小堀一郎有一張表情異常豐富的面孔，但能夠讀懂的人並不多。他瞇起眼睛時，有一副患得患失纏綿悱惻的痴迷神情，有時還會給你熱淚盈眶的感覺。一旦睜圓了卻環眉豹眼，殺氣騰騰，像頭嗜血猛獸。嘉喬和小堀一起的時間長了，便暗暗以為，此人是一個骨子裡狂放不可控制的異常之人，和他表面的平靜南轅北轍。與他相處，禍福朝夕，須得小心才是。

與此同時，嘉喬心裡也一陣陣地激動，手指甲壓在石桌上，篤篤篤地發抖，因為他太明白，什麼是「我不喜歡高大健壯的女人」的意思了。

現在，小堀一郎終於站了起來發話，他說：「走，他們該告別完了，我們，也該去看看那把曼生壺了。」

沈綠愛正在她的房中描眉畫睛，趙寄客捧著曼生壺站在她身後，從鏡子裡看她。看著看著，沈綠愛就先笑起來了，說：「你說我想起來什麼了？」趙寄客就說：「你還能想起什麼好事來？」沈綠愛就說：「你看，這種時候，我竟想起《紅樓夢》來了。那寶哥哥可不是常常這樣地看著姊姊妹妹梳妝打扮的。只是想到你趙四公子，俠客般的一個人物，怎麼能和賈寶玉這樣的人連在一起，那原本是拿天醉來比才相配的呢！」

趙寄客猛吸一口茶，把壺小心放在桌上才說：「你看這不是說你又沒腦子了嘛。你當現在是什麼時候，風花雪月之際嗎？強虜就在一門之外，而我趙寄客，手無寸鐵，孤身一卒，依然談笑品佳茗，對鏡賞美人，那才叫金戈鐵馬，英雄本色呢。」

「我怎麼不知你是英雄本色？只是你說你孤身一人，未免委屈我了，莫非我只是那對鏡貼花黃的遲暮美人，我就不是烈性女子？」

「你就是什麼時候都要占人一頭去。誰說你不是英雄了？只是今日這樣的架勢，無論如何也是我們男人先到前面的。我若站在你後面，我還是趙寄客嗎？我趙四公子一世的英名也就糟蹋在這上面了。」

兩人這麼說著說著，這才把各自想寬慰對方的浮話撇開，越說越近了。沈綠愛就站起來，看著趙寄客說：「你不用再說，我比你明白，我今日可是死定了，除了不曉得怎麼一個死法。」

趙寄客再沉得住氣一個人，還是被沈綠愛這句話說愣了，也不知是怎麼想的，他上去突然輕輕地就給了綠愛一個耳光：「我叫你胡說！」

在他，那是輕的，但落在女人身上，還是打側了臉。女人也愣了一下，就笑了，說：「沒想到過了半世，你才還了我這一箭之仇。」

趙寄客張著自己的巴掌，想到了三十七年前的那個辛亥之夜了。那一夜這女人給他的耳光，像一個深吻，從此刻在了他的心上。男兒有淚不輕彈，此時，眼淚突然像劍一樣地出了鞘。還是女人冷靜，重新坐在梳妝檯前，對著鏡子說：「你看你看，打人也不會打，疼倒是一點也不疼，把我的畫眉卻是打糊了。來來來，你也學學那古人張敞，來替我畫一次眉吧。」

趙寄客平生第一次拿起眉筆，手都抖了，綠愛又笑：「真是拿慣了劍的俠客，拿這小小眉筆，還會嚇得發抖。」

趙寄客想跟著笑，沒笑出來，心定了定，就認認真真地描了起來。男人畫女人眉，兩道柳眉就畫成了兩把大刀。綠愛湊到鏡前一看，忍不住叫了起來：「看你把我畫成了什麼，老都老了，倒成了一個老妖精。」然後一頭扎在寄客懷裡，直抵他的胸，先還是笑，接下去就是哭了。趙寄客見綠愛哭了，方說：「我若被他們帶走，你可不要發愁，我死不了，他們可是要把我當個人物來對付呢！」

綠愛卻抬起頭來說：「我要死了，你只記住給我報仇就是。」

趙寄客就說：「你也真是，越想越成真的了，說這喪氣話可沒意思。」

沈綠愛抬起一雙淚眼，仔細看了看趙寄客，說：「好，我不說了，我也足了。再說了，誰先死還不是一個死！不過今日說定了，來生你我可是一定做一對生死夫妻的，你可答應了我。」

趙寄客把綠愛緊緊抱在懷裡，說：「我們今生就是一對夫妻了，我們此刻難道就不是一對生死夫妻嗎？」

正那麼生離死別地訴說著呢，門就被人敲響了。小堀在門外還很有禮貌地問：「怎麼樣，可以進來嗎？」

趙寄客被日本人帶走的時候，雖然也為留下的綠愛擔足了心，但就是不會想到從此竟成永訣。當然趙寄客也不是自動就離開那杭家大院的。日本人要趙寄客前往新民路中央銀行走一趟，參加維持會的籌備會議時，趙寄客就說：「我哪裡也不去，我的生死弟兄杭天醉正在地下看著我，讓我替他守著這杭家大院呢！」

「趙四爺你只管去，這五進的院子，自然有我姓杭的人守著呢！」嘉喬冷冷地說。

「我怎麼從來就沒聽天醉說起過有那麼個姓杭的兒子呢，怕不是野種吧？」

杭嘉喬氣得又要拔槍，被那小堀擋了。小堀看看寄客，又看看綠愛，最後，輕輕笑了起來，說：「趙先生在日本可是個大名鼎鼎的人物啊，想不到為一個女人，身家性命都可拋掉。趙先生如此行為，倒不是我心目中的江湖大俠了。」

趙寄客不打算與他們多費口舌，就在美人榻上坐下，閉目說：「你們就在這裡殺了我吧，我是決不會離開這裡半步的。」

「我們有辦法叫你離開這裡。」小堀才一動下巴，手下一個日本兵就把綠愛拖了過去，拿槍抵著了她的頭。

趙寄客大吼一聲跳將起來，單手就一把抓住了小堀的胸，兩人目光第一次交鋒，如一對刺刀在半空中勢均力敵地架住，趙寄客輕聲罵道：「畜生，放了她！」

小堀也不急，說：「你罵我畜生，你會後悔的！」

「寄客你別管我，你別理這些日本畜生！」綠愛就顛著腳叫，「我倒要看看這個姓杭的會不會殺姓杭的人。」

杭嘉喬就說：「別急，遲早要你的命。」

趙寄客突然冷靜下來，說：「好，我這就跟你們走一趟，不過你們得先放了她。」

小堀又動了動下巴，抵在綠愛頭上的那把槍就鬆開了。

趙寄客也就鬆了手，一時屋裡頭靜了下來，剛才是銀瓶乍迸刀槍鳴，眼下卻是此時無聲勝有聲了。趙寄客和沈綠愛，一對生死情人，恩怨半世，最後相視一眼，從此天人永隔。

看來，沈綠愛真是死期已至了，她真是比別人更明白自己命運的女人。越是這樣，她越發不甘心，她若不是那樣一個性情中人，說不定還能逃過這一關呢。因此，當小堀一郎伸出手去欲捧那隻曼生壺時，竟然被沈綠愛一掌拍到了一邊，然後飛身上前，一把抱住了紫砂壺，聲嘶力竭地叫道：「誰敢碰它，我就跟他拚了。」

小堀怒目圓睜，活像廟裡塑的那些凶神惡煞。剛才面對趙寄客的那種節制忍耐，蕩然無存。他一下子就抽出了腰裡軍刀，用日語喊出了一串無法翻譯的髒話，最後一句話才是用中國話罵的：「你這死定了的女人！」

沈綠愛捧起曼生壺，高高舉過頭頂：「誰敢搶壺，我就先砸了它。」

杭嘉喬連忙攔住小堀說：「這女人什麼都做得出來，她真敢砸壺。」

小堀鐵青著臉，軍刀一直橫在手裡，咆哮著用日語說：「告訴她，我也什麼都做得出來！殺她這樣的女人，就如拔一根草！」

杭嘉喬就大聲對沈綠愛叫道：「太君說了，殺你這樣的女人，就如拔一根草！」

綠愛早已經瘋了，叫道：「我是一根草，也是中國的一根草，你是什麼東西？你是日本人的狗，你是日本人的狗拉出來的屎。」

杭嘉喬氣得直發抖，要開槍，又怕傷了那壺。又見小堀說：「你若不把這壺給我，我立刻就下令殺了趙寄客。告訴你，為了這把壺，我敢殺任何人。」

這下才把沈綠愛鎮住了。她的手一鬆，一直站在她身後最近處的吳有，一下子撲上去，就把那曼生壺生生地從綠愛手裡搶了下來。

小堀接過這把壺，一把就抱在胸口，眼睛都閉上了，滿臉的慶幸和陶醉，半天也不說一句話。他一下子就跑到門外，遠離沈綠愛的地方，這才敢舉起壺，讀著那壺上的銘文——內清明，外直方，吾與爾偕藏……他再也不理睬那一屋子的人了……

吳有、嘉喬兩個，一點也不理解這樣的太君，他們惴惴不安地走了出來，小心地問道：「小堀太君，你看，那女人——」

「我跟你說過，我討厭高大健壯的女人……」小堀微笑著說，他微笑的眼睛始終就沒有離開過那把壺。

「您的意思是……」

杭嘉喬沒有能夠把他要說的話全部說完，小堀已經走遠了，他翻身上了馬，他還要趕到維持會去呢。在那裡，他還將見到趙寄客，他再見到他的時候，就可以用這把趙寄客的壺來喝茶了。

杭嘉喬和吳有兩兄弟一開始也顧不上對付沈綠愛。他們把她鎖進了一間柴房，就開始忙不迭地在那五進的大院子裡亂竄。在吳有，是想順手牽羊，能撈點什麼就撈點什麼。在杭嘉喬，那可就是意義重大了，那就是收復失地的感覺了。他感慨萬千地穿越著一扇又一扇的門，每穿越一扇，就熱淚盈眶地叫一聲：「媽，我回來了。」

吳有跟在杭嘉喬身後，不停地提醒他：「阿喬，你可還記得你從前是怎麼跟我爹說的。你說了，你若回了杭家大院，你要用八抬大轎把我爹抬回去，還要讓我爹睡你爹杭天醉的床——你可別忘了你發的誓啊。」

杭嘉喬心不在焉地聽那些無知無識的陳年爛芝麻，突然想起來了，問吳有：「爹怎麼連吳山圓洞門也不願意住了？」

「這老狐狸你還不知道，他就是想等著你的八抬大轎，來抬他到這裡來呢！」吳有的這點心機，嘉喬還能不知。他是巴不得吳升早一天離開吳山圓洞門，他爹前腳搬出，他就後腳搬進。

「我看爹不是那麼想的，連我，他都不願意讓進這杭家大院呢！莫非這些年過去，他和杭家的恩怨都了了？」

吳有搖著頭說：「爹年紀大了，真正叫作想不通了，你當他是為了什麼，我曉得的，他是怕我們吳家門裡出漢奸呢。」

杭嘉喬這才停住了腳，說：「別人這麼想倒也罷了，他這麼想，我倒是納悶。爹這麼一個心狠手辣之人，連天下大勢在哪裡都看不清楚？他若這樣糊塗，豈不是成了趙寄客之流？」

「我也是這麼說的，爹老了，也只好隨他去，以後不要給我們添亂就謝天謝地了。」

話剛說到這裡，突然杭嘉喬耳邊炸雷一般響——「杭嘉喬畜生，我跟你拚了——」嘉喬的右肩就被人狠狠咬了一口。他痛得大叫一聲，回過頭去一看，原來又是那死對頭綠愛下的口。

綠愛被關在柴房裡，她掙脫出來，回屋一看，家裡原有的東西都被拖得一世八界。嘉和的客廳裡還掛著一面太陽旗，而她及家人的衣服，已經被人扔到外面照壁下了。這不是明擺著要趕他們走了嗎！綠愛留守杭家大院的一個重要原因，就是要與忘憂樓府共存亡的。如今眼看著要守不住這大院了，她就急火攻了心。換成另一個女子，此時或會想到活命要緊，偏偏碰著一個世間少有的女子沈綠愛。她就是天不怕地不怕的一個人物，如今更是死也不怕了。因此抓到了杭嘉喬這杭家的孽種，她就先咬上一口再說。

正是這一口咬出了人命。杭嘉喬本來就恨著沈綠愛，此刻算是再一次被她提醒了。這一次他是真的拔出槍來要打了，倒是被吳有一擋，子彈上了天。吳有說：「阿喬，人死不能復生，萬一惹出禍水來。」

沈綠愛卻一下子敞開自己的胸膛吼道：「你打，你打，你當著杭家祖宗的面，把杭家明媒正娶的女人打死啊！」

杭嘉喬也大吼：「你倒是還有力氣叫！趙寄客都被日本人拉出去斃了，我看你還有幾分膽狂！」

綠愛一聽，天塌一般地怔住了，她看看手指上的金戒指，再看看細雨濛濛的天空，悲慘地嘶叫起來：「寄客啊……」然後，一頭就朝嘉喬撞去。

杭嘉喬氣得發瘋一樣在院子裡亂竄，一頭撞在了家中原有的盛水大缸上。水缸裡只剩下一點天落水，杭嘉喬突然惡向膽邊生，他立刻叫了幾個人把那水缸倒了水，翻了過來，然後對吳有說：「有哥，把這女人給我罩到缸裡去，看她還能夠長了翅膀飛！」

吳有這一頭拖著亂撞亂罵的綠愛，身上被踢了許多腳，也是正不堪忍受。見有一個關人的去處，頓時來了精神，三下兩下地就把綠愛拖到那缸下。綠愛還在破口大罵呢，只聽訇然一聲，就如那西湖邊的白娘子被罩到雷峰塔下一般，竟被活活地罩到了那院子裡的缸底下了。

凡在場的人都聽見沈綠愛的最後一句話：「杭嘉喬，你要遭報應的！你死無葬身之地！」

然後，周圍也安靜了，沈綠愛罵著罵著就沒了聲音。吳有悄悄對嘉喬說：「不會真把她給悶死吧，萬一那頭皇軍向我們要人呢。」

嘉喬撇撇嘴說：「放心，我留著一手呢。你看那缸沿上，我叫人墊了一塊瓦，能透氣的，不過先教訓教訓她罷了。人在我們手裡，什麼時候叫她死，她也不能再活；我們要她活著，她也死不了。」

杭嘉喬這最後的一句話，偏偏就是大錯了。三個時辰之後，他坐在自己看中的那一進院子中，再差吳有去看看缸裡面的動靜。沒想吳有片刻就失魂落魄地跌爬進來，嚇得聲音都變了調：「她、她、她真死了——」

「誰死了？你說什麼，你別弄錯，怕不是昏過去了，再去看看——」嘉喬一身冷汗就出來了，他的肩膀上，剛才被綠愛咬過的地方，突然一陣劇痛。

「真死了，人都開始僵了。」

嘉喬一下子捂住肩頭，剛才的傷口，突然冒出血來。他想不明白，她怎麼就那麼死了？她是他親手殺死的嗎？他永遠也不會知道，綠愛是早已準備好死的，只要寄客前腳走，她後腳就跟上，她從來就不是一個苟活的人兒，一聽說寄客被日本人殺了，她就吞了金子。

杭嘉喬連忙鬆了自己的手，站起來要走，就發現自己捂著肩頭的手指上滲出了血。一開始他還不相信自己的眼睛，他把手指分開，伸到眼前，他的手血糊糊的一片。他一下子就被這血擊垮了，從來沒有過的恐懼，也像那口罩住了綠愛的大缸一樣，罩住了他的本來就很黑暗的靈魂，甚至把他的眼睛也罩住了。他跨出客廳，沒走兩步，眼前就一黑，一屁股跌坐在臺階上了。

第十章

杭州城破，難民流離，方西泠大夢初醒。

在此之前，戰事雖吃緊，但方西泠想到小兒尚幼，女兒又有病在身，丈夫李飛黃卻不曾隨了大學一起撤退，七七八八緣由一堆，她就留了下來。再一個緣由是說不得的，屬於家醜不可外揚性質。原來是這幾年，方西泠越和李飛黃過，心就越過不到一起去了。雙方都是人精，留一點心隙就變成了大鴻溝。這一次方西泠就是不放心丈夫。她以為李飛黃留下的表面理由是要和妻兒老小在一起，實際上卻是因為一筆生意尚未結帳。因此方西泠是準備與耶穌堂的牧師們一起撤到美國去，趁機也就和李飛黃分道揚鑣。天長日久，柴米油鹽，方西泠到底還是明白了，李飛黃如此聰明、滿腹經綸的一個人物，就是過不了小小的利害關。方西泠不敢拿他和嘉和放在一起比，真要一比，方西泠就只好找塊石頭撞死自己了。

短短七八年間，西泠也是過了從前大小姐的好光景。父母相繼棄了世，她也再沒個娘家可回。方伯平臨死前還問過她的日子，方西泠嘆一口氣，心裡怨著父親，他都要死了也不肯放過女兒，便說：「他們李家，到底是開小雜貨鋪子出身的。」方伯平知道，那是女兒暗指前夫杭家的大器，想來女兒的日子是過得不順心的了。方伯平又不好明說，那李飛黃還不是你找的，說不定還是因為賭了他們杭家的那口氣才特特找的呢。杭家這些年來，雖然慘淡經營，卻也平平安安，再無生事。那闖禍的坯子杭嘉平也不曾回來。女兒怨他誤了她一生，他卻再沒地方怨去。民國十六年春天的那場政變之後，方家雖然因為和杭家斷了關係而未受牽連，但那方伯平的仕途也就從此絕了。方伯平想，這或許還是和林生被殺有關。沈綠村雖然口口聲聲地說要以黨國利益為重，該殺就殺，不可手軟，但他一向口是心非，哪裡會真是這樣的一個人物。到末了，他沈綠村自己倒是落得一個大義滅親的美名，一路青雲直上，卻在心裡防著了方伯平，從此壓著他再也沒能夠往上挪一寸。這也就真叫作道高一尺魔高一丈了。方伯平兩頭窩氣，直逼心口，焉能不折壽？故而被他獨生女兒刺了幾句，沒幾天人也就嗚呼哀哉了。

沒了父母做靠山的方西泠，越發把教會當作自己的家了。所以牧師蘇達里、萬克里等人，以萬國紅十字會名義出面設立難民收容所，來找她商量時，她是一口答應了下來。李飛黃知道，方西泠所以那麼爽快，還有一個沒有告訴他的原因，那就是教會已經答應把她辦到美國去，只待手續齊全，便帶一雙兒女遠走高飛。李飛黃心裡卻想，沒那麼容易，咱們走著瞧。兩個人就那麼暗暗較上勁，看誰先發制人。誰知誰也沒能制了誰，倒叫那日本人給先制上了。

收容所在各個教堂裡設了十幾個點，一下子就接收了近兩萬的難民。方西泠連軸地跑，竟然沒發現他們杭家一個人。她心裡的著急，倒是被女兒盼兒看出來了，這才告訴她，哥哥杭憶已經隨了報社過了錢塘江了。西泠聽了迭叫不已：「怎麼也不和我來告個別，就這麼走了？」

盼兒看了看母親，突然說：「能走，不是更好嗎？」

方西泠這才想到女兒這些天因為生病，哪裡也不能去。怕病又傳染弟弟，連幾歲的兒子也被鄉下奶媽暫時接走了。外面兵荒馬亂，她一頭扎在難民所，李飛黃卻又因催一筆款子，弄得人也不知下落，誰知女兒這幾天是怎麼過來的啊。這麼想著，心裡一酸，這要面子的女人，就掉下淚來，說：「盼兒，媽媽哪裡也不去了，就在家裡陪著你，要死我們一起死。」

盼兒卻是冷靜得很，說：「媽，你還是幹你的去吧。我想……我想……我還不如回羊壩頭奶奶家去待一段時間。」

方西泠愣了一會兒，才說：「你這是在罵我呢，我這個日日與你一起的當媽的，還不如和你分開了十年的當爹的！」

盼兒的臉本來就因為有病而泛紅，這一下就更紅了，她吭吭吭地嗆了起來，就一聲不響地回了裡屋，躺下了，再不說話。

方西泠就雙手合十，對著牆上十字架上的基督像，祈禱起來：「主啊，保護我們一家老小平安吧；主啊，拯救我們這些災難深重的罪人吧。」

她聽見女兒在裡屋的祈禱聲，祈禱使她們平靜下來。方西泠突然想，也許，讓盼兒到杭家去住一段時間，不失是一個好主意呢。杭家的老三現在不是日本人的大紅人嗎？他和嘉和可是一個親爹娘的。聽說日本人見了中國姑娘就糟蹋，盼兒有那麼一個叔叔，未必不是一頂保護傘啊。

正那麼想著，就聽到大門嘭嘭嘭地響了起來，心驚肉跳的方西泠剛剛叫了一聲——盼兒，你給我藏起來——門卻被鑰匙打開了，只見狼狽不堪的李飛黃，東歪西倒地跌了進來，那模樣，幾乎就讓方西泠認不出來了。

方西泠嫁給李飛黃，也算是有七八年了，便覺得李飛黃這個人心機很重，說得厲害一點，他是連眼淚水也要划算過值不值得流的，故而她就幾乎沒有見過李飛黃哭。但是今日李飛黃剛剛進門，神色卻大怖，一頭扎進客廳，張皇坐下，手握拳頭，輕輕捶打桌面，嘴裡還一個勁地輕喊：「太可怕了，太可怕了，不讓我們活下去啦——」

「——是不是日本人——」

方西泠還沒把這句話說完，李飛黃就彈了起來，一下子死死捂住方西泠的嘴，一邊打量著四周，一邊輕叫：「你想死啊，盼兒，還不快給我到院子裡看看有沒有人。門給我頂上，鎖住，窗簾給我統統拉上，別開燈，也別點蠟燭。不准說『日本人』三個字，快去，快去——」

等盼兒把李飛黃的要求一一完成，檢查過了回來，發現屋子裡黑如暗夜，父母親已經不在外面的客廳，而裡面臥室裡卻傳來陣陣驚恐的哭聲，那是母親在哭。只聽繼父壓低了聲音吼道：「別發那麼大的響聲，別讓盼兒聽到。還有，滿街都是日本人，還有漢奸，正在挨家挨戶地拉夫呢，別讓他們聽見了。」

盼兒就想，有什麼事情我不能聽見呢，就把耳朵湊了上去。只聽母親哭著說：「我不相信這是真的，你這是聽人家說的吧。」

「我聽人家說的，我一個大學教授，會隨便相信人家說的？實話告訴你，要不是這幾天我從頭到尾地和嘉和在一起，我早就——」李飛黃沒有再說下去，大概他自己也不知道他早就會怎麼樣了。

「你親眼看見嘉草的屍體的？你沒認錯？」

「又不是我一個人看見。嘉和、葉子，還有杭漢都和我在一起呢。我都不敢說，不敢閉眼，不敢想，嘉草渾身上下都是血洞，她還死死地抱著一條魚。」

「什麼，一條魚？」

「一條大魚，有一個孩子那麼長呢！杭漢和嘉和把嘉草背起來的時候，還想把那魚與人掰開。哪裡分得開啊？只好一起放在擔架上，抬到雞籠山杭家祖墳，和林生埋在一起了。」

方西泠聽到這裡，大哭起來，只有一聲，又被李飛黃悶了嘴：「叫你別哭別哭，日本人聽見怎麼辦？我好不容易才活著回家。」

方西泠哽咽地問：「嘉草，她可有棺材？這種時候，苦命啊，林生是怎麼死的，她又是怎麼死的，天哪……」

「還算小撮著家裡有口薄棺材，本來是為他娘備下的，這就給了嘉草。只是，人和魚怎麼也分不開，只好一起下到棺材裡去埋了。」

「人和魚？天哪，我受不了，主啊，救救我們吧，我受不了。我要到羊壩頭去，我現在就要去，我現在就要去，主啊，我受不了了——」

「我跟你說你不能去——」

「隨你怎麼樣想，你放開我，你讓我去。你不知道那年我沒去，才害死了林生。這一次我不能不去，讓日本人打死我好了，我不能不去——」

「——我不是怕你給日本人打死。我知道這兩天市面上已經安定了一些，要不我怎麼跑得回來？我也不是怕你和他們杭家來往。這麼多年了，我又不是不知道你心裡頭對杭家的那份孽債。我跟你說，你是萬萬不能去杭家的了，你會受不了的。我都不敢跟你說杭家發生了什麼。我怕我說出來，我自己就先要瘋了——」然後，他就放輕了聲音，對方西泠耳語。然後，方西泠就尖叫了起來。

只聽門口一陣大咳，有人摔倒在地了。這夫妻兩個才想起來盼兒，他們急忙噤聲打開了臥室的門，見盼兒跪倒在地上，扶著門，大口大口地喘氣，臉上掛著汗水，嘴角上泛著血沫，地上是一攤血。看到他們打開了門，盼兒就抱住了母親的腿，臉上血水淚水一起流，輕輕叫道：「奶奶啊，我的奶奶啊……」

方西泠李飛黃這才知道，他們剛才說的話，全讓盼兒聽到了，一時又急得不知如何是好，忙不迭地扶起盼兒往床上抬。李飛黃就說：「盼兒這病，不用西藥，怕是麻煩。前一向不是好多了嗎？」

「那是用了美國寄來的盤尼西林針劑呢。日本人一進來，什麼都亂套了，郵局也關了門，我到哪裡去弄藥？還是先吃中藥吧。可是連中藥店也關了門。怎麼辦呢？主啊，你剛才說什麼，你說什麼，杭嘉喬和吳有，竟然用大缸把沈綠愛給悶死了。主啊，我曉得那些缸是放在什麼地方的。哦，我受不了了——」

方西泠把幾乎半昏迷的盼兒放在床上，自己也幾乎要半昏迷了。她剛剛把身子靠在了床頭，門，又很響地被敲擊了起來。她一下子跳了起來，輕聲喝道：「別開門，別理他們。」

「聽這敲門聲，肯定不是好人，日本人，是日本人——」李飛黃聲音發起抖來，他們聽到了有人在外面用杭州話喊：「快開門，皇軍有事找你們，開了門沒事，不開門，皇軍可是要燒房子了。」

「別開門，別開門，」方西泠阻止著丈夫，「我聽出來了，是吳有的聲音。天哪，就是他用大缸悶死了我婆婆，你幹什麼，你別開門——」

李飛黃已經一把推開了西泠，氣急敗壞地說：「你沒聽到他們敲得那麼凶，他們肯定知道屋子裡有人，說不定剛才吳有一直跟在我身後。你沒聽他們喊了，我們開了門就沒事，不開門，他們就要燒房子了——來了，來了，我這就來開門了——」這最後的話是應給外面的人聽的。話音剛落，大門已經給他打開了。

已經走開了的吳有，聽到身後大門打開，這才又回了轉來，見了李飛黃，冷笑著說：「李教授，你好靈的耳朵啊，不怕皇軍燒你的樓？」

李飛黃心裡叫苦，知道自己是不該開這個門的，現在再要縮回去也是來不及了，只好賠笑說：「剛才真是睡著了，不知吳大公子有什麼吩咐？」

吳有卻理都不理他，徑自就走了進去，見著了方西泠母女，又說：「你們倒是篤坦。這種時光，還會睡著。我敲這半天的門，也不知道開，你們當我吳有是什麼人了？」

方西泠平時見著吳有，心裡看不起，臉上就有一種鄙夷。今日看到這破腳梗，卻毛骨悚然地發起抖來，說：「我們家盼兒病了，正在料理她呢。」

「病了也不行，」吳有說，「皇軍說了，但凡是個活人，都得到蘇堤上去栽樹。誰要敢不去，後面有日本兵掃著尾呢，那可就是死是活不曉得了。」

李飛黃連忙表態：「我們去，我們這就去，盼兒，你快起來，多穿幾件衣服——」

方西泠就搶白：「你看盼兒還能起得來嗎？她吐了那一地血。再說，蘇堤上原本一株桃花一株柳的，那麼些樹，還不夠，還要去種什麼樹？」

吳有喝道：「就你話多！一株桃花一株柳的，在日本人手裡，那能叫樹嗎？皇軍正是要你們去砍了它們，換上櫻花樹呢。」

「我知道，我知道，櫻花是日本的國花。」李飛黃連忙又來打圓場，「我們這就走，這就走。」

吳有看看病懨懨的盼兒，壓低了聲音說：「我是看在阿喬的分上才跟你們說的，你們還是把盼兒給帶上好。皇軍一會兒就挨家挨戶搜上門了，他們可是不放過一個黃花閨女的。」

聽到這裡，方西泠嚇得一把就把盼兒從床上給拎起來了。

已經是公元一九三八年的元月了。

小堀一郎與杭嘉喬騎著馬在蘇堤上漫步的時候，兩個人的心態卻是完全不一樣的。蘇堤上的桃花樹，已經被人一株株地挖了出來，橫倒在湖邊柳樹下。那些掘出的窟窿旁，置放著從別處運來的櫻花樹。它們都不是樹苗了，寒風凍雨中剩著一身赤裸裸的枝條，一圈圈淡灰色的箍紋發著亮光。

小堀一直就處在一種興致勃勃的狀態之中，他一邊環顧著蘇堤兩岸的湖色，一邊合著堤下一些日本士兵正在吟哦的調子，輕輕打著節拍，低聲唱了起來：

櫻花喲，櫻花喲，
暮春時節天將曉，
霞光照眼花莫笑，
……

然後，不勝感慨地說：「要是在本土，再過幾個月，就到嵐山賞櫻花的季節了。不知今年的天皇，會在賞櫻會上請到什麼樣的貴賓呢？嘉喬君，您可曾訪過我們京都的櫻花？」

杭嘉喬的肩自被綠愛咬過一口之後，一直發痛，近日這種疼痛竟然發展到了全身的關節。一開始他還以為是得了痛風，養父吳升看了卻說這是被噩夢纏身，邪氣侵了骨頭所致。此病是要吃素的，不能見兵氣血光，只能在家中靜靜地養著。吳升又說，羊壩頭杭家大院，死了那麼些人，陰氣太重，不可住人，要想治他的病，只能搬出這宅院，方有轉機。這自然是不可能的，嘉喬索性點透了他，說：「你是要我懸崖勒馬吧？」

吳升長嘆了一口氣，說：「沒想到沈綠愛會是這樣的一個死法。」

「你不是和我一樣恨羊壩頭杭家人嗎？」

「那是中國人對中國人，自道夥裡的事，再說我也沒要誰的命，和日本人恨中國人不一樣的。嘉喬，我可真是沒想到你會走這一步。」

「你現在想到了吧。你卻不知道我杭嘉喬早已落入懸崖，抽身已晚了。」

吳升看著這個他曾經最鍾愛的義子，他老了，駕馭不了他了。他說：「早知你有今日，我當年還真是不送你去上海洋行好呢。」

嘉喬說：「可你送了，大把大把的錢你也出了，你就是把我送上了今日這條路。杭家人哪怕在陰曹地府裡，也不會只吃住我一個人的。」

吳升愣了好一會兒，才相信這話的確是嘉喬說的。他就抖抖地笑了起來，說：「喬兒，你放心，你走到哪一步，我總陪你行到哪一步的。」

說完他端上來一碗中藥，這是他專門尋來的偏方，治嘉喬的痛風的。

嘉喬一口氣喝了那藥，看看老吳升，說：「爹，你別生我的氣，我身上痛，心裡煩著，說話沒輕重。你只曉得，我心裡最敬重的就是你了。我走到這一步，也是想到要你老臉上光彩啊，沒想到你竟覺得丟臉了。早知道這樣，我當初就不和日本人打交道了。」

吳升嘆了口長氣，說：「說這些話沒意思的，天底下哪裡來的後悔藥。再說我看你也不是真後悔。你若身上不痛，跟著日本人，還不是鮮龍活跳？」

嘉喬不明白吳升這句話的意思，吃了藥，他自己感覺好一些了，方說：「從小你就教我，做人是量小非君子無毒不丈夫的，我真毒了，你又害怕，你要我怎麼樣呢？」說完就躺下睡去了。

吳升看著睡下的義子，臉就沉了下去。他的老太婆走了過來，看他眼睛裡流露出來的神氣，嚇得手裡一塊抹布都抖在地上，說：「老頭兒，你要幹什麼？」

吳升說：「我在想著，怎麼給嘉喬治病呢。」

杭嘉喬雖有病，但他是小堀的翻譯，這些天來，除了日軍日常事務之外，他還得陪著小堀遍遊西湖。他骨頭痛，對湖光山色也並無多少興趣，但又推辭不得。夜裡睡不好，總有噩夢來纏，白日裡又要小心對付小堀。此時聽了小堀的問話，就露出那種心不在焉的神情來，對付著說：「去過日本幾次，倒也趕上過櫻花的季節，不過比梅花大一點，也沒有桃花那麼紅，旁邊也沒有綠葉子襯著的，不是我聽說中那麼出奇的東西啊。」

小堀沉下臉來，一聲不吭地信馬由韁，一會兒，突然說：「嘉喬君到底還是中國人，對桃花倒是念念不忘啊。」

嘉喬嚇了一跳，知道自己又失言了，一時卻又找不到用什麼話去把剛才的漏洞給補回來。他這麼一個中國人，西子湖邊長大的土著，在小堀面前，中國文化卻總是不夠用，只好不吭聲。

「你的話，倒是叫我想起昨日上吳山時看到的感花岩了。你從小住在山下，不會不知道它的出處吧？」

嘉喬尷尬地笑笑，他不知道怎麼回答。但他知道他不回答並不會冒犯小堀，甚至他發現小堀是心裡暗暗希望他的下屬什麼都不懂的呢。

果然小堀就自問自答起來，說：「貴國的大唐王朝，不是有一位名叫崔護的詩人嗎，他不是寫過一首有關人面桃花的詩歌嗎。傳說蘇東坡為此在吳山題了『感花岩』三字。你不會連這首詩也背不出來了吧？」

「這個倒是從小就記著的——去年今日此門中，人面桃花相映紅。人面不知何處去，桃花依舊笑春風。」杭嘉喬連忙應答說。

小堀突然爆發了一陣大笑，還使勁地拍著嘉喬的肩膀說：「好，還算有點記性。不過你今日就記住了，從現在開始，此刻開始——就不再是桃花依舊了，應該是櫻花依舊了——人面不知何處去，櫻花依舊笑春風。」

他一勒馬韁，馬兒踩著碎步一路朝前奔去，一氣翻過了六吊橋中的第一橋映波橋，留下在身後發呆的杭嘉喬。他一邊想著，桃花依舊又怎麼樣呢？櫻花依舊又怎麼樣呢？一邊卻裝出一副恍然大悟的樣子，叫著跟了上去：「對對對，對極了，從此以後就是櫻花依舊了，是櫻花依舊了……」

人間天堂，湖上雙璧，蘇白二堤。

西湖十景中，向有「蘇堤春曉」。《志》曰：「蘇公堤，春時晨光初啟，宿霧未散，雜花生樹，飛英蘸波，紛披掩映，如列錦鋪繡。」

當年蘇東坡守杭，西湖一半被淤，乃嘆曰，西湖是杭州的眼睛和眉毛，保護西湖，就是保護杭州。故而自籌資金，動用二十萬民工，從夏到秋，把西湖給治理好了，又用葑草和淤泥，修築了一條自南到北橫貫湖面的二點八公里的長堤，在堤上建六橋九亭，又遍植桃柳芙蓉。八百年過去，誰料到，杭人竟到了在強寇的逼迫下親手挖去他們最為鍾愛的桃花，改種日本國花櫻花的地步。

日軍翻譯杭嘉喬卻沒有這種恥辱感。他此刻除了渾身骨頭痛之外，見了那殘紅敗柳，沒有一點心痛的感覺。主子策馬而去，他也不甘落後，一揚鞭也緊追其後。卻見小堀一郎的馬停在了映波橋下，他自己已翻身下馬，正走近一群圍在一起的中國百姓身邊。嘉喬見狀，也不由得下馬，一邊叫著「閃開閃開」，一邊就撥開人群，走近湖畔一株老柳樹下，見了那正坐在湖畔石頭上抱成一團的母女，自己就先抽了一口涼氣。這時他也顧不了許多，一下子就蹲在方西泠面前，把手按在昏昏沉沉的盼兒的額頭上，問：「怎麼啦，這是怎麼啦？」

方西泠看了看嘉喬，想開口，一句話還沒說，就先哭了出來。倒是方西泠身邊的李飛黃見了他們，站起來說：「實在是小女得病太重，剛才又吐了血，你看，這湖上風又緊，是不是……啊……」

李飛黃的舉動叫方西泠看著不舒服。她覺得雖然話不得不說，但點頭哈腰的，就讓人看不下去。她心裡不想附和，頭就別了過去。

小堀這時也走了進來，一言不發地盯著盼兒，又拿眼睛審視著嘉喬。杭嘉喬便對他耳語說：「她是我侄女兒。」

小堀又緊盯著李飛黃看，李飛黃被他看得心裡發毛，又不知為什麼這日本軍官要死死地盯著他，便心虛地笑笑。那笑臉，卻是比哭臉還難看的。

杭嘉喬這才又對著小堀耳語，小堀看樣子已經明白了杭家的這些錯綜複雜的關係。他的眉頭，一下子就鬆開了，輕輕蹲了下來，看著微微睜開了眼睛的盼兒，他的目光，突然變得溫柔了。他剛才那張凶神般的面孔，也一下子因為目光的柔和而顯得有了人氣。一層光澤，從他刮得鐵青的面皮後面滲透了出來。他彷彿是自言自語地說：「是得了肺炎了，可憐的姑娘。」

杭嘉喬根本不相信自己的耳朵——可憐的姑娘，也就是可憐的中國姑娘——這句話是從殺人不眨眼的小堀之口說出來的嗎？

小堀卻脫下了自己身上披著的那件黑大氅，蓋在了盼兒身上，然後站起身，對身邊的衛兵耳語了幾句，杭嘉喬就對方西泠說：「皇軍說了，先用他們的車把你們送回去。」

李飛黃聽了，腰便塌了下去，忘形地「哎哎哎」，小堀卻用剛才的目光盯住他，對杭嘉喬使了個眼色。嘉喬會意，皺著眉頭說：「誰說讓你走了，要你答什麼應？」

李飛黃噤了聲，眼看著方西泠母女二人上了日本佬的車，心火卻冒了上來。那副文人的骨頭也是在一堆軟肉裡硬撐了幾撐，到底還是像把散架的破洋傘，沒能夠撐起來，只在心裡波濤洶湧地罵道：

「娘煞的，你這狗漢奸，狐假虎威，把我堂堂教授看成什麼了？有一日落在我手中，我叫你——」

這麼想著，卻又碰到了小堀一郎的目光，一個眼神的回合也沒能夠打下來，他就如舉起雙手投降一般，垂下了眼簾。倒是小堀，冷笑一聲，說：「李教授，我知道你是專門研究晚明史的，眼下，怕不是正在觸景生情了吧？」

李飛黃頭皮一硬，藉著剛才那股火氣尚未散盡，衝口而出道：「先生漢學根底著實不淺，所言極是。我剛才想的正是明朝一段逸事。嘉靖十二年，『縣令王釴，令犯人小罪可宥者，得雜植桃柳為贖，自是紅翠爛盈，燦如錦帶矣。』」

「那麼李教授是說，爾等也皆是小罪可宥者了。不過種的卻不再是桃柳，卻是櫻花了。李教授感時花濺淚，恨別鳥驚心，因此傷心不能自持了吧？」

李飛黃像是被人猛擊一掌，大冷的天，背上就流下汗來，連忙抬頭大聲地說：「不不不，先生有所誤解了。不以物喜，不以己悲，去桃花種櫻花，於我又有什麼區分？況農業史上早有記載，世界各地，凡冬季不十分寒冷而又有足夠冬寒之處，皆可栽培。比如美國就有大量的櫻桃樹，不過沒有日本的美麗罷了。日本的櫻花，是全世界最美麗的觀賞櫻花，為什麼蘇堤上就不能種呢？」

小堀倒是一時地被李飛黃東拉西扯的回答怔住了。李飛黃到底是教授，滿腹的經綸，旁徵博引，竟能從范仲淹的〈岳陽樓記〉一下子扯到《不列顛百科全書》，而且還能如此巧妙地恭維了櫻花，為自己的行為又尋找到了理由。中國的文人，卑劣如小人者，也是有水平啊。

小堀就翻身上了馬，指著李飛黃說：「我倒還想聽一聽李教授的高見呢。」

這樣，小堀就騎在馬上，讓李飛黃在馬下背著一把鏟子，亦步亦隨，竟從長堤的這一頭走到了那一頭。

嘉喬跟在他們身後，聽他們說了許多的話，但主要還是說他們腳下這條戰馬踏著的古堤。通過他們的交談，嘉喬才知道，這六吊橋，一名映波，一名鎖瀾，一名望山，一名壓堤，一名東浦，一名跨虹。從前他來來回回地在這堤上走，卻從來也沒有注意過這些橋名。他在馬上還看到了個子不高的李飛黃一跳一跳地走著，臉上一副教授的莊嚴，好像身邊正圍著一群莘莘學子。他時而側身，時而倒行，他甚至背著鏟子，還大聲地誦起了蘇東坡的詩章——六橋橫截天漢上，北山始與南屏通。忽驚二十五萬丈，老葑席捲蒼煙空。直到蘇堤北山口子上，他方與小堀分手。小堀淡淡地朝他揮手，說：「李教授，你很有學問，皇軍會考慮到你的長處的。」

李飛黃一邊說著「哪裡哪裡」，一邊倒退地向他們告別。一轉身，他的整個身體都佝僂了下去，肩膀一滑，那把鏟子就一下子掉到了地上。

小堀看了看他的翻譯官，卻突然說：「現在，我對你的那個親大哥的興趣，可以說是更加濃厚了。我不明白，為什麼你的嫂子會嫁給現在的這樣一個人？」

杭嘉喬知道，小堀不喜歡剛才的那個饒舌之人。總體來說，小堀是不喜歡比他懂得更多的人的，如果那個人又表現出卑微來的話，他就更不喜歡了。杭嘉喬自己也不喜歡這個人，畢竟，是這個人取代了他的大哥。他笑著問：「小堀太君，您看我從前嫂子的這位後任丈夫像什麼啊？」

小堀認真地想了想，說：「漢語中，對這樣的人有一個確切的評價——斯文走狗。」

他突然再一次爆發出大笑來：「對，對對，斯文走狗，只有你們支那人，才會出現斯文走狗，斯文走狗……」他不停地念著這個詞兒，突然怔住，說：「可憐的姑娘……」

然後，他就陷入了沉思。

隔著外西湖，可以看見城裡有濃煙驟起，是清河坊一帶的方向。不久就看見一匹馬從西泠橋那邊翻了過來，吳有飛快地滾到了小堀和嘉喬身邊，說：「杭家大院，被人放了火了——」

杭嘉喬眼睛一瞪，還沒問話，吳有便接著說：「是、是、是你大哥杭嘉和放的火，是他放的火，是他把自己家點著了——」

杭嘉喬聲嘶力竭地叫了一聲：「還不給我去救火——」然後也顧不得身邊的小堀，揚鞭策馬，竟直奔杭州城而去了……

第十一章

杭州清河坊羊壩頭忘憂樓府風高放火之日，杭家小女兒杭寄草全然不知。她有屬於她的劫難——帶著一群貧兒千辛萬苦輾轉浙中，卻在敵機轟炸之中與眾人失散了。

原來這一路的水陸兼程，忘憂遇著了一老僧，恰是上回在玉泉魚樂國見到的那一位。忘憂生得異常，老僧一下子就把他認出來了，且喜且悲地說：「阿彌陀佛，這下可好了，我也是在路上拾得一個孩子，正好與你們一路做個伴呢。」

原來這孩子是隨著奶媽回鄉下去避難的，誰料半道上奶媽就被飛機炸昏了。孩子也不過三四歲，趴在奶媽身上，哭得聲音都發不出來了，渾身上下沾得到處是血。大人們來來去去地從他們身邊過，女人們難過得直掉淚，卻沒有一人把那孩子抱回來。也許抱不抱回來都一樣，終究還是一個死吧。還是佛門中人菩薩心腸，那老僧路過此地，咬一咬牙，就把孩子摟到懷中。又不知這孩子姓甚名誰，家住何方。正要帶著走開，見那女人卻睜開了眼睛，用盡了力氣才說，這孩子是杭州人，姓李，名叫李越。她是李家的奶媽，本想帶著孩子先到鄉下避難的——還要往下說，嘴抖著，卻再也說不出來，一歪脖子，過去了。

忘憂一見了那李越，就越兒、越兒地叫個不停。十歲的孩子背著這三四歲的，倒像是一對親兄弟。有什麼吃的，先就省下來給他。又怕姨媽不肯收李越，一下子就變得更加乖巧，連夜裡起來撒尿也不要姨媽叫了，背著人的時候就對姨媽說：「你說貧兒院能留下越兒嗎？」

寄草說：「你別想那麼多，那不是你該想的。」

忘憂說：「我要越兒，我要和他在一起。」

寄草嘆了口氣：「只要能留下他，誰會忍心扔了，還不知道他父母留在杭州是死是活呢。」

「那越兒就給我做弟弟吧。」忘憂又說。

寄草笑了，道：「你那麼喜歡他，倒像是我們家前世跟這孩子有什麼緣似的。將來有一日回到杭州，找到他父母，我就說，是我們家忘憂留下你們家越兒的呢，忘憂是越兒的大恩人。」

那麼說著，這一行人就到了錢塘江岸邊的一個小城。那老僧法號無果，這些天來與貧兒院的人們也熟了，又見天色向晚，想著要給這群老的老小的小的善男信女做點好事，便說：「前面碼頭不遠處有一座育嬰堂，我有個老鄉在那裡。大家不妨與我一同前去，今天夜裡也有個安身之處，明日再做打算，如何？」

大家都說好，棄了船就一起上岸。行不遠處，便見那育嬰堂，原是天主教的建築，水泥的兩層樓房，裡面還亮著燈。大人孩子們見著燈光，一時就興奮起來，想著今夜終於可以睡個好覺了。無果師父又說：「你們先在門口待一會兒，我和寄草姑娘進去，先把事情談妥了，再叫你們。」一眾人應了，無果就和寄草走在前面。忘憂正背著越兒，那越兒見無果離他走了，不知何事發生，先就哭了起來，小腳踢著忘憂的背叫著：「去，去，一道去——」忘憂知道那是越兒弟弟害怕大人又把他扔下了，連忙喊著：「姨媽姨媽，你們等等我——」背著越兒就一起進了那育嬰堂。

日本佬造孽，飛機突然就陣頭雨一樣地過來了，超低空一陣掃射，半天裡就是一陣陣的火光痙攣，正站在夜幕中的大人孩子，頓時便被槍炮罩著。一時人們大呼小叫，哭號失聲，就作了鳥獸散。還是李次九先生經得起事情，連連地招呼大家帶著孩子，把一群人就撤到了江邊船上，單等著寄草他們一撤出來就走。誰知沒等到人，卻等到了敵機的一片轟炸。遠遠就見了那育嬰堂的尖頂樓在一團紅光中塌了下來，船老大死命地就催：「你們走不走？你們不走，我可是要走了，在這裡活活等死啊。」

那李院長見了滿滿一船的孩子，大的大，小的小，嚇得如驚弓之鳥縮成一團，把船給擠得東倒西歪。江水泛著紅光，也是驚恐萬狀地發著抖，愈發襯出了這夜幕下的不祥。他知道是再不能夠等下去了，長嘆一聲——開船吧，便把手掩了自己的臉。一船的孩子便都哭了，大家都知道，這一走，可能就再也見不到寄草老師他們了。

寄草一行人，算是經歷了一回死裡逃生。原來他們進了育嬰堂，幾乎還沒來得及說上幾句話，敵機就到了頭頂，一顆炸彈扔下，恰恰就扎了一個正當中。幸虧育嬰堂早有準備，孩子們大多疏散了出去。但到底還是有那麼幾個被壓到水泥鋼骨架子下的地下室中去了。寄草、無果是大人，一下子就躥到了門外，寄草一手又拽出了忘憂。到了空地上，正要往回跑，忘憂突然站住了，指著自己的背，跺腳叫道：「弟弟呢？弟弟呢？」

這麼正叫著，他們就聽到屋裡傳來了越兒聲嘶力竭的哭聲，一會兒大，一會兒小，還夾著一聲聲的叫：「哥哥，哥哥，哥哥快來救我啊，哥哥，哥哥——」

越兒這孩子也是怪，生死關頭，他誰也不叫，就是叫著哥哥。忘憂聽著弟弟那麼叫著，就發了瘋一樣地要往屋子裡衝，被寄草攔了說：「忘兒你等一等，等大人把火撲滅了，我們再進去。」

幸虧火倒是不大，人又多，一會兒便撲滅了。敵機也總算是過去了。但孩子們被壓在底層，卻是想出也出不來。上面的大人，又是想進又進不去，一時急得大人孩子地上地下一起哭。越兒是三四歲的孩子，還能邊哭邊叫上幾句，那些嬰兒卻是聲音越哭越小，像貓叫一般地細弱下去了。這聲音從鐵架縫隙裡傳出來，慘不忍聞。寄草聽不下去，急得真如那熱鍋上的螞蟻，一會兒往縫隙裡伸伸這隻腳，一會兒往洞眼裡伸伸那隻手，就是下不去。眼見得夜深沉，騷亂聲漸息，那埋在地底下的孩子們的哭聲也漸息，像是地獄已決計要收了這些無辜的小靈魂去。越兒的聲音也漸漸散了，間或還能聽到他有氣無力地叫一聲——哥哥啊……竟比那聲嘶力竭的叫聲還要悽慘萬分。上面大人正急得無可奈何，突然聽得忘憂一聲叫：「姨媽，我找到一個下去的地方了。」寄草跳起來一看，忘憂半個身子已經卡在一個洞裡。寄草一把拉住忘憂的兩隻肩膀，歇斯底里地喊道：「忘兒，你可不能下去，你要沒命，姨媽可就不活了。」

此時的忘憂，竟顯出平日裡從未有過的鎮靜。虧他這麼一個十歲的孩子，一個月前還在外婆懷裡撒嬌的杭家的心肝尖尖，現在說話卻像個大人一樣。他說他人小，只有他能鑽進這個洞裡，把下面的孩子都救出來；他說他不會出事，他人輕，不會壓塌了屋梁。他還說在地底下黑暗中，他的眼睛比旁人的要更好使。寄草看了看火把下瞇縫著眼睛的白孩子，一咬牙，找了一根繩子，綁在忘憂身上，又給了忘憂幾根蠟燭、幾包火柴。也來不及交代什麼，這孩子就興奮地叫道：「越兒，哥哥救你來了。」身子一陷，就消失了。

寄草自己也說不清到底在上面等了多久。她透不過氣來，彷彿自己正和那些將死未死的孩子一樣。她開始發瘋一樣想著，如果忘憂再不上來，她就要一頭撞死在這水泥柱子上。無果師父是有佛來作為他的最後依託的，因此他就端坐洞口，用阿彌陀佛來慰藉自己普度眾生。真是沒娘的孩子天保佑，就在寄草幾乎就要神經錯亂的當口，她手裡的繩子動了，她連忙把繩子往上提，奄奄一息的越兒，被提了上來。寄草叫著：「忘兒，忘兒，你快上來吧，姨媽都急死了。」忘憂卻在下面喊道：「姨媽，下面還有好幾個小孩呢。你等著，我把他們都給弄上來。」

又不知是等了幾朝幾劫似的，地底下那些已經發不出哭聲的貓一般瘦弱的嬰兒，一個個被忘憂救出來了。最後一個上來的是忘憂。他似乎原本就是大地下的孩子，一被火光照著眼睛，立刻就矇住自己的臉。寄草扔了火把，撲過去就抱住忘憂。忘憂卻幾乎沒有在寄草的懷裡多待，他一頭掙了出來，就叫：「越兒，越兒，越兒——」

越兒正被無果抱在懷裡呢，見了忘憂，一聲不響地就撲了上去，兩個孩子，就再也不曾分開了。

天快亮的時候，已經和集體失散了的寄草一行，終於找到了一輛軍用卡車，他們是到大後方去的。司機是個杭州人，常到忘憂茶莊買茶，而且也認識羅力，他答應帶了這一行人先去金華。羅力這個名字讓寄草嚇了一跳，她已經多少天沒有想起他來了？是一夜，還是一百年？

誰知他們剛剛在卡車上坐穩，敵機又來了，車上的人們紛紛跳下車去四處逃散。寄草一隻手抱著越兒，一隻手牽著忘憂，跑著躲到路邊的小山坡上。卻見無果端端地坐在卡車上，手握念珠，口中念念有詞。卡車周圍的塵土被雨點般的子彈打得煙霧飛揚，卡車本身也在大地的抽搐中抽搐。在塵土之間，寄草看到，天上鬼哭狼嚎，人間血肉橫飛，無果師父卻不睜開眼睛，只管自己雙手合十，念他的佛祖。

一片血光之後，天空又恢復了寂靜。寄草看見卡車司機座上，那個剛才還要帶他們去金華的杭州人司機，頭歪到了車門上，血還在往下流。忘憂要往前走，被寄草拉住了。越兒睡了一覺，又吃了一點東西，畢竟小孩子，情緒恢復得快，還知道問背著他的寄草：「姨媽，司機叔叔睡著了嗎？」

忘憂嚴肅地說：「司機叔叔被飛機炸死了。」

他那麼快地就接受了死亡，他那麼嚴峻，又那麼習以為常地說出了「死」這個字眼，並傳授給他的夥伴。寄草不敢看她拉著手的這個白孩子——他不再是從前的那個神經質的林忘憂了，他不再是十歲了，他不再是孩子了。

他們走到卡車後面的大車廂旁時，看到無果師父正從車上下來。他面無懼色，從容如常，他說：「剛才這場功課做得好。」

寄草發現，一夜過後，他們都變了。

一切都得重新設計了。寄草決定，先和無果師父回他的天目山小寺院，等安頓好一切，再作打算。

晉郭璞詩曰：天目山前兩乳長，龍飛鳳舞到錢塘。浙江境內自西南而向東北傾斜的天目山脈，把長江和錢塘江隔開了。這天目山，原有東西二目，寄草他們一行此去的無果出家的小寺院，恰是在東天目盡頭。此處與安徽毗鄰，又在臨安與安吉交界之處，崇山峻嶺，萬木參天，和杭嘉湖平原完全是另一種氣勢了。

從平原上走來的孩子林忘憂，帶著他新結識的小弟弟李越，越往山裡面走，那孩子們臉上本不該有的憂鬱恐懼之色，就越淡化消退。須知，強寇們入境進入平原的短短幾個月內，燹火就幾乎成功地摧毀了孩子們對富庶的魚米之鄉的記憶。他們在從前的平原上晝伏夜行，池塘和田埂絕不再有詩情畫意；日落日升，映入他們眼簾的則是一幅預兆著死亡的畫圖。這樣的徵兆因為來自大自然，更顯出了其驚心動魄的面目。

苦難已死死地刻在了孩子們的臉上。他們驚恐萬狀地踮行在屍體橫陳的村莊和城鎮，平原已經成了孩子們心靈的地獄。以後許多年，直到平原再一次地風和日麗鳥語花香，直到他們老了死去，他們對平原的心情將一直是複雜的。當他們看到一朵鮮花盛開的時候，他們的眼前會突然濺開一朵血花。

如此特殊的童年，使他們似乎生來變得親近山林。他們越往深山裡走，越發覺得平原是敵意的，山林則充滿了人性。山林把槍炮和死亡阻隔在了森林的邊緣，山林還給了他們溫飽的白天以及可以安睡的夜晚——在夢中，他們聽到了不知名的鳥兒的啼聲——然後，關於平原生活中的某些細微的愛的感受，便又開始了復甦。

正是在江南年代久遠的古老地層和雨水充沛的溼潤氣候中，他們走過了許多坐落在山坳和山頂間的人家。這些茅草房裡的老人和孩子，幾乎個個一貧如洗，同時又個個古道熱腸。他們操著奇怪的土語，和老僧無果交流著。孩子們能從他們的臉上看到熟悉的嘆息和同情。夜間，他們啃著山芋，睡在火塘前，臉上、手上，還有腳上，都是被劃割開的一道道的口子。有的正在發爛，有的彌合了，被他們發癢的小手又重新抓開。從前食不厭精、嬌生慣養的忘憂如今蓬頭垢面，雪白的頭髮和皮膚上沾著不知從哪裡蹭來的灰土，一隻手還抓著隨便什麼可以吃的，睡著時也死死不放，臉上就露出一會兒心滿意足一會兒又驚恐萬狀的神情，看上去活像奇異的山怪。

他們的行程非常緩慢，常常是東住十天，西住半個月，為的是避開日本佬的掃蕩。然後，他們終於走進真正的大山了。在那裡，他們看見了數人合抱的柳杉，他們看見了金錢松和銀杏樹，山裡人還告訴了他們什麼是天目杜鵑、天目紫荊、天目槭和天目杉。他們還認識了浙西鐵木、杜仲，他們甚至還看到了罕見的連木香。他們穿行在杉木、馬尾松、黃山松、香樟、楓榴和紫楠的林海中，不知不覺地，也就穿行在一九三八年的春天之中了。

無果的小寺院，與梁昭明太子的文選樓相去並不算太遠，寺邊有古泉。寺中人早已散去，這裡剩了一個空巢。無果的歸來和他帶來的同行人，無疑給這荒涼的山寺帶來一片生氣。兩個孩子不顧大人勸阻，趴在泉邊，開始喝起山水。寄草說：「水涼著呢，小心喝了拉肚子，無果師父正燒著水，一會兒就開了。」說著，就把這兩個孩子拉開了，自己卻蹲在泉邊開始洗起臉來。

忘憂突然說：「要是這會兒能喝上家裡的香茶就好了。」

猛然間提到了久違的家，久違的忘憂茶莊的茶，寄草心一動，泉下那張波動的臉影就漸漸地僵住了。

無果正在寺邊小灶棚裡燒著火，聽了忘憂的話就說：「要喝茶有什麼難的。到了這裡，龍井是喝不到了，山裡的野茶可是遍地都是，你睜開眼睛看看就是。」

春天到了，春茶又該下來，杭寄草，直到這時候才想起了他們祖輩賴以生存的季節來到了。她不願意在這樣的時候多提龍井茶，彷彿有些字眼是只能在心裡藏著，一張口說就容易吐出去化在空氣中消失了一般。她說：「我們家從前年年都要進這裡的天目青頂的，今日倒是有緣，能夠親眼看一看了呢。」

無果師父本是出家人，茶禪一味，他於茶道，並不比杭家人知道的少呢。此時正燒著水，臉上抹著了黑灰，卻也興致勃勃地說：「人都道天目山區三件寶，茶葉、筍乾、小核桃。我這個破寺，雖然如今也是敗落成這個樣子，倒是個喝茶的好去處。東坑茶葉西坑水，我們離東坑不遠，日本佬沒有打進來的時候，年年春上，家家茶灶的火就旺了呢。女人們都滿山地跑出去了，卻又是要在晴天的上午茶樹上露水收乾了才准採摘的。我們這裡的茶，可是從前進宮的貢茶呢。」

寄草就笑著說：「曉得，曉得，我曉得你們這裡的茶葉好，價格也公道。品茶好不好，最要緊的一條，要看有沒有後味。天目青頂，就是回味特別地甜。將來把日本佬趕出中國，不打仗了，我就專門來收購天目青頂，也不枉這裡的山水收留了我們一場。」

無果就一邊合掌念著「阿彌陀佛，善哉善哉」，一邊說：「你看，人就是這樣。沒進山前，我們還只想著如何活下來保命要緊的，如今剛剛進了山，飯還沒吃上一口，倒就又想著要喝茶了。其實要喝茶也不難的，現摘現炒就是，雖然青草氣重了一些，也比沒有強啊。」

忘憂一聽，早就雀躍起來，說：「我去採，我去採。」

小越兒也在一邊叫著跳著：「我也去，我也去。」

寄草一安定，話就多起來了，笑著說：「我比忘憂還小的時候，父親教我讀了許多茶詩，其中有一首劉禹錫的〈西山蘭若試茶歌〉，我還能背上那麼幾句。今日想來，倒是要應了那詩裡頭的意思了，你們且聽我念來：山僧後簷茶數叢，春來映竹抽新茸。宛然為客振衣起，自傍芳叢摘鷹嘴。斯須炒成滿室香，便酌砌下金沙水……你看我們如今可不是都全了，有山僧，有竹，有茶，有客，有好水，單等著我們把那鷹嘴般的茶芽採來，由著無果師父一眨眼工夫給我們炒出好茶來了。哎呀，我都已經聞到了那滿室的茶香了，孩子們，快快動手吧——」

這麼叫著，寄草自己就像一個孩子般，衝到寺外的山坡上去了。

天目山中野茶，與杭家人從前在龍井山中精心培育的茶，自然風貌各異。一個是大家閨秀，一個便是山中老衲了。一個是要用「她」來指稱的，另一個便是「他」了。這個他，固然還不是那古巴蜀高溫多雨炎熱森林中巨無霸般的喬木型，卻也不是西子湖畔龍井山中亞熱帶氣候培育出來的侏儒般的半蹲著的灌木型了。他介乎兩者之間。山中多寒，茶芽不像山外丘陵之茶那麼早早地發芽長大。但畢竟春意已萌，大地復甦，天道有常，萬物欣欣向榮。自然比人類要仁慈萬分，自然總是公正的，它不因為日寇打進了中國，就不讓茶樹發芽。它讓茶樹發芽了，它還讓天目山邊緣這破敗到幾乎無名的山寺邊的野茶長得芽肥舌壯，彷彿唯有這樣，才會慰藉這些流離失所九死一生的茶人的後代。

寄草是會摘茶葉的，她知道許多摘茶的技藝。比如她知道摘茶葉時應該用指甲而不能用指肚；她知道應該摘那些一芽一葉或者一芽二葉初展的茶芽；她告訴孩子們這些形狀的茶葉，有一個很好聽的名字，叫雀舌──瞧，它們不是像鳥兒的舌頭一樣靈巧細小嗎！

寄草在自己的腰上綁了一個剛剛洗乾淨的破竹籃，竹籃裡還襯了一塊乾淨的手帕，那些呈現出新綠色的雀舌，就一個個地被江南女兒的手投進了籃子。忘憂和越兒手忙腳亂地在一旁，東摘摘，西鑽鑽。有時，野茶蓬一陣陣地譁動，他們鑽出茶蓬，看著寄草姨媽像雞啄米一般地雙手採茶，他們便目瞪口呆、眼花繚亂了。他們的眼前，便是一陣陣的綠雲飛舞，他們的耳邊，只聽到那種愜意的唰唰唰的聲音。這時，他們便不由自主地向天空望去了。

幾個月來，他們飽受從天空突然降臨的恐怖刺耳的襲擊聲；他們看到的天空翻著血浪，天空早已是他們心目中的地獄。現在他們再往天空看去，天空在森林的襯托下，只有綠色的曲浪底線和底線上面的一大塊一大塊半透明的清醇的藍色；還有，在綠色與藍色之間偶爾飄過的優美柔軟的煙一般的白雲。

他們聽到了兩種聲音：當鳥兒在天空歌唱的時候，茶樹在大地上歌唱。它們一應一和的聲音，本來是不會被人類聽到的。但是它們此刻慈悲為懷，它們要用自己的聲音來告訴孩子們，如果有一天他們什麼也沒有了，他們還會擁有它們；它們是永生的，忠誠地尾隨著他們的，永遠也不會消失的。

孩子們便陶醉了，他們便像著了魔一樣地、恍恍惚惚地、深一腳淺一腳地在林子裡踏歌而行。他們手攙著手走著走著，越兒就站住了。他個子矮，伸出一隻手去，剛好貼住一株樹幹，他說：「哥哥，茶樹。」

似乎就在這個時候，有一件重大的事件就要發生。因此，林忘憂遲遲疑疑地用手遮了額頭，然後，慢慢地抬起頭來。頓時，他便被這株茶樹的光芒射得睜不開眼睛——

這是一株芽葉全白的茶樹，它像玉蘭花一樣在萬綠叢中閃著奇異的白光。它毛茸茸的，銀子一般高貴，又像仙人顯靈似的神祕。在白色的芽葉中，似乎為了顯示它血脈的來歷，它們的主脈卻是淺綠色的。忘憂第一眼看到它的時候，突然心裡面感到難受，眼睛也眩了，因此他一下子就矇住了自己的臉，跌坐在了地上。越兒不知哥哥是怎麼了，就去拉忘憂。但忘憂沒有理他，他就慌了，叫了起來：「姨媽，姨媽，快來，快來——」

無果和寄草聽到了越兒的叫聲，趕緊跑了過來，見忘憂坐在樹下，不像是受傷的樣子，驚魂甫定，說：「什麼大驚小怪的事情，那麼一驚一乍的？我們還怕是你們被剛出洞的蛇咬了呢。」

忘憂依舊坐在地上，卻問無果：「師父，這是什麼樹？我怎麼看著特別熟悉，好像從前在什麼地方常常看到它似的。」

無果笑了起來：「我說什麼呢，原來忘憂是被這株茶樹驚著了。也難怪的，忘憂和這株茶樹是生來有緣的呢。」

寄草也走到了樹下，搖搖樹幹，說：「真是奇了，我可從來也沒有看見過這樣長著白芽的茶樹。」「別說是你了，我這麼大一把年紀，化緣四方，什麼世面沒見過，這樣的白茶樹，卻也是獨一無二，只在我們安吉山中這寺院的後面見到這麼一株呢。」

寄草說：「我雖沒有見過白茶樹，但我們家茶莊倒也是賣著從福建過來的白茶。白茶與常茶不同，偶然生出，非人力可致，所以特別地奇異呢。」

坐在樹下的忘憂這時才站了起來，抱住樹幹說：「那不就是我了嗎？」

兩個大人聽了都吃一驚，看看茶樹，看看人，心就緊了起來，無果說：「阿彌陀佛。這株茶樹也真是奇了，年年開花，結果卻少，也不會再生新茶，故而我們這裡的人都叫它石女茶的。這茶也不是一白到底，也就是在每年這個時候一芽二葉展開時最白，再往下也就是花白轉綠了，到了夏秋天，它就是綠色的了。」

忘憂聽到這裡，突然來了勁，抱著樹身就往上爬，邊爬還邊叫：「我這就上去把我給摘下來，我們立刻就嘗嘗我的味道好不好？」

這一說大家才又笑了，說：「那這株樹就是忘憂的魂兒了，忘憂從此就找到魂兒了呢。」

雖是臨時抱的佛腳，現摘現炒茶葉來喝，無果師父卻也弄得一本正經。原來這山中寺院，香火稀少，製茶出賣，也是寺裡的一條生財之路，所以無果師父倒也是炒得一手的好茶。殺青，揉捻，烘乾都有了，只是因為要現吃，所以少了攤放，攤涼。忘憂和越兒又各到各處去撿了乾燥的樹枝來做燃料。無果找了一雙竹筷，把茶葉倒入鍋中翻炒，算是殺青。等到揉捻了，寄草就拿出一塊乾淨的粗麻布，但見無果輕輕地搓揉著，小心地不讓茶汁揉出來。這樣搓揉了一陣，這才又放進鍋裡去炒，然後，才是烘乾。

這麼一套動作下來，當白茶已被製成了淺綠金黃色的時候，天卻就暗了下來。他們一行四人就移進了廂房，火塘邊早已點起了炭火，山芋也早就煨熟了，冒出了特有的香氣。他們幾個人就嚷嚷著要喝茶呢，突然發現沒有喝茶的碗。

無果師父一邊給孩子們往手裡分山芋，一邊說：「你們等著，看我給你們取茶盞來。」不一會兒，竟捧著一大疊茶盞過來。

這些茶盞全都是黑色的，呈笠帽形，看上去古樸得很，也沒有一般天目茶盞的兔毫絲、油滴和鷓鴣斑，想來是本地的土窯所燒，一問果然。無果說，這窯從前就建在寺院後面，離那株白茶樹也並不遠。寄草就一時沉默了下來，她想起了家中那隻被二哥帶走的鍋好的兔毫盞。也不知如今這茶盞如何了，那藏著這寶貝的二哥又如何了。

孩子們和老人，卻開始喝起了香噴噴的白茶來了。入湯後的白茶，和龍井茶到底是不一樣的。它的葉底玉白，主脈呈綠色，即便是在黑釉盞裡，也能看出，那茶湯色本是鵝黃色的。忘憂原本就有喝茶的習慣，此刻像是見了分別多時的老友一般，一大口一大口地喝著，還說：「我把我給喝了，我把我給喝了。」小李越看來還小，過去或許是從來也沒有喝過茶的呢，只是一邊吃著山芋，一邊口也就渴了，他捧著一隻大茶盞，小心翼翼地一口口地喝著，也知道不能燙著呢。無果師父就問他茶香不香，越兒說香，然後就清脆地放了一個響屁，一時屋子裡就爆發出了大笑。

孩子們到底是累了，吃飽了喝足了，倒在火塘邊的地鋪上就睡。寄草一邊撥著火炭一邊想著心事。山中的春夜依舊是寒氣料峭的，無果師父在火塘邊坐了一會兒準備起身去睡了，寄草卻叫住了他說：「無果師父，有件事情想跟你商量呢。」

無果回過頭來，說：「不用商量了，我曉得你要說什麼的。孩子在我這裡，大概總不會再出什麼事情的了。你要走，你就走吧。」

寄草有些尷尬，一直在火塘裡撩撥著火炭的手就停了下來，說：「我想先到金華去看一看，我不能扔下貧兒院的孩子啊！無論找到了什麼人，總算是和外面通了音訊，然後我就立刻回來接了孩子出去。你放心，我不會扔下你們不管的。」

無果都已經走到門口了，才又回過頭來說：「你能回來也罷，你回不來了也罷，孩子們會在這裡待下去的。天目山，是活人養人的山，有了山，我就放心了。」

現在，只有寄草一個人坐在火塘邊喝茶了。炭火紅紅的，映著她的臉。她不知道外面的黑色究竟有多巨大，給孩子們蓋了蓋衣被，就走了出去，在院子裡看著滿天的星辰。它們又大又多，像憂愁打成的結，閃著淒涼的銀光，又像在天上掛不住了要掉下來一樣地沉重。寄草踮起了腳，她覺得自己現在只要伸出手去，就能像摘葡萄似的摘下那一串串的星星。她還想，現在，羅力是在哪一串的星星下面呢……

第十二章

再往南行數十里地，就是錢塘江的入海口杭州灣了。

現在是盛夏季節，海灘鋪陳得很遠，露出了一大塊一大塊龜裂的灘塗。靠近海塘的邊緣，撲臥著一排排翻過來的小船，像一隻隻的大海龜。

即便離海還有一段距離，人們還是可以感覺到海水在日光下曝晒時泛起的白綠相間的光斑，它們就像細腿伶仃的獨腳鬼在波間跳舞。

風平浪靜，水天一色，戰爭在陽光下藏匿著，人們便難以想像，去年再晚一些時候，此地，正是日軍登陸兩浙的灘頭——這裡，離金絲娘橋可並不算太遠。

在遼闊的海域之後，是剪刀一般明快的河流，它們錯綜複雜地平躺在杭嘉湖平原，溫柔而又銳利地分開了浙江北部那些像豐滿的江南少婦胸乳一般隆起的丘陵，以及如花季少女腹部一般平坦的原野。

在河流的兩岸，燹火也不能燒毀從土地深處生發出來的活物。現在，收穫的季節又要到來了。蔗林，竹園，絡麻地，茶坡，稻田……

一艘小船，正慢悠悠地穿行在平原的河流上，欸乃數聲，山水皆綠。與這艘小船平行著的右邊堤岸上，是一條較闊的土路，上面行駛著一輛軍車。它時開時停，一會兒走到了小船的前面，一會兒又遠遠地落在了後面。船上的人們，甚至可以看到那車上的兩個男人不時停車下來時的情景。

比起那軍車的忽隱忽現，左邊堤岸上那個行走著的年輕女人，在視線中就要顯得穩定多了。她幾乎就在船的正側前方，只是左邊的堤岸高，而她又是在堤岸下行走，船上的人們，只能看到她的後腦勺。她幾乎沒有休息過，身體向前傾，風塵僕僕地邁著小碎步。這一左一右的一車一人，加上中間的一條船，便給這正午陽光下似乎有些不祥的平靜水鄉，帶來幾許平安了。

政工隊隊長楚卿坐在船頭，看上去憂心忡忡。她那本來就有些近視的眼睛，在正午陽光下瞇縫成了一條線。陽光，把這個城市姑娘幾乎晒成了一個鄉村女子。有時候她也回頭往船艙裡看看，她嚴厲的目光，現在對杭憶已經沒有什麼作用了。

杭憶還是那麼蒼白，那麼風流倜儻，在楚卿看來，還是那樣誇誇其談，尤其是在女孩子們出現的時候。此刻，他正在與船上年紀最大的陳再良——陳冬烘一搭一檔，向船上那些姑娘天花亂墜地胡吹著什麼，偶爾也沒忘記把手裡的口琴往嘴邊湊，胡亂地滑出一些調子。不過他用舌頭打出來的節拍卻非常有力，便把那些即興的曲子弄得很有情調了。只是他總也吹不成一首完整的曲子，兩三句話之後，他就停了下來，加入眾人的談話，然後又顧自己玩起來。

楚卿看到了，緊挨杭憶坐著的，正是從香港回來抗日的銀行女職員唐韻。她還是燙著頭髮的呢，今天早上起來出發前也沒忘了塗口紅。楚卿不知道自己是不喜歡這種做派呢，還是不喜歡杭憶這種不管青紅皁白只要是女孩子他就都滿腔熱忱的神態。

大半年下來，楚卿明顯地感覺到，杭憶對她的態度是從狂熱轉向疏遠了。她常常為此而感到好笑——小孩子，小男孩子，經歷過什麼，還寫詩呢。她還能清楚地記得在金華辦《戰時生活》時的那個早春的夜晚，她從組織接頭的祕密會議點回來。會議所要決定的，正是組織積極配合當時主政的浙江省主席黃紹竑提出的成立戰時政治工作隊的問題。政工隊員將大部分由男女青年學生組成，其中也會有中學教師和大學教授，甚至還有像唐韻那樣從港澳臺回來的抗日青年。楚卿被選派為其中一支隊伍的隊長。踏著夜色回來的時候，她就已經想好了，帶上她的騎士杭憶。儘管當別人公開把杭憶稱為她的騎士時，她一臉的冷峻，且不屑一顧。但真的用起人來時，他還是她最信賴的人之一。

她還能想起院子邊上的那株大茶花樹，開著鮮紅的重瓣的大茶花，晚上分辨不出顏色了，但能夠從天光下分辨出它們的輪廓。她想起那個蒼白的青年，像發了高燒的幽靈，從大茶花樹後面閃了出來，手裡沒有拿須臾不離身的口琴，卻拿著一張紙，他自己也和那張紙一樣地瑟瑟發抖。這使她既感到好笑，又有些生氣，還有一點緊張。她經歷過愛情，能感受到這個年輕人為什麼在茶花樹下瑟瑟發抖。

她本來是想說回屋裡談正經事的，但是她遲疑了一下，杭憶就沒有再給她這樣的機會。他跺了一腳，彷彿這一腳不跺，他就再也沒有勇氣往下說什麼了。然後，他說：「我為你寫了一首詩。」

她幾乎要笑起來了，現在大家都在為民族災難寫詩，這個大少爺卻為一個女人寫詩，而且還是為像她這樣的女人寫詩。她不知道他的這種錯位的感覺是從哪裡來的。

她說：「我有要緊的事情和你商量。」

但是杭憶那一天十分固執，他說：「我為你寫了一首詩。」

那一天的月亮其實是很大很圓的。花兒在夜間發著香氣，屋子裡有昏黃的燈光從門窗縫隙裡洩了出來，寒氣也不再逼人。有一種久違的溫情脈脈的東西，靜悄悄地向他們圍攏。她被這一種感覺撩撥得真的有些生氣了——她生自己的氣了，便生硬地說：「你要幹什麼？」

他在發抖，因為沉浸在自己的發抖中，其餘的什麼東西他也察覺不出來了。誰知道呢，這杭氏家族的又一粒多情種子究竟是愛上了一個女人，還是愛上了愛情。甚至流離失所，戰火連天，也不能把這愛的遺傳密碼重新組合，也依然不妨礙他在一個月圓之夜，在大茶花樹下，膽戰心驚而又堅定不移地再一次說：「我為你寫了一首詩。」

她終於嘆了一口氣，不再與他對抗了。

杭憶開始誦念起他最早為她所寫下的那首十四行。她記住了那前面的四句——她甚至把他顫抖的聲音也記住了——

我想你該是蕭瑟西風中的女英，
你的眼睛像秋氣一般肅殺，
當我在湖邊的老柳下把你等待，
你將來臨前的峭寒令我心驚……

她不明白那一天月光為什麼會那麼好，彷彿成心要與這狂熱的年輕人結成同謀來攻克她一般。甚至連她這樣的近視眼，也能夠看到年輕人激烈顫抖的嘴角。她不想讓這個發著狂熱病的青年再讀下去了，她不能知道再讀下去究竟該是由誰來心驚了。她生硬地說：「現在由我來向你傳達組織的指示——聽說過戰時政工隊嗎？」

杭憶顫抖的聲音終止了。他離開了大茶花樹，站在了院子當中，燈光的光線不再射到他的身上，黑暗中他的聲音也不再顫抖。他說：「一九三八年一月，蘭溪有人上書黃紹竑，建議成立戰時政治工作隊，得到他的支持。一月二十號，黃紹竑親自到蘭溪出席政工隊成立大會，還在會上作了重要講話，從此之後，政工隊在浙地如雨後春筍般成立。我知道你還想問我什麼是政工隊的性質。它的性質，可以說是一個抗戰的進步青年幹部的組織。你也許還會問我關於它的工作——它的工作可以分成兩塊：

後方的工作隊，以動員民眾抗日為中心；前方的工作隊，以深入敵區，展開對敵鬥爭為最高之要求。」

「……」

「現在你要考我，政工隊到底是什麼了——政工隊是社會上的發動者，是民眾的示範者，它不是以政府權威來命令人民，它不是用很高的地位來號召他人，而是將過去的地位和利益拋棄了，用它的人格，及它的精神，用它的實踐躬行，把抗戰的政治工作帶到民眾中去，發動民眾，組織民眾，訓練民眾，團結民眾，把中國的抗日戰爭進行到底……你還想要我說什麼嗎？」

她沉默了，她本來還想替他補充一些什麼，比如，他所提到的蘭溪有人上書，那人正是我們的組織中人啊。但她只是說：「我要到政工隊去了。」

出乎意料，杭憶沒有表現出一驚一乍，只是「噢」了一聲。她問：「你呢？」

杭憶說：「隨便。」

「如果我點名要你和我一起去呢？」

「那就去吧。」杭憶回答。

那天晚上，他們一起回到了她的小臥室去。在那裡，他們談得很晚，商量的全都是如何組織這一支政工隊的事務。她口授著，由杭憶執筆寫了一份詳細的工作報告。她記得那天杭憶一直忙到半夜後才入睡。但她不知道，當他把薄薄的被子攤開，從滿腦子的政工隊重新滑到那個和他談政工隊的女人時，他一陣輕鬆，發現自己已經解脫了。他對她不再有戰慄的感情了，折磨了他大半年的那種痛苦的失戀般的感受，終於遠去。現在，當他想到這個女人時，他首先想到了組織，其次，想到的便是政工隊了。

是的，杭憶很快樂。他已經在政工隊待了半年，他喜歡這個工作，接觸許多人，說許多話，晚上到哪裡躺倒都是家，白天總是被人群簇擁著，寫標語，演戲，全是出風頭的事情。當然也苦，但他年輕，睡一覺什麼都過去了。關鍵是那麼些女子都稱讚他，城市的，鄉村的，徐娘半老的，少女妙齡的，她們請他吹口琴，吹的全都是抗日歌曲，聽時則雙目發光，個個是知音，使他在戰火連天中依然有一種花團錦簇之感。比如現在在他身邊坐著的唐韻，就是從香港來的大資本家的千金，連她也崇拜他。可惜陳冬烘這個老私塾先生白活一把年紀，老樹發了新芽，還以為唐韻是衝著他帶來的那塊大硯臺，才那麼親熱地和他套近乎的呢，他哪裡知道我們年輕人正在硯臺之間眉來眼去呢。

杭憶這麼想著，就不免得意地抬頭一笑，卻與正回頭皺眉看了他一下的楚卿作了一個盯頭眼，他臉上的笑容就立刻凝固住了。這個神祕的女人，成了他的一種無形的壓力，一道奇怪的美麗而又遙遠的風景線。每當政工隊出現一個新來的姑娘，杭憶的眼睛都會為之一亮，他都會發現，比楚卿更有魅力的女性終於出現了。他往往會熱火朝天地與她相處三天，而第四天，楚卿又出現在了他的面前，她又成了眾芳之魁。

杭憶受不了這種嚴厲的美，包括她嚴厲目光的美。他慌慌張張地和她對視了一下，立刻就心虛地滑過了眼神，裝模作樣地重新回到陳再良的「之乎者也」中來了。

陳再良是政工隊隊員中的一個例外，他下巴上生著一把山羊鬍子，腦後面又拖著一根花白的小辮子，穿著一件破長衫，翻山越嶺，是從浙南深山坳裡趕來報名的。你說他赤貧吧，他背著的口袋裡，還放著一塊大硯臺，自稱其為國寶，沉得比他這把老骨頭還重。你說他山中方數日世上已千年，外面的事情什麼也不知道吧，他偏偏就是知道了抗日，還一口的文言，還特意為了抗日從山裡別了那群娃娃，幾乎一路要飯才找到了楚卿他們，然後義正辭嚴地道來：「再良一介書生，耕讀山中，豈不知林下之樂乎？然則，投筆從戎，古訓有之，天下興亡，匹夫有責也。故不遠千里，投奔抗日，願做麾下一卒，雖戰死疆場，青山埋骨，終不悔矣。」

杭憶看著他的那根小辮子，有幾分好笑，便不大客氣地問：「老先生投奔抗日自然是件大好事，不知有何特長？」

陳再良這就放下他那個破口袋，從裡面恭恭敬敬捧出那方大硯臺，道：「再良一生無所藏也，唯有筆妻墨子。此一方硯，產於歙州之龍尾山中，名喚金星歙石雲星嶽月之硯，為再良祖上傳下之寶。再良於今甲子六十，日日與其朝夕相處，硯墨書習，倒也自在。雖手無縛雞之力，難與強寇兵戈相見，但鞍前馬後，口誅筆伐，老夫力勝也。」

然後，端坐於桌前，取其硯，磨其墨，力透紙背地竟然用顏體寫下了「打倒日本帝國主義」八個大字。杭憶見了，不禁失聲叫好。

楚卿原本是想把這位熱血老人轉引到其他更為合適的部門去的。也不知是被他那一口的之乎者也感動了呢，還是因為杭憶的那一聲叫好。她想到杭憶這頭日夜地寫標語，還有其他的各種雜務，常常一個人恨不得分成幾個人。如今來了一個能寫一手好字的，莫如留下了，實在不行再作打算。

一大群抗日青年中，從此便有了出了名的冬烘先生陳再良。

冬烘先生陳再良其他地方都還正常，就是不能與他提那一個「硯」字。若不小心漏出來了，他追著趕著也要與你理論到一個昏頭瞌睆。他還必得從那漢代劉熙的《釋名》說起：「硯，研也，研墨使和濡也。古有石硯，陶硯，銅硯，漆硯。足有圓形三腳，有方形四腳，又有龜形，山形，山形中亦有十二峰，實可謂峰峰各異啊！」

人家就怕他把那峰峰各異的十二峰一一數列過來，便推出最有古文根底的杭憶去對付那老先生，自己溜之大吉。杭憶一開始倒也還算客氣，可惜自己到底也沒有父輩的學問，對那些硯啊筆啊的，哪裡有那麼多的痴情，時間長了，也就不再與他對那關於硯臺的話。陳老先生，竟然就在書寫傳單與標語之間隙，感到濃濃的失落了。

總算老天有眼，專門從香港發過來一個抗日小姐唐韻。

唐韻也不算是正兒八經的知識女性，但畢竟在香港出生，從小受的是西方教育，且剛回內地，事事新鮮，又加對老人的尊重，竟然就硬著頭皮成了陳再良的新聽眾。這一路的舟行，可就苦了這小姐，上下眼皮打著架，與那陳再良應酬。若不是杭憶時不時地給她擠眉弄眼提神兒，這個炎熱的江南的正午，還真是不好打發呢。

陳再良卻是一點也不瞌的，他就如同迷戀女人肉體一樣地迷戀著他手裡的那方金星歙石雲星嶽月硯，一邊細細地用手掌磨著，一邊沉醉在自己的侃侃而談中：「澀不留筆，滑不拒墨，爪膚而穀理，金聲而玉德，此歙石也。歙石又有羅紋，眉紋，金星，金暈，等等，其中金星金暈，歷來稱為上品——」

杭憶看著唐韻聽得實在吃力，便接口說：「陳老先生，我們早就聽你說過了，你的這方硯便是金星，是最上品的，我們已經知道了——」

「知其然，不知其所以然也。這金星，且又分雨點金星、魚子金星、金錢金星。來來來，唐小姐，且看老夫這塊古硯：金光燦爛，石色卻是泛著綠色的，如此金綠相交，堪稱珍品了。唐小姐您再看這硯面，雕星、雲、日、月，海水江牙；月做水池，日為硯堂，星月流雲，旭日輝煌……」

楚卿突然在艙外輕輕叫道：「杭憶，你給我出來！」

唐韻聽到了，就用胳膊肘子推推杭憶，還使了一個眼色。這個多情的眼色寓意複雜，杭憶的心弦竟為之一動。不過他還來不及作出什麼反應，就貓著腰走出艙門了，楚卿對他而言，依然有著招之即來的魅力。

坐在船頭的楚卿，卻只是對杭憶淡淡地說：「你看，那邊堤岸上的軍用車，注意到了嗎？」

杭憶說：「他們一會兒開一會兒停的，也不知道是哪一路的人。」

「我是說，你注意到了嗎？有時候，我發現那兩個人中，有一個像你的那個未來的小姑父。」

杭憶一聽到這裡，就站了起來，可惜杭憶只看到了軍用車，看不到那兩個人，便有些悵然地說：「哪有那麼巧的事情。羅力哥親口跟我說，他是要跟著大部隊上正面戰場的，這會兒，怕不是正在北面和鬼子交戰呢。」

楚卿皺起眉頭，想了想，說：「也許是我看花眼了，我的眼睛本來就不太好。」

杭憶連忙說：「這也不能全怪眼睛的。我的眼睛要比你好吧，你看我這一路上，老以為這邊堤岸下走著的那個女人像我小姑媽。真要那樣，可不就是奇了。」

楚卿淡淡一笑，但瞬息即逝，卻說：「什麼樣的事情都是有可能發生的，比如我們現在這麼安靜地坐在船上，下一分鐘會發生什麼，我們就不知道。對面茶蓬裡，有沒有敵人的埋伏，這也很難說。不管怎麼樣，你先好好睡一覺吧，我看你就沒停過你的嘴。」然後，楚卿就放開了聲音，對艙裡喊道：「陳先生，你也該合合眼了，唐韻是剛從香港來的，你該給她一個適應過程啊。」

還是楚卿的話靈，裡面，立刻就沒有了聲音。杭憶卻在船頭上坐著了，說：「還是你去休息一會兒吧，我來放哨。」

楚卿說：「我睡不著。」

「你就不能對我放心一回？」

楚卿看著他，看著他，瞇起了眼睛，說：「不放心……」

羅力第一眼看到杭嘉平，立刻就把他給認出來了。後來他也曾想過，這是一件很奇怪的事情。寄草一直告訴他，大哥和二哥是非常不一樣的，從容貌到氣質都是不同類型的人。但是羅力一下子就發現他們杭氏家族人的那種說不出來的共同點，他們的眼神裡都有一種深情，但他們的眉梢卻又似乎都有一種疑惑，甚至連看上去很豪爽的杭嘉平也是這樣。

此刻他們停下了軍車，正站在一片茶蓬前抽菸。夏茶的長勢很好，只是過了採摘期，便只好老去了。嘉平穿著背帶褲，胸腰挺拔，他的站勢很像羅力曾經看到過的寄草的義父趙寄客。羅力想，大哥和二哥的區別，恐怕並不在他們那些不同的閱歷上。看上去，大哥似乎是在回避著人，而二哥則是需要人的。二哥更英氣勃勃，是那種一眼就讓人被牢牢吸引的人。

「我一向就不相信那些巧合的事情，不過我總是碰到決定我命運的巧合的事件，這一次也是這樣。」嘉平笑著對羅力說，「我回國原本是為了幹我的老本行——報紙。可是湊巧，就在武漢碰到了我父親的朋友吳覺農先生。他們都是幹茶業這一行的，說起來還是大同鄉。這一次，中方又派了吳先生作為貿易委員會的代表，和蘇聯洽談以茶易物，也就是拿茶葉來換軍火的事情。吳先生知道我去過蘇聯，懂得俄語，原本只是想讓我幫助協理一下。你不知道，我們的那個政府其實很糟糕無能，這件事情已經進行得很久了，就是談不下來。虧得吳先生也去過蘇聯，還專門調查過蘇方的茶葉銷售市場，所以那一次我們只用了半天時間，就把這項貿易協定簽訂下來了。」

「二哥，一定是吳先生覺得你會成為他的得力助手，所以拉著你就上了這條茶船吧。」羅力笑著說，他和嘉平說話的時候相當輕鬆，沒有與嘉和在一起的時候的那種沉重感。

「也可以說是緣分吧。我原來以為，該讓我幹的那份茶葉活兒都讓我大哥給幹了，沒想到轉了一圈回來，又幹起我父親的老行當了。」

嘉平說的情況，正是中國茶業界當時最新的實情。自一九三六年間皖贛紅茶統購統銷半途而廢以後，至一九三七年六月官商合營的中國茶葉公司成立，吳先生任總技師，旋即公司便內遷。不久，吳先生便以「停薪留職」名義離開中國最大的茶葉出口港上海，並邀請各地從事茶業產地檢驗的茶葉工作者集合於浙地三界茶場，一面事茶，一面準備抗日打游擊戰。然不久各種活動便受到了局勢的種種制約，吳先生和一批青年茶人，只得流亡武漢，以圖新的抗日救亡活動。以上嘉平所說的以茶易軍火的協議，正是一九三八年初吳先生在武漢，與蘇聯方面簽訂的第一個易貨協議。

協議是簽訂了，蘇聯方面的軍火也早已整裝待發，但炮火連天的中國大地，何處去收集茶葉交貨呢？須知，自中國最大的茶葉出口市場上海淪陷之後，原來應有的茶葉生產、收購、銷售等流通體系，已經完全被戰爭打亂。加以烽火遍地，交通阻塞，組織茶農生產、加工、運輸，又談何容易。當此時，不少人以為，在如此的戰亂紛繁中，恢復已萎縮的茶區生產，把分散在中國各省農村間的成千上萬擔零星茶葉，加工成箱，再集中交貨，無疑是天方夜譚。吳覺農先生與杭嘉平等有識之士反覆切磋，以為唯有實行全國茶葉的統一收購和運銷，方能解決以茶易貨的問題。況且，藉此抗日之際，正可實現取消洋行買辦、洋莊茶棧的壟斷，地主豪紳、商業高利貸者對農民的剝削，從茶業行開始改變半封建半殖民地的生產關係。

對這一設想，杭嘉平無疑是最為歡欣鼓舞的。他自青年時代立下的世界大同、人類解放的宏願，恰與此構想不謀而合。在茶界實現這一革命，無非是總體革命中的一個小環節而已。已經是中年人的杭嘉平，不再像青年時代一樣地務虛了，他不知不覺地進入了關於茶業革命的具體操作之中。

在吳覺農、杭嘉平等茶人的介入下，中國茶葉統購統銷的政策，終於以《財政部貿易委員會管理全國出口茶葉辦法大綱》的形式，於一九三八年六月實行了。正是在這個大綱的名義下，吳先生與杭嘉平等人，代表貿易委員會，分赴各產茶大省聯繫，並分別成立了茶葉管理處。

與此同時，貿易委員會為了辦理對外貿易，特意在香港設立機構。當時的港英當局，還不允許中國政府在香港設立官方機構，中國方面只得以富華貿易公司的名義出現。吳先生以貿易委員會專員的身分兼任了富華公司副總經理，組織全國茶葉運集香港，履行對蘇易貨和對外推銷茶葉。當時的浙江寧波、溫州、鰲江和福建的三都沃、沙埕、福州等地，都還可以租用外國的輪船裝運茶葉至香港，所以一九三八年的華茶外銷，竟然超過了往年許多。杭嘉平作為這項工作中的重要一員，出入奔波在香港、武漢和各大茶區之間，直到一九三八年夏末，才有機會重返故鄉。

如果說，杭嘉平走上了家族茶業一行的老路，尚有血緣親情的關係在其中的話，那麼，羅力的從事茶業，便是巧合中的巧合了。戰時物產調整處、茶葉運銷處派人專門來找他的時候，他都已經坐上了去前線的軍用卡車。來人說，從中央政府來了一個專門從事茶業收購的官員，建設廳建議部隊抽調他去接待。羅力聽了非常吃驚，他說他是專門從事作戰的，他和收購茶葉可是一點關係也沒有的。來人說：「我們也不知道這是怎麼一回事，不過你們的長官說了，你有一個茶行的未婚妻，又會開車，有這兩條就夠了。」羅力上前線心切，一個勁地解釋有一個茶人未婚妻和他自己是茶人，完全是兩碼事。那人可不聽，說他不管這些，有話讓他自己找那中央來的大官說。到末了，羅力真正是哭笑不得地下了車，直到兩人見面，交代了身分，方知無巧不成書，他們竟還有這麼一段茶緣。

現在他們已經很熟悉了，他們已經駕著這輛軍用小車，在日軍尚未占領的茶區和這些拉鋸戰的戰區，連續跑了一段時間。除了從事當務之急的茶葉統購統銷之外，杭嘉平還擔負起了一個更長久的任務，對茶業行在抗戰期間實施的技術改造及生產關係的改造進行實地考察。一路上他不時地站在茶園前，仔細地觀察著這些成片成片的茶園，想的正是這件要事。

此刻，他一邊吸著老刀牌香菸，一邊說：「這片茶園，和我們前幾天看到的一樣，早就應該齊根斫斷了。我對茶業這一行說不上熟悉，不過從小就知道，茶樹是三十年就該這麼斫一次的，沒有破壞，哪裡來的新生。」

「你說這話，倒叫我想起你對這場戰爭的看法。你說抗戰也就是建國，抗戰的時間越長，建國工作的機會也就越多。」

「我知道我這話或許不會被你們這樣的黨國中人接受，尤其是你這樣的年輕人。你們不知道，這個制度下的國家早已奄奄一息了，沒有這場戰爭，國家，或許就已經毀滅了。我是從這個意義上說抗戰就是建國的。」

羅力用手拽過一把茶葉，在拇指與食指之間來回搓弄了一陣，然後塞進嘴裡。夏茶生葉的苦澀，超過了他的想像，但他還是不停地咀嚼著，一會兒，嘴角就泛出了綠色的泡沫。這樣咀嚼了很久，他才小心翼翼地說：「二哥，說實話，我沒有想到過什麼建國。我們祖祖輩輩都在老家東北的地下挖礦，國家從來不管我們的死活，我們也從來不對國家抱什麼希望。我們出來打仗，是因為我們的家被毀了，我們的父母鄉親兄弟姊妹被日本鬼子殺了，我們的家被強盜占了，我們要不打回老家去，我們從此就沒有家了。要說現在我有了新的想法，那就是不早早地趕走日本人，我和寄草就沒法子團圓了。還有什麼能比沒法子和自己的女人守在一起更叫人受不了的呢？所以，我希望戰爭早一天結束。也許那時候，我會想到建國什麼的，也許。」他攤攤手，有些不相信自己似的搖搖頭。

嘉平拍了拍羅力的肩膀，他已人屆中年，四海為家，開始能夠聽得進各種善意而不同的說法了。

「你不要小瞧了這些茶樹，它們可都是槍炮炸彈。」

「可是我更想成為那些使用槍炮炸彈的人。」

嘉平忍不住笑了起來，看樣子，他們杭家又將進來一位與他們家族氣質相當不同的男人。他想鬆弛一下，換一個話題說：「我知道你正在想著上前線的事情吧，我還知道，僅僅是因為我而不是因為茶，你才留下來的。」

羅力也笑了，他喜歡這種男子漢之間的談話方式。他說：「我在杭州待了六年，不想再在後方待下去了，我一直想上正面戰場。你說得對，要不是你來了，我可能早已在前方拚殺，說不定也已經戰死疆場了呢。」

嘉平聽到這裡，目光突然嚴峻了。他很想對這位直爽的東北青年說——不要輕易地提到「死」字，我們已經沒有林生了。但是他看到了羅力坦蕩的神色，他就沒有再說，只是一聲不吭地站著，抽著煙。羅力也已經發現了嘉平這個細微的神情變化，正是在這一點上，他看出了寄草這兩位兄長的相似之處：他們都不是怕死的人，同時，他們又都把活著看得如此重要。

嘉平抽完了手頭的那根菸，他的菸癮在多年的熬夜中變得很大，現在他扔掉了菸蒂，大聲地說：「我們走吧。你看，旁邊那艘船，已經跑得很遠了，看看我們還趕不趕得上他們。」

羅力也上了車，一邊發動著引擎，一邊說：「我們不會再與他們同路了，前面有一個岔道口，我們該朝右邊拐彎了。你看，就在那裡，不不不，不是在左岸女人的前面，在她的後面。這女人可真能走，她一直就沒停下來過。瞧，連她也朝左拐了。我告訴你，這條河流並不安全，聽說是常有鬼子出來活動的，我們還是謹慎一些為好。要知道，無論作為我的二哥，還是中央派來的要員，我對你都是負有特殊責任的。」

杭寄草是在向左拐的岔道口上站著，眼看著小船從她的眼前漂過去的。她一直沒有注意這艘幾乎就在她眼皮子底下行駛的篷船。也許正因為他們之間的距離太近了，她總是只聽到小船的咿呀聲。倒是對岸那輛時開時停的軍用車，時不時地映入眼簾。寄草想，如果不是隔著一條河，她會想辦法搭上那輛車的，也許開車的人還會認識羅力呢。

貧兒院的女教師杭寄草，在金華到底打聽到了貧兒院的下落。這些孩子，已經在金華附近的鄉間小山村中安頓了下來。寄草在找到了貧兒院之後，急忙趕回天目山接忘憂他們，她撲了一個空，破廟裡空無一人。她山前山後地尋了一個遍，哪裡有他們的影子，最後，她坐在白茶樹下抽泣起來，直到片片茶葉落到她頭上。她失魂落魄地想，他們會到哪裡去呢？要是羅力在身邊就好了。路過金華的時候，有人告訴她說在金華看到過羅力，她就託人帶口信給他，等她找到忘憂他們，就來與他會合。她是個既堅強又浪漫的姑娘，異想天開，要在這兵荒馬亂的年代裡碰碰運氣：也許哪一天，在一個十字街頭，就會突然遇著了她的心上人呢？她想起了那個讓他們相識的勝利的雨天，氣就短了起來，眼睛，便也模糊一片了。

這幾個月來，她撲到東，撲到西，到處打聽忘憂他們的行蹤。聽說山裡也有鬼子進來掃蕩，無果師父帶著兩個孩子避難去了。寄草鬆了口大氣，不管怎麼樣，總算人還活著。她在破廟裡留下了信物，又急急往回趕，誰知趕回金華，羅力卻剛走。寄草被這些失之交臂的事情弄得發起恨來。她本來可以待在一個相對可靠的地方等待，可是她不願意，她是沈綠愛的女兒，身上遺傳著一些不可理喻的瘋狂念頭。聽說羅力到茶區去了，她便緊趕慢趕地也跟著去了茶區。

現在她走到了岔路口，看見往左拐的角上有一個涼亭，裡邊堆著一個草垛子，她走了進去，一屁股坐了下來。草垛子特別柔軟，還熱乎乎的，她一陣輕鬆，取出水壺，喝了一大口，抬起頭來，就看見了眼前的河流和對岸的軍用車。她突然心血來潮，想朝對面喊上一嗓子，但她發現軍車卻朝右邊拐了過去。不甘心的寄草對著軍車的背影還是尖聲地喊了一句：「羅力——」

話音剛落，她自己就被草垛子下面一個蠕動著的東西掀翻了——一張發綠的年輕的臉，從草垛子裡探了出來，哆哆嗦嗦地說：「……別害怕，我也是趕路人，我、我、我打擺子了……別害怕……」然後，他就重新一頭扎倒在草垛子上。

軍用車上的人卻什麼也沒有聽見就遠去了。倒是船艙裡有人探出頭來，是杭憶，他問道：「誰喊了一聲，楚隊長，你聽見了嗎？我好像聽見有人在喊羅力。」

楚卿也探出頭來了，卻看不見任何人的身影，連那個女人也不見了。

天空藍得出奇，一絲雲彩也沒有，天地間便顯出幾分空曠與空虛。楚卿隱隱約約地擔著心：前方茶院，是他們和大部隊接頭的地方。這一路的水行，估計要到前半夜才能到達。他們這一支小小的分隊，能夠與他們會合嗎？

第十三章

直到楚卿那張嚴厲的面容再一次從黑暗中突現出來的時候，杭憶才開始恢復知覺。然後他開始聽到人聲，他也開始能夠分辨出那是從誰的口中發出的呻吟。

像是倒退的潮水突然轟的一聲又不期而至一樣，杭憶想起了一切。他猛然抬起頭來，被楚卿狠狠地壓了下去，他張開的嘴一下子就被身下潮溼的黃泥填滿，甚至他的兩個鼻孔也塞進了泥。他就一邊齉著鼻子一邊說：「是陳老先生在叫。」

楚卿用低得不能再低的聲音，把聲音噴進他的耳朵：「別說話，敵人還沒走，正在對岸搜查。」「其他的人呢？」杭憶看看周圍。天已經矇矇亮了，他們兩個正趴在小河邊的一片茶地裡。幸虧夏茶長得茂盛，密密麻麻地遮擋著，就成了他們的隱蔽處。

從茶樹的底部望出去，可以看到他們行駛了一天一夜的那條河流，楚卿隱隱約約地看到了傾斜在水面上的烏篷船的篷面。它似乎半沉半浮在水面上，旁邊白糊糊的，好像還漂浮著什麼，像一條巨大的肚子朝天的魚。楚卿接著杭憶剛才的問話回答說：「不知道，也許打散了，也許……你眼睛好，給我看看，前面水裡漂著的，是不是我們的那條船？不不，別把頭抬起來，天已經亮了，這裡的天亮得很早——」

杭憶只是稍微地轉了一下視角，他就什麼都看見了。可是他不敢相信自己的眼睛，他的嘴巴張得和他的眼睛一樣圓，他還是不相信自己的眼睛。然後，他就發起抖來，他的目光先是發直，後來就開始發黑，然後他就重新一頭扎進了身下的黃泥土中。他沒有能夠說出他所看到的一切——河水烏紅泛黑，猛一看，有點像朝霞倒映在水中。烏篷船半癱瘓地、懶洋洋地斜浸在河中，像是吐出最後的一口氣、終於脫離了苦海的鬆弛的死人。船舷邊上，依偎著半浮半沉的唐韻，她的衣襟散開著，杭憶甚至看到了她那浸泡在血水中的胸乳，它們僵白地半浸在水裡，朝向淡藍色的天空。

楚卿沒有要求杭憶回答他所看到的一切，她對情況已經作了最壞的估計。也許這支小分隊，就剩下她和杭憶兩人了，直到天快亮時她聽到了另一個人的呻吟聲。她猜出那是陳再良的聲音，但聽上去，也已經是奄奄一息的了。

她說：「你躺在這裡別動，我爬過去看看陳先生。」

杭憶抬起頭來，他的嘴角還在抽搐，但整個人已經不再像剛才那樣發抖了，短短的一分鐘裡，他的面部發生了巨大的變化，他緊皺的眉頭使他看上去甚至有了幾分凶相。他說：「你躺著，我去。」

楚卿拉住杭憶的衣領，杭憶用力一扯就掙開了，然後，他就朝著陳再良呻吟的方向，輕輕地爬了過去，手裡竟然還握著那把口琴。

小分隊是在半夜時分，突然遭到日本人襲擊的。

在此之前，一船的人，除了船老大在單調地划著槳，杭憶一覺醒來，剛剛走出艙門，想呼吸一會兒水上的空氣，其餘的人都睡著了，甚至楚卿也沒有例外。杭憶輕輕地點著一根火柴，剛巧照亮了楚卿的臉，她睡著時的樣子非常幼稚，嘴角還流著口水，眼睛閉著，就顯不出張開時的那種灰色的力量了。這樣，平時被眼睛壓住了的眉毛就顯現出來。杭憶喜歡楚卿的眉毛，那裡隱藏著一些難以言傳的酸楚，也許還有無法彌補的過失和再不能挽回的遺憾。杭憶喜歡看到楚卿的弱點，因為發現她的弱點而心情激盪。現在他對她不再有狂熱的感情了，白天，有的時候，他還會有意無意地回避著她。別人都看出了他對她的明顯帶有感情色彩的尷尬，只有他自己不知道。他還年輕，但內心經歷很多，感受細膩，是個因為早熟而難免迷失的年輕人。

靠在楚卿面前的唐韻，也正睡得香甜，她的睡相，有幾分少女的傻乎乎相道。杭憶看著她的幾乎要襯出來的雙下巴，看著她在夢中像一個發酵的麵包一樣平和安詳的樣子，自己也禁不住要笑起來，然後，連忙捂住嘴，輕手輕腳地踮了出去，他可不想打攪她們難得的好夢。

他坐在艙頭，吸了一根菸。因為還是剛剛學會的，所以不時地發出控制不住的時響時輕的咳嗽聲，就像是河兩岸灌木叢中那些不知名的怪鳥的啼叫。他看到了在無邊黑暗之中眼前的一點點紅火星，兩岸不時地有更黑更大的東西壓來，也許是一叢竹林，也許是江南村口往往會有的巨大的百年古樹。河床邊不時地響著蟲鳴，杭憶分不出那是夏蟲還是初秋的蟲了。他突然感到了一種巨大的悲哀，對此他並不感到意外，這是他從前就有過的感情方式。他下意識地用手去撫摸了一下放在口袋裡的口琴，剛要把它往嘴邊湊，想起嘴上還塞著根菸，他張開雙唇，突然，另有一種他從未有過的情感——一種不知要和什麼永訣的恐懼，從後脊梁冰冷地升起，躥到頭上，又一下子落到胸口，繼而攝住了他的心。什麼都來不及想，他扔掉了嘴裡的火星，投入河中，幾乎與此同時，他看到了右邊堤岸上那些巨大黑色板塊中噴吐出來的長長的火舌。

從那以後發生的一切，事後杭憶怎麼也回憶不起來了。這並不是說杭憶在這一刻成了膽小鬼。不，如果不是他拉住了楚卿躍入河中再爬向岸邊的茶樹叢，楚卿很可能就像唐韻一樣地被敵人的機槍掃射死了。只是在做著這一切的時候，杭憶顯得非常下意識。他好像是一個經歷過許多次出生入死的人一樣，準確無誤地又一次死裡逃生。他聽到了不時傳來的慘叫聲，但這些慘叫並沒有影響他的判斷力。

憑著與生俱來的對茶氣息的那種血脈一般的親和，伸手不見五指的夜晚裡，他立刻就聞出了茶叢特殊的清香之氣。在那些竹林、蔗田、水稻和絡麻地中，他毫不猶豫地選擇了茶叢。然後，他就死死地趴在茶叢中，再也沒有挪過一步，直到神志逐漸昏迷。

現在他已經完全清醒過來了，甚至看到渾身是血的陳再良，也沒有使他再一次發抖。他立刻就判斷陳老先生要死了，他的胸口捱了致命的數槍。老先生面對蒼天，目光越來越渾濁，杭憶幾乎趴在了他血染的身軀之上，只讓自己的胸膛小心地臨空，不壓著陳老先生的傷口。

陳再良已經說不出一句話來了，但是從他的眼神裡還是可以看出，他認出了杭憶，他為杭憶的到來而欣慰。他費盡了力氣才微微抬起了右手，杭憶這才看到他的右手，連著指甲都是黃泥土。杭憶順著他右手食指所指的方向看去——他看到那方金星歙石雲星嶽月硯，已經半截插入了土，那另半截卻還在土上。

杭憶連忙對他做了一個手勢，示意讓他放心，他已經明白他要他幹什麼了。然後他就爬到那方硯臺前，拚命地用手和口琴一起扒拉著老茶樹下的黃泥土。因為用力過度，他的指甲，一會兒就刨出了血。他很快就挖出了一個洞來，把硯臺放了進去。在這整個過程中，他一直看著陳再良在微微地點頭，目光越來越黯淡。他知道他立刻就要死了，立刻就要死了，他更著急。一邊看著他，一邊往老茶樹根下填土，一邊看著他輕聲地說：「好了，就要好了，你放心，就要好了……」他的呼吸也隨著他的呼吸一起起伏，最後他終於發現老先生不再呼吸了，他的手就僵在了洞口，一直把自己憋得喘不過氣來，然後他想，陳老先生死了。

杭憶是從老茶樹下往回爬的時候，遇見茶女的。他首先看到的是茶女的那雙赤腳，腳背很高，胖胖的，五趾分得很開，扎在泥裡，趾甲剪得很乾淨，這是一雙好人的腳。他想，他們得救了。

茶女是一個胖姑娘，細眼睛，嘴脣鮮紅飽滿，和杭憶從前交往過的城裡姑娘大不相同。看上去她似乎是個不大有心事的村姑，否則，打了這半夜的亂槍，她怎麼還會自顧自地往河邊的茶園子裡走。不過，水鄉女兒的那份機靈到底還是在的，她一看到杭憶就什麼都明白了。她示意著讓他們都不要動，然後飛快地跑回了村子。沒過多少時候她就回來了。給杭憶帶來一頂笠帽、一身農裝和一把鐵耙。給楚卿的頭上紮了一塊毛藍布頭巾，還給她披了一件大襟的舊花衫，又順手把自己腰間的茶簍繫到楚卿身上。然後才讓他們站起來，一邊採著茶往回走，一邊說：「萬一碰到人，你們就說是我的表哥和表嫂，來我這裡走親戚，一早出來幫我採茶的。」

楚卿沒忘記問她：「和家裡的人說我們的情況了嗎？」

「我家現在就只剩下我，哥和嫂子帶著孩子走娘家，被封在敵占區了。我一個人已經過了個把月了呢。你們是什麼人，是國民黨的，還是共產黨的？還是陳新民的滬杭游擊隊？聽說他已經被日本佬打死了，現在是他的爹在當大隊長呢！你們怎麼溼淋淋地跑到我們的茶地裡來了，你們碰到日本佬了嗎？」

看來這胖姑娘昨夜睡得很死，她竟然什麼也沒聽見，難怪一大早她還敢出來採茶。聽了杭憶的簡單述說，她才明白為什麼今天早上村裡只有她一個人走來走去。好在她實在就是一個樂觀的姑娘，吃了一會兒驚也就過去了，很快就把他們領回了村東頭的家，安頓他們吃了一點番薯泡飯，擦乾了頭髮和身子，就讓他們到樓上放稻穀的小倉房裡待著。這時天已大亮，聽得出來，對面隔著竹林子，已經有人聲和牛聲了，茶女說：「我出去看看，回來好告訴你們，事情到底怎麼樣了。」

倉房很小，再擠進杭憶他們兩個人，差不多不能夠轉身了。好在靠南邊的牆上還有一扇一尺見方的窗子。窗外是路，路對面是竹林，竹林過去是一片菜地，菜地過去是稻田，稻田過去是茶坡，茶坡過去就是河堤了。從小窗口望出去，能夠看到微微起伏的茶坡，再往下便看不見了。但是他們卻聽見了從茶坡那邊傳來的驚心動魄的鏜鑼聲。然後，他們看見村子裡陸陸續續地走出來一些人，他們大多是老人和婦女，有的走著，有的半跑著。還有小孩子跟在媽媽後面的，跑了一半，卻又被大人趕了回去，他們只得三五成群地站在村口，等待著小河那邊的消息。

「有可能會來搜查這個村子。你看呢？你是第一次遇見這樣的情況，你──緊張嗎？」

「你也是第一次遇見這樣的情況，你呢？」杭憶的目光一直就沒有看她一眼，他冷冷地看著窗外，「我們從這扇窗子是無法逃出去的。這一帶是敵我雙方進進出出的地方，什麼樣的情況都可能發生。我看我們還是到樓下去等。剛才我進門時發現樓下有後門，萬一發生什麼意外，還有一個退路。」

楚卿聽著這口氣非常熟悉，想了想，明白了，那是她平時的口氣。好像就是從這樣的一個早晨開始，一切都發生了變化，某一種不可思議的力量，在杭憶身上產生了。她同意了杭憶的看法，悄悄地下了樓。

不一會兒，茶女帶著一個老人回來。老人姓韓，說他是這裡的族長。杭憶看到他們的眼裡都含著淚花，老人的手一直在菸袋裡掏來掏去，就是不點菸。他們相互對視了一下，知道一定是有最壞的消息在等待著他們了。

「你們一共幾個人？」

楚卿告訴他們，連他們一共有十個。老人這才點點頭說：「這就對了，河邊躺著八個。」也就是說，楚卿帶著的這支小分隊，除了他們兩人，其餘的全都被日本人打死了。

杭憶一直是蹲在那裡聽的，這時站了起來，說：「我能不能去河邊看看？」

茶女跳了起來，用身體護住大門，說：「你們哪裡也不能去的，就躲在這裡。剛才就是日本佬的維持會把村裡人都召了去河邊，指著那些屍首說，日本佬發了話，誰也不准去收屍，誰去，就打死誰。這會兒，他們還派了崗哨，在河邊等著呢。你們去了，不正是中了他們的計了？」

韓老伯說：「可憐這些死了的人，一半還浸在水裡，屍體都浸漲了。這麼熱的天，蒼蠅蚊子一會兒就爬滿了，裡頭還有一個老頭，穿件長衫。還有一位城裡姑娘，衣衫都扯開了，肚皮都露了出來。作孽啊，韓發貴你不得好死，我把你咬碎了吃掉的心思也有啊……」

杭憶紅著眼睛問：「韓發貴是誰？是他向日本人通風報信的嗎？」

「這個不要好的東西，癩皮狗一樣，哪裡是人生父母養的！日本佬來之前，就是鄉里的一個禍害。偷搶，強姦婦女，盜人家的祖墳，哪樣壞事沒給他做絕。爹娘是活活給他氣死了，族裡也早就除了他的名。他就住在破廟裡，沒人理他，只等著老天有眼早早收了他去地府陰曹。哪裡曉得日本佬來了，他就靠日本佬做了人上人，如今是我們這一帶頂頂臭的漢奸。他替日本佬做事，日本佬就像養一條狗一樣地養他。他搶了好幾個黃花閨女來做大小老婆，青磚大瓦房蓋了好幾進。前一陣子中國軍隊反攻，他逃掉了，沒想到剛才我又看到了他。喏，鏜鑼就是他派人敲的，剛才的話，也是他在河堤上親口說的。我敢肯定，八九不離十，你們這支政工隊要往這裡過的事情，是他去告的密。我們這一帶，除了他，還會有誰這麼傷天害理，人心餵了狗呢！」

茶女把楚卿和杭憶安置在她哥嫂的房間裡。這姑娘，也不知道是被親眼目睹的慘狀驚呆了呢，還是生性憨直，竟然沒問一問楚卿和杭憶的關係究竟是怎麼一回事。夜裡，楚卿睡在床上，杭憶就睡在床下的一張竹榻上。他沒有睡著，但也不敢翻身。竹榻聲音響，他怕吵著了楚卿。楚卿看上去有點不太對頭，像是得了病了，也許是穿著溼衣服在茶地裡趴的時間太久了。他耳邊時不時地還有蚊子在嗡嗡，然後就叮在他的身上吸血，又痛又癢，但是他不想去趕跑蚊子。他想到了白天韓老伯給他形容的情景——一共八個，一動不動，已經被水浸得發腫發脹了。蚊子叮滿了他們的未被水浸泡的上半身，而他們的下半身，又簇擁著許多尖嘴的小魚。他們半張著眼睛的面孔，對著南方的夜空。懸置在死者的面容上的，是一些巨大鑽石一般的大星星，以及無數螢火蟲一般飛揚在天穹的小星星。杭憶想像著他們此刻已經變得平靜坦然的面容。現在，他們已經超越了苦難與恐懼，為什麼我沒有能夠和他們躺在一起呢？

杭憶突然坐了起來，自己被自己的罪孽嚇昏了頭。直到這時，他才想起來昨夜他是怎麼樣坐到船頭上去抽菸的。這火星，不正是敵人的目標嗎？他嚇得冷汗直冒，完全不再能夠想到小船在萬籟俱靜中發出的格外清晰的搖櫓聲也會招來敵人。

他頓時明白了，他之所以沒有能夠和他們躺在一起，是因為他沒有資格，他對這個正義和復仇的人間，是犯下了不可饒恕的罪孽了。難道不正是因為他的輕浮品行導致了戰友們的犧牲嗎？現在，即使他走到河邊，和他們一樣，半躺在河水中，他們也不會接受他了。他們會無言地對他說——起來，你不配和我們一樣地去死——用你的生命去洗刷你的罪過吧；替我們去復仇吧；替我們去殺那些殺了我們的人吧；替我們去恢復這平原和丘陵上的和平吧；然後，替我們去還一切的夙願，替我們去度過未來的本該屬於我們的所有歲月吧。

當他這麼想著的時候，他甚至沒有發現楚卿已經站在他的身邊。這個女人，在黑夜中俯看著他，還用手輕輕撫摸他的不停抽搐的面容。女人的眼淚，就像夏季南方的雨水一樣，大而有力地，一粒一粒地，砸在了他的鼻梁上。

直到第三天下午，韓發貴的人才撤離了河堤，杭憶和楚卿也才有機會重新來到河邊。他們幾乎已經認不出他們的戰友們了。八具屍體躺在河邊，一個個都腫脹得面目全非，上半身竟都發出了綠毛，下半身也已經被魚吃得千瘡百孔，露出了白骨。他們站在遠遠的河堤上，能夠聞到一陣陣的屍體的腐爛氣息。韓老伯不讓他們在光天化日之下收屍，怕被漢奸發現。因此，這些屍體，都是半夜裡被埋掉的。為了不被人發現，屍體都被埋到了三天前杭憶和楚卿隱蔽過的茶地。先把茶樹連根挖出來，騰了一塊黃土地，然後挖了一個巨大的坑。沒有棺材，韓老伯背了八條自己打的蘆席，把屍體一個個包了起來，置入坑裡。

都放整齊了，一群人站在坑邊，突然沒有聲音了。坑下那些永遠沉默的靈魂，再過一會兒，就將被黃土掩埋。用不了多久，就將化為同樣的土地，永遠消失了。他們除了永生在活著的人們心裡之外，還永生在什麼地方呢？這麼想著，杭憶開始和別人一樣地動手鏟起了黃泥土。他感到自己的腳背被什麼東西硌了一下，蹲下身子去摸，就觸到了一件他非常熟悉的東西。沒有看他就知道那是什麼了，他一下子無力站起來，抱著那方硯石蹲了好長時間。

一會兒工夫，坑就被重新埋了起來。為了不被別人發現，他們在這片平整的土地上重新種上剛才移開的茶樹，完全按照以往的方式原樣植好。這樣，明天早上，當人們走過這裡的時候，誰也不會發現這茶樹下面埋著什麼，快樂年輕的村姑們，還會到這裡來唱著茶歌，採著茶；而遙遠的城市裡，某一位正人君子在燈下夜讀時，也會喝下從這些茶樹上採下的茶葉。那麼地下的靈魂，也就以這樣的方式來達到永恆了。杭憶這樣想著，穿過了茶地，回到茶女的家中去。他的心情，比出來時要平靜得多了。他想，這是他為這些靈魂所做的第一件事情。讓他們託生為茶，他們會滿意的吧。

從茶樹地掩埋了戰友們回來，楚卿就倒在了床上，第二天她也沒有能夠起來，第三天她開始發起了高燒。整整一個星期，杭憶沒有離開過她的床頭。韓老伯和茶女出去採了不少的草藥，回來煎成湯藥給楚卿喝。他就坐在床頭，不斷地用茶水給楚卿擦臉，擦手，這是記憶中奶奶給他治病時的良方，除此之外他束手無策。有那麼三四天的時間，楚卿的神志好像出了一點問題，她不斷地呻吟著，哭泣著，有時還有喃喃自語般的祈禱。她一點也不像那個健康時的楚卿了，這是杭憶始料未及的事情。

又一天早晨，他剛剛從一個提心吊膽的小盹中醒來，便感覺到有一雙熟悉的眼睛在注視著他。楚卿已經從床頭上坐起來了，在初秋的晨風裡，她的灰眼睛重新有了以往的那種審視的色澤，除此之外，還增添了一些什麼。杭憶一下子就從她身邊彈了開去，他心跳，靠近楚卿身邊的那隻耳朵發麻，他的頭腦有點發昏。他想，這是我太疲勞了。他搖搖晃晃地走到了灶間，一頭扎進了盛滿水的鐵鍋。

正在灶下塞柴火的茶女吃驚地叫道：「杭憶哥，你這是幹什麼，我正要燒水呢，你也病了？」

杭憶水淋淋地抬起頭來說：「那隊長醒了。」然後，他就搖搖晃晃地上了樓梯，到了倉房，腳一軟，倒下就睡著了。

一種越來越深的不安開始在楚卿的灰眼睛裡閃現。逐漸痊癒的她發現，杭憶給了她一種在此住下去樂不思蜀的感覺。現在，甚至白天，他也開始往外走了。他已經開始半生不熟地運用起當地的方言來，再加上茶女像一個女保鏢一樣地跟到東跟到西，他們倒真是像一對表兄妹了。

最令人不安的，是幾乎每一個晚上杭憶和茶女都不在家。常常是直到半夜時分，他們才一起回來。他們還總在一起嘰嘰咕咕地商量著什麼，可是他們從來也不向她彙報。每當她用相當明顯的目光要求他們回答的時候，杭憶就說：「你什麼都不要想，只管安心地養病。」

這話傷害了她的尊嚴，她不能接受杭憶越來越用她的口氣說話的神情。她把他們之間發生的某一種力量上的重新調整，歸結為他們脫離組織的時間太長久了。儘管她的腿還在發顫，連坐久了都要冒虛汗，但是，她再也不能在這裡住下去了。她說：「我是隊長。現在我決定，我們必須在三天之內動身離開這裡。這裡的一切都必須向組織彙報，犧牲的人，日本鬼子兵力的情況，還有漢奸的出賣，以及這一帶抗日的群眾基礎。我們應該立刻找到組織，然後決定下一步的抗日行動。」

杭憶冷靜地坐到她的對面，說：「你說的這一切我都已經派人去做了。韓老伯已經動身去找組織了。至於抗日，我們在任何地方任何時候都可以抗。而且，日本人越多漢奸越猖狂的地方，就越值得我們留下來抗日。」

「你倒是想在這裡安營紮寨了？」

「不錯。」

「你有什麼權力做這個決定！你甚至還不是組織的人！」

「正因為我還不是組織的人，所以我想怎麼抗日，就怎麼抗日。」

楚卿用嚴厲得不能再嚴厲的目光盯著他，她發現目光不再起作用了。她甚至發現，在短短的一年間，杭憶已經從一個少年長成一個成年人了。他的肩膀，彷彿在一夜間寬了出去，他的胸膛厚實起來，他的個子一下子就躥了上去，他的嗓音也發生了深刻的變化。以往那種不安的顫抖的神經質的聲調，變成了不可置疑的、因為經過洗禮而胸有成竹、因為相信自己的力量而帶有蠻橫的鐵血男兒的聲音了。

那麼說，他再也不會是她的騎士了。他是她的戰友、她的對手，甚至她的冤家了。

楚卿冷笑著說：「照你看來，我該何去何從呢？」

杭憶突然熱切地坐到她身邊，剎那間，那個熱情的詩人的影子彷彿又回到了他身上，他一把拉住她的手說：「楚卿，等你病好了，我們一起留下來，就在這裡抗日吧。你還是我的那隊長，我會永遠聽你的，就像你會永遠聽你的組織一樣。」

楚卿的臉騰地一下熱了起來，手就因為心慌意亂而用力地抽了回去。但杭憶誤解了這個動作，他還以為楚卿是因為他的冒昧而生氣了。他一下子回到了尷尬的境地，但他又不願意讓她看到他的尷尬，所以他的尷尬立刻就轉變成了剛才的那種生硬。他再一次冷冷地說：「我知道你有你的原則，但我也有我的原則，我們的原則都是神聖不可侵犯的。你憑你自己的意願去做決定吧。」

這麼說著，他就走了出去。

在客堂間裡，茶女攔住了他，說：「杭憶哥，把我們的行動計畫告訴那隊長吧，她老是用那樣的眼光看著我，我真是有點受不了了。」

「我從來也沒想過要向她隱瞞什麼。但是我現在真的不能告訴她。你不知道，她和我是不一樣的人，她所做的一切，都必須事先向上面請示的，她在一個十分嚴密的組織當中。讓她知道了我們所要幹的事情，她是支持我們好呢，還是阻攔我們好呢？她會為難的，也許還會因此受到處分。」

「那麼我們就等一等吧，等韓老伯回來，帶回上面的指示，我們再幹不行嗎？」茶女又說。

「怎麼能等呢？一天也不能等。」杭憶不耐煩地回答。

茶女愣了一會兒，把那雙赤裸的雙腳來回搓弄了一會兒，才說：「可是，我總覺得不向那隊長說實情，會很麻煩的。你懂嗎？會很麻煩的。」

杭憶覺得茶女今天的神情很怪，他還有許多事情要去處理。離那一天越來越近了，他必須做到萬無一失，他沒心思和茶女深究。

茶女見杭憶要走，這才急了，說：「剛才你們兩人在吵架，當我不知道。我跟你說，你是真的不知道還是裝著不知道，那隊長在生我的氣呢。」

杭憶沒有看茶女的眼睛，他什麼都明白，可是不想去面對，就含含糊糊地說：「你都想到哪裡去了？」

茶女怨嗔地說：「我跟你進進出出的，每天半夜才回家，把她一個人撇在家裡，她生我的氣呢。你以為那隊長就是那隊長啊，那隊長也是人啊。」

杭憶把臉放了下來，他明白茶女的最後一句話是什麼意思了。他不想讓茶女再往下說了：「開玩笑，你把那隊長當成什麼人？想到哪裡去了，再別往下說了。」

茶女哭了，跺著赤腳說：「我怎麼是開玩笑，我怎麼是開玩笑？我夜裡想到這件事情，我是睡也睡不著。你以為只有那隊長在生我的氣啊，我還生那隊長的氣呢。」

杭憶不高興了，低聲喝道：「住嘴，你怎麼能生她的氣？」

「我知道我不能，我知道我不能，可是我還是生氣，我還是生氣，我管不住我自己，我還是生氣，嗚嗚嗚……」

茶女就這麼哭著跑出去了。

杭憶站著發愣，然後便聽見背後那個熟悉的聲音說：「惹麻煩了，是不是？」

正在裡屋休息的楚卿，剛才隱隱約約地聽到了茶女的哭聲，和她要表達的大致意思。一開始她感到又氣又好笑，這個傻丫頭，竟然吃起她的醋來。可是聽到後來，她自己也開始有點生氣了。她是什麼人？經過多少磨難考驗，有過刻骨銘心的愛人，赴湯蹈火，生離死別，她怎麼也會……她不願再往下想，等韓大伯回來，她立刻就離開這裡，不管發生什麼樣的情況，她都要離開這裡。這簡直是太荒唐了，太荒唐了，太荒唐了……

隔著門縫，楚卿看到杭憶取出了那方陳老先生的遺物硯石，她看到茶女就在燭光下磨起墨來。這丫頭，毫無疑問是愛上杭憶了，你看她燈下含情脈脈的眼睛。她又看到杭憶取出毛筆，在一張布告大的紙上寫著什麼。半個時辰後，門外響起了輕輕的叩門聲，他們來了。楚卿看到茶女開了門，和杭憶一起走了出去。在門口，杭憶還說了一句，你就別去了，茶女理都沒理他，一閃腰，融入了鄉村深秋的雨夜。趁著那門板一開，楚卿看到了，這顯然是由當地農民組成的一支隊伍。他們中，有人拎著麻繩，有人夾著麻袋，還有人握著種菜苗時用的小鋤頭。他們悄無聲響地出發了，冒著細雨，走在村裡泥濘的小路上，一會兒，就拐出了村頭，向不遠處的另一個更大的村莊走去。

隔著他們約摸半里路，楚卿無聲息地跟在後面，她親眼目睹了發生的一切。

半夜時分，杭憶回來了，他腳步重重地推開了楚卿虛掩的房門，大聲地喘著氣，又莽撞地重手重腳地擦著了火柴，點著了油燈。他端起油燈回過身來的時候，看見楚卿正靠床坐著，看著他。他說：「你一直在等我回來。」

「先把你手裡的槍放下。」楚卿說。

「這是我們水鄉游擊隊的第一支槍。」杭憶把槍放在了桌上，「我現在可以把一切都告訴你了。」

楚卿用目光告訴了他——她知道了一切。

「我殺了人，你知道嗎？我不是說我們殺了人，而是說我殺了人，我親手殺了人！」

杭憶走到了楚卿面前，依舊是一隻手提著油燈，另一隻手便攤開在楚卿的面前，說：「我就是用這雙手把他綁起來的——」

「我本來以為你們會用麻袋把他悶死，我沒想到你們把他拖到了河邊。」

「那麼說你已經全看見了，是我親手把他扔到河裡去的，就在兩個月前我們遭到伏擊的地方。」

「你早就想好了，要讓這個漢奸落得這樣一個死法。」

「所有的必死的敵人，只要落到我手裡，都得這樣死。」

他們兩個人，此時都心情激動，不知所措。好一會兒，楚卿才站了起來，接過杭憶手裡的油燈，重新放在桌上，說：「我也有一件事情要告訴你。」

「已經知道了。其實，我們沒有出發前韓老伯就已經回來了，他帶來了組織的指示。那麼你打算什麼時候動身？」

「明天早上。」楚卿把目光逼近了杭憶，「不過組織已經明確指示了，是讓我們兩人一起回去。先把你這段時間組織水鄉游擊隊的情況做一個詳細的彙報，然後再來決定我們下一步的行動，以避免不必要的犧牲。要知道，我們已經犧牲了八個同志。」

杭憶坐在桌子旁邊，若有所思地搖搖頭：「你已經知道了，我是不會離開這裡的。我才殺了一個敵人，而他們，一次就殺了我們八個。你替我回去彙報吧。假如你們相信我，有一天我會重新看到你的。」

楚卿看著他，她知道他剛才一直在發抖——畢竟，這是他平生第一次殺人，哪怕殺的是一個本應千刀萬剮的惡魔。在此之前，他甚至還沒有殺過一隻雞。他在發抖，這是沒有什麼奇怪的，可是他絕對不會承認這個。他故作若無其事地說：「我要睡覺了，你也睡吧，明天上午就要動身了，抓緊時間，你還可以睡上一覺呢。」

他就拎起放在桌上的槍，準備出門。自打楚卿的病好轉以後，杭憶就被安排到樓上的小倉房裡去打地鋪了。可是他看見楚卿輕輕地伸出手來，把房門的門栓門住了。然後，她輕輕地接過了杭憶手裡的那支槍，下了保險，放到了床蓆底下。然後，她輕輕地拉住杭憶的手，把他引到床前，放倒在枕頭上。而在此之前，她甚至沒有忘記輕輕地呼了一口氣，吹滅了那盞小小的油燈。然後，在黑暗中，她把她的臉輕輕地撫貼在他年輕冰涼的臉上。

甚至在一秒鐘前，楚卿也沒有想過要這樣做，當她現在這樣做的時候，卻彷彿這是一件蓄謀已久的事情。

而他，他對她是多麼不瞭解啊。而越是對她不瞭解，他就越迷戀她。只有她才能化解他的一切，甚至在這樣一個殺人之夜，她化解了他殺人後的不安。她用她的親吻鼓勵他，告訴他，他所做的一切都是正義的，是大地和蒼天都讚許的，因此他獲得了愛情。在此之前，他只知道她的眼睛，而現在，他知道了她的全部。她細細的靈巧的脖頸；她像成熟的果實一樣跳動的胸乳；她富有彈性的腰身，他用兩隻手一合，竟然把它給合了起來；她的腿是長而瘦的，但非常結實，就是在大病一場以後，她的腿還是那麼有力；至於進入那最輝煌的聖殿——就是在他苦苦思戀著她的最狂熱的日子裡，他也不曾想到過這樣的神遇。他總是在雲層裡想著她，現在，她把他帶回到了大地上。他是多麼迷戀她的全部啊，從此以後，她就是她，她再也不是其他的什麼了……

她非常狂熱，有著杭憶想都不敢想的狂熱，她的力量甚至足以和他的殺人的力量抗衡。她重新喚起他從前的生活，在無邊的雨夜裡，她讓他的胸腔重新注滿溫柔。她的頭髮撫摸著他的面頰，使他想流淚。

她說：「你知道我喜歡你什麼？」

「我不知道你喜歡我。」

「你當然知道……」

「你什麼時候開始喜歡我的？」

「第一次看到你的時候。」

「我也是。」

「為什麼？」

「不知道……也許，你是我從來也沒有領略過的姑娘……你呢？」

她靜靜的像一隻小貓偎在他的身邊，不知道想著什麼，然後說：「不告訴你。」

「我遲早會知道的。」

她遲疑了一下，身體略為移開了。他們靜靜地聽著窗外的雨聲。突然，她重新狂熱地撲上來，摟住他的脖子：「我喜歡你吹口琴的樣子。」

他就伸出手去，把放在床頭的口琴拿過來放在脣邊。想了一想，又移到她的脣邊，說：「你親一親它。」

她接過口琴，黑暗中就發出了一聲遲疑而又小心的顫抖的琴音。他滿意地嘆了一口氣，說：「現在，只要我吹起它，就是在親吻你了……」

她突然一下子哭了出來，只有一聲，就控制住了，把頭埋進了枕中，說：「我想讓你吹給我聽……」

第二天早上，杭憶還沒有睜開眼睛就伸出了手去——他先是摸到了枕下的那支槍，然後，他的手往上摸去，枕上，放著那隻口琴——他依然沒有睜開眼睛。……楚卿走了，他把琴塞到嘴邊。他輕輕地調整著自己的呼吸，他的口琴就發出了近乎喃喃自語的聲音，雙耳卻被眼角流下的淚水打溼了……

第十四章

一大早，杭漢就起來了，他惦記著後院那塊燒焦的空地——原是爺爺種植名花異草的地方，荒蕪很久了，杭漢準備用來種點蔬菜，菜秧也已經專門從人家那裡要來了，是杭州人喜歡吃的瓢兒菜。

天是溼漉漉的，杭州的春秋天氣就是這個樣子。夏天呢，熱得個要命，冬天，又凍得要死。杭漢從工具房中取出了生鏽的鋤頭，先到井邊上磨了起來。幹這些活，他從小喜歡，也得心應手。天下著小雨，打在他的小平頭上，但沒有影響他幹活的熱情。他知道，現在，家中這些男人該幹的事情，都已經毫無例外地壓在了他的頭上。

他專心致志地勞作了很長時間，感覺到有人正在盯著他，抬頭一看，果然是伯父杭嘉和，正站在屋簷下，手背著，皺起眉頭看著他呢。

他有些喜悅地叫道：「伯父，你今天起得那麼早？」

杭嘉和緩緩地回答：「早嗎？」

要按嘉和以往的生活習性，那就是夠晚的了。可是自從逃難回來後，杭嘉和就得了一種奇怪的病，他常常會沒日沒夜地睡覺，人也睡得浮腫起來了。杭漢怕和伯父對話，放下鋤頭就說：「伯父，我得到儲備銀行去跑一趟，你歇著啊。」

說完，放下鋤頭就走，彷彿在伯父面前還有心思種菜本身就是一種罪過。要走出院子了，回頭看看，伯父已經掄起他剛才放下的鋤頭，杭漢的心就熱了起來。正巧碰見捧著一腳盆衣服要到井臺邊去洗的母親葉子，他就說：「媽媽，伯父在幹活了。」

葉子放下那一腳盆衣服——她早就開始靠給人家洗衣服來維持生計了——臉上就露出了欣慰的笑容，她面色蒼白，眼圈發紅，嘴角也抽搐起來了。

忘憂茶莊，從淪陷的第一天開始就沒有再開過門。但年把過去了，杭氏家族的人雖然死的死散的散，活著的人，卻依然沒有搬出這個絕頂傷心傷肝的地方。他們依舊住在羊壩頭的這五進院子裡，只是牆門經了煙熏火燎，山牆也已塌的塌倒的倒，頹敗的殘磚破瓦上生出了蓬蒿，倒越發顯出了欲蓋彌彰的荒涼。那些缺口處，用了幾根竹子編著歪歪斜斜的籬笆，路邊走來走去的人，都能看到裡面燒黑的房子和荒蕪的花草假山。

院子破敗成這個樣子，讓那些從前走過這裡的人幾乎不敢相信自己的眼睛。略知底細的人都知道那是杭家人自己燒的，幸虧救得早，沒大燒起來。奇的事情也就在這裡，杭家大院四處漏風，誰都可以進來順手牽羊，可是偏偏就沒有人再來偷東西了。說是杭家人陰極陽來，自家都敢燒自家的房子，這樣的人家不好再碰的，碰碰，要天打五雷轟的。你看，日本佬，那個小堀一郎那麼凶，不是照樣搬出去了嗎？連帶那個杭家門裡的逆子日本翻譯也只好跟著搬了出去。

還有人路過從前的孔廟，常常會指指那個在孔廟門前擺煙攤和茶水攤的中年男人，壓低聲音說：「瞧，就是他，從前忘憂茶莊的老闆，他們家的房子，就是他燒的。」那些不知底細的人還想問一個端詳，有人便又會告訴他們關於這個人的母親和這個人的弟弟的令人毛骨悚然的故事：「你們想都想不到，這頭屍體前腳抬出，那人後腳就一把火燒了院子，只是便宜了那兩個到蘇堤上種櫻花去的日本佬和翻譯官，人沒燒著，東西倒是燒得滑脫精光。聽說那個日本佬也是個奇人，放了那麼些東西他不去救，單單抱了一把紫砂壺出來。」

聽的人嚇出了一身雞皮疙瘩，說：「那個小堀，殺人不眨眼，他怎麼就沒有殺了那放火的？興許是看在他這個弟弟當著他的翻譯官吧？」

說的人就攤攤手說：「誰知道，日本佬六親不認的，還會在乎一個翻譯官？聽說是看中了這個人的女兒了呢。」

聽的人就更加奇怪了，不在乎一個中國人的死活，那是好理解的；但在乎這個中國人生的女兒，聽說還是一個生肺病的，這就不好理解了。再回頭打量這個衣衫襤褸長髮披肩的男人，見他長衫領口，無論風中雨中都是那麼敞開著，好像因為內裡有一團烈火在燒，便永不會知道什麼叫冷一樣。他總是斜坐著，側著臉，眉頭緊皺，那雙深邃的眼睛死死地盯著一個地方，漸漸地，目光就燃燒起來，再慢慢地歸於平和。然後，再一次開始。這種周而復始的燃燒，幾乎一刻也沒有停過。看見過他這樣目光的人就問：「這人是不是瘋了？」

在雞籠山埋葬他的那個已經千瘡百孔的妹妹嘉草之前，杭嘉和哪裡會想到他會走到這一步。小撮著和漢兒在挖開林生的墳頭時，他幾乎喪失了神志。他坐在一株大棕櫚樹下，一直抱著嘉草——嘉草則抱著那條玉泉的大魚——他們一起僵硬在十二月的陰雨泥濘之中。

誰也沒有在意嘉和究竟抱著他們有多久。雨很大，先是集聚在大棕櫚樹的闊葉子上，盈滿了就砸到嘉和的頭上，順著頭髮梢往下滴，倒像是頭髮也哭出了眼淚，大朵大朵的，再落到嘉草終於妥帖了的不再痛苦的面容上。看上去，她比活著的時候更美了，只是她的臉過於呆白，有點像茶花的顏色，和她身上那一片片紫紅色的血花就形成了鮮明的對照。雨也落在她的沒有知覺了的身上，化開了已經凝固住的血水，淡紅的深紅的血蚯蚓一般地洇爬了開去，染紅了她懷裡的那條大魚的白肚皮，也染紅了緊緊抱著她的大哥的那雙已經僵如死屍般的薄掌。然後，再落下來，終於流到了杭家的茶蓬祖墳上，一直流到老茶樹的根部，把墨綠的老茶葉子都染紅了，這才滲入了茶蓬下的熟土地中。

棺材已經抬來了，是小撮著從翁家山把他母親的壽材抬來先用的了。因為怎麼也掰不開嘉草手裡的魚，所以無法將她落材。葉子和李飛黃，一人一頭，扯著一條被單，在棕櫚樹和嘉和之間拉起了一條布幔，雨就落在了布幔上。葉子的面色也是幾乎和嘉草一樣蒼白的了，她的眼睛彷彿被眼淚洗得褪了色。她看了看嘉和，可是嘉和不但不把他的妹妹往棺材裡放，反而緊緊地往懷裡摟。直到這時，他的眼裡一滴眼淚也沒有。然後他就把頭深深地埋到了妹妹的創傷上，再抬起頭來時，兩隻眼睛就成了兩個血窟窿。

李飛黃吞吞吐吐地問：「魚……要不要……」

嘉和沒有聽見，他抱著人和魚一起站了起來，走到棺材邊。杭漢這時候剛剛從掘開的墳裡上來，手裡拿著一件東西，就伸到了嘉和的眼前。雨水已經把那東西沖乾淨了，杭漢又用衣角擦了擦，大家都看清楚了，這是一個白瓷的小人兒，跪坐著，手裡還舉著一卷書。嘉和看到了，兩個血窟窿一縮，就湧出了血水——他看到了當年陪林生下葬的茶聖瓷像小人兒。

他們這一行人終於回羊壩頭的時候，天已經放晴。街上走過一隊隊荷槍的日本人，偶爾走在街上的行人見了他們，都幾乎止住了腳步。嘉和卻好像沒有聽見看見，他橫衝直撞，有一次還乾脆從一支隊伍中間穿了過去。

那時候葉子就發現嘉和有點不對頭了，她自己也幾乎要昏厥過去了，但還是沒有忘記上去扶住嘉和。就在這時候，杭嘉和開始越走越慢，越走越慢，到最後甚至站住不動了。

再拐過一個彎，就看得見忘憂茶莊那青磚的圍牆了。李飛黃和杭嘉和恰恰相反，他是越走越快，越走越快，恨不得一步飛到房子裡躲起來。看見青磚高牆，他大大地鬆了一口氣，然後小跑起來，從那虛掩的門裡滑了進去。片刻，他又跌了出來，剛剛還過來的一點血色又褪了回去，他結結巴巴地說：「——不要進去，你們先不要進去——」

葉子一聽，全身一軟，就放開嘉和坐在了地上。嘉和卻奇怪地用手把自己的眼睛遮了起來，像一個瞎子一般跌跌撞撞地往前衝。沒衝幾步，大門裡就撞出一個人來，正是吳升。這個七老八十的杭家死對頭，見了嘉和，撲通一聲就跪了下來，捶胸頓足地叫道：「作——孽——啊——」

嘉和搖晃了一下，就站住了。他沒有往門裡衝，也沒有搭理老吳升，他別過臉去，一隻手始終遮住眼睛，很久很久也沒有放下來……

現在，你能說嘉和真的沒有瘋嗎？有時，甚至連最瞭解嘉和的葉子，也以為他近乎瘋了。從埋葬了綠愛和嘉草回來，他一把火燒了自己家的大院子之後，他就幾乎再也沒有說過一句話了。現在，他和葉子、杭漢一起住在葉子從前住的小偏院裡，家裡的衣食住行，他再也沒有操過心。叫他吃什麼，他就吃什麼，不叫他吃，他就幾天不吃。家裡的東西在一件一件地變賣著，他們開始過上杭氏家族自發跡以來最貧困的日子。從前那些足夠讓杭嘉和操碎心的家事，現在他置若罔聞。他不洗臉，不洗澡，不換衣衫，渾身汙垢；但他精神亢奮，靜如處子，動如脫兔——要麼一聲不吭地死睡，要麼比任何時候都喜歡在杭州城的大街小巷裡瞎轉。甚至後來到了孔廟門口擺茶攤時，這種神情也沒有改變。杭漢驚異地發現，大伯從前那種在水上漂著一樣的輕盈步伐，再也看不見了。現在，他腳步重重，一個人走路時就像是一支軍隊在吶喊著前進。當你企圖和他說話的時候，你發現他的目光雪亮，像匕首一樣妄圖穿過你的胸膛，但他就是一言不發——你能說杭嘉和真的沒有瘋嗎？

杭漢這麼想著，低著頭，走過了一九三九年早春杭州多雨而憂愁的里弄和坊巷，有許多事情現在是全靠他在做了。日本人自占了杭州城後，立刻就在杭州成立了一系列銀行和工商業機構，什麼「阿部市洋行」「白木公司」，都是杭漢從來未聽到過的。因為日本人規定，凡是向洋行各廠購買貨物，都必須使用日本軍用票，絕對拒收國民政府原有的法幣。這樣一來，市場上就很快出現了買賣軍票的販子。吳升的那個破腳梗兒子吳有就成了一個買賣軍票的活躍分子，聽說因此還大發了一筆橫財。再以後，日本人又規定了法幣的使用期限，限期以二比一的比例兌換，過期作廢。忘憂茶莊可以不做生意，但杭家人不能不活下去，葉子只得拿出現有的法幣來，讓兒子杭漢去做這件事情。

杭漢打心眼裡不願意去換什麼儲備券，他覺得這件事情本身就很屈辱，不是作為一個男子漢的他應該去做的。但是現在的這個家，除了他之外，還能依靠誰呢？母親是不能出門的，她早已被日本特務機關給盯上了。日本人在杭州建立了不少日語學校，他們已經知道了母親是日本人，幾次打發人來讓母親到日語學校當老師。有一天上門的竟然是盼兒的後爹李飛黃。杭漢想到他那副左右為難又委屈又諂媚的吃相，不由得朝溼漉漉的石板地上呸了一聲。

有人就朝他喝道：「小死屍，你給我站住，不想活了，頭低下來尋什麼？地上有元寶啊！」

杭漢這才抬頭看到，原來小巷已經被一群漢奸攔住了。杭漢之所以選了這條路走，並不是因為這條路近，恰恰相反，這條路倒是遠出了一倍。但它的好處是繞過了迎紫路口上的日本憲兵的崗哨。杭漢不止一次地看到，杭人路過那裡，凡經過崗哨，每一個人都要行九十度的鞠躬禮，腰彎得稍微高一點的，劈頭蓋腦就是一耳光。杭漢寧願走遠路，也不願意給日本憲兵鞠躬。沒想到從銀行換了券證回來，連這條路也給堵上了。

站在巷口的這一頭，可以看到巷口的那一頭，一群人正在用長繩套著民房的門窗，其中有吳升的那個漢奸大兒子吳有。他正在起勁地當著啦啦隊員，一呀二呀三呀地喊著，然後，就聽得轟的一聲，塵土飛揚，眼見得那排民房就倒了。

杭漢不明白為什麼這群人要用這樣的辦法拆民房，脫口問道：「這是幹什麼？」旁邊就有人冷冷地說：「他們這是在挖自己屋裡的祖墳呢，老天爺是要報應的啊，畜生！」罵的人是痛快，聽的人也痛快，但聽完了就趕緊往那人身邊撤，生怕惹禍水。杭漢卻是不撤的，他往前湊了上去，這才看到了，罵的那一位，不是吳有的爹吳升，又是哪一個？他撐著一把油紙傘，呆呆地站在雨中，看著他的那個大兒子正熱火朝天地在塌倒的門板窗框間上躥下跳，手舞足蹈，嘴裡就一個勁地念著：「畜生，畜生，畜生，你要害爹害娘，害得我們死無葬身之地了，畜生！」

杭漢問：「幹嗎要拆人家的房子？」

「王五權同吳有合夥開了一家棺材店，說是日本佬前方打死了人，要用這些棺材的。杭州城裡弄不到那麼些棺木，就用繩子拉了這些逃難的人的民房，拆倒了取了裡面的木頭來做棺材板。你看看你看看，一輩子做人，總以為什麼都見識過了，卻犯在自己兒子手裡。這些民房的主人都是我們茶樓的老茶客，下次他們回來索命一般尋著我，我怎麼去向他們交代？我只有死在他們回來前頭了，我只有死在他們回來前頭了，我只有死在他們回來前頭了……」

吳升看來是找不到一個可以說話的人，甚至也找不到一個敢聽他話的人了，所以他是抓到一個是一個，只管自己嘮叨著。杭漢看看他的周圍，人們就像避瘟神一樣地避著他。自打嘉喬進了城，吳有當了漢奸，連帶著吳升都成了一個孤家寡人。吳升一向是個人堆裡要做大的人，掙扎了一輩子，眼看著就要爬到老對手杭天醉當年在杭州城裡的地位，日本佬一來，哐啷噹一聲，又跌到了底。雖說他一天到晚給這雙不肖兒子擦屁股，無奈活臭倒膿，哪裡還擦得乾淨？包括給綠愛料理後事他都盡心去做了，又有何用！一世的要臉，一張老臉還是成了屁股。他的昌升茶樓，除了吳有和嘉喬的那批狐群狗黨，再也沒有從前的規規矩矩的老茶客來喝茶了。晚年的絕望和孤寂，使他常常想起他一生的老對頭，死在他前面的杭天醉。現在他知道，鬧了半天，還是杭天醉贏了，他把他的那個畜生兒子扔給他的對頭，要他吳升親自下地獄去付一筆筆的血債了。

杭漢不知道這一切，或者說他不能夠體驗這一切。他和吳升接觸最多的就是替奶奶辦喪事那回，他感覺他還有點良心，所以，不像他的父輩那樣地厭惡這位老人。在這樣的陰晦沉沉的天氣裡，他甚至還多少有點同情這個漢奸的父親，因此他說：「你還是回去吧，別在這裡說這些了，小心被人家聽見了告密去，抓到憲兵隊裡，就有苦頭好吃了。」

吳升看看他，突然說：「你父親還沒回來過嗎？」

杭漢沒想到他會問這個，搖搖頭就算是做了回答。

「叫你伯父到我這裡來喝茶。」他說。

杭漢邊退邊回答：「我記住了，我去跟他說，你快回去吧，我不會忘記的。」

現在，杭漢不得不走那條迎紫路的路口了。也許他原來以為，違心地向日本人鞠一躬，雖然屈辱，但也沒有比死難過，所以一開始他還以為他是能夠扛過去的。誰知他排在隊伍後面，人越往前挪，心裡就越難受。排在他前前後後的，都是老人和婦女，只有他這麼一個大男子漢夾在當中。他看見日本憲兵動不動就去按那些老人的頭，他們在家中，可都是德高望重的長輩，過年祭祖時，都是長袍馬褂前面跪著一群兒孫的。現在他們卻唯唯諾諾地不敢怒也不敢言，像叫花子一樣地被人推到東推到西。他注意到了他前面的一位老人正在發抖，眼中甚至滲出了淚水，這老人手裡還拉著一個孩子。杭漢知道，為了這個孩子，老人決定承受任何屈辱。果然，那老人到了憲兵面前，鞠了一躬，卻通不過。那憲兵不由分說地給他一個耳光，老人甚至都不知道他究竟犯了什麼天條。後面有一個婦女趕緊說：「你快讓孩子鞠躬，你快讓孩子鞠躬，上回我也是不知道這條規矩，被打了好幾個耳光呢！你快讓孩子鞠躬，要不他會把孩子給扣下來的。」

老人一聽要扣孩子，可嚇壞了，趕緊按著驚哭不止的孩子的頭往地上磕，孩子被按得站不住，一下子就跪倒在了地上。那日本兵禁不住大笑起來，順手拎起了孩子，還往他嘴裡硬塞了一粒糖。孩子被噎得哭不出來，老人嚇得趕緊抱著孩子就走，這日本兵這才哈哈大笑著放過了他們。

看上去日本憲兵情緒很好，杭漢就想，也許他不會在乎後面人的表現了。他往前站了一步，想就此打個滑脫，突然就走了過去。他的企圖沒有得逞，沒走兩步，被那日本兵喝住。他大聲地用日語的髒話罵著杭漢，意思是該死的支那狗，還不給我低頭，然後就伸出手去按杭漢的頭。

杭漢聽懂了這句話的意思。從小，母親就常常用日語和他對話，母親總是告訴他說，他們是從遙遠的島國漂過來的，那裡還住著她的父親，他們總有一天要回去看他，用他們自己的語言對話。有一天，他看見母親在痛哭，因為外祖父死了。在為外公遙祭的時候，杭漢第一次看到母親穿起了那個島國女人常穿的寬袍子，母親說這叫和服。母親又告訴他說，別忘了那個地方，他們要回去祭拜外公的。杭漢的日語說得非常好，可現在他痛恨自己懂得這樣一種語言了，他痛恨那張吐出了這種語言的嘴巴。他回過頭來，仇恨地看著這張臉，他為這張臉感到恥辱，因為他在這張臉上看到了自己熟悉的印記。在目間，在眉梢，他能品味到某些只可意會不可言傳的相像，他比任何時候都仇恨這種相像。他的仇恨只有傻瓜才看不出來，排著隊過關卡的杭人，不由得都捏了一把冷汗。那日本憲兵自然不明白這種仇恨的更深一層的意思，但他還是被激怒了。這還了得，反了天了，一個支那人竟敢拿眼睛直直地盯他。他揮起手來，不由分說地就給了杭漢一個耳光。可是，還沒等他放下手來，他的臉上，已經重重地被回摑了兩個耳光。

這兩個耳光，簡直可以說是把那憲兵打得一佛出世二佛升天。在該憲兵的記憶裡，除了那憲兵的上司可以任意地抽打他的耳光之外，還有誰，誰竟敢倒過來回打他的耳光？支那人，支那人，這個支那人神經錯亂了嗎？他不要命了嗎？憲兵因為氣傻了，傻得甚至忘了自己手裡還有一把上了膛的槍。他捂著自己的臉，目光發直，像是被杭漢的這兩耳光打成了白痴。而就在這憲兵處於白痴狀態的片刻中，不知道誰喊了一聲——快跑！

頓時，那本來排著隊的杭人一聲哄叫，就作了鳥獸散。其中杭漢跑得像箭一般地快，嗖的一下，就筆直向前飛去。他聽得身後砰的一槍，那被打傻了的日本憲兵終於半清醒了過來，卻糊里糊塗朝天開了一槍。說時遲那時快，趁著這救命的空當，杭漢已經跑到了青年路口青年會的那個鐘樓下面，鬼使神差似的順腳一拐，進了青年會的大門，和正要從裡面出來的方西泠撞了一個滿懷。方西泠見杭漢的這副神色，知道大事不好，便問：「發生了什麼？」

「你先別問，後面有日本人追我，快把我藏起來。」杭漢二話不說，只管往裡面跑。方西泠一時也來不及想更多的，急急跑到大門口，一看日本兵一排排地追了過來，也不知突然哪裡來的勇氣力氣，拉了大鐵門就關上，在裡面就上了拳頭般大的鎖。那些日本兵剛剛趕到，只來得及把刺刀尖頂在大鐵門上，把大門刺得嗵嗵嗵地直響，可就是進不去。青年會是基督教組織，日本人還沒想好，究竟該拿它怎麼辦，故而它還有一點小小的獨立。大門一旦關上了，日本人也不敢隨便開槍，只好就回去請示，這裡一陣騷亂之後，局面就暫時地平靜了下來。

這一會兒的工夫，早已有牧師蘇達里等人出來打探消息。方西泠也不知道杭漢究竟發生了什麼事情，只得把杭漢帶到四樓，杭漢靠牆站著，牆上還掛著一些標語——非為役人，乃役於人；爾識真理，真理識爾……牧師們相繼問了他一些問題，他一一回答著，牧師們就不斷地畫著十字。

方西泠喜歡這個小夥子，也許因為她生來喜歡這些非同凡響的人物；也許僅僅因為他是杭嘉平的兒子；也許什麼也不為，就因為這個中國小夥子光天化日之下打了日本鬼子兩耳光。她不斷地央求著牧師：「牧師，是上帝讓你們救這位中國小夥子的，況且他還是我的侄兒。牧師，我們的在天之父會看到這一切的，決不能讓他落入撒旦的手中，你們已經知道他們是多麼地慘無人道了。」

牧師們商量了一下，他們願意盡一切可能保護杭漢。杭漢並沒有旁人的那種恐懼，他生性務實，現在想得最多的，還是怎麼讓家裡的人知道這件事情。他讓方西泠趕快去通知他的母親和大伯。青年會後牆有一道邊門，此時雖已被日本人封鎖起來，但教會中人還可以從中出出進進，方西泠就從這裡出來，在街上繞來繞去走了幾圈，見無人跟蹤，就徑直向杭家大院走去。

葉子和方西泠雖然居住在一座城市裡，但她們很少照面，偶然見面，也是盡量避開。但是，他們兩家的情況，彼此卻都心裡明白。尤其是李飛黃自靈隱大火以後，就和葉子套上了關係。昨日他又愁眉苦臉地來了，他是奉了小堀的命令來的，還是為了日語學校的老師問題，葉子覺得這個男人很奇怪，一方面，他非常害怕和日本人交往，他也打心眼裡不想到那個日語學校去工作；另一方面，他又日日在為這件事情奔波，一副當仁不讓的樣子，臉冒黃汗地說：「葉子嫂，你還是給日本人一個交代吧。」

葉子搖搖頭，她不想告訴李飛黃，多年前，當小堀還是她父親羽田的學生時，她就認識他，那時，他還是一個專心於茶道的美少年呢。

正在籬笆下用細繩子修補缺口的葉子，想著心事，突然看見方西泠出現在缺口那一頭，著實地嚇了一跳。還沒有問個究竟，方西泠已經從缺口鑽了進來，兩個女人也顧不得從前的那麼些恩恩怨怨，在細雨霏霏中你一句我一句地交流著剛剛發生的危急情況。葉子生性內向，又加上出事的是她的兒子，一下子就被憋得幾乎說不出話來了，搖搖晃晃地就有些站不住。倒還是方西泠頭腦清醒一些，說：「我看你要不要去找找人。我知道你不會同意我的這個建議，你覺得找嘉喬會有什麼用處嗎？不不不，我真該死，我不該提這個畜生的名字，但是除此之外，我們還能找誰？想一想，你不要著急，你想一想，你還可以找誰？哦，我想起來了，你是日本人。不不，你不要打斷我，我知道你已經入了中國籍，而且是在七七事變之後入的中國籍。對不起，請原諒，你們家的事情我知道得很多，我畢竟還有一個親生兒子在這個院子裡長大，我自己也是在這裡度過年輕時光的……天哪，我扯哪裡去了……我是說，不管怎麼，你是有全部日本血統的人，漢兒也有一半日本血統。哦，我想起來了，那個小堀，真可怕，他常到我家來，給盼兒送藥，聽說你父親曾經是他的茶道老師……怎麼，你打算到哪裡去？」

葉子已經稍微清醒了一點，她一邊用毛巾擦著自己的溼頭髮，一邊說：「謝謝你，嫂子，謝謝你救了我的兒子。你問我到哪裡去，當然，到我兒子那裡去，他活我也活，他死我也死。對不起，我還要為難你一件事情，麻煩你到孔廟門口去一趟，你曉得我要讓你找誰——」

「哪裡說得上是為難，我本來就想去找他的。只是我不知道他現在的情況怎麼樣，聽飛黃說，他好像有點，有點——」

「你怎麼也會相信人家說的話？你想一想，日本人打進來之後我們家的遭遇，要是換了別的男人，十個也活不了了。你想一想，他現在在幹什麼，他為什麼要到孔廟門口去擺茶攤？不是因為趙先生被小堀關到孔廟裡去了，他會到那裡去嗎？就是在這樣的時候，他心裡面還有別人。這樣的人會是瘋子嗎？你說，這樣的人會是瘋子嗎？」

兩個女人突然在雨中愣住了。現在，她們都已洞悉了各自內心世界的那一層最後的隱祕，然後她們各自又以最快的速度清醒過來，來不及再道一聲別，就分頭匆匆地盡自己的那份心去了。

到孔廟去，是要路過自己家門口的，方西泠想到女兒盼兒一個人在家中，不知今天的病有沒有起色。自從那個小堀不斷地差人送來盤尼西林給盼兒治療肺病之後，不管盼兒自己怎麼不願意，她的病還是在漸漸的好轉之中。李飛黃一家，對這件事情所抱的恐懼和欣慰，分量幾乎可以說是一樣重的。特別是李飛黃，方西泠感到非常奇怪，他完全變了，戰爭使他變成了另外一個人。他變得神經非常活躍，只要出去一趟，回來他就一會兒上天，一會兒入地，一會兒以為自己是天生我材必有用了，一會兒又以為日本人乃蠻夷，哪裡領會得了中國五千年古國文明，跟他們相處，無疑是和吃人生番相處。不管李飛黃怎麼樣上天入地，方西泠已經徹底看清楚了，她的這個第二任丈夫的天花亂墜的學問，都遮蔽不了一個最簡單的事實——好死不如賴活。方西泠明白這些老話，她自己活到今天，也幾乎成了這樣一個賴活著的人。但她畢竟對這種活法深惡痛絕，她時時地都在尋找擺脫這種活法的機會。不像這個李飛黃，不但苟且偷生，還為這種苟且尋找種種理由。

在雨中，方西泠想起剛才葉子脫口對她說的關於嘉和的話。方西泠承認，葉子對嘉和的評價是正確的。她曾經不止一次地路過孔廟，看到過嘉和坐在雨中的桀驁不馴的神情。她也曾經為他的神情流下過眼淚。以往她從未想到，杭嘉和竟然親手點火燒了他們杭家的大院，她本來以為，這樣的事情，是只可能發生在嘉平身上的。她現在才知道他們畢竟是一脈相連的兄弟，他們骨子裡還是有一樣的膽氣，只是表現的方式很不一樣罷了。然而，知道這一切畢竟已經太晚了——她為什麼要離開他？為什麼對這個男人透徹的認識，不是從她的口中說出——她畢竟曾經是他的妻子——而卻從另一個不是他妻子的女人口中說出呢……

這麼想著，她就進了自己的家門，她想看一看盼兒，順便給嘉和帶一把傘去。可是她剛關上大門，還沒來得及叫一聲盼兒，她的臉上就結結實實地捱了一個耳光。這一耳光打得她目瞪口呆。如果說早上杭漢挨的耳光還是有足夠的思想準備的話，那麼方西泠挨的這一掌實在是晴天霹靂。她撫著臉，半張著嘴，搖晃了半天，直到女兒衝出來一把把她給扶住。她定睛看去，才明白，搧了她一掌的，的確是她的丈夫李飛黃。然後，她也才開始感到臉上火辣辣的痛。

來不及細想什麼，方西泠那貴族小姐的架子也顧不上拿了，就一頭撞了上去，一下把李飛黃撞得一個仰八叉。李飛黃也不站起來，抱住那八仙桌就聲淚俱下地罵道：「方西泠，你把我的兒子給賠出來，你把李越給我還回來。方西泠，你傷天害理啊，你只顧自己的女兒，你就不顧我的兒子啊——」

方西泠頭皮一陣陣發麻，兒子——她一想到兒子有什麼意外時，自己也站不住了。還是盼兒扶著她，邊哭邊說：「奶媽家的人帶信來說，奶媽根本沒回家，在路上就給日本飛機炸死了。媽，媽，你別急，弟弟沒死，人家打聽到了，弟弟讓一個老和尚抱走了，聽說後來還一起進了貧兒院，就是寄草姑媽在的那個貧兒院。媽，你別急，你別急，弟弟不會有事的——」

「——放屁！不會有事，不會有事，不是一個爹生的，你只管站著說話不腰疼好了——」

「李飛黃，你瘋了！李越是你的兒子，難道就不是我的兒子？是你十月懷胎生下來的，還是我十月懷胎生下來的？虧你還是一個堂堂教授，你這副吃相，和裏腳的罵街潑婦還有什麼區別——」

「——是啊是啊，我這副吃相難看，你去吃回頭草啊！杭嘉和日日孔廟門口坐著，你去尋他，你們兩人重新做夫妻啊——」

「——哎呀，你還不給我閉嘴，差點把大事情都給你攪了！」

方西泠一下子跳了起來，要去尋雨傘。李飛黃一看妻子連架也顧不上吵了，知道肯定是有大事，這才從地上站了起來，說：「什麼大事情？我剛才聽說了李越的事情，心裡頭發急，到處尋你不到，想想你可能又是在你的上帝那裡，杭州城裡的教堂尋了一個遍，也沒尋到你，這才發了那麼大的火。回來的路上，經過青年會，看見日本佬裡三層外三層的，不曉得發生了什麼樣的事情。我又擔心你會不會也犯到那裡面去了。你自己犯進去，還要連帶我們。盼兒剛好一點，李越又找不到了，日本人要我辦學校，我連個教師都湊不齊，真正是千愁萬愁愁到了一起。好不容易你回了家，現在又要生出什麼新花樣來？」

方西泠因為急著要去找嘉和，也就顧不得剛才的那一巴掌，三言兩語地把杭漢的事情說了一遍，拎起雨傘要走，還說：「我不跟你多囉唆，還是救人要緊。等我回來，你要離婚你要殺人放火，都隨你的便好了。」

李飛黃倒是一個會算計的人，這時候哪裡還會再跟方西泠胡攪蠻纏，攔住了西泠就說：「有你那麼笨的人嗎？要找人，也不是找杭嘉和這種瘋子。你還不去找杭嘉喬！他好歹是日本人的大紅人啊！不管怎麼說，和杭漢一個姓，他出面講幾句好話，不是都在了嗎？」

「你有沒有吃錯藥，」方西泠就嚷了起來，「是哪一個弄死了綠愛，杭漢又是綠愛的什麼人？你走開，我不管告訴嘉和有沒有用，我得立刻就去通知他。」

「你想幹什麼，你還嫌我們家裡的麻煩事情不夠多啊？這個小堀，一天到晚盯住盼兒，叫我日日提心吊膽。我在為誰提心吊膽？為他們杭家人啊。盼兒是誰的種，要我那麼操心幹什麼？今日裡你還要給我生出這些是非來。」

這麼說著，李飛黃一把就把西泠推進了臥室，反手一把大鎖就把西泠鎖在了裡面，自己在客堂間裡，一頭困獸似的轉了幾圈，指著盼兒說：「你也不准出去！你要邁出這大門一步，別看你不是我生的，別看你現在生著病，我照樣敢打斷你的腿。我倒不相信，這個日本佬小堀敢把我怎麼樣！」這麼狂吼亂叫了一陣，他就一把開了大門，又不知哪裡鑽營去了。

李飛黃這頭剛走，盼兒就撲在臥室門口說：「媽，你別著急，我這就給你找鑰匙。」

方西泠就在屋裡哭著說：「李飛黃這個人，你又不是不知道，平時那幾把鑰匙，藏得和命根子似的，就怕我會發現他的什麼寶貝。他今日是怎麼啦？怎麼下賤到這種地步！盼兒，媽是肚腸都悔青了，怎麼會搭著這樣的人過日子……」

盼兒見她媽又要哭，連忙止住她說：「媽，現在也不是哭的時候啊！你既出不來，就讓我去跑一趟吧。」

方西泠又惦記著女兒的身體，說：「這麼一個倒春寒，你往外面跑，我實在是不放心啊。你這身體剛剛見一點好，最不能夠受風寒的，萬一回來又病倒了怎麼辦？再說你剛才也看見了，李飛黃如今哪裡還有一點人味兒？要是他回來見不著你，以後你的日子還怎麼過？」

盼兒聽母親說著這樣的心酸話，倒也沒有掉淚，只是說：「媽，你放心，我記著多穿一點衣裳就是了。再說，我這次既去找了我親爹，我也就不回這個家了，我回我的杭家大院了。」

方西泠一聽這話，先是愣了一下，然後悲從中來，隔著門板要尋一條縫隙看看自己的女兒，卻又看不到。心裡想想，那麼多年沒把這個女兒真正放在心上，如今女兒真是要回她親爹那裡去了，也是沒有辦法的事情。李家，真是不能待下去了，連她方西泠自己也想走了，為什麼又要強留著女兒呢？這麼想著，嗚咽著說：「我是早就想著會有這麼一天了，只是你的身體那麼不好，我心裡捨你不下。可是李飛黃在這裡，如今越兒又沒了下落，他還不把你當個出氣筒使喚。你就先走一步吧，等媽把教會的事安排好了，帶著你到美國去，我們就算是逃出這個虎狼窩了。上帝護佑你，快去吧，再晚，你杭漢哥就麻煩了。」

這麼說著，方西泠就耳聽著盼兒的腳步聲遠了，她還來得及叫一聲：「別忘了雨傘！」回答她的，是大門重重的哐噹聲……

第十五章

杭家與孔廟，一向素無瓜葛，如今，卻被一個人緊密地聯繫在了一起，此人，杭州城裡大名鼎鼎，正是趙四爺趙寄客。

趙寄客，自打日軍進駐杭州，小堀一郎親自面見之後，就被軟禁在了孔廟。一般杭人都不理解，何以剛正直言、大義凜然如趙寄客者，竟然未被日本人送了命。聽說他在維持會成立的大會上，拍案怒罵，掀翻了桌子，茶杯都砸在了小堀一郎的臉上。小堀也不生氣，擦了臉上的茶水，捧著曼生壺說：「沒想到你這麼一把年紀了，火氣還那麼大！看樣子，得先找個安靜的地方消消氣了。」這就把趙寄客弄到了孔廟。

中國孔廟向有三大作用：一為祭孔；二為校舍——科舉制度以來，縣有縣學，州有州學，府有府學，朝廷有太學，多以孔廟為學子聚集地；三為瞻仰遊覽之地——如山東曲阜孔氏家廟，南京夫子廟等。又，歷朝歷代，看一地方是否繁華，亦常以孔廟規模大小為標誌。杭州作為東南都會，地廣人殷，山靈水秀，學校興賢育才，教育倒也發達，孔廟自然也就輝煌。

杭州府學，北宋時在今天的鳳凰山一帶，南宋時到了城中運司河下，自鬧市口通上城直至吳山腳下。清時，築了那湖上阮公墩的大學問家、浙江巡撫阮元又修了一次孔廟，還擬過一篇〈修杭州孔子廟碑〉。彼時大道兩旁，皆為巨室，堂構十分寬宏。抗戰之前的國民政府，曾利用公務員義務勞動，將運司河填平，改築大道為馬路，為了紀念，此路命名為勞動路。

杭嘉和當年曾經和他的兄弟杭嘉平一起鬧「一師風潮」，起因正是校長經亨頤拒絕春秋二季帶著學生到孔廟來進行傳統的祭孔。到一九一九年五四運動，打倒孔家店，孔廟自然就此式微，直至民國十六年，南京政府終於下令廢止祀孔。杭州城裡一班碩儒不能甘心，乃自行組設了孔聖紀念會。這種民間的祭祀活動，直到「九一八」以後，又與官方合流，政府自此又恢復了祭孔，且規定了每年八月二十七日孔子誕辰為祭孔日。

抗戰軍興，杭州淪陷，孔聖紀念會的一應帳冊款單，均由一個叫何競明的先生帶回了東陽老家，毫無損失。同時，隨著杭州的淪陷，祭孔，這種試圖以復古方式進行中華民族凝聚力教育的傳統，自然而然地因此而再告中斷了。

忘憂茶莊的人，以往幾乎不參加任何與孔廟有關係的活動。從嘉和的父親杭天醉開始，對孔老夫子就一直感冒著。直到趙先生被軟禁在孔廟了，杭家與它的關係才突然緊密起來。先是小撮著到孔廟裡做了雜役，而後不久嘉和也到孔廟門口擺起茶攤來了。

孔廟不小，趙寄客在裡面也還自由，可以會客，就是不能出大門。杭家凡在杭州的人，都來看過寄客了。嘉和呢，不用說，幾乎是天天都要到裡面去報一報到的。只是從第一次見趙寄客開始，他就不怎麼開口了。

寄客問過一次綠愛和嘉草的消息，嘉和簡單地說：「沒了。」說這話的時候，他連頭也沒有抬。不知道過了多少時間，見趙寄客也沒有反應，這才抬起頭來，一看，自打日本人進了杭州城之後，趙寄客就沒有再剃過鬍鬚，此刻，他的長鬍子已經全被打溼了。

嘉和就又說：「我把自家院子一把火燒了。」

趙寄客還是一句話不說，臉上溼漉漉的一大片。嘉和從來也沒有見過趙先生的這種樣子。在他的記憶中，趙先生是一個不會流淚的人。他就補充說：「可惜只燒了日本人的東西，沒把人燒了。」

趙寄客就站了起來，到大成殿門口空地上練他發明的單手拳，一套拳完了，呼了一口氣，說：「燒得好。」

他的鬍鬚依然是溼的，眼睛卻乾得像是剛剛被火燒焦過。

沒有人知道，甚至杭嘉和也不知道，為什麼趙寄客沒有像以往那樣採取激烈的行動。他被關押在孔廟裡，彷彿就在等待著什麼，印證著什麼。

時常地，小堀一郎也會到孔廟裡來。但他並不和趙寄客照面，他總是遠遠地站著，看著銀鬚飄飄的趙寄客練武習拳。有時候，他的臉上會流露出著迷的神情，然後，慢慢地陰沉下去，陰沉下去，直到最後，拂袖而去。

這天上午，當杭漢正反手給了那日本憲兵兩個耳光的時候，嘉和被小撮著請到孔廟，說是趙四爺有要事與他商量。在通往大成殿的長廊上，小撮著見四周沒有敵人耳目跟著，這才說：「東家，你曉得趙四爺這次要和你商量什麼事情？」

嘉和正悶著頭想自己的心事，聽小撮著問他，站住了，看著一天的淫雨，說：「是王五權和吳有他們要來拆大成殿的事情吧。」

「說是修理大成殿，其實就是拆祖廟，聽說不幾日就要來動手了。」

嘉和就抬頭看了那大成殿在雨中的簷角，眼睛瞇了起來。他原本就不是一個孔孟之徒，對大成殿是不瞭解的。趙寄客軟禁在此之後，他才知道這大成殿原是南宋時所建，其中雕梁畫棟，均為楠木。自抗戰以來，浙西已封鎖了木材下運，因此杭州城一時就十分缺乏燃料和棺木製材。王五權等人欲拆了這大成殿，毫無疑問，又是為了他們的那個棺材鋪子。

這麼想著，他和小撮著已經來到了大成殿門口。趙寄客已經在殿裡那排南宋石經前站著迎候他了。見了嘉和，他只是指了指殿內深處，說：「嘉和，你看，我還給你請了一個什麼人來？」話音剛落，那石碑後面就轉出一個人來，正是杭嘉和的少年朋友，在靈隱寺照過一面的陳揖懷。

陳揖懷見了老朋友，也不多說一句，只把左手伸了出去。嘉和倒是微微一愣，頓時就明白，陳揖懷的右手已經被日本浪人砍廢了。他也就默默地伸出左手，緊緊地握了，陳揖懷要鬆，一時也鬆不開。

小撮著到了門口放哨，大成殿裡，此刻除了他們三人，便沒有別的遊客了。趙寄客這才跟他們二位說：「本想請你們到我後面廂房謀事，只是那裡白日騷擾甚多，只恐隔牆有耳，所以還是把二位請到這裡經碑下來了。」

陳揖懷說：「趙先生想得周到。再說，我也實在是多日沒見這石經了，從前習書法，可是三日兩頭來這裡揣摩的。」

「大成殿一拆，不知這些石碑又有什麼樣的劫難了。」嘉和突然說。

「找你們來，正是為了商量這些事情。」

原來，杭州城孔廟的祭孔漸漸式微之後，它那珍存石經石碑的功能，卻是漸漸顯露出來了。其中，最使它自豪的，便是此間藏有的這部南宋石經——石頭版本的「四書五經」。石經在中國倒是不少，但皇帝親筆書寫後勒石的卻只有兩部：一部是藏於西安碑林的唐玄宗書寫的《孝經》，一部便是宋高宗趙構及皇后吳氏書寫的這部南宋石經了。

說到這部石經，經歷這幾朝幾劫，也可以說是多災多難的了。從前皇家出身，何等顯貴。然大樹一倒，身世飄零。那個挖了宋陵的番僧楊璉真加，在從前南宋皇城中造了鎮南塔，要將石經搬去為塔基，後經人據理力爭，才免全毀。可憐這石經年深月久，淪入荒莽，竟也無人理會，龜趺螭首，十缺其半。直至明代，石經方與其他一些珍貴石刻移至孔廟，倖存至今。

誰也沒有想到，過了如此九九八十一難的石經，今日又逢一劫。

嘉和細細品味著這石經上刻著的經文，好半天才說：「實在留不住了，落得一個同歸於盡也好。」陳揖懷回答：「嘉和兄，你正是這麼想的呢，才……」他突然緘口，倒是嘉和自己接了下去，「才一把火燒了自家的院子。」

趙寄客卻說：「家自可以燒得，國不可燒得。」

杭、陳二人，多少都帶有一點疑惑地看著他。他們不知道，趙先生的那份從前沒有的耐心是從哪裡來的。

趙寄客與他們轉至大殿深角處，這才與他們耳語道，這次他請他們來，還並不專門為這部石經。石經太重太大，要保住它，不可能不讓日本人知道，那就要通過另一種辦法了。什麼辦法是不用他們來考慮的了，他趙寄客自有主張。現在他要和他們商量的，是另一件事情。

原來孔廟裡是素有一批祭祀樂器的，國民政府撤退時，誰也沒有想到把這些東西帶走。前些日子，小堀卻派人來點查，發現這批祭祀樂器統統不見了。當時還以為有杭人趁日本入杭混亂之時渾水摸魚，其實不然。趙寄客捻著鬍子說：「我進孔廟之後，就發現這批東西還擱在廟堂裡，一時無人想到。沒想到小撮著前些日子就來找我了，原來他們一起在孔廟做雜役的，唯恐日後日本人會來掠取，一時也沒有一個萬全之計，只得夜深人靜在廟內牆角下挖一大洞，把那些寶貝統統埋了進去，如今也有一年多了。原來想著終有一日可以原物取出，沒想到漢奸竟要來拆孔廟。這批祭器，豈不是又要落在日本鬼子手裡了？所以特意找到我商量，看看除了同歸於盡之外，還有什麼好主意。」

杭嘉和一邊聽著趙寄客說話，一邊思忖：他心目中的趙先生，是個劍氣沖天的俠客，卻不是一個簫心幽然的文人。他從未把這些詩書禮儀之類的充滿廟堂之氣的東西和不拘一格的江湖俠士趙寄客聯繫在一起。這種事情，恐怕父親活著的時候，倒是做得出來的，小撮著是把趙寄客也當作杭天醉了呢。

杭嘉和對趙寄客說：「趙先生，我和揖懷會想出辦法來的。」

趙寄客微微地笑了，說：「你這麼說，我就放心了。我不是只對那些東西放心，我是說，對你放心了。」

行盡吳山見越山，白雲猶是幾重關。嘉和上吳山，是被陳揖懷硬拖去的。他說他年來沒有和世人照面，為的是做一件大事。「若不是為這事，我哪裡能夠活到今日？今日要了此心願，卻還少不了你的參謀呢。」

吳山不高，也就一百多米，就在杭州城中。傳說吳王夫差屈殺了伍子胥，吳人憐之，在此建祠紀念，故此山又被喚為胥山、伍山。到得吳越國時代，錢鏐在此修建了城隍廟，從此杭人便稱此山為城隍山了。杭城又多火災，「城隍山上看火燒」，就成了一句著名的杭諺。

嘉和對吳山，可以說是再熟悉不過了。吳山圓洞門，是他另一個意義上的家。但自少年時母親在此上吊而死，吳升一家鳩占鵲巢，嘉和就再不願意往這裡走過，萬不得已要上山，也總是繞道而行。陳揖懷知道他的這位朋友心裡的隱痛，所以一路登山，一路上不斷說著什麼來活躍氣氛。

「你看吳山今日也就冷落到這種地步了，一路走來，一個人也見不著，真是想也想不到的。我記得小時候讀吳敬梓的《儒林外史》，其中講到那個馬二先生上吳山，那是何等的熱鬧……」

這會兒，杭、陳二人走過那些年過七百的宋樟，也已經路過了從前的藥王廟。經過雨的石階不免滑溜，杭嘉和一邊慢慢地行著，一邊順口背著：「……上了幾層階級，只見平坦的一條大街。左邊靠著山，一路有幾個廟宇。右邊一路，一間一間的房子，都有兩進。後面一進，窗子大開著，空空闊闊。一看，隱隱望見錢塘江。那房子也有賣酒的，也有賣耍貨的，也有賣餃兒的，也有賣麵的，也有賣茶的，也有測字算命的，廟門口擺的都是茶桌子，這一條街，單是賣茶的，就有三十多處，十分熱鬧……」說話間，他們已站在了吳山頂。此刻，風雨侵衣，天風浩蕩，江湖迷茫。嘉和回過頭來，說：「你把我叫到這裡，總不至於讓我專門來背這馬二先生如何上吳山的吧。」

陳揖懷說：「今日吳山，早已非數百年前之吳山，你杭嘉和，也非昔日之馬二先生。我今日約你出來，也絕非遊山玩水。此處無人，你不妨與我攤底，趙老先生的這番囑託，你有什麼妙法可解？」

杭嘉和放眼望斷西湖的山色空濛之處，俄頃，方說：「這些東西，藏在原地，是萬萬不安全的了。即便帶出孔廟，只要藏於城中，早晚都是一樁心事。想來，只有帶出城外，才是上上之策。」

陳揖懷這就知道，杭嘉和心裡已經有了主張，不由心裡一陣欣慰——他和趙寄客一樣，擔心著嘉和被家裡從天而降的巨大悲劇壓垮了。他連忙催著嘉和快說。嘉和就盯著西湖的西南一角龍井山中，慢慢地說：「清明就要到來了。我們杭家，今年的清明，是舊墳新墳一起哭的了。只有趁這個時候，把那批東西帶出城去，埋在我家祖墳的老茶樹底下，才是最最保險的。揖懷，你看呢？」

杭嘉和這裡話還沒有說完，陳揖懷已經熱淚盈眶。他知道，要讓嘉和說出這番話來，已經是比殺了他還要難過的了。真想撲上去抱住嘉和痛哭一場——雖說男兒有淚不輕彈，但活在今日，難道還未到絕頂的傷心之處嗎？只是看了嘉和別過臉去不讓他看到他的神色，陳揖懷知道，即便是到了此刻，嘉和也不願意顯露他的痛苦，或者說，他不願意看到彼此的痛苦相互傳染。這麼想著，陳揖懷眼中的淚水也嚥進了肚裡，那隻完好的手掌就緊握了起來，說：「你曉得我這一年多來都在幹什麼？說出來沒幾個人相信——我在練字。他們以為砍了我的右手我就寫不成字了。可是右手廢了，還有左手；兩隻手都廢了，我還有兩隻腳；若有一日，我兩腳兩手都被他們剁了，我還有一張嘴。我倒是要讓他們這幫強盜看看，我陳揖懷還能不能夠寫字！」

這麼說著，就急急地拖了杭嘉和朝大井巷方向的山坡下山，一邊走一邊說：「嘉和兄，不瞞你說，我早已看中了一塊石壁，也早已悄悄地磨平了，有一人多高，正好用來寫石碑。我這一年多來的工夫，也沒有白花，如今左手寫的顏體，也能夠差強人意了。只是在那石碑上究竟寫什麼，我還沒想好。今日上山，就是想看看你有沒有這個心幫我一把。看樣子，這主意是非由你來給我拿不可了。」

如此說著，飛也似的就把嘉和拽到了山腳處大井巷通往山的路口。這大井巷，本是江南藥王胡雪巖的胡慶餘堂所在地，對門有一口大井，分成四個井口，杭人呼之為大井，巷也因此而聞名。從前何等的一個繁華之地，如今也是人煙稀少，冤鬼出沒的了。陳揖懷說的那塊山石壁，正在此間山腳下。

杭嘉和一眼就看見了那塊磨平的山石，果然有一人多高，正好用來寫字。他沒有在這塊山石前久站，而是來來回回地挾著陳揖懷山上山下地走，幾個來回也沒說話，最後，才邊走邊說：「要我看，就寫『火牛劫』三個大字吧。」

陳揖懷差一點要叫起來：「火牛劫，真正是太好，太確切了。火屬丁，牛屬丑，火牛即為丁丑，丁丑年即為民國二十六年，公元一九三七年。是年冬，日本軍隊侵入杭州，杭人從此又遭大劫大難。刻這樣一塊石碑，那些狗漢奸、狗日本鬼子也不知道什麼意思。嘉和，還是你啊，當年的高才生，這點古文根底，現在到底派上用場了。」

他們兩人，再一次路過這塊山石，然後，就朝湧金門方向走去。杭嘉和一邊走著一邊想著心事：剛才在廟裡和趙先生一起談那批祭器時，他多少還是有些不明白，何以趙先生對這麼一件事情那麼上心，要拿了命去相許。現在和陳揖懷上了一趟吳山，突然就悟出來了——此時此刻，哪怕從日本強盜手裡奪回我們中國人的一根針，也是重於泰山的了。想到此，便對陳揖懷耳語著：「刻字的時候，不要留款識，也不要留年月。記住，字要用大紅的硃砂填滿，要讓中國人走過，個個都會停下來，直到琢磨出什麼意思，才會離開，記住了嗎？」

陳揖懷發現，杭嘉和一點也沒有錯亂。他品性中那種認真、細緻的東西，再一次體現出來了。

杭嘉和與陳揖懷都沒有帶雨傘，他們冒著淫雨遠遠地從湧金門路口過來的時候，便被站在昌升茶樓門口的老吳升給看到了。

老吳升是為了避那剛才喝了點酒這會兒到茶樓來喝茶的李飛黃，才從樓上下來的。茶樓生意不好，今日又下雨，弄得樓上樓下一個人也沒有。好不容易來了一個李飛黃，手裡還拎著個酒瓶。雖說吳升對他也無大好感，但好歹人家是個大學的教授，所以一開始吳升還有幾分熱情，親自叫了茶博士，用那上好的青瓷杯，替他沖了一杯龍井。新茶還沒有下來，吳升做了一輩子茶葉生意，那舊年的茶竟也保藏得如新茶一般，飄著奶香氣，端上來，吳升是指望著茶客叫一聲好的。

那李教授卻偏不叫好，他找了一個靠窗的桌子坐下了，酒醉糊塗地說：「吳老闆，你這裡是門前冷落鞍馬稀啊，怎麼就鬧得我一個孤家寡人來喝茶呢？」

吳升一看，就知道這李飛黃是喝得有六七分醉了。這時候的人最好饒舌，聽話的人也不能當真。吳升老皮蛋一個，這點人情世故他也是知道的，所以倒也不和李飛黃較勁。他也實在是寂寞怕了，有個人說話，總比誰都瘟神一樣避著他好嘛。

「怎麼是你一個孤家寡人呢？不是還有我吳升吳老闆嘛，來來來，我來與你喝茶談天，滿意吧。」

吳升還以為自己什麼檔次，還和日本佬沒來之前那樣的神氣，挪著步子就坐在了李飛黃對面。誰知那李飛黃今日窩了心又喝了酒，平日裡那點裝著門面的斯文也就顧不上了，一口茶下去，沒讚一個字，卻指著吳升的鼻子，笑著說：「你來與我喝茶？你坐在我對面，有什麼味道呢？喏喏喏，你女兒吳珠在長康里西首大牆門『六三亭倶樂部』旁邊開了一家茶坊，那才叫味道好呢。」

就這一句話，觸著了吳升的痛處，氣得他直翻白眼。原來這「六三亭倶樂部」，在杭人眼裡就是一個專向日本人賣淫的婊子窩。它是由杭州日寇憲兵隊探長漢奸余祥貞的小老婆六乾娘開設的，後來那余祥貞終於被人刺死了，那六乾娘連帶著她的倶樂部，就一起被杭州城裡另外一個流氓漢奸陳春輝接收了過去。吳升的女兒吳珠和六乾娘是拜了小姊妹的，有沒有一併被陳春輝接收了，誰說得清。兒子已經當了漢奸，女兒還要再貼上去當婊子，那茶坊，誰不知道是個娼窩，不過沒有人在吳升面前講就是了。不料這個李大教授，今日卻衝口而出。吳升想發火罵人，又沒個可以下口之處，這麼一個強梁人物，竟然也被這書生的一句話噎死了，想了半天，才回口：「你說有味道，你怎麼不到那裡喝茶去啊？」

李飛黃就大笑起來，指著這茶樓說：「吳老闆，你這不是明知故問嗎？喏，我不說別的來打比方，就說你這茶樓，原本姓的是杭，來來回回地，也已經賣過兩回了。第二次我就不說了，那第一次卻是為了什麼才賣了的？吳老闆，你不響了吧。我曉得你沒話說——那第一次，就是因為他們杭家父子兩個抽鴉片抽窮了家當，沒奈何才賣的茶樓啊。嗅，你想叫我堂堂一個教授也落到這種地步啊。我又沒茶樓好賣，只好賣兒賣女。我們家的這點底細，你又不是不曉得！那女兒，原本就不是親生的，我想賣人家也不願意；我那兒子，如今又找不著了，是死是活還不曉得呢；我，我，我哪裡還有鈔票去嫖娼抽大煙啊……嗚嗚嗚……」他竟然就哭了起來。

吳升一看李飛黃這副吃相，知道他是喝多了，要到這裡來發酒瘋呢。人就是這樣，哪怕是當了教授的，該醜態百出的時候，也照樣醜態百出。這麼想著，嘆了口氣，也就不和他計較，顧自就下了樓。

樓下慘淡經營，也是一個人也沒有的。吳升站在那些茶桌之間，東摸摸，西看看，開了窗，又關了窗。人少，那七星的灶頭，就封了好幾個。牆角那副圍棋，白子也和那黑子顏色相差無幾了，老吳升就傷感起來。想起從前吆五喝六的歲月，走到哪裡，也是奉承話聽到哪裡的。剛把這忘憂茶樓改成昌升茶樓之時，雖也被人家戳著脊梁骨罵過，人到底大多是勢利的，沒過多久，老茶客就又紛紛地回了頭，樓上樓下坐得滿滿的。那時，他吳升是何等的風光，誰承想會落到今天這個地步。

吳升還知道，樓上那酒鬼雖說話不中聽，講的卻是實情。杭州人喝茶，喝到今天，竟然又和那鴉片爭起生意來了。

原來杭州城一淪陷，鴉片、海洛因、白粉和嗎啡等毒品，就在市面上流行起來。日本人，也是又要當婊子，又要立牌坊的，就在城裡專門設立了戒煙局。這戒煙局，管得三件事情：一是批發鴉片生土和其他毒品，二是辦理全市販毒零售點的登記，三是壟斷毒品買賣。戒煙局下面的戒煙所最盛時竟達到一百多個。這些戒煙所其實都是大煙窟，煙土的價格，也已經賣到了和黃金等價的地步。吳有、吳珠見錢眼開，轉過頭去，就和他老爹的茶樓作了對。世道如此，吳升真正是一點辦法也沒有。想想這茶，原本也是太平盛世的吉祥之物，如今豺狼當道，茶樓能讓它繼續開下去，就是萬幸了，還有什麼話好講呢？

吳升站在茶樓門口，一邊那麼呆呆地想著，一邊就看見了他從前的老對頭杭天醉的大兒子杭嘉和，與另一位從前的老茶客陳揖懷一起從雨中走了過來。這二人均未帶傘，渾身上下淋得溼溼，一聲不響地走過他的身邊。吳升看看他們，突然說：「到茶樓裡來避避雨吧。」

杭、陳二人小小地吃了一驚，站住了，回過頭來看看老吳升。然後，臉上就露出睥睨的神色，一起就走了過去。沒走幾步，又聽到後面有人說：「賞臉，到茶樓去喝口熱茶吧，賞臉了……」

這杭、陳二人就再一次站住了。這一次，他們是真正地有些吃驚了。他們再一次地回過頭來，看見那張乞求的老臉。他也站在雨中，背也駝了，他的前面也沒有人，他的後面也沒有人，這老頭就露出了徹頭徹尾的下世的淒涼。這種淒涼，真正是從骨頭裡透出來的，在早春的寒意中，就滲入了人世的蒼涼了。陳揖懷拉拉嘉和的袖口，對他耳語說：「別理他，我們走我們的。」

杭嘉和站了一會兒，突然看看茶樓，說：「我有多少年沒進這茶樓了。」

這麼說著，就從茶樓的大門走了進去。陳揖懷連忙跟在嘉和的後面，也一起上了茶樓。

陳揖懷上樓之後才發現樓上還坐著一人，恰恰是他們的老同學李飛黃。他一時躊躇，正不知如何是好，李飛黃卻笑了，手裡拿著一個酒瓶，一邊倒酒，一邊說：「真是三歲小兒看到老。當年我就說過，你陳揖懷才氣不在杭嘉和之下，胸膽之氣卻在杭嘉和之下了。你看，嘉和上了樓，明明看到我李飛黃坐在他眼面前，他就敢從我身邊走過，眼皮都不掃，就坐到一窗之隔去了。這才叫大將風度，高！佩服，佩服！」

陳揖懷這才回過神來，一邊也坐到窗外木長廊上的茶桌上去，一邊說：「這個倒也自然，古訓有言——道不同，不相為謀。」

李飛黃卻搖搖晃晃地走了過來，一手拎著酒瓶，一手握著酒杯，說：「道可道，非常道，名可名，非常名。怎麼我們就這樣白白地同學了一場？何以見得你我間道就一定不同，就一定不能相為謀了呢？我倒是要移桌就盞，洗耳恭聽一番了呢。」

杭、陳二人也看出來了，李飛黃今日酒壯人膽了，否則，他倒也沒有這樣一張臉皮，再和他們坐到一張桌子上來的。只是這李飛黃自從靈隱寺逃難回來，種種媚態，杭、陳二人時有所聞，心裡就討厭這斯文走狗，連面都不願意和他見的，不要說和他對什麼話了。因此，二人要了茶來，只管看著煙雨蒼茫的西湖，一口一口地品起啞茶來了。

李飛黃卻不管他們怎麼樣地沉默，只管自己坐在他們對面聒噪不已：「風雨如磐，雞鳴如晦，二位今日怎麼得閒小坐茶樓啊？莫不是與李某人一樣，我有心事說不得，卻又不知，何日才會雄雞一唱天下白呢？」

陳揖懷怕他七講八講生出疑惑，便要堵住他的嘴，這才說：「你不要胡說，我們只是上了一趟吳山，順便路過這裡，要知你在，我們還不上來了呢。」

李飛黃聽了也不生氣，反而引經據典，唾沫橫飛，侃性大發：「哎呀呀，二位學兄怎麼也有如此氣魄，是不是也想來一番『提兵百萬西湖上，立馬吳山第一峰』的感慨啊？」

杭嘉和厭惡地皺了皺眉頭，他比任何時候都要討厭這個和他的家族有著千絲萬縷聯繫的人。況且李飛黃的賣弄也實在是不妥當。這兩句詩本源於金完顏亮，說的是當年北宋詞人柳永曾為杭州城作過一首〈望海潮〉，其中有「三秋桂子，十里荷花」之譽，引得完顏亮從此對杭州垂涎，密遣了畫工施宜生潛入杭城，畫了一幅西湖圖，又讓畫工在畫中的吳山之上加添了自己策馬立於絕頂的圖像，還題了一首七絕，其中就有剛才李飛黃引用的那兩句。

這麼想著，杭嘉和說：「揖懷，對面這個人坐這裡與我們飲酒作樂，也是對牛彈琴，他自可以把這兩句詩裱了送到日本憲兵司令部去嘛。」

陳揖懷也故意說：「是啊，人家現在要辦什麼日本人的學校，忙也忙不過來的，何苦坐在這裡討人嫌呢？」

李飛黃自飲一口酒，說：「總算開口了。嘉和兄，你也不要對我太過分了嘛。我是一個什麼樣的人，陳揖懷不明白，你不應該不明白。再怎麼說，靈隱那場大火，生生死死的，我們還不是在一起嘛；嘉草下葬，我也捧過一把黃土嘛！我的心情，你這麼一個善解人意的人，怎麼也不明白了呢？」

杭嘉和冷笑數聲，這才正面對李飛黃說：「李飛黃，你不要以為我杭嘉和因為念著你這點舊誼，才願與你坐在一張桌子上的。我們多年恩怨，早可了結。我所以還和你對面對坐著脣槍舌劍，是念你雖然想做奴才，畢竟還未做成，或者天良未泯，尚有懸崖勒馬的可能。我雖並不憐你，但我憐著我的女兒，日後她有一個漢奸的繼父，也是世世代代的奇恥大辱。我這番真言，不知你聽不聽得進十之一二？你若聽得進，也是我們三人的造化，你若聽不進，將來有一日死到臨頭，也會想到我們今日茶樓所言。只是你這麼一個最要活命的人，再想到我們的這番話，也是悔之晚矣。你說吧，你是想聽，還是不聽？」

李飛黃臉色頓時就變了，看來這醉酒之人，也不過佯狂罷了。老吳升靠在樓梯口，看著這教授手裡捏著那酒杯，欲坐不能、欲站也不能的尷尬，趕快就喝了一聲：「給李先生再上一杯茶。」說話間，熱騰騰的龍井茶就上來了。

李飛黃不敢面對嘉和，實在也是事出有因的。他當了多年教授，本來出任一所學校的校長，也不是什麼了不起的事情。只是李飛黃如今正在張羅的那所學校，卻是一般中國人都絕對不會去的。

原來杭城淪陷之時，兩浙著名大學中學，都已內遷，杭州城小學也幾乎全部停辦，直到民國二十八年，在日本人控制下，才開始恢復了幾所中學。然而有了學校不等於有了學生，像建在葵巷的希甫中學，招了一百零八個學生，沒幾個月，逃得精光，學校也只好從此關門。

學生之所以不肯讀書，乃是因為日本人在中國人的學校全面實行日化教育。從小學五年級開始，日語就成了必修課。中學的日語教師，被稱為「大東亞省派遣教師」，他們實際上都是小堀一郎領導下的杭州特務機關專門派遣的，有些是日本軍官，有些是日本顧問的家人，還有直接從南滿鐵路調來的浪人。此輩一旦跨入中國人的學校，自然橫行霸道，以太上皇居之。省立模範中學曾發現一張用毛筆寫的大字傳單——「中日親善是偽善，東亞共榮是騙人，同文同種是雜種，姦淫擄掠是大和魂。」日本教師立刻報告了小堀，兩個學生不久就失蹤，校長老師也立刻招了傳訊。

杭人大多知道這件事情，卻沒幾個人知道，那被傳訊的老師中，有一個恰恰就是今日在杭嘉和對面坐著的那個李飛黃；更不知道，那李飛黃被小堀叫去一頓傳訊之後，出得門來，已經是杭州大東亞日語學校的常務副校長了。校長的頭銜，卻是落在了小堀一郎本人頭上。

這一類學校的目的十分明確——專門培養漢奸。日寇的翻譯、特務、偽政權的公務人員，都是從這等學校出來的。杭州城裡，這樣的學校已經有了幾個，小堀像是還嫌不夠，又讓李飛黃籌備著辦新的。這些日子，李飛黃屁顛屁顛跑到東跑到西，拉這個扯那個。那小堀一郎又專門點了名，要李飛黃把杭家門裡的媳婦葉子請出來任教，這是李飛黃最為犯難的事情了。去找葉子，自然就瞞不過杭嘉和。杭氏家族和日寇不共戴天，葉子怎麼會和敵人同流合汙？杭嘉和今日要告誡李飛黃的，正是這件事情。學校正在籌辦，這也就是嘉和所說的想當奴才還沒有當成的意思。可是你不想當奴才，你就可以不當嗎？你要不當，你就可能去死。李飛黃想到嘉和要他為這些氣節之類玄虛的東西去死，竟覺得古往今來天底下最傻的就是這種行徑了。好死不如賴活，這句大白話，平時聽聽也是俗的，今日想起來，實在是人生的最大真理。李飛黃喝了一點酒，又喝了一口茶，思維就異常地沃躍起來。隨著思維的活躍，氣也就如牛壯起來。他就手握成拳頭，朝桌子上一捶，茶盞酒盞統統跳了起來，移了一次位，然後大聲喝道：「杭嘉和，我倒是要洗耳恭聽一番，看你能說出什麼千古箴言來！」

杭嘉和此時的口氣，倒是沒有剛才的那份尖刻了，他輕輕一笑，說：「我又不是上帝，哪裡來的千古箴言。不過你李飛黃，平素裡一向是以晚明史專家自居的，我便只在你的圈子裡較論。況且你剛才又和我提你我靈隱避難之事，我也曾記得你當時是何等的慷慨激昂，這倒叫我想起一個晚明人物來了。揖懷，你還記得當時我們讀《甲申傳信錄》時，裡面有一個名叫王孫蕙的貳臣嗎？」

陳揖懷頓時明白過來了，心領神會地說：「怎麼不記得？這個王孫蕙，涕泗橫流地在崇禎帝面前發誓，要作為忠臣自殺殉國。可是沒出三天，李自成進京，王家婦人一片哭聲，他就拿一根竹竿挑一幅黃布，上面寫著『大順永昌皇帝萬萬歲』，掛出去了。」

「這個王孫蕙，原在禮部任職，也許是嫌崇禎帝給他的官還不夠大吧，此時還有臉對人說：『方今開國之初，吾輩須爭先著。』李飛黃，你每次來找葉子，我就想起那個王孫蕙。可惜這個姓王的下場並不妙，眼看著大順王朝並不信任他，也沒給他大官做，便扮成個乞丐，逃出京城，最後，卻被土匪抓住殺掉了。」

李飛黃面孔剛才煞白，現在鐵青了，他飲了一大口酒才說：「嘉和兄，你若是舉別的例子，我李飛黃興許就低頭聽你的了，你偏要來拿我吃飯的行當說話，就怨不得我駁你了。從前我做晚明的學問，最做不通的，便是如錢謙益、吳梅村、侯方域一班的蓋世文人，何以最後都剃了頭，歸了大清朝？現在眼看著北京城裡那周作人先生都出來做事，才明白了。孟子曰，民為貴，社稷次之，君為輕。什麼叫民為貴？就是民的命為貴。都如史可法一般，忠臣死節，他自己倒是落得一個青史流芳永垂不朽的美名，揚州城裡數十萬百姓卻是生靈塗炭，灰飛煙滅了。二位不必動怒，且靜下心來一想，究竟是一個人的名節重要，還是天下百姓的性命重要呢？」

陳揖懷生性要比嘉和易激動，此時恨不得揮手就給李飛黃一個耳光，左手就握著拳頭直打那座椅的扶手，喝道：「李飛黃，虧你還曉得提那孔孟聖賢，還曉得民為貴，社稷次之！你怎麼偏就不曉得世間士大夫文人，絕非單單錢、吳、侯等幾個無行文人？不說別人，單說我們兩浙人晚明重臣倪元路，自殺前，還面北而說：臣為社稷重臣，而未能保江山，臣之罪也。更不要說葬於數里路外南山腳下的抗清明將張蒼水先生。從前我等同學少年，每到蒼水墓前，必效仿先生臨難前之狀，面對西湖，大聲喝道——好山色！我還記得你李飛黃每念至此，便涕泗橫流，大有恨生不逢彼時之感。如今果然就到了蒼水先生所吟的『國亡家破欲何之』的關頭了，你怎麼再不曾有『西子湖頭有我師』的豪氣了呢？你怎麼就只知道搬出那些錢、吳、侯之流的軟骨頭了呢？你難道不知，這等文人曾活活羞煞了江南名妓？你今日坐在這裡搬出他們，難道就不怕活活羞煞我們這些多年前的老同學嗎？」

陳揖懷這番話很重，確是觸著了李飛黃的心了。他顫著手一大口一大口地飲酒，半晌說不出話來，最後，突然手捶胸脯號了一聲：「你們，你們，你們就曉得指著鼻頭罵我，你們哪裡曉得我的難處啊！」

杭嘉和這才站了起來，說：「李飛黃，你這就說了真話了。你是有你自己的難處，與什麼社稷、民眾、君主等，原無干係，抬出它們來，也無非拉大旗做虎皮罷了。你剛才說的那個錢謙益，清兵入侵時也曾被他愛妻柳如是拉著跳過池塘，沒死成，他說是水太淺了。柳如是還要與他一起再赴死，他就說以後會有死的機會的。你看，虛偽文人就是這樣，他不說他自己的難處，他就說水太淺了。揖懷，我們走吧，李飛黃這麼一個明史專家，做學問做得把史可法都否定了，我們還有什麼話可與他再說，走吧。」

老吳升就看著杭、陳二人往樓梯口走來，正待要下樓，杭嘉和突然站住了，說：「飛黃，我還有一句話要告訴你——即使你真的賣身投靠了，日子也不會好過。有個關於錢謙益的典故，記得當年還是你親口告訴我的。說的是錢謙益穿著一件小領大袖的外套在蘇州遊玩，遇見一位江南士人，問他何以穿這樣一件衣裳，他說，小領示我尊重當朝之制，大袖則是不忘前朝之意。那士人說，大人確為兩朝『領袖』！如今你李飛黃為日本人這樣賣命，卻是休想再成為兩朝領袖的。不要說錢謙益第二，錢謙益第十你也當不上。你這點難處倒是和錢謙益一樣，不過『怕死』二字而已。不過我也實在不相信，你不當漢奸就一定只有死路一條了嗎？你若還信得過我們，你來找我，我杭嘉和不怕死，我保你活命又不當漢奸，我幫你逃走，怎麼樣？」

嘉和緊盯著李飛黃，他的目光又奇異地燃燒了起來。李飛黃也站了起來，看得出來，他在作激烈的思想鬥爭。老吳升站在角落裡看著李飛黃，看著看著，他嘆了一口氣，他看見李飛黃搖了搖頭，又坐下了。再回過頭去看，杭、陳二人已經消失在茶樓外了。

吳升走上前去，重新坐到了那李飛黃的對面。李飛黃卻是真的醉了，正在邊飲邊哼著一首吳升從前並沒有聽過的曲子：

……齊梁詞賦，陳隋花柳，日日芳情迤逗。青衫偎倚，今番小杜揚州。尋思描黛，指點吹簫，從此春入手。秀才渴病急須救，偏是斜陽遲下樓，剛飲得一杯酒。……

他就又飲了一口酒，這才看清對面的吳升，指著他鼻子問：「你知道我剛才唱的是什麼？」

老吳升搖搖頭。李飛黃一字一句地說：「《桃花扇》。」

老吳升點點頭，《桃花扇》他是知道的，茶樓裡評彈也常點這齣戲。就這麼想著，看著坐在對面的人，突然拿起李飛黃眼前那杯滿滿的涼茶，一使勁，就全部潑在他臉上。李飛黃嚇了一跳，站起來喝道：「你要幹什麼？」

吳升看著那一張沾著茶葉末子的臉說：「我要你醒醒酒，趕快追你的救命恩人去。過了這個村，就再沒有這個店了，快去，快去！」

說完，連推帶拉，把李飛黃拽下了茶樓。

世上之事，無巧不成書。這頭李飛黃醉眼矇矓被趕出茶樓，那頭，在茶樓下，病體虛虛的盼兒，恰恰就找到了已經走到茶樓外的杭、陳二人。盼兒見了親生父親，不由悲從中來，撲到父親懷裡就哭開了，邊哭邊打開方西泠讓她帶來的傘，邊就把杭漢之事對他們說了。正站著說呢，李飛黃從後面過來，見盼兒在她親生父親懷裡，不由得怒從心頭起，上去一把就拉開了盼兒，大吼一聲說：「你死到這裡來幹什麼，還不給我回家去！」

陳揖懷氣得也一手把李飛黃推得丈把遠，罵道：「你這不通人性的東西，漢兒遭了那麼大的難，你明明曉得，為什麼不告訴我們？」

李飛黃冷笑說：「我告訴你們？我告訴你們有什麼用？你們不都是不怕死的忠臣良將嗎？你們不是連自己的命都不要嗎？自己的命都不惜，還會惜人家的命！好，杭嘉和，我現在就告訴你，你侄兒這次怕是命要難保了，不過你若讓葉子出面到小堀那裡去一趟，一切就煙消雲散，你發不發這個話？你不發，你侄兒就得死；你發了，你剛才在茶樓裡和我理論的那些道理，就是吃屎道理，就是放屁！」

他的話音剛落，臉上就捱了杭嘉和重重一掌。這一掌之重，一點也不亞於杭漢之打日本兵，他李飛黃之打方西泠。這是今日與杭家有關的第三個耳光了，一下子就把李飛黃打倒在茶樓旁的泥濘裡。

杭嘉和摟著女兒的肩，就飛也似的走，李飛黃躺在地上叫道：「盼兒，你敢走，你敢走，你就再也不要回來！」

盼兒回過頭來，也叫道：「我死也不會再回來了！」

李飛黃爬了起來，醉得又倒了下去，吳升聽到聲音趕下樓去時，只聽到他口裡還在哼：「……秀才渴病急須救，偏是斜陽遲下樓，剛飲得一杯酒……」

吳升蹲下來，聽了那麼幾句，就管自己上樓了。店裡的小二要出來扶李飛黃，吳升輕輕喝道：「隨他去！」

第十六章

向晚時分，杭州城內，鐘聲亂敲起來了。這不合時宜又不分鐘點的鐘聲，咣咣嗡嗡地回縈在了春日江南的大街小巷之中，也不知是要報告不祥之訊，還是在呼號著反叛。暮色裡的行人，不由自主地停住了腳步，正窩在家中悶頭吃飯的市民，也大著膽子打開了窗子。人們又慌亂又興奮，又怕災難降臨又渴望出一件大事——自打一九一七年上海商務印書館和地方人士捐款一萬元建造了這座鐘樓，它還從來沒有這樣隨心所欲地亂撞過呢。

站在鐘樓大鐵門外的杭家人，擠在人群中，聽到鐘聲這樣激憤而混亂地響著，知道大事不好了。葉子和盼兒就衝動地往前撲去，被嘉和一手一隻肩膀，死死地摳住了，他對著她們耳語道：「不要慌，不要慌，日本佬輕易不會開槍的。」

他這麼說著的時候，就抬起頭來，朝不遠處日本兵的包圍圈中兩個騎著馬兒的人望去。他的目光就和日本特務翻譯杭嘉喬的目光對視了。兄弟倆互相厭惡與仇視地逼看了一會兒，嘉喬就回過了頭去，對著小堀不知說了一些什麼。然後，嘉和看見小堀也回過頭來，上下打量了一下他，又把目光移到了盼兒身上。嘉和能夠感覺到女兒微微顫抖了一下消瘦的肩膀，女兒的頭別開了。

前面擠著的一個中年男人，顯然是不認識他們杭家的，對著嘉和耳語道：「日本佬兒說了，如果教會不把裡面的人交出來，他們就要炸鐘樓呢。這麼『別』了一天，教會『別』不過日本佬了，他們已經答應把人交出來了。這會兒，那人就在鐘樓裡敲鐘呢。嘖嘖嘖，真正是吃了豹子膽了，早上甩了日本兵兩個耳光，晚上還敢不停地敲這大鐘！」

旁邊便另有人問：「聽說是什麼人了嗎，這麼大的膽？」

「說是羊壩頭忘憂茶莊杭家的二少爺呢！」

問的人恍然大悟，說：「這份人家啊，難怪，殺人放火都敢的！好漢出在他們家裡，強盜也出在他們家裡，杭州城裡也算是一塊牌子了。」

「輕一點，你不要命了，有沒有看到那騎在馬上的人，那也是杭家的呢！」

兩人那麼說著就縮了回去。葉子聽到這裡，手就揪到了胸口上，嘉和的右手就把她摟得更緊了一點，對著她再一次地耳語說：「不要慌，出來也好，出來也好，不要慌，不會出人命的。」

正那麼說著，就眼看著青年會的大鐵門打開了，日本人持槍嗷嗷地叫著，腳步聲咔咔地響著，驚心動魄地朝裡面衝，而鐘樓頂上，那鐘聲也更為大作起來。鐘樓下幾乎所有的杭人都啊啊地叫了起來，人群一陣陣地騷亂著，盼兒突然尖叫一聲哭了出來，卻立刻被父親一把摟過，把她的臉埋到他的又寬又大的胸膛上了。

這時，一個穿著牧師衣服的洋人走到了大門口，仰望著鐘樓，邊畫十字邊高聲地祈禱起來——我們在天的父啊，請饒恕我們的罪孽吧！主啊，你已經以十字架上的鮮血告知我們了：彌賽亞必須受難，並在三天以後起死回生，懺悔和赦罪的將傳遍世界，看見這一切的你們將為此作證，人子將親自實現天父對你們的承諾，但你們必須等待，自上天而來的權能終將會降臨在你們身上——阿門……

所有站在大鐵門前的杭人——無論信教的還是不信教的，都畫著十字，跟著那牧師祈禱著——阿門，然後，低下他們的頭來，甚至盼兒和葉子也畫起了十字，低下了頭。只有嘉和一個人昂著頭，他要看著漢兒從裡面完好地出來，他要漢兒也看到他。

果然，鐘聲突然就停了，一陣號叫之後，傳來了凌亂的腳步聲，然後，嘉和看見幾個日本兵拖著杭漢從大鐵門裡出來。杭漢一開始還半低著頭，和那些日本兵爭打拉扯著，突然，葉子尖聲地叫了一聲，在場的杭州人幾乎沒幾個人能聽懂，但杭漢卻突然抬起頭來，他聽懂了，他的母親脫口用母語叫了他一聲——我的兒子！就在杭漢抬起頭來朝母親叫他的方向看去時，嘉和突然踮起腳來，高高地舉起手來，頻頻地向他揮著。杭漢朝他笑了笑，點點頭，嘉和兩隻手舉過頭頂，以作揖的方式，不斷地和他的侄兒打著招呼，彷彿是說，漢兒，你是好樣的；又好像說，漢兒，拜託你了；還好像說，漢兒，一路平安。這種本來應該是晚輩對長輩才會做的禮儀動作，一直延續到他們再也看不見杭漢的背影為止。騎在馬上的小堀一郎，用手裡的馬鞭指著不遠處的杭嘉和，輕輕地對杭嘉喬耳語說：「這個人，就是你的大哥吧。」

小堀上午就知道，親手打了日本憲兵兩個耳光的，又是他們杭家人，而且還是那已經死了的女人沈綠愛的親孫子。一開始接到嘉喬報告的時候，因為嘉喬沒說那層關係，小堀揮揮手就說：「通知憲兵隊，立刻搜尋鐘樓，把那人弄出來，什麼地方打的耳光，就讓那憲兵在什麼地方打回。中國人有句古話，叫『來而不往非禮也』。打夠了，就地正法，槍斃。」又想了想，補充了一句，「記住了，要暴屍十天的，這也是中國人的老刑法，我們也不妨入鄉隨俗嘛。」

嘉喬遲疑了一下，沒走，卻說：「剛才孔廟來人報告，趙寄客急著要見你。」

小堀的眼睛就一下子亮了起來，興奮異常地說：「噢，竟有此事，看樣子，太陽也會從西邊出來的了。嘉喬君，你估計他找我會有什麼事情嗎？」

嘉喬這才說：「我看八成是和鐘樓上的人有關。」他不敢看小堀的眼睛了，低下頭去說：「我還沒來得及向你報告，那個逃入鐘樓的人，正是我二哥杭嘉平的兒子，名字叫杭漢。」

小堀一邊穿著外套一邊若有所思地說：「現在我知道他是誰了。他是我茶道老師羽田先生的外孫，也是明天就要來杭和我們日方接洽的南京政府的代表沈綠村的親甥孫，還是你杭嘉喬的親侄兒。你們杭家很有趣，先是燒了我住的院子，然後是給我的士兵吃耳光。你們杭家，的確很有趣。」

「我和我二哥不是一個娘生的——」杭嘉喬急忙抬起頭來要申辯，被小堀一個手勢就擋住了，輕輕笑著說：「哎，不要這樣沒有人情味嘛。我已經想起來了，這個杭漢，不是日本女人生的嗎？」

「那你看……還要不要……槍斃？」

「我說過要槍斃日本人了嗎？」小堀回過頭來朝嘉喬一瞪，嘉喬立刻就緘了口。小堀就一邊戴著他的白手套一邊往外走，嘉喬也沒有跟他——這也已經是他們之間心照不宣的規矩，凡到趙寄客處去，杭嘉喬都不用跟著。小堀走到門口，才像是想起了什麼，突然又站住了，問：「你全身的骨頭還痛嗎？」

嘉喬的肩膀一下子就塌了下去。是的，他全身的骨頭痛，特別是在今天這樣陰雨綿綿的倒春寒時節；特別是當他聽到打那日本憲兵耳光的，竟然是他的侄兒杭漢的時候。他是一個從來也不相信報應的人，但是他的骨頭，確實是痛得厲害啊。

日本人給趙寄客的軟禁之處安排了兩間平房，相互間有一個小門打通，外面一間做了會客間，裡面是臥室。

小堀一進屋子，見趙寄客昂首坐著不理睬他，他也不尷尬，只管自己桌上櫃上地掃視了一圈，然後才說：「趙先生和茶人交了一輩子朋友，怎麼客人來了，連杯茶也不給，要不要我給你送一點來？」

趙寄客搖搖手說：「我只喝白開水。」

小堀一郎也不在意，叫人沖了兩杯茶上來，一杯親手端了捧到趙寄客面前，一杯放到自己身邊。趙寄客說：「你倒是有膽量，不怕我再用茶杯砸破你的腦袋？」

趙寄客上一回大鬧維持會，茶杯砸過去，把小堀的頭都砸破了。這件事情杭州城裡大大小小的人都知道，就是不知道為什麼小堀沒有和趙寄客算總帳。

小堀搖搖頭，凝視著眼前的青花茶杯，片刻，突然說：「跟羽田先生習茶道的時候，我曾經想過，有一天我會怎麼樣端著茶碗跪在你面前——」

趙寄客很吃驚，小堀的話的確超過了他的想像。他的第一反應是阻止他再說下去，便狠狠地把拳頭砸在桌子上，低聲咆哮道：「你給我住嘴！」

然後他就一下子站了起來。他不能自已，這是他一生中很少有的事情。他全身發抖地在斗室中來回地走著，不停地說：「你給我住嘴！你給我住嘴！你給我住嘴！」他一下子拎起剛剛小堀給他沖的熱茶，狠狠地潑在地上，然後又衝到小堀一郎身邊，咬牙切齒地威脅著小堀說：「你要是再敢提……」

小堀看著趙寄客瘋狂的樣子，就把軍刀做了手杖拄在手裡，半低著頭。他知道，他這一次是觸到趙寄客的痛處了，但這也是拿他自己的痛處與他的痛處碰撞而得來的。真是不可思議，他殺過許多人，可他也會傷感，會動情，還會有痛處——隱痛。他曾悄悄地觀察過他的許多同僚，包括他在軍校的同學。所有那些日本人，和他都是不一樣的。一開始他為自己羞愧，後來他仇視自己，然後他學會忘卻。最後，當他幾乎以為自己已經成功的時候，他來到了中國。所有忘卻的一切飛快地復活，他知道他的血液裡藏著惡魔。

這個惡魔現在甚至按捺不住自己，要從血液裡跑出來，跳到他的眼神裡去了。所以這一剎那他不能夠抬起頭來。為了掩飾自己，他的口氣變得像地獄一樣冰涼。

「別忘了，這一次，是你把我請來的。」

趙寄客也冷冰冰地說：「怎麼，我就不能叫你過來？」

小堀沒想到趙寄客會這樣回答，這就是那種在生活中一貫要掌握主動權的人的思路，也是他小堀一郎的思路。

他說：「你能這樣與我交流，我很高興。」

「我不高興。」

「你這是在成心找我的茬子啊，」小堀笑了起來，「我倒是很願意沒事情找你多聊聊，這才顯得正常嘛，特別是你我二人之間。」

「不要提你我，我們兩個人之間沒有你我。」趙寄客又急躁起來了。

小堀的聲音卻突然高了起來，透著他自己從來也不向別人透露的那份委屈：「你還是直說吧，你要我對那個鐘樓裡的人怎麼樣？」

趙寄客說：「我要你怎麼樣，還用我來說？」

小堀恢復了他冰冷的口氣：「那個鐘樓上的人應該去死。」

「可我要他活，還要他自由自在地活。」趙寄客盯住了小堀，他還是第一次這麼直接地長久地盯著他。他們就用目光較量了那麼一會兒，小堀就把目光別開了。他和趙寄客在一起的時候，心裡總壓不住沒來由的委屈，倒像是一個孩子似的了。為了不讓這種傷感的情緒氾濫成災，他換上了那種他已經習慣使用的嘲諷的口氣說：「……我很羨慕鐘樓上的那個無法無天的暴徒啊，他不是快二十歲了嗎？我還沒動他一個指頭呢，就有那麼多人來為他的生命擔憂了。一個支那人，低賤的人種，卻享受了幸福。這種幸福，我小堀一郎一天也沒有享受過。」小堀抬起頭來，他現在有底氣目光直逼著趙寄客了，他說，「趙先生，你真不該當他們杭家人的說客，你挑起了我個人對他們杭家的仇恨。如果這個雜種現在就站在我眼前，我會一刀把他劈成兩半！」

趙寄客沒有立刻回答他的咆哮，他甚至連站都沒有站起來，好半天，他才說：「別忘了，你把我關在這裡，好吃好喝，還不殺我，為了什麼？還不就是為了時時提醒你自己，你也是一個雜種。小堀一郎先生，你給我記住，『雜種』兩個字，別人罵得，你罵不得！」

小堀一郎臉色驟變，眼露凶光，右手一下子按在了軍刀上，肩膀一挺，好像就要動殺機了。然後，看得出來，他的內心正在經歷著什麼，他僵持在椅子上，慢慢地，臉上露出曖昧的笑意，說：「趙先生，我也真沒想到，我本來還以為你不會把我看成是雜種的呢！」

趙寄客想了一想，輕聲說：「我也沒法接受你是一個雜種的事實。可是沒辦法，雜種就是雜種。」

小堀一郎此時已不再動怒了，他站起來走到門口，意味深長地回過頭來，說：「我還沒想好，該不該殺那個竟敢毆打大日本皇軍士兵的傢伙。哪怕你來替他說情也沒有用，一切都得看我的心緒，而心緒是不可知的，尤其是我這樣一個雜種的心緒。不過有一點我已經同意了，也不會再改變了。過段時間，維持會的人，就要來修復這裡的大成殿了。我可不想隱瞞你，所謂修復，不過是幌子而已，他們是要拿你們大梁上的楠木做棺材板呢。真可惜，那可是八百多年前的南宋孔聖人廟的楠木啊。當然，我是有權力阻止他們這樣做的。可我為什麼要阻止他們呢？你們的這個民族應該像棺木一樣地被葬掉！你們腐朽了，你們糜爛了，你們只有依附在我們大和民族身上，才可苟延殘喘活下去……等一等，你別激動，其實我也不願意看到這樣的局面，沒辦法，和你一樣，我們得承認現實。」

他一邊說著一邊往外走，忍不住回過頭來，卻看到趙寄客的那個穿著灰布長衫的背影，他就對著那個背影說：「趙先生，在支那大陸上，像你這樣的不多了，當然像王五權、吳有——哦，包括杭嘉喬這樣的人，也不多。好吧，也許我不會殺杭漢，因為殺他和不殺他，都無損於我們大東亞共榮圈的建立。明天，你從前的辛亥義舉時的戰友沈綠村就要來杭了，他是作為合作者的特使來打前站的，我將在天香樓專門替他接風。他可不會想到，當他正在和我們日本政府洽談共榮事業的時候，他的親甥孫卻在鐘樓上亂竄一氣呢。多麼可笑的鐘樓上的堂吉訶德啊……我還會來看你的，你還有什麼話要對我吩咐嗎？」

趙寄客背著他揮了揮手說：「我們中國人都知道什麼叫物以類聚人以群分，你剛才卻提到了一群狗。所以我還要補充一句話，雜種並不丟臉，狗雜種才叫丟臉呢。」

小堀怔了一下，輕聲地咆哮起來：「你想要我真的殺了那傢伙！」

趙寄客說：「你要是真的敢殺他，你就殺他吧。」

小堀還想再說什麼，但他還是嚥下去了，轉身就走。他殺氣騰騰的腳步聲，在孔廟裡震響了一會兒，終於消失了。

小撮著眼看著小堀從大門走了出去，趕緊往廟裡跑，見著趙寄客就問：「趙先生，趙先生……」他都不敢往下問。

趙寄客沉默了一會兒，才說：「小撮著，你趕快去告訴嘉和，漢兒不會死，他要活下去的，叫他們不要擔心。」

小撮著驚喜地問：「是小堀親口跟你說的嗎？」

趙寄客突然提高了聲音：「快去啊，問那麼多幹什麼！」

小撮著驚了一下，一時就愣在那裡，趙寄客這才緩下口氣來說：「快去快回，我這裡還有要緊事情和你商量。再過幾天，王五權他們就要來拆孔廟了。」

照杭人的說法，真正是差了一刨花兒，杭漢就要死在小堀一郎的手裡了。

夜色降臨之際，杭嘉喬親自把杭漢從拘留室押到小堀處去。小堀的機關和住處連在一起，是杭州城從前大戶人家的一個院落。這戶人家姓陳，人稱陳家花園。陳家幾代在京城為官，書香門第人家，那院子便自然多了幾分儒雅，也有幾進花園天井。小堀喜歡這種中國式的居住環境。不過，一般的人走進這樣窗明几淨的花草疏林間，是很難想像地獄就在後院的。最後一進院子的廂房，從前下人們居住的地方，現在成了刑訊室和臨時拘留所。杭漢就被關在這裡。

此刻，杭嘉喬一邊架著杭漢在夜色的花園小徑中走著，一邊對著他耳語：「你不要再犟了，他說什麼你就聽著應著，你再犟命要犟掉了。」

杭漢呸的一聲，把一口唾沫吐在杭嘉喬臉上。他對他恨之入骨，不僅僅因為他是漢奸——還因為他們全家都把杭嘉喬當作殺害沈綠愛的直接凶手。他們對杭嘉喬的仇恨，是國仇家恨都占全的了。杭嘉喬卻不明白，他抹了一把臉，架著杭漢的手就放了下來，說：「你不識好歹，我反正仁至義盡了。」

其實，那天夜裡，小堀對杭漢本來並沒有動殺機，他沒有在刑訊室裡審訊杭漢，是在他自己的客廳裡與杭漢見面的。接待這麼一個乳臭未乾的黃毛小兒，用一把牛刀來殺雞，小堀感到好笑。他不想再在這件事情上大動干戈了。明天只要打個報告，說明一下這純粹是一個誤會，是兩個日本人之間的內部矛盾就可以了。當然，不能那麼快放出去，至少得拿這件事情換出葉子來。羽田先生的女兒和外孫也實在太不像話了，或許是在中國待的時間太長了吧。必要的時候，應該把他們送回國內，讓他們感受一下戰爭的氣氛。他們畢竟是有著我們島國血統的嘛，他們會很快明白過來的。

這麼想著，看見年輕的杭漢進來的時候，他甚至產生了一種親切的、略帶傷感的認同感。檯燈的明暗光線下，他努力地想尋出老師羽田在這個隔代的後人身上的印記。他發現了這個小夥子的下巴——略略兜起的發青的下巴中間，有一條豎著的若有若無的凹溝——毫無疑問，這是老師羽田家族的下巴。單單衝著這樣的下巴，小堀都差一點要說出「別害怕，我會保護你的」之類的話。但是就在他這樣感情衝動的剎那間，他也沒有忘記從下巴往上觀察，結果，他看見了一雙純粹的中國人的眼睛，中國人的目光。這種杭氏家族特有的目光，頓時就把羽田家族下巴的特徵掩蓋了。就在那一刻，小堀想起了沈綠愛，他眼前的這個小夥子有著一雙和那個已經死去的女人一模一樣的眼睛。

完了，現在，格局又恢復到從前小堀千篇一律在做著的，一個日本特務機關的官員對中國人的審訊。一切都是老樣子的了，年齡，姓名，家庭地址，本人身分等，只是多問了一道國籍。杭漢平靜地回答「中國」，小堀就站了起來，繞著杭漢走了好幾圈，然後，劈面就是幾個耳光，杭漢嘴角就被打出血來了。小堀突然就用日本話吼叫起來：「你再說一遍，你是什麼人？」

杭漢只管自己低頭用袖口擦嘴角的血，沒有理睬小堀。說實話，他回答國籍的時候完全是下意識的，他沒有想到要專門因此而激怒小堀，他卻不知道，正是因為他的下意識激怒了小堀，他想用兩個耳光喚醒杭漢大和民族的自尊心。然而這兩個耳光和接下去的日語反而激起了杭漢的中國心，他不再理睬小堀。當小堀一把抓住他的頭髮，再一次用日語叫道——你再說一遍你是什麼人——的時候，杭漢搖搖頭說：「你說什麼？我聽不懂。」

這一次小堀知道杭漢不是下意識對抗他的了，他竟然不肯承認自己祖國的語言了。他眼前開始出現老師年邁的背影。作為京都著名的茶道師，他死後沒有一個親人來替他送葬——他們都在遙遠的中國江南，消息不通，路途不便。小堀從牆上取下掛著的鞭子，有時候，他喜歡用鞭子把犯人的身體抽出花紋。可是今天他沒有這個「雅興」，他一邊拉著鞭子一邊說：「你說什麼？你說你聽不懂，我現在以你外公的名義用另一種語言教你說話，你很快就會聽懂了。」

他沒想狠狠地揍杭漢。舉起鞭子之前，還只想抽幾鞭子教訓一下。他經常以折磨犯人作為一種休閒方式，並且從中得出了許多技巧性的操作程序，比如先聲奪人把犯人的威勢先打掉，就是其中之一。可是在實踐中他卻不能完全服從於他自己發明的程序。他不能真的拿起鞭子而不狠狠抽，就像他不能真的舉起槍來而不射子彈。他一舉起鞭子，就成了另一個不能自控的人，他血液衝頭，感覺腦袋就漲得像個磨盤那麼大。他渾身發抖，見了血就像抽了鴉片一樣興奮，甚至有一種渾身抽搐的痛苦的快感。此刻他也未能超越自己，他一邊揮著鞭子一邊叫著：「說，你是什麼人？你是什麼人？你是什麼人？」杭漢卻一聲也不吭。這樣，等小堀氣喘吁吁清醒過來時，杭漢已經被他抽得昏死過去了。

這個倒在地上的血人一點也沒有引起小堀的同情。相反，因為疲勞，他感到空虛。自從到了杭州，常常會有這種過去不曾有過的空虛感突然向他襲來，他扔了鞭子，一個人坐到檯燈下去沉思默想了。一會兒，他感覺到身後的黑暗中有人顯現，他知道那必定是杭嘉喬。這個人同樣讓他討厭，他便頭也不願意回一回，只是說：「把他押下去！他什麼時候承認自己是日本人了，我什麼時候放他。」

第二天小堀沒有再提審杭漢。中午嘉喬親自給杭漢送了一碗麵條過去。杭漢躺在拘留室的爛草堆裡，頭朝裡，眼睛腫得只有一條縫，手腳都動不得。嘉喬想，這一次小堀倒是真打狠了，要照這個打法，再提審兩次，杭漢這條小命也就算完了。這麼想著，他就揮揮手讓身邊的人都出去，然後才說：「不就是讓你說你是日本人嘛。說一聲日本人又怎麼了，你本來就有一半是日本人。說了，沒多什麼，也沒少什麼，你就可以回家了，何苦吃現在這種苦頭？犯不著。」

杭漢的腦袋就移了移，同樣腫得像個喇叭一樣的嘴脣動了動，嘉喬連忙移過耳朵去聽，他聽到一聲氣息一樣的字眼——你滾……然後，他就想起來了，杭漢畢竟還是杭嘉平的兒子，節骨眼上他們多麼相像。行了，當他們都死過了吧，夜裡也不要睡不著了，杭嘉喬一邊往外走著，一邊摸著自己的肩膀，被沈綠愛咬過的地方，這會兒又突然痛起來了。

另一個與杭家有著姻親關係的人，在第二天傍晚時分，與這個關押在陳家後花園廂房中的特殊的犯人，也有過一個初初的照面。不過他連一句話也沒有和杭漢說，他就像一個與杭漢毫無關係的陌路人一樣，從他關押的拘留室門口，一聲不響地走過去了。

南京「維新政府」特派員沈綠村，此次來杭，乃是專門為了配合日方調查杭州市長何瓚被刺一案。自一九三八年五月「維新政府」成立之後，不過一月，至六月二十二日，「維新政府」的浙江省政府與杭州市政府，也就同時成立了。市長何瓚，乃是沈綠村的老相識。這個福建閩侯人曾在日本帝國大學學醫，後來又出任國民政府駐日本和朝鮮等國的總領事及外交部參事。沈綠村與他經歷相似，政治見解也驚人地一致，到末了，繞來繞去，還就是繞到一條道上來了。兩人都以老資格的國民政府要員身分而理直氣壯地做了大漢奸，自然引以為知己，唱詩祝賀，送往迎來，也是「惺惺惜惺惺」的。沒想到這市長當了還只有半年，一九三九年一月二十二日，竟讓抗日的地下組織給殺了。沈綠村這次來杭，一是調查此案，二也是兔死狐悲，憑弔一番。

他是從火車站直接趕到陳家花園的，準備與小堀緊急會晤之後，一起去吃飯。聽說這次飯局又被安排在天香樓，他好像不經意地說：「南京政府方面接到的報告說，正是天香樓一個小跑堂的，在何市長的飯桌上撿了同桌遺下的名片，又取了這名片敲開了何市長的門，結果竟然在何市長家中把他給當場打死了。」

小堀笑笑說：「所以才特意請了沈特派員再到天香樓吃飯，也算是考察現場，也算是身臨其境嘛。」兩句話一談，沈綠村立刻就掂出這個小堀的分量來了。他在宦海沉浮多年，察言觀色，度人心機，也是早就有了一套識人的本領。他看出來了，這個小堀一郎，乃是一個多疑和難以捉摸之人。這麼想著，他就去了一趟洗手間，果然就見嘉喬尾隨而來。

沈綠村和嘉喬之間的關係，本來也是夠微妙的。按理說，沈綠村沒有理由不仇恨他——他妹妹綠愛的一條命是送在嘉喬手裡的。可是沈綠村就有這種本事，私人恩怨，哪怕比天還大，還是大不過他的權力欲和從政癖。他壓根兒就是一個沒有政治信仰的人，只不過把他家族遺傳下來的全部的經商熱情轉化為從政熱情罷了。當官，當大官，當最大的官，是他的人生目標，也是他的人生過程。把人都聚集在他的眼皮子底下，分化他們，瓦解他們，再把他們團結起來，然後，再在其中製造新的派別，讓他們再打混仗，弄得不可收拾，然後再由他來收拾殘局，樂莫樂於其中矣。說實話，他本來完全沒有必要投靠「維新政府」，他在國民政府裡，日子過得也不壞。問題是他以為日子雖然不壞，卻不能夠再發展了。而一個另起爐灶的「政府」，還將有多少官職在虛席以待啊。就像他當年押寶押在辛亥革命、後來行情又看好的蔣家王朝上一樣，他現在是吃準了日本人將得未來中國之天下了。既然如此，他為什麼要開罪於日本人的親信嘉喬呢？再說綠愛也已經死了，你再找仇人算帳，死人還是不能復生了。沈綠村當然也為妹妹的慘死難過，這種難過，離杭州越近，越明顯起來。但他能夠把難過埋在心裡，他知道他能夠過得去。當年四一二政變，杭家死的死，瘋的瘋，跑的跑，他作為不可推卸責任者，不是照樣平平安安過來了嗎？

所以從鏡子裡看到嘉喬心事重重的樣子，沈綠村不由得暗自一笑，想，還是嫩啊。嘉喬見沈綠村笑了，連忙說：「特派員，如果小堀讓你去見趙寄客，你最好推掉。」

「我見他幹什麼？一個背時鬼，國民政府手裡我都沒想見他，這會兒我去見？得讓小堀知道，這人早就過時了，沒用了。」

「可小堀不這麼看，我是說，他和他之間，有一種說不清的關係。他們之間的仇恨，誰也想不出有多深。可是我總覺得他們之間還有另外一種東西，不讓我們知道的東西。這件事情我不想多說了，小堀要是知道了會要我的命。我現在急於告訴你的是另一件事情——」

他就湊近了沈綠村的耳朵，把杭漢的事情告訴了沈綠村。

沈綠村再次回到客廳的時候，講話就更加天衣無縫了。他發現小堀一郎也顯得彬彬有禮，他們兩人各自的戒備都顯得旗鼓相當。到天香樓去時他們沒有走前門，走的是後花園的一扇小門。他們路過廂房時嘉喬朝沈綠村看了一眼，可是他沒弄清沈綠村有沒有朝那拘留杭漢的屋子裡看。那天晚上天香樓的飯局，雙方吃得其樂融融。沈綠村用日語講了許多他在日本留學時的故事，還有日本民族的風情民俗。小堀很有禮貌地聽著，偶爾便用漢話做一些詢問。沈綠村不但能說一口流利的英語和法語，也能說一口純正的日語。結果沈、杭二人席間的日語說得比小堀還多，不知底裡的人，也許會把他們之間的國籍換一個個呢。

令沈綠村放心的是小堀絕口未提「趙寄客」這三個字，這說明小堀未必想讓他們這兩位老戰友見面。沈綠村生性厚顏無恥，一般對人都少有發憷的時候，記憶中細細搜來，趙寄客算是頭一個讓他發憷的人了。他很難和這樣一個有著浩然正氣的人對話，彼此間你說你的我說我的，到末了也總是趙寄客強人一頭。趙寄客也是沈綠村少見的奇人，一般人聰明和力量，往往只占一頭，趙寄客這個人，兩頭都占了，且老而彌堅，硬得越發像塊花崗岩。碰到這樣的角色，沈綠村是連半句話也不能和他對的，他也不想在小堀面前出這種洋相。

小堀一郎，從骨子裡鄙視像沈綠村和李飛黃這樣的人。相比之下，他反而覺得吳有之流更容易接受一些。小堀下意識地認為，有文化的人是不能夠彎下脊梁骨來的，他們只有一種命運，像趙寄客和杭嘉和一樣地去面對死亡。他知道，總有一天，不是他會置他們於死地，便是他們會置他於死地。正因為在死亡這個根本問題上，小堀和趙寄客這兩大陣營不共戴天的人們反而有著共識，而投靠小堀這個陣營裡的沈綠村之流，在他的眼裡，雖然道貌岸然，卻都不過是一些苟活的怕死鬼，小堀從心底裡就深深地鄙視他們。無論他對他們怎麼樣彬彬有禮，這種鄙視的目光都無法完全掩飾。

那天深夜，沈綠村回珠寶巷自己家的時候，沒有忘記讓一個十分可靠的家人，帶著一張條子到羊壩頭杭家大院去一趟。條子是給葉子的，是用日語寫的。看了這張條子之後，葉子就敲開了嘉和臥室的門。

他們的對話顯得有些雜亂無章，和葉子住在一起的杭盼，隔著牆板，幾乎全都聽到了。顯然在此之前他們曾經有過數次討論，他們接下去的對話就是建立在以往對話基礎上的——

「我不是不叫你去，關鍵是你去了起不起作用。你想好了嗎，你願意到李飛黃的學校去任教了嗎？」

「我只是想看我的兒子，我要把他救出來。我沒說過要到日語學校去，不，你不要對我說這個，我從來沒有想過要到那種地方去。」

「你看，這不是我對你說的，你曉得這是嘉喬帶來的口信，而他的口信又是小堀親口轉述的。事情就是這樣的簡單，你去學校，換漢兒的命。現在事情更複雜了，漢兒不肯承認自己是日本人。這條子肯定是沈綠村寫的，這上面寫得清清楚楚，只有漢兒承認，才能被放回來。」

「你這是什麼意思？你是說讓漢兒讓步，讓他承認了，你是不是這個意思？天哪，我不明白你的意思，你告訴我，你是讓他承認了，還是不讓他承認？你知道，他相信你勝似相信我。」

「你坐下來，你不要這樣激動。葉子，你喝口茶，聽我說，還是讓我去跟他們交涉好不好？」

「可漢兒是我的兒子，是我的兒子！」

「冷靜一些。漢兒已經是個成年人了，這個選擇應該是他杭漢自己的。我是說，其實承認自己有一半的日本血統並不是什麼羞恥的事情，但國籍卻是另外一回事情了。現在的問題是那個小堀，他不會讓漢兒輕易地送命，可是他也不會輕易地放他。這個人很奇怪，很奇怪，他好像對我們杭家有著特殊的仇恨。」

「你是說那個和嘉喬靠在一起的騎在馬上的人，他披著一件黑大氅，鬈頭髮的，他和我從前見過的樣子完全不一樣了。和父親在一起習茶道的時候我見過這個人。我父親說，這個人的身世和漢兒一樣，也就是說，他有一個中國人的父親……我一見到他就嚇了一跳，你有沒有發現他像一個人……」

「……現在我也明白了，我曉得為什麼他要把趙先生軟禁起來，他為什麼不殺他了……這件事情只有我們兩個人曉得，再不能透露給第三個人的。」

「我現在曉得他為什麼非得讓漢兒承認自己是日本人了。我是不是非得去會會他才行呢？你看，我聽你的話，我已經在家裡等了兩天了，再讓我等下去我會死的。漢兒也會死的……」

「……那就讓我陪你一起去吧。我在你身邊，你會自然得多的。要緊的是不能夠讓他看出來你已經知道他的底細了。也許他那麼盯著你和漢兒，就是因為這件事情。……好了，好了，不要哭了，你看，你把我的衣服都打溼了，你這麼哭下去，明天還怎麼去見漢兒呢……」

第十七章

清晨，小堀一郎打開窗子，一股雨後特有的清新空氣撲面而來，他的眼睛一亮，春天在一剎那降臨了。

昨夜他並不快樂，噩夢纏身，彷彿當年東京大地震的情景再現了。漆黑的大地裂開了一道道醜陋的口子，從那深不見底的深處，朝天空噴射著火焰。只有他孤獨的一個人，在龜裂的大地上東跳西蹦，為的是逃避那些彷彿跟蹤著他的裂口。然而，不管他逃到哪裡，裂口都像毒蛇一樣地跟他竄到哪裡。天空濃雲密布，也像大地一樣地裂開了口子，閃電的縫隙中，傳來了熟悉的鐘聲，那是報應的鐘聲。他深感死期已到，他將永墜地獄之中。在夢中，他是怯弱而恐懼的，這種感覺白天他只是依稀地悟察到，從來也沒有讓它膨脹起來控制住他的頭腦。然而夢比他的意志強大，在夢中，還來不及叫出聲，他就飛快地朝地獄下墜而去——然後，他就醒了。

直到打開窗子，看見了窗外那株紫荊花掛滿露珠，在初陽下燦爛地開放了，院子的鵝卵石小徑被昨夜的大雷雨沖刷得乾乾淨淨，他才知道，多日陰雨的江南杭城終於放晴了。

一陣無法言說的喜悅突然襲入了他陰暗的內心，好像一道陽光突然照亮了久不開倉的地窖，霉氣散發出來了，立刻就被陽光下的新鮮空氣吞沒稀釋掉了。

這是久違了的少年時代的心情。在那些短暫的歲月裡，他曾經有過短暫的企盼，彷彿不知道什麼時候會有意想不到的幸福降臨到他的頭上。那時，他正在京都的羽田先生的門下習茶，他還不曾有資格成為一個候補的青年士官生呢。

他把所有的窗子都打開了，然後特意叫來嘉喬，吩咐說，他今天另有公務，不接見任何人。除非有特別緊急的事件，一般不要有任何人來打攪他，他準備外出一趟。

嘉喬小心翼翼地問他，如果不是特別重要的話，能否告訴他小堀太君準備到哪裡去，這也是他作為一名下級，在這特別的戰時必須知道的。

小堀一邊高興地刮著鬍子，一邊說：「我早就想去一趟徑山，不，你不要說帶衛隊什麼的，我今天是微服私訪。你看，這是剛剛送來的你們中國人的長衫。要不要我穿起來給你看看，合不合身？」

小堀突如其來的興致不但未使嘉喬放鬆，反而使他愈加狐疑，而當小堀套上了這件灰色嗶嘰夾布長衫時，嘉喬簡直愣住了。小堀原本是一個毛髮旺盛的男人，平時他很注意理髮剃鬚，最近幾天也許是忙了，一直顧不上。今日突然剃出了一個青青的下巴，那鬈曲的頭髮反而就顯現了出來。嘉喬看著這個突然穿上了中國長衫的日本太君，他說不出話了，一陣恍然大悟的恐懼感不由自主地從他的目光裡透露出來。

為了掩飾這種突然發現的恐懼，嘉喬說：「小堀太君，我很想按照你的指示去做，只是我還不能明白究竟什麼樣的人是一定不能見的，什麼樣的事情才算是特別緊急的事務。比如說現在就有一個人正站在門口要求您的接見。我讓她等一會兒，我拿不定主意……」

小堀停止了對自己這件中國長衫的欣賞，皺起眉頭等待著嘉喬的下文。他知道，不是非常重要的事情，杭嘉喬不會這樣暗示他。

「——是這樣的。你已經知道盼兒回到了羊壩頭杭家大院，我昨天聽到李飛黃對你這樣說的。可是你不會想到，現在她就站在門口。她的肺病倒是好多了……」

「……是你們家族的那位可憐的姑娘嗎？……」

「……也許你想見見她，她一直就是在你的關照下的……」

小堀就站到窗口去了，紫荊花開得真好啊，雨過天晴，萬象更新，春意盎然。現在他知道了，為什麼他從噩夢中醒來之後會有一種企盼，有一種暗暗湧動的對於青春的渴望，還有一種對自己純潔的少年時代的回想。現在他知道了，為什麼他來中國數年之後，第一次發現了中國的太陽。

杭嘉和的女兒杭盼親自來找小堀一郎，並不是來祈求撒旦的。她從來也不相信這個裝腔作勢的人會散發出真正的人的熱氣。她一直把他看作從地獄來的使者。在任何時候，他都冷酷得猶如一方大冰塊。當他久久地注視著她，輕輕地對她嘆息說可憐的姑娘時，杭盼看到他那兩個大冰窟一樣的眼睛深處霧騰騰地冒著不可告人的寒氣。

杭盼與別人對小堀認識唯一不同的地方，僅僅在於性別——當杭氏家族所有的成員把小堀看成魔鬼的時候，在盼兒的眼裡，他是一個男性的魔鬼。儘管上帝主張寬恕一切，但杭盼從來也沒有想過寬恕像小堀一郎那樣的強寇。她也從來沒有想過要以上帝的名義去譴責他們，譴責不是往往和寬恕連在一起嗎？

然而此刻，當杭盼站在小堀一郎這富有十足的中國人情調的書房兼會客室裡的時候，她不是懷著某一種強烈的譴責的欲望嗎？是不是從昨天夜裡開始，當她和她的父親幾乎同時知道了那個可怕的祕密的時候開始，這個名叫小堀一郎的日本人，就獲得了某一種被譴責的資格了？

杭盼是一個年輕的中國姑娘，除了《聖經》，她沒有讀過太多的書。她的身體始終不怎麼好，即便是在吃了許多的西藥之後，即便是在別人發現她一天天地在好起來的時候，她也沒有覺得自己在好起來。她常常想到死，她甚至像很多老年人一樣，已經留好了自己死去時穿的衣服。她正在祕密地繡著一隻冥枕，那也是到另一個世界去時所必須用的。

和她的父親一樣，杭盼，是一個對死亡有著準備的姑娘。

小堀真正瞭解這樣的一個中國姑娘嗎？看上去，她是那樣的弱不禁風，長得就像中國小說《紅樓夢》裡的林黛玉，連她生的病也和林黛玉的一模一樣。看得出來，這姑娘是高傲的，內心深處有著不少的小性情，這也是和林黛玉一樣的吧。看到她這樣的姑娘，小堀會想起紫式部的《源氏物語》中的那些宮廷女子，他對這樣有著濃郁古典情調的女子有著一種說不出來的認同感。

小堀還知道這個姑娘已經回到了生身父親身邊。不知為什麼，他反而感到欣慰。他從來也沒有和杭嘉和有過一次真正的正面交鋒，但是，他能感覺到她應該和這樣的父親在一起生活。

現在他請她坐，他還親手為她沖泡了一杯茶。茶杯是青瓷的，龍泉窯的。小堀一邊用曼生壺為自己也沏了一壺茶，一邊說：「您看，我本來應該用更好的茶具，我一直在尋找南宋官窯的祕色瓷器，如果能找到這樣的一隻茶器，我會高興得發瘋的。聽說玉皇山腳下有著宋時的窯址呢，我希望什麼時候能與您一起去尋訪尋訪。怎麼，您為什麼不坐？我的茶不會比您家的差。您也許不知道，我可是一個標準的茶人呢。……您坐啊，您不坐，我可是要先坐下了。」

他坐了下來。用他的大手遮住了曼生壺，他已經發現杭盼一直在用什麼樣的目光盯著他手裡的那隻曼生壺了。可是他不想在這樣一個紫荊花開放的早晨，讓這樣一個讓人憐惜的姑娘聯想起戰爭。姑娘站著，突然輕輕地別過頭去，輕輕地咳嗽。小堀想，這正是一個毫無力量的羊羔一樣的女子啊，而且是那種彷彿命裡注定將香消玉殞的女子。小堀又想起了紫式部筆下的那些寬衣長袍的悲傷的影子。現在他將眼看著這樣的女子慢慢地逝去，他很傷感，甚至因為這種傷感而有些心慌意亂起來。

為了掩飾這種櫻花樹下才會生發的人生的感慨，他悄悄地推開了曼生壺，又順手拿起放在案几上做了裝飾品的茶石臼，一邊摩挲著一邊說：「我很高興您能來拜訪我，我記得我不止一次地邀請過您。看上去您氣色不錯。按照我們日本人待客的規矩，我應該請您喝末茶的。您看，我還特地從本土帶來一隻唐物茶臼，您過來看看啊，這上面刻著梅花，您見過嗎？」

他走到杭盼身邊，茶臼伸到盼兒的眼前。杭盼看了看他，說：「小堀先生，我想，你是在讓我看中國的梅花。」

小堀愣了一下，就哈哈大笑起來。他覺得從這樣一個力不勝衣的弱女子嘴裡說出來的愛國主義的對話，非常可笑，非常可愛。她越一本正經，就越可笑可愛。他不再硬要杭盼坐下了，他現在知道了這姑娘不願意和他坐在一起。他自己就坐了下來，邊笑邊說：「您真是一個聰明的傻姑娘，我和你談茶呢，你卻和我談支那人的愛國熱情。當然，你一點也沒有說錯，這的確就是中國的梅花。連這樣的茶臼子，也是宋代的時候從貴國傳到我們島國去的嘛。啊……黃金碾畔綠塵飛，碧玉甌中翠濤起……記得那是誰的詩嗎？不記得吧，您和您小叔叔一樣，對自己本國的歷史缺乏深刻的瞭解。那麼，就請原諒我在您面前賣弄我的漢學了。我剛才念的，正是中國宋代范仲淹的詩，他描寫的，不正是末茶的製作過程嗎？正是宋代出現了把茶用石臼研成末茶的品茶法，然後才傳播到了我們日本。呵，可惜我沒法讓你親口嘗一嘗今天我們的末茶的真香，呵，我們的濃茶『雲鶴』，我們的淡茶『又玄』……」

小堀閉上眼睛，深深地吸了一口空氣，彷彿他已回到了本土，正置身在深深的茶韻之中。良久才睜開眼睛，繼續說：「雖然，從製作工藝上說，它和貴國的蒸青茶——比如說恩施玉露茶，有著一脈相承的淵源關係，可誰能說，『雲鶴』與『又玄』是中國的呢？就像這隻茶臼，上面刻著中國的梅花，我們也叫它唐物茶臼，可是誰敢說它就是中國的茶臼呢？嗯，您敢嗎？」

杭盼的酷似其父的長眼睛，一時睜得很大，她幾乎用一種不敢相信自己的神情，吃驚地看著眼前的小堀，她甚至都不咳嗽了。

這神情刺激了小堀，他和嘉和是差不多年紀的人了，閱歷豐富，老謀深算，欲壑難平，卻又厭倦人生。但是他依然在這位中國少女面前得到了說不出來的心靈滿足。他對這位病歪歪的中國少女毫無防範心理，此刻突然爆發了沒來由的人到中年的虛榮心。他興奮地站了起來，高談闊論道：「我記得您是在您繼父家中長大的，您母親又是一個熱衷於基督教的信徒，您不會有機會讀到榮西《吃茶養生記》這樣的作品。他在其中記錄的中國宋代的末茶沖飲法，也就是我們日本茶道今天所繼承的飲茶法了。呵，如果您有機會到日本去，我可以帶您領略這種製茶的全部過程。它包括摘茶，立即蒸，然後焙乾。您以為焙乾是一件簡單的事情嗎？不不，聰明的傻姑娘，焙乾是複雜的。焙架上要鋪上紙，火候要不急不慢，您還要終夜地看守著，直到東方既白，把焙乾的茶盛入瓶中，難道這不是學問？要用竹葉壓緊封口，這才能做到經年不損。至於飲茶的過程，這也是精妙無比的啊。要用一文錢大小的勺子，把已經在茶臼中碾成粉末的茶放入茶碗，然後再沖入開水，用茶筅來快速地攪動。您知道什麼是茶筅嗎？您可以回去問問您的嬸嬸，她的父親羽田先生，能夠點出全日本一流的末茶。呵……現在我的眼前還可以看到那樣的一碗茶，苦中帶香，上面浮著一層綠色的厚末……」

小堀一郎輕輕地坐回到自己的椅子上，微微地抬起頭來，閉上眼睛，鼻翼一翕一翕的，貪婪地面對著虛空。又過了一會兒，他才從這樣的自我陶醉之中甦醒過來，看著目瞪口呆望著自己的杭盼，他嘿嘿嘿地笑了起來。他想，武力並不是戰無不勝的，現在，他正是用了武力之外的東西，輕而易舉地就把這個剛才還在斗膽強調中國梅花的中國姑娘征服了。

小堀一郎的家世中，飄散著源遠流長的茶的芬芳，它一直可以上溯到近四百年前的一位名叫小堀遠洲的大茶人身上。武士和茶人的精神，一直在這個家族的後世中流布，小堀一郎與遠洲，有著悠遠的血緣關係。

而這一切，還是得從日本茶道的集大成者千利休不同凡響的生命終結開始。公元一五九二年二月二十八日，千利休在豐臣秀吉那武士的利刃下剖腹自殺，日本茶道的草創期與這個劃時代的大茶人的死去同時消逝。與此同時，以茶人的生命為代價，一個空前興盛的茶道時代終於到來了。

誰也不知道千利休的被迫自殺究竟給豐臣秀吉將軍的內心世界帶來了什麼。我們只知道一年之後，秀吉便將流放在會津的千利休的二子少庵（一五四六—一六一四）召回了京城。於是，少庵將父親的靈牌從大德寺捧回了京都本法寺前的家宅。與此同時，少庵的兒子宗旦（一五七八—一六五八）也回到了家中。

千利休家的茶道之風再一次被後人承繼下來了。也許是祖父在大雷雨中自殺的場景太過於慘烈了吧，千宗旦從此更為強調利休茶道中淡泊出世的那一面。他終生不做官，專心於茶道，總算悠閒安全地度過了自己的一生，享年八十，人稱「乞食宗旦」。

乞食宗旦所生的三個兒子，又分別開拓發展了利休的茶道，其中第三子江岑宗左承襲的是他本人的茶室不審庵，表千家流派從此誕生；第四子仙叟宗室承襲的是宗旦隱退時的茶室今日庵，裏千家流派應運而生；第二子一翁宗守則在京都一個叫武者小路的地方建立了官休庵，武者小路流派從此獨樹一幟。

表千家，裏千家，小路千家，總稱三千家，他們雖然各有發展，但繼承的都是千利休的茶風。他們世世相傳，數百年來，已經成為日本茶道的棟梁。他們依附過武士階層，招來殺身之禍後又見棄於武士。然而，彷彿日本的茶人與武士有著天然的不可分割的淵源關係，在日本的戰國時代，茶道是上層武士的必修之課，敘述日本的茶人而不敘述日本的武士，那幾乎是不可能的。

豐臣秀吉之後的德川家康（一五四三—一六一六）時代，統一日本全國的偉業終於完成。一六〇三年，德川建立了江戶幕府，從此，繼室町、鎌倉後第三個由武士集團為最高統治者的幕府時代開始、了。直到一八六八年的明治維新，江戶時代持續了二百六十餘年。

正是在這樣的時代背景下，自千利休家第四代茶人起，他們又走上了祖先的老路，分別開始侍奉各地的武士集團。其中，表千家侍奉的是紀州的德川家；裏千家侍奉的是加賀藩的前田家、伊予松山藩、尾州德川家和田安家；而武者小路則侍奉贊州的高松藩。武士與茶人之間的這種不可分割的依存關係，不能不說是日本茶道發展至今的一個重要因素。

日本茶道，並非只在千利休家族一枝獨秀的境況下放射光彩，我們現在與小堀一郎的祖先走得更近一些了。

繼承利休茶道的，應該還有他的七個大弟子——利休七哲——他們分別是蒲生氏鄉、細川三齋、瀨田掃部、芝山監物、高山右近、牧村具部和古田織部。其中，古田織部（一五四四—一六一五）的命運與成就，與他的老師千利休最為接近。

首先，正是在千利休死後，織部接替了老師的職務來侍奉秀吉。秀吉命令他把利休的平民式茶法改造成為武士式茶法，這難道不是很對同樣作為武士出身的茶人織部的胃口嗎？這位地道的武士茶人對老師的茶風進行了大刀闊斧的改革，一切都開始變得熱火朝天起來——色彩鮮明的美，動中的美，雄健陽剛的豪放美，明亮華麗的美，自由奔放的豁達美。織部是不是太奔放了，在侍奉了秀吉之後，他又侍奉了秀忠，和他的老師一樣，他獲得了天下第一的大茶人的美譽，同時，他的死期也就這樣來到了。

神祕的是同樣的死。織部七十一歲那年，被疑為有通敵行為，同樣，也是在秀忠的逼迫下，織部剖腹自殺，他比他的老師，只多活了一歲。

古田織部最出色的弟子小堀遠洲，就這樣登場了。

和他的老師織部一樣，小堀遠洲也是武士出身，他們都是同樣有著受封一萬石以上待遇的大名頭銜的武士。不同的僅僅在於織部的武士頭銜來自他無數次的衝鋒陷陣，而遠洲的武士頭銜則來自父輩的繼承。二十六歲的遠洲沒有太多的戰場拚殺，他性情穩健溫和，織部死後，他做了秀光的茶道老師。

這位多才多藝的大茶人看上去健康、典雅、優美而平凡，在諸多的藝術領域裡卻都有著非凡的創造。他是陶藝家、建築家、園藝家、美術鑑定家、文藝家和書法家。同時，在茶道這個領域裡，他又引入了日本和歌學的優雅的美感。他把和歌中的典故、詩詞取來，為東山時代以後的著名茶道之具命名，因此，這些名道具就被後世稱為「本歌」。小堀遠洲對日本茶道的另一個重要貢獻，則是他的茶室設計，其中包括大德寺龍光院的密庵、忘筌，南禪寺金地院的八窗茶室等。這些明亮的茶室具有書院式茶室風格，似乎也暗合了遠洲那諧和明朗的心境。

對日本民族來說，小堀遠洲最大的貢獻莫過於日本庭院藝術的最高代表作桂離宮。這裡面，茶人利休的素淡和王朝武士的華美，被奇絕地融合在一起了。

我們不能夠知道，小堀一郎對藝術的諸多領域的偏愛，是否有著這樣一種血緣的暗自左右。但數百年之後的小堀一郎，其實只能從書本和母親的口中瞭解到他的這樣一位先祖了。在某一種曖昧的氣息中長大的小堀一郎生性倔強殘忍，同時又多愁善感，對政治和藝術都有與生俱來的狂熱。很小的時候，他曾聽他的做了藝伎的母親說起過他的中國父親。在她的敘述中，這位早已遠隔重洋杳無音信的男子，乃是一個雄赳赳的中國武士。小堀一郎後來自己也成為一名軍校的士官生了，進入陸軍部以後，他娶了一名將軍的女兒做妻子。然而，即便是在以一名真正的軍人自居的時候，他也從來沒有忘記過四百年前的那位先祖的茶人的榮譽。他常常到桂離宮去，想像著他的優雅的祖先穿著和服拖著木屐從織部燈籠前走過的身影。他對中國的感情是複雜的、隱祕的、不為人知的。進入中國之後，他的雙手早已沾滿中國人的鮮血，令人不可思議的事情也正是在這裡——同樣是這雙殘暴的手，卻無時無刻不在同時想像著手捧一碗真正和平的茶——不管是日本式的末茶，還是中國杭州龍井山中的扁炒青茶……

自入中國以來，小堀一郎第一次有機會滔滔不絕地與另一個人暢談茶道。雖然，從嚴格的意義上說，他只能說是一個人在獨談，而且聽他獨談的，還是一個中國人。他清楚地知道這些人恨他，無時無刻不希望能夠消滅他。但他還是不能克制自己地認同了他們中的一些東西，這正是他不能對自己作出解釋更不能面對自己的重要原因。不過今天他不想這些，這位多病的憂鬱的杭州姑娘使他想起了中國春秋時代的美人兒西施——若把西湖比西子，淡妝濃抹總相宜。而眼前這一位，因為生著肺病，面孔潮紅，憂傷滿面，滿腹心事，斜斜地站著，也似弱柳扶風，楚楚動人的啊。小堀相信她到這裡來只有一個目的，求他放了她的哥哥。她是多麼的無力啊，她是來求他的。而他，在心裡也已經想放他們杭家一馬了，不管怎麼說，畢竟是羽田先生的親外孫嘛。

就像一隻貓生來就要玩弄爪下的老鼠一樣，小堀也不能克制自己把玩別人心靈焦灼時的那種快感。他知道她想說什麼，可他偏不給她機會，他要欣賞這種焦灼的過程。當然他不會徹底傷害她——可憐的姑娘，聰明的傻姑娘，誰叫你竟敢在大日本皇軍軍官面前提什麼中國梅花的呢。

他再一次從太師椅上站起來的時候，已經準備叫人備車，他打算和這位中國茶人的後代一起去徑山。他的口氣輕快武斷：「您得多穿一點衣服，我可以把我的軍大衣借給您。我帶您去一個地方，清明節不是就要到了嗎？您看今天的天氣，出去走一走，您就不會老是那麼愁眉苦臉的了。」

杭盼同樣保留著吃驚的表情，說：「我到你這裡來，不是為了要和你到什麼地方去。」

小堀走到她面前，他有些不忍心了，說：「我知道，您不就是來求我放了你哥哥嗎？」

杭盼低下頭去了，她的小臉因為紅得厲害，看上去甚至都大了一圈，小堀因此卻以為她是心生愧意了。對這樣的大家閨秀不可過分，她和他那個本土的刁蠻的將軍女兒可不是一回事情。她也是唐物女子啊，和名貴的茶臼一樣需要珍愛。這麼想著，小堀放緩了口氣，說：「這不是一件不可以商量的事情。我不是讓您的小叔通知你們了嗎？只要杭漢承認了自己和大日本帝國之間的血緣關係，這樁案子就會局限在日本本國之內，一切就會變得簡單多了。你明白嗎？」

他把他的手小心地放到了杭盼的肩上。杭盼激烈地抖動了一下，像是要抖掉從樹上掉下來的毛毛蟲一樣。小堀陶醉在自己的征服感裡，他把這種從骨子裡透出來的厭惡誤當作少女的驚羞了。這種和異國女子調情的滋味使他感到十分新鮮，甚至也使他生出一絲小小的生澀來，他有些不好意思地嘿嘿嘿笑了起來。

正是這樣的笑聲，把弱小憂鬱的杭盼逼到了絕路上。她本是一個訥言的姑娘，此時抬起頭來，長眼睛內飽含著淚水。她的聲音很低，因為長期的咳嗽，甚至有些沙啞，聽上去便像是一個成熟女子發出的富有磁性的聲音了。她說話的速度也很慢，還不時地要嚥下暗湧上來的淚水，所以時斷時續，她越往下說，小堀一郎就越驚訝了。

「小堀先生，我已經跟你說了，我到你這裡來，不是為了要和你到什麼地方去。……當然，我也不是來求你放了我哥哥的。上帝曉得，你這樣的……怎麼會做出什麼仁慈公正之舉呢——」

「等等，您說什麼，您說您不是來向我懇求放回你的哥哥的？您說上帝知道我這樣的——我這樣的什麼？你是想說上帝也知道我這樣的撒旦是嗎？你想說，我在你眼裡就是魔鬼，你是這個意思嗎？」

杭盼看著他，看著他的開始變色的臉。這張英俊的面孔開始扭曲了，鼻翼開始一翕一翕，噴起粗氣，從溫柔到野蠻不過剎那間。她沒有再低下頭來，她眼中的淚水開始消失，她說：

「是的，我想你應該是一個撒旦。你穿著中國人的長衫，你說著一口標準的漢語，你住在我們中國人的庭院中，還喝著從我們中國傳過去的茶，還和我談了那麼多有關茶的最最美好的事情。剛才你的翻譯官告訴我，說今天天氣很好，所以你的興致也很好。可是今天的太陽是我們中國的太陽，是中國的太陽讓你高興了，所以你想到了清明節，想到徑山去。但是，清明節是中國的節日，徑山是中國的徑山。……小堀一郎先生，你曉得嗎，你比我們中國的一些人對中國還要感興趣……至少，比我的繼父和你的翻譯官這樣的中國人，對中國還要感興趣。可是與此同時，你卻殺中國人。人們告訴我，你在鄉間行軍的時候，就像射鳥一樣地槍殺中國人。你的刑訊室裡，關滿了中國人。每當我路過眾安橋的時候，我和許多人一起都能聽到你們的憲兵隊在拷打我們中國人的聲音。他們進去了，就幾乎別想再出來。上帝曉得，你們是地獄裡來的魔鬼，可是你和所有的魔鬼都不一樣，因為你是喝茶的習茶道的魔鬼。從小我的父親就告訴我，茶乃和平之飲，喝茶之人乃良善之輩。父親告訴我，要善待茶人。可是我……我不曉得如何善待你這樣的人。你又品茶，你又殺人，只有撒旦才會這樣和我們的上天之父如此抗衡。但撒旦從不喝茶……」杭盼突然停止了噴湧而出的話，慢慢地說，「我到這裡來，不是來求你放回我的哥哥的，我只是來與你做交換的。把我留下，讓我的哥哥回去吧。我想，我現在對你的冒犯，應該大大超過我哥哥的那兩個耳光了。」

小堀一郎先是目光嚴峻地聽著杭盼的痛斥，最後，卻被那幼稚的結尾引笑了。雖然這是冷笑，但杭盼還是有些急了，有些沉不住氣了，她再一次說：「小堀先生，請把我留下吧，我是一個純種的中國人，我這樣的人在你們手裡死去，就像我的奶奶、我的姑姑在你們手裡死去一樣。而我的哥哥杭漢，他是有理由不死的。我的父親說了，他是入了中國籍的中國人，但他依然有一半的日本血統。承認不承認這一點又有什麼呢？在上帝面前，一切眾生不都是平等的嗎？」

小堀一郎再一次地坐在了太師椅上。他突然發現，他再也不會擁有那個想像中的可憐姑娘了，他完完全全地看錯她了。此刻她渾身發抖，彷彿髮梢都通了電；她的目光平時懵懵懂懂，突然間卻發出了狂熱的光芒。在本土日本，小堀一郎曾經見到過那些有著狂熱宗教信仰的信徒，他們的眼中，往往會閃爍出和這位中國姑娘一樣的神色。這麼想著，他的聲音陰冷，果然如撒旦一樣的了：

「您是想讓我送您上十字架嗎？」

杭盼卻開始因為過度的激動而迷亂起來。她搖搖晃晃，一邊畫著十字，一邊自言自語：

「上帝，我的在天之父，我不知道這個要把我送上十字架的人，究竟是大祭司[1]還是彼拉多[2]。上帝，請收我到你的身邊，請允許我不再吃魔鬼送來的藥，請給我勇氣，讓我的肉體消亡，靈魂升天，免我在罪孽中苟活，上帝啊……」

這些東一句西一句的祈禱，換一個審訊官，真的會丈二和尚摸不著頭腦。還是像小堀這樣博覽群書的人，總算能通曉一二。看樣子，這姑娘已經被罪孽感折磨很久了啊。

小堀猜想得沒有錯。住在繼父家中時，在李飛黃和方西泠的勸迫下，杭盼一直在使用小堀一郎派嘉喬定時送來的西藥盤尼西林。一開始她就為此而經受折磨，奶奶和姑姑悲慘地死去了，你卻在劊子手眼皮下苟活。可是李飛黃不那麼想，他說：「你管這藥是誰給你送來的，只要用了它，你的病能好起來，這藥就是好東西。世界上什麼東西最重要，簡單得很，一副臭皮囊最重要。有了它才有什麼靈魂啊信仰啊真理啊，沒有它，統統都是空的。」

是的，杭盼所有的親人都想讓她活下去，這還不是主要的，主要的是她自己太想活了。她一邊為自己準備著到另一個世界去的行裝，一邊想著，當她死去的時候，人們怎麼為她哭泣；為她收殮時怎麼讚美她精細的女紅；教堂的鐘聲將怎麼樣為她敲響。而有一天，日本佬終於被趕回去了的時候，四面八方流散在外地的杭家人都回來了。在一個鳥語花香的清明時節，他們將怎樣地聚集在龍井雞籠山杭家的祖墳上，為她的那一座新墳旁的新茶添上一抔黃土。她想像著，屬於她的那株茶樹在春風中應該是怎樣秀麗清新的啊……這一切，彷彿就在眼前。然而她要死了，她將什麼也看不到了，只有活著的人才能享受死亡啊……

盼兒無法拒絕那救命的盤尼西林，正是這種針劑有效地控制了她的肺病的發展。在許多人因為肺病而死的時候，她卻在一天天地好起來。她本來應該感謝那個送藥給她的人，然而她卻因此而感到恥辱，她竟然因此而在經受罪孽的煎熬。現在好了，她要清算自己，她要一了百了了——反正我是要死的，早死遲死，怎樣的死都一樣，為什麼不拿我的命來換哥哥的命呢？

小堀注視著這個突然歇斯底里起來的姑娘，冷冷地問道：「你是想說，如果我不拿你換你的哥哥，你就不再用我送來的藥了？」

1 大祭司：耶路撒冷大祭司，殺害基督的主要堅持者。

2 彼拉多：耶路撒冷總督，並不真正想處死基督，最終在各方力量的堅持下同意處死基督。

盼兒睜大了眼睛，一邊喃喃自語，一邊迅速地往右手拎著的口袋裡掏東西，針劑盒子立刻就在小堀的眼前堆了起來：「你不相信我不怕死？你不相信我不怕死？你不相信我不怕死？我讓你看看，我讓你親眼看看我怕不怕死，我讓你親眼看看——」

小堀的大手揮了起來，在半空中畫了一個弧，在幾乎就要捱到杭盼的面頰的時候，收了回來，變成了一個拳頭，猛烈地擊在了桌子上。只聽嘭的一聲，那唐物茶臼跳了起來，滾到了地上，碰壞了一隻角。盼兒此刻卻是面容慘白的了，她劇烈地咳嗽起來，搖晃著，然後，嘴角流出血來，一聲不吭地，就滑倒在地上——她昏過去了。

杭嘉喬幾乎就像一個幽靈一樣游到了小堀身邊。他的兩隻腳不停地倒換著，兩隻眼睛好像不夠用，只好分開了，一隻對付小堀，一隻觀察著倒在地上的盼兒。他不知道此刻應該如何動作，是趕快把盼兒扶起來呢，還是一腳再把她踢得更遠，踢到漢兒關押的拘室隔壁去，那裡有的是陰暗的牢房。

小堀比任何時候都鄙視這個人，這隻向他點頭哈腰的狗。他的親侄女昏倒在地上，他卻連扶都不敢扶。杭嘉喬剛剛把臉湊近他，他就用日語罵了一句不堪入耳的粗話。嘉喬好像被這句粗話罵醒了，他一聲不吭地走上前去，不再點頭哈腰，蹲下來扶起杭盼，問：「您吩咐吧，如何處置？」

小堀依然一聲不吭，眼露凶光。嘉喬一邊給盼兒擦嘴角的血，一邊繼續說：「我大哥和二嫂都在門口，我讓人擋住了。你是見，還是不見？」

小堀這才說：「好哇，一家人——除了你——都送上門來找死了！來得好，來得好！我剛才怎麼跟你說的，你去告訴他們——不見！」

嘉喬鬆了口氣，他了解他的大哥，沒有萬死不辭之心，他不會送上門來。他又看了看杭盼，壯起膽子，依舊半蹲著，說：「也放她回家吧……我從來也沒有為自己的事情求過你……」

小堀一郎突然大笑起來，說：「噢，沒想到你也有這個膽量了……」他揮了揮手，「送走吧，送走吧，送走吧……」

嘉喬知道，盼兒算是虎口餘生了。他背起盼兒就往門口走，剛剛跨過門檻，就被小堀叫住了：「嘉喬君，沒有膽量把你的要求再提得高一些嗎？」

嘉喬回過頭來，他已經預感到小堀要對他說的是什麼，但是他不敢接這個口。他一時還不相信他會作出這樣的決定，他是不是心血來潮了？

小堀嘆了口氣，說：「你到底還是沒有這個膽量，你還不如你背上的這個姑娘。來，把這些針劑都給我拿去，記住，我不要她死。還有，把你的那個侄兒也一起背走吧，我不想再看到他，否則，我會把他殺了的。」

嘉喬愣住了，一隻手捧著那些針劑，一隻手扶著盼兒，說不出話來。

「怎麼，你的骨頭不痛了嗎？」小堀走到他身邊，問道。

「好多了，好多了……」嘉喬又開始點頭哈腰。盼兒卻微微地睜開了眼睛，她多少已經聽到了剛才他們的對話。現在，這個撒旦目光憂鬱，走到她身邊，輕輕地問道：「你說，我是大祭司，還是彼拉多呢？」

盼兒輕輕地搖搖頭：「……不知道，不知道，也許你什麼也不是……」她的頭又垂了下來，嘴角的血一滴滴地滴在地上。可是她在微笑，她在微笑，她把她的哥哥救出來了……

第十八章

一九三九年的春天，杭家雖再遭大難，偷偷來看他們的親朋好友還是絡繹不絕。只是白天不敢來，悄悄地晚上來；大門不敢走，悄悄地從後門的籬笆縫裡鑽進來。後院本來是挨著一條小河的，桃紅柳綠，河下浣紗女款款而行，一手竹籃，一手木杵，自是一番風韻。日本人一來，如今也是垃圾遍地，河道淤塞，臭氣熏天的了。這條垃圾小道，就成了人們到杭家來的必經之地。

被伯父親自背回來的杭漢在自家後院的小廂房樓上躺過三天之後，便能下床了。畢竟年輕，又是習過內功的武林中人，杭漢的皮肉受苦，筋骨倒未傷透，只是眼睛被打得睜不開，賣相難看。那一日大白天，杭漢站在後窗口，就見著一個女人一跳一跳地在那些垃圾山上繞來繞去，往他家的方向走來。他看看身影，像是方西泠，連忙下樓，叫了正在屋裡餵著杭盼吃藥的母親到後門去候著。葉子奇怪，說：「盼兒，你媽倒是膽子越來越大了，誰不知道我們家大院門口白日裡都有人監視著呢，她怎麼敢這時候來？」

杭盼喘著氣說：「嬸嬸，你哪裡曉得我媽現在的處境。不要說晚上，白天能出來都不錯了。那個人，常常把她鎖在家裡，只怕她跑了。上回我媽來看我，連衣服袖子也不敢撩，就怕我看到那些傷。那個人真是瘋了。」

杭漢說：「乾脆讓你媽也來我們家大院算了。一來也好照顧你，二來也算是摘了漢奸老婆的罪名。媽，你說呢？」

杭盼看看葉子說：「哪有那麼簡單的事情，十年前她可是自己從這裡跑出去的。我媽還有沒有臉回來？那人讓不讓她回來？還有，我爸還要不要她回來？……」她又看看葉子。葉子就明白了，說：「盼兒，你爸那裡，我去說，不能讓你媽吃這個苦啊。日本人遲早是要走的，你媽以後還怎麼過呢？」看看盼兒又要哭，半碗藥也不喝了，連忙說：「我這就去找你爸，他正和你小撮著伯在後場裡商量事情呢。你媽來了，我們大家勸勸她。」

正說著呢，就見方西泠挎著一個包進來了，臉上還堆著笑，接口說：「我來了，你們倒是要勸我什麼啊？」

「勸你搬過來和我們一起吃苦呢，就不知道你肯不肯啊？」細心的葉子一下子就發現了方西泠臉上的強顏歡笑，連忙接口說。

「只怕是今生今世也沒有這個福氣回杭家大院了。」方西泠還是笑嘻嘻地說著，就坐在了盼兒的床邊，一邊往那包裡取著藥品盒子，都是治肺病的西藥針劑和片劑。盼兒一見，頭就朝了裡床，說：「你怎麼還給我拿這些東西？跟你說了，餵狗吃我也不服這些了。還有這些針劑，我都扔還給那個日本佬了，怎麼你又給拿回來了？」

方西泠說：「你且回過頭來看一看，這藥是那日本人送來的嗎？」

盼兒這才回過頭來，細細看了那包裝盒，笑了，邊畫著十字邊說：「主啊，主賜福予我了。嬸嬸，你快快告訴爸爸，就說教會給我從美國寄藥來了，他不用發愁了。媽，你不知道，爸他愁著我的病，頭髮都愁白了一半了。」

葉子就拉著方西泠站起來說：「嫂子，還是我們一起去吧。盼兒的事情，我們還得坐下來談，有個從長打算才好啊。」

這麼說著，兩人就走了出去。盼兒看著母親和嬸嬸的背影，輕輕畫著十字，嘆道：「上帝啊……」杭漢看得好笑，說：「真有意思，我們家兄妹中，還會有人信上帝。憶兒要是在，肯定會和你爭個三天三夜，把你的上帝一直爭得無影無蹤才罷休呢。」

「上帝無所不在。漢兒哥哥，你應該感謝我們的在天之父才是，是上帝救了你。祈禱吧，剛才你已經冒犯他了……」

「我不會向任何神明祈禱的，我是一個無神論者，是一個相信科學的無神論者。如果不是這場戰爭，我會去專門攻讀科學，我相信一切被科學證明了的東西。其餘的，對不起，我都持懷疑態度。」

「你不認為你能活著回來，是因為神保護著你嗎？」

「要說神靈，那麼你就是神靈了，不是你讓小堀放我回來的嗎？」

「可是你應該比我更清楚，小堀一郎這樣的惡魔，怎麼會聽從我的意願？你不曉得，他把那大巴掌都伸到我眼面前了。奇怪的是他竟然沒有動一個指頭，就把我和你一起放了。難道這不是神諭突然降臨到了他的身上嗎？上帝的旨意是任何人也無法抗拒的呀！」

杭漢激動地走到了盼兒的床邊，瞪圓著兩隻大眼睛，手勢的幅度很大，說：「你怎麼啦，盼兒，你是真不清楚，還是裝糊塗？你是真的不明白這傢伙在你身上費的心思嗎？不是因為你，他怎麼會放了我，怎麼會呢？」

杭盼也激動起來，她一直心平氣和地躺著，這會兒她就坐了起來，面頰重新開始潮紅。她一邊咳嗽著，一邊說：「怎麼會是因為我呢？怎麼會是因為我呢？好吧，我不得不告訴你一個天大的祕密，不過你得向上帝起誓不得洩露，你起誓啊……」

杭盼湊著杭漢的耳朵說著。眼見著杭漢的面色就變了，眼睛和嘴巴一起，越睜越大，越睜越大，最後，他一屁股坐在小凳子上，狠狠地拍了一下自己的大腿。也許是碰到傷口了，他一邊嘶嘶地抽著涼氣，一邊說：「怪不得，怪不得，原來他和我一樣……怪不得他非要我承認我是日本人。這個膽小鬼，懦夫，他就是不敢承認，他也可以是一個，是一個……」他突然回過頭來問，「寄客爺爺曉得嗎？」

盼兒這才又躺下了，說：「我不敢想這件事情，可是我又回避不了。我看著他穿著中國長衫，跟我大談日本茶道，我心裡就想，你不要掩飾了，你是……的兒子，是他的兒子……」

杭漢一聲不吭地坐著，很久才說：「那麼說，你是在憐憫他了……」

「不知道……上帝說要憐憫一切……你呢？你憐憫他了嗎？」

「我怎麼會憐憫他呢？就像我怎麼會憐憫沈綠村和杭嘉喬這樣的人呢？可是我憐憫他的父親。他現在活著，比死去要難受得多。不要讓他曉得我們已經知道了，永遠也不要讓他曉得。」他走到盼兒的床頭，把手放在她的額上，輕輕地耳語般地說：「……還有，我的小妹妹，我還憐憫你。你談過戀愛嗎？……沒有。你看，我也沒有。我們兩個人，在這件事情上，真是盲人摸象。這事兒杭憶在就好辦了，他會給你講很多道理，讓你明白這是怎麼一回事兒。我看出來了，你有些憐憫他了。小心，魔鬼會從憐憫這道縫隙裡鑽進來的，你的上帝會因此而懲罰你的。……你不要和我爭辯，這幾天我躺在牢裡想過很多，我想這場戰爭會把我變成一個心硬如鐵的男人。我不會讓你憐憫他的，你要和我一樣地恨他，恨他。……你說什麼，你說你現在也是恨他的？當然，我曉得你現在也是恨他的，但你的恨不單純了。你對他只應該具備一種感情——仇恨的感情。明白嗎？我會想出辦法來的。我們正在打算把你藏到一個地方去，他有天大的能耐也找不到你的地方去，這樣，你就真正擺脫掉他了……你去嗎？」

「……去……」盼兒點點頭。她一邊流淚一邊咳嗽著，心裡卻明白，堂哥杭漢的話，並不僅僅是危言聳聽。

葉子帶著方西泠，來到了院中的那株大白玉蘭樹下。西泠仰起頭來看了看這株半面烏焦的樹，深深地嘆了口氣。前年冬天的那場大火，燒掉了杭家大院多少熟悉的東西啊，其中也包括了這株白玉蘭樹。只是都以為它是要死了的，誰知來年春天，它的一半樹杈上，零零星星地又發出了燦爛的玉蘭花。今年春天，它的長勢就更好了，襯在藍天下，蓬蓬勃勃，熱火朝天，把那一半的樹枝都要壓彎了似的。走過杭家破敗大院的那些善良的人，看見了破圍牆內挺立著的白玉蘭樹，就說：「瞧，他們杭家的玉蘭花，開得真好。」

玉蘭樹下，原本有一口井，一地名花異草，一副石桌石鼓凳，石桌上用碎瓷鑲嵌出一幅圍棋格子。旁邊，是一條鵝卵石鋪成的小徑，直通書房。現在，除了一株樹、一口井之外，什麼都沒有了。玉蘭樹下卻開闢出一片茶地來，長著一些新栽下的茶苗。方西泠說：「這院子怎麼種了這些茶，還不知什麼時候能摘？再說這一小片的茶，即使能摘，又有幾兩？還不如種些菜呢，也好抗抗饑荒。」

葉子說：「漢兒說這裡的地肥，還有一株大樹，應了『陽崖陰林』之說。這些茶苗，都是戰前嘉和收了來的茶樹的好品種。說是人家國外茶葉發展得快，就是品種好，我們也自己來試試，培育出新品種來。都打算在龍井買一塊地做試驗了，沒想到什麼都沒來得及做，仗就打起來了。漢兒說了要在家裡繼續幹，嘉和也同意了。他這人，你也是知道的，幹什麼，都痴迷到個頂。別人是幹一行怨一行的，他呢，幹了茶業，就打算死在茶業上了。別看眼下家破人亡，他自己落得一個在廟門口賣茶的地步。喘過一口氣來，他的心，還在茶上呢。」

方西泠瞅了瞅葉子，說：「難怪你留得住，我留不住呢。真明白嘉和的，還是你啊。」

葉子一邊往井裡吊水，一邊說：「坐一會兒吧，就坐那張倒下的石鼓凳上，我可是真有話要和你說。來，洗洗臉，杭州的春天就是短，太陽一出，一下子就從冬天到了初夏了。」眼看著方西泠洗了把臉，精神一些了，葉子才說：「怎麼，我剛才看你眼皮又腫了，沒睡好，還是又哭過了？還是那姓李的又怎麼你了？別人那裡不好說，你還不能對我說嗎？」

方西泠一下子又紅了眼圈，抖著嘴角半天才說：「都不是……」

葉子自己也用水洗了臉，然後坐到方西泠身邊來，說：「剛才大家都在商量讓你回我們杭家大院住呢。」

方西泠苦笑了一下說：「我不是已經回了你們的好意了嗎？只怕是沒有這個福氣的了。」

「你是不是擔心嘉和會有什麼想法？那你就把他給看扁了。像你現在那麼活著，他嘴上不說，心裡才急得要命呢。你先回來，以後的事情，以後再說。回來，也好照顧盼兒，也好脫了那漢奸老婆的名分，畢竟以後的路長著呢。」

方西泠細細地打量著葉子，她的中國式的髮髻，中國式的大襟格子外套，中國式的圓口布鞋，還有那一口地地道道的中國杭州方言，說：「唉，葉子，我真是怎麼看，怎麼也看不出你竟然是個日本人。」

「怎麼你也說我是日本人呢？」葉子有些吃不住了，「跟你們說過多少次了，我是入了中國籍的，我是中國人。以後再那麼說，我可是真要生氣了。」

「看你急的。我是說，你想著我以後的路還長。你自己也不是還長著嗎？你也別瞞我了，嘉平的事情我已經聽盼兒和我說了。」方西泠突然心一酸，眼淚唰地流下來，「你為他才遠渡重洋來到中國，可他這個人，兵荒馬亂的歲月，自己跑到哪裡去不說，還在外面又娶了一房。你說你，唉，你我的命，都有什麼差別啊！」

葉子沒想到，西泠會這樣直地把她的隱痛說出來。她沒有心理準備，眼淚一下子就湧出來了。但是她不想讓方西泠看見，就把自己的整張臉浸到了剛打上來的那桶水中。再抬起來時，就看不清什麼是井水，什麼是淚水了。

葉子冷靜了一下自己，才說：「嫂子，你總是不明白。世界上的人，有各種各樣的，你不能說這樣的就是不好，那樣的就是好。比如我和你，我們生來就是不一樣的人。我是那種認了一條路就走到黑的人。你呢，總還想尋著那亮處走。這沒錯，只是別把那黑出反光來的路看成了亮道就行了。唉，看我們扯哪裡去了，還是把話說回來，你就回來和我們一起過吧。等過了這一關，你再做打算也不遲啊。」

方西泠用手罩住自己的眼睛，不這樣她說不出下面這段話：「我不能回來，葉子，不是我不想回來，是我不能回來。我回來，也拾不起嘉和那顆心了。他這人，不顯山露水，和一杯茶一樣，細細地天長地久地品著，這才品出真味來。那是什麼地方也找不到的真味啊！可惜了我年輕時心太淺，如今要吃回頭草，也是不能夠的了。想想他這十多年來，一個人過的是什麼日子啊，我對不起他，還有什麼臉再回來呢……」方西泠不由得痛哭失聲了。

葉子也沒想到方西泠會對她說這樣的肺腑之言，蹲在她身邊，一邊給她擦著淚，一邊說：「你有這番心，還有什麼不好去說的呢？你們還有兩個孩子呢，從前的緣分還是在的嘛。你不方便，我去給你說就是了。人心都是肉長的嘛，你怎麼知道嘉和就不念你這份舊情呢？別難過了，我去說。我們從小一起長大，兄弟姊妹一樣的情分，我的話，他還是聽得進去的。我去說好不好？」

方西泠突然拿開了手，張大了一雙淚眼，說：「葉子你這是怎麼啦？別人不知道，難道你自己還不知道——從小到大，他的這份心就在你身上呀。他這人和嘉平生來就不一樣，嘉平是越新的越好，他可是越舊的越念情。你說你是一條道走到黑的，難道他不也是一條道走到黑的嗎？你也不想一想，都十多年了，他怎麼還不另娶呢？他不就是在等著你嗎？」

葉子站了起來，一聲不響地走到井邊去吊水了。吊了一桶，想想，又倒回井中，這麼吊了三桶，都倒回井中了，突然鬆了繩子，一屁股坐在井臺上，別過臉去，肩膀抽搐起來。

方西泠這會兒倒是不哭了，說：「葉子，我們這是怎麼了，比賽誰的眼淚多啊？我不哭了，你也別哭。說真的，我也沒有時間和你哭了，我還有要緊事情和你們商量呢。我今日來，也不知道是不是今生今世最後一趟回杭家大院了。實話跟你說了吧，今天夜裡，我就要和基督教會的那幾個牧師一起去上海，然後轉道去美國了。」

這一說可是非同小可，把個葉子驚得一下子就沒了眼淚，連忙跑到方西泠身邊，問：「怎麼說走就走了呢？護照都辦好了嗎？盼兒怎麼辦？」

「我也是才曉得的。本想求美國方面再拖一拖，或者把盼兒的護照也辦了。牧師說了，這一次不走，下一次就難說走不走得了了。雖說現在美國還沒有和德國方面宣戰，但遲早是要打起來的，也難說是不是明天早上就打起來了。只要一交戰，再去美國，就比登天還難了。我這次也是沾了教會的光才辦成的。美國方面又有我父親這頭的老關係，說是幫我把工作也找了。我是存心想帶著盼兒走，可偏偏護照批不下來。她的身體那麼不好，如今又是死也不肯用那日本人的藥了，我若不能常常地從美國寄回藥來，盼兒的這條命就沒了。再說，我要是這次不走，頂著個漢奸老婆的名分，什麼時候才是一個頭啊。我要和他離，他就會為難你們，說實話，我這次去美國，他還矇在鼓裡呢。他若知道了，我怎麼還能走得成？葉子，求你們替我照顧好盼兒了，這是一。還有那二，求你照顧好嘉和了，你曉得我說的是什麼意思。你們早就該在一起過了。你不曉得嘉和這個人，你不走上前一步，他是一輩子也不會往上走的。你們兩人這麼煎熬著什麼時候是個頭啊。日本佬說殺人就殺人，說放火就放火，說不定什麼時候說遣送回本土就什麼時候遣送回本土。葉子，葉子，別走我的老路，我是把自己的幸福葬送了，你可不要眼睜睜地把世上最愛你的人晾起來啊。你這一晾，恐怕就再也得不到了，你聽懂我的意思了嗎？」

葉子站了起來，說：「你等等，我立刻就去通知嘉和，你們趕快好好地談一次，沒有什麼比這件事情更重要的了。」

這對從前的冤家夫妻，十年離散，今日重又坐在一起了。

剛才嘉和一直和小撮著在茶莊的後場工具房裡，商量著那批祭器如何送出去的事情。這些天，小撮著每日從孔廟回來，都在外套衣裳裡藏著掖著幾件祭器，陸陸續續地竟也取得差不多了。這些祭器，眼下都埋在了忘憂茶莊的後場牆角下。嘉和前年放的那把大火，因為是從自家居住的臥室開始的，又加撲滅得及時，忘憂茶莊與杭家大院又隔著兩堵風火牆，當中還有一條深巷，故而沒有被殃及。茶莊自杭州淪陷之日就關了門，再不曾開過。也許是因為嘉喬畢竟姓杭，日後還要來接收這茶莊，故而漢奸日軍倒還不曾來騷擾過。孔廟禮器埋在這裡，總比定時炸彈一樣藏埋在大成殿牆角下安全。剛才這主僕兩個也已經商量定了，清明那天，藉著上墳的機會，全部搬運出去，就埋在杭家祖墳的那片茶地裡。

西泠從後場的小門進來之後，葉子就把她給引到前店去了。數年不曾開啟的店門，從前何等地一塵不染，如今也是蓬灰滿地滿梁的了。進入店堂的花磚之地，三個人，齊齊地，就留下了三串重重疊疊的腳印。

店堂關著門窗，一片幽暗，葉子左手舉著一根蠟燭，右手提著一把水壺，小指上還鉤著兩隻小茶杯。店堂裡幾乎已經搬光了東西，看上去就比從前高敞出了一截。櫃檯和櫃櫥上塵埃細細密密地鋪著，像一塊塊歲月精織的灰呢布，只是從前放著茶壇的地方，還能看出一個個圓圓的淺色的印子。

店堂的大門，自打杭州淪陷之後，就再也沒有開過。連細木格子的大窗子也被磚塊堵了起來，從那磚隙之中，射出了針一般細而亮的光線，星星點點地刺在店堂的各個角落裡。

那副對聯——精行儉德是為君子／滌煩療渴所謂茶荈——也還依然如故，只是從前一直掛在茶莊的大門兩旁，如今卻被放置在店堂的一角了。以往無論茶莊生意興淡，這副對聯卻是每日都被擦得鋥光瓦亮的，眼下自然也是蓬頭垢面了。嘉和見了這對聯，下意識地就捧起了一塊放在大茶檯上。

這張有三張八仙桌大小的梨花木鑲嵌的大理石茶檯，是杭家祖上傳下來的，也是嘉和最心愛的東西之一。當初封了茶莊之門的時候，嘉和曾想把這張茶檯搬出去找個更安全的地方藏起來，不料橫抬豎抬怎麼也出不去，只好作罷。此刻，葉子把蠟燭放在大茶檯的一角，一大片檯面上的塵埃就被燭光幽幽然地溫和地籠罩著，又與那對聯上的塵埃漠然相視，與那窗隙射入的光明相映。這二女一男的身影也就明明滅滅、若有若無地顯現在其中，襯出了怎麼樣的前塵往事啊。此時境況，真可謂是「二十四橋猶在，波心蕩，冷月無聲」了。

嘉和這樣一個有著潔癖的江南男子，此時見了那塵埃，竟也顧不了許多，抓起他的袖口就去擦對聯上的塵。方西泠見了，連忙也去捧了那另一塊，又從口袋裡取了一塊大手帕，一撕兩半，一塊扔給嘉和，另一塊自己拿著，便也細細地擦了起來。

雖是只做了半路少年夫妻的這對中年男女，十年冤家不聚頭，看在一雙兒女的分上，想必也沒有到一句話也沒有的地步吧。那兩人，除了默默擦那對聯之外，卻再也說不出話來。

葉子悄悄地走了，方西泠就捲起袖子，露出胳膊，她想把茶檯也細細地擦一擦。這才叫此時無聲勝有聲呢，嘉和這就看到了方西泠胳膊上的那些青一塊紫一塊的傷痕。自打那一日李飛黃打了方西泠一耳光，而自己又反摑了杭嘉和一耳光之後，李飛黃就算是開了殺戒了。原來這世上什麼人都可以打他，可他卻只有一個人可打——打老婆。他總算明白為什麼那些引車賣漿者流常常酒醉糊塗滿巷子地追著老婆孩子往死裡打了，原來那是一種精神享受啊。他李飛黃雖乃一飽學之士，但學問從來沒有解決過他的任何心靈問題和現實問題，現在他只好靠打老婆解決問題了。這樣的時間雖然不長，方西泠卻已經嘗夠了皮肉之苦。想從前青春年少，她也算是一個五四青年，反帝反封建的一名女戰士，還跟著嘉平他們到了北京，還開過工讀主義的茶館呢。後來進了杭家大院，也是心高氣傲。嘉和溫溫和和的一個人，床上夫妻，床下君子，何曾動過她一個指頭，哪裡想到過有一天會落到這步境地。這麼想下去，只有眼淚一滴滴地掉在那「精行儉德是為君子」上了。

嘉和的目光，從方西泠手上的那些傷痕看起，一直看到她的頭上，他想起她年輕時的一頭烏髮來了。方西泠至今在人們眼裡還是一個不老的美人兒，只有嘉和看出歲月在她臉上發上留下的痕跡。前不久她還沒有什麼白髮，而今她也是一角鬢髮如霜了，燭光下冷冷地無語地話著淒涼。

嘉和一直在擦撫牌子的手停住了，他突然想，如果當年他是愛著她的話，他有能力不讓她離開他嗎？是的，他相信，他是有能力不讓她離開他的——甚至不用費太大的努力，她就會回到他的身邊。他沒有去做這樣的努力，乃是因為他從骨子裡不相信她！為什麼不相信她呢？是的，從結婚的那一天開始，他就認為他是不愛她的。然而，不可理解的悖論也就由此產生——如果他不曾愛她，那麼他為什麼要娶她呢？為什麼要和她生下一雙兒女呢？難道他真的一點點也不曾喜歡過她嗎？在他們年輕的時候，在那個風和日麗的龍井山中，當水草歡快地在小溪下舞蹈的時候，當她毫不猶豫把耳環取下來獻給他們的理想的時候——難道他真的一點也不曾為她動過心嗎？

他知道自己一向嚴於律己，其中動機也包含著苛求於人。他只是看上去仁慈寬厚，很少指摘別人，其實他骨子裡與人保持著相當的距離。他不願意走進他們的心靈，他不相信他們。現在他想起來了，他幾乎從來也沒有和方西泠認認真真地交過心。當他發現方西泠的心東搖西擺總靠著嘉平的時候，他就不戰而退，他從來也沒有想過要把方西泠的心真正奪過來——這種內心的交戰本身就是他的自尊心所不允許的。他是在放棄，但並不意味著失敗，他是以放棄來獲得勝利的。然而他勝利了嗎？

他知道，他對她手上的傷痕，對她頭上的白髮，是負有責任的。他不知道此刻所產生的感情是不是愛情，也許是，也許不是。但一切都晚了，無論如何也無法挽回了，這一次是真正的生離死別了……

家族中的人一個個死去，並不僅僅使嘉和堅強，每一次生命的消亡也使他軟弱。這是多麼無法理解啊，他越堅強，同時也就越軟弱，他越軟弱，同時也就越堅強——他不能夠再那麼默默無語地撫擦下去了——他攤開灰塵沾滿了的手，無望地看著方西泠，他沒有辦法不讓他女兒的母親走，他沒有辦法讓他女兒的母親留下來。他就這樣茫茫然地走上前去，把他從前的妻子緊緊地摟在懷裡——他終於讓自己回歸到杭氏家族的血緣上去了，在這一剎那，他是多麼地像他的父親，他畢竟是杭天醉的兒子啊……

他們說了一些什麼？無疑，他們說了許多，有懺悔，有解釋，有囑託，還有許諾。誰也不在乎這些話的可實現性，要緊的是說這些話的過程。這其中肯定還是方西泠說得更多。她提到許多人的名字，其中有她的一雙兒女，有漢兒，還有其他一些人……有兩個人是她專門提到的，一個是葉子，一個是李越。杭嘉和幾乎只能應接不暇地點著頭，「嗯嗯」地應著，對必須解釋的他也不作解釋，沒有時間作解釋了。他不斷地在她話語的空隙中夾進簡短的字眼——「你放心」；「會找到的」；「我會像親生兒子一樣把他帶大的」；「是的，當然，當然不能讓那個日本佬欺侮我們的女兒，會有辦法的」；「當然，當然，離婚手續一定要辦，一到美國就辦」；「說哪裡去了，你會回來的，盼兒還等著你的藥呢」；「說什麼，我不會死的，我怎麼會死呢」等等，等等。

他們各自對分手時候的儀式都很慰藉。按照這個茶人家族的慣例，他們以茶代酒，飲盡而別。茶是新的，小撮著剛從翁家山送來的明前龍井，不到半斤，嘉和還分給了陳揖懷和趙寄客一些，眼下不多的一點點，就又分了一半給西泠。「到美國去吃吧，以後我們會給你寄的……」嘉和說。

他們捏出一小撮來，沖了兩杯新茶。西泠小心地從懷裡掏出一個小紙包來，裡面有四朵製成合歡花形的蜜餞。她把它們分成兩半，兩朵放到了嘉和的杯裡，兩朵放到自己的杯裡。她鄭重地說：「是成雙成對的。」

「我看見了。」嘉和說。

「是我今日特意帶來的。」

「我曉得的了。」

「我們結婚時我讓你喝了單數，那不是故意的……」

「我曉得了……」嘉和端起了杯子，「你看，我把它們全吃了。」

「我也把它們都吃了。」方西泠甚至笑了起來，她現在沒有什麼可以遺憾的了。

那天深夜，杭漢睡不著覺。他再一次起床，蹺到廂房閣樓的後窗，看著後院之外的那條垃圾河。

不，現在它已經是垃圾山了。

不過，從前河邊拉起的電線杆子倒還在，零零落落地亮著幾盞雞蛋黃一樣的燈。杭漢看見有兩個人，隱隱約約地朝他們家的方向走來。看上去他們走得很小心，盡量避開有光亮的地方。這兩個人膽子不小，現在已經到了宵禁的時間了，被日本巡邏隊撞上就麻煩了。這麼想著，杭漢又回到了自己的小床上。

半小時之後，他聽見有一個人輕輕上樓的聲音。他連忙點燃了油燈，幾乎與此同時，他的未被鎖上的門打開了，一個貴夫人出現在他的面前。

杭漢幾乎要輕聲地驚呼起來：「真沒想到，會是你……」

貴夫人淡然一笑：「和我同來的那個人，你更不會想到呢。」

第十九章

再過幾天就是清明。都說清明時節雨紛紛，今年的清明時節卻是風和日麗。杭漢一早起來，就到院中那玉蘭樹下打了一套南拳。他的外傷還沒有好利索，但渾身的筋骨卻在咯咯地響著，好像春風已經吹到他的骨頭縫裡去了。春風也趴在他的耳邊喃喃說著：年輕人，動一動吧，動一動吧，快做好準備，有許多事情要等著你去做。試試看，你的手掌還能握成拳頭嗎，試試看！

杭漢小心翼翼地打著拳，注意不再傷害自己。從昨天夜裡開始，他就再也不是從前的那個杭漢了，他再也不會為了自己的義憤去劈日本憲兵的耳光了。

昨晚雖然他一下子就認出了楚卿，可她的那一身打扮還是令他好一會兒也回不過神來。她燙了一頭的長波浪髮，描了眉毛，還塗了口紅，還不合時宜地套了一件貉皮長大衣，腳上嘛，當然是黑色高跟皮鞋了。看見杭漢驚異的樣子，楚卿敞開了大衣襟，露出裡面的緞子旗袍，脖子上掛著的珍珠項鍊與閃閃的寶石耳環相映生輝。楚卿用她低沉的聲音略帶笑意地問：「怎麼，認不出我來了？看上去我像一個有錢人家的太太嗎？」

「你把你弄得真夠俗氣的，」杭漢說，「我剛才在路燈下看到你們了，和你一起來的人是誰？你們怎麼想到這會兒到我們這裡來了？你不知道我們家都被鬼子監視起來了嗎？你知道我的事情了嗎？我從日本佬手裡放回來，剛剛半個月。你從哪裡來？你還和憶兒在一起嗎？我的天，你是不是真的嫁給了一個闊佬——我被你弄糊塗了，你快說吧——」

楚卿一邊脫了那件貉皮大衣，一邊就坐到床對面的竹椅上去了。夜燈如豆，襯出了她分外苗條的身影、她的鼻尖和下巴，還有她陡峭的高跟鞋。杭漢的被打腫的眼睛終於退了青紫，可是他依然覺得恍恍惚惚——幾乎兩年了，他們沒有關於杭憶他們的一點消息。

楚卿卻好像是他們昨天剛剛分手一樣地沉著，她只是淡淡地說：「從那裡出來的時候，準備了這麼一套行頭，沒想到天氣說熱就熱，除了這貉皮大衣，我就再也沒什麼可以把自己弄成那樣——你說的那種俗氣了。這一次我是裝成一個大商人的夫人回來的。你不會想到，我是和你的父親一起回來的，你剛才也沒把你父親認出來吧？」

杭漢像是被誰打了一悶棍，好半天也沒有再說話。也許覺出了冷場的不好意思，就笑笑，吃力地說：「……噢，父親，倒是沒有想到的，想到也認不出來的。怎麼樣，他老了吧？我已經十多年沒有見到他了……」

「他正在你伯父房中呢，要不要去見一見？我可以在這裡等你。我還專門有事找你，我就是為這事兒回來的……」

杭漢連忙擺著手說：「不急不急，我只是奇怪，他怎麼回來了？奇怪……而且和你一起回來，你們是為了同樣的事情回來的嗎？」

「不完全是。我們各人有各人的事情。你還不知道吧，你父親現在和吳覺農先生在重慶政府的貿易委員會。而我，我從一開始就沒有對你隱瞞過我是屬於什麼的。」

杭漢從楚卿的目光裡看到了從前杭憶謳歌的那位灰色女郎。他輕輕地關上了門窗，拉上了窗簾。楚卿把身體欠了過來，她嘴裡噴出的熱氣甚至都呼到了杭漢的臉上。她用低得不能再低的聲音說：「你的事情我們早就知道了，我們的組織正是因為知道了你的事情，才對你加以最大程度的信任，派我特意從未淪陷區趕來的。下面我要說那件重要的事情了。不過，事先我得告訴你，這是一件十分危險的事情，你可以做，也可以不做，但你必須說實話，我們沒有時間等著你變卦，明白嗎？」

杭漢定了定神才說：「我一直在等著這一天。」

楚卿收回了欠出去的身體，若有所思地說：「還記得兩年前我們在西湖小瀛洲上的談話嗎？那一次我們說到了對你的安排，我們說到了，也許有一天，你會去……」

楚卿他們這一次暗殺的對象是「維新政府」的重要官員沈綠村。他和汪精衛的親日集團已籌備多日，準備成立以汪為首的南京「政府」。在這個「政府」中，沈綠村將出任「政府」級的重要官員，而且他的政治野心還遠不止這一步。所以，刺殺這類大漢奸就成為當務之急。而目前看來，能夠接近沈綠村又能夠暗殺他的人中，他的親甥孫杭漢是最佳人選了。

杭漢的身體突然涼了起來，他明顯地感到兩隻肩膀上的壓力。像是兩隻大手，使勁地把他的身體往下壓，為了抵抗這種壓力，他就暗暗地使勁把自己的肩膀往上抬。杭漢把這一切做得很成功，不動聲色，所以楚卿看不出他聽了這話有什麼變化，她只聽到他說：「我明白了，你們要我去殺一個人。」

「你殺嗎？」

杭漢沉默了好一會兒，他想到了很多前提、很多疑問，但是他最後什麼也沒說，他點點頭，說：

「殺！」

天氣多麼好啊，傷口在癒合之中的輕微的搔癢是多麼舒服。杭漢蹲在他去年種下的茶苗前——它們在春風裡微微顫動的淺綠色的葉子是多麼生機盎然啊……杭漢用手摸捏著土地，他心裡有些遺憾。伯父曾經告訴他，最好的土質，應該是石灰岩所在地的土質。龍井山中的土質才是最好的啊，如果沒有戰爭，他們現在不正在山中與新培育的茶苗朝夕相處嗎？杭漢打心眼裡喜歡過這樣的和土地與植物相處的日子。他細捏著手裡的土，突然打了一個寒戰——他想到了昨夜夢裡的那些血淋淋的場面——他知道這不是夢。他再抬起頭來的時候，就看見了他的父親杭嘉平。

他正在刷牙，穿著背帶西褲。其實昨天夜裡他還是上樓來過了，是嘉和親自陪著上來的。也許是因為楚卿跟杭漢所談事情過於重大了，甚至重大到了超越父子多年離別後的重逢。總之，杭漢沒有表現出應該有的那種激動和慌亂，看上去他甚至還有一些麻木。父親是一個儀表堂堂的男子漢，這點和照片上也沒有什麼區別，只是穿著西服，留起了小鬍子罷了。他們相互間沒說幾句話，父親好像什麼都已經知道了，一再地叫他好好養傷，然後就下了樓。杭漢一下子躺在床上，立刻就把父親給忘了。他不可能不接著那灰眼睛姑娘的思路去想——要刺殺一個人，是在家裡，還是在野外？是用手槍，還是炸彈？——而這兩樣他全不會，那麼只好用匕首了……

而早晨的父親看上去就真實多了。他露出了一口白牙，手裡捏著牙刷，朝著兒子熱情地望著，杭漢的血就湧上來了。

杭嘉平隔著那片茶苗，說：「這都是你種的？」

杭漢指著那一株株的茶苗說：「是我按伯父教我的方法種的。有的是用種子，還有的是無性繁殖，噢，就是扦插，還有雜交的。喏，你看這一株，這就是雜交的。」

「這事情很有意思，也很費工夫吧。」

「沒事，反正我也不上學，也沒出去找工作。只要能出城，我就出城到山裡茶地去。出不去，就在這裡搞實驗。」

「嗯，真沒想到我們家世代賣茶，現在要出一個育茶的了。說給我聽聽，有什麼講究的？」

杭漢興致就上來了，他和父親之間就這樣不知不覺地進入了話題：「講究可多了，不過那都是伯父從前告訴我的。你只要到茶園裡一看，凡是那樹冠大的，分枝密的，萌芽早的，生長期長的，發芽輪次多的，生長速度快的，芽葉比重大的，喏，我說得再簡單一些，不過不是我說的噢，是伯父他說的——你只須記住這幾個字——大、密、早、長、多、快、重，那就是好茶種。你把它的種子拿來也好，你是扦插也好，你是拿它與別的茶樹雜交也好，總歸都是好的吧。當然，我這麼說太簡單了，伯父說了，真的做起來，有得好做了呢。伯父說了……」連杭漢自己都發現他把伯父給提得太多了，突然就住了嘴。

杭嘉平很興奮，兒子大了，很出色，比他想像的要出色得多。在平原上他曾經見到過杭憶。杭憶也很出色，果敢，粗魯，講話動作都像是一隻敏捷的貓。叔侄兩個見了面，沒有幾句寒暄的話就進入了主題。他的話不多，吸菸卻吸得很厲害，手掌很粗糙，面色卻依舊保留著杭家祖傳的白皙，看上去比實際年齡要成熟多了。看得出來，他周圍的人都敬畏著他。聽說附近的鬼子、漢奸聽到他的名字就膽戰心驚，不僅僅因為他的神出鬼沒，還因為他特殊的有些殘忍的處死敵人的方法。無論是漢奸還是日本鬼子，一旦被抓住，若處決，他從來不用子彈，只用一個辦法，五花大綁扔到河裡去淹死。這就漸漸地成了一個標誌，凡是水裡漂浮起一具敵人的屍體，人們就知道，那是水鄉游擊隊杭憶部隊幹的。嘉平要他協助的只是一件事情，截住那些從淪陷區到游擊區和未淪陷區來偷購茶葉的漢奸商船車隊。據他的情報所知，吳升的兒子吳有一直在做這樁生意。杭憶一聽，淡淡地說：「你放心，我會叫他浮在水裡，讓魚吃得只剩一副骨架的。」他們分手的時候緊緊地握了握手，就像是兩個男子漢勢均力敵的較量。陪同嘉平的羅力直到杭憶走後才說，杭憶完全變了，不像是大哥的兒子，倒像是二哥的兒子了。照此推理，杭嘉平倒覺得，杭漢看上去不像是他的兒子，倒更像是大哥嘉和的兒子了。

這麼想著，嘉平便問兒子的傷口怎麼樣，能行動嗎？聽杭漢說行走絕沒有問題時，他走過來拍拍兒子的肩膀，說：「那好，陪我到孔廟走一趟吧，我想見見趙先生，多少年沒見了，想啊。」

他不知道杭漢想到了什麼，只見杭漢重新蹲了下來，說：「還是讓伯父陪你去吧，我剛去過那裡。而且，我還在他們的監控之中。不過我還不曉得你進出那裡方不方便，你的各種證件齊全嗎？楚卿說什麼問題也沒有。進出孔廟倒是不要鞠躬的，不過也難說。要是碰到我上回碰到的事兒，你怎麼辦呢？」

嘉平笑笑說：「我會有辦法的。我會給他錢，給他煙，或者給他酒。可是我不會向他鞠躬。你放心，我不會向他們鞠躬的。」

杭漢仰起臉來，很有分寸地笑了。看得出來，兒子很謹慎，對他敬而遠之。兒子什麼都知道了，也許，在內心裡，已經不再把他杭嘉平當作他的父親了。

拿什麼顏面去見妻兒和大哥呢？回家的路程越近，杭嘉平心裡就越犯嘀咕了。在歐亞大陸上來回奔跑的日子裡，他見過許多和他處境差不多的中國人，然而，他們誰有一個像嘉和這樣的大哥、像葉子這樣的夫人呢？他想像著回家之後的抱頭痛哭，埋怨，眼淚，訓斥，解釋，也許還會有寬恕？只有在經過了這一切之後，他才能有前提與大哥談他們的關於民族存亡的大事，還有與葉子的未來……

人到中年的杭嘉平，在社會生活的諸多領域裡，都已經是一個相當成熟的值得信賴的男子，唯有在個人生活中，他無法把握自己。換言之，他似乎從來沒能真正明白，他命運中的那些巨大的變化是怎麼發生的。他有過許多與之交往的女性——無論是在與葉子結婚以後，還是和後來的妻子組成新家庭以來。他十分忠誠於自己年輕時就立下的抱負，他也忠誠於朋友，忠誠於他的事業。但是，他從來也沒有真正忠誠於某一個女子——為此他曾吃過許多不必要的苦頭。有時，他捫心自問，自以為他杭嘉平並不是一個好色的男子。問題就在這裡，總有各種各樣的女人像子彈一樣地向他射來，她們都是可愛的，具有靈性的，善良的，美麗的，憂傷而纏綿的。他不能不在這些各種各樣的女子面前敗下陣來——不能不——和杭嘉和一樣，說到頭來，他們到底還是二十世紀初杭州城裡頭號多情種子杭天醉的兒子。

與父親不同的，只是嘉平自以為接受了先輩的教訓，決不會為情所累。以往他總能做到適可而止，每當他發現一段情緣會妨礙他的浪跡他的抱負時，他就會效仿他的偶像趙寄客先生，一走了之。不同的只是他從一開始就不曾給那些女人有多少幻想，她們都知道這位俊逸的男子是有家室的，並且，她們都知道他深深地愛著他的妻兒。即使是在最情意綿綿的時候，他也從來不會忘記拿出那隻鋦好的兔毫盞，他對她們中的每一個人都會細細描述那發生在中國江南美麗城市杭州城中的一段小兒女的青梅竹馬的往事。對某些異國的姑娘，光是一個「青梅竹馬」的成語，就有可能一起花去一個晚上。他從來也沒有對她們中的任何人撒過謊，他的撤退也總是頗具男子漢的風度，他給她們盡可能多的錢——因此，他不可能不永遠是一個窮人。不，即便是現在，一切都已經既成事實的時候，他還是要說，他從來也沒有想過離開葉子，組建新的家庭。他沒有想過，但事情已經走在了思考前面——事情就是這樣發生了。一位美麗的女子，有教養的女子，有共同語言的共同事業的女子，她突然成了他的新妻子。他對他自己也無法解釋，在這位高貴的女子的畫室裡，他甚至沒好意思重提兔毫盞的故事。唉，怎麼辦呢？教堂的鐘聲響了，雖然他並不信教，但他還是在牧師面前說了「我願意」。周圍所有的人都顯得神色莊嚴，彷彿上帝正在分吃他們的喜糖。他依然沒有那種感覺，情愛在他的生活中固然不可或缺，但從來不是至高無上的，情愛是用來輔佐那至高無上的信念的。然而，情愛終於使他處於兩難了。那就歸結於戰爭吧，歸結於顛沛流離的生活吧。現在，離家越來越近了。不知為什麼，當他離家越來越近的時候，他又覺得什麼也不曾發生過了：在重慶，並沒有他的作為南洋巨商獨女的畫家妻子和他們的女兒，他依舊孑然一身，四海為家——而遙遠的中國江南，依舊有著他的永遠在倚門等待著的親人。

一切如故，至少，在黑夜中，看上去一切如故。一路上因為手續十分齊全，又有楚卿做著掩護，他們沒有碰到什麼麻煩事情。他一眼就看出楚卿是那種經歷過生活的有著自身使命的女子。看上去她還非常年輕，話也不多。羅力不能夠再陪他同行了，他要再一次地申請上前線了。臨走前他悄悄地告訴他，聽說這位女子與杭憶有著非同尋常的關係，這使嘉平很意外。看上去，這位女子和杭氏家族中的任何一個人也沒有相同之處。她冷峻，寡言，彬彬有禮，還有些古怪神祕，但途中他們相處得很好。他們本來就喬裝成夫妻，而且不管怎麼樣，她使他想起了當年的林生。當他向她提到杭憶的時候，她的灰眼睛不動聲色地看著窗外，她說：「是的，我們在一起戰鬥過。他現在很自由，不是嗎？」

杭嘉平沒有問她，在這裡她所說的自由的含義。他發現她不太願意提及杭憶，他們談論更多的是發生在杭州城裡的杭家大院中的人們的生離死別。因此，家中的破敗和家族人口的凋零，倒並沒有使嘉平感到太大的意外，他已經都聽楚卿事先敘述過了，包括母親和妹妹的死，包括兒子的被捕與突然的釋放，甚至包括趙寄客的被軟禁。杭嘉平做好了充分的思想準備，回家來收拾舊山河。他依舊相信自己是有一定的力量的。當然，這一切都相當危險，唯其如此，才需要他杭嘉平出面。

然而，被燒得面目全非的杭家大院，在夜幕的籠罩下，看上去風平浪靜，即便是遠道而歸的遊子，也沒有破壞它的一貫的情感的節制。來開後門的是大哥嘉和，他一下子就認出了大弟，扶著門，只是微微愣了一下，才說：「我當是誰呢，這麼晚了來敲門，原來是你回來了。路上遇到巡邏隊了嗎？現在已經到宵禁時間了。」

他還不失禮貌地朝楚卿點了點頭，這就算是打過招呼了。把他們往偏院裡引的時候，他問清楚了他們還沒有吃飯，便輕輕敲了敲那扇還點著燈的偏房門，說：「葉子，葉子，睡了嗎？嘉平回來了，還沒吃過飯。你到廚房看看還有什麼吃的，我記得昨天小撮著從河裡摸了一些螺螄，你養著了嗎？」

嘉平沒有聽到葉子回話的聲音，但是他聽到了屋裡的動靜。然後，楚卿就在嘉和的指點下上閣樓見杭漢去了。嘉平一時有點不知所措，他不知道自己該是推門進去先見了葉子，還是和楚卿一起上樓先見了兒子杭漢。他一路上不斷翻騰著與他們相見的情緒，這種渴望甚至已經變成了一種欲望。此刻，近鄉情更怯，卻戛然而止了。

嘉平從他懂事的時候開始，就沒有把他的父親當成過父親，而年齡越長，只大他一天的家兄就越像是他的父親了。他們二人在嘉和的房間裡坐下。這裡，既是客堂間，又是書房，又是臥室，簡單得不能夠再簡單了，但非常乾淨。屋裡也沒有點電燈，只是點了一根蠟燭，一股清寒之氣就撲面而來。嘉和沖了一杯茶，端到嘉平面前，說：「算你運氣，小撮著剛剛送來幾兩龍井，送得差不多了，還夠泡兩三杯的，被你撞著。」

「你看上去氣色是不太好，人那麼瘦，精神倒還可以。」嘉平說。

「我看你倒幾乎沒什麼變化，一點也不顯老，怎麼過來的？我們這幾年消息都不太靈通，外面的事情知道得很少。」

嘉平注意到了，大哥只替他沖了一杯茶，連忙就把奶香氣撲鼻的龍井茶又推到大哥眼前，說：「出去十多年了，這麼好的龍井茶，今日還是第一次吃到，你也嘗嘗吧。你問我是怎麼過來的？你是問我從南洋怎麼回來的嗎？我記得給你們專門寫過信，先到香港，後到武漢，再到重慶，然後，就到了金華、麗水這一帶，跑的地方也不少。只是大哥，你是想也想不到的，我也吃起茶葉飯來了。」

抗戰數年以來，杭嘉和第一次知道了許多有關茶的大事件，其中包括統購統銷，茶樹更新運動，以茶易貨，籌建茶科所，籌建高等院校的茶學專科，等等。嘉平心裡面是只想談談家事的，然而他卻同時又滔滔不絕地談著茶事。他一邊談著茶事，一邊在心裡盤算著，怎麼樣把茶事拐到家事上來。大哥沉穩的目光卻使他不那麼沉穩起來，直到葉子端著一個小木盤子進了屋，木盤子上面托著幾樣菜，還有幾個玉米麵做成的糰子，他的關於茶的話題才宣告暫時中止。

嘉和搓搓手，顯得很高興地說：「果然有螺螄，我記得嘉平從小就喜歡吃螺螄的。三月螺，抵隻鵝，這個季節的青殼螺螄最鮮肥，而且屁股後面也沒有子，嘉平倒是有口福的。」

嘉平看了看站在暗處的葉子，但他沒有能夠看清。葉子一邊放下碗筷，一邊說：「吃吧，我從早上就開始養起了，已經換了四五次清水了呢。可惜沒有滴幾滴蛋清，要不『吐』得更乾淨了。」

「我看看，你是怎麼炒的，有沒有放薑？沒有放薑，總歸腥氣的──」

「怎麼會不放呢？薑倒是不多了，但該放的時候，總還是要放。要是有豆瓣醬就好了。不曉得……今天來，否則無論如何也要去弄點豆瓣醬來的。」

嘉平注意到了，葉子說「不曉得你今天來」這句話時，把「你」字給省略掉了。這樣一來，聽上去，這句話就像是完全說給嘉和聽的了。也就是說，直到現在為止，他們兩個人一直在進行著有關螺螄的大討論，卻把他一個人放置在一邊了。他們為什麼不談談玉米麵呢？這才是他們真實的生活。嘉平這才看了看葉子，作為一個女人，她不可能一點也不老，但是她依舊乾乾淨淨，和他想像中的那個溫和的半透明的葉子一樣。

他不想讓這盤螺螄成為今晚的主題，搖搖手說：「唉，真是難為你了，還親自下廚房。叫個下人，隨便弄點吃吃就好了。」

葉子找來了幾根牙籤，用開水燙了，放到一個小小的碟子裡端了上來，說：「當心，我不曉得剛才有沒有炒過頭。炒過頭就嘣不出來，用牙籤幫幫忙。我記得爸爸活著的時候，最喜歡吃田螺肉，先在水裡煮一下，把肉挑出來，然後和上一些五花肉一起剁碎。喏，再用這牙籤把肉一點點挑到螺螄殼裡去蒸。不過也不好多吃的，胃不好的人，吃了要發胃病。大哥，你們小心，我回去睡了，吃完了東西放著，明天我會來收拾的。」

她一邊往外走著，嘉平一邊說著：「不用不用，明天叫他們下人再來收拾好了。」

葉子的身影已經不見了，嘉和一邊往床底下使勁地掏出了一小罈老酒，一邊說：「來，我這裡還有一點酒呢，啟封吧。還有，你別再提下人的事情，我們早就沒有下人了，從淪陷的那一天開始，我們就沒有一個下人了。小撮著是硬要和我們在一起的，他也馬上就要走了。好吧，不說這些了，來，幹吧。」

嘉和就舉起了杯子，自己先就飲了一口。嘉平想了想，說：「等等，我讓你看一樣東西。」他從隨身帶的包裡拿出了那隻保存完好的兔毫盞。嘉和看見這件久違的舊物，眼睛微微地一亮，伸手接了過來，燭光下照著，兔毫盞黝黑的外壁上就跳出一團無聲地抖動著的火苗，隱隱約約地映亮著周邊的幾個形如兔毫的銀絲狀花紋。那火苗抖動得多麼深遠啊，彷彿這隻兔毫盞是一面阿拉伯的魔鏡一般，它把以往的生活都重新映照出來了……

「你還留著它啊！」嘉和嘆息著，這正是嘉平熟悉的大哥酒後才會出現的聲調，和平時完全不同的充滿著詩意的感慨的聲調啊，大哥終於回來了。

「雖是茶盞，這麼多年，我喝酒，一直就用的是它。來，現在讓你用。我是御，你是供，這隻茶盞，有你的一半嘛。」

「好，那麼大哥我就不讓了。」嘉和端起了茶盞，盛滿了黃酒，一飲而盡，蒼白的面孔就一下子紅了起來，「戰爭啊，是戰爭把你給匆匆忙忙地送回來了，這一次你能在家裡住多久呢？」

嘉平告訴大哥，這一次來，是以掃墓為名，有重任在肩的，一過清明就得走：「不過從此以後我就會常來常往了，這場戰爭不會很快就結束的。」

從嘉和的問話中嘉平知道，留在淪陷區的杭家人，對時局多少已經有些隔膜。於是，一種似曾相識的格局又重新回來了——時光彷彿又倒退了二十年，五四青年杭嘉平從北京火燒了趙家樓南下杭州，把他所知道的一切——從陳獨秀、魯迅、胡適之到陸宗輿、章宗祥及情婦，以及英國飛機轟炸故宮，以及俄國過激黨，以及抵制東洋日貨，以及「二十一條」和「還我青島」，等等等等，統統倒給了在家中日夜渴望投入新文化運動的只長他一日的同父異母的大哥杭嘉和。三歲看到老，如今杭嘉平儘管換了一個妻子，但本性依然沒有變——天下大事，依舊盡收眼底，五洲風雲，依然激盪胸懷。提及英法美如數家珍，討論戰局，又大有運籌帷幄之文韜武略。加之喝了一點酒，見了他最親的親人，他的知己大哥，好為人師的脾氣又發作了，杭嘉和便又成了一個忠實聽眾，仔細掩了門窗，只由他的大弟口若懸河，滔滔道來——

「若知其一，必先知其二，若知這場戰爭的未來，必先知這場戰爭的發端。日本和中國，早已進入世界經濟的總格局中。所以，戰爭看上去只在中日雙方進行，實際上卻是世界大戰的一個重要的組成部分。首先，我們可以看到，一九二九年的世界經濟危機並沒有影響中國經濟，作為一個農業國，它安然無恙地渡過了這場全球性的災難，加之國內貌似統一的趨勢，使得我們的鄰國日本大為緊張。當此時，日本正在無望地摸索走出國內困境的道路。你曉得日本一次大戰之後有個名叫鶴見的人嗎？

他曾斷言，美國時代即將到來，美國的價值觀、觀念以及商品，將成為全世界的模式。這種觀點被稱為國際主義。然而，這個觀點在那個年代受到了嚴峻的考驗，九一八事變的真正的設計者們——包括石原莞爾、板垣徵四郎等日本軍方主戰派人士，他們的觀點和鶴見完全相反。首先，他們認為應當排斥這種所謂國際主義的理論作為國家政策和生存的基礎；其次，應當摒除中國這樣足以威脅日本權力和利益的統一強國出現的可能。在他們看來，如果日本還要生存下去，唯一的出路就是將中國置於日本的徹底控制之下——」

嘉平的閃閃發光的眼睛開始直直地盯住了大哥，他知道現在關於家事，他什麼都不能談，所以他只好大談國際形勢。談著談著，看著大哥，突然止住了話頭，不好意思地笑笑。其實，他的心事從他一進門嘉和就看出來了，只是他知道今夜突然歸來的嘉平對沒有思想準備的葉子刺激太大了，得給她一點時間，給她一點時間。但嘉平卻等不及了，瞧他喝了多少酒啊，他東拉西扯，國際國內，他不就是想擺脫這種苦惱嗎？嘉和嘆了一口氣，又替大弟找了一個話題：「你的這個同伴，我可是見到過的，憶兒就是她帶走的呢。」

「你也知道她是共產黨？」

「從她那裡可以打聽到憶兒的消息嗎？我已經很長時間沒有他的消息了。你和共產黨時常來往嗎？」

嘉平把兩隻手攤開，又合攏，說：「第一次國共合作時，我還是國民黨左派；第二次國共合作時，我已經和你一樣，君子不黨了。話雖那麼說，抗戰勝利後，我看中國的天下，遲早是共產黨的。」

「噢，你就那麼瞭解共產黨？」

「瞭解共產黨，是從瞭解林生開始的；瞭解國民黨，卻是從沈綠村開始的。」

想到他們竟然還有這麼一個大漢奸的舅舅，兄弟二人都不再吭聲了，好一會兒，嘉平才說：「那小姐肯定會找你的。我們這次雖然一起回來，但其實她還有她的任務。共產黨已經不是一九二七年的架勢了，他們裡面有不少這樣的人才。怎麼樣，她現在就在杭漢那裡吧？他們會有許多話要說。我的兒子長成什麼樣了，有你那麼高了嗎？」

嘉和明白嘉平其實是在說些什麼了。他站了起來，放下兔毫盞，撫著嘉平的背，推著他往門外走，說：「走吧，走吧，先去看看漢兒，再去看看盼兒，他們都在家裡呢。先看看兒子和侄女也好嘛。」

嘉平的感情大潮是多麼的洶湧澎湃啊，與一個兒子和一個侄女的相見遠遠不能夠滿足他的飢渴的感情需求，哪怕有大哥的徹夜陪同也不行。他不敢在今天夜裡就問及母親和妹妹是如何死的，他知道這樣的問題無異於再扒他那活著的親人們的一層皮。可是為什麼不讓他再見見他的妻子葉子呢？難道他們如今只落得一盤炒螺螄的緣分？和大哥路過葉子的房間時，他忍不住敲敲窗子，沒有聲音，他又敲敲門，還叫了她幾聲，也沒有聲音。他多少有些尷尬，攤攤手，對同樣也站在門外的大哥說：「瞧，到底是女人，她生氣了……」

這句話說得失之於輕浮，杭嘉和突然覺得無法忍受。他知道屋裡的葉子一定也聽見了。要是換了別人，他會用很厲害的話對付過去的，然而，現在是剛剛回家的嘉平啊。他只好淡淡地說：「走吧，她也不是非要在今天夜裡見你的啊……」

四月的星光，散發出夜空的氣息，那是從天宇而來的凌厲清醇的生氣。與之相反的一股氣息也從後牆外傳來，那是腐爛的、發霉的、從從前的小河裡發出來的死氣。嘉平喝多了，腳步便有些踉蹌，他想控制自己，但有些困難了。他和嘉和在從前的院子裡走來走去。院子燒得東倒西塌，有的地方還荒草沒膝，一隻什麼動物嗖的一下，從他腳下穿過，倒把他嚇了一跳。

他突然笑了起來，說：「聽楚卿說是你燒的房子，還說杭州人聽了都不相信，說房子由杭家那個老二來燒倒是有可能的，怎麼他們家的老大也會燒房子呢？你看，我離家那麼多年了，他們也沒忘記我。」

杭嘉和想附和他笑，但他沒笑出來，他一下子想起了綠愛和嘉草，全身就有一種肉被一塊塊割下來一般的疼痛。他知道，直到現在嘉平也不真正清楚他的母親和妹妹是怎麼死的，否則他決不會說剛才那些話。他永遠也不想讓大弟知道真相了，也不想讓這個世界上再多一個和他一樣痛苦的人。怎麼辦呢？他只好敷衍著說：「其實我逃難回來的時候也沒想到燒房子，只是看到嘉喬帶著他的那個日本鬼子居然住進了我們家，而且那個日本佬就占了我的房子，在我書房裡還貼了一面膏藥旗——」他不想說了，他不能在說這些的時候不想起發現死去的綠愛時的慘狀——他無法說下去了。

在黑夜中漫不經心走著的嘉平繼續按著自己的思路想著，他說：「大哥，你給我想想辦法，勸勸葉子，起碼她得聽我解釋一次啊，難道她真的不想理睬我了？我心裡難受得很，比什麼時候都難受，起碼她還是得聽我解釋一次啊。大哥，她這是怎麼啦，我不是回來了嗎？戰爭啊，這是戰爭啊……」

他們突然停住了，不知不覺地他們已經走到了第一進院子的大天井。其實，自從綠愛慘死之後，杭家人就再也不曾走過大門了，他們無法天天走過那些大水缸而不勾起令人心碎的往事。這第一進院子，幾乎就同封了起來一般。杭人還演繹出杭家大院鬧女冤鬼的恐怖傳說，這也是漢奸、鬼子不敢進杭家大院的一個重要原因。嘉平不知道這些，見大哥突然停住腳步，一聲不吭，便也停了下來，感慨地說：「這些大缸還擺在這裡，和從前一模一樣啊……」

嘉和突然走上前去，抱住了其中一隻，他痛哭了起來，聲音在夜裡，又悶在缸中，真如夜鬼啼號。

嘉平大吃一驚，這不是嘉和的性格了！他這是怎麼啦？是見了弟弟回來，樂極生悲了嗎？他走過去想勸他，但自己的鼻子也發酸了。然後，他聽見嘉和這樣對他說：「誰不在戰爭中呢？難道我們就不在戰爭中嗎！」

「我知道，我們都在戰爭中，我是說——」嘉平有些吃驚，他試圖解釋，但嘉和卻沒讓他說下去——

「——你知道什麼，你什麼都不知道。你甚至還說這些大缸和從前一樣。可是從前這裡擺著七隻大缸，現在卻只有六隻了。你曉得嗎，現在只有六隻了……」

「真的，的確是只有六隻了……」嘉平繼續嘀咕著，不過他還是不明白這有什麼可以深究的。在這樣一個春天的黑夜裡，他不知道，還有一隻缸，已經陪著他的母親，永遠埋在雞籠山杭家祖墳裡了……

第二十章

清明節到了。小堀一郎和上年一樣，騎馬早早來到清波門守軍關卡。他一身戎裝，居高臨下，目光嚴厲，神情淡漠，注視著身下一批批杭人出城——今天是中國人掃墓的日子，和本土的盂蘭盆節一樣熱鬧。儘管戰爭還在極其殘酷地進行著，對逝者的悲悼和對春天的擁抱，這生死的各個極端，依然在中國人的節日和他們的臉上同時呈現出來了。

也許是出城的人多了，人多勢眾吧，杭人從憲兵的鐵蹄下經過之時，竟然就沒有了往日的驚恐，鞠躬不鞠躬的，也就敷衍了事起來。有些膽大的，竟就在憲兵面前頭頸不彎地過去了。小堀仔細地看了他們所攜帶的東西，有清明糰子，還有用棗泥製成的雲餅和用薑豉製成的豬肉凍。因為出城人多，憲兵們也對付不過來。也許還因為今日畢竟是個中國人的傳統節日吧，憲兵們看著他們的上司沒有下馬發難，也就樂得睜隻眼閉隻眼的了。

前不久，小堀一郎專門讓人給他調了有關江南習俗的書來漫讀，其中晚明文人張岱的《陶庵夢憶》和《西湖夢尋》，裡面記載了有關中國江南清明掃墓踏青的傳統，給他留下了很深的印象，他還專門在《陶庵夢憶》的這一段文字下畫了槓槓：

是日，四方流寓及徽商西賈，曲中名妓，一切好事之徒，無不咸集。長塘豐草，走馬放鷹；高阜平岡，鬥雞蹴鞠；茂林清樾，劈阮彈箏。浪子相撲，童稚紙鳶，老僧因果，瞽者說書，立者林林，蹲者蟄蟄。日暮霞生，車馬紛沓。宦門淑秀，車幕盡開，婢媵倦歸，山花斜插，臻臻簇簇，奪門而入。

沒有人能看出來，當小堀一郎凶神惡煞般地騎在馬上，以征服者的蠻橫的目光盯著這群所謂的賤民之時，他心裡卻在想像著晚明中國江南的這幅其樂融融的民俗畫卷。這種暗藏著的精神享受是不可告人的，和他的身世一樣不能反思又充滿誘惑。它又像愛琴海上女妖的歌聲，但小堀卻並不想和那個希臘英雄一般，把自己綁在船桅上。

此刻，小堀在這一張張和他們島國人幾乎沒有區別的黃皮膚黑頭髮的臉上仔細分辨著，想看看自己能不能夠把漢人和旗人給區別開來。杭諺曰：一月燈，二月鷂，三月上墳船裡看姣姣。他讓李飛黃給他拿來一些杭州的志書，其中倒是講到杭人清明掃墓的習俗。到了此時節，小戶人家往往擔盒提壺步行去墓地。富家墓地常常是較遠的，就泛舟具饌前往，至於新婦掃墓，濃妝豔裹，厚人薄鬼，竟就被人稱為上花墳了。志書上還記載著杭人跑到城牆上站著，專門觀賞旗婦們出城上墳，故而有「清明看韃二奶奶」的俚語。小堀暗暗地對旗人很感興趣，有時，在不自覺中，他會把幾百年前這個游牧民族對漢人的征服和今天他們大和民族對中國的征服聯繫起來。

現在，他看到沈綠村的小車開過去了。經過他面前時，還不忘記停下來，伸出戴白手套的手，微笑著和他打了個招呼。小堀知道，他這一次是專門去掃他妹妹沈綠愛的墓的。這個小堀深深痛恨的女人，竟然被他們杭家人自己弄死了。沈綠村這隻老奸巨猾的狐狸不動聲色，想裝著不知道他小堀在其中的作用。老狐狸，沒有當過一天兵、沒有一點武士道精神的文職官僚，無論在日本還是在中國，總有這樣的傢伙！小堀一郎一邊也微笑著和他招手，一邊在心裡輕慢地罵著他。

李飛黃永遠也不會知道小堀一郎的這種心態，他在小堀眼裡，常常不過是一個又博學又背時的小男人。但小堀一郎那種對在杭旗人的微妙的感興趣的發問，卻使晚明史學家李飛黃興奮不已。他以為他們終究是有共同語言的了，或者說得更透一點，他以為小堀一郎認同了他。這種認同增強了他的安全感，因此他便滔滔不絕口若懸河起來：

「小堀太君果然對漢學有更深入的研究。旗人入關，進我杭州城，凡數百年來，也是大起大落，一幅風雲畫卷啊。自清順治五年以來，旗人入杭，便有滿、蒙、漢三族。這裡許多人不知，原來也有漢人入旗的，不過都是長江以北早就歸順了滿人的漢人才有入旗資格。旗人在杭又分為三等，一為王公貴戚，二為中下級軍校文員，三為一般兵丁。說到這些旗人，倒也是英勇無畏，有那麼一點如今貴國文化中的武士道精神呢。」

李飛黃偷眼看看小堀，發現他面有愉色，便放心大膽說了下去：「旗人生子，會用冷水沐頭；還愛吃生蠍子，認為這是一種勇決之氣。《萬國公報》主辦人、英人李提摩太，說到我們杭州的旗人，倒有十大總結，太君不妨聽聽，曰：忠君、愛國、合群、保種、不怕死、不要錢、不欺軟怕硬、不趨炎附勢、好善、信道。」

聽到這裡，小堀一郎突然放聲大笑，說：「李教授真是博學，凡能為我所用者，無一不記。你看旗人入杭州，本與杭州漢人生活交往，最後卻要弄個英國人來總結十大特色。杭州的漢人也是太謙遜了吧。」

李飛黃聽了這話連忙解釋說：「這十大特色雖是英人所言，卻是真正有道理的啊！哎，別的我不說，就說我們教育界吧，晚清的時候就有個叫瓜爾佳惠興的在旗女子，創辦學校經費不足，向富家女眷勸募。學校辦起來之後，正需要銀子呢，那些個人卻說話不算數了。那叫惠興的，走投無路，就以死相諫呢，這不是不怕死嗎？如今杭州惠興路的來歷，正是從這女子而來的呢。」

小堀一郎冷笑一聲，說：「你說一個不怕死的在旗女子，我也給你說上一段如何？貴國民國初年的《申報》倒是登著這麼一篇文章，專講那杭州旗人的苦況。說的是一個姓劉的旗婦，往乞捨粥，因人多被擠，傷了頭，又打了碗。這女子一時憤起，將她兩個女兒都拿刀砍了，又把小兒子扔進河裡，自己也抹了脖子。你說這人怕不怕死——」

李飛黃豎起大拇指誇獎小堀說：「太君好記性，真是過目不忘。被你這一說，我倒才想起來了，是有這麼一段史實。」

小堀突然沉下臉來，道：「李教授對旗人的下場倒記得蠻清楚。莫非滿人入關，到頭來也就只有這麼一個結局？」

李飛黃聽聽小堀的口氣不對，再抬頭一看，小堀已是一臉殺氣，突然大悟：日本人不是在滿洲扶持了溥儀的偽滿洲國嗎？再說你老是提旗人的上吊抹脖子，莫不是暗喻了日本人統治中國，遲早有一天也會這麼一個下場？李飛黃的脊背，頓時就冰涼了。

前一段時間，李飛黃辦學，著實下了一番功夫，總算把個學校撐了起來。小堀一郎來校視察時，他還搞了一個植樹儀式，在學校操場上和小堀一郎一起種下了一棵冬青樹，又在那上面掛了一木牌，上書「永留長青」四個字，上款又落筆為「為紀念大日本帝國小堀一郎名譽校長而植」。小堀一郎雖然一向不喜歡奴顏之人，但李飛黃的這一手還是做到他心裡去了，他喜歡自己能夠扮演一個文化上萬古流芳的人物，像他的遠祖小堀遠洲一樣。那些日子，他給了李飛黃一些好臉色。但好景不長，小堀說翻臉就又翻臉了。

現在，杭家第二茬掃墓之人，就在小堀陰冷的面孔下走過了，他們是吳升和他的義子杭嘉喬，他們的掃墓對象只有一個——小茶。

往年，只要嘉喬在杭，母親小茶的墓他是必掃的。他不在的時候，吳升也決不會忘記這件重要的事情。去年嘉喬沒有去，原因也很簡單，杭家大院對綠愛與嘉草進行了隆重的祭掃奠儀，嘉喬怕見到這個場面。怕，這種人類情感，從前嘉喬幾乎從來也沒有真正領略過。直到綠愛死在大缸裡之後，他才開始知道什麼叫怕。他全身的骨頭痛，這種不知名的病症從他跟著日本軍隊入杭，又被綠愛在肩頭咬了一口之後就開始了。切膚之痛使他逐漸開始把義父吳升的那些迷信論調當作話來聽，他開始極力否定他與綠愛之死的必然聯繫了。為此他和吳有已經心有芥蒂，他倆在吳升面前各說一套，都把綠愛之死的直接責任推給對方。

老吳升很孤獨。他的失落是無人知曉的。他曉得，杭州人，凡知道杭、吳兩家恩怨的，都不把他對嘉喬的心當真心，都當他是老狐狸放長線釣大魚的一齣戲。可他對嘉喬是真心好啊。暮色裡他走出吳山圓洞門，朝中河邊蹣跚而行，他痛苦迷茫地想著，為什麼他愛的人偏不愛他？他寄予希望的人偏辜負他呢？

現在他對嘉喬的感情，已經發生了很大的變化。他發現自己已經開始恨他了。但他害怕自己身上萌生新的仇恨的種子。他的一生，就彷彿是一片播種仇恨的土壤——仇恨在他的身上總能茁壯成長，開花結果。但他也需要愛啊，嘉喬就是他心裡的一株愛的花朵。然而，他的心現在開始噴發毒氣了，有什麼辦法制止呢？有什麼辦法制止呢？他回過頭來看看身後——嘉喬那雙酷似小茶的眼睛也看看他，他們就在望仙橋邊立住了。

吳升用枴杖點點這條貫穿杭州城的河流，說：「從前我常帶你到這裡來的。」

「從這裡走過，看得見羊壩頭的杭家大院。」嘉喬說。這幾日他吃了吳升給他特配的中藥，感覺好些了，心情也就平和些了。

「我只跟你講杭家大院嗎？」吳升口氣有些不高興。嘉喬一愣，想了想，說：「你總是考我的記性，要我背中河上橋的名字——六部橋、上倉橋、稭接骨橋，喏，這裡，望仙橋……」

「望仙橋啊……」吳升長嘆一口氣，暮色在這一聲嘆息中沉入了黑夜。

「爹，你不舒服？」

吳升藉著夜色，狠狠地用楞杖戳著地，腳跟也忍不住跺了起來：「我怕我死後別人戳著墳頭罵我，我怕我當了秦檜的爹呀！我要臉哪！我要我這張老臉哪！我怕吳家門日後不得安寧啊——」

「——你老糊塗！」嘉喬面孔煞白，他想起來了，望仙橋曾經是秦檜的府第。殿前司小校施全曾在這裡刺殺過秦檜，這些故事都是養父告訴他的。可他理解不了吳升的這番話，他不明白父親的「要臉」是什麼意思。所以他粗暴地打斷了養父的發作，輕聲喝道：「你要什麼臉！我還不夠給你臉了嗎？」

嘉喬的越來越粗魯不恭的口氣和態度，也是吳升對他越來越反感的原因。他想，那就是因為嘉喬當了漢奸，有日本佬替他撐腰的緣故。人哪，就是這樣一種趨炎附勢的東西。看透了！看透了！誰都是這樣！突然，他的胸口像被猛擊了一掌，他想，杭天醉就不是這樣一個人！他們杭家，還有趙寄客，他們都不是這樣的人。他們是活得不好，可他們有臉——臉很重要啊！

這麼想著，他嘆了口氣往回走了，邊走邊說：「嘉喬，你那不叫『臉』哪！」

「我不叫『臉』？那誰叫『臉』！」嘉喬強詞奪理地說，「莫非像我那個親爹破落戶才叫『臉』？」

吳升搖搖頭想，嘉喬是「悟」不回來了。他和吳有一樣，不在乎人家心裡頭的地位。他們都是沒有領略過吳茶清這樣的心氣的人哪。他回過頭，在暗夜中面對嘉喬，他仔細地摸捏著嘉喬的越來越瘦的骨頭架子，摸他的脖子、他的肩、他的背和手臂，然後問：「是不是好一點了？」

嘉喬痛苦地點點頭，說：「一日好，一日壞，中醫西醫都說不出個名堂，只說是痛風，是關節炎，還不如吃爹您抓的藥呢！」

吳升的認識卻和他們都不一樣，他的解釋很簡單——報應。他一邊摸著嘉喬的骨頭架子一邊說：「聽說你們杭家的嘉草是被人家日本佬用刺刀亂挑，全身戳得篩子一樣死的。」

嘉喬一聽到這裡，渾身就針扎一般痛起來了，連忙叫著：「爹，你可不要再在我耳邊提她的名字了，一提我全身就刀割一樣痛——」

「是啊，」吳升嘆了口氣，「千不該萬不該，你們不該是雙胞胎啊。」

嘉喬聽得毛骨悚然，他過去聽說過的有關雙胞胎之間的那些神祕的聯繫，此時越來越鮮明地呈現在他眼前。為了給自己壯膽，他硬著嘴巴說：「她是她，我是我，生出來就是兩個人，我和她有什麼關係？」

「哎，你們年紀輕，不曉得輕重。你和嘉草原本就是一個人哪，你們在娘胎裡，心肝肚腸原本都是一個的，後來才一分為二。你想，嘉草全身被日本佬戳成篩子，你能不痛嗎？你想一想，你是哪一天開始骨頭痛的？」

這一嚇不得了，嘉喬眼冒金星，如墜地獄，他自己也就開始像篩子篩糠一樣地全身發起抖來。他從小就是一個刁蠻任性、被吳升一家寵壞之人。又兼在吳升這樣的暴發戶一樣的人家家裡長大，和同父同母的大哥嘉和完全不一樣，是個沒有多少教養和學識的人。雖說學了一口日語，也懂得做茶葉生意，都不過是皮毛。他感情衝動，城府不深，正是那種專門給人拿來當槍使的角色。如今曉得大事不好了，性命關天了，眼淚就唰地流下來，一把扯住吳升袖子：「爹，我這病，還有藥治嗎？」

「試試看吧。」吳升就長嘆一口氣，心裡這口氣卻鬆了下來。

「試試看」其中一條，就是清明到杭家祖墳上去燒香。這一次不僅要燒小茶和天醉的，還要燒綠愛、林生和嘉草的了。按吳升的說法，他杭嘉喬不曾娶妻生子的人，做人都還沒開始做呢，還是命要緊哪。嘉喬心裡開始接受養父的建議，以養病為名，漸漸擺脫日本人。

小堀一郎已經有一些日子沒見到他的翻譯官了。今天守在城門口，看見脫了形的杭嘉喬坐在馬車上，面色蒼白地朝城外而去，旁邊坐著他那個老皮蛋式的養父，便淡淡地朝他們點了點頭。嘉喬讓馬車就停在小堀的高頭大馬身邊，有氣無力地說：「小堀太君，我也未能免俗，到祖上墳地掃墓去，看他們能不能保佑我的病早日好起來。」

小堀一郎仔細地觀察著他的翻譯官，他懷疑每一個人，其中也包括杭嘉喬。看樣子這小子的確病得不輕，不像是裝的。不過身邊的吳升讓他討厭。小堀進入杭州城以後，也學了當地一些俚語，其中形容人奸猾，謂之「油煎枇杷核兒」。眼下這個老頭兒，就像一顆雖然已經皺縮了的，但依舊是誰也捏不住的油煎枇杷核兒。小堀客氣地點著頭說：「哎，掃墓嘛，忠孝節義，人倫之大情嘛，這個俗是免不得的，去吧。身體不好就在家中好好養著，不用掛心我這頭。你看，我的這口漢語，恐怕比你說得還地道呢。」

可是車馬剛過，他的目光又陰冷下來——他看見那老頭兒的臉上一絲誰也發現不了但偏偏就被他小堀一郎發現了的笑意——他又開始懷疑，杭嘉喬果然病得那麼重，還是這老頭兒為了不讓他義子出來替日本人做事故意耍的詭計？支那人啊，居心叵測的支那人啊，我瞭解你們，你們比我們許多人想像的要難以征服得多。幾千年來，有多少異族人以為自己征服了你們啊，到頭來他們卻都消融在眼下的芸芸眾生之中了；消融在這些清明、端午、重陽和冬至之中了；消融在這些「油煎枇杷核兒」般的不可捉摸的笑意之中了；支那人啊，要防著你們，今天會出什麼事嗎？今天……

第三批杭氏家族的掃墓隊伍終於也過來了，這是一支聲勢浩大的掃墓大軍。小堀一郎早就得到情報，說是杭家的二老爺也回來了，還帶著他的十分年輕的夫人。這位名叫杭嘉平的巨商，一切手續齊全，眼下正在北平和上海與大日本進行著正常的生意交往。所有渠道得來的消息都證明了這位老爺是他小堀一郎動不得的，而他的心裡卻充滿了動動他的強烈欲望。他早就聽杭嘉喬說過，嘉平是趙寄客的義子，是趙寄客最喜愛的杭家後人。他對杭嘉平在強烈忌妒的同時也有著強烈的好奇，他想見識一下這個人。

這群掃墓之人，是以杭嘉和步行帶頭的。他的身邊跟著他們的老家人小撮著，後面便是一輛馬車。和剛才杭嘉喬的馬車不一樣，這輛馬車的座轎被轎簾遮擋了起來。馬車旁有一個人扶著車轅而行，正是那個劈了日本憲兵兩耳光的膽大妄為之徒杭漢。小堀一郎手裡的馬鞭微微一舉，兩個憲兵立刻就咯嚓一下，把雪亮的刺刀在半空中架成一個X形，人流一下子就停止了。

小撮著這就往前走了幾步，從衣兜裡取出幾包煙來，對那幾個憲兵先來了一個九十度的深鞠躬，然後就遞上了煙，另一隻手還點著了火。那幾個憲兵倒是愣了一下，若不是有上司在，他們接了煙肯定就放行了。現在他們不敢，他們猶猶豫豫地放下了刺刀，又小心翼翼地看了看小堀，發現小堀的神情，不像是放他們行的意思，就把刺刀橫了過來支在胯前，一臉凶神惡煞的樣子。

然後，小堀冷漠的目光就開始注視車轅旁邊站立著的杭漢了。他彷彿是在看他，又彷彿對他視而不見，這目光就是一種強梁的語言。杭漢完全明白這種語言在此時此刻的全部意義——但他已經不是那個在鐘樓上單槍匹馬抗爭的熱血少年了，他已經不怕在眾目睽睽之下低下他那高貴的頭顱了。他輕輕地走上前去，接過小撮著手裡的煙和打火機，他朝那兩個憲兵深深地鞠躬，角度一點也不比剛才九十度的鞠躬小，然後，他笑容滿面地向他們遞過煙去。他那種明顯的奴顏婢膝的樣子使那幾個憲兵更為困惑，他們都是當時親自到鐘樓上去捉拿杭漢過的，他們都能認出他的面目來。他們一時還不能理解眼前這個年輕人的九十度的鞠躬和鞠躬之後的對皇軍態度一百八十度的大轉變。

他們只得再一次看看他們的小堀一郎大佐，他們發現他的馬鞭子垂了下來，他們的刺刀也就垂下來了。小堀的確感到了勝利的快感，他要的就是這種「人在屋簷下不得不低頭」的效果，他就是要讓杭州人嘗嘗他的厲害。在杭漢低下頭來的一剎那，他感到自己放他是放對了，雖然當時他可沒想到會有今天這一齣戲。你不是連自己的血統都不願意承認了嗎？可是到頭來你還是不得不在這種高貴的血統面前低下自己的頭顱。雜種！你害怕了，你怕死，怕吃皮肉之苦了；雜種，你讓我看不起你，雖然我今日放了你，但我以後還會讓你嘗嘗我的厲害，我不會輕易就放過你的，等著瞧吧！

杭家的掃墓隊伍就這樣又往前走了，可是剛剛走過了那幾個杭家的男人，小堀一郎的馬鞭又舉起來了。那幾個憲兵一看，連忙又把刺刀橫了起來，兩匹馬拉著的車子就又停了下來。轎簾輕輕地在清明的風中飄動著，明亮的風，清爽的風，和平的風……

簾子微微地動著，不動聲色地打開了，那個唐物女子就出現在簾門口，小堀的目光就迷離了起來。這個長長脖子的、削削肩膀的蒼白的女子，面頰上依然有著不正常的紅暈，長眼睛，迷迷濛濛的，長睫毛急促地抖動著，筆挺的鼻梁，下巴那麼尖，像浮世繪裡的那些極度幽怨的女子。她穿著的衣服色彩不清，深綠色中帶著咖啡色，咖啡色中又好像帶著紫紅色。舊衣服了，是她的上一輩傳給她的，她整個人看上去也就舊舊的、泛黃的，彷彿從久遠年代中走來的影子般的人兒。她無聲地下了車，看著小堀，像是一個啞人。「靜女其姝」，小堀想起了中國《詩經》中的詩行。簾子又打開了，現在出現的是葉子的面孔。看樣子她真已經把他給忘記了。很小的時候，在她父親的露庭中，他看見過她，往事如煙，她現在卻是一個中國人的棄婦了。小堀揮了揮手，憲兵們把橫著的刺刀就都放豎了。盼兒又輕輕地無聲地上了車，周圍的人都微微張大了嘴巴，吃驚地目睹著這一幕，車輪吱吱地響著，平靜地過去了。那車座的下面，盼兒和葉子坐著的墊子下面，全是從孔廟轉移出來的祭器。

小堀一郎沒有能夠和杭家最厲害的角色杭嘉平做一正面較量純屬偶然。他是已經看著兩頂轎子緩緩地抬過來了，他看見了前面那一頂上坐著的貴婦，也看見了後面那頂轎子上坐著的西裝革履的留著兩撇小鬍子的中年男人。

看上去他比杭家的老大老三長得更有精氣神兒。他坐在轎上，視線自然就和騎在馬上的小堀齊平了。小堀想，這就是杭家老二的與眾不同之處吧，可我還是要給你下馬威的。你等著，下一秒鐘，我就要讓你從轎子上給我乖乖地下來。

小堀的這下一秒鐘卻是永遠也不會來到了。恰在此時，孔廟火速派人來報告了那裡剛剛發生的情況。

關於大成殿的拆修，是已經由著王五權等一干人去做了的，但他們去了幾次也沒能夠拆成，趙寄客站在大成殿內，誓與該殿共存亡。今日鬧得越發凶了，王五權叫了幾個人要從那石碑前拉走趙寄客，不料趙寄客自己倒沒被他們拉走，那幾個拉他的嘍囉倒被趙寄客的獨臂砍得抬了出去。王五權知道趙寄客此人在日本人眼裡的分量，也不敢真往死裡拉，想來想去，還是差了吳有到城門口來向小堀一郎叫屈。吳有也是一個晦氣鬼，人人眼裡都是破腳梗，好像赤膊上陣的事情少了他就不行，所以便宜也有他的，吃虧也是他的。此一番他上前去拉趙寄客，手都沒碰到，鼻頭血倒被打出來了，一時舊恨新仇，重上心頭，見了小堀，免不了大呼小叫渲染一番。他這人又不會察言觀色，又不知個中底細，一時性起，就把趙寄客痛罵一頓。可他又是一個不會切中要害的人，只管自己「獨臂佬，獨臂佬」地喚，這就由不得小堀心裡不生怒。小堀一郎一入杭州，就把趙寄客當成是他小堀私人的，要殺要砍要放要跪下來行感謝生身的大禮，那都是他的事情，他絕不允許別人來非議半句。此時眾目睽睽之下，雖不好發作，這筆帳卻被他記下了，吳有的末日即刻就到，只是現在，連小堀自己也沒想到呢。

小堀轉身勒馬之時，沒有忘記冷冷地朝那個叫杭嘉平的人放出陰毒一眼，那人倒也坦然直面地接受了，一副不可捉摸的神情，轎子就在他眼前移了過去。

持槍的憲兵本來以為長官必定要舉起馬鞭，讓這兩個過城門而不下轎的男女吃不了兜著走，沒想到忙裡趁亂，馬鞭也沒舉，那兩人就稀里糊塗過去了。再看小堀，已回身揚鞭，騎馬直奔城裡，看樣子那裡又有亂子了。雖是清明節，卻不是太平的時光啊！支那人，大大的狡猾，良民的不是！憲兵們突然意識到重任在肩，大吼一聲，就攔住了轎子後面的一對老母女，他們打算對她們好好地發一次難，以彌補剛才的懵裡懵懂。

雞籠山啊，杭家那被老茶新茶重重疊疊掩蓋起來的生死祖墳啊，永遠也流不完的血淚啊……今日這裡聚集的所有的人——他們中有不共戴天的仇人；有背叛者與被背叛者；有愛著的與失去了愛的；有麻木的與敏感的；有卑鄙的與高貴的；有苟且偷生的與義無反顧的——他們在這樣的青青的新發的龍井茶蓬下做著同一件事情，他們都在發自內心地痛哭著……

老吳升哭得最自由自在，那真是一把眼淚一把鼻涕——他哭小茶，但他主要是哭自己。他知道自己這輩子完了，他沒有能夠趕上眼前墳裡躺著的那個對頭——這些年來茶葉生意一年比一年難做，他吳升也不見得就超過了十年前的忘憂茶莊。他慘淡經營，敵得過杭州城裡的對手卻敵不過洋人；敵不過印度，敵不過錫蘭，也敵不過日本了。日本人不但占了我們的茶葉市場，還占到我們的茶園裡來了，還占到我吳升的家裡來了。我的幾個孩子都成漢奸了，他們將再也沒有眼前這些死者的歸宿了，他們將死無葬身之地了。吳升哭自己，一邊哭一邊想，看來他沒有福氣葬在杭州的龍井山中了，他得和老伴打好招呼，回徽州老家山中找一個埋老骨頭的地方了。要不誰知哪一天，因兒女所累，害得他一把骨頭拋之荒野呢？這樣的事情他可是見得多了。老吳升悲從中來：杭天醉啊杭天醉，我不甘心哪。我到頭來沒能和吳茶清一樣，在天堂杭州找一塊靈魂安息之處——我不甘心哪。我養的漢奸兒子可是你生的啊，他可是姓杭的啊，你這躺在黃土壟中與我做死對頭的杭天醉，你好狠哪，我吳升好悔啊……

我們從來也沒有看見過沈綠村的眼淚——沈綠村會哭，這本身就是一種奇蹟。然而，他的確哭了，掏出了雪白的手絹，緩緩摘下金絲眼鏡，眼淚雖不多，但還是流了，而且也不是裝出來哭給別人看的。似乎因為這綠色世界的感召，他模模糊糊地想起了妹妹綠愛小時候的可愛模樣。這都是半個世紀前的往事了，要不是來到她的墳前，他是不會想起來的了。人，都是要死的，綠愛死在他前面，他也沒有多少憐惜，關鍵在於她的極其慘酷的死法。嘉喬一直試圖把她的死解釋為一種偶然，一種沒有必要的自殺行為。可是這瞞不了老奸巨猾的沈綠村，他一下子就明白了自己的妹妹是在怎麼樣的情景下死去的。妹妹姓沈，他也姓沈，一筆寫不出兩個「沈」字。他大妹小，長兄如父，妹妹是他的，就像珠寶巷的房產是他的、上海南京路上的綢莊是他的一樣，他有責任保護好他的私人財產。妹妹雖然刁蠻，也得由他來處理，他要是早一點打個招呼，妹妹決然不會死。如今晚了，沈綠村為自己沒有盡到責任而哭——鬧了半天，和老吳升一樣，他也是為自己而哭啊！

杭嘉喬絕沒有乾爹吳升哭得那麼複雜——雖然他也是只哭自己，但他只為自己的生命而哭，為自己肉體的痛苦而哭，為冥冥中他自己也搞不清到底有沒有的報應而哭。他再也不像從前那樣只在母親小茶的墳上點香祭拜了。他在杭家的每一座墳前，在每一株墳前的新老茶樹下點了香。他想盡可能地虔誠一些，可是因為他骨子裡的功利，他的虔誠看上去就有幾分做作和虛偽——他虔誠的主要目的就是為了他全身的骨頭別再痛，為了他能夠健康長久地活下去。他還年輕，從來沒有想到過死，這會兒他在祖宗的墳前想到死了。他不敢想像自己有一天也將躺在這裡，一株茶樹下。況且，誰知道人家讓不讓他躺在這裡呢？想到死他就嚇得心尖發抖，他就禁不住大聲地痛哭——他的聲音又尖銳又慌張，像是就要淹死的人正在拚命地撈稻草。俄頃，他突然像一隻受了驚嚇的鵝，一下子伸長了脖子，盯著這滿山的茶蓬。茶樹平靜溫情，喃喃自語，卻對他的哭聲無動於衷，甚至和他的哭聲形成了絕不和諧的聲晝對立。他嘆了口氣，無可奈何地坐了下來，又猛然跳了起來——二哥嘉平已經站在他面前，一把拎住了他的領口……

杭嘉平，還沒到雞籠山就開始下轎而行。他一個人越走越快，越走越快，和後面那支隊伍遠遠地拉開了距離。他到底還是通過自己的兒子知道母親和妹妹是怎麼死的了。當他知道妹妹是抱著一條玉泉的大魚渾身血窟窿一般埋在這裡，而自己美麗的母親竟然是和一口大缸葬在一起的時候，他一時就喪失理智了。一開始他拿起一把菜刀就要往吳山圓洞門衝，他聽說杭嘉喬還住在那裡。無論他的大哥、他的兒子，還是喬裝成他妻子的楚卿來勸拉都沒有用。他的血性一上來，他就不再是那個成熟的、有政治熱情、有周密思考的中年男人了。他是沈綠愛的兒子，衝動的血氣方剛的有冤必報的復仇者了。他披頭散髮，一條西裝褲帶也掛了下來，眼睛一下子就燒得血紅，喉腔裡發出了狼一般的號叫。現在他才知道大哥為什麼會燒自己家的大院，他才知道為什麼大哥會對著那些大缸失聲痛哭。可是他心碎得糊塗了，大哥去拉他奪他的刀時，他不但不理會，反過來還咬了大哥一口，他此時的行為真的是比自己的兒子都幼稚了，他揮著刀叫道：「你們為什麼——為什麼讓媽這樣死，你們為什麼讓媽這樣死！為什麼讓媽這樣死——」

大哥杭嘉和一下子就被嘉平的話問得愣住了。是啊，為什麼他會讓媽這樣死——為什麼當初不把媽一起帶出去——為什麼？因為她不是他的親媽，他不敢太過分地要求她，還是因為他看出來沈綠愛和趙寄客太想單獨待在一起了呢？他杭嘉和從來沒有經歷過如此殘酷的戰爭。他太溫和了，總想萬事諧調，面面俱到。溫和的代價，卻是送親人去死！他愣住了，可以說是目瞪口呆。他垂下雙手，被咬傷的指頭往地下滴著血。正在這時，一直也沒有出面的葉子突然衝了上來，她沒有去拉杭嘉平一個頭，卻一把拉住了杭漢，母子倆突然跪倒在嘉和腳下。葉子飛快地說：「請原諒這孩子的父親剛才說的話，請忘記他說的話。他不曉得自己在做什麼，在說什麼，請相信他還沒有卑鄙到那種程度，請原諒……」

杭嘉和一開始也大吃一驚，但很快地就鎮靜了，他蹲了下來，對漢兒說：「把你媽扶到屋裡去。」葉子不肯站起來，固執地問：「你原諒他嗎？你原諒這孩子的父親了嗎？我僅僅為這孩子而求你了——」

嘉和說：「我沒有生氣，也無所謂原諒。」

待他們母子兩個回了屋，杭嘉和才對紅著眼愣在一邊的嘉平說：「你等著，我去拿件東西來。」

一會兒工夫，杭嘉和一手拎著一把大榔頭出來，對嘉平說：「就等著你回來，和我一起砸了這些缸呢。」

弟兄兩個，就驚天動地地揮著頭砸了起來，沒過多久，這些大缸就全被砸得個粉碎。來來去去的行人，從杭家大院破圍牆外走過的，一時就圍了一圈。他們一聲不吭地停住腳步，從圍牆和籬笆的縫隙中射去目光——不用解釋，這個有關大缸悶死人的恐怖的真實的傳說，早已經在杭州城裡家喻戶曉的了。

杭嘉平在家裡幾乎躺了兩天，第三天他起來了，他的嗓子嘶啞了，其餘的一切卻像是恢復了正常。他又開始外出活動了，首先去了孔廟，後來又去了昌升茶樓，還是嘉和親自陪著一起去的呢。可是他並沒有像狂怒時那樣拎著菜刀上吳山圓洞門，現在，他和嘉喬在祖墳前冤家路窄，狹路相逢了。

走在後面的葉子有點擔心，她邁著小碎步，急急地在山路上奔著，像是前面又發生了什麼不測之事。倒是楚卿冷靜多了，悄悄地拉住葉子，對她耳語說：「你放心，不會再出事了。你放心。」

她們踮起腳來，目光穿過了茶蓬頂梢的那些個嫩葉枝，看見嘉平來到墳前，他彎下腰去，再直起腰來，兩個女人還是禁不住發出一聲小小的呼聲，杭嘉平的手裡拎著杭嘉喬的衣襟——她們沒想到在這裡會碰到杭嘉喬——這個人眼裡還會有祖宗？然後她們又看到杭嘉和出現在他們中間，三兄弟彷彿是對峙了一陣，然後嘉平就鬆開了手。等後面的女眷們趕到，杭嘉平已經把自己的手深深地插到母親新墳的黃土堆裡去了。

三跪六叩的傳統禮節之後，茶山中號啕聲漸漸地停止了。三路祭掃者們依然維護著各自的陣營，與他人不理不睬，但又各自不相讓，彷彿大家都知道這次機會的千載難逢，誰也不敢顧自己第一個離開。

在杭家祖墳前的這些形形色色的男人中間，看上去，彷彿還是杭嘉和最沉得住氣了，他悄悄地和坐在身邊的杭漢耳語了幾句，杭漢就站了起來，到母親身邊拿了幾個茶葉蛋。他看到了坐在母親身邊的楚卿朝他看了一眼，然後說：「來，我幫你挑幾個大的。」這是他們商定好的聯絡暗號，說明他們的行動從現在開始了。不同的只是除了杭漢一人，誰也不知道他的任務竟然是雙重的——他既要開始對沈綠村實施行刺計畫，又要在杭家祖墳上引開沈綠村，以保證那批孔廟的祭器能夠不為人知地埋在他家的祖墳前。這麼想著，他捧著茶葉蛋就走到了正站在茶園前觀景的沈綠村面前，恭恭敬敬地說：

「大舅公，你吃茶葉蛋，伯父讓我專門送來給你的。」

這倒是有點出乎沈綠村的意料。沒想到這個不怕死的甥孫這會兒倒講起道理來了。還是嘉和，比親外甥嘉平要明事理得多。為了表示他的態度，他一邊接了茶葉蛋，一邊說：「是漢兒吧。很小的時候舅公倒是見過你的，一眨眼工夫，這麼大了。我正在看你們杭家祖墳的風水呢。你們家的祖墳風水真正是好啊，你看，背靠積慶山，面對五老峰，東距西湖只有二里路，滿山的茶蓬，福地，福地啊……我倒是觸景生情起來。哪一日我死了，有這麼一塊風水寶地睡睡，倒也蠻不錯的呢——啊哈……」

沈綠村的悲傷已經過去了，他現在突然想到，這個杭漢有一半日本血統呢，說不定什麼時候就用得上。又見杭漢垂下雙手，一副唯唯諾諾的樣子：「是啊，家裡的人都說了，要不是祖上的風水好，我這一次哪裡能夠大難不死呢！」

沈綠村拍拍杭漢的肩膀，說：「你們年紀輕，哪裡曉得天多高地多厚？祖上風水雖好，這一次也難保你的命。也不是大舅公在這裡為自己評功擺好，要不是我這次來得巧，怕你這條小命也要睡在這裡了呢。」

「那是，那是，我早就惦記著要上門拜謝大舅公呢，可巧今日就碰到了。」杭漢就好像不知不覺地引著沈綠村走開了，一直走到山腳下的溪河邊。他們蹲了下來洗手，但見天色淡藍，山巒舊綠新綠層出不窮，如波如雲。空氣香噴噴的，眼前游動著一些肉眼看不清的游絲，水草在溪邊溫柔地臥下身，真正是「獨憐幽草澗邊生，上有黃鸝深樹鳴」的意境了。沈綠村雖是個寡趣的人，此時也不免受點感染，說：「你要來我這裡，那還不是一句話？你什麼時候都是可以來的，我倒是有一番話要對你說呢。」

杭漢裝作洗腳的樣子，突然叫道：「舅公，你看溪坑裡在冒泡，有黃鱔呢。你等著，我這就下去給你抓一條上來。」說著就褲腳管一擼，雙腳一蹦，跳到溪裡去了。

沈綠村明日就要回南京了。本來是想回到墳前去和幾個外甥寒暄幾句就走，沒想到漢兒要為他抓黃鱔了，他只好站在溪邊說：「這是何必呢？你的傷口怕是還沒有好吧，浸了水要傷骨頭的。再說要吃黃鱔還不簡單，市場上買去就是。再說三天兩頭有飯局，想吃黃鱔還不是一句話，快上來，快上來——」

漢兒一邊在水裡摸來摸去，一邊說：「大舅公有所不知，本地黃鱔和外地黃鱔可是大不一樣的呢。江西黃鱔泥土氣重，江蘇的要稍好一些，最入味的要算是寧波和紹興的，我們杭州的也不錯。——別動，別動，我抓住一條了，我抓住一條了——」杭漢一下子從水裡伸出手來，朝岸上就扔過去一條黃鱔，然後自己也爬了上來，拎著那條扭動著的鱔魚說：「大舅公，你看，本地黃鱔的花紋要比江西黃鱔淡，但肚子這一塊卻要比江西黃鱔黃，吃起來，味道就不一樣了。等等，又在冒泡了，我再給你抓幾條上來——」

那麼說著，漢兒又撲通一聲，跳入溪中了。沈綠村站在岸上直搖頭，現在他終於明白小堀一郎是過於草木皆兵了。這個杭漢，哪裡有多少鬥志血氣，明明就是一個杭天醉再世嘛！誰知道是哪一根筋絆牢了，竟然會給日本憲兵兩耳光。這麼想著，又覺得自己對漢兒負有教育責任，便站在溪邊，文明棍捅捅，語重心長地說：「漢兒，不是大舅公見了你就囑咐你。你可不能像你的那個爺爺一樣，就曉得玩，到頭來還玩出禍水。要有一點政治意識啊！看你木知木覺的，什麼都不曉得。懂得三民主義吧？」

漢兒一邊在水裡摸來摸去，一邊說：「舅公你怎麼還講三民主義，不是日本佬都來了嗎？日本佬是講大東亞共榮圈的啊！」

「你看你看，你是不是就沒有政治意識了！誰說日本佬一來就不講三民主義了？你舅公我就天天在講三民主義。什麼是今天三民主義的核心？它的核心，就是喚起全中國人民反抗歐美壓迫，爭取中國獨立。日本明治維新是中國革命的第一步，中國革命則是日本明治維新的第二步。兩者的目的都在打破東亞的舊秩序，建設東亞的新秩序。所以東亞聯盟的四大原則就是：政治獨立，軍事同盟，經濟合作，文化溝通。這也是東亞民族共同生存共同發展的基本原則——聽懂了嗎？」

漢兒瞪著一雙酷似綠愛的大眼說：「沒聽說過，挺新鮮的。舅公你再給我好好講講，讓我的腦子也開開竅。」

沈綠村終於嘆了口氣，說：「明天我就去南京了。你今夜就到珠寶巷來吧，我給你帶幾本書看看。你也是，這麼大年紀了，還就曉得摸黃鱔？天曉得你怎麼會去劈人家巴掌的，日本人差點把你當共產黨殺呢！你們杭家人啊，沒一個不糊塗的，沒一個不糊塗的！」

杭漢笑了，沈綠村還以為他是因為不好意思才笑的呢。他回過頭去看看雞籠山，他看見老吳升、嘉喬和嘉平幾個人一起下了山，邊走邊談著。沈綠村鬆了一口氣，他想，再怎麼說也是一家人嘛。你看，這些死對頭，不是走到一起了嗎？

現在的杭家祖墳上，只有嘉和、葉子、杭盼和小撮著了。他們正在幹的事情，可是沈綠村死也不會想到的呢。

第二十一章

孔廟裡劍拔弩張的氣氛，並沒有因為小堀一郎的到來有所緩解。王五權等人倒是如見了救星似的撲了上去，剛要說話，就被小堀攔住了。卻見趙寄客鬈髮如雪，長鬚過胸，堆在頸下，恰如一頭烈士暮年的老獅子，正守在大成殿門口，咆哮著：「我倒是要睜開眼睛看看，你們哪一個烏龜王八蛋敢到此地來偷梁換柱！」

王五權看著小堀的臉色，小心翼翼地說：「趙四爺，我跟你說過多少回了，我們是奉命修理大成殿，是敬祖供祖，以聖人為先之舉，趙四爺你真是誤會我們了。」

趙寄客揮揮手說：「少在這裡囉唆了，你們曉得什麼是聖人！孔夫子地下活轉來看見你們這批亂臣賊子，眼睛都要瞎掉了呢！」

王五權不甘心，又說：「趙四爺你也不要如此霸道，好像天底下就您老一個人尊孔敬孔。倒退二十年，我記得杭州城裡，打倒孔家店，你也是數一數二掛頭塊牌子的。」

趙寄客一點也沒有被他的話說倒，他哈哈大笑起來，道：「哎，倒退回去二十年，我就是杭州城裡頭塊牌子要打倒孔家店的；再往後十年八載，若我趙寄客還活在世上，杭州城裡打倒孔家店的頭塊牌子還是我；哎——我就是不前不後的現在，偏偏要做一個孔廟的守護神，我就是不准你們來動孔廟的一根毫毛。你怎麼說？」

王五權氣得面孔發青，對著小堀就叫冤：「太君，太君，你可是都看在眼裡了。不是我們沒有執行您的命令，實在是這個人太難弄，碰又碰不得。」他壓低了聲音，湊在小堀的耳邊：「太君，前日清鄉時被游擊隊打死的那幾個貴國士兵，下葬時棺材板都尋不到。您也曉得，如今杭州城不比從前，那時城南柴垛橋大小材行二十多家，眼下浙西封鎖了木材下運，城裡頭連燒飯的柴木頭都困難，不要說棺木了。就看著這裡的楠木還可為為國捐軀的皇軍派點用場，這個趙寄客偏要拿性命來拚。您看看，您看看，都僵了三天了。那邊皇軍的遺體，聽說，聽說……」王五權看看小堀的臉色，沒敢往下再說。

小堀瞪了他一眼，他才說：「聽說已經有些味兒了呢。」

小堀陰沉著臉，一言不發。他知道，同是日軍的軍事特務機構，王五權投靠的卻不是他的梅機關，而是日軍在杭州的最高政治權力機關「杭州特務機關」。派系不同，自然便生出間隙。比如有關方面便已經對他與趙寄客的關係有了微言，以為若不是他小堀一郎的姑息，十個趙寄客也早就做了日軍的刀下之鬼了。

小堀對拆孔廟大成殿梁木做棺材一事，的確也是不甚熱心。他上一代的親人之中，大多是從漢學的《蒙求》《論語》《孟子》開始啟蒙的。他自己就更不用說了，因此見了大成殿中的這部刻著「四書五經」的石經，他一點也不感到陌生。他以為一旦大和民族征服了中國，中國的一切就成了日本的了，那麼中國的孔子不也就成了日本的孔子了？中國的孔廟不也就成了日本的孔廟了？至於死難兵士，一旦成為軍人，便當以死為第一要義，死後屍骨何處不可拋，拘泥一副棺木，這哪裡還有一點大和魂和武士道精神？這些話當然不能和王五權這樣的小人說，等日本人有一天坐穩了中國的江山，再收拾他們也不遲。

小堀一郎瞭解像王五權這樣的人，遠遠超過了解像趙寄客這樣的人。趙寄客的目光使他感到了陌生。和以往不一樣的是，當他看著自己的時候，嫌棄超過了憤怒。一時，某種恐慌襲了上來。他使了個眼色，王五權乖巧，立刻接了翎子，帶著手下的一批人就退了下去。

小堀一郎這才笑容可掬地走上前去，作了一個中國人的手揖，說：「今日清明，老先生何必動怒？大家都去掃墓了，你我也不妨隨了大流，一起去祭奠一番，先生意下如何？」

趙寄客見那一群蟑螂灶癟雞總算走了，倒也鬆了口氣，坐在大成殿的門檻上，說：「你我二人，如涇渭分明，如水火不相容，怎麼可能同掃同祭一個人？我看你也還算是讀過幾本書，也還算得上是一個高明的強盜，怎麼一與我較量，就總是說些最最愚蠢不過的呆話呢？」

小堀一郎愣了一下，低聲說：「我在支那，果然連一個可以祭掃之人都不曾有過嗎？」

趙寄客也愣了一下，然後一揮獨臂：「自然是不曾有的，將來也不會再有。」

兩人就在大成殿的門檻前悶住了。又過了一刻，小堀一郎面色恢復了正常，又笑容可掬地說道：「有一個人我道出名來，不怕你不去。」

趙寄客從門檻上站了起來，說：「噢，我倒是要聽聽，還有什麼人竟然能讓你我走到一起去為他掬一把英雄淚的了。」

小堀一郎吐出三個字來——蘇曼殊。

這一下倒真是讓小堀一郎給說準了。趙寄客想不到小堀竟然還會記得這個人，轉念又一想，小堀一郎記得西子湖畔竟還長眠著這麼一個人，這倒也是最不奇怪的呢。他仰天長嘆一聲，說：「你怎麼配去掃他的墓呢？你這樣的東西，怎麼還配提他的名字呢？」

趙寄客罵小堀「東西」，也沒有激起小堀的怒火。他知道，無論趙寄客怎麼罵他都不要緊，趙寄客還是被他請動了，他將和他一起去祭掃同一個人了。

「人間花草太匆匆，春未殘時花已空。」小堀很喜歡孤山腳下據說還是孫中山先生特批的這座蘇墓。他常常到這裡來，這個身世與他極為相似的墓中人對他有一種說不出來的誘惑。知道蘇曼殊的日本人和中國人倒是不少，但是真正瞭解他的人卻並不多。詩僧蘇曼殊本人也是這樣一種奇妙文化的結合——父親是中國的商人，母親是日本的下女。原名玄瑛，小字三郎，十九歲看破紅塵在廣東惠州出家。工詩善畫，精通西文、梵文。及長，周遊各地，廣交朋友，入南社，寫了許多斷腸文章，雖然守身不娶，其文卻贏得多少紅粉女兒淚。趙寄客當年與他交好，倒不全是因為《斷鴻零雁記》和《天涯紅淚記》，卻是因為那場實實在在的辛亥革命。他曾和趙寄客一起參加過義勇隊，寓居於白雲庵時，有時一言不發，激昂起來，又每每與同居於庵中的趙寄客一起討論革命，也是熱淚滂沱不能自已的呢。死時才三十四歲，葬於孤山腳下。趙寄客作為杭州人，和柳亞子、陳去病等人，一起操辦了那場葬禮，屈指算來，也已經有整整二十年了。

趙寄客與小堀一郎雖然都與蘇曼殊有緣，但一路而來，卻一路無語。到了墓前，正是繁花似錦、波光如鱗之際，隔著裏西湖望去，蘇堤上的櫻花也早已是朝生暮死地開放著與凋零著了。兩人站著，誰也不說話。許久，還是小堀打破僵局，說：「蘇曼殊這樣一個人，死後埋在這裡，倒也還算是死得其所了。」

趙寄客說：「江山須得偉人扶whom。你看，對面是秋瑾的秋雨秋風亭，一邊是俞曲園的俞樓，上坡是西泠印社，旁邊是林和靖梅妻鶴子的林處士墓，還有徐錫麟和陶成章等辛亥義士的墓，他們生前可都是我趙寄客的好友啊！再遠一點，過了西泠橋，也不過百把米遠近，便是岳王廟了。人生之死，能有這麼一塊葬身之地，曼殊也算是與自己的同胞知己英雄豪傑共享湖山了。」

小堀一郎還從來沒有和趙寄客這樣平心靜氣交談過什麼。雖然他還是聽出了趙寄客話中的弦外之音，但這畢竟還是一種對話。克制著心裡的激動，他想了一想回答說：「我倒是想到曼殊曾在日本所寫的那首回憶西湖的詩來：『春雨樓頭尺八簫，何時歸看浙江潮？芒鞋破缽無人識，踏過櫻花第幾橋？』這首詩中卻可看出中國和日本同在互襯了。尺八簫是日本的樂器，浙江潮是中國的；芒鞋破缽是從中國傳習過去的，而櫻花便可以說是日本的象徵了。聽說這個人很有個性，常常是白天睡覺，夜裡披著短褂，赤足拖著木屐到蘇堤和白堤上去散步。可惜蘇曼殊是死得太早了。算起來，即便活到今天，他也不過是五十五歲吧。他要是還活著，說不定今日遊湖的就是我們三人了。說不定，夜裡我還能夠常常聽到他踏過蘇白二堤時的清脆的木屐聲呢……」

趙寄客聽到這裡，忍不住大笑起來。趙寄客的笑聲是很有力度、很有魅力的，但也是很鋒利無情的，小堀對這樣的笑聲又欣賞又反感。他知道，這樣笑過之後，總有令人難堪的話鋒出鞘。果然如此，趙寄客一笑完就說：「小堀一郎先生，你明明是一個手提刀把的赳赳武士，刀尖上還滴著我們中國人的血，你又何必突然傷感起來，變成一個風花雪月的詩人呢？你說曼殊若還活著，你還能夠常常聽到他踏過蘇白二堤時的清脆的木屐聲，你怎麼不接著往下說呢——清脆的木屐聲之後，就是清脆的槍聲了。不是你們親自下的命令，在我們中國人的西湖上，實行你們日本人的宵禁嗎？從你們踏入我們的國土之後，有幾個中國人還能夠在夜裡經過蘇白二堤呢？蘇曼殊若活著，怕是走不過這條蘇堤了。」

小堀面色鐵青，低聲說：「別忘了，蘇曼殊和你們支那人是不一樣的。」

「你繞來繞去，不就是想說蘇曼殊是一個日本女人生的嗎？我有幸與他交往一場，從來沒聽說他懷疑自己不是一個中國人。倒是眼前有些人，明明有著中國人的血，卻要去做日本強盜的狗！」

小堀幾乎跳了起來，直逼著趙寄客就壓低著聲音叫：「你胡說，像李飛黃、吳有這樣的人才是日本人的狗。我小堀一郎，是堂堂正正的日本人，大日本帝國的一名武士，我是日本人！我是日本人！

我是日本人！」

真正是打蛇要打七寸，趙寄客的話是觸到他最痛處最隱祕處了，他便像搭錯了神經一樣地歇斯底里起來，端正的五官一下子就扭曲得亂七八糟。他越是歇斯底里，趙寄客就越看輕他，話就說得越毒。他聲音不大，鼻尖對著對方的鼻尖，輕輕地說：「你嚷嚷什麼，誰說你不是日本人了？誰說你有中國人的血了？你配有中國人的血嗎？」

兩人就在蘇曼殊的墓前僵著。令人難以置信的事情就擺在這裡——一方面，他們是這樣的不共戴天；另一方面，他們又是那樣的相像。他們的身高，鬈曲的頭髮，鼻梁，下巴，甚至他們今天都穿著同樣款式同樣色澤的中國長衫；他們暴怒時的神態也像極了——都把一口白牙咬得咯咯響，眉頭皺得連成了一條線，手掌握成了一個死死的大拳頭，也在咯咯地響著。不同的只是小堀一郎有兩個拳頭，而趙寄客卻只有一個了。

漸漸地，小堀一郎的雙拳就舉了起來，一直舉到了胸前，趙寄客的手掌卻鬆開了。小堀一郎就勉強地笑了起來，一邊笑一邊說：「你沒有理由恨我，就像中國人今天的下場不能怪日本人一樣。在你應該教導我的日子裡，我從來也沒有得到過你的教導，這不能怪我。我比你想像的要好得多。我喜歡中國歷史上的許多事情、許多人，比如成吉思汗。我的岳父是武士出身，他也喜歡中國的許多事情，來支那前，他讓我記住成吉思汗的這段話：人生最大的快慰在於戰勝，在於克服敵人，在於追逐他們，在於奪取他們的資產，使他們所愛者哭泣，騎他們的馬，摟抱他們的妻女。您聽說過這段強者的語錄嗎？」

「我有沒有聽說過這樣的話並不重要。不管誰說了這樣的話，是中國人還是外國人，我聽了都噁心。我來問你，你照這話做了嗎？做了！你沒有一樣落下過。那麼你快慰嗎？我倒是想聽聽你的真心話，你殺我們中國人，奪他們的財產，騎他們的馬，使他們的所愛者哭泣，強暴他們的妻女，你快樂嗎？」

小堀一郎面色蒼白，連鬍子都白了起來，說：「我不快樂，不是因為做了這些而不快樂！」他突然咬牙切齒地揮著拳頭叫道，「你知道，我從小就不快樂！從小人們就罵我雜種，誰都可以這樣罵我。你別以為一個道貌岸然的成年人不再會回憶往事！我有權利恨你——」

「你也可以殺我。」趙寄客從來不說傷感話，此時倒有幾分感慨，「如果我死了能夠消解你的恨，從此你放下屠刀不再殺中國人，我倒也是死得其所了。」

小堀放下手來，說：「我和你不一樣。儘管我是你的……但我從來也沒有想過讓你死。而你……你倒是和這個城裡的每一個杭州人一樣，都在盼著我的死期呢！」

「一個人活到世上來，可以什麼也沒做，但不應該再給世上留下一個畜生。你叫我趙寄客恥辱丟臉了！」

「你不要忘了這是戰爭，我是大日本帝國的軍人，效忠天皇是我們軍人的天職。」小堀的話多少帶有些辯解的味道了。

「你不是一個軍人！軍人只在戰爭中殺人，他們從來也不殺女人和兒童。」

小堀一郎從趙寄客的目光中看到了什麼，他聲辯著：「這不能怪我，我並沒有下令殺她——」

「你住嘴！」趙寄客的獨臂一拳頭砸在了墳上，「你一張嘴，牙齒縫裡都嵌著我們中國人的血。」

他的牙齒咬得咯咯直響，兩個腮幫都咬得鼓了起來。他是直到嘉平來看他，才知道了綠愛和嘉草是怎麼死的。他不能接受女人們這樣死去，他不能接受她們死了而他還活著的事實。他曾經想過要活下去，以此來保護更多還活著的人，現在他不再那麼想了。

小堀一郎別過臉去，看著西湖邊隨風揚起的楊柳條，他的心裡充滿絕望。他知道他是不可能得到站在眼面前的這個只有一條臂膀的人的心了。可是他又何必一定要得到呢？就像他何以非得喜歡那個生肺病的中國姑娘呢？還有什麼力量要大於效忠天皇的力量呢？天空很亮，但反襯著他的心一片昏暗。他被趙寄客說中要害了。他參與著殺人放火，搶劫強暴，可是他越來越不快樂，越來越陷入迷亂了。

小堀一郎恍然一笑，坐到了曼殊墓道旁的石階上，說：「好了，我們不談別人的事情，我倒是真想聽聽你對我怎麼看。你說，像我小堀一郎這樣的人，會有一個什麼樣的下場——我會死無葬身之地嗎？」

趙寄客也坐到他對面的一條石階上去了。小堀的這個問題倒是使他感到意外了，他沒想到這個人也會想到死。他對他充滿警惕，寧願把這樣的問話當作陷阱或者伎倆。因此，他並沒有放棄他嘲諷的口氣，他的話一直把小堀趕到了情感的死衚衕裡。

「你這樣的人，還會有一個什麼樣的下場呢？我想，首先，你是回不了你的日本了，你會死在這裡，死在中國；其次便是怎麼樣一個死法的問題。當然，你是沒機會頤養天年了，你將死於非命——在戰場上被打死，或者窮途末路，自己滅了自己的一條生路。就是這樣，再沒有別的出路了。」

趙寄客說這番話的時候，剛巧太陽從一片雲彩中鑽了出來，照耀著墓地上的一叢叢新發的梅樹葉子。它們的倒影貼在墓丘上，襯出一片花底，發亮的陽光斑點就在墓地上跳起了舞。小堀一郎憂鬱地站了起來，說：「我們還是有緣的。你看你說的，和我想像的完全一模一樣。只是我還不知道我將怎樣消滅自己——按照我們日本人的傳統，剖腹自殺？」他笑了，虛擬地拿著一把刀，朝自己的肚子一刀刺去。

趙寄客也站了起來，他的目光中突然出現了一種東西，這是小堀一郎從小到大從未領略過的神色。他就用這樣的神色看著他，說：「如果說我們還算是有點緣的話，你就不會拿把刀剖自己的肚子了。你哪怕是跳到對面西湖裡去呢，」他突然指指西湖水說，「你哪怕是跳到對面西湖裡去呢，你也還不算是死無葬身之地啊。」

小堀面無表情地走出了曼殊墓，他想，這大概就是我只配得到的父愛吧。

快到車旁的時候，小堀一郎突然漫不經心地問道：「聽我母親說，你曾經到日本去接過我們，我一直不明白，你為什麼沒把我們接走？」

趙寄客的眉頭一下子皺緊了，就在這一刹那，他顯出了他鬆去盔甲時的神情，他說：「這話你應該去問你的母親。」

「東京大地震那年她就死了，埋在倒塌的大樓底下了。」

「她沒有告訴你不願意離開藝伎生涯嗎？你應該比我清楚，日本的傳統藝伎是不結婚的，但她們有時會有闊綽的主顧。你母親也一樣，她不願意離開那種生活，至少那時候她不願意——」

冷場了片刻，小堀一郎已經走到了車前，打開車門的一瞬間，他突然回過頭來，從上衣口袋裡取出了一個信封，又從信封裡取出一張照片，遞給趙寄客。見趙寄客不接，才說：「我女兒的照片，昨天剛剛收到的。」

趙寄客就接過來看了，是個十七八歲的大姑娘了，雖然穿著和服，但大眼睛和一頭鬈髮不變，一看就是他趙家的種。小堀說：「她叫小合，在女子大學讀書。」

趙寄客看了一會兒，要把照片還他，小堀正在發動車子，不知道是沒有看見呢還是故意裝作沒有看見，趙寄客就把照片放回自己的口袋中去。接下去他們就一直沉默，小堀一郎把發動機重新關掉，兩人一聲不吭地坐在車內。車外柳樹上，春天的鳥兒在歡樂地啼鳴，小堀的嘴角顫動了起來：「如果我告訴你，有一天我會……到那湖裡去……你會對我……對我……好一些嗎？」

趙寄客緊緊地抿著嘴，當他再一次面對他時，驚訝地挑起了濃眉——他看見他流淚了。他痛恨他流淚，因為他的淚水使他趙寄客的喉嚨哽咽。他的雙眼開始迷濛，他咬牙切齒地用自己的獨臂一把抓住小堀一郎的肩膀，輕聲吼道：「你！你不要再殺中國人了！不准你再殺中國人了……」

小堀一郎的兩隻手猛然壓住趙寄客的獨手，兩手推搡了許久，才漸漸鬆開。

此刻，他們再也無話可說了。

沿西子湖，過茅家埠，龍井雞籠山杭家祖墳前，沈綠村的車已經沿著土道開去，他還能從窗口看到甥孫與他依依惜別時招手的情景。招手者的背景乃是一片深綠淺綠的茶坡。茶坡又是被一條條細黃繩一般的小道隔開，其中有一條繩子上又密密地拴著幾個人，他看到杭嘉平正走在嘉喬與吳升之間。到底還是一個爹養的，沈綠村不滿地嘆了口氣，他並不想看到他們兄弟之間成為死對頭，但也不想看見他們突然之間握手言和——畢竟，妹妹綠愛是死在杭嘉喬手裡的啊——沒良心的子孫！

他不知道，數天前嘉和陪著嘉平，就已經到過昌升茶樓了。他們和吳升已經有過一次祕密的接觸。吳升見了杭家兄弟二人的突然造訪，先是一副有點受寵若驚的神情，又是點茶又是寒暄。直至杭嘉平說明了來意之後，吳升這老皮蛋才又突然擺出一副死樣怪氣的相道，苦著臉說：「二位少爺如今可真是哪壺不開提哪壺了。你以為還是前兩年日本佬沒來的時候，有生意沒生意的，開了幾十年茶莊，總還有口茶葉飯吃。日本佬一來，你倒去龍井山裡看看，茶地都荒掉了，哪裡還有什麼生意好做！你沒聽說嗎？從前龍井茶賣到十六塊錢一斤，如今兩角錢一斤也沒人要了。說得難聽一些，飯都吃不飽，人都活不成，哪裡還有人喝茶？你看看我這個茶樓，如今落魄到什麼地步。二位少爺也是見過世面的人物，怎麼這種兵荒馬亂的年頭，還有心思做茶葉生意？」

嘉平耐心地等著吳升訴完苦，才緩緩道來：「吳老闆你這就是過謙了。茶葉生意雖然如今不比從前好做了，但也不是沒有人做。您老也不是不曉得，我們中國對外的輸出品，向來就是以生絲、桐油和茶葉為主的。抗戰以來，雖說茶業凋零，但還是有人在做茶葉生意，有些茶商還發國難財，趁機把茶價壓得很低。還有不少商人收得茶葉就運到上海黑市上去，日本人趁機吃下再轉售外人，從中牟利，以戰養戰。你的大兒子吳有幹的不正是這個買賣嗎？他可是把你辛辛苦苦收來的茶葉都賣給日本人了，日本人再用這些錢換了槍炮打中國人。這件事情你莫非一點也不知情？」

吳升聽了可是嚇了一跳，連連搖手說：「吳有把茶葉運到上海去，這我倒是曉得的，不過把茶葉賣給日本佬，我可是真不曉得，真不曉得呢。」

「你不曉得，嘉喬可是曉得的。吳有賣茶葉給日本人，還是他暗中牽的線。」嘉和淡淡地插了那麼一句。

吳升恍然大悟的樣子說：「怪不得吳有這段時間那麼忙，還跑到山裡去收茶葉。我是在想，收那麼些茶葉怎麼賣出去呢？我老了，我是插不上他們的手了。可我還有這點良心，哪怕餓死，我也不會把我們中國人的茶葉賣給日本佬，讓他們去換槍炮，再掉過頭來打我們中國人。我吳升早年也是打過日本人的，日後也不想讓人家來挖我的墳，一把老骨頭拋屍荒野——」

嘉和一看他沒完沒了地說下去，曉得又搭住他的筋了。他就是千方百計地要在他們杭家人面前洗刷他和日本人之間的關係。吳有和日本人有生意來往，他隱約知道，可是他不贊成。他認識的人當中，有好幾個做此種生意的人被暗殺了。況且日本人殺價也厲害，掙不到幾個錢，還要把腦袋別在褲腰上，吳升覺得不上算。

嘉和不想讓他再那麼洗刷下去，便輕輕搖搖頭說：「曉得你不知情，才來找你的嘛。曉得你倉庫裡還有批珠茶沒出手，我們想接過來替你做，至少不會賣到日本人手裡去嘛。」

「這個嘛，這個嘛，讓我再想想。如今吃茶葉飯，實在也是風險大，性命都要搭進去的……」

嘉平就有點沉不住氣。他到底不是做生意出身的人，一點也沒聽出來老吳升這句話後面的意思。倒是嘉和賣了十幾年茶，什麼樣的生意人沒有領教過，一下子就明白吳升是在思忖著價格。要賺錢呢，怎麼能不賣賣關子呢？這種人嘉和是有數的，有銅鈿，老虎頭上也敢拔毛。嘉和輕輕地敲敲桌子，說：「吳老闆，你放心，這批茶葉你就吃給我。我這裡也還藏著一批珠茶，正好一次出手。價格嘛，高出你原來的一成，不吃虧了吧。真有什麼事情來了，我擔當就是。」

「這個嘛，這個嘛……」吳升還在搓他的手，假模假樣地猶豫著。嘉平看看嘉和，不知道吳升到底什麼意思，嘉和卻已經站了起來，說：「我們走了，一會兒我就給你送訂金來。你庫房裡的貨，我會差人通知送到哪裡去的。」

路上，嘉平還在猶疑問著嘉和，他總不相信這就算是談完了一筆生意。嘉和說：「做生意和做人是一樣的，聽話聽聲，鑼鼓聽音，你以為吳升這老頭真的不曉得吳有在做茶葉生意啊。他非但曉得，或許還是在他指導下做的呢，只是他不曉得他兒子會把茶葉賣給日本人罷了。如今我們替他做了，錢卻比從前還賺，風險卻是一點也沒有的，他怎麼會不高興！」

「那麼價格——」

「這你放心，我們不會吃虧的。我已打聽了吳有的生意經，這個人實在不是東西，自家老頭兒這裡也是打了『綠豆兒』的，扣下了一成的銅鈿呢，我們不賺這個昧心錢就是了嘛。」

嘉平聽了大哥的話，半晌才說：「跟著吳覺農先生做助手的，真應該是你，不是我啊。」

原來此番嘉平回杭州來，雖託以掃墓，卻是有重任在肩的。當此烽火連天，兵燹遍野之際，中國茶業亦正在此間發生著摧枯拉朽、滌汙振興的大變化。自舊年初與蘇俄簽訂第一個以茶易貨（軍火）的協議之後，交易得以完全成功。六月中，《財政部貿易委員會管理全國出口茶葉辦法大綱》頒布，中國茶葉統購統銷的政策終於出臺。正是在此背景下，吳覺農先生和他的志同道合的中國茶人同仁，代表貿易委員會分赴各產茶大省，各地成立了茶葉管理處。上月，嘉平正是在浙江永康參與了油茶棉絲管理處，並和茶葉部主要負責人討論了管理職責之後，才回故鄉來收購茶葉的。

茶葉管理的職權主要有四條：

其一，辦理茶葉加工登記及茶葉貸款；

其二，加強技術指導，改進茶葉品質；

其三，派員駐廠檢驗，發放成品合格出廠許可證；

其四，協辦當地箱茶收購評價。

嘉平雖然全身心地投入了此項重振中國茶業雄風的大規模的茶人大行動中，但他畢竟是個半路出家的茶業行中人，他更合適的還是辦報搞宣傳搞教育。故此，對吳覺農先生的諸多茶事大行動中，他更感興趣的，還是正在洽談中的復旦茶學專業的設置。他已經暗暗決定，這一次回重慶，就把漢兒帶上，讓他成為中國有史以來的第一代茶學專業大學生。

與此同時，他還有一個越來越鮮明的想法，動員大哥離開淪陷區，到吳覺農先生身邊去，替代他的位置。他相信，像大哥這樣的人才，才是中國茶業界中貨真價實的佼佼者，是無法取代的有真才實學又有實踐經驗的中國茶人。他曾為此暗暗試探了嘉和，但看上去大哥對此卻不接翎子，反而要他在掃墓那一天幫他做一件事情——若在墳地上碰到了嘉喬，要他幫助他支開這些人，他和小撮著要把那批祭器埋到祖墳前的茶地裡去。

杭嘉平對祭器之類的事情倒是真的沒覺出有多麼重大意義，他並不覺得為此冒生命危險有什麼值得。杭州城太局限他大哥的眼界了。他把這層意思也毫不客氣地對大哥說了。杭嘉和聽了，好一陣才說：「你不是已經去過趙先生那裡了嗎？」

嘉平立刻就緘口了。這是另一種語言的責備——整個行動都是趙先生安排的。趙先生現在是籠中的困獸，他能做的，也就是這樣的事情了。杭嘉平和趙寄客多年不見，可是見面後除了通報一些必要的情況之外，幾乎都成了嘉平勸他放棄在孔廟堅持下去的會談了。他希望他能夠從孔廟裡脫身出來。「只要你能夠回家，我就有辦法把你救出杭州城。雖說這個小堀對你看上去還客氣，到現在還沒有動你一指頭，不過他們葫蘆裡賣的什麼藥誰知道？你在這裡太危險了。我知道你是把生死置之度外了，可是你也該知道，抗日的中國人，活一個是一個，何必去作無謂的犧牲呢？」

「你怎麼知道我這是在作無謂的犧牲？」趙寄客回答，「我趙寄客，身在孔廟中，一舉一動，杭州人都看在眼裡。我在日本人眼面前抬一天頭，杭州人心裡頭就長一天志氣。你還以為我人老力衰，英雄氣短，早就沒有三十年前頭辛亥義舉時的風采了？告訴你，我趙寄客不吹牛皮，今日照樣是杭州城裡頭一條好漢。不信你走出去問問，你走出去問問！」

杭嘉平有些奇怪，他不明白，怎麼趙先生活到今天這把年紀，在這樣的生死關頭，反而看重起別人怎麼評價他來。他記得趙先生從前不是這樣的。也許正是為了說服他，他才把母親和妹妹的慘死真相告訴了趙寄客。他對趙寄客說：「你就聽我一次，我把你送到重慶去，那裡有你那麼多的老同仁，你就到那裡去抗日吧！我不能讓你再像我母親和妹妹那樣去死了。」

趙寄客卻在這時候閉上了眼睛，他的神思不知道飛到哪裡去了。好半天他才睜開眼睛，長嘆了一口氣，說：「沒想到你娘是這樣走的，我趙寄客這輩子有這樣的情緣，活得值了。」

嘉平明白，趙先生是決意一死了。這麼想著，剛才沒有流出的眼淚，嘩的一下流了下來。

趙寄客卻說：「你不要哭我，還是哭哭你的大哥吧。你哪裡曉得這些年他是怎麼過來的，你把他帶走倒是正經。還有葉子——對女人不上心，你要後悔的，腸子悔青也沒用的。你啊你，你不要總學我……我也有心事啊，要帶到地底下和你媽說去了……」

這以後，趙先生就神情恍惚起來，他就再也沒有和嘉平說上一句話，甚至在嘉平走的時候，也只是看了他一眼點了點頭而已。嘉平最後看著他那蓬鬆的白髮白鬚時，心想：戰爭，把一切都改變了，甚至把趙先生這樣的人也改變了。

此刻，杭嘉平和吳升、嘉喬一起從山上下來。杭嘉喬心裡怕著二哥嘉平的發難，但即便如此，他還是不敢一口就答應下義父和嘉平要他做的事情。原來他們是要他開一張通行證，允許杭家忘憂茶莊的茶船從錢塘江封鎖線上通過。他嘴裡支支吾吾，沒敢說出來，從杭嘉平一回家，小堀的祕密特務就出動了，到處打聽情報，摸他們這兩個回來的杭家人的真正底牌。從別的地方傳來的消息倒是都對嘉平有利的，只是國統區的耳目還沒有回來，小堀的心放不下來。嘉喬雖然有意回避著這件事情，但小堀的話已經放了過來，要他小心一些，不要一腳踩到汪凼裡。在此種情況下，他杭嘉喬又怎麼敢給他們開通行證呢？

吳升看嘉喬一言不發，心裡也有些急了，說：「你又不是沒做過這件事情。前兩回吳有的生意，不是你給他蹚的路子？以為我老糊塗了不曉得，我不過是裝作不曉得罷了。」

杭嘉喬為難地看看義父，才說：「二哥現在的狀況，真正是多一事不如少一事。我本來還想和二哥打招呼，讓二哥能走就快走呢，免得夜長夢多，再生出是非來。」

杭嘉平沉吟了片刻，才說：「嘉喬，你要贖罪啊……你再不贖罪，你的死期就近了——」他就不再說第二句話了，扔下瞠目結舌的杭嘉喬，轉過身，就重新上了山。嘉喬盯著嘉平的後背，突然大叫一聲：「二哥！」見嘉平回過頭來，他又叫：「母親真的不是我害死的，真的不是我害死的！」

杭嘉平手都抖了起來，他盯著嘉喬的那根細脖子，他真想一把卡死他！

多麼想回到二十年前啊……多麼想回到二十年前啊，杭嘉平叫一聲「還我青島」，杭嘉和就應一聲「還我主權」。如今的大哥卻是大相徑庭了。也許大哥從來就是和他杭嘉平大相徑庭的，只是他不願意在嘉平面前有所流露罷了。嘉平曾經在許多次的萬人集會上發表抗日的演講，每一次演講完，再小心眼的女人也會把自己的耳環摘下來獻給前方的抗日將士，熱血沸騰的年輕人則會跟著他一直走到家裡，然後再隨著他指引的方向走向炮火連天的最前方。

然而這一切在大哥面前都不靈了。大哥並不想為抗日和中國茶業起死回生的契機而躍躍欲試了，這是怎麼一回事呢？怎麼大哥也和趙先生一樣了呢？繼續住在杭州城裡，與小堀一郎這樣的豺狼為鄰，這是多麼的危險啊。早晨你還活著，晚上你的屍骨可能就不知道拋到何處了呢！

這兩兄弟，現在終於有時間坐在祖宗墳前的茶蓬中細細地討論今後的安排了。

杭嘉平說了許多的第一第二第三第四，他一向就有這種以排比句般的話語方式、排山倒海的氣勢來征服別人的本事，這一次他也不例外。他說：「大哥你拘於東南一隅，不知中國、世界的形勢。你或許並不曉得，戰爭初起之時，我國大部分原有的經濟機構便有所破壞，至於全國茶業，亦一併陷入停滯之中。直到去年春才著手改進茶業，當時所預期的目標就有四項，一為爭取物質，二為增強金融，三為安定農村，四為改造茶業。這四項工作中前兩項我倒還尚可勉強為之，後兩項卻是離不開如大哥你這樣的人才。我特意在吳覺農先生面前舉薦了你，事不宜遲，你還是早早作了決定，與我同行吧。」

太陽升得老高，茶地也熱騰騰地冒著暖氣，嘉平的臉上就冒出了汗。他等著大哥能說上幾句，大哥卻嘴裡嚼著生茶葉，一言不發。他的手指縫裡都是黃土，正細細地用老茶葉揉出了綠汁來，一個一個手指縫地擦過去呢。一直到他把十個手指都那麼細細地擦完了，他才說：「覺農先生到底是真正懂茶葉的啊。」又見大弟一臉真誠地看著他，期待著他，才說：「大哥我或許就是你說的那種拘於東南一隅，不知中國乃至世界之大局的井底之蛙。不過也不像你那樣天馬行空，走馬觀花，彷彿一切都在眼中，其實大而無當——」嘉和停了下來，看看大弟的表情，又說：「你若不想聽，我就不說了。」

「哪裡哪裡，大哥一向是忍無可忍才後發制人的，我就等著大哥教導我呢。大哥若是不理睬我了，那才是真正的大事不好了。」嘉平笑著說。

嘉和也淡淡地笑了，說：「就是，你倒是把我當成什麼樣的鼠目寸光式的人物了。我豈不曉得吳先生等人的一片苦心？戰前我做了十來年的茶葉生意，就曉得中國人的茶葉飯，是越吃越吃不下去了。戰爭來也好，不來也好，這樣下去，茶業這一行遲早是要徹底破產了的。」

「此話怎講，何以見得？」

「喏，你聽我講來：一是茶葉生產的落後。你放開眼睛看看我們龍井山中的這片茶地就曉得了。我們中國人種茶，是貧困小農以副業的形態種植，絕無印度、錫蘭的大規模的茶場經營。再者，採得青茶，粗製濫造一番，謂之毛茶，就拿出去賣了，價格連成本都不保。說起來這也是沒有辦法之舉。茶農窮苦，每年秋冬糧食不繼，只得告貸於當地殷戶商販，願以明年毛茶出抵換糧錢，價格可低於市場的三分之一；再則，當地的茶商，因為人地關係，早已控制了產地商場，茶農也沒法因為一點點小批量的茶去遠道跋涉，推銷茶葉，常常不得不以二分之一的市價，低價出售；三者，茶廠茶商來產地購茶，往往只給茶農先付一部分錢，其餘的，都要等到茶廠茶商賣了那箱茶，才給予清算。萬一茶廠倒閉，茶商破產，茶農的茶款便再無著落，那才叫叫天天不應、叫地地不靈了呢。說起來你或許不知，前四五年，茶廠茶商多有破產的，連帶著茶農活不下去，自殺的也時有所聞。我們家從前在紹興平水識得一個茶農，就是因為如此活不下去了，舉家自殺。你想想，茶農過著這樣的日子，又怎麼可能改良技術、擴大生產呢？而中國茶業的運作方式如此落後，又怎麼能不在國際市場上敗北呢？」

杭嘉平聽到這裡，插話說：「我一直聽說我們忘憂茶莊的口碑好，好就好在不給茶農壓價，也不給茶農打白條。」

杭嘉和仰天長嘆一聲，說：「口碑再也好不下去了，獨木豈可成林？我們杭家既不嫁禍於人，自己家又是寅年吃著卯年糧的了。祖上留著的一點點底子，在我杭嘉和手裡，也差不多已經蝕盡。說句絕話，這杭家五進的大院，不是日本佬進來惹得我一把火燒了，如今也恐怕是要被我一進進地賣出去了。」

杭嘉平心中暗驚，想，這麼多年，家裡原來竟已破敗至此了。

杭嘉和打開了話匣子，便也不顧嘉平聽不聽，只顧按自己的思路往下說了：

「剛才我只說了茶業這一行第一關的弊病，這第二關就是毛茶的加工了。毛茶加工之廠，大多為手工作坊，時開時歇，哪裡有什麼長遠之計？所集資金，大多到滬上洋莊茶棧告貸，這就是最最殘酷之高利貸剝削。因為一旦向這些洋莊茶棧告貸，除了還之以高利之外，還規定了製成的箱茶，必須由這些茶棧洋莊來代售，他們又可以拿百分之二十的佣金，故而茶廠總少有盈利，甚至虧本。一旦虧本，自然又轉嫁茶農，到頭來，茶農與這些小茶廠，往往落得一個同死落棺材的下場。

「再說那些洋莊茶棧。他們都是一些買辦商人，與上海的華茶出口洋行有著十分密切的聯繫。這些買辦既然只是代辦茶事，本身不負盈虧之責，自然就是有奶便為娘的。他們先從洋行那裡貸得款來，然後再放高利貸給內地茶廠，從中就大賺一筆。再給洋行做生意代售箱茶時，又加上許多陋規名目，比如吃磅等等，不下二三十種——」

「何為吃磅？」嘉平不由插話問道。

「這些名堂說起來你聽得都要吃力死，什麼吃磅，貼息，過磅費，打樣，修箱打樣，回扣，避重就輕，等等。你問我什麼叫吃磅，簡單地說，一箱茶葉六十磅，到了洋行手裡，就得扣去二磅半，也沒什麼道理可講，就是這麼一個規定。還有其他七七八八的手法，內地茶廠只落得一個永劫不復的境地了。」

「難怪吳覺農先生提到洋行，如此深惡痛絕呢。」

「我這就要說到洋行了。你雖從不沾茶事，但生在茶人家裡，想必也曉得，我們這些茶商與海外做生意，從來也不曾直接與他國消費市場交易。不通過洋莊茶棧，不通過洋行，我們中華茶葉就無法進行對外貿易。這百多年來，洋行壟斷華茶貿易，也已經成了慣例，華茶的市價，就控制在這批外國商人手裡。他們說東，我們不敢說西，他們說南，我們不敢說北。中國如此一個堂堂的產茶古國，茶葉生產的生殺大權，就捏在這等洋人手裡。如此，華茶還能有什麼出路呢！」

嘉平聽得實在入迷，不由再問：「大哥，如你所說，華茶已到了這種地步，那怎樣才能從這山窮水盡之中求得一條柳暗花明之路呢？」

「這還用我來指什麼路嗎？吳覺農先生與你們這些人所幹的事情，正是中國茶業的生路。我雖不如你眼界開闊，但從古到今的茶政倒還略通一二。以我之見，茶業一行，統則興，不統則散。自己國家不管，別國就要來搗亂——」

「大哥此言實在精闢！」嘉平不由拍著大腿叫絕。

「這也不是我的發明。由國家統管茶葉專利，那是從唐代就開始了的，宋代就實行了榷茶制。朱元璋開國時，他的一個女婿因為走私販茶，還被殺了頭的呢！雖說管得過嚴也是物極必反，歷代茶民造反也是常事，比如我們淳安縣的方臘。不過弄到如今這步田地，國家一點主權也沒有，茶事的興旺又從何說起呢？」

「正是要從我們這一代手裡做起啊，」嘉平覺得說話的契機又到了，便又動員起來說，「大哥道理比我懂得還多，不用我再多說什麼。你只給我一句話——什麼時候動身離開這個虎狼之窩呢？」

嘉和站了起來，慢慢地在茶園的小徑間走著。不經修剪的茶枝東拉西扯的，時不時地擋住他的臉，有時，乾脆就從他的面頰上劃過，他的心多少也被攪動了。短短的幾天當中，已經有好幾個人勸他走了。其中有嘉平，還有假冒嘉平妻子的女共產黨員那楚卿，一個勸他去重慶，另一個則希望跟她一起去浙西南。

和楚卿的談話，是昨天夜裡進行的。他和杭漢、嘉平等人把藏在後院中的珠茶搬出來裝車時，楚卿也來了。她瘦削，看上去單薄，但筋骨卻好，幹活很利索，也不多說話。嘉和暗暗有些吃驚。他了解她，要比別人想像的多得多。那家，也是杭州城裡的名門望族，和前清皇家都是沾親帶故的，他想不到，那家門裡還會有這樣的後代。

把茶裝好後，嘉和主動地叫住了楚卿。在暗夜中時間待得長了，眼睛已經適應，彼此在天光下，能夠看到模模糊糊的影子。嘉和遲疑了片刻，才說：「那小姐，如果允許的話，您能否告訴我，您還見得到杭憶嗎？我知道他還活著，可是我已經有很長時間沒有他的消息了。」

即便是在暗夜中，嘉和還是能感覺到楚卿的不安。那姑娘又彷彿是在為杭憶辯解：「伯父，杭憶做的事情，都是對得起您的，不辜負您的。他只是擔心牽連你……」

「我知道他在幹什麼。」嘉和沉默了一會兒。

楚卿就脫口而出：「伯父，跟我走。」

「跟你走？」嘉和真是吃了一驚，黑夜裡她的聲音一下子放得很響，又連忙壓低，「我們已經有了自己的抗日根據地。黨讓我們幫助您脫離險境，跟我上根據地吧。」姑娘熱切地動員他。她的真誠感動了他。他卻沒有正面回答，為了掩飾洶湧而上的情感波瀾，他一邊拍打著身上的塵土，一邊輕聲地說：「我的兒子杭憶，在我看來，一直就是個前途難卜的孩子。他從小就極度敏感，我一直把他看成那種非常容易夭折的少年。他表面看上去有些輕浮，實際上他一往情深。他像他的爺爺，也像我，你們幫我……愛護他吧……」他說不下去了，在一個年輕姑娘面前是不應該落淚的。

此刻，在山上，在親人中間，他願意談得更深入些。這兩兄弟走出了一段路，嘉和才說：「盼兒的事情，你都曉得了。從今天出城開始，她就不會回我們那個羊壩頭杭家大院了。可是她總還是要回來的。西泠臨走前託我一定照顧好這個女兒，你想，我管不著她已經有十來年了，現在她最是離不開我的時候，我怎麼可以離開她呢？」

嘉平也回過頭去看看，他看到了茶枝的疏條中的盼兒，她坐在茶坡上，正在和小撮著細細地說著什麼。再過一會兒，等往來行人更少的時候，小撮著就要把她給帶走了，帶到那個小堀一郎發現不了的地方。嘉平想說有人照顧著你女兒呢，你就不用擔心了，可他知道自己沒有資格說這樣的話。

嘉和彷彿曉得嘉平是怎麼樣想的一樣，又說：「就算盼兒有人照顧吧，那麼葉子呢？你不是已經告訴我，葉子不願意與你一起去重慶嗎？你再和我說一遍，你覺得你還可以說動她嗎？如果需要，我可以再幫你去和她談一次。你看，她就在那裡，她正在和兒子說話呢。他們母子倆可真是從來也沒有分開過一天的，她同意你把漢兒帶到重慶去深造嗎？」

嘉平皺著眉頭說：「她不再是我想像中的那個葉子了，從前她對我言聽計從。這不能怪她，我們有多少年沒有見面了。再說，我也是有負於她的。只是我想彌補，她卻不給我機會。在重慶方面，我倒可以說服。事實上，這一次回家，事先我和她都達成一個共識，除非她能夠接受這個現狀為前提。你曉得，我從心裡頭從來也沒有放棄過葉子，從來也沒有——」

嘉平一會兒她一會兒她的，這兩個「她」像繞口令似的把自己都給說糊塗了，最後他只好沉默不語。兩兄弟就這麼在祖墳前愣了一會兒，嘉和苦笑了一下，突然說：「從前家裡的人都說我像父親，你看，鬧了半天，誰更像？」

他們不約而同地看看祖墳。那裡，父親的墳，他們各自的母親分別安息在自己的墳塋之中。他們在綠愛的墳前站了很長時間，嘉和才說：「每一個人都是獨一無二的，每一個人要的情分，也都是獨一無二的。媽比爹要死得慘多了，可是細細想來，媽倒是有那麼一份守了一輩子的情，爹卻沒有。他喜歡兩個女人，兩個女人卻都不能領受這份情。爹到臨死之前就悟出這個理來了，所以他要一個人躺在這裡。」

「大哥，你這不是說我嗎？」

「我很少說你，甚至可以說，我幾乎從來也沒有說過你——」

「可我比誰都瞭解你。」嘉平額頭上的汗越來越多了，「有許多話我本來以為不用我說出來的，我們兩個應該心領神會。比如我在新加坡的時候，我在決定和那個女人一塊兒過的時候，我想到過你。

我想……我知道……」他有些猶疑，看了看大哥，還是決定把話說出來，「我想，也許我這樣做就成全了你們，我知道你其實——」

嘉和突然面孔通紅，他一下子打斷了嘉平的話，氣急起來，說：「我一直就喜歡她，在你遠遠還沒有喜歡她的時候，我就喜歡她；在我們還都是孩子的時候我就喜歡她。——不，不不，不是我有多麼高尚，只是我不想和任何人分享自己的東西，包括和你分享。」

嘉平目瞪口呆了好一會兒，才說：「你是說，葉子到現在還愛著我？」

「不知道，你應該去問她。」

「可是她說，你走到哪裡，她就跟你到哪裡。」嘉平的氣也急了起來，他沒想到他現在見到了葉子，就突然認為葉子應該還是他的，他突然不能接受他自己以往的放棄。他盯著大哥，胃裡往上冒著酸氣，說：「因為你，她才不願意離開杭州，是嗎？因為她，你也才不願意離開杭州城，是嗎？」

嘉和的聲音明顯地透露出了煩躁：「你瞭解我嗎？不瞭解我！如果我想離開杭州城，我為什麼不可以帶著她離開？像你從前完全可以做到的那樣。行了，別打斷我的話，現在是我在說話，你不是總有插話的分的。你剛才說的話，之所以惹我那麼大的反感，並不是因為你提到的那個女人和我們倆有關係。我生氣，是因為你始終沒有和我提起過趙先生。你明明曉得他被軟禁在孔廟，你還親自去看過他。你應該曉得，他在一天，我就不可能離開他一天。這樣的話，我本來是等著從你口中說出來的，可是這一天你跟我說了多少大事，你就是沒有和我說一說關於一個具體的個人的事情。大而無當的事情我聽得太多了，我已經不想曉得歐洲什麼時候才開闢第二戰場。我只想曉得，今天夜裡，那個弱女人怎麼熬過長夜？那個老人怎麼撐著性命活下去？我恨不得生出一萬雙手來，扶他們，拉他們，在地上四腳四手地爬，爬出這個人間地獄去。可是你卻只想叫我飛——難道你沒有看到，因為你在天上飛，我們這些人才命裡注定在地上爬嗎？閉嘴！我不是跟你說了，沒你插話的分，我要告訴你最後一句話——我願意在地上扎根。我的命就是茶的命，一年年地讓別人來採，一年年地發。我願意在地上，你不要再給我插什麼翅膀了——二十年前我就明白了，你替我去飛吧……」

嘉平在他的大哥滔滔不絕地說個不停的時候，一直想插嘴。現在大哥說完了，到他說了，他卻突然再也說不出一句話來。是的，他不瞭解他的大哥，他也不瞭解葉子，甚至他也不瞭解彼此看上去性情很契合的趙先生。他們生活在太不同的世界裡，當他在外部世界裡越走越遠的時候，他與杭州的親人們，在內心世界裡也越走越遠了。除了不停地宣傳抗日，他們之間到底還有多少共同語言呢？他看著甚至有點氣急敗壞的大哥，聽著他神經質般的責難，自己也有了一種想要暴跳如雷的衝動，然而不能。他一個轉身就撲回到了母親的墳上——他的拳頭，把墳上的黃土砸得幾乎塵土飛揚……

嘉和一直站在旁邊等待著嘉平不再衝動了，才說：「你看這樣行不行？你這頭，把那邊的事情處理好了，她能夠回去當然更好，她不回去也可以，經濟上要處理好，不要讓人家為難。這頭葉子的事情我來做，我是大哥，只要你回過頭來，我想她還是會想通的。」

嘉平已經平靜下來了，說：「大哥，你是故意不明白還是裝作不明白？我不是已經告訴你了，葉子已經說了，你到哪裡她也到哪裡。再說，我也不可能把那頭休了。人家是千里迢迢跟我回來的，我也不可能再給她安個吳山圓洞門。哪怕我再安個吳山圓洞門，葉子也不是沈綠愛。好了，這件事情我們就說到這裡。還是說說你跟我走的事情吧。趙先生還要我勸你走。我不管你怎麼罵我，我還是要跟你說，你也不是生來就一定在地上爬的人。沒有人生來就一定該幹什麼不該幹什麼的，你和我一起去飛吧。我們全家都走，葉子在杭州，我也不放心啊。」

嘉和看著年年都要來祭掃的祖墳，滿坡的茶樹都在風中點頭。一陣風吹來，突然他的心亮了起來，那些久違的青春的騷動在心的深處微微地動彈了一下，他說：「好吧，我再和趙先生商量商量，試試看行不行……」

那天晚上，發生了一些重大的事件。當時日本軍事特務梅機關在杭頭目小堀一郎，正在「六三亭俱樂部」用皮帶抽打著吳升的女兒吳珠，以此滿足自己變態的性慾。白天與趙寄客的一番遊歷使他內心不能平衡。每當這樣的白天度過，夜晚來臨，只要有時間，他就拿著皮鞭來到妓院。妓女們看到他一個個都嚇得渾身發抖，東躲西藏。這一次他抓不到別人，乾脆抓住了老鴇吳珠。正當他揮舞著皮鞭眼看著這中國肥女人連哭帶叫，背上暴出了一條條繩子的血痕時，一份祕密情報塞進了他的門縫。他一邊不停地鞭打著女人，一邊讀著那份遲到的情報，然後，放下皮鞭就套上了軍裝，帶著手下的憲兵直撲羊壩頭杭家大院。根據這份情報，小堀一郎最沒有上心的那個跟著杭嘉平一起回來的闊太太，乃是共產黨的一名重要地下人員。他們撲了一個空。杭家所有的人都消失得無影無蹤，包括他一直放在心裡的那個病西施杭盼。還沒等他開始氣急敗壞，又一份十萬火急的報告到手——南京方面特派員沈綠村突然失蹤。小堀一郎來不及處置杭家人，急忙就往沈綠村的珠寶巷趕。黑暗的途中，他被破腳梗吳有攔住了，他破著嗓子叫道：「太君，太君，報告，報告，趙寄客，趙四爺他、他、他死了——」

小堀一郎幾乎是從馬上掉下來的。吳有結結巴巴地報告說，趙寄客從外面回來，看見他們已經把孔廟大成殿拆了。他在那石經前就坐了很久很久。誰也沒想到，天黑下來的時候，他突然就一頭撞在石經上，好久才被人發現，血淌了一地，就那麼死了。

「是你拆的大成殿？」小堀一郎問。

「是、是、是王五權他、他、他讓我拆的，說是你、你、你太君的意思，把趙老頭支出去——」

小堀一郎根本沒讓他再往下說，拔出槍來，黑夜裡，杭州人只聽得砰的一聲。一會兒，住在附近的陳揖懷探出頭去，發現漢奸吳有已經被人送上了西天。

第二十二章

現在，杭寄草將很快見到她的親人了，但這種重逢卻是從一個陌生人開始的。一九三八年夏的那個下午，寄草最早看到的楊真，從草堆裡鑽出來的時候，完全就像是一個叫花子。穿一件破襯衣，卻繫著根領帶，褲子髒得看不出顏色，腳上卻套著一雙牛皮皮鞋。他面如土色，哆嗦得像一隻搖個不停的篩子。寄草是學醫的，她一下子就看出來，這個落難書生是在打擺子呢。

儘管如此，這傢伙看上去還是很樂觀，揮著手說：「……別、別、別害怕，我、我不是……壞人……就是、冷，冷冷……你可以給我弄點水、水、水嗎……」他在褲子口袋裡摸來摸去，竟然摸出了一張票子，有些不好意思地說，「對……對、對不起，就剩這、這、這一張票子了……」

寄草撲哧一聲就笑了出來，那人也跟著笑了。然後，就艱難地倒在了草堆上，寄草身邊還帶著一些奎寧呢，正好派上用場。

可以說他們搭伴而行，一開始完全是因為寄草發了善心。據這個倒楣的傢伙自稱，他叫楊真，是從上海大學裡跑出來的。他們一群學生說好了在這裡附近的一個地點集合，要到一個很遠的地方去。結果剛出上海他就發起了寒熱病，已經在這鄉間流落了好幾天，隨身帶的東西也被人搶走，連西裝都被人剝去了。他指指草堆裡做了枕頭的一本厚書，說：「就這、這本書，沒人要……正好，我也是除了這本書……什麼都、都可以不要……」

寄草好奇地看了看這本書的封面，原來是英文版的《資本論》。寄草聽說過這本書，就一本正經地說：「都說這本書是專門給共產黨看的。」

楊真聽了，那雙因為生病而無精打采的眼睛就發起亮來。他躺著，又吃了藥，感覺好多了，就迫不及待地開始了他的教導：「嚴肅地科學地說，這是一本寫給馬克思主義者的書。」

「我不管你是一個什麼主義者，你先告訴我你怎麼打算的吧。」

「我也不知道。」楊真垂頭喪氣地說，「我要找的人，你也不可能瞭解。」

「不就是共產黨嗎，誰不知道？」

「你、你、你知道共產黨？你……也知道……共產黨？」楊真不相信自己眼睛似的盯著她。

「我怎麼不知道！我們家，共產黨一抓一大把。」寄草開起了玩笑。

誰知那書呆子經不起玩笑，他兩眼發直，一頭抬起，雙手握住寄草的手，壓低了聲音，輕輕地說：「同志，找到你們，可真……是不容……易啊……」

寄草笑得腰都直不起來了，哎喲喂，她哪裡擔當得起做共產黨啊，楚卿這樣的人當當還差不多。一定是她這副不嚴肅的樣子讓楊真明白過來了，他有些不好意思地笑笑，目光就黯淡了下去，心情沉重地又躺到草堆中去了。他的樣子讓人同情，寄草停止了笑，說：「你也不用擔憂，我知道，你要找的人，在金華準能找到。」

「你、你怎麼知道？你……見過他們？你們……家，真有人……是共產黨？」

「我就是從金華出來的嘛。金華眼下文化人最多，都在辦報紙辦刊物呢。《戰時生活》《浙江潮》《東南戰線》《文化戰士》，什麼都有。我有個侄兒也在跟共產黨幹呢。國共合作，共同抗戰，共產黨一下子就冒了出來，到處都是，還怕找不到？」

楊真這才哆哆嗦嗦結結巴巴地告訴她，原來他祖上是臺灣人，從他父親一輩才到大陸來發展。在上海把生意給做大了，就把妻兒從臺灣接過來。他在滬上上的高中和大學，對浙江的情況還不太熟悉。

「共產黨都是人精，你這個樣子，人家要不要還是個問題呢！」寄草弄出一副很老練的樣子，說，「跟我走吧，我包你找到共產黨。」

楊真沒有逃難的經驗，好幾次要不是寄草護著，他就得被日本佬的飛機炸死。他們還得不時地爬山渡河，有時與逃難者擠成了堆，寄草被那本厚厚的《資本論》硌得身上東一塊西一塊的烏青。有一次他倆一起幾乎臉貼著臉被塞在一輛破車裡，他們之間就隔著這本又厚又大的書。楊真的寒熱剛剛發過，這會兒又精神起來，就不停地跟她說什麼亞當·斯密，什麼李嘉圖，從他們的這一本書說到那一本書。寄草聽得出來，他是在攻擊他們。他旁若無人，口若懸河地說著：「你真該知道馬克思的理論批判貢獻，他什麼都敢和李嘉圖作對。李嘉圖一再說私人財產神聖不可侵犯，可馬克思卻說財產即是盜竊；李嘉圖說關於地租、利潤和工資的自然進程前人語焉不詳，馬克思卻說最初資本的產生就是由於征服、奴役、搶劫和謀殺，簡言之，以武力行之——你、你、你你你你幹什麼！我的書！我的書！我的書！」

原來，寄草的胸口，被那本大厚書硌得生疼，耳邊又被楊真的話說得心煩。她與人交往，從來就是她說別人聽，這會兒算是碰到了一個對手，要由他說，她來聽了，她不習慣。再加她本來就是一個會心血來潮的人，突然性起，順手就抽出藏在楊真胸口的書扔到窗外去了。楊真，突見他的寶貝性命書被扔到窗外去，一時就愣了。他不假思索，縱身一跳，也不知哪來的勁，竟然就從那扇窗裡跳了出去。幸虧車開得比老牛拖破車還慢，寄草眼見得他落地翻了幾個跟頭還能爬起來。她自己也被自己莫名其妙的侵犯行為驚呆了，在車上就狂呼大叫起停、停停。司機罵罵咧咧地停了車，一車子的人也囟狠地罵著他們這兩個瘋子。原來戰時的車，發動機「老爺」，一旦停下就不易重新啟動。寄草也顧不上和眾人脣槍舌劍，擠下了車就瘋狂地往回跑，老遠看見那楊真卻高興地揮著手叫：「別著急，書找到了，別著急，書找到了……」

寄草跑到他面前，想說一聲「對不起」，看他這副樣子，卻笑了，說：「你這個人，真是讀書讀出毛病來了。」

楊真卻認真地說：「我不怪你，你和我從前一樣。可這樣的書都是真理，它會讓你成為新人。」寄草不再取笑這個落難書生了。她很不好意思，第一次發現自己很傻。他們就這樣地成了真正的好朋友。一路上他們不停地說著話——不再是寄草一個人說了。有很多時候，寄草是在聆聽中度過的。她長那麼大，第一次領略到了聆聽帶來的享受。每當楊真發病的時候，寄草就開始說她自己的事情，說她家裡的人，當然，主要是說羅力。她什麼都和這個與她差不多年紀的大學生說，包括最隱祕的事情。楊真有一雙純正的眼睛，熱情，開朗，明亮，大腦裡藏著的知識，彷彿取之不盡用之不竭。特別讓寄草感到驚奇的是，楊真是她遇見過的第一個公開宣稱自己是真理的追求者的那種奇特的人。

當寄草滔滔不絕地述說著羅力的時候，他嚴肅地聽著，有時候，他會插話問道：「當你和他在一起的時候，你感覺到你的心裡一片光明了嗎？你有一種歷經艱辛終於如願以償的快樂嗎？你的心就像星空一樣浩瀚，像明月一樣潔淨了嗎？」

「你在說什麼？」寄草吃驚地問。這時的楊真像一個牧師。

「我在說愛情的感覺。」

「你經歷過？」

楊真搖搖頭，說：「可我知道接近真理時的感覺，就像我讀《資本論》時突然明白什麼是剩餘價值理論時的感覺一樣。難道愛情不是真理？」

「你可真是一個真理狂。」寄草評價說。

對寄草給他的這個頭銜楊真很受用。他心滿意足地躺在某個小客棧的一堆破布裡，一邊微微地發著抖，一邊望著夜空——客棧的屋頂常常是漏洞百出的，這給了楊真遐想的絕好環境。在炮火連天的大地上，依然有著深邃的星空。楊真說：「每一個人都有自己的真理，比如說，愛情就是你的真理，復仇就是羅力的真理，茶，就是你大哥的真理……」

「現在大家都在想著趕走日本佬——」

「是的，打倒日本帝國主義就是每一個不願做奴隸的人的真理。」

「也是你的真理嗎？」

「當然也是。」楊真望著這個面孔半隱在黑暗中的女郎。她很美，很勇敢，又很純潔，很善良，熱愛她也是熱愛真理。楊真覺得不該這麼胡思亂想下去了，就說：「不過，僅僅打倒日本帝國主義是不夠的，還有國家的建設，還有人類的解放。為什麼馬克思要說全世界無產者聯合起來？為什麼〈國際歌〉要唱『起來，全世界受苦的人……』？」

「你是一個窮人，受苦的人？」寄草打量著那個從破布堆裡鑽出來的腦袋。他看上去落魄到家，可並沒有受苦人的神色。

「我不能說我是一個窮人。可我從前是一個受苦的人——」

「因為沒有找到真理？」寄草更加吃驚地問，她幾乎想也沒有想過這樣玄而又玄的問題。

「現在我是一個新人。我不但要去解釋世界，還要去改造世界。所以我選擇了經濟學。我要了解很多事情，比如日本人為什麼要侵略中國——你知道『廣田三原則』嗎？」

「不知道。」

「你那位羅力也沒有和你提起過嗎？」

「你知道，他是一個軍人——」

「軍人正是為這而戰的。抗戰爆發前夕，日本人廣田弘毅提出了中國必須接受的三原則：一為經濟提攜，二為共同防共，三為承認偽滿洲國。這裡面不是滲透著濃重的經濟目的嗎？在人類社會中，一直存在著不合理的現象，比如可以是一個人壓迫另一個人，一個階級壓迫另一個階級，也可以是一個國家壓迫另一個國家——」

「可是你想那麼多幹什麼？想那麼多，日本人的飛機照樣在頭上飛，壞人照樣把你的西裝都搶了去。現在你病成這個樣子，照樣躺在破布堆裡。」

「我想找到消滅這種不合理制度的途徑，我還想親自參與到這種消滅的過程中去。我想使我的生命具有最大的意義，哪怕像流星一樣短暫地燃燒，劃過夜空。請你不要以為我在說胡話。我們這樣的人散落在人群中好像很少，一旦集中起來卻很多很多。現在他們都開始集中起來了，他們從全國各地動身，都開始往一個叫延安的地方而去了。」

「你也要到那裡去？」

「你呢？」

「那地方聽上去挺不錯。」

「如果你願意和我一起去——」楊真就從破布堆裡坐了起來。

「羅——力——」寄草就搖搖頭，拖長聲音說。

連寄草自己都說不清為什麼她愛羅力愛到這樣的地步。這樣的初戀並沒有太牢的基礎——時光是那麼的短暫，交往也並不多，回憶起來，真正刻骨銘心的就是那個月亮圓圓的故鄉的茶園之夜了。因為出現了楊真，寄草覺得她更愛羅力了。她必須愛羅力，否則，她每天和楊真熱火朝天地討論真理，那是什麼意思呢？

一到金華，寄草就陪楊真去了《戰時生活》編輯部，她以為她會在那裡找到他的侄兒杭憶，還有那位女共產黨員那楚卿。她撲了一個空，侄兒杭憶，已經跟著女共產黨人那楚卿走了。好在楊真卻和他們的人接上了關係，暫時留在了編輯部。第二天，寄草準備回鄉間她所在的保育院去，楊真卻給她帶來一個消息，說給她聯繫了工作，就留在幾個月前成立的金華保育會裡。他說：「你不是還在急著找你的侄兒嗎？你在保育會裡，消息靈通，說不定什麼時候就給你碰上了。」

這主意不壞，寄草一口就答應了。她暫時還不知道，浙江省保育會自成立以後，共產黨就在這裡面成立了黨小組。共產黨對於她，寄予著很高的希望呢。

轉過年去，寄草有許多日子沒見到楊真了。他時常這樣神祕地失蹤，寄草也就不奇怪了。誰知有一天寄草卻突然接到楊真的電話，要她到酒坊巷十八號臺灣義勇隊去見他。寄草叫道：「楊真你忘恩負義啊！你，怎麼這麼些天見不到你的影子，這會兒又冒出來了？」

楊真說：「我真有事情，大事情。你快來，我這裡還有臺胞帶來的凍頂烏龍呢，你喝不喝？」

寄草撇撇嘴說：「你別拿凍頂烏龍誘惑我，不就是包種茶嗎？從前我們忘憂茶莊，什麼茶沒有！」

原來這包種茶，乃是臺灣名茶的一種，說起來也是從大陸過去的。一百多年前，由福建安溪縣專做茶葉生意的王義程氏所創制。因為成茶是用方紙包成長方形的四方包，因此得名。到得一八八一年，福建同安縣茶商吳福源在臺北設源隆號，專事製造包種茶，安溪商人王安定與張古魁又合夥設建成號經營包種，這就是臺灣包種茶的起源。這包種茶也分為幾個品種，有文山包種，有凍頂烏龍，還有臺灣鐵觀音。寄草說得沒錯，天下茶品，大哥杭嘉和凡知道的，沒有一樣不收，何況是像凍頂烏龍這樣名冠天下的好茶呢。

楊真這才真著急了，叫著：「你快來吧，我見到你那位羅力了。他託我帶來信，你到底還要不要？」

寄草一聽，就像心裡埋著的一顆定時炸彈突然引爆，把她炸得心花怒放，話也說不出來了。

楊真一到金華，就和臺灣義勇隊接上了關係。作為臺胞，也作為共產黨打入義勇隊的一分子，楊真在這支隊伍裡負責宣傳。寄草趕往酒坊巷十八號時，楊真正在教臺灣義勇隊少年團的孩子們唱歌，嘹亮的歌聲一直傳出巷口——

……臺灣是我們的家鄉，那兒有花千萬朵，不芬芳。

……我們會痛恨，不會哭泣；我們要生存，不要滅亡。

在壓迫下鬥爭，在鬥爭裡學習，

在學習中成長，要收回我們的家鄉。

……

楊真在做指揮，長頭髮，學生裝和圍在脖子上的花格子圍巾全都隨著手臂的揮動而跳動。他的傷寒症已經好了，渾身上下都有了力氣。寄草急著想看羅力的信，一個勁地向楊真揮手，楊真視而不見。直到那首歌全部排練完，才跑到寄草身邊，把寄草拉到園子裡一條石凳上坐下，像小孩子一樣興奮地問：「聽說過周恩來嗎？」

寄草瞥了一眼楊真，說：「貴黨中央軍事委員會副主席，國民政府軍事委員會政治部副部長，上個月十八日到金華，我們保育會還出面去參加迎接的呢！現在是全民族抗日，共產黨拋頭露面，金華街上到處都是共產黨的聲音，你還拿這來考我，笑話！」

「你不知道，周副部長又回來了。明天下午要到義勇隊來看望，我正在排練歡迎他到來的抗日歌曲呢！」

「不是聽說從金華往天目山浙西行署去了嗎？莫非這消息不是真的？」

「怎麼不是真的？周副部長去浙西行署，我還是打前站的成員之一呢！」

原來周恩來此次東南之行，在浙江跑了不少地方。先在皖南新四軍總部待了二十天，又到金華，宿分水，達桐廬，抵紹興，再回金華。楊真作為前往浙西的打前站人員，一直追隨在周恩來左右。沒想到，竟然就意外地在浙西之行中，遇見了杭寄草的親人。

「信呢？信呢？你快把信交給我啊！」寄草一邊跺著腳要看信，一邊又不相信地問道，「你怎麼知道那人就是羅力？你又不認識他！」

信在桌子抽屜裡，楊真一邊往屋裡走，一邊跟追在旁邊急得直跳的寄草說：「要不是你跟我說過你家的那個白孩子，就是羅力對面對過來，我也不認識啊。」

寄草心跳地一把抓住楊真的衣袖，叫道：「你還見著了我們家的忘憂？」

「還有李越。」

寄草走不動了，她靠在楊真的肩膀上突然哭了起來，哭了幾聲，又戛然而止，說：「我不相信，哪有那麼巧的事情？你怎麼還能碰到忘憂？我找他們可是把腿都跑斷了，我不相信……」

楊真怕別人看到寄草哭哭笑笑的樣子，一邊拉著她往裡走，一邊說：「這你就得感謝周副主席了。他在浙西臨時中學開學典禮上演講，來了一千多聽眾。我在下面擔任保衛，走來走去的，突然在一株大樹上看到一個半大孩子，渾身上下雪白。我就想起你說過的那個忘憂。他不也是在天目山避難嗎？我想世上也沒有那麼巧的事情啊，就在那樹下繞來繞去的，想等著那孩子下樹後問一問名字。誰知孩子還沒下樹呢，就走過來一位國民黨軍軍官。我又想，這一回周副主席去浙西，是由省主席黃紹竑陪同的，這些軍官，很可能就是黃紹竑的警衛，我也就沒在意。誰知他過來就問我，在樹下繞來繞去地想幹什麼。我脫口而出，說了『忘憂』兩個字。你看，全對上了，原來他們的保護人無果師父把他們帶到西天目山的禪源寺來了。可巧他們又在那裡遇見了羅力——」

寄草坐了下來，她又哭了，說：「他為什麼不跟你一起來？他為什麼不跟你一起來？……」

楊真小心翼翼地說：「他走了……」

寄草卻不哭了，一下子變得很冷靜，說：「快把信交給我吧。」

楊真取出一封薄薄的信來，拎著熱水瓶就走了出去。寄草的神態讓他吃驚，他在天目山看到的那個東北漢子，好像並沒有寄草那樣的狂熱，看上去他甚至還有那麼幾分冷漠。他們彼此之間，多少還有那麼一點戒備。這是因為他們各自隸屬的陣營決定的呢，還是因為寄草？

等楊真拎著熱水瓶回來的時候，寄草完全變了一個人。她喜氣洋洋，春光明媚，渾身上下充滿著愛意。她熱烈地伸了一個懶腰，看上去更像是一個擁抱。她用無比喜悅的聲音，拖長著聲音，帶著少女的刻意的嗲氣說：「凍頂烏龍呢？凍頂烏龍呢？你不是讓我喝你們臺灣人最好最好的茶嗎？拿出來呀！拿出來呀！」

楊真默默地看著她，他羨慕羅力，也喜歡眼前的這位姑娘。他覺得這同時產生的感情，一點也不矛盾。他微笑著說：「多麼偉大的情書啊，它讓你轉眼間變成了另外一個人。」

寄草笑了起來，把羅力的信攤到楊真面前，說：「你看啊，這算什麼情書啊。」

羅力的信，真的不能算是一封標準的情書，只是從筆記本上扯下了一頁，大大的字，寫了正反兩頁：

寄草：知道了你的近況，我沒法給你寫長信。一是沒有時間，二是寫不慣。總之告訴你，忘憂他們在禪源寺是很安全的，請放心。我很想念你，但沒法來看你，我已經編入前線部隊，馬上就要動身，先去重慶，再接受具體調配。養兵千日，用兵一時，我每時每刻都可能為國捐軀，不打敗日本鬼子，我誓不還鄉。寄草，你可以等我，也可以不等我，一切都憑你的心。至於我的想法，不用多說了，黃主席昨日與周副部長登天目山，做詩一首，我抄給你，就作為我的心吧。

反面便是黃紹竑的那首〈滿江紅〉了——

天目重登，東望盡、之江逶迤。
依稀是，六橋疏柳，微波西子。
寂寞三潭深夜月，岳墳遙下精忠淚。
忖年來守土負初心，生猶死。

……

這真的不像是一封常規的情書，但寫得很真實，很樸實，是一封好信。楊真沒有對這封信作任何評價，他為寄草沏了一杯釅釅的凍頂烏龍茶。這道茶，未沖泡前茶條索卷皺曲而稍粗長，外觀呈深綠色，還帶有青蛙皮般的灰白點，沖泡後，茶香芬芳，湯色黃綠。寄草慢慢地啜著茶，眼淚，又慢慢地從眼睛裡沁出來了。

楊真關上了門，坐在寄草對面，兩隻手捧著茶杯，像是說著別人的事情：「我要走了。」

「……」

「你知道我要去哪裡的。」

「……」

「如果你願意幫助我，你可以和我同行一段。」

「……」

「保育會要把一批孩子送到內地，噢，也就是重慶去。如果你願意接受這個任務，你可以掩護我的真實行動，我可以與你同行，一直到成都……」

寄草怔了一會兒，突然站起來說：「我立刻就去保育會——」

她已經衝到了門口，才聽到楊真說：「我們已經和保育會商量過了……」

寄草對所有的人都說，她是為了護送保育會的兒童去大後方，才踏上這條西行之路的。只有同行者楊真真正知道，寄草此行的另一個重大原因。

分手的那天，是個很早很潮的川東的早晨，濃霧把空氣攪成了一鍋白粥。他們坐在成都一家小茶樓上，楊真的臉放著奇特的光芒，寄草覺得楊真就像是濃霧裡時遮時顯的一縷陽光。她說：「好了，我同路人的任務已經完成了，接下去的路，該你自己走了。」她的口氣中，有一種故作輕鬆的做作。

楊真看上去卻有些悶悶不樂，他甚至有些生氣地說：「是啊，一開始就說好的嘛，是假冒的未婚妻嘛。」

饒舌的寄草不知道為什麼，便覺得自己有些理虧。出發前他們就說好了，同行到成都，然後分道揚鑣，一個去重慶，一個去延安。可是，事情就變成了這樣，彷彿楊真成了一尊佛，既然送佛，就應該送到西天啊。

楊真很快就恢復了他快樂而又自信的天性。他認真地盯著寄草的眼睛，用毋庸置疑的口氣說：「如果你有一天想去那裡，只要說我的名字，我會為你擔保的。」他的手指神祕地朝那個方向指指，寄草知道，「那裡」是什麼意思。

彷彿是為了急於要表白自己的心境，同時又急於要劃清某一條界線，寄草的兩隻手搭在胸口，喘著氣，發誓一般地說：「只要我找到了羅力，就和他一起上你們『那裡』去。我們一定去！」

楊真笑了起來，他的笑容裡有一些平時沒有的靦腆。他略微有些用力地握了下寄草的手，說：「羅力真會聽你的嗎？我可是在天目山和他交談過，他不像是個對信仰很感興趣的人。再說你也沒有把握能很快找到他。你若實在找不到他，你也可以一個人來嘛。」

突然心血來潮，寄草衝口而出說：「既然已經到了成都，你就乾脆把我送到重慶，等找到羅力，等找到羅力再……作打算好不好？」

楊真微微吃了一驚，認真而為難地說：「我很願意和你在一起，可是我得走了。你知道我……」

「我知道，你的主義和真理比我更重要。」寄草剛剛說完那句話就後悔了，她有氣無力地回答著，想掩飾自己的輕率。可這句話一出口，她就更把自己給嚇了一跳，連忙補充說：「當然，我不能這樣要求你，你到底不是羅力。」

「我知道，羅力對你很重要，我知道他很重要。我知道他很重要……」楊真若有所思地回答著，陷入了沉思。

寄草睜大了眼睛，凝視著楊真，他的面帶病容的鼻翼四周微微地紅了起來，鼻梁上放出了小小的光亮，他端著茶碗的手抖動著。他們兩個人同時都臉紅起來，然後就低下頭去刮蓋碗茶的茶末子。

「我們還會再見面嗎？」寄草非常傷感，現在她確信，除了羅力，楊真也是她喜歡的男子了。當她這樣問他的時候，她相信他一定會說：「會的，我們當然會再見面的。」他就是這樣一個人，一個充滿了理想的、熱情的、單純的人。他要說的話，往往是寄草預料得到的，他總能說出她想說的話。

然後他果然就這樣說了：「會的，我們當然會再見面的。」

寄草也充滿信心地開始了憧憬：「我們會有許多時間，可以到西湖上去，一邊品茶一邊討論隨便什麼主義。反正到那時，日本人已經被趕走了，我們那麼多人，有的念詩，有的唱歌，有的品茶——」

「有的讀《資本論》——」楊真接口說道，他們不約而同地笑了起來。然後，楊真就站起來了，只說了一句「再見」，就頭也不回地融入了川東的小巷。寄草眼看著他被大團的濃霧吞沒了。她不明白她心裡產生的那種依戀的感覺。這種感覺她以前從來沒有過。她和羅力在一起的時間太短了，他們的愛情過於匆忙了；而她和這位年輕人待的時間又太長了，這一路千里迢迢，走的恰恰就是江浙茶源自古巴蜀而來的道路啊……他們的確到了該分手的時候了，再走下去，她對此行的目的，幾乎都要模糊起來了……

第二十三章

十二月的霧都重慶，和江南一樣寒冷。今天是復旦大學的校慶紀念日，剛才系主任吳覺農先生專門作了〈復旦茶人的使命〉的報告。散會後，杭漢特意要了一份先生報告的文字打印稿，向學校門口的一家茶館走去，他還有個重要的約會要在那裡進行。杭漢現在的身分，是重慶的復旦大學首屆茶葉系的一名即將畢業的正規大學生。他和大學裡的許多同學一樣，保留著戰前喜歡泡茶館的習慣。

遠在江南的杭家親人們，如今若是看到杭漢，恐怕是要認不出來了。杭漢的外貌發生了很大的變化。和他的父親一樣，他長了一臉絡腮鬍子，眉心很重，幾乎連在一起。皮膚粗糙黝黑，下巴方方正正，像是水泥鋼筋澆的。他的性格卻是越來越像母親，沉默寡言，非常內向。

溫暖潮溼的江南，像夢一樣地留在了長江的下游了。杭氏家族忘憂茶莊的下一代年輕的茶人杭漢，跟著他的父親溯江而上，來到了長江的上游——抗戰的大後方陪都重慶，亦已兩年有餘。

杭漢過去是從來也沒有到過中國腹地的，他對川中的瞭解非常模糊。但從寄客先生酒後的暢談中，他知道古巴蜀是全世界真正的茶的誕生地，可是他還真沒想到，重慶的茶館會是如此之多。這個與杭州城完全不同的出門就要爬坡的城市使杭漢非常傷腦筋。他花了許多時間，才聽懂了他們那發音拐彎抹角的川中方言。但杭漢很喜歡這裡的茶館，茶館的老闆們似乎也很知道大學生們對茶館的偏愛，沙坪壩中央大學和北碚復旦大學的大門之外，茶館多得儼然成市。

杭漢第一次隨著他的同學們上茶館，看著這些成片的一排排的躺椅和夾在當中的茶几，如此壯觀的場景，「哎喲哎喲」地就叫了起來，說：「我那開茶莊的杭州伯父若看到這裡的茶館，才叫開心呢。」

同寢室一個成都籍的同學不以為然地說：「杭同學，這你就是少見多怪了。四川茶館甲天下，成都茶館甲四川，我們成都的茶館才值得你如此哎喲哎喲地叫呢！你若在街上行走，沒幾步就是一家矮桌子小竹椅的茶館，旁邊還配一個公廁。前些日子我回家專門數了一次，數到近一千個公廁，那麼茶館少說也有近一千個了吧。當然，重慶這幾年來茶館也是暴漲的，比起你們江南的小橋流水人家，是不是我們這裡的茶館更加豪放大氣了？」

杭漢淡淡一笑說：「各有風采吧。」他到底還是有一點故鄉情結的，不願意因為四川茶館而貶低杭州的茶樓。

他常常一個人到大學門口的一家大茶館來喝露天茶。他也學會了躺在那些再舒服不過的竹椅上，對著那些此地被稱之為么師的茶博士們叫一聲：「玻璃——」

杭漢一開始根本不知道怎麼在茶館裡還可以賣玻璃，而且這玻璃竟然還可以吃。成都同學看出他的困惑，當場就叫了一杯蓋碗玻璃，杭漢打開茶蓋一看，忍不住哈哈大笑起來——原來這玻璃茶就是白開水啊，杭漢算是領教了一番川人的特殊幽默了。

杭漢雖然習慣了常來茶館喝玻璃茶，但他顯然沒有他的堂哥杭憶的語言天才。直到現在，他還是不能夠講出一句完整的川中方言。這種方言，在他看來，幾乎就是一種歌唱。他常常聽著躺在身邊的抽菸的老茶客們突然一聲高叫——么師，拿葛紅來——杭漢費了老大的勁，才知道這是點個火的意思。就這一聲叫，那聲調也是有板有眼，抑揚頓挫，可以用四二拍入譜的。杭漢曾經在心裡頭用簡譜默默地記下了：他準備有朝一日與杭憶重逢的時候，再把它唱給他聽，他相信他會為了這一句「拿葛紅來」一笑破肚子。

除此之外，這裡的茶館還有多少可以讓人回味之處啊！就說門口的那副對聯吧，在杭漢的故鄉淪陷區的杭州城裡，怎麼還會看到這樣的牌子呢——空襲無常貴客茶資先付，官方有令國防祕密休談。有時候空襲真的來了，杭漢一邊跑著，一邊就聽有人唱了起來：

晚風吹來天氣燥呵，東街的茶館真熱鬧。
樓上樓下客滿座呵，茶房開水叫聲高。

一群學生一邊跑進了防空洞，一邊就和著聲音唱道：

談起了國事容易發牢騷呵，引起了麻煩你我都糟糕。

杭漢覺得，這種生活很有意思。

抗戰期間，全中國四面八方的許多人都跑到陪都來了。一年到頭，不管什麼時候，茶館裡都擠得滿滿的，且入鄉隨俗，不管你是下里巴人還是陽春白雪，進了茶館，一律坐在竹椅上，或者躺在竹躺椅上。不一會兒，茶房就像一個雜技演員一般，大步流星地出得場來。只聽得一聲唱喏，但見他右手握著一把鋥亮的紫銅色茶壺，照杭漢的估摸，那茶壺的細如筆桿的嘴足有一米來長，在人群中折來折去的，竟然如庖丁解牛一般地進出如入無人之境。那左手卡住一摞銀色的錫托墊和白瓷碗，又宛如夾著一大把荷花。還沒走到那茶桌旁，只見左手一揚，又聽嘩的一聲，一串茶墊就如飛碟似的脫手而出，再聽那茶墊在桌子上咯咯咯咯一陣快樂的呻吟，飛轉了一下，就在每個茶客的身邊停下。然後便輪到茶碗們發出「咔咔咔……」的聲音了，丁零噹啷一陣，眨眼間茶碗已坐落在茶墊上。人們還沒明白這是怎麼回事呢，突見茶房站在一米開外，著實的大將風度，一注銀河落九天，遠遠地，細長壺嘴裡的茶水已經按捺不住自己，筆直地就撲向了茶杯，茶末就飛旋地從杯底衝了上來。還沒等人看清那是什麼茶呢，那茶房一步上前，挑起小拇指，把茶蓋一抖，一隻隻茶蓋活了似的跳了起來，以迅雷不及掩耳之勢飛到了茶碗上。再一回神，那沖茶的人兒，早已融入了更深更遠的茶椅陣營中了。

杭漢欣賞著這種與江南人閒適的風情完全不同的熱烈火爆的沖茶法。杭州茶樓裡的人們，一般喝茶，用的是茶壺，也有茶杯，雖也有用蓋碗茶的，到底不如這裡的人喝起來正宗。原來古代之人有茶碗卻是沒有茶墊的。那茶墊，正是唐朝成都一個名叫崔寧的官員的女兒發明的，原本是為了防燙手，到了清代，又加上了蓋子，這才一套三件真正齊全。

杭漢平日裡倒也入鄉隨俗，喝蓋碗茶也很自在。今日卻沒有先叫茶，他要等的人還沒有來呢，他就開始認真地讀起吳先生的講話來了。

本校經吳南軒校長及復旦校友的努力，已從私立而改為國立，我們全體師生都感到非常的欣慰。因為過去真是風雨飄搖、艱苦度日，我們大家看到校長這幾年來的頭上額上的風霜，不論哪位同學，都是很明瞭很同情的。

中國的茶業，過去是由知識低淺的貧苦小農和專以剝削度日的商人所經營，把幾千年來祖宗辛苦經營的一份產業，幾乎弄得奄奄一息，不可終日。自從抗戰以來，已從私人的經營變而為國營的事業之一了。我們自然也該對復旦從私立而為國立，同樣地信仰他的前途，同樣地來一次歡欣鼓舞的慶祝罷。

茶業在中國，是具有其最大的前途的，不要說全世界的茶葉，我們是唯一的母國，而我們生產地域之闊、茶葉種類之多、行銷各國之廣，以及特殊的品質之佳，是各產茶國所望塵莫及的。然而我們有最大的兩個缺點，第一就是缺少科學，第二則是缺少人才。

過去茶葉一年年衰落，因為別的產茶國家，如印度、錫蘭由英國人任研究、改良和指導的任務；爪哇和日本，則由荷蘭人和日本人自己努力地從事於改造的工作。我們則由勤苦度日、不知科學為何事的老百姓在負責經營，正如大刀隊的抵禦坦克，用鳥槍防禦近代的飛機，無論你如何地勇敢，如何地是神槍手，能抵得過他的火網的厲害和炸彈的威脅麼？

本校茶業系科同學，人數達七八十人，有的長於生物學或化學，有的精於會計和貿易，有的從事於栽培，更有的致力於製造。還有其他畢業和未畢業的千萬同學們，各本其所長，各盡其所用，將來出而擔負茶業和其他方面的工作，我相信不出十年最多二十年罷，中國的茶葉科學，不但在實用上有飛躍的進步，甚至對各國茶葉的生產和消費者，必有無窮的貢獻。至於中國茶葉對外貿易的發展，以及內銷數量因戰後文化的提高、品質的改善，消費量的增進，更是毋庸置疑的。

至於目前為了日寇的封鎖海口，以及交通困難之故，茶銷勢較黯淡，若干機構本身欠健全，人事需調整，等等，這是戰時以及過渡時代的必然的現象。將來各位同學都能到社會去出膺艱鉅，整個的社會都可予以改造，區區惡劣的環境是不旋踵就可予以廓清的，何況我們不是有一件法寶「復旦精神」麼？一切都待同學們的努力。……

杭漢正看到這裡，覺得身邊有些動靜。抬起頭來，卻見走過來一個衣衫襤褸的四川男子，面色蠟黃，骨瘦如柴，頭上包一塊已經看不出原色的「帕子」，腋下夾著幾桿七八尺長的水煙袋，正在竹椅間悽悽惶惶地張望著。杭漢初到此地時，不知道這也是一碗不得已的飯，和叫花子的區別其實也是不大的了。原來這些人見了有人想抽煙，就急忙地遞過這長杆子水煙袋，然後就蹲在地上不停地給那抽煙的裝煙點火，以此賺些蠅頭微利。也許此人看到了杭漢同情的目光，以為他會是他的一個主顧吧，果斷地就朝杭漢走了過來，然後一屁股就坐在了杭漢身下，把那長煙袋就塞了過來。

杭漢嚇了一跳，連忙就站了起來，搖著手說：「對不起，我是不抽煙的，對不起，我是不抽煙的。」他越對不起，那人就越發坐在杭漢腳下不動，用一種近乎麻木反而更顯無比哀怨的神情看著杭漢，彷彿無聲地責備著杭漢的「對不起」。杭漢正不知所措呢，身邊就有了銀鈴搖動一般的笑聲了：「看把你嚇的，不就是不會抽煙嗎？」

杭漢喜出望外地叫道：「小姑媽，我真以為你今天來不了了呢。」站在杭漢面前的，正是杭家女兒杭寄草。她還是那麼神采飛揚，戰爭一點也沒有改變她的容顏和精神。她利索地從口袋裡掏出幾枚角子，扔給杭漢，又對著那坐在地上的可憐人兒努努嘴。杭漢明白了，連忙說：「我有，我有。」就又掏出幾個角子，加在一起，給了那人，那人這才千恩萬謝地夾著煙袋走了。寄草看著那人的背影說：「漢兒，你可千萬不能吸這種煙袋，聽人說那些煙裡可是摻著鴉片的，一上癮可就不得了了。」

杭漢笑笑，就坐下了。幾年沒見小姑媽了，但小姑媽還是小姑媽，教導她的侄兒們，依舊是她神聖不可侵犯的天職啊……

在霧都重慶的大排檔一般的大茶館裡，姑侄倆平靜地坐著說話。

「你可真會挑地方，離你學校那麼近，離我那個保育院可就遠了。」

「這可不是我挑的，是父親通知我的。他那個家，其實離我們復旦不遠的，只是我從來沒去過罷了。」杭漢解釋道。

「那也不能挑個不讓人說話的地方啊。哎，我告訴你，我可是想說什麼就要說什麼的，我不管什麼空襲啊，官方啊……」

杭漢笑了，他知道小姑媽指的是門口那副對聯。

寄草可不笑，一臉的認真，說：「真的，你爸爸怎麼不約我們到嘉陵江邊的茶館去──」她輕輕地唱了起來：

那一天，敵人打到了我的村莊，
我便失去了我的田舍、家人和牛羊，
如今我徘徊在嘉陵江上，
我彷彿聞到了故鄉泥土的芳香……

她唱的是著名的抗日歌曲〈嘉陵江上〉，大家都還熟悉。問題是她旁若無人的突如其來的即興發揮，讓杭漢吃驚。

寄草又說：「嘉陵江邊茶樓有一副對聯，那才叫棒──樓外是五百里嘉陵非道子一支筆畫不出，胸中有幾千年歷史憑盧仝七碗茶引出來。」

「好！」

「好在哪裡？」

「這得由你說。」

「面對茶樓外滔滔不息、蜿蜒數百里的嘉陵江，誰不喟嘆當年吳道子一日而畢五百里嘉陵江水的氣魄，誰能不想到這逝者如斯的歷史長河呢？」寄草像一個男人一樣地讚歎著。她依然饒舌。每一次和杭漢見面，她都說個沒完，杭漢卻學會了傾聽。他守口如瓶，他不能告訴她，她的嘉草姊姊是怎麼死的，她的綠愛媽媽是怎麼死的。他和父親嘉平，早已和遠在江南的伯父嘉和商定，不再把這一切的真相告訴家裡的其他人，直到今天，寄草還以為姊姊和媽媽還活著呢。

每一次見到寄草姑姑都會使杭漢心裡泛起某種複雜的情緒。當小姑媽帶著那樣一種執拗的神情滔滔不絕地和他說個沒完的時候，他常常會沒來由地突然想起另一個人。

兩年前清明節之夜，當杭漢和楚卿成功地把沈綠村從珠寶巷的私宅裡騙出來塞上汽車的時候，他清清楚楚地記得，在他們沒有給沈綠村嘴裡塞上東西的時候，他還來得及說上一句話：「漢兒，我是你親舅公啊！」

他沒有懷疑過他的親舅公應不應該去死——他當然應該去死——如果他今日還活著，無疑會是南京汪偽政府的一名舉足輕重的成員，那麼到頭來他還是得死。太平洋戰爭已經爆發，全世界都捲入了戰爭，一切法西斯和他們的走狗都將必死無疑。在這一點上，杭漢與許多激進的年輕人的看法一樣。杭漢惶恐的是，當沈綠村說完那句最後的話時，他的臉突然發生了奇異的變化，他的面容，突然變得像他的妹妹沈綠愛起來。黑夜裡杭漢別過了頭去，他不想看到他變了形的扭曲的面容。他知道沈綠村無論如何也躲不過今天夜裡。儘管剛才這位舅公幾乎花了整整兩個鐘頭，耐心和氣地向他宣講了他們的三民主義理論，還給他沖了好幾次茶，又把他親自送到門口——問題就嚴重在這裡，他們不但賣國，還有賣國理論——他們比吳有這樣的人更應去死。

杭漢並不真正知道沈綠村是以怎麼樣的一種方式被處死的。在黑夜中他們到了一個地方，然後楚卿和她的同志們下了車。他本來也想下的，被楚卿攔住了，說：「你還是留在車上吧。」沒過多久，他們就又上了車。杭漢曾經在夢中設想過的種種暴力手段一樣也沒有用上。然後，他們就被車子送上了一艘貨船。在船上，他幾乎可以說是意外地發現了他的父親，他正押著這滿滿的一船茶箱，從錢塘江出去，再經陸路到寧波。這些茶葉將從寧波起運到香港，再由富華公司用以貨易貨的方式，換回外幣和軍火。

在寧波與楚卿告別的時候，這灰眼睛的姑娘帶著一絲惋惜的口氣說：「我本來是很想帶你走的。你看，這裡離我們的根據地真的不遠了，可是你的伯父和你的父親都更希望你能夠到重慶去攻讀茶學。你的伯父對我說——讓我的兒子去殺人吧，留下我的侄兒去建設。現在我想聽聽你自己的想法。」

杭漢想了一會兒，才問：「我伯父真是那麼說的嗎？」

楚卿點點頭說：「你的伯父，倒是一個很有遠見的人。」

杭漢猶豫地再一次抬起頭來，問：「……他曉得那件事情嗎？」

楚卿嚴肅地說：「你怎麼啦？我不是告訴過你，刺殺行動是絕對保密的，除了參與行動的人之外，誰也不許向外透露，這是組織的紀律。怎麼，你懷疑我們的紀律性嗎？」

杭漢低下了頭去，他和杭憶不一樣的地方正是在這裡。恰恰是他這樣一個看上去比杭憶更規矩的人，卻更不能適應這種組織的紀律性。他甚至不能適應剛才楚卿說話的那種口氣，她那本來很柔和的少女的臉上，不知為什麼，總像是蒙上了一層鐵甲，彷彿因為經歷了過多的血火而顯得不再有少女的光澤了。

楚卿一定是意識到她口氣的生硬了，抱歉似的笑笑，說：「我真希望你們能和我們在一起。」

杭漢知道她指的是什麼，可杭漢還是相信自己的主張。

「科學救國，和共產主義可以是一樣的嗎？」杭漢小心翼翼地打聽著，他對什麼主義都缺乏真正的瞭解。

「也一樣，也不一樣。」楚卿沉思著，說，「真奇怪，杭憶也和你一樣，他總說自由、平等、博愛和共產主義是差不多的。但共產主義是獨一無二的，不可比的！」

杭漢看看楚卿，突然昏頭昏腦地問：「你喜歡杭憶嗎？」

楚卿一下子就愣住了，好一會兒，才微微地一笑，鐵甲就從她的臉上落了下來。她像一個大姊姊一樣地伸出手去，拍拍杭漢的面頰，說：「我啊，我喜歡你們兩個人。」

杭漢也笑了起來，這是他自那天夜裡行動以來第一次舒心地笑，他說：「我曉得你喜歡他，我會告訴他的。我到重慶之後，會給他寫信的。我決定和我的父親一起去重慶。」

杭漢一行，最初到的是武漢，以後才轉道重慶。當時復旦大學還沒有成立茶學系，杭漢就在吳覺農先生和父親杭嘉平所在的貿易委員會手下工作，參與對出口的茶葉進行檢驗。他常常作為助手，陪著吳覺農先生和父親走南闖北。他們日夜奔波在重慶、香港和各個主要茶區之間。其間，由於戰時的公路路況不好，他們還有過幾次車禍。最險的一次是跟著吳覺農先生等人去貴陽，結果在一條名叫「吊死岩」的盤山道上翻了車，幸虧被一塊大岩石擋住，才沒墜下深淵。

杭漢沒有跟任何人提起這件事情，甚至父親知道後追問他時，他也沒有詳說。他還不免有些奇怪，過去他們一家經歷過多少痛苦，多少生死考驗啊，那時沒有父親，他也已經習慣了。如今突然冒出來一個大喊大叫的爹，他的氣質是與伯父完全不一樣的。他才華橫溢，四處張揚，任何事情都能上升到國際國內、世界大戰之上。聽說兒子遇險之後，他打長途電話給兒子，在電話那一頭火燒火燎，再三再四地問兒子有沒有受傷，並且一定要兒子到他的家裡去養傷。杭漢很不習慣這種張牙舞爪的熱情，說不清因為什麼，他和父親之間的關係，並沒有因為終於聚在了一起而成功地調整過來。

給遠在江南家中的人寫信時他一點也沒有提這些事情。這本是一封報平安的家信，杭漢卻在信中著重地談了許多的茶事。他記住了伯父的話，以為建設是他的天職。突然打開的天地和全民族的抗戰熱情，使杭漢成了一個有著熱烈理想的年輕人，在信中他說：

親愛的伯父，親愛的母親：

我不知道這封信能不能如期到達你們的身邊，因為我不能直接把信寄給你們，而得靠一路輾轉，也許信到了你們手裡，已經是很久以後的事情了。我首先想告訴你們的是我的工作。現在要說的是我所知道的茶事，我相信這是伯父十分關心的事情。據我所知，儘管舉步維艱，我們的工作還是有了巨大的突破性的進展。比如一九三八年的茶葉收購，光是浙皖省，我們便增加了十萬箱以上，在如此殘酷的戰爭中，我們的茶葉收購竟然突破了歷史的最高紀錄。從這個角度說，我還是同意父親的抗戰即是建設的觀點，這也是被事實證明了的。一九三九年，我們又乘勝前進，各項指標都超過了定額要求。在這兩年間，即超額履行了對蘇的易貨合同，又外銷了不少紅綠茶給英、法、美、荷等國，不但為抗日掙得了不少的武器彈藥和外匯，還大大提高了華茶的國際信譽，茶農茶商也因此獲得了比戰前更大的利益……

家中陸續收到他的信，但幾乎是半年之後；而他接到家中的來信也一樣。這便是戰時的郵路。信是伯父寫的，直接寫給了嘉平，其中夾著給杭漢的回信。此時，復旦茶學系已經處在十月懷胎一朝分娩之時了。

復旦茶學系的建立，乃是中國茶學史上一個重大的事件。

此事醞釀已久，吳覺農先生曾經多次和他的弟子朋友商量說起，杭嘉平還為此幫他具體操作過許多事務。一九三九年，吳覺農先生在香港時遇見了復旦大學教授、教務長兼法學院院長孫寒冰先生，他們商議之後很快達成了共識，認為要振興茶業，必須造就大量的專業科技人才。孫寒冰先生立刻就向當時的復旦大學校長吳南軒作了彙報，吳先生又徵得當時的貿易委員會和中茶公司同意，組成了由吳南軒、孫寒冰、中國茶業公司總經理壽景偉和當時任貿易委員會茶葉處處長兼中國茶葉公司協理、總技師的吳覺農先生為成員的茶葉教育委員會，並商定在復旦大學合辦茶葉系、茶葉專修科，吳覺農先生兼任主任，於一九四〇年秋季開始在各產茶省招生。可以說，這是中國高等院校中最早創建的茶葉專業系科，對發展中國茶葉專業的高等教育、培養造就積蓄人才和恢復振興茶葉事業，都有著深遠的影響。

近水樓臺先得月，早在五月間，杭漢就知道自己將成為這些青年茶人學子中的一員了。他和父親的好友孫寒冰先生也很熟悉，所以從多種渠道知道了這些招生的消息。沒料想半個月後，孫寒冰先生竟然會在日軍飛機對北碚復旦大學的狂轟濫炸中不幸遇難，時年僅三十七歲。最先提議建立中國高等院校茶學系科的人，自己卻沒有能夠看到茶葉系真正建立起來的那一天。

正是在孫寒冰先生的葬禮上，父親遇見了兒子杭漢，此時已經是一九四〇年秋天，杭漢即將成為復旦首屆茶葉系的大學生。葬禮結束後，他遞給兒子從杭州寄來的信。伯父的信並不長，但杭漢相信，只有他能夠完全看懂。信上說：

……

本來以為不久以後我們會在某個地方重逢，看來還得等待一段時間。好在我的半生都花在等待上了，倒也不覺得意外。唯望子侄輩如願以償。潛心茶學十分可我心意，望漢兒善始善終，萬勿半途而廢。家中諸事，總以不變應萬變，你在時如何度日，如今也無大變化。你母親因你的前途有望，心境踏實，囑我再三告訴你，安心讀書工作，不要掛心。數年前夜半靈隱山中翠微亭上所慮所言，今日終有結果。千山萬水之外，伯侄當問心無愧。又，接憶兒消息，得知你們有過一次意外相逢，且陰差陽錯，險些鑄成千古之恨，知後不免心驚。在外行事，處處小心，我們等著闔家團聚之日。切切！

……

嘉平沒等杭漢細細回味來信，就急著問：「上次回浙江遇見了杭憶的事情，你怎麼沒跟我提？」

「我不是告訴你我見到他了嗎？」

嘉平皺著眉頭說：「這能算提嗎？你伯父來信告訴我，說你差一點被杭憶給活埋了，有這件事情嗎？」

杭漢愣了一下，說：「這純粹是個誤會，他們手下的人，把我給當成日本漢奸了。怎麼，他們怎麼也曉得這件事情了？」

「你以為你不說，就沒有人說了？」

杭漢就不再解釋了。他本來以為，這樣的事情發生在他們兄弟之間，是誰也不會再提起的。

差一點被杭憶活埋的事情，的確就如杭漢自己所說的那樣，純粹是一種誤會。他曾經押著一條裝有茶箱的茶船，在經過杭嘉湖平原的某一條河流的時候，半夜裡被人截了。黑燈瞎火的，一開始他還以為對方是漢奸強盜來攔路搶劫的呢。沒想到一句話不說，這夥人就給他們一人一把鐵杴，讓他們在河邊挖坑，等坑挖好了，又命令他們往下跳。還沒等他們回過神來，潮溼的泥土就往他們身上落了。杭漢這才急忙叫道：「你們要幹什麼？」

「這還不明白，要你們這些狗漢奸的命！」其中一個人喝道，還是個女的呢。

杭漢聽了鬆了一口氣，連忙說：「誤會了，我們可不是漢奸，有話好說。」

「有話好說，跟你說什麼話？說日本話啊。你這傢伙，頭一個就是漢奸。一路上哇啦哇啦，中國人的茶葉，偷到上海去賣給日本佬，當我們不曉得？我們隊長說了，你們這種賣國賊，統統弄死，一個也不能留！」

此時土已到了腰間，杭漢開始感到氣透不過來，一面他又感到哭笑不得。這些茶葉都是通過伯父收集來的。一路上，為了矇騙日本人的關卡才冒充漢奸船，而他，也就順理成章地冒充日本翻譯了。誰知不但蒙了敵人，也蒙了自己人。

眼看著土往上堆，他們這一行幾個就要這樣不明不白地死掉，杭漢突然急中生智，他想到剛才那女人說到了他們隊長，也不知哪來的靈感，他突然想到了杭憶。杭憶不也是當了游擊隊隊長了嗎，或許提到他的名字，他們會聽說過，因此解除誤會也未可知呢。他就喘著氣再叫道：「等一等，有一個人可以證明我們不是漢奸。杭憶這個人你們聽說過嗎？水鄉游擊隊的隊長。」

有人拿小提燈照了照他的臉，問：「你怎麼認識他的？」

「他是我哥哥，我怎麼能不認識？」

填土的那些人不約而同地停住了手。杭漢看見他們圍在一起，商量著怎麼辦。那個女人，他們都叫她茶女，說是可以把隊長叫來認一認，真是個騙子，再殺也不遲。杭漢聽了一陣狂喜，他忘記自己險些丟了性命，一下子就沉浸到兄弟重逢的喜悅中去了。

果然，沒過一會兒，杭憶就過來了。用馬燈一照被土埋了半截的杭漢，哈哈大笑起來，拍著杭漢那還沒入土的半身，說道：「真是大水沖了龍王廟，想埋個漢奸，結果把我兄弟給埋進去了。茶女，還不快點把他給挖出來！」

那叫茶女的驚叫道：「真是隊長你的兄弟啊，怎麼我一路上也看不出來你們哪一點像啊？他還一路的日本話。對不起，我這就叫人挖你出來。」

杭漢抖著土往上爬的時候，不禁心有餘悸地說：「好險哪，幸虧我想到了你，要不然我可就成了一個冤鬼了。你們怎麼也不弄弄清楚再下手，再說，真是漢奸，也不見得就活埋嘛。」

「抗日，又不是寫詩，哪裡來的那麼些微妙之處，吃誤傷的事情總還是有的，誰叫你一路上日本人裝得那麼像。我們盯你們，可是已經盯了兩天了。你要是真死在我手裡，那也是為抗日犧牲，也是沒辦法的事情了。」杭憶大踏步地往前走著，一點也看不出來他有什麼內疚，驚嚇。

那天夜裡，他們暢談通宵。杭憶介紹了他的那支抗日部隊，敘述了他是怎麼樣走上這條路的，他一點也沒有回避他的第一次殺人。在黑暗中，他躺在床上，伸出一雙手，欣賞似的說：「你看，現在我的這雙手，可是血淋淋的了，全是法西斯的血！」

杭漢沉默了一會兒，說：「我也殺過人！」

「這也沒什麼奇怪！」

杭漢一下子從床上跳了起來：「是楚卿告訴你的？」

黑暗中他看不到杭憶的表情，只聽到他的不一樣的口氣：「她會告訴我，她還會是她？不過我知道她去了一趟杭州。你們對誰下了手？」

「不能說。」

「我知道是誰了。」

「你不要說！」剛剛躺下去的杭漢又跳了起來。

「好的，我不說，不過你看上去還是殺人太少了。」

「伯父說了，讓你去殺人，我去建設。」

杭憶突然沉默了，好一會兒才說：「想不到父親這樣的溫良君子也會這樣說話了。」

杭漢側過臉去看看躺在對面床鋪上的杭憶，燭光下他的這位久違的堂哥的面部側影和神態，和身陷杭州羊壩頭大院的伯父驚人地相像。他吃了一驚，手就揪在了胸口上。

「我聽說趙先生蒙難了……」杭憶一隻手舉在半空中，拋扔著手槍，若有所思地說。

「本來伯父和我媽都要出來的，他們留下來操辦趙先生的喪事了，然後就被軟禁起來，不准出杭州城了。」

「我知道。」杭憶回答，「杭州的事情，我都知道。」

杭漢想到了奶奶和大姑媽，他想要是杭憶知道了這一切……

「——你為什麼不提奶奶和大姑媽？」

杭漢的氣都屏住了！真的，杭州發生的事情，杭憶都知道了。正這麼怔著，杭憶就跳了起來，衝出門外。杭漢忍了一會兒，沒忍住，也衝了出去。門前是一條河流，草腥氣和魚腥氣彌漫在河畔。偶爾，水波一亮，便有魚兒跳動的聲音響起。草叢中，不知什麼野禽在咕咕咕地叫著。杭憶蹲在河邊，呆呆地看著河水。杭漢站著，不知說什麼。很久，杭憶才問：「漢兒，你在河裡看到了什麼？」杭漢仔細地看了一會兒，搖搖頭說：「天太黑了。你呢，你看到了什麼？」

「我看到了血。」杭憶回答。

他們各自的雙眼都溼潤了，但都不想讓對方知道。

他們總算平靜下來的時候，已經是後半夜了。但他們都沒有睡意。也許是為了尋找輕鬆一些的話題，杭漢提到了楚卿：

「她常來嗎？」

「常來。」

「你歸她領導？」

「不，我歸我自己領導。」

「那她還常來？」

「她來說服我，說服我歸她領導。」

「那你怎麼辦？」

杭憶沉默了一會兒，突然在黑暗中爆發出輕笑，說：「我嘛，有時聽聽，有時不想聽了，就不聽……」

「她曾經動員我和她一起上根據地。」

「她也動員我，她還動員我去陝北呢！」

「你怎麼沒去？」

「我嘛，我還沒殺夠日本佬啊。」黑暗中杭憶似乎漫不經心地說，他懶洋洋的口氣聽上去非常冷血。

「那她還來找你？」杭漢遲疑地問。

「來啊，她是代表組織來的，我是一切可以團結的抗日力量中的一支力量啊。她的組織，把團結我的任務交給她了。」

「那你們倆就吵個沒完了。」

「可不是吵個沒完了！」

「她跟你討論共產主義嗎？」

「怎麼不討論？來一次討論一次。不過這和抗日還不是完全一碼事，這是信仰。你讀過《共產黨宣言》嗎？」

「沒有。」

「這是他們的『聖經』，我不想在沒有搞明白之前就進去，我不想因為喜歡她就進去。明白嗎？」

「我可真沒想到你一下子成了一個這麼沉得住氣的人。」

「那是因為我欠了人家的命。」杭憶聲音發悶地回答。

「你說什麼？」

「不談這些了，談些別的吧，你有女朋友了嗎？」

「哪裡的話。你呢？她知道你喜歡她嗎？」

「怎麼不知道？她每次來，我都和她睡覺。」

杭漢的脊梁骨一下子抽直了，他盯著發黑的河水，半天才說：「你、你、你……你怎麼可以和她、和她——」他牙齒打了半天架，也說不出那「睡覺」二字。

「那你叫我怎麼辦，像從前那樣給她寫詩？」

杭漢好久也沒有再說話，杭憶站了起來，說：「老弟，是不是不習慣我的變化了？我讓你吃驚了。你曉得這裡的人們叫我什麼——冷面殺手！可是在她眼裡，我依然是一個黃毛小兒。」

杭漢這才說：「我曉得她喜歡你，她從一開始就喜歡你。那時候你的手指白白的蘸著墨水寫詩，從那時候開始她就喜歡你，可是……」杭漢嘆了口氣，「你不要隨便和她……」他還是沒能夠把「睡覺」兩字說出來，「她這個人，心重得很。」

杭憶沉默了一會兒，說：「漢兒，你可是一點也沒有變。有些東西你還沒經歷。你不曉得，我做不到不和她在一起；你不曉得那時她是怎麼樣的，那時，她像一片春風裡的新茶嫩葉，完全是另一個人。你不懂，小孩子，你不懂……」

「你愛她？」

「我愛她，愛她，愛得有時恨不得朝自己腦袋上開一槍……」

他一邊咬牙切齒地說著，一邊摟著杭漢的肩膀，離開了河邊。天快亮了，他們這對久別重逢的兄弟，還有許多話要說呢。

那一次從江浙回來，杭漢就再也沒有機會回江南了。不過他還是不斷地給家裡寫信，告訴他們種種事情，其中包括意外地與小姑媽寄草在重慶的相逢。

自從寄草出現之後，親情就開始熱鬧和錯綜複雜起來，比如今天的約會，就是寄草特意安排的。

杭漢拉開竹椅，讓小姑媽坐下了，對面幾張椅子還沒有拉開，寄草就皺起眉頭說：「我在保育院值班，還擔心著遲到不禮貌呢！怎麼，我們倒是先到了，他們卻是遲到一步的，什麼禮數？二哥這個人也真是的，是不是那女人使的鬼？」

杭漢搖搖頭，小姑媽的想法總是那麼出人意料。從前在家的時候，他就知道親戚間對小姑媽的一種評價——林藕初加沈綠愛，等於杭寄草。杭漢想，剛才他坐了好一會兒了，也沒想到什麼女人搞不搞鬼。

杭漢到現在也沒有談過戀愛，他也不太瞭解女人們，更不瞭解他的那位後媽。雖然他已經在重慶待了兩年了，但他還一次也沒有見過這個神祕的南洋富商的畫家女兒，他甚至連一次也沒有到過父親在重慶的家中。他只看到過那母女兩個的照片。寄草不停地問他，那女人到底漂不漂亮？到底是她漂亮還是他母親葉子漂亮？還是她杭寄草漂亮？杭漢實在是弄不懂這些女人之間的差別——他從小就在美人窩裡長大，沒有比較就沒有鑑別。再說他天性和杭憶不一樣，他們兩個，在女人問題上，可以說是一個早熟一個晚熟，他實在沒法回答這問題，只好說：「我看，還是那個小女兒漂亮。」

其實這話也是隨便說的，從照片上看，那女孩子還沒長成一個人呢，睜著一雙木不稜登的大眼睛。如果說這也算是個美人兒，那麼，也只能算得上是一個小木美人兒吧，和杭家那些一個個人精兒似的女人可是不能相提並論的。

寄草一聽到這話就笑了，說：「你啊，大傻瓜一個。那孩子才多大？我聽說，她可不是你爸爸生的，是那女人結婚時帶過來的呢。」

「管誰生的，反正現在她叫我父親爸爸。哎，不說這些了，我們還是先喝茶吧。他們來了，你自己看到了就知道。爸爸不是說了，今天把她們母女兩個都帶來嗎？」

「什麼你爸爸說的，還不是我說的！」寄草就很得意地說，「你爸爸才怪呢，老想著讓我到他的新家去見他的那個新女人。我可不去她那裡。她呢，當然也不會去我那裡。最後我才提出了這麼一個方案——茶館，中立地帶。」

杭漢不由自主地又看了看這個大茶館。他們是坐在半露天的走廊上，隔著走廊可以看到茶館裡面的戲臺子上，有一個人正在說著評話，說的是杭漢在江南茶樓裡時常聽到的那種話本故事。一聽這說書人的口氣，就知道這也是從他們江南一帶流落到此地來的藝人，說的是一段明代《清平山堂話本·快嘴李翠蓮記》中的片段。只聽那藝人捏著小嗓說：

公吃茶，婆吃茶，伯伯姆姆來吃茶。
姑娘小叔若要吃，灶上兩碗自去拿。
兩個拿著慢慢走，泡了手時哭喳喳。
此茶喚作阿婆茶，名實雖村趣味佳。
兩個初煨黃栗子，半抄新炒白芝麻。
江南橄欖連皮核，塞北胡桃去殼柤。
二位大人慢慢吃，休得壞了你們牙！

……

兩個聽到這裡，都會心地笑了起來。這可是久違的鄉音啊，難為能在這裡聽到。寄草心裡好像很高興，捂著嘴笑個不停，還說：「我記得從前在家的時候，大哥常常要出我的洋相，叫我快嘴李翠蓮的，那時倒也不覺得李翠蓮是個什麼樣的人物，反倒是在千山萬水之外再聽了這個段子，才知道她的趣處來。」

杭漢見小姑媽高興，才說：「你們想見就你們見吧，何必又一定要拉上我呢？我自己的那一攤事情還忙不過來呢。前日檢驗茶，在碼頭，又差點和他們孔家的人打起來，這幫青皮！」

「你懂什麼，正是因為你的那攤子煩心事兒，我才約他們一家出來喝茶，你以為我小姑媽那麼吃得空啊。」寄草突然說，「我就想看看這女人靠不靠得住，對你好不好。你爸爸從來就是一個沒腳佬，天涯海角到處飛的人。我這一走，你在重慶連個依靠的人也沒有，小姑媽我不放心。」

杭漢很吃驚，說：「怎麼你又要走？你不是在保育院好好地當著你的老師嗎？我們好不容易才重逢，才沒過多久，你怎麼又要走了？你說我爸爸是個沒腳佬，只曉得飛，你自己可不也是一個沒腳佬了嗎？」

寄草攤攤手，苦笑了一聲，說：「你可別把你爸和我扯一塊兒啊。我是為了誰變成沒腳佬的，你爸爸是為了誰變成沒腳佬的？」

杭漢愣了一會兒，才問：「有羅力哥哥的消息了嗎？」

這也是一種很奇怪的稱呼，杭憶、杭漢都叫寄草姑媽，但是卻叫比寄草還大的她的未婚夫羅力為哥哥。也許潛意識裡，寄草就是他們的姊姊，他們就是同一代的人吧。

提到羅力，寄草就來了勁。原來她已經打聽到了，太平洋戰爭一爆發，羅力就上了中緬邊境，這一次消息確實，有人正從那裡回來，說他們親眼看見了羅力。他本來是一個標準的軍人，作戰參謀，可是因為他會開車，現在卻成了一支車隊的隊長，日夜在前線拉運戰備軍需物資。

從川東到中緬邊境，那是什麼樣的距離啊？杭漢也不顧輩分大小了，就幾乎氣急敗壞地說：「你瘋了，跑那麼遠去！我聽說日軍正在那裡大規模調兵，英軍和印度軍隊還有緬甸軍隊，再加上我們中國軍隊，都在那裡準備打大仗。你去了，未必找得到他。再說，你即便找到他，他一個軍人，看到你這麼一個女人去了，又能幫他做什麼，你不就是給他添亂去嗎？」

寄草倒是一點也無所謂，一副橫豎橫拆牛棚的架勢，說：「你又不是不曉得，我本來就是一個瘋子，我們家的女人都是瘋子。嘉草姊姊不是瘋了嗎？你們卻不曉得，她瘋的那會兒，我也就瘋了。你不要對我再說那些不讓我去找羅力的話了。我找不到他，我就得死，我找到了他，也可能是一個死。兩死相比，我還是選擇找到了他死的路。……你啊，小毛頭孩子啊，你曉得什麼叫瘋狂啊！我能跟你說什麼呢？你這個毛頭孩子，有一天，到依洛瓦底江去收我的瘋狂的屍骨吧……行了，我們來喝茶吧，記得西晉文學家張載的〈登成都白菟樓〉嗎——芳茶冠六清，溢味播九區；人生苟安樂，茲土聊可娛……來，我們也學一點古人的灑脫。此地不是江南，此地惜別，無柳可折，我們入鄉隨俗，還是點一道茶吧——」

不遠處的茶房看到她舉起了手，走了兩步，又看到對面坐著的小夥子把那年輕女子的手又按了下去。他認識這個南方人大學生，他常常是心事重重的——不要去打攪這些流離失所的人吧，他就知趣地又退了回去。然後，他看到一個十一二歲的小女孩驚慌失措地跑進了茶館，東張西望著，一邊擦著臉上的淚水，一邊跺著腳。茶房又看到那大學生模樣的人站了起來，走了過去，和那女孩子說了幾句話。然後，急急地走到剛才那女子身邊，那女子聽了沒幾句，就尖叫了起來，一茶館的人幾乎都被她的叫聲嚇了一跳，還沒弄明白這是怎麼一回事，這一行三人，已經消失在茶館外了。立刻就有人湊過來打聽那是怎麼一回事。那茶房搖著頭說：「我也不清楚，好像是誰出事了。也許，就是那小女孩的親人，沒聽清楚，這年月，不是每天都在出事嗎……」

第二十四章

杭嘉平親自駕著一輛吉普從川西雅安往回趕，車後坐著他那個畫家妻子黃娜。一路奔波，妻子早已連畫夾子也拿不動了，頭就不時地垂下來，打著瞌睡。嘉平自己也睏得不行。最難的一段路已經過去了，昨日他和黃娜整個兒就在蜀道中盤旋，今天，他們已經進入了四川盆地的丘陵地帶。

從車窗往外看，嘉平可以看到無數紫紅色砂頁岩層構成的平頂山丘，重重梯田一直就修到山頂。去雅安的路上，黃娜對這樣的由億萬年流水切割而成的壯觀的山丘表示出極大的興趣，畫了不少的速寫。回來的路上，她已經完全沒有這個熱情，也沒有這個力氣了。一片片平原和丘陵間的光禿禿的桑樹條以及尚未收割的蔗林，就少了一個為之歡呼雀躍的女人。嘉平走南闖北，見什麼都不新奇，心裡又惦記著重慶茶館裡那對姑侄，還有被他們這對夫妻丟在寄宿學校裡的女兒蕉風，也就不顧昨夜沒有休息好，一邊趕著路，一邊就往自己頭上額上擦著清涼油，還不時地喝著剛才從路邊要的茶水。茶水早就涼了，杭嘉平不講究，咕嚕咕嚕地就灌一大口，心裡的火氣頓時就散去好多了。

世上總有這樣一類人，古道熱腸，赤膽忠心，天下事皆為己任，放眼望去，凡世上不平之事若不鋤去便死不甘心。因此，他們永遠扮演弄潮兒的角色，在哪裡都是鬥士。杭家兄妹中，嘉平就是這樣的頭號種子。

杭嘉平一進入茶界就陷進去了。像他這種人，不管走到哪裡，首先看到的，肯定是人。然後，是人與人之間的關係——或者團結，或者鬥爭。

有的人，為了事情不得不去與人鬥爭；嘉平不一樣，他生來喜歡鬥爭。他一進入吳覺農先生的事業就發現了必須鬥爭的人和必須鬥爭的事情，鬥爭的目標是中央信託局。但這還不是根本的目標，根本的目標並不是一個什麼局，而是一個家族，這個家族有一個了不起的姓：孔！四大家族中的孔祥熙家族。正是這個家族，牢牢控制了中央信託局。當然，僅僅控制中央信託局對他們來說是很不夠的。當茶葉統購統銷做出了一定的成績，換來了大量外匯之後，茶葉便成為當時一些部門爭奪的對象了，中央信託局只是這其中最強有力的一個對手罷了。

嘉平深感這群茶人的過於純潔，他們幾乎都是不懂政治的，或者說是因為討厭政治而更願意超脫政治的。難道他們真的不知道政治就是經濟的集中表現，而茶，也不僅僅是可以換來槍彈的植物嗎？難道茶不可以是權力，不可以是能夠買到權力的金錢？嘉平每次參加一些文人的雅集，聽到他們一邊小口小口地品著茶，一邊評論著《紅樓夢》裡的寶玉啊妙玉啊的，一杯為飲二杯為品三杯為什麼牛飲時，他心裡就不以為然。在他眼裡，茶主要不是這樣小兒女情調的。茶的主流是嚴酷的、嚴肅的，是重大的，在這些小綠葉子後面，有光明磊落的真理，也有齷齪卑鄙的陰謀。他感到，因為那些喜歡風花雪月的文人，中國茶葉的分量被一代代人理解得輕了。

他曾經把這個道理不止一次地講給那些他發自肺腑去尊重的茶人先輩。他們認真地聽著，由衷地共鳴著，有時還和嘉平一道拍案怒起。但是再往下就不行了——滄浪之水清時他們高興地濯著他們的纓，滄浪之水一旦濁了，他們卻誰也不肯濯他們的足了。

嘉平正是在這種局面裡越陷越深的。他原本只是想幫助吳先生一把，等一切都上了軌道，他就抽身回到他自己的本行去。結果他卻發現一切都不是那麼順利地就可以上軌道的，而他，也就越來越不得不代表那些君子，去為茶的事業大聲疾呼。

嘉平已經看出來了，由中央信託局支持的中國茶葉公司，已經一步步地控制了戰時的茶葉購銷業務。從名義上看，中國茶葉公司是歸屬於貿易委員會領導的，其實，連香港貿易公司的茶葉易貨和外銷業務，也被劃歸中國茶葉公司的經營業務中去了。在重慶的中央貿易委員會，吳覺農先生作為茶葉處長，還能說上幾句話。而吳覺農先生兼的中國茶葉公司協理、總技師及技術處長，都不過是一個虛名而已了。

正面鬥爭的使命，就留給了鬥爭性最強的杭嘉平。具有儒家風範的大茶人吳覺農先生，卻帶著他中國茶葉總公司技術處的大批同仁弟子，千里迢迢，又回到兩浙故鄉——衢州萬川，籌建了中國茶葉研究所的前身——東南茶葉改良總場。主要的人員後來都幾乎成為茶界的中流砥柱，他們包括朱剛夫、莊晚芳、錢梁、莊任、許裕圻、陳觀滄、方君強、佘小宋和林熙修等人。在浙西這個美麗的小山莊裡，在橘林與河流間，吳先生和親自送他前來的嘉平談了許久：律己要嚴，責人要寬；自奉唯儉，對人不能太薄……

嘉平在聽著吳先生這樣教導的時候，不斷地想起上一次的故鄉之行。在他幾乎成功地說服大哥跟他一起走的時候，晴空霹靂一般的消息突然傳來，趙先生觸碑自盡了。他甚至連去為他料理後事的時間也沒有，楚卿緊急通知他，小堀已經知道了他們的真實身分，正派人來搜捕他們。情急中，大哥對他說：「你快走！現在還來得及。」一邊說著一邊就把他往後門拉。這樣的時候嘉平倒竟然想起當年出走的情景，他拽住了門拉手不知道該說什麼，剛剛說了半句——趙先生的後事——就被葉子一邊往外推一邊說：「家裡的事情交給我們，你只管放心快走，快走！」葉子的手推搡著嘉平，嘉平猛然間心潮澎湃，一把抓住葉子的手說：「葉子你跟我走吧！」在暗中他也能感覺出葉子的手突然僵住了，他還能感覺出她是怎麼朝身邊的嘉和看了看，然後放低聲音說：「不是說了嗎？大哥不走我也不走。」

剎那間天地都變得很靜，嘉平的心也一下子因為絕望而清明，身上有一種一刀兩斷的徹底的痛楚和愧疚，痙攣一般經過全身。這樣的時候他還竟然有時間說：「天目盞在我房間桌上。」他本來想再說些別的，一張口卻是一句俗話：「這東西能護佑人逢凶化吉！」連這句話也沒有能夠說完整，就被來接的人推上了車。

脫險之後，杭嘉平並沒有和家中斷絕關係，嘉和被監控了起來，不准出城，但他依然有辦法一直祕密地通過各種渠道替他們徵收茶葉。嘉平可以想像得出這是冒著怎樣的危險。他一直想著要趕快再把大哥接出來。他曾經帶口信給大哥，讓他只要有可能，就不要放棄到浙西去尋找吳先生。他知道，為吳先生的茶業夢真正會去身體力行的，恰恰是像大哥嘉和這樣的人。而他杭嘉平，也許生來就不是那種意義上的茶人吧。雖然，他深深地被這些中國的棟梁之材感動，但反過來也就越發要為保衛這些書生的良知而去衝鋒陷陣。他要回到重慶去鬥爭，和日本帝國主義法西斯鬥爭，也和那些貪官汙吏、只知道發國難財的混帳王八蛋鬥爭。他原本是一個嗜酒的人，茶對他來說，實在是太溫良恭儉讓了。他有他的那一套生活邏輯，滄海橫流，英雄本色，他可不怕陷入重圍，腹背受敵。

杭漢，本來是要跟著吳覺農先生同去萬川的，倒是吳覺農先生勸住了他，希望他不要錯過復旦大學茶學專業。另外，中國茶葉研究所也正在積極申報當中，一旦正式批准組建，像杭漢這樣的年輕人將是重要的後備力量。目前嘛，杭漢還有點上不著天，下不著地，就繼續幹著他的茶葉出口檢驗這一行，也是一個腳踏實地的鍛鍊過程嘛。

說到茶葉出口檢驗，它的第一部《標準》，還是吳覺農先生於一九三一年入上海商品檢驗局之後，針對當時出口茶葉在品質、水分、著色和包裝等方面存在的問題，在鄒秉文和蔡無忌先生支持下親自制定的。

過去茶葉出口檢驗，一般都是在裝船外運之前才報請檢驗的，而在進行檢驗之時，往往因為茶葉不合標準，不得不臨時停運，以致出口商損失很大，而外商也多有煩言。吳先生對此情況進行改良，茶葉在進行出口檢驗之前，都非要先在本地進行產地檢驗不可。

杭漢在重慶碼頭打工，做的已經是第二道檢驗了。前面產區有一道關，後面到寧波出口還有第三道關。他這第二道關，有人說得不好聽，不過是聾子的耳朵——擺設罷了。說來慚愧，古巴蜀雖是全世界茶的發祥地，但自中唐以後，川茶已經逐漸衰落了。從中國有海關記錄的一八六九年始，到第一次世界大戰的一九一六年，中國出口的一百八十二萬擔至二百六十八萬擔紅綠茶，沒有四川的一片茶葉。直到抗戰期間，四川主要城市的飲用茶，反而還要到附近的雲南、貴州、湖南、湖北等省去運。有些商人，也就是藉此機會，把這些茶，主要是雲南茶，通過重慶的長江碼頭，一路水行，直到江尾的入海口去出口。杭漢要檢驗的，也就是這批茶葉。

戰亂年代，幹什麼都有彈性。只是杭漢這個人實心眼，叫他幹什麼，他就百分之百地不折不扣地去幹，也不考慮這麼幹到底有沒有真正的效果。對茶葉的包裝和品質，杭漢是已經有這個眼力了。至於茶葉的水分，因為外銷茶經過長途運輸，日晒雨淋，最易黴變，所以從一開始就要十分注意把關。好在這一關其實也用不著再讓杭漢來把，在茶葉產地，就由各省市的茶葉專家先檢驗把關了。

那麼，杭漢真正要注意的就是綠茶的著色問題了。

原來中國的茶商中，也是有那麼幾個歪聰明的，為了出口的茶葉看上去色澤好，在報請檢驗之前，就在那綠茶上著了色。這些有色物質，有的無毒，有的可就是有毒的了。為此，一九三二年，法國就頒布了禁止有色茶進口的法令。上海商品檢驗局也因此禁止有毒色料的茶葉出口。如今杭漢做的主要檢驗，也就是這件事了。虧了他的那份認真執著，這個關卡，也才越來越不像是聾子的耳朵了。

那一天，大霧彌漫，碼頭上來了一船箱從滇川邊界運來的滇紅茶。按常規，杭漢準備開箱檢驗。那押船的倒是個機靈人，忙不迭地就遞上一支菸說：「我這是新試製成功的滇紅功夫茶，紅茶，也不著色，小師傅你就放心吧。」

聽說是滇紅功夫茶，杭漢的眼睛就亮起來了。說起來，這茶的歷史才不過兩年，可名聲已經大得像杭漢這樣的年輕茶人也都如雷貫耳了。一九三八年，雲南茶葉貿易公司剛剛成立，就派人分別到順寧、佛海試製大葉種的功夫紅茶。這種紅茶，外形肥碩緊實，金毫顯露，香高味濃，首批產了五百擔，通過吳覺農先生負責的香港富華公司轉銷倫敦，竟然以每磅八百便士的價格一舉成名。聽說英國女王還把這種茶葉放在玻璃器皿之中，專作觀賞。杭漢一向是只喝綠茶的，但是他也喝過父親送他的滇紅茶，這滇紅茶，又是吳覺農先生親送的。吳先生平時從來不喝公家的茶，這一次破例，也是因為新茶試製成功，作為樣茶要檢驗品級，難得有那麼一小撮，就拿來送人。嘉平也不過得了小半信封罷了，又轉送給了兒子。杭漢喝了，只覺得好，從此竟然就愛上了喝紅茶。只是滇紅太難得喝上了，都運到國外換外匯了呢，所以今日杭漢見了這一船的滇紅，竟也是十分的稀罕了。心想，怎麼平日裡不太看得到的滇紅，這會兒一下子來了一大船。又見那押船的磨磨蹭蹭的，不像是要開箱的樣子，當下就生出了疑惑。就說：「我就上船去檢驗吧，你們帶我去開箱便可。」

押船人的手伸了過來，杭漢的口袋一動，低下頭，就見袋子微微鼓了出來，頓時明白怎麼回事，不動聲色地就把那一沓錢又放回了那人的袋中，說：「只要貨真，我不會為難你們的。」

押船的就笑了，拍拍杭漢的肩說：「小兄弟，看得出來，是跑過三江六碼頭的人，以後的交道還長著呢，大哥記著你了。」

杭漢又要上船，押船的盯著他的眼睛說：「非得走這一關？」

杭漢笑笑，那人的手還在他的肩上呢，他就略略地運了運氣，那人立刻就感覺到了對方的分量，放下手，展開，說：「那就請吧。」

杭漢上船，打開了一箱，一看一聞，他就知道不對。明顯的，這就不是滇紅，或者說，這根本就不是正宗的滇紅。又取了樣來泡開了一杯，湯色發悶，杭漢心裡頓時就明白了。看了看押船人，說：「你們老闆呢？」

那押船的說：「我就是。」

「先生這趟生意吃虧了。」

「此話怎講？」

「明擺著，這就不是滇紅。」

老闆就冷笑起來：「這話是你嘴上沒毛的外鄉人說的嗎？你識得幾多茶品？跑過幾趟馬幫？」

杭漢看這人面不善，淡然一笑，說：「馬幫倒是一趟也不曾跑過的，不過天下茶葉卻是已經識得八九不離十。別的不說，就說這滇紅。此茶雖是新品，見識的人少，卻也好把握，你只記得那關節處便可。滇紅的品質，特點就在於它的茸毫。這茸毫有淡黃、金黃、菊黃色的。沖開了看湯色，又是一番風光。那湯色是豔亮的，香氣高長，且帶有花香，葉底紅勻嫩亮。你看，你這茶葉，顏色發悶發黑，且無茸毫，要來充滇紅，也太離譜了一點。就這幾條，你去對一對吧，對上了一條，我把頭砍下來給你！」

那人見這江浙佬，小小的年紀，倒也能把茶識得如此老到，再不敢小覷，又換了一張笑臉，說：

「有話好說，有話好說，不至於把頭砍下來吧？我也不是專做茶葉這一行的。實話跟你說了，我就是個押船的，有人給我做了擔保，說是這批茶已經被檢驗過了，放心出口，這才託得我，還事先付了我佣金。如今若被卡在這裡，前不著村，後不著店，叫我回去怎麼交代呢！」

「這還不好交代，你自去找那讓你放心的人，讓他給你負一切責任便是了。」

那人正要把話繞到這上面，見這黃口小兒果然自己就繞上去了，心裡暗喜，說：「小兄弟，這話也就是你敢說，我可是不敢說的。你道那茶的擔保是誰，說出來你就明白了——」他就湊著杭漢的耳朵，說了一個名字。

原來這名字杭漢也是聽說過的，人也許還在某些場合見過。此人本是茶葉公司的一個什麼處長，聽說還是孔家的親信。不過杭漢對這些錯綜複雜的權錢關係向來不感興趣，所以一直也沒把這些人往心裡放過。見這押船的那麼一本正經，拿著雞毛當令箭的樣子，就覺得好笑，說：「什麼處長擔保也不行啊，他算什麼？又沒有權力在我的填單上簽字。在這裡，我就是老大，我說不行，就是不行！」

押船的揉一揉眼睛，想，這是怎麼回事，還有連孔祥熙的帳都不買的人。怕不是嫌剛才的錢給少了吧。就一咬牙，又數出一沓票子，連同剛才的那一沓，一起塞到杭漢的手裡，說：「喏，我們明人也就不做暗事，打開天窗說亮話吧，這個整數，你看怎麼樣？我也是跑過多少碼頭的人了，這個價碼，算是頂了天了。老弟你要是再不讓路，你也就太黑了！」

這一番話，可就真把杭漢給惹急了，他拉下臉來，一把將錢扔了過去，說：「你把我看成什麼人了？我要你一分錢，我就不配在這個碼頭上站一分鐘。」

押船的也把臉黑了下來，說：「那你說你要什麼？爺們也是白道黑道上混了大半輩子的人，你要什麼，我就能給你什麼！」

這不明擺著顯出青洪幫的架勢來了嗎？殊不知這套流氓腔嚇不倒杭漢，日本佬的鬼門關都已經走過的人，還會在乎這些地痞青皮。杭漢說：「我要什麼了？我可是什麼也不要，我只要真正的滇紅。你有貨，我放行，你沒貨，我不填單，你就趁早處理了，或者拉回去，隨你的便。」

「我這個就是真正的滇紅，這裡有檢驗單。你以為沒你我們就幹不成事情，笑話！我剛才是出門在外讓你三分呢，你還真以為我怕了你不成！」

押船的唰的一下抖過來一張單子。杭漢拿眼睛一掃，還真是暗暗吃了一驚，沒想到這張單子和自己手裡的那張一模一樣。原來這些人早就防了一腳，事先把該作的弊都作好了。杭漢再一看簽名人，不是那孔家的親信處長，又是何人！火氣騰的一下就上來了，捏著那單子想把它揉成團，忍了又忍，到底還是忍住了。不知怎麼地，就想起了在貿易委員會中供職的父親，吳覺農先生把許多事情託給他了，何不打個電話和他商量一下。於是便說：「你等著，我這就去請示上峰，看這事情怎麼處理了才得當。」

押船的早已派了人去找那處長來碼頭了，心想：什麼上峰，再上能上過蔣委員長去？孔家和蔣家什麼關係，打碎骨頭還連著筋（襟）呢！你這毛孩子，以為知道那滇紅的茸毫是金黃、菊黃、淡黃的就行了？孔家人說行，白的黑的都行——我這就等著你乖乖地給我放行吧。

杭漢給嘉平打電話，本來只是想把這件事情告訴他。一來了解一些背景，二來也是向他討個主意。誰知杭嘉平一聽大為激憤，說：「這還了得，反了天了！你等著，我這就到。」

果然不多一會兒，嘉平就坐著車先到了。見了兒子，也不多說，把他拉到一邊就問：「漢兒，你可吃準了，那茶葉究竟是不是假冒的滇紅，你會不會看走眼了？」

杭漢跺著腳說：「你不信自己看去！滇紅什麼樣子，這茶葉什麼樣子，外行都能看出來真假了。」

嘉平興奮地搓著手，在碼頭上走來走去，邊踱邊說：「這就好，這就好，這下可給我們逮住機會了。」

杭漢不明白，為什麼運了一船劣質茶，父親還會那麼高興地連聲叫好。他心痛地說：「這一船要真是滇紅就好了，能給國家換多少外匯啊。」

嘉平拍拍兒子的肩，說：「哎，眼睛可不能光盯在錢上，這一船茶葉後面，名堂可就多得很呢，就看我們怎麼做了。」

正那麼說著，杭漢就看見一批搬運工奔了過來，嘉平指著那一船茶，說：「統統給我搬到岸上去，一箱也不能留下。」

杭漢還沒明白是怎麼一回事，嘉平又說：「假冒滇紅，還抬出大員來，抗戰期間，以權謀私，發國難財，怎麼處罰都不為過。先把這些茶扣下了，這還是第一步，然後再看，這背後到底是誰在做手腳。」

那些搬運工早就上了船，七上八下地搬了起來。急得那押船的左攔右攔攔不住。他又不知道杭嘉平到底是個什麼官，看他那副頤指氣使、除了皇帝就是他的樣子，又不敢得罪。只好跟到東，跟到西，一支香菸舉在手上，嘴裡就長官長官短地叫個不停。杭嘉平看都不看他，只當他是個白日裡的影子在說夢話。香菸遞過去，手一擋，就滾到地上去了。押船的連忙再到煙盒裡去抽一支，正要再遞過去，突然就如電影裡的定格鏡頭一般定住了，然後臉上露出了救兵到來的笑容，大聲叫道：「給我停住，都給我停住，看誰敢動我們的茶葉。碰一片，我都不會饒過他！」然後舉著那支原本是要給嘉平的香菸，轉了個彎，就朝另一個人走去。杭漢一看就知道了，那人正是茶葉公司的什麼處長。

兩下裡這就僵住了。這邊要搬的，和那邊不讓搬的，各自都看著他們的頭頭。那處長也是狗仗人勢慣了的，見了嘉平，就如沒有見著，只對著那押船的吼：「不是把什麼手續都辦齊了嗎？還跟人嚼什麼舌頭根子——搬回去！」

押船的就叫道：「搬回去！搬回去！」

可是手下的那些人見對方人也不少，遲疑著不敢動手，押船的只好自己上前，要去奪一隻已經放在碼頭上的茶箱。這邊嘉平就給杭漢遞了個眼色，杭漢就上前一把攔了，說：「你要敢碰一碰這箱子，事情就不好辦了！」

押船的也不敢動了，回過頭來看他的那個救兵處長。處長看看事情到了這個地步，只好赤膊上陣，走上前去，指著杭漢的鼻子訓道：「你是什麼人，竟敢在這裡干擾國家大事。派你在這裡檢驗，不是派你在這裡刁難的，走開！」

杭漢這下可真是氣得面孔通紅，還沒來得及說話，父親杭嘉平已怒不可遏了。他一個箭步上前，指著那人的鼻子就罵：「你是條什麼狗，也配在這裡亂叫！」

杭嘉平出其不意的這一手，既見他的性格，也見他的招數。他和嘉和不一樣的地方就在這裡。嘉和做事情，最講形式，最講得體，凡事能不走極端就不走極端。嘉平卻是看效果的，所以他既能在萬人大會上慷慨陳詞，也能在街巷碼頭上呼爹罵娘。況且他今天來這裡的目的，就是要激化矛盾，最好是能夠打起來，那才好做文章。所以他開口就罵那人是狗。這一招果然靈。雖說那親信處長的確是孔家的狗，但當面如此罵他的人倒還真是沒有。這一聲村夫的粗罵，就如五雷轟頂，把他轟得一下子就喪失了理智，衝上去要抓嘉平的胸脯，卻被杭漢一下子擋了，只抓了那做兒子的衣襟，口裡氣不成句地罵道：「你是個什麼東西，我開句口——把你撤了——你當下就得給我滾！」

上陣父子兵。杭家父子本來就都是習武的，只是平時真人不露相罷了。這下那人抓了杭漢的衣襟，杭漢也不還手，只把膝蓋輕輕一屈。誰也不知是怎麼一回事，那處長就倒退著摔出去丈把遠，差一點就掉進了嘉陵江。再爬起來時，也顧不得體面了，跺著腳叫：「給我衝上去打啊，把他們扭送到警察局去啊！哎呀，哎喲……」

這兩撥子人就在碼頭上大打出手了。嘉平本來就是有備而來的，人多，自己也會動手。對方不一樣，根本沒想到還會在這裡摔跟頭。可憐他們為了這一船的假滇紅，也是費了多少的心血，個個關節都疏通了，就是沒想到這重慶碼頭上還有一個叫杭漢的小人物，弄得他們不但幾乎前功盡棄，而且還被打得鼻青臉腫。真正是應了那句老話——道高一尺，魔高一丈。

最後，那些人實在是打不過杭嘉平他們，只好往回撤了。那處長邊捂著鼻子邊哼哼地叫道：「杭嘉平，你等著瞧，我不會放過你的。你跟共產黨有染，我告你私通共匪，你就等著坐大牢吧。」

嘉平大聲地笑道：「我還告你和日本鬼子有染呢。你不是私下裡也在跟日本人做生意嗎？你就等著吃槍斃吧！」

這麼相互罵著，那群人終於退去了。

這裡，杭漢見他父親領帶也歪了，釦子也掉了，一頭依然漆黑的頭髮也亂了，看上去就十分好笑。嘉平見兒子瞅著他笑，也笑了，說：「這下讓你嘗到斯文掃地的快活了吧。」

杭漢說：「我可沒想到你真能打。」

「我年輕的時候那才叫會打呢！到哪個國家也沒少打架，多年沒動拳頭，手生了。」

杭漢看了看這些箱茶，不知該怎麼處理為好。嘉平卻比他放心得多，只說：「派個人負責把這些箱茶都收在庫房鎖好，日後都是我們的炮彈呢。」

說著，一把摟過了兒子，朝碼頭外的一家小酒樓走去。人說多年父子成兄弟，嘉平和漢兒雖也是多年的父子了，但一直就不在一起生活，做兒子的，就覺得當父親的很隔。今日這麼聯手和人打了一架，倒是打掉了許多的隔膜。嘉平雖是父親，但人長得精神，看上去就年輕，反而是那當兒子的，一臉絡腮鬍子，也不知道刮，兩人摟肩搭背，神氣活現地在山城的大街上走著，看上去倒真是像一對親兄弟呢。

世上的事情，難得會有這麼巧出精來的。杭嘉平父子兩個，這裡剛剛在臨窗的酒桌旁坐定，叫了幾個菜，還沒端上來，杭漢眼見得父親的鼻孔裡就有血流了出來，滴在眼前的桌子上。嘉平連忙把頭抬起來，用一張紙堵了鼻孔，齉著聲音說：「沒關係，剛才不小心讓他們擦了一下。幸虧沒讓那些王八蛋看到。」

漢兒一邊料理著父親，一邊想，父親都四十多了，可說話做事，還真是一個血氣方剛的年輕人。像誰呢？他一下子就恍然大悟，真像奶奶啊。這麼想著的時候，眼睛往外一掃，就發現了小酒樓對面有一家保育院的牌子。漢兒就說：「爸爸，對面是家保育院，肯定會有醫療藥品，要不要到那裡去看看？」

嘉平連連搖手，說：「看什麼，一會兒就過去了，我們還要痛痛快快地喝一場呢。」

杭漢只好把父親一個人扔在酒樓上，他想到保育院要點藥棉什麼的，暫時先對付一下再說。

嘉平仰著臉，只能聽著兒子的腳步聲嗵嗵嗵地往樓梯下奔——兒子啊，只有兒子才會有這樣略帶驚慌的充滿感情的腳步聲。來重慶以後，他一直想把兒子帶到家中去，見一見他的新夫人。他本來以為這不是一件太難的事情，卻不能夠成功。妻子並沒有表現出他企盼的應有的熱情，兒子也沒有表現出他想像的順從。

從杭州回來之後，他和黃娜之間，就發生了微妙的變化。他本來一直以為黃娜留學英國，受的是西方文明教育，對他家中有妻兒的事情也一清二楚。回國的時候，他和黃娜也曾經談過一次。黃娜說：「親愛的，這是你的事情，我相信你能夠處理好的。」

這是黃娜的風格。也就是說，黃娜不打算接受這件事情，也不打算聽這件事情。實際上嘉平一直想和她談一談葉子。在他接觸過的所有的女友中，和黃娜談葉子是談得最少的，也許正是因為如此，她才最終成功地成了他的妻子的吧。婚後嘉平也是一直想和她談葉子、談漢兒，還有他的大哥。不知為什麼，總也沒有那種談的氛圍。他們在一起，能夠談很多大事大人物，比如羅斯福和丘吉爾什麼的；也能夠談人生，談信仰，談基督教和佛教；還能夠談殖民地和種族壓迫；甚至還能夠談色彩和光，談梵谷和畢卡索。只要和他嘉平的實際個人生活並不發生實質性改變的事物，他們都能夠談得津津有味。然而他們就是不能夠談杭州，談羊壩頭，談忘憂茶莊。有的時候，嘉平不知不覺地往懷鄉的話題上靠，黃娜就會寬容地一笑，遞給他一杯咖啡，慢悠悠地說：「親愛的，有的時候你的確不像是一個叛逆者。」嘉平想起來就心中暗暗吃驚，這些年來，他甚至還沒有和黃娜真正談過茶。

嘉平看出來了，黃娜是絕不會接受葉子的了，甚至不能接受他對葉子的僅僅放在心靈深處的懷想。黃娜不能接受他熱愛他的童年、他的故鄉、他故鄉的人和事。所以黃娜熱烈地支持他抗戰，卻不贊成他一腳踩進茶葉堆裡。她並不和他吵架，每次談話開頭也不會忘記叫一聲「親愛的」。聽說杭漢到了重慶，她也沒有面露慍色，她只是笑咪咪地說：「親愛的，我父親從倫敦給我來了電報，他希望我能回英國幫他處理一些商務。他還徵求我的意見，問我能不能把蕉風也一起帶走，那裡的女子寄宿學校比這裡的肯定要強多了。」

嘉平知道，這就是黃娜的回答。他說不上黃娜還有什麼地方不合他心意的。黃娜一到重慶，就發起了外籍人員抗戰同盟會。她畫畫義賣，把耳環都獻給了祖國的抗戰事業。她精力充沛，千姿百態，每天晚上都是一道名菜。她知道，作為一個女人，嘉平離不開她，她那無時無刻不縈繞著他的熱帶女性的熱情和西方教育的文明，肯定壓倒那個遙遠的中國南方習東方茶道的日本女人的含蓄溫和。要知道，溫和畢竟只是一種近距離才能享受到的感情啊。

杭嘉平不怕衝鋒陷陣和敵人鬥爭，可是想到他的家事他就不免頭痛。今日這一架是打到節骨眼上了，他一定要充分地利用這一架，一方面，把中茶公司那些貪官汙吏的行徑，狠狠地暴露在光天化日之下；另一方面，把自己的兒子順理成章地拉回家中。他知道，一旦杭漢出現在黃娜面前，黃娜肯定會做得很出色的。

樓梯口又響起了一陣充滿親情的腳步聲，不過可以聽出來，這一次不是一個而是兩個人的了，其中還有一個是女的，帶著哭腔在問什麼。說話的聲音又快又急，很熟悉，一時卻又想不起來。嘉平想：連流點鼻血也有女人為我掉眼淚啊，我杭嘉平就是和女人脫不了干係的人。這麼想著，他就閉上了眼睛。

一陣熱氣已經撲面而來，他還來不及睜開眼睛，一雙女人的手已經緊緊地摟住了他的脖子，女人就哭了起來，眼淚又多又快，下雨一般地落在嘉平的臉上：「二哥啊，我的二哥啊，你可不能死啊，我多少年沒見到你，你可不能死啊……」

嘉平睜開了眼睛，難得的眼淚也順著眼角流了下來，他一邊仰著脖子一邊說：「誰說我死了？不就是流點鼻血嘛。哈！真是巧了，在這裡碰上寄草！你別哭，你一哭我的鼻血就往下流——」

「我帶著棉花呢。我還帶著藥水，紅藥水紫藥水全帶著呢。還有碘酒。二哥，二哥，我這不是在做夢吧，天哪，我走了多少路啊，要找的人一個也沒有找到，今天總算讓我一下子碰到兩個了，天哪……」寄草一面往嘉平的鼻孔裡塞棉花，一邊哭哭啼啼地囉唆著，突然感情衝動，就放開了二哥，一個人坐到旁邊椅子上，蒙著臉哭開了。

嘉平把頭豎了起來，立刻就看到漢兒含淚的眼睛向他使勁一眨，嘉平鼻子一酸，連忙又捂住鼻孔。他知道這眨眼背後的全部意思，兒子是暗示他，千萬不要把杭州家中的慘劇告訴她。嘉平點了點頭，故意把話扯開去說：「你們這是怎麼碰上的？是在保育院裡碰上的嗎？多虧了我們的這一架，多虧了我流鼻血——」

「我也沒想到。我進了辦公室，見一人頭低著正在整理包，我剛問了一句，她抬起頭來，我驚得連話也說不出來了，怎麼也不會想到，竟然在這裡碰到了小姑媽——」

「差一刨花兒我就走了，差一刨花兒我就下班了。」寄草突然放下手，用純正杭州話說了起來。她依舊滿臉淚水，但並不妨礙她說話。如此戲劇般的重逢，也沒有改變她饒舌的天性。她一邊打著嗝一邊飛快地翻動著紅脣，「本來今天就不是我值班，我是臨時和人家換的。好像就是專門等著你們找上門來一樣。我一聽有人叫我，聲音帶著家鄉的味兒，低著頭就想，要是杭州人就好了，說不定還能打聽到家裡的消息呢。我出來幾年了，一點家裡的消息也沒有。這就一抬頭——天哪，我都差點眼睛發直了——做夢也不是這種做法，做夢也不是這種做法，你、你、你、你是誰啊？你怎麼和我的侄兒活脫活像啊？誰知他就看著我，愣了半天，說，爸爸就在對面樓上。我說誰啊，誰在樓上啊？他說，爸爸在樓上，被人家打出鼻血來了。小姑媽，你這裡有藥棉吧。他叫我一聲小姑媽，我都要昏過去了，我立都立不牢了。我說，你再叫一聲小姑媽，不要弄錯了。他說，小姑媽你這是怎麼啦，我是杭漢，漢兒啊。我說，漢兒你怎麼長成這麼一副樣子了，你怎麼會到這裡來的？他說，爸爸在對面樓上流鼻血呢，你快去看看吧。我說，哪個爸爸，是新加坡那個鬼影兒也尋不著的二哥嗎？他說是的是的，就是他就是他——你看，你看，現在不就是你坐在我的眼前嗎？還流著鼻血。你等等，我會給你換棉花的。你不要動，我來，我來，我來……」

她長得幾乎和記憶中的母親一模一樣。嘉平的眼眶一次一次地潮了上來，他塞在鼻孔裡的藥棉很快就被剛剛湧出來的新鮮的血水打溼了。

他們三人在這樣的一個離亂年代抱頭痛哭一番以後，還遠遠沒有從驚喜中回過神來呢，嘉平乘機建議回家。三人走在山城的大街上，夜裡人少了，他們就隨意地橫橫豎豎地走。嘉平左手摟一個，右手摟一個，雖然沒能喝上酒，但比喝了酒還酣暢。寄草七問八問地問了許多，自己又說了許多，嘉平父子由此而知道了寄草來到川東的原因，也由此知道了忘憂的下落，並因為他的活著而感到巨大的欣慰。當寄草說到被他們救出來的那個男孩子越兒時，杭漢皺著眉頭想了一想說：「如果確實是那麼一回事的話，他很可能就是方西泠後來生的那個兒子。」寄草很驚訝，不是為越兒的命運，而是為忘憂。她為忘憂對李越的那種本能的親近感到不可思議，她說：「你們真應該看看忘憂這個孩子，他身上有一種奇怪的本事，他能預感什麼。你們曉得嗎，在天目山中，他尋到了他的魂兒，一株白色的茶樹。」

「這很有意思，去年我在安徽，還看到過粉紅色的茶花呢。」杭漢對切切實實的看得見摸得著的茶，有著更濃厚的興趣。但寄草卻是意識流型的，她一下子看到了昏黃的路燈下二哥的那兩隻塞住的鼻孔，突然就問：「二哥，你怎麼還打架啊？你都幾歲了，有四十多了吧。我怎麼越看你就越陌生呢？我葉子嫂嫂還能認出你來嗎？」

嘉平那麼聽著，就捂著鼻孔笑，邊笑邊把今天在碼頭上演出的這一幕講給妹妹聽。寄草就說：「真是奇怪，重慶運出去的茶，還要冒充雲南的滇紅，可見重慶這個地方本身就沒什麼好茶。說來也是怪的，這裡有那麼多茶館，那茶館裡的茶，可是比我們杭州的差遠了。從前聽寄客伯伯說起來，好像四川的茶有多麼了不起呢。我記得父親活著的時候，還老讓我們背《茶經》——茶者，南方之嘉木也。一尺二尺，乃至數十尺，其巴山峽川，有兩人合抱者……我那時還想，不定哪一天，我要到這天府之國去看一看那兩人合抱的大茶樹。誰知到了這裡，可真是沒喝到什麼好茶，老青葉子，比我們的龍井可就是差遠了。」

杭漢就為四川的茶叫起屈來，說：「小姑媽，你這麼說四川的茶，四川人聽了可就委屈死了。不要說茶的歷史數川中最悠久，小時候你還常教我們什麼『烹茶盡具，武陽買茶』的，就是今天，還有許多名茶的產區啊。我數了數，光是陸羽《茶經》中提到的川中名茶產區就有八個：彭州、綿州、蜀州、邛州、眉州、雅州、漢州和瀘州，都是古來劍南道的有名產茶區。至於說到名茶，你沒喝到，可不能說這裡就沒有啊。比如蒙山蒙頂茶，峨眉白芽茶，灌縣的青城茶和沙坪茶，榮經觀音茶和太湖寺茶，還有邛州茶，樂山淩雲山茶、昌明茶、獸目茶和神泉茶——」

「哎喲喲，真是士別三日，刮目相看，我們漢兒不再是吳下阿蒙了。你說的那些茶我雖然一口也不曾喝過，聽你那麼一說，倒也是長見識了。不過我們久別重逢，我又是你的長輩，我就等著你把這些茶給我一一地請過來了。」寄草笑道。

真是什麼樹開什麼花，杭漢從茶裡面看到的是茶樹品種，杭漢的父親杭嘉平從茶裡面看到的是階級和階級鬥爭。他捂著鼻子走在山城的小巷子裡，也沒有忘記諄諄教導他的多年不見的「左鄰右舍」。他說：「有關川茶的衰落，是有兩首民謠為證的：辛苦種茶不值錢，苦度歲月到哪年，丟掉茶園謀生路，荒山荒地遍全川。還有一首我也唱給你們聽：茶葉本是寶，而今賤如草，糧價天天漲，生活怎得了。你們在這裡面看到了什麼？嗯，看到了什麼？看到了茶農的窮苦，是不是？是——也不是。這裡面有窮苦的原因，還有剝削者的鬼影，就像今天捱了我們一頓好揍的那些王八蛋一樣。」

「你在學習馬克思？」寄草突然興奮地叫了起來，她想起了楊真。

「噢，知道得不少啊！」現在是嘉平誇她了。

「馬克思當然知道了，還有《資本論》，剩餘價值什麼的。」

「連《資本論》你都知道？」

「我還知道『廣田三原則』呢。世界上總有不合理的事情，有時是一個人剝削另一個人，有時是一個階級剝削壓迫另一個階級，有時，就是一個國家剝削壓迫另一個國家。比如現在，就是日本國壓迫剝削我們中國嘛。」

「當然，這種剝削和壓迫，也不是一朝一夕的事情。」嘉平補充說道，「中唐以來，朝廷就開始收茶稅，且稅收越來越重。到宋代，弄得官逼民反，所以才有茶販青城人王小波、李順為首的農民起義。後來的明清二代，對茶農的壓迫有增無減。到得民國，大小軍閥割據四川，茶葉生產也跟著吃虧。弄到今天，川茶日趨萎縮，不但無力外銷，連供應邊銷和內銷也不足了。」他正高談著從吳覺農先生那裡學來的有關茶的知識，突然站住了，說，「哦，到了，你看，這就是我的家，黃娜，黃娜，有人來了！」

寄草莫名其妙，問杭漢說：「什麼黃娜，哪裡冒出來的黃娜，黃娜是誰？」

杭漢臉紅了，支支吾吾地說：「你們進去坐吧，我回學校了。」

「這是怎麼回事？這不是你的家？黃娜是誰？是你的媳婦？」

杭漢有些氣惱了，說：「不是我的媳婦。」

「那是誰的，難道是你的不成？」寄草更奇怪了，指著嘉平開玩笑說，「那我葉子嫂嫂可怎麼辦？」

嘉平想灑脫一下，到底也沒灑脫成，表情更尷尬，說：「見一見吧，都進去見一見吧，總是要見的嘛。」

「真是你的媳婦？」寄草吃驚地睜大眼睛。她的眼睛本來就大，這一睜，整張臉就好像只剩一雙眼了。

「你急什麼，你嫂子都不急——」

「哪個嫂子？啊！哪個嫂子？」寄草就跺起腳來了。也只有寄草這樣的人才會做出來這種動作。那麼多年不見，剛才還在說馬克思和《資本論》呢，一會兒工夫，說翻臉就翻臉。

杭漢不喜歡見到這種場面，他回身走了，頭也不回。寄草一見侄兒走了，叫著追過去：「等等我，漢兒，這是怎麼回事？這個黃娜，從哪裡冒出來的黃娜！」

這一頭，黃娜倒是從樓上走了下來，這位豐滿性感的南洋女畫家，聽到了他們的對話，朝嘉平看了一眼，突然說：「我和你結婚，快十年了吧？」

嘉平一聲不吭地往回走，黃娜跟在後面說：「你到現在還沒和你的原妻離婚哪，上帝可不允許重婚的。」

嘉平突然從樓梯口轉了回來，厲聲說：「你再多說一句，我就——」他說不下去了，頭又仰了起來，黃娜就驚聲叫了起來：「嘉平，嘉平你這是怎麼啦，你怎麼流血啦？」

現在，黃娜想見漢兒他們，也不太可能了，她幾乎一直就處在昏迷之中。杭嘉平很不走運，他翻車的時候，沒能夠像吳覺農先生那樣有一塊大石頭擋住。他們此行，是到雅安去了解邊茶的情況，黃娜本來是不需要跟去的。她之所以一起去，名義上是採風，實際上是對嘉平這些天來對她的冷漠態度的反應。她愛他，希望她能夠在今後的歲月中代替那個若隱若現的葉子——她現在才吃出了那女人的分量。

昨天夜裡他們算是真正地吵了一架，破天荒地第一次沒有躺在一起。黃娜不明白為什麼嘉平非得趕回去，並且要她見他的小妹妹。她不喜歡這些拉拉扯扯的事情，說：「親愛的，我們本來不用那麼著急。我們還應該有時間到蒙山去看一看。不是說『揚子江中水，蒙山頂上茶』嗎？瞧，連我這一點不懂茶的人也知道了許多。比如那個漢代的吳理真，那個甘露禪師，他的遺蹟不也是在蒙山頂上嗎？為什麼人們認為他是中國歷史上第一個種茶人呢？就因為他種了七株仙茶嗎？聽說這七株仙茶旁還有白虎守著，這些神話真有意思。」

「這是抗戰，不是旅遊。」嘉平一邊刮臉一邊說。

「親愛的，可這並不比見你的家人更令人心煩啊。我不明白為什麼我們非得趕回去。坦率地說，我不喜歡聽到來自杭州的任何消息。」

「別忘了，那是我的故鄉，我和那裡的一切無法分割。」

「這是可以分割的，我可以幫你來做這件事情。我們過去不是一直做得很成功嗎？」

「不，不成功，否則我就不會回國了。」嘉平對著鏡子裡那張刮了一半鬍子的臉，若有所思地回答。

黃娜沉默了一會兒，勉強笑了笑，說：「全世界都在和法西斯開戰，我真不該和你一起回中國。我把我的幸福毀滅了。」

嘉平過去擼擼黃娜的肩，說：「哪有那麼嚴重啊。」

黃娜卻站了起來說：「晚安。」她沒有再說親愛的，就走到另一間客舍中去睡覺了。

嘉平本想第二天再和她好好談，可是夜裡沒睡好，路又艱險，翻了車，他失去了這個溝通的機會。

好在他的生命要頑強得多，雖然遍體受傷，卻大多是皮肉之苦。他們很快被當地人送到了重慶醫院，躺在床上，他開玩笑似的告訴前來探訪的漢兒，那些狗娘養的貪官，到底把一船的假滇紅給弄到出海口去了，只是不曉得那裡的人敢不敢跟他們再打一架。狼狽至此，他也不肯正面認輸，不肯承認自己實際上也不是一個有本事「以其人之道還治其人之身」的人。

他換了一種方式來表達自己的內心，心平氣和地對寄草說：「你看，我一直以為我是一個和父親、和大哥完全不一樣的人……可是躺在這裡突然明白了，我到底還是姓杭人家的兒子，我和他們骨子裡還是一樣……」

寄草握著他的手說：「誰說你和父親大哥不一樣了？你討兩個老婆，父親不也是討兩個老婆？將來大哥若是結婚了，他不也是討兩個老婆的了？你放心。等你們好起來，我們就到你家去，請新嫂子泡茶給我們喝……」

嘉平笑笑，心裡想，寄草這是與他和解呢，卻顧左右而言他——連握手言和也那麼杭家風格。他的眼睛就張來張去地望，杭漢明白了父親是在找他，連忙湊上前去。父親看看他，眼睛又尋，杭漢知道，這是找那小蕉風，就把蕉風拉了過來。嘉平便問：「你媽好些了嗎？」

黃娜已經甦醒過來了，但還躺在床上不能動，她的傷比丈夫的嚴重多了，醫生專門給她安排了一間單人病房。嘉平已經去看過她，她能認出他來，只說了一句話：「親愛的，現在我們不會再吵嘴了。」她的話使嘉平內疚。真的，杭州太遙遠了，而眼前，要處理的事情和要花費的心思太多了。此刻，蕉風回答著她的繼父：「媽已經醒來了，剛才小姑媽還和她說話呢。」

「都說了一些什麼？」嘉平問。

寄草回答說：「她說學茶挺好的呢。還說讓蕉風跟著漢兒學茶呢。」

「沒說跟你去保育院學醫？」

「我啊……」寄草長長地嘆了一口氣，「你可把我嚇死了。總算都活過來了，我也該走了，瞧你們把我耽誤的，不知羅力現在又到哪裡了呢……」

第二十五章

黃娜的女兒蕉風，和杭嘉平沒有血緣關係，隨了母親姓黃。黃蕉風是在熱帶長大的，從來也沒有見識過大雪。在重慶待了兩三年，被中國腹地的冬天凍得手腳都是凍瘡，面頰腫了起來，哪裡還有小木美人兒的影子，倒像煞一個臃腫的鄉下丫頭。在一九四二年一月的寒氣裡，她隨著剛剛認識的哥哥杭漢和姑媽寄草，在飛機場送別了回英國養傷的母親。不出幾天，又告別了要隨團去陝北參觀的繼父，就拉著杭漢的大手，登上了停靠在重慶碼頭的輪船，沿著長江順流而下。漢哥哥說，要帶她到遙遠的江的下游去，那裡是父親的故鄉。那裡也有山，不過沒有四川的山高；那裡還有成片成片的茶園，比這裡的茶要細嫩。那裡有一個名叫萬川的小村莊，被竹林、橘林和茶園包圍著，村口還有一條美麗的小河。吳覺農先生帶信來，讓他們一起到那裡去，和吳先生一起事茶。

隔著遠去的碼頭，他們和小姑媽寄草揮手告別。寄草背過身去，將隨著一支馬幫進入雲南，要到滇緬邊境美人蕉怒放的地方去尋找她的情人。臨行前她也沒有忘記囑咐二哥，到了陝北，別忘記打聽一個叫楊真的年輕人。「你只說找一個把《資本論》當性命的人，別人肯定能把他從萬人叢裡拎出來的。」

「找個人倒不難，只要他還活著，只是找到他幹什麼呢？」

「也沒什麼，就把這幾瓶奎寧交給他。他會記起我來的。」

杭嘉平用手碰碰自己額頭，說：「怪不得你也能說馬克思。」

「學點馬克思也好，萬一將來用得上呢。」

「你要是那麼感興趣，我想個辦法，和我一起去那裡。」

「真的？」寄草忘情地跳了起來。

「真的。」嘉平從妹妹的眼睛裡看到了火花，他想，看樣子麻煩了。

「不，羅力等著我呢。」寄草搖搖頭，眼睛裡的火花暗了下去。

嘉平想了想，說：「如果沒有羅力，你會跟我去嗎？」

寄草什麼也不回答，反過來問嘉平：「你還記著嫂子嗎？」

嘉平知道，寄草指的是葉子。他悶了一會兒，才心情憂鬱地說：「沒有一天忘記過。」

他們說這些話時，悄悄地壓低聲音，生怕蕉風聽見。

蕉風才十一二歲，是個性情非常隨和的姑娘，對周圍世界發生的事件並不十分敏感，總是樂樂和和地生活在自己已經過去了的童年時代裡。因此，雖然長得不比寄草矮多少，但總像是一個形如少女的兒童。這一次父母的受傷事件，一開始幾乎把她嚇麻木了，可是一見他們能和她說話了，她又很快地恢復了原狀。這個小姑娘從前一直在奶娘家裡寄養著，後來跟著母親來到中國，又住在了寄宿學校裡。現在，母親要回英國了，又把她交給了繼父。而繼父呢，又把她交給了漢哥哥。她被別人這樣交來交去的倒也是慣了，也沒有細想一下，為什麼這一次母親不把她帶回英國外公外婆家。倒還是寄草看出來了，對杭漢說：「這孩子的媽是真的不肯離開二哥，你看，把孩子都留下來做抵押。」這話倒叫杭漢吃了一驚，他永遠也沒有那麼些層出不窮的心機。再看看蕉風憨憨的樣子，倒生出了骨肉間才有的憐惜之情。把蕉風帶走的主意，還是他出的。他看出父親拿這個寄宿學校的小姑娘不知怎麼安排好——他怕他這一走又發生什麼意外，可又不能帶著蕉風一起走。當杭漢提出由他帶著她一起回浙江萬川時，嘉平很高興。他把這一切看作他們杭氏家族接受她們母女的重大舉措。他對兒子說：「很好，這很好，國家需要更多的人從事茶業建設，蕉風能夠跟著你一起做茶葉學問，將來是會有前途的。」

杭漢知道父親肯定會高興的。現在父親又自由了，又可以天馬行空獨往獨來的了，而且還為國家輸送了茶業人才，為將來抗戰勝利之後的建設作了考慮。他漸漸瞭解了他的父親，並開始明白父親和伯父之間的差別。他開始明白，為什麼伯父是沉重的，而父親卻總是那麼輕盈的了。

小姑娘黃蕉風懵懵懂懂的，她不能夠體會這樣的生離死別意味著什麼。不過她開始意識到杭漢對她的重大意義，她也開始領略到手足的親情，這是她以往從來也沒有體驗過的嶄新的感情。她對這種感情的回報方式，就是死死地尾隨。漢哥哥走到哪裡，她的手就緊緊地拽住他走到哪裡，有時是拽住他的一根小手指，有時是拽住他的一隻衣角。在船上，甚至杭漢上廁所她也要跟著走到門口。夜裡入睡是她最恐懼的，因為這時她不得不和杭漢分開了。但是她一定要漢哥哥陪著她坐在床頭，拍著她的肩膀，和她說著有關故鄉的事情，哄她入睡，她才肯閉上眼睛。在夢中她喃喃自語著「萬川，萬川」——萬川究竟是茶人的什麼樣的樂園呢？

浙江西部的萬川，就在四省通衢的衢州。一入衢州城，蕉風在江南的大雪之中驚奇地發現了那麼多扛著木頭和竹子的男人女人一路哼唷地小跑著，成千上萬的勞工和堆積如山的材料都頂著白雪。入夜，工地燈火通明，杭漢告訴她，這裡正在建造飛機場呢，需要三百六十萬根木頭和九十萬根竹子呢。這些木頭，北邊來自臨安、淳安、建德、桐廬；東邊來自武義、永康和縉雲；南邊來自遂昌、松陽，至於附近的縣區，那就更不用說了。

「有萬川的竹子嗎？」蕉風問。

「肯定有。萬川離這裡已經不算遠了，我們得走路去那裡。走得動嗎？」杭漢問。

蕉風卻若有所思地問：「幹嗎要在這裡建飛機場呢？難道這裡也要打仗嗎？」

杭漢告訴她，太平洋戰爭已經爆發了，美國已經正式參戰，法西斯的日子不長了。美國方面準備派飛機來中國作戰，而我們浙江的衢州，就是建設轟炸日本本島的空軍基地的最適合地點，這個飛機場，要半年之內建起來呢。

「那麼說，這裡還是要打仗的了。」蕉風嘆了口氣說，「到時候，我們的茶葉怎麼辦呢？」

杭漢吃驚地看著她，說：「你也記掛茶？」

「不是爸爸交代了你的嗎，讓我跟著你學茶。」蕉風說，「爸爸叫我幹什麼我就幹什麼。」

「那麼我呢，我叫你幹什麼，你幹不幹呢？」

「你叫我幹什麼，我也幹什麼。」蕉風斷然地說。

「為什麼？」杭漢看著這小丫頭眼睫毛上沾的雪花，他老想用手去幫她撫掉，但覺得這樣不太好，就把手握了起來。

「你們不是都姓杭嗎？」蕉風反問杭漢。杭漢笑了，還是忍不住抹了一把小丫頭的眼睛。這姑娘和杭家的那些人精兒不一樣，她那一雙大眼睛木乎乎的，她說的話也是傻乎乎的，人也長得胖乎乎的，她是一個熱帶雨林裡成長起來的憨憨的小姑娘，杭漢很喜歡她。

一九四二年一二月間，當中國浙江西部的衢州城幾十萬民工正在挑燈夜戰建造飛機場，而杭漢帶著他的新妹妹蕉風正徒步走向萬川的東南茶葉改良總場之時，大西洋彼岸的美國空軍卻正在制訂一個絕密的對日本本土進行空襲的計畫。一支由杜利特爾中校為隊長的轟炸機隊每日都在進行著祕密的訓練。經過反覆研究，美軍決定利用航空母艦，開到距離日本海岸較近但又不在日本雷達哨艇之內的海域，然後飛機再從航空母艦上出動，轟炸東京等大城市。任務一旦完成，就立刻飛到衢州機場降落。

一九四二年四月二日，在珍珠港事件一百多天之後，美國大黃蜂號航空母艦載著機組人員和十六架ＢＫ－25型轟炸機從舊金山起程，十八日清晨，大黃蜂號已經在距離東京六百五十多英里的海面上了。八時左右飛機起飛，四小時之後到達日本，對東京、名古屋、神戶等大城市進行轟炸，而後照計畫飛往中國衢州機場。

不料由於氣候惡劣，機場剛建成，缺乏導航儀器，飛機油盡，只得棄機迫降。那天黃昏，暮色蒼茫之際，時任浙江省政府主席的黃紹竑正在臨海巡視，突然聽到了空襲警報聲，很快他就接到報告，說在浙西上空和臨海三門沿海各地，都有一些飛機在亂飛。是夜，黃又接到報告，原來是盟軍的飛行員在三門、遂安和天目山區一帶跳傘，大部分都被浙江軍民救送到了後方。

第二天，四月十九日清晨，天目山又從春天中醒來了。我們那已經久違的十五歲的少年忘憂，穿著一件和尚的皁衣，正在寺廟內的院子裡掃地。一年前，日機轟炸禪源寺，無果師父在那場劫難中喪生。忘憂穿上了師父留下的僧衣，重新回到了東天目山深處。這個破敗的佛門小院，從此就由忘憂來支撐了。他在山門後面種了一片番薯地，前面開了一片玉米地，房前屋後的，點了一些豆種。春天，他照著無果師父的手勢採來山茶，自製自烘，收齊了，偶爾也拿到集市上去賣。東西天目山，雖也時有敵人騷擾，總的來說還是要比平原上安全。忘憂帶著越兒逃過幾次難，還好，寺院太破敗了，敵人也懶得點火去燒它，只是敲破了一大疊無果活著時和孩子們一起燒製的黑陶天目盞。

越兒逃難回來，看見一院子的盞片，就心疼地坐在地上哇哇直哭。原來這兩個孩子自從入了山，就分別有了自己的愛好。忘憂大一些，又是一個洋白人，眼睛見不得日頭和火，除了在地裡幹活，就常常到森林裡去。在天目山叢林中無數綠葉的遮蔽下，他能夠享受到漫射的陽光。漸漸地，他愛上了森林，離開這溼潤的綠色，他甚至會感到呼吸困難。一來到那株白茶樹下，他就會感到神奇的熨帖。越兒年紀小，喜歡玩泥巴，正好寺廟後面有一口破窯，燒著黑釉瓷碗。無果師父活著的時候總是說他有一天會死，這些瓷碗，等到把日本人趕走了，就可以拿到集市上去賣，就算是他活著的時候為他們留下的遺物。越兒在旁邊，就取了那泥巴來做，小人小鳥小動物什麼的。他也做碗，大大小小的碟子，甚至還做過一把七歪八倒的茶壺，統統拿到窯中燒了，出來的東西竟然使他大為興奮，寶貝一樣地放在他的破床底下。

小哥倆相依為命，支撐到了今天。一開始他們還幻想著會有人來接他們，漸漸地，他們失望了，尤其是忘憂。他從小就有一種被世界遺忘的感覺，這種感覺現在終於應驗了。想到不會再有人提起他們時，他就站在廟門口，眺望著遠處的白茶樹尖，他就想，他永遠也不會離開這裡了。

突然，他的已經七歲的弟弟越兒七衝八顛地跑了進來，一臉緊張的樣子，一把就抱住了忘憂，把頭扎到哥哥懷裡，對著忘憂就直喘氣。半天才說出一句話：「那邊，白茶樹，它、它、它顯靈了。」

越兒幾乎從懂事起就開始接受無果師父不斷灌輸的佛理的薰陶，什麼輪迴啊，因果報應啊，忘憂可不一樣，他入山那年已經十歲，已經到了不輕信別人的年齡。忘憂茶莊的杭家人，由於天性敏感，大多有懷疑主義的傾向，什麼白茶顯靈，忘憂可不相信。他放下掃把，說：「不要亂講，除了我，誰敢冒充白茶樹顯靈！」

「白茶樹真的顯靈了，我親眼看見的。」小越兒跺著腳說，「他可白了，臉上還有白毫，和白茶樹茶葉的白毫一模一樣。他的頭髮倒是黃的，眼睛是綠的，跟貓眼一樣。他不說人話，說的全都是咒語。他就坐在白茶樹下呢，茶樹上還罩了一塊大罩子，有很多很多的繩子，」小越兒突然想了起來，從懷裡掏出一塊黑糊糊的東西，「他還扔給我這樣一塊東西，他讓我吃呢。這白茶精還會笑，穿著綠衣服……哦，我可不敢吃，這是什麼東西？」

忘憂接過來一看就明白了，這是巧克力，外國人喜歡吃它。忘憂已經有五年沒見過這東西了，他小心地咬了一口，才說：「這是外國人的糖，你吃，你吃。」

小越兒小心地吃了一口，就吐了出來，說：「太苦，太苦！」

忘憂卻已經扔了掃把，說：「走吧，帶我去看看那個白茶精。」

白茶樹下的「白茶精」卻是睡著了，見了這兩個天目山的孩子，也不知道醒過來。忘憂一見這個怪物的大鼻子黃頭髮和長滿金毫的面頰，就知道他是什麼了，轉過頭來，輕輕地對越兒說：「他不是白茶精，是外國人，洋人。」

原來他小的時候偶爾出門，也時常有人看他渾身雪白，就當他是西洋人。這樣聽得多了，忘憂就暗中去注意什麼是西洋人。在杭州街頭和西湖邊，也曾見過這樣的人，他們長得高高大大，嘴巴一張，一直咧到耳根，渾身上下又生得五顏六色，講的話誰也聽不懂。他們一出來，就有一大群人圍觀。忘憂對他們頗有認同感，因為他和他們一樣，也是一出來就有一大群人圍觀，沒想到多年之後，在天目山的深山老林裡面還會碰到。

越兒和忘憂不一樣，他對和平的生活幾乎沒有感觸，對故鄉西湖亦毫無印象，更不要說什麼西湖邊的洋人。他把這個躺在白茶樹下的大傢伙看作白茶精，倒也是很富有想像力的呢。聽了哥哥的解釋，他還是不能明白，便問：「什麼是外國人？什麼是洋人？」

「外國人——」忘憂想了一想，說，「日本人就是外國人啊，就是洋人啊——」話都沒說完，越兒已經嚇得緊閉眼睛，一下子就躲到忘憂身後。忘憂連忙把他從身後拉了出來，說：「你嚇什麼？我還沒說完呢。日本人是東洋人，這個洋人是西洋人，聽說有許多西洋人都是幫我們中國人打日本人的呢！」

小越兒這才又抖抖索索地從哥哥的身後探出腦袋來。

奇怪的是，他們這麼樣說著話，這個西洋人躲在樹下，還是不願意醒過來。這大傢伙可真能睡，忘憂心想，卻驚奇地發現自己的腳下有一道細細的紅水，再仔細看，這紅水是從那西洋人的腳上流下來的。啊，這傢伙流血了，他受傷了，別看他黃毛茸茸的，他的血也是紅的呢。他連忙跑上前去，蹲下來，搖著那人的肩膀，那洋人也不醒。忘憂想了一想，就讓越兒回去拿點吃的，再取一壺水來，他剛才燒了一鍋開水。越兒往回跑了幾步，忘憂又叫：「泡上我們新炒的白茶。」

越兒噢地叫了起來，說：「那他真的要變成白茶精了。」說完就跑了。

忘憂又喊：「別忘了我寫字的木炭和板。」

忘憂知道，越兒在心疼他們的白茶呢，這茶能換回多少口糧啊。冬天到來的時候，他們是全靠這些春天的茶換來糧食活下來的呢。可山裡人是好客的啊，再說這客人又是從西洋來的，還受著傷呢。五年深山密林的生活，已經完全改變了忘憂，現在，他和越兒說的都是一口山裡人的土語，他們和山裡人在一起，已經完全沒有一點點杭州人的都市的影子了。

西洋人就在這時候醒了過來，他張開眼睛，綠綠地看著忘憂，怔了一怔，突然露出笑容。忘憂也笑了，指指自己的白頭髮，又指指對方的黃頭髮。對方就坐了起來，嘰哩咕嚕地說了一陣，費力地坐了起來。忘憂一句也聽不懂，他想來想去，只好說：「這裡是中國，天目山。」

這幾個字那西洋人只聽懂了「中國」兩個字，但他大為興奮，說：「美國，美國，美國……」

「美國」這兩個字，忘憂也是曉得的。啊，原來這大傢伙是美國人啊，他是從哪裡冒出來的呢？正這麼想著的時候，越兒渾身掛得七上八下地來了，手裡還拎著一把壺。美國人看見一下子冒出了兩個孩子，十分高興，就對他們指著自己的胸說：「埃特，埃特，埃特。」

忘憂明白了，這大傢伙美國人名字叫作埃特。忘憂就指著自己說：「忘憂。」又指指越兒，說：「越兒，越兒。」

埃特費力地說：「旺，旺旺；月，月。」他咧開大嘴笑了起來，那兩個孩子也跟著笑了。

他們先是給了他一塊番薯乾，他狼吞虎嚥，吃得一個勁打著嗝，忘憂連忙給他倒茶。一大海碗的茶裡面，漂著一層白茶葉。埃特從來也沒見過這樣的飲料，他驚奇地指著這些葉子，看著孩子們。兩個孩子就爭先恐後地對他說著什麼，又指指他們身後的白茶樹。埃特想必是明白了，接過茶碗，一口氣，連茶葉帶水喝得個精光。越兒看得發呆，說：「哥哥，你看他，你看他，你看他把什麼都給喝下去了，他把第一開的茶葉全吃了。」

山泉泡的新茶，說不出來的好喝。又累又渴的盟軍飛行員埃特，從來也沒有見過散茶的模樣，可是第一次喝茶，就達到了茶聖陸羽《茶經》中所言境界：「若熱渴、凝悶、腦疼、目澀、四肢煩、百節不舒，聊四五啜，與醍醐、甘露抗衡也。」

渾身上下那說不出來的舒服促使他把大海碗一伸，他的意思忘憂頓時明白了，這個西洋佬還要喝呢。兩個孩子連忙又給他沖了一大碗，不過這一次越兒可不讓他這樣喝了，他連比帶畫地告訴埃特，茶葉不是這樣一次就全喝下去的，必須把它給泡開了，喝它的汁。這樣一連喝上四五次，才算用完了茶葉。埃特明白了，一連就喝了三碗。喝到第四碗的時候，他見那碗底的茶葉，猶豫地看看忘憂，忘憂攤攤手說：「吃吧，你喜歡吃茶葉，你就吃吧。」

埃特很高興，他的確喜歡吃這樣的茶葉。他的大手指往碗底一撈，茶葉就到了他的嘴裡，咯巴咯巴地咬碎了，就吃了下去，然後呼了一大口氣，對著天空叫了一聲：「噢——媽高得——」

倆孩子也聽不懂他是在叫上帝，他們也沒聽說過上帝。他們只是看到埃特喝了他們的茶，發出那麼心滿意足的喊聲，知道他是高興了。這時越兒才想起了口袋裡的洋人的糖，拿出來再啃，竟發現沒像剛才那樣難吃了。埃特見他吃了巧克力，也很高興，一個勁地說：「巧克力！巧克力！巧克力！」

越兒明白了，外國人的糖，就叫巧克力。為了投之以桃，報之以李，他也不停地對著身後的大茶樹叫道：「茶！茶！茶！」

見埃特還是沒弄明白這之間的關係，忘憂就對越兒說：「越兒，你上去採幾片葉子給他看，他從來沒見過中國的茶呢。」

李越就呸呸地往自己的手心裡吐了兩口唾沫，在地上兩隻腳一蹭，一雙破鞋子就蹭掉了。然後往後一退再往前一衝，像一隻靈巧的貓一樣地就上了樹。一會兒，就摘了一大把茶葉下來，伸到了埃特的眼前。埃特終於明白了，他喝的茶，就是他身後的那株樹的葉子。他張開大嘴，一把把那鮮嫩的綠茶葉就拋進了口中。可是這一回他沒能夠一飽口福。他像一頭牛一樣地磨了磨牙，就被那嫩茶葉特有的澀味苦得咧開嘴，一口吐了出來，又「媽高得、媽高得」地叫了起來。

忘憂和越兒都開心地笑了起來，這才塞過去木炭和木板。埃特明白了他們的意思，就在木板上畫了許多架飛機，又在飛機下面畫了一些日本鬼子，飛機上有炸彈往日本鬼子頭上扔。倆孩子剛剛看到這裡，就興奮地撲了過去，把埃特撲得個人仰馬翻。埃特的腳受著傷呢，被他們這一撲，痛得又「高得高得」地亂叫，他們這才想起了這位轟炸日本鬼子的西洋英雄還在流血呢。連忙又找了乾淨的布來，脫了埃特的大皮靴，把他的傷口用茶水洗了包好。然後，忘憂扶著埃特往破廟裡走。小越兒，背上背著埃特的大皮靴，唱著山歌，興奮不已地就跟在後面。埃特一路拐著腳，一路還捏著剛才吃茶的那隻黑色的天目盞碗。路過破窯址的時候，越兒七衝八顛地往前跑，那隻大皮靴子在他背上亂跳，他也顧不上。他一邊拉著埃特的手，一邊指著那口破窯，叫道：「埃特，埃特，你手裡那隻大茶碗，是我捏出來的，是我和我無果師父一起在這隻窯裡燒出來的，埃特，埃特……」

埃特在東天目山休養生息了沒多久，就和這兩個中國孩子混得極熟了。大的忘憂性格內向一些，越兒很頑皮，雖然語言不通，但他們彼此之間心靈溝通。已經有人來聯繫了，要把埃特帶到西天目山浙西行署去。越兒一聽就哭了，說：「埃特是我們的，我們不讓他到西天目去。」忘憂到底大一點，說：「埃特是美國的飛行員，他若找不到了，他家裡的人該多著急啊。快快把他送回美國，下一回，他還可以開著飛機炸日本佬。將來日本佬投降了，叫他再開飛機來接你就是了嘛。說不定你還可以到美國去玩呢。」

小孩子好哄，一聽可以到美國去玩，立刻就不哭了，說：「那你呢，我要你和我一起去美國，要不然我可是哪裡也不去的。」

忘憂笑笑說：「這可是你現在說的話，將來你大了，你可就不那麼想了。凡人可以去的地方，你都會去的。再說了，我可不想去美國。別說美國，我連杭州都不想回去了。我就是想住在這裡，我看這個破廟比哪裡都強。日後日本佬投降，我就去羊壩頭把我媽媽接了來，一起住在這裡。」

「那我也把我媽接了來住在這裡。」越兒為了表示自己和哥哥的一致，就這樣表態，然而他馬上就加了一句，「不過我還不曉得我媽是誰呢，她會和我一起來嗎？她會同意讓我們兩人一起做和尚嗎？」

「我也沒說做和尚啊。」忘憂說，「我就是喜歡住在這裡，種菜啊，摘茶葉啊，挑水啊，空下來讀讀書啊——」

「那我也喜歡種菜啊，摘茶葉啊，還有燒窯，我最喜歡燒窯了。」

「你和我可不一樣。你走到哪裡，都不會有人來圍觀你。我不行，我是一個廢人，你看我是不是走到哪裡，人家的眼睛就要盯我到哪裡的。你還記得無果師父活著的時候怎麼交代你的，他還讓你看著我，別讓我跑到山外去。他說我渾身雪白，日本人一看到就是一槍，把我打死了，你可怎麼辦？沒人養你，你不是也得餓死嗎？」

越兒一聽就嚇哭了，邊哭邊說：「忘憂哥哥，你可不能到山外去，你可不能讓日本佬一槍打死。你打死了，我怎麼辦？還有埃特。埃特的腳還沒有好呢，你可不能死。」

埃特不明白旺旺說了一些什麼，為什麼月就哭了起來。他拉拉月，月就比畫著形容了忘憂剛才說的話。埃特明白了，走過去一把摟住了忘憂，伸出自己的胳膊，又擼起忘憂的衣服袖子，兩個肘子碰了碰，兩個大拇指並在一起。忘憂看懂了，埃特的意思是說：別難過，我們的皮膚一模一樣，我們是一樣的人。

忘憂開始採摘野茶，他發現埃特非常喜歡喝中國人的茶，他還發現越兒也非常喜歡吃外國人的巧克力。只是巧克力已經沒有了，越兒曾經到埃特的行囊裡去翻過，一邊翻著一邊喊：「巧克力，巧克力，我要埃特的巧克力。」埃特只好攤手，聳肩，不停地說：「掃雷，掃雷。」越兒已經知道了，這就是對不起、沒有的意思。然後埃特就開始到處找茶。他可真是會吃茶，沒過多久，就把忘憂他們新製的茶葉都吃光了。「茶！茶！」埃特提著空空的茶葉土罐子，叫道。越兒也學著埃特的樣，一邊攤手一邊聳肩，叫著：「掃雷，掃雷，掃雷。」忘憂就生氣了，一下子打掉越兒的手，衝著埃特喊道：「不掃雷，不掃雷，不掃雷。」

忘憂決定給埃特帶上許多他製的茶，一直讓他吃到美國也吃不完。李越不曉得美國有多遠，他問忘憂，美國比杭州還遠嗎？忘憂說，聽說美國遠極了，和中國之間還隔著太平洋呢。李越又問，太平洋有你常說的那個西湖大嗎？忘憂也沒見過太平洋，不過他想，無論如何，太平洋已經挨著一個洋字了，所以不會小到哪裡去。他就果斷地說：「肯定不會比西湖小。」李越一想，太平洋那麼大，比西湖都還大呢，埃特這一走，什麼時候才能見面呢？忘憂哥哥倒是已經想好了送他茶葉，那他送埃特什麼呢？想來想去，他決定送一把從前和無果師父一起製作的茶壺。

上帝看到這樣一把壺，也會發笑的。這算是一個什麼東西啊：像一張好好的臉被人狠揍了一拳，別的都凹進去了，一個不成樣子的只有一個鼻孔的鼻子卻凸了出來。這樣的腦袋上，居然還會有一頂和腦袋一樣風格的帽子。這頂帽子有時勉強能扣在頭上，有時就死活扣不上去了。雖然如此，埃特還是喜歡得不得了。

不知道哪一天，忘憂站在樹杈上，隨風飄來一種聲音，是久違的琴聲，搖曳的口琴聲，他不禁瑟瑟地抖動起來了，那是他最熟悉的口琴聲，那是他最熟悉的曲調：

蘇武留胡節不辱。
雪地又冰天，窮愁十九年。
渴飲雪，飢吞氈，
牧羊北海邊。
……

透過大白茶嫩綠的茶樹葉叢，他看到了一名白衣秀士，飄然來到大茶樹下。他旁若無人地坐了下來，靠在大茶樹下，吹著口琴。忘憂聽著聽著，眼淚噗噗噗噗地掉了下來。又見那白衣秀士神清氣朗地站了起來，問：「你還打算在樹上待多久啊？」

忘憂手一鬆，滿把的茶葉，紛紛揚揚地從半空中泛著銀光，飄然而落，披在了這白衣秀士的身上。然後，忘憂一個踉蹌就從樹上掉了下來，白衣秀士伸手一接，把個忘憂穩穩地接在手中。只聽忘憂大叫一聲：「憶兒哥哥！」就被親自來接埃特去西天目山的杭憶緊緊地抱在懷裡了。

看上去，天目山的一切都風平浪靜，忘憂他們幾個遠在深山，消息閉塞，哪知一場由盟軍飛機轟炸而引起的血腥戰役，已經在浙贛大地上爆發。從四月十九日開始的一個月內，日機轟炸衢州機場，共達五十九次，投彈一千三百四十一枚。整個浙贛邊境，幾成火海。而早在幾個月前的一九四一年十月，中國茶業研究所已經被宣布批准成立，吳覺農先生擇定了福建武夷山崇安赤石的示範茶場為所址。在炮火聲中，杭家的下一代傳人杭漢，在三個多月之後，帶著妹妹黃蕉風，與東南茶場的全體人員以及設施，由衢州萬川遷往福建武夷山崇安。

臨行前，依舊是懵懵懂懂的黃蕉風拉著杭漢的手問：「漢哥哥，我們不要萬川了嗎？」

「怎麼不要！總有一天我們還會回來的。」

「我跟你一起回來。」蕉風高興地說，她很喜歡這個地方，她喜歡這裡的茶，也喜歡這裡的柑橘，她還喜歡這裡的青山綠水，還有在這裡結識的中國最優秀的茶人。

一九四二年六月，福建武夷山中，中國茶葉研究所正式開始工作——中國茶業史上重大的一筆，就在血火交鋒間，被寫入中華文明的數千年茶史中了。

第二十六章

一個星期之後，杭憶從西天目回到了平原。

杭憶平時出動，往往只帶兩三個貼身的保鏢，神出鬼沒，聲東擊西。這一次也不例外。腰裡一支槍，一把口琴，也算是劍氣簫心了。只是此行往返於平原，他不像平日裡那樣從容。

在西天目，杭憶連半天也沒有待，把埃特交給國民政府的浙西行署官員，他就趕回了平原。聽說這一次行動的最高長官杜利特爾也被營救到了天目山，正巧出去活動了。行署的官員倒是都熱情地留他住上幾天，和杜利特爾見上一面，可是杭憶沒有答應。

這平原上的白衣秀士，冷面殺手，一直是天目山和四明山的爭奪對象。人們拭目以待，總以為不管他是怎樣瀟灑、自由，他反正是肯定要上一座山的。這種在平原上的草莽行動，遲早是要結束的。

正是浙贛戰役進行得最激烈之際，金華、蘭溪、衢州一帶，都打得難解難分，聽說日軍酒井直次中將被炸死在蘭溪，他還是自日本建立新式陸軍後第一個死在中國戰場上的現任陸軍師團長呢。

杭憶部隊活動的杭嘉湖平原一帶，相對而言要寧靜一些，忘憂和越兒避難的東天目深山也還算安全。這次兄弟相逢，對忘憂來說是從天而降的意外，對杭憶，卻是已經事先知道的情況了。接頭人讓他去天目山中找一個渾身雪白的少年時，他就一下子想到了忘憂。儘管如此，他吹著口琴試探時，從樹上跳下來的那個少年還是令他百感交集。

忘憂無疑是大變了，比他久別的堂弟杭漢和二叔嘉平變化都要來得大。從前他是家中的寵兒，小心捧著的心肝，人們見著他，臉上就會露出無限憐憫的神色，所有對他上一代人的同情就都傾注在這個小小的人兒身上。而他則理所當然地接受這一切，蒼白的臉上還時不時地露出不滿足的神情。

現在他的臉上神色依然，但那已經是一種嚴峻的早熟了，甚至還帶著一種幽閉的冥思。那是因為在山裡住的時間太長的緣故吧，杭憶發現，他的口音也變了，他已經不會完整地說上一句杭州官話了。

杭州家中的情況，杭憶是早就通過楚卿知道的了。如果忘憂問他，他不會對他撒謊。在這一點上他和杭漢不一樣，他已經習慣了那種刀刀見血的戰爭生活。他的心已經被戰爭的炮火炸得粉碎，像鐵屑那樣又流遍全身的血管，一直滲透到所有的血液之中。

如果不是天真的美國大兵埃特不時地插話，也許這對兄弟的相逢不會像看上去那樣不動聲色。埃特想必在太平洋彼岸學過一些中國的時事和三兩句華語，所以見到一個大人，他非常興奮，比比畫畫地要了解對方的身分。越兒就給他翻譯：「游擊隊！游擊隊！」

埃特居然很瞭解中國的政局，他小心地問道：「游擊隊？共產黨？國民黨？」

杭憶大笑了起來，用簡短的英語告訴他，他不是共產黨，也不是國民黨，他就是游擊隊。

埃特明白了，豎起大拇指說：「共產黨，高的！（Good）國民黨，高的！（Good）游擊隊，高的！」

越兒就很得意地告訴杭憶：「埃特說，共產黨好！國民黨好！游擊隊好！日本人最最壞，統統把他們殺了！」

（Good）日本人，敗的！（Bad）」

幾個人就都笑了起來。忘憂也笑了，但杭憶立刻就看出來了，忘憂只是為了不掃大家的興，才露出笑容的。在他們兄弟相逢的極短的日子裡，忘憂從頭到尾也不向大表哥打聽母親的下落，杭憶也不主動提及。送他們一行人下山的時候，忘憂戴著斗笠，穿著草鞋，沿著山道走在前面，茅草尖唰唰唰地擦著他的破成條的褲腿，一會兒就把這不成樣的褲腿也打溼了。草邊割著了他永遠也晒不黑的雪白的皮膚，又割出了一條條的血痕。杭憶看到這樣一雙腿腳，就摟住忘憂的肩，說：「等過了這段時間，時局安定一些，我就到山裡來接你們。」

越兒喜出望外地叫：「大表哥，我要你帶我去美國埃特家。」

忘憂推了一把越兒：「再胡說，不讓你下山送埃特了。」回過頭來才對杭憶說：「沒關係，我和越兒已經在山裡住慣了。」

杭憶嘆了口氣，說：「是啊，和大表哥在一起，腦袋是要掛在褲腰帶上的。」

忘憂悄悄地問：「你殺日本佬了嗎？」

「殺！日本鬼子，漢奸，統統殺！」

「什麼時候可以回杭州？」

杭憶心裡咯噔了一下，氣就屏住了。他等著忘憂往下問，等著血與淚冒出來。一隻山中的大花蝴蝶從他們眼前翩然飛過，這是那種童年時杭憶經常帶著忘憂到郊外去撲打可做成標本的花蝴蝶，他們叫牠「梁山伯祝英台」。杭憶沒有朝忘憂看，他知道那個斗笠下會有一雙怎樣瞇起來的眼睛，他熟悉那雙眼睛上的像蝴蝶翅膀一樣撲閃的長長的銀白色的睫毛。身邊的這個骨肉兄弟使他心疼，他捨不得離開他，彷彿這一次就是永訣。

忘憂卻說：「大表哥，你還欠我一次玉泉看魚呢，你是這個。」

他伸出了小指頭，比畫了一下。

杭憶拍拍忘憂的肩，說：「抗戰遲早是要勝利的，到時候，我派你到玉泉專門養大魚去。」

「阿彌陀佛，可惜就不是從前我和媽看到的魚了。」

這是他唯一的一次提到媽。杭憶感覺到了，他提高了嗓子，看著對面山上已經從樹梢上升起來的太陽，快活地說：「你念起阿彌陀佛，倒也有幾分像呢。好，你既不肯與我一起去平原，就在這裡替我多念幾聲佛吧。從前你爺爺總愛說一期一會的，這也不過是茶道中人所言，把每一次相聚都作為永別，作為一生中唯一的一次。我看你倒是能夠領略這『一期一會』的境界的了。再見了，我的小表弟，我要為你多殺十個日本鬼子，你相不相信？我要為你多殺十個日本鬼子！再見了！」

他一下子抱住忘憂，把他緊緊地摟在懷裡，然後放開，忘憂的手上，就多了一把口琴。埃特跟著杭憶，倒退著和他的中國小朋友再見，他不停地叫著：「旺旺，旺旺，月，月……」然後他用多毛的大手捂住自己的臉，這麼大的大個子也哭了。忘憂突然想起了什麼，催著越兒：「越兒，我們送埃特的茶呢？」

越兒拎著那小包白茶，正在告別中發愣呢，被忘憂一提醒拔腿就跑去追。忘憂站著目送他們，站了好一會兒，緩緩地往回走，一直走到大白茶樹下。他爬了上去，想看看與他告別的人們的身影。沒有了，天目山林濤陣陣，把發生的一切又都掩去了。他有些茫然，彷彿一時還不知道發生了什麼。也許是夢，他看看自己的手，手裡有一把口琴，他茫然地把它貼近了他乾裂的脣，一首曲子不假思索地就從大白茶樹頂上斷斷續續地飄了出來——

在望不斷的白雲的那邊，在看不見的群山的那邊，
那邊敵人拋下了滿地瘋狂……
我那白髮的爹娘，幾時才能回到夢裡邊！
含著淚兒哭問，流浪的孩兒你可平安……

現在他想起了一切，杭州，羊壩頭，忘憂茶莊，雞籠山祖墳……他把臉埋到大白茶樹的枝葉叢中去了，於是便聽到了樹下的哭聲——那是越兒，他在哭他和埃特之間短暫的被戰爭阻隔的友誼。大白茶樹的葉子也被淚水打溼了，它也劇烈地顫抖了起來。樹上樹下，兩個中國孩子都在哭泣：一個在哭異國的盟軍將士，而另一個則在哭他的母親——現在他徹底明白，他再也見不到他的母親，他再也見不到他的母親了……

杭憶對浙西行署的人說他有急事，並非推託，他急急地往回趕，眼前時不時地就掠過楚卿生氣的面容。

杭憶越和楚卿交往，越愛楚卿，就越覺得楚卿這個人，有時真正是不可理喻。比如這一次送埃特到西天目去，對杭憶來說，實在是並沒有什麼山頭之分的。埃特既然落在了東天目，自然是送到西天目去最方便。杭憶的水上游擊隊常在湖州、安吉這一帶活動，把護送埃特的任務交給了他們，也是順理成章的。可巧楚卿突然從天而降，來到了他的身邊。杭憶一見到楚卿就渾身激動。他文質彬彬地把楚卿讓進裡屋，還沒等她說上一句話，就把她一把按倒在床上，拿自己的嘴堵住她的嘴。楚卿氣得一邊捶他一邊喘著氣說：「你放開，你放開我，你這壞蛋……」

杭憶擁抱著她說：「我才不放開呢，我一放開你又得給我說上半天道理，你那些道理我不聽心裡也明白，不用你一遍兩遍來教……」

楚卿瘦削，而杭憶這幾年卻飛快地長成了一個寬肩膀的強悍的小夥子。他精力充沛，敢想敢幹，說到做到，每次見到楚卿，眼裡就冒出狼一樣的神情。正如他曾經對杭漢說過的那樣，他愛楚卿，愛得恨不得朝自己的腦袋上開一槍。他從來也不放過楚卿任何一次出現在他面前的機會。他總能找到機會，與楚卿大做其愛。而每一次也總都是從楚卿的拚命反抗開始而到溫柔接受結束的，這一次也不例外。

熱烈的溫存纏綿之後，便是突然而來的不可遏止的傷感，楚卿便總會斜倚在什麼地方，用手一邊捋著杭憶的長長的顧不上理的頭髮，嘆息著：「你啊，你啊，你啊，你跟我一起進山吧……你跟我一起進山吧，你跟我一起走吧……」

而杭憶在這樣的時候，也總是肆無忌憚地把自己的頭斜靠在楚卿的大腿上，一邊取出他的口琴來，磨蹭著楚卿的臉，問：「喂，你想聽我吹個什麼？」

楚卿的頭髮都被杭憶搖曳下來了，披得一臉，就像西湖邊的垂柳。此時她哈氣如蘭，往往用手把頭髮往後一捋，頭一仰，說：「隨便……」

杭憶最喜歡看她這時候頭一仰的瀟灑動作。在杭憶看來，楚卿的每一笑每一顰都是大有深意的，他不能夠全部明白這其中的深意，又為自己不能全部擁有而憂傷。「隨便……」他長嘆一口氣，就開始吹起了她心愛的曲子〈蘇武牧羊〉。他們常常在〈蘇武牧羊〉中默默地分手，彼此知道誰也沒有能夠說服誰。

可這一次他們的吵架聲終於壓倒了〈蘇武牧羊〉。楚卿沒有把自己的身體斜倚在什麼地方，杭憶也沒有了可以依偎的女人的大腿。楚卿在一陣熱烈之後立刻清醒過來，指著杭憶說：「聽說你要上西天目？」

「是啊，我還從來沒有去過西天目呢！看樣子是要為那個美國佬走上一趟了。」

「我們可以把他送到四明山去，我早就想和你一起去四明山了，我們四明山上也救下了幾個美國飛行員。我有一條祕密通道，保證你們一路上安全到達。」

杭憶覺得好笑，說：「怎麼，你不放心我，你怕我上了西天目就下不來了？我只是順便去護送一個美國人而已，我可不是把我自己送到什麼山門上去。」

楚卿生氣地說：「你曉得西天目是什麼地方？他們一直在爭取你，你要是不聽他們的，萬一他們把你扣下來怎麼辦？」

杭憶刮了一下楚卿的鼻子，說：「瞧你說的什麼，你們不也是一直在爭取我嗎？萬一我不聽你們的，你們把我扣下來怎麼辦？」

「不許你汙衊我們！」楚卿厲聲喝道。杭憶知道，現在，他們的脣槍舌劍又要開始了。

杭憶從來也不反對楚卿的任何抗日主張，他不是不願意和他們在一起，可是他無論如何也戰勝不了自己。任何紀律的約束都能把他給憋死，尤其是來自楚卿給他的紀律約束。一個女人，代表了一個組織來收編他，他想起來就不能接受。也許他還害怕因此而失去了楚卿。在他看來，與他溫存的楚卿和那個要領導他的楚卿根本就是兩個女人。他越迷戀那個神祕性感的女人味十足的楚卿，就越不能接受那個莊嚴神聖的總給他講大道理的鐵血女人楚卿——他們一直在控制和反控制中緊張地相愛著。

楚卿從一開始不把這杭氏家族的後人當回事，到認起真來發起狠來對付這茶人後代，說明她也是一個十足的女人吧。也許換一個人來與杭憶打交道，杭憶早就戰鬥在四明山上了。可是楚卿不——她自己也不知道，她把女人頤指氣使的意氣帶進了她與杭憶的關係之中。每當杭憶用一種故意裝出來的油腔滑調的瀟灑與她對話時，她就氣得眼冒金星。她以往的那種居高臨下的矜持也就隨著她的大發雷霆而煙消雲散。她會跺著腳喝道：「杭憶，你這天底下的頭號糊塗蟲，你會因為你的立場付出代價的！」

杭憶就聳聳肩說：「我怎麼了，我的好姊姊，我怎麼啦？又得罪了你？難道我當了漢奸，難道我成了怕死鬼，難道我成天琢磨著擴大自己的地盤，難道我發國難財了，我成亡國奴了？不，我什麼也沒有做。我一直在殺鬼子，殺漢奸，我一直在做一個中國人的英雄。你看，我甚至連一首詩也不寫了，我的手上沒有筆了，我拿它換了槍。可你還要我歸到某一面大旗下來。你也是杭州人，你應該曉得我們杭家人的性情。辛亥革命，打倒你們祖宗的那一回，我爺爺本也可以是個元老的，可是他沒像寄客爺爺那樣活著。我們杭家人就是這樣的，你不能要求我改變，明白嗎？我的好楚卿，我最愛最愛的女人，你可不能要求我改變，我獨往獨來自由散漫慣了，你讓我保留一點人的弱點吧。」

楚卿看著這個懶洋洋說著話的年輕人，愣了半天，才說：「你要明白，你如果不能和我完完全全地站在一起，那麼我們遲早有一天是會分手的。」

聰明過人的杭憶哈哈地大笑起來，一把抱住了楚卿，吻著她的臉說：「我曉得你遲早會把這句話說出來的，我曉得你遲早會把這句話說出來的。我曉得你們的組織絕對不會這麼狹隘，絕對不會因為我沒有上山就把我打入另冊的。你以為我真是一個政治文盲，一個水大王，只曉得暗殺，其他什麼也不懂？難道你沒有跟我講過貴黨的種種抗日主張？難道我自己沒有讀過了解過貴黨的種種精神？我曉得貴黨是欣賞我的，不欣賞我的只是你。我的那隊長啊，你這可就是假公濟私了。我相信你們的組織並沒有非要把我拉上山的企圖。這個企圖，也許僅僅來自您楚卿女士吧。狠心的女人，你就這樣對待我折磨我啊……」他哈哈地大笑著，突然腳上就被楚卿狠狠踢了一下，痛得他不得不一下子放開了她，抱著腳就在原地打轉，「哎喲哎喲」地叫著，再也說不出那些油腔滑調的話來了。

看樣子這話是真說到楚卿的要害了，她氣得灰眼睛上亮晶晶的一層，嘴唇哆嗦著，一句話也說不出來——她也有被氣哭的時候！杭憶害怕了，他想用他的吻去吸乾楚卿眼中的淚水，但是沒有能夠成功。楚卿別過了頭去，一使勁就掙脫了杭憶，然後，頭也不回地就走了。

杭憶在林子裡追著她，拐著腳邊叫邊威嚇：「楚卿，你敢走，小心我讓人把你綁起來，你還得回到我身邊。你回不回來，你給我站住！」

楚卿倒沒有站住，杭憶自己卻不得不站住了。茶女一聲不吭地攔在了他的前面，她陰沉著臉說：「隊長，該我提醒你了嗎——出發的時間早就過了。」

杭憶這就靠在樹上，把兩隻手插在腋下，看著天，出了一會兒神。那張剛才還充滿孩子氣的面容，剎那間又回到了冷面殺手的冷峻中去了。

茶女太熟悉這種反覆無常的變化了。剛才她一直躲在林子後面哭泣——她什麼都看到了，她什麼都知道，她甚至不止一次地聽到他們在一起男歡女愛時發出的呻吟。為此她曾經把自己的前額在樹上撞出了血。有一次她甚至就這樣鮮血淋淋地出現在這對男女面前。楚卿驚訝地說：「茶女，你怎麼那麼不小心？」一邊說著，一邊把自己的一塊手帕就給了茶女。可是楚卿剛剛轉過身去走了，她就一下子把手帕扔到地上，她就當著杭憶的面痛哭起來。杭憶呢，他臉不變色心不跳，彎下腰撿起手帕，輕柔地擦著茶女額上的血，他甚至不問一問她臉上的血是從哪裡來的。

她每一次都想控制自己的，但沒有一次成功過，這一次也不例外，這就是杭憶不得不對她的愛情保持冷漠的根本原因。她說：「她又來勸你上山了嗎？」

杭憶開始往回走，一聲也不吭，越走越快，越走越快。茶女在他的身邊，只得一溜地小跑。邊跑，邊氣急敗壞地說：「我都聽到了，她又來勸你上山了。她就是怕我在你身邊，她就是要把你完完全全地拉到她一個人的身邊去，她骨子裡就是那麼一回事情！就是那麼一回事情！」

你看，世界在她茶女的眼裡，只存在兩件事情：一是打日本鬼子，二是談戀愛。杭憶站住了，笑笑，皺著眉說：「行了，鬧夠了吧？」

茶女也覺得不好意思了：「誰跟你鬧啊，不是還有行動嗎？」

「這次你就別跟我行動了，留下等我回來。」

「為什麼？」茶女吃驚地問。以往每一次喬裝打扮的行動，茶女是常常扮作杭憶的妻子的，她想這一次也不會例外。

「不為什麼，我想快去快回。西邊打得那麼厲害，說不定就要波及我們這裡，一定要小心。」杭憶走了幾步，才又說，「立刻派個人護送那隊長回去。這一次非同尋常，路上要是出點差錯，有什麼事情發生了，我可是要拿你是問的。」

茶女知道「拿你是問」這句話的分量，她就再也不敢冒酸氣了。水上游擊隊的紀律嚴明是每一個隊員心裡都有數的，杭憶的翻臉不認人，也是每一個隊員心裡都有數的。

這一次茶女真正領略到了「拿你是問」的恐懼，當派出去護送楚卿的人回來，報告茶女說楚卿被日本人抓走了的時候，茶女的臉都嚇青了。正張羅著商量如何通知山裡，又策畫著如何營救的時候，杭憶回來了。看著茶女那雙心慌的眼睛和發白的面孔，杭憶就知道大事不好，立刻就問：「是那隊長出事了嗎？」

一屋子幾個人都嚇得不敢喘大氣，誰也不敢回答杭憶。杭憶就把手伸向腰裡。眾人都以為他是要去掏槍，掏出來的卻是那塊被茶女扔了的手帕。他一邊細心地擦著自己的手指，一邊坐下來平靜地問：「慢慢說，別著急。現在她被押到什麼地方去了？」

「這個已經打聽清楚。這次鬼子發動浙贛戰役，本身就是為了破壞衢州機場。聽說有七千多個被俘的人都被押到那裡去破壞機場，那隊長也一起被押去了。」

杭憶這次從路上回來時就聽說了，衢州城已經被攻下，日本人準備把江水引入機場，還準備在周圍埋上大批地雷。已經有大批中國軍民被押到機場，他們飢不得食，病不得休，稍有疏忽就被殺死，機場內外已經是血流遍地了。想到這裡，他站了起來，說：「我就先走一趟吧。」

許多人都以為杭憶是那種冷靜的很難動感情的人，只有很少幾個人知道杭憶骨子裡的衝動和盲目，茶女就是其中之一。她叫了起來：「你一個人單獨行動，這怎麼行？」

「我也沒說是我一個人行動。我只是先行一步，偵察一下。茶女，你上一趟山吧，四明山，楚卿是他們的人，要盡快告訴他們那隊長的下落。」

他站了起來，誰也沒再看一眼，就走了出去。茶女在後面叫道：「快，快找幾個人跟著隊長，快！」

接近戰俘營很不容易，杭憶的小分隊花了不少工夫，總算制訂好了營救方案。正要行動，得到的最新情報卻說，楚卿和幾千戰俘，被日本人挑了出來，專門關到一個地方去了。杭憶一開始以為，他們要對這些人下毒手。第二天夜裡傳來的消息卻使人大惑不解——日本人竟然把這批人統統都放了。

在修建機場的被俘軍民中，被釋放的並不是楚卿一個人。不過，這種釋放的概率也並非一定會降到楚卿身上，楚卿的被釋放，完全是因為被小堀一郎認出之故。當時，一個日本軍醫模樣的人正在人群中挑選著他所滿意的人，戰俘們並不知道這次挑選意味著什麼，只發現他們對男人比對女人更感興趣。那日本軍醫好幾次都從楚卿面前走過，直到站在他們這一群人不遠處的小堀用馬鞭指著楚卿說：「您不覺得，在您的工作中，女人和男人一樣地重要嗎？」

那個日本軍醫這才站在了楚卿面前，盯住了楚卿，然後伸出手去，捏捏她的肩、她的手臂，又端起她的下巴，看看她的牙，滿意地叫了一聲，對小堀做了一個手勢，表示贊同。然後，一個日本鬼子就把楚卿給拖了出去。

這些被挑選出來的人，都被集中在另外一塊空地上。他們大多是身強力壯的男人。誰也不知道日本人把他們挑出來是幹什麼的，莫非是準備槍斃他們了？楚卿很年輕的時候就幾乎經歷過死亡，她想這一次是真的要死了。小堀卻好像已經看出她的心思了，他慢慢地走了過來，手裡的馬鞭一下一下地隨意地抽打著地面，說：「那小姐別來無恙？」

楚卿看著這個杭州城裡忘憂茶莊的死對頭，她想，這一次她恐怕是不可能再在他的眼皮子底下消失了。既然如此，她也不用再有什麼顧忌，倒是神清氣爽地說：「是啊，從杭州城這個被強盜侵占的地方出來，走到自由的天地裡，自然是別來無恙了。」

「可惜那小姐到底還是沒有能夠逃出我們的手掌啊。」

「鹿死誰手，要看最後的結局。」

「那小姐說到死倒也坦然，但我們不會讓你們這樣死的。你放心，我們不會讓你們支那人就這樣去死的。喂，你們說是不是？」小堀一郎對著那些穿白大褂的日本軍醫說，他們都會心地笑了起來。

早在兩年前的一九四〇年十月至十一月，日軍就對浙江進行了細菌戰。他們分別在寧波、衢州和金華用飛機投放了許多鼠疫病菌，兩年之後的浙贛戰役中，日軍的731細菌部隊部隊長石井又親率遠征隊從哈爾濱來到這裡的衢州城，再一次對這裡的軍民投放了鼠疫、霍亂、傷寒和炭疽熱等細菌。楚卿所關押的戰俘營中，就有三千戰俘成了細菌戰的犧牲者，楚卿也包括在了其中。日軍事先已經準備好了三千多個特製的燒餅，並用藥針在燒餅中注入了細菌，然後，再把這些燒餅分發給了這三千戰俘，同時釋放了他們，讓他們作為帶菌者，再把細菌傳染到民間去。

楚卿也分到了一個這樣的燒餅，只是她還沒來得及吃，就被小堀一郎派來的人帶走。他們專門給她檢查了一次身體，然後，又被帶去見小堀了。

這一次，小堀是在機場的邊門上見楚卿的。七月的驕陽雖然已經開始下山，但浙西大地依然被烤得如火燙。機場周圍被挖得橫七豎八，溝壕中的死水摻和著血水，散發著陣陣臭氣。小堀一郎卻穿著整齊，一身軍裝，見到楚卿，笑笑說：「怎麼樣，那小姐，我們還是言而有信的吧。我不是說過了嗎，不會讓你們這些支那人就這麼死去的。我們不是把你們都放了嗎？」

他手裡拿著的馬鞭就指了指那邊不遠處，機場的大門口，中國戰俘們正三三兩兩地互相攙扶著，朝機場外的曠野走去。

楚卿看著這些人的背影，很久，才說：「這樣的自由，還不知道是用什麼樣的代價來換取的呢。」

小堀睜大了眼睛，讚歎著說：「凡和杭家人打交道的女子，從來就是聰明過人，你也不例外。我們當然不會白白地放過你們。你還沒有吃那個燒餅吧，我希望我能在你沒有吃那個燒餅之前把你叫出來，你吃了嗎？」

楚卿搖搖頭，她明白這是怎麼一回事了。她說：「為什麼把這樣的罪惡洩露給了我，不怕戰後有一天，我作為證人到國際法庭去告你們嗎？」

小堀大笑起來，說：「那小姐，我可是你的救命恩人。」

「為什麼要救我？」

「我沒有特意救你，你只是碰巧沒有吃下那塊有細菌的燒餅罷了。這是你的幸運，和我無關。」

「那你和我還有什麼可以談的？」

小堀一郎看著遠山，一隻手無聊地用皮鞭甩打著地面，一蓬蓬的灰塵就揚了起來。一會兒，他突然輕聲地說：「我只是厭倦了這場戰爭……厭倦了。」

楚卿看著遠方，她還是不能夠明白，這個她並不熟悉的日本軍人特務，為什麼要對她——他的敵人說這樣一些話。住在杭家的日子裡，她曾經模模糊糊地聽到過一些有關這個人的出身，但他們並不開誠布公地對她說這些。他們杭家人，對小堀這樣一個惡魔，總有一種說不出來的保留。

黃昏降臨，空氣中傳來陣陣血腥味，群山開始變暗了。天空失去白日的光澤，慘白和紫紅混合成莊嚴的深灰，原野便在暮色中遼闊起來。遠山在天邊折畫出了一道支離破碎的濃線，上面是不可捉摸的耀眼的白光，下面是深不可測的黑。那些三三兩兩走向大山的人們的背影，那些注定要去赴死的活著的亡靈的背影，在地平線上跌跌撞撞地遠去，有的在尚未融入鬱黑猙獰的山巒之時，就已消失在大地上；有的蠕動著，在幾乎消失時重又出現，終於投入大山的懷抱。楚卿的視線一直跟著他們，她覺得，她必定是他們中的一員了，消失在這樣的大地和群山之中，也許就是她的歸宿了。

小堀指著其中的一座山說：「看到了嗎……爛柯山。那是有關大虛無的故事啊，竟然就來自這塊土地，你聽過這個迷人的傳說嗎？」

楚卿沉默了一會兒才說：「我不關心任何有關虛無的故事，不管它來自哪塊土地。」

「可是我要說，虛無是在任何信仰之上的東西啊。一個樵夫進了山，見一對仙人下棋，他放下手裡的斧頭，不過看了一局，再回頭望，斧頭的柄已經爛光了。回到山下的家中，誰也不認識他，山中方數日，世上已千年。你看，時光就有這樣的力量，時光的力量比戰爭的力量大多了。無論是我們日本人戰勝你們支那人，還是有一天你們支那人趕走我們日本人，在時光面前不都是渺小的、無意義的嗎？……我對這場戰爭已經厭倦了……」

「你的厭倦，是在這裡產生的，在中國產生的。難道不是一種必將失敗的預感使你覺得虛無嗎？」楚卿尖刻地說。

小堀一郎皺起眉頭，打量了一下楚卿，說：「有信仰的人總像一個傳教士，到處散發自己的福音，甚至在死亡降臨的時候，他們也不放過這種機會。不過我不會因為你的話再動殺機。楚卿小姐，我該祝賀你——也許你自己也未必清楚吧，你已經懷孕了。」

楚卿低下了頭，她就像沒有聽到這個消息，她一動也不動。

「你不感到吃驚嗎？」

「我吃驚——因為這消息竟然是你告訴我的。」

暮色越來越濃了，夜幾乎就在剎那間躍入，小堀的臉也幾乎看不清楚了，楚卿只聽到了他的馬鞭抽打在空氣中的不耐煩的聲音——

「好吧，我可以告訴你，我既不是厭倦了戰爭放了你，也不是因為懷孕放了你。我放了你，只是因為我的父親死了……」

楚卿遲疑了片刻，說：「如果你現在還沒改變主意，那我就走了……」

「走吧，走吧，你們這些該死的支那人，我討厭看到你們的臉。到棋盤山頂去找你們的那一群吧，也許你的男人就在裡面。別忘了我是幹什麼出身的，你們鬼鬼祟祟地出沒在這些山間，別以為我不知道，別以為我不敢殺你們！」小堀惡毒而依舊厭煩地揮揮手，說，「現在我祝你走運，比那些注定要死的人走運，祝你不死，戰後的某一天到國際法庭上去控告我們，我會在那裡缺席受審的，再見……」

他拖著馬鞭，慢吞吞地走了，在暮色中，果然就像是一個正上法庭的受審者……

第二十七章

一九四二年的第一天就是充滿著戰時氣氛的。羅力在開往前線的那一天，從收音機裡聽到了中、美、蘇、英等二十六國宣布向軸心國作戰的消息。作為中國遠征軍的一名戰士，羅力此時就在重慶。他在中緬邊境和內地之間穿梭往返多次了，也許和寄草就在同一條江邊走過——但他們命中注定失之交臂。嘉陵江上大霧彌漫，杭氏家族在四川的一支再次因戰爭而生離死別——其中杭嘉平的第二個妻子黃娜已經乘飛機去英國她的父母家；她的丈夫杭嘉平拐著一條腿與她分道，興致勃勃地隨團進入陝甘寧邊區，前往紅星照耀的地方參觀考察；他們的一雙兒女杭漢和黃蕉風則尾隨吳覺農先生同赴浙西萬川茶鄉。當杭寄草站在嘉陵江邊和杭漢、蕉風告別之時，羅力已經隨中國遠征軍進入了中緬邊境。而再晚些時候，當羅力與他的戰友們已在中國西南邊境枕戈待旦之際，懵裡懵懂的女人寄草，跟著一支馬隊，幾乎就是踩著羅力他們的足跡，正一無所知地在戰火中尋找著她的愛情呢。

寄草是七轉八轉到了昆明以後，才與一支馬隊接上關係，前往滇緬邊境的。馬隊年輕的馬鍋頭，是個布朗族人，老家就在滇緬邊境的勐海大黑山原始森林，人們都叫他小邦崴。

說起和小邦崴這支馬隊的認識，也是偶然。原來寄草在昆明街頭無親無故，正一人瞎轉悠的時候，七折八折地踅進了一條巷子。昆明的巷子街道，大多都很狹窄，石板鋪的路，被磨得光溜溜的，就像一面面打碎的鏡子。那一日又正逢下雨，寄草小心走著，就聽見後面有人唱著山歌呢：

一二三月雪封山，四五六月雨漣漣，
七八九月正好走，十冬臘月學狗竄……

寄草回頭一看，那唱歌的卻是一個精精神神的年輕人，牽著一匹馬，後面是一隊馬幫。馬鈴聲叮噹叮噹地響，寄草就被那從未見過的馬兒吸引住了。

這些馬兒的個頭都是特別地小，但背上背著貨物行走倒也十分精神賣力，不像是力所不支的樣子。寄草這茶人家族中出來的後代，一看就知道，馬背上那一袋袋的東西肯定是大葉種的茶了。只是這馬，寄草卻從來也沒有見過，看著新鮮，就脫口而出：「哎，這馬兒怎麼和日本矮子一樣的啊？」

就見那年輕人又唱：

駑馬專在山上跑，花椒極品大紅袍，
瓜菜四季少不了……

唱完了才開腔道：「這位姑娘問得不好，怎麼能把我們頂呱呱的羈縻馬和日本鬼子相提並論呢！這可是咱們中國古黎州漢源縣出的好馬啊。馬雖是矮了一點，卻是打日本鬼子的馬，一路上不知道運過多少抗日的物資了呢！」

寄草叫了起來：「原來這就是羈縻馬啊？」

小夥子道：「聽姑娘口音，是從江南一帶來的，莫非那裡的人也知道羈縻馬？」

寄草笑道：「也不是人人都知道的。我因出生在事茶人家，方才知道這馬的來歷。」

「姑娘這一說就是行話了，這裡西南聯大的不少學生，卻是不知道這茶與馬之間的關係呢。」

小夥子年輕，說話卻老三老四，不愧是一個馬鍋頭。

原來這歷朝歷代，用邊茶換回的馬匹，歷來就分兩種，一種是戰馬，那另一種就是這羈縻馬了。戰馬來自青藏高原和甘肅的河西走廊，而這羈縻馬，則來自雲貴川一帶。此馬雖不能戰，卻是十分吃苦耐勞的，走高山險路更是十分靈便，故而這一帶的馬幫隊都喜歡用這種馬。

寄草是個自來熟，又兼那年輕的馬鍋頭是個見過世面的人，兩人就沒了陌生感。說話間馬馱子就卸在了街前馬店旁，一時人呼馬叫的，就立刻熱鬧了起來。

馬店隔壁是一家老茶館，長圓形的大鐵壺放在灶火上燒著，寄草見有人喝著茶呢，就不客氣地伸過頭去看，蓋碗茶中漂的可是又寬又長的雲南大葉種茶葉。那小邦崴豪爽地請寄草喝茶，寄草一拍手說：「行啊，這一回我要一路喝進緬甸了。」

小邦崴笑笑說：「你要進緬甸，那就是和我一路的了，我正可以送你一程呢。」

「就你這一小隊馬幫，不怕路上有人劫了我去？」

「姑娘你這就小看我，也小看我們雲南的馬幫了。你當我們就這麼一點隊伍，那是現在抗戰非常時期。我十七歲就當馬腳子，十九歲就當馬鍋頭，一眨眼也有七八年了，什麼世面沒有見過？你沒有見過從前的馬幫吧。那可都是百來匹馬，甚至三四百匹馬組成的。出發時，又有三四隊馬幫一起走，背著槍，趕著馬，還帶著我們喜歡的女人，就這麼上了路。那上千匹的馬，過山穿街，一路鈴鐺搖得山響，是什麼樣的架勢啊！」

寄草吐了吐舌頭：「哎呀我的媽，那得馱出多少茶，多少馬啊！」

「就像天上的星星一樣，數也數不清啊。」

寄草心裡想，見了羅力，她一定要告訴他，什麼叫茶馬古道，什麼叫茶馬交易了。她已經打下主意，和這個名叫小邦崴的馬鍋頭同行。

杭寄草千里單騎，和戰爭密不可分。在昆明巧遇馬幫，不知這馬幫的來歷，當初也是和戰爭不可分的呢。

原來那最初的茶馬交易，竟始於唐代中央政府的一項茶業政策，也可以說是一項治邊政策吧。公元八世紀唐代中葉的安史之亂中，游牧民族回紇，因唐王朝之請，派兵攻打了叛軍，因此有史書留名——唐肅宗時，回紇有功於唐，許其入貢以馬易茶。

然，以馬易茶也不是那麼容易的，這就是一種規格，一種中央政府的青睞了。況且一開始，回紇用馬換的主要也不是茶，而是絹帛。一匹馬，可以換得四十匹絹。看來回紇人是很喜歡絹這種美麗的絲織品的，故而每年驅來的馬，動輒就是上萬匹。久而久之，唐王朝發現於己不利起來，故而逐漸地用茶代替了絹帛。而這初期的茶馬交易，也不純粹是商業性交易，主要是對邊民所納貢物的一種回報吧。直到後來，才相沿成一種制度。公元九世紀初，中央政府才正式實行了茶馬交易。

但是，即便在那時候，也還沒有設立專門的官員來掌管這件大事。直到宋代，邊疆戰事頻繁，需要大量的戰馬，馬政這才成了宋王朝的一項重要的商務活動。起初，還是以錢買馬，或者用老辦法，以絹易馬。公元十一世紀初，宋王朝在邊境交戰，打了一些勝仗。其中有一個叫王韶的將軍，收復了河州，發現這裡的人愛喝茶，就上奏疏：「西人頗以善馬至邊，其所嗜唯茶，乏茶與市……」皇帝得了這麼一個信息，這才開始大規模地以茶換起馬來。

河州這一帶是缺乏茶的，所以，當時的皇帝宋神宗便派一個叫李杞的官員入了川，專門措置茶葉。

而這個名叫李杞的官員，也肯定是有一些商業頭腦的，當年就成立了買茶司，專門負責產茶地的茶葉收購業務，並上奏說：「賣茶買馬，固為一事。」——賣茶買馬，本來就是同一件事。

從此以後，以茶易馬不僅成了正式的制度，還有了專門的管理機構，開始有了法律，謂之茶馬法。

長話短說，就不提那歷代歷朝的茶馬是如何交換的，只說那寄草第一次見到的羈縻馬的稱呼來歷。原來這「羈縻」二字，竟然有著國家大政方針在裡頭呢。宋王朝對來自西邊的戰馬並不特別優待，一匹馬只換得名山之茶一百二十斤。而這些來自黎州的小矮個子馬，一匹卻可以換得名山之茶三百五十斤。這裡就體現了兩種政策：西部的戰馬，買來就是為了打仗；雲貴川一帶的小個子馬，買來主要是體現一種民族政策。「羈縻」這個詞兒的意思，就帶有籠絡的含義。宋王朝正是要通過這樣一種經濟政策，獲得邊境的安寧。

看來這種政策還是行之有效的。宋王朝每年到黎州一帶買羈縻馬二千至四千匹，使黎州地區「邊民不識兵革垂二百年」。茶，的確可以說是和平之飲啊。

元朝，馬上治天下，自己有馬，就不想用什麼茶去換馬了，所以茶馬交易到元代也就中止了。明代，又是漢人治天下了，少不得馬，茶馬交易便又重新開始，而且嚴格地控制在官方手裡，商人不得介入，誰要是走私茶葉，格殺勿論。太祖朱元璋的女婿歐陽倫，不知岳父大人的厲害，向地方官員要了五十輛茶車，私自販到雲州去，結果怎麼樣——斬！

死了駙馬，也還是不能解決官商帶來的弊病，所以明代的茶馬制度是五花八門的，其中有官茶商運、商茶商運等。這樣的茶馬交易，到了清代，依舊保持了一段時間。直到康熙年間，政權鞏固，戰馬資源也十分豐富，而邊民們也可以通過許多途徑得到他們想要的茶，不需要再用馬去換了，故而康熙時就停了西寧等處的易馬。到了公元一七三五年，又停止了甘肅的以茶易馬。這樣，在中國歷史上推行了將近千年的茶馬互易制度，終於宣告結束了。

茶馬交易的茶，人們稱之為邊銷茶。西路邊茶是以陝西為主要集散地的，茶葉銷往蒙古、新疆和中亞等地。南路邊茶是從四川雅安、雲南西雙版納一帶，最終通向西藏的。那些由茶聯結青藏高原與川、滇茶區的險峻的小道，就成了代代相傳的茶馬古道。

寄草現在要走的，正是一條因茶葉貿易而開闢的民間小道。千年來，無論王朝如何更替，茶馬交易如何變化，山間的馬幫聲卻從來也未斷過。寄草憑著她的直覺，她的血液裡的對茶與生俱來的認同，開始出發。她將從雲南的昆明開始，一直走到茶葉的故鄉——西雙版納的原始森林裡去。而穿過西雙版納，就是緬甸了，她相信，在那些她從未看見過的大茶樹下，一定會有她的情郎。

小邦崴沒有按原計畫，經過昆明再上無量山，他從羈縻馬上卸下了普洱茶，又裝上了棉紗、藥材，還有英國生產的煙和從西部運來的鹽巴。寄草從來也沒有騎過馬，小邦崴想辦法弄來一輛小馬車，小得最多只能擠兩個人。小邦崴說山路狹窄，馬車再寬一些就要掉到山下去了。寄草奇怪，她記得剛見到小邦崴時，他身邊是有一個女人的，怎麼這一會兒女人不見了。小邦崴一聽，笑了，說：「她跟別的馬鍋頭走了。」

寄草嚇了一跳，說：「那怎麼行，你怎麼不把她追回來？」

小邦崴說：「她自己要走，我有什麼辦法！再說，你們漢人都說一山不容二虎，我們不是已經有了你嗎？」

寄草就急了，跺著腳說：「我可不是你的女人，我是到前線找我男人去的，你沒跟她說嗎？」

「怎麼不說？說了她也不信。瞧，她把我的臉也抓破了，她吃醋了。她是個緬甸女人，可愛吃醋了，你呢？」

寄草笑了起來，說：「小邦崴，小邦崴，天底下沒有一個女人是不愛吃醋的，再大的戰爭也不能改變她們的這個天性——我們走吧。」

坐在小邦崴的馬車上一路至昆明南下，寄草一點也沒有感到生疏，她甚至覺得雲南此地的風光，比重慶更接近於故鄉江南。不過這裡的什麼植物都彷彿是巨無霸似的：劍蘭開得一人多高，美人蕉大得如小臉盆。一叢杜鵑，長得就如一片小森林，寄草得仰起頭來看，有十多米高。再看那天空，也高出了我們江南的天空好大一截。白雲悠悠的，也不知要悠到哪裡去。山啊，連綿著，又大又美，奇奇怪怪地生在這高原上，寄草就「哎呀哎呀」地不停地叫。

小邦崴說：「這才開始呢，你就叫個不停。不是聽說上有天堂下有蘇杭嗎？你是天堂來的人啊，什麼沒見過，還值得那麼大驚小怪！」

寄草說：「我們杭州自然是天堂，不過比起雲南來，到底少了瑰麗奇崛神祕。還有，你們這裡什麼東西都那麼大，我再想起我們江南，就覺得如小人國似的了。」

「你還沒見過我們邦崴的大茶樹呢，那才叫大，一生就生到雲裡頭去了，粗得幾個人都抱不過來呢。」

「這就是陸羽的『一尺二尺，乃至數十尺，其巴山峽川有兩人合抱者』啊。」寄草就念起《茶經》來了。

小邦崴雖然見多識廣，但到底不是讀書人，不曾聽說過《茶經》，又不想在這杭州姑娘面前露破綻，就說：「聽說你們那裡的茶樹卻是矮得蹲在那裡，只長到人的腰部那麼點高，跟我們這裡的包菜一般的，是那麼一回事嗎？」

寄草指著前面的羈縻馬說：「哎，就是和你們的羈縻馬一樣的啊，雖然小，卻是珍貴著呢！」

小邦崴說不過寄草了，只好再轉移話題說：「你們江南人，個個都是三寸不爛之舌。走，我這就帶你過曲陀關，這裡可是當年忽必烈帶著十萬大軍犯雲南的地方。你看這裡的人，許多都是當年元軍的後代呢，他們可是踩著我們馬幫的馬蹄窩子，沿著這茶馬古道才進來的。」

小邦崴揚了揚鞭子，得意洋洋地說：「誰叫我十九歲就當了馬鍋頭呢！實話跟你說，跟我相好過的女人，我都記不清有多少了。」

「小邦崴，你可是懂得真多。」寄草看看這年輕的馬鍋頭，不由感嘆說。

寄草搖搖頭，這小邦崴，什麼話都不忌諱！

通海城很美，尤其是那座秀山。古木森森之中，還有茶樓中閒坐的老者，彷彿戰爭從未來到過人間。小街上走著各種各樣穿著哈尼族服裝的女人，大襟的上衣，褲子短到膝下三寸處，腳上裹著黑綁帶，腰帶上的花繡得漂亮極了，讓寄草看得一步三回頭。

「你要喜歡，我讓人給你弄一套來穿。」小邦崴說。

寄草說：「要說喜歡，我是都喜歡。要說最喜歡的，還是你們傣家女子的筒裙短衫。不過，現在哪裡有心思穿呢，你沒聽古人說，女為悅己者容啊！」

「什麼女為悅己者容？」

「就是一個女人，只為她的心上人打扮啊，你不是有過數都數不清的相好嗎，連這也不知道？」

小邦崴聽到這裡，一聲不吭，抽著煙，一心一意地趕起路來。

寄草是一個耐不住寂寞的人，見小邦崴半天不說話，就喊：「小邦崴，你怎麼啦，我剛才得罪你了？」

小邦崴說：「不，你沒有得罪我，是我把我自己得罪了。我這是在回想我的那些個相好呢，她們有幾個是為我打扮的？」

「有幾個？」

「誰知道啊！她們一個個哭著喊著跟在我後頭，然後一個個又神氣活現地離開了我，跟著別的馬鍋頭走了。哎——我搞不清這些女人的心思啊……」

「準是後面的那些女人，把前面的女人氣走的吧！」寄草大笑起來。

小邦崴也笑了起來，說：「你說得對啊，不怨她們，都怨我。我這個哥哥，心太花了。」

這麼說著，小邦崴就又唱了起來：

四月裡來繞三靈，一繞繞到大理城。
繞到東門唱一調，繞到西門停一停。
繞到灣橋歇一歇，繞到喜州談談情。
繞到廟頭才住下，一夜唱到大天明。

……

小邦崴帶著寄草所走的這條茶馬道，從昆明下來，經玉溪、通海、峨山、新平、元江、墨江、磨黑到達普洱，人稱上路。另有一道後路則是從小邦崴剛才所唱的大理城開始的，一路經過巍山、南澗、景東、鎮沅、景谷到達普洱，與上路會合。寄草這些年來顛沛流離，也是一個能吃得起苦的人。前面那些路段，雖然也險峻，因為有小邦崴悉心照顧，倒也挺過來了。一直到了磨黑，他們也沒有停下來，又一直往前走，就這麼走到深山裡去。寄草擔心有強人出沒，小邦崴就說：「別著急，前面有兩株大青樹，樹下有個大茶馬店，可以歇腳。」

寄草說：「那不是山重水複疑無路，柳暗花明又一村了嗎？」

小邦崴聽不懂寄草的文人語言，但聽懂了一個村字，便說：「村倒也不能算是一個村，不過你再往前走走就知道了，今夜這裡的人不會少。」

果然話音剛落，就見前面有燈火在山坳裡閃閃爍爍。又有人喊馬嘶，走近了看，呵，大茶店外面，堆堆篝火頂頂帳篷，好不熱鬧！

小邦崴一行，這就也把馬給卸了馱子。茶馬店老闆餵了馬去，老闆娘又上前為寄草專門弄了一間乾淨點的小屋休息，又問這漢族姑娘要吃什麼。寄草想了想說：「都說雲南的過橋米線好吃，你們這裡可有？」

「怎麼沒有，我這就給你端去。」

老闆娘剛走，小邦崴他們就在屋外找了一塊地方，生起了篝火。他們圍著火，有的抽菸，有的喝酒，最多的，還是拿出烤壺老鴉罐，煮起普洱茶來。

這裡是彌天的大夜，山的黑海洋，星星大粒大粒地就嵌在火堆旁，旅人就坐在天上。在火堆與火堆之間，是一群群火蛾一般飛舞的火星，它們踴躍著發出輕微的噼噗噼噗的聲音，越發襯得天風浩蕩，群山洶湧，森林呼嘯卻又萬籟俱靜。老闆娘送來了熱騰騰的雲南米線，寄草捧著那隻嚇死人的大碗，突然想起了同樣的熱騰騰的山芋、火塘，同樣的山與森林，還有低矮得踮起腳可以摘下的天星。天目山啊，天目山的親人啊，西子湖，西子湖的親人啊，我和你們相隔得太遠太遠了，遠得想一想就要恐懼，想一想眼睛就要發黑了。我還能回家嗎？我還找得到羅力嗎？前面看看也沒有人，後面看看也沒有人——我會一個人死在漫漫長路和漫漫長夜之間嗎？如果楊真能和我在一起就好了，他會鼓勵我，他的一往無前的心無旁騖的勇氣會讓我重整旗鼓。可是現在怎麼辦呢？我害怕，我第一次感到害怕了……

寄草流下的眼淚，一串串掉到了手裡的大碗中。她嘆了一口長氣，一邊抽泣著，一邊開始吃起過橋米線。鮮美的食物很快轉移了她的思緒，她東張西望著，看到小邦崴這個篝火走走，那個篝火走走，還聽到有人跟他打趣：「小邦崴，這一次你可是走運了，怎麼弄到手一個洋學生？小心哪一天我再把她也給拐跑了。」

小邦崴說：「這一次我們可誰也拐不跑她。她男人正在前面打仗呢，她可是千里尋夫尋過來的。」

有人就高聲說了：「聽說緬甸那邊，戰事吃緊得很呢。我這一趟，跑的就是給盟軍的慰問品啊。」

一陣熱鬧之後，腳夫們就開始沉寂下來，默默地喝著他們的茶。寄草發現一隊藏民服裝的馬隊，正在擠著馬奶。小邦崴過來了，寄草不願意讓別人發現她剛才哭過，便找了個話題問：「小邦崴，你看他們藏民的馬還真有意思，白天當腳力，夜裡還要擠奶，藏民非吃馬奶不可嗎？」

「這是他們煮酥油茶用的奶，這些從雪山上下來的古宗馬夫，他們一天也離不開酥油茶的。」

小邦崴抱怨了：「照你這麼問下去，我肚裡這點貨色過三天就全給你掏光了。」話雖這麼說，小邦崴還是把古宗馬夫的來歷告訴了寄草。

「什麼叫古宗馬夫？」

一千三百多年前，藏王松贊干布娶了文成公主，中原的茶葉作為嫁妝從此進入了西藏。其實，在此前的兩百年，藏人就在一次戰爭中繳獲過這樣一種東西，但他們不知道這就是他們後來視為性命一般的茶。是文成公主教會了他們喝茶，以至於這個民族到了一日不可無茶的地步。

對茶的渴望和雪山之巔的本身無茶，形成了尖銳的矛盾。藏民們不能再過那種無茶的日子了。他們走下高原，穿過那高高的橫斷山脈，來到了四川和雲南，這裡的茶葉使他們欣喜若狂。他們心甘情願地拿出他們的馬匹、藥材和皮毛，換回他們的寶貝茶葉。

這古宗馬幫即是西藏馬幫，也是雲南有名的二十多個大馬幫隊之一，以麗江為起點的進藏貨物，一半是由他們馱運的。通常由五十多個趕馬人組成一支馬隊，他們的首領包括大鍋頭、二鍋頭和管事。由於路途艱辛，他們除了能夠得到較為豐厚的報酬之外，每人還可以得到四十二團茶。

小邦崴熱心地指點著，告訴寄草說：「你看，這是來自滇池的你們漢族的商幫。那邊一撥子人，那是從版納上來的傣族、哈尼族，喏，還有我們布朗族趕馬人。這邊一群是從大理白族、巍山回族和南澗彝族下來的客商、馬隊……都是古道上的人，見了面，彼此都客客氣氣。只是言語不太聽得懂，生活習慣也不一樣，只能各自圍著各自的篝火轉了。」

此刻，這些神祕高大的古宗馬夫一邊給馬匹餵著草，一邊還不忘記給馬餵一些酥油茶。隨著酥油茶的一杯杯進肚，他們的情緒開始高漲起來。終於，他們開始拉起弦子跳起鍋莊來。他們被篝火照亮的古銅色的面容，時不時地被吞入黑暗中又從裡面跳出來。高原也彷彿參與到這些趕馬人的快樂之中了，連森林板結的黑臉也綻開了笑容，周圍還有許多異族的馬幫微笑地看著他們，各自忙著各自的事情。他們旁若無人的快樂神情終於感染了寄草，她憂鬱的情緒終於漸漸散去了。

山風緊了，篝火被風吹得呼啦啦響了起來。那邊，古宗馬幫的漢子們也卸下了他們的馱子，架成了一個天架，就在這下面，悄悄地睡了。

只有寄草和小邦崴還沒有睡意。他們喝著燒得濃濃的普洱茶，那又苦又香的茶，寄草覺得過癮。「明日我們就要翻茶庵鳥道了。這段路不好走，要小心。」小邦崴說。

寄草聽了緊張，問：「有強盜嗎？」

小邦崴大笑說：「什麼強盜，要說強盜，我們這些馬鍋子，人人都可以說是強盜。要說不是強盜，我們可就都是正正經經的趕腳人。」

「我不是這個意思，」寄草難為情地解釋，「我是說，這個茶庵鳥道，聽上去好像高得只有鳥兒才飛得過去似的，想必人煙稀少得很吧？」

「明天你走一走就知道了。這條路也是人多時多，人少時少。聽說這幾日天天有中國的草鞋兵過呢。」

寄草一聽就跳了起來，叫道：「什麼草鞋兵，是不是羅力他們的大部隊往這裡過了？你為什麼不告訴我，現在追還能追得上嗎？」

她拖著一雙鞋子就要往外衝，被小邦崴一把拉住了喝道：「你這個人怎麼這麼沒頭腦！現在你人在山裡頭，能找到什麼？不如休息好了，明天趕到普洱。普洱是個大地方，聽說住著不少中國軍隊的將士呢，你明日只管去打聽，我陪你一起去好了。」

「你的馬幫不是要回你的拉祜去了嗎？」

小邦崴嘆了口氣說：「誰叫我攤上你了呢！不幫你把你那個寶貝男人找到，你不死心，我也不死心啊。話說回來，我這一路上也已經想定了。若是你那男人再也找不到了，變心了，死了，我就把你帶上回家了。我可不管你答不答應，你要說我是強盜也可以，我就是這麼一個強盜。從前我的相好多得數也數不清，從你以後，天底下就你一個相好了，誰也別想再來擠走你了！」

寄草聽著聽著，渾身顫抖起來，她知道小邦崴說的都是真話。她站了起來，慢慢離開了篝火，她看見在火光的輝映下，那些在黑暗中因為潮氣而生出青苔的大石頭在神祕地閃著光芒。她摸摸胸口，那邊貼身口袋裡，藏著羅力給她的信。他抄給她的詩，她都已經背得滾瓜爛熟了……

「收失地，從茲始，越勾踐，應師事。願勿忘訓聚，膽薪滋味。逸豫有傷家國遠，辛勞勤把我行治。枕長戈，午夜驚雞鳴，扶桑指……」她心裡默念著詩行，小心翼翼地走在這樣不規則的大石頭上，還是被石頭崴了一下腳。小邦崴跳了起來，說：「小心這些石頭，那上面還都有著馬蹄子踏出來的窩呢。」

寄草跪了下來，用手摸著那些窩，果然，每一個都有兩寸來深呢。我的愛人啊，你走過這裡的茶馬古道嗎？你知道我為了尋你，走遍了多少地方嗎？前面的路邊，一塊大石頭上，有兩個馬夫正在下棋。寄草走了過去，看見了那個刻在石頭上的棋盤。寄草蹲了下來，默默地看著這兩個馬夫下著棋，那棋子兒也是石頭的呢，在大山之中的黑暗間憑著一豆星光閃著靈氣。突然，寄草的眼睛一亮，就哭了起來。下棋的老人道：「姑娘，你哭什麼啊，說出來，大爺我給你解下。」

寄草指著那老人身邊的一隻草鞋，哭道：「大爺啊，大爺啊，草鞋兵從這裡過的吧？你看這是誰掉下的草鞋，這怕不是我的羅力的草鞋吧？我什麼時候才能見到他？羅力啊羅力啊，我什麼時候才能見到你啊？……」

她就那麼一邊哭著，一邊把那隻草鞋抱到自己的懷裡去了……

第二十八章

翻過了茶庵鳥道，寄草跟著小邦崴一行進入普洱，這杭州女子的心情，也就幾乎和普洱茶一樣地濃烈發酵起來了。

還沒到普洱，她就來煞不及地從傣家人那裡買了一套裙衫套上。白紗短衫，水紅色筒裙，穿上走來走去的，她自以為羅力很快就會看到的了。小邦崴瞧得眼花，又不敢給她潑冷水，只好說：「到了普洱城，還得有一番好好的打聽呢！你別把這麼漂亮的裙子弄髒了。」

寄草說：「不是說羅力的車隊就在這一帶開嗎？」

小邦崴就心裡暗暗叫苦。這一路上的問訊都是由小邦崴擔任的，寄草聽不懂當地人的方言異語。可是小邦崴打聽來打聽去也都沒有一個準星。戰事已緊，什麼樣的說法都有。此時前不巴村後不巴店，也沒法把寄草再送回昆明。小邦崴只好揀好聽的給寄草說，這一路幾乎是連蒙帶騙地把寄草送進了普洱城。

寄草從小就知道普洱，她家忘憂茶莊的櫃檯上，長年累月放著普洱茶。每次聽夥計向買茶的人介紹普洱茶，都要說：「老話說茶要喝新的，龍井茶是越新越好，偏這普洱茶不一樣，那可就是如陳年老酒一般的，非得是時間越久越香的呢。」

然而要是問及何以普洱茶越陳越好，即便是老夥計，也不一定能夠說個透徹的了。寄草也是這一路上跟著馬幫，才知道普洱茶的陳，竟也是和馬幫有關係的呢。

原來普洱茶，並非就是產在普洱這個地方的。它的真正的產區，就在小邦崴的家鄉西雙版納與思茅一帶，和茶葉集散地普洱還有一段不算太短的距離。茶葉往普洱府集中的時候，馬幫就得穿過熱帶雨林。那溼潤的空氣使茶葉發酵，竟發出了一陣陣人們始料未及的濃香。人們一旦喝到了這種自然發酵的茶葉，就漸漸地被這種香味吸引了，由此，一種新型的發酵茶誕生了。

這就有點像寄草對羅力的愛情。他們之間原本的感情並非天長地久。火花一爆，還來不及熊熊燃燒就分別了。要不是寄草如熱帶雨林中發酵普洱茶似的發酵著這場愛情，也許這也就如古往今來無數年輕人之間那種司空見慣的萍水相逢的故事一樣，到頭來不過一筆塵緣孽債罷了。也就是像杭寄草這樣藤吊百韌的人，才會把這場愛情之火一直從西子湖燃燒到了普洱城。

恰如杭寄草與羅力的愛情到底打動了小邦崴一樣，普洱茶的香氣也到底是給官方嗅到了。萬曆年間，朝廷就在普洱設立官員從事茶葉貿易；到了清代，又設立了官商局，凡茶人經營茶，都須領「茶引」。那些年，光從普洱運往西藏的茶葉就有三萬馱之多。思茅地區，可謂商旅雲集，每年都有千餘藏族茶商到此，印度商販也可以說是絡繹不絕呢。

皇上看了也眼熱，每年便都有貢茶送進宮去。那負責送貢茶的茶農得先把收來的茶送到縣府打包，選茶尖。每尖得用紅絲線連著，再用黃緞子打包，還得蓋上大印，這才能送到普洱府。再加印，又送到迤南道臺府，再加印，這才威風凜凜地上了馬馱。那馬幫上是得插杏黃旗的，靠著皇上牌頭一路北上，也就沒有人敢為難他們的了。

這就和寄草尋訪羅力大不一樣了。普洱城說大也不大，駐紮著不少中國軍隊，只是經常急急慌慌地調防，打聽來打聽去也弄不出一個結果。寄草對軍事知識可以說是一竅不通，只知道羅力本是一個作戰參謀，現在領導著一支車隊。好不容易在一個防區找到一個浙江籍的青年軍官，一打聽，還是蕭山人氏。此人見是杭州老鄉，倒也熱心，翻過來覆過去地問了好多，越問寄草就越茫然。最後那蕭山人沒奈何了，突然想起了問她知不知道她的那個羅力的上司姓什麼。這下寄草想起來了，姓戴！蕭山軍官一拍大腿說：「那不是二〇〇師嗎？師長戴安瀾。那是遠征軍第五軍的機械化師，前幾日聽說老蔣在臘戌一日召見他三次，命令他火速將部隊開拔到同古——」

「同古在哪裡，離這裡遠嗎？」

「什麼遠不遠，根本就不在我們中國的地盤上。那是在人家緬甸的領地上了呢，離仰光倒是不遠了。」

「那不是人家緬甸的首都嗎？聽說日本人用飛機炸過他們了？可有這回事情？」

「你啊你啊，你一個女人什麼都弄不明白，這會兒跑到這裡來，你簡直是盲人摸象了。」蕭山人一邊嘆著氣一邊把這裡的戰局粗粗地說了一遍。

原來，自一九四一年十二月二十三日日軍飛機轟炸仰光之後，仰光就一直處在危急之中了。到得二月十六日，情況已經萬分危急，中國遠征軍就從這時候開進了緬甸。估計羅力也就是這時候隨大部隊入了緬甸。而同古，恰恰是位於仰光與曼德勒鐵路線上的第一大城，西聯普羅美，東接毛奇，是阻止日軍北侵的重鎮，派二〇〇師去守住同古，就是為了不讓仰光陷落。

「我要趕到同古去！」沒想到寄草一跺腳，居然這麼說。

那蕭山人也一跺腳說：「你別再想這些雲裡霧裡的事情了。我告訴你，今天，三月八日，我們接到電報，就在剛才，仰光已經淪陷了，同古怎麼樣我們還不知道呢！我看你往回走才是正經。」

蕭山人這麼說著就走了，小邦崴看著寄草，不知道該用什麼話安慰這個已經披頭散髮，腦子好像有了毛病的美人兒。只見那寄草眼睛發直，盯著地面，發了一會兒愣，一跺腳說：「我要去同古！」

小邦崴只好說：「我和你一起去。」

所有的這一切，羅力自然都不知道。這個軍人終於如願以償地來到了抗日的前線。他是一個真正的東北大漢，充滿了陽剛之氣。他當然是很愛他的女人的，但他和杭氏家族出來的男人完全不一樣，打死他都不會想到他的情人會有這樣的勁頭，從杭州一直找到緬甸。此刻，他所在的部隊中國遠征軍第五軍機械化師第二〇〇師，在戴安瀾率領下，孤軍深入，日夜兼程，於三月八日，剛剛抵達同古，仰光就已於同日陷落。

戰況萬分危急，中國遠征軍決定，由第二〇〇師在同古及以南地區阻止日軍北犯，掩護主力部隊在平滿納附近集結，並在英軍協助下實施會戰，擊破當面之敵，收復南緬甸。師長戴安瀾把羅力叫了去，指著軍用地圖上同古以南三十多公里的皮尤河問：「看見那上面的皮尤河大橋了嗎？」

羅力點點頭。

「這一仗就看你的了。」戴師長拍拍他的肩膀，說，「聽說你炸過錢塘江大橋，現在，就看你能不能把這座橋也給我炸了！」

十天之後的一個深夜，羅力帶著他的炸橋小分隊，已經埋伏在皮尤河邊的茶樹叢中。用電器作為引爆裝置的炸藥包就安放在皮尤河大橋的橋墩之下，小分隊則隱蔽在皮尤河畔的茶叢地裡。

一切都準備好了。

大戰來臨前的夜晚十分安靜，在異國他鄉，羅力卻沒有一絲陌生感。有一股熟悉的氣息在他的鼻孔裡鑽來鑽去，他順手一撈，是一縷緬甸的茶枝。剛剛下過雨，茶蓬在夜間就唰唰地抽起枝來。緬甸的土質與中國江南的不一樣，羅力所看到的茶葉葉片細長，肉質也比較薄。羅力含了一片在嘴裡，倒下身去，就看見了異國的月亮。他還聞到了茶花的香氣，他的眼睛一瞇，月亮光白花花地灑落了一地，變成了一地的茶花——寄草！他驚坐起來，輕輕地叫了一聲。

周圍的幾個戰士也都嚇了一跳，跟著跳了起來，問：「有情況嗎？」

羅力吐了口中的茶末，說：「沒事。」然後就又躺下了，心裡驚訝：怎麼那麼多天都沒想起這個姑娘，這會兒卻又浮現在眼前了？

說實話，一旦上了戰場，他就不再像寄草想他那樣地想著她了。不是他沒心肝，也不是沒有時間，是他自己以為，一旦離開了寄草，他就沒有資格想她了。有許多次，他都想像自己是已經犧牲，戰死沙場了；或者，他想像寄草也早已在這離亂年代嫁為人妻，甚至也可能早為人母了。模模糊糊地想起了在天目山上給他帶信的那個叫楊真的共產黨人。不知為什麼，一旦想到這裡，他就有點想不下去，他就寧願不去想她了……

可是這會兒，躺在一片片竹子般生長的茶林裡，嘴裡嚼著茶葉，看著天上的月亮，他突然有一種寄草近在咫尺的感覺。他激動起來，這東北漢子從來也不知道感傷的，此刻卻從鼻孔裡衝上來一股從未有過的對女人的深深的眷戀之情……

有夜鳥在叫，他想起了那個他準備接受任務去炸錢江大橋的夜晚，那個大難臨頭前的西子湖的夜晚了。他從來也沒有讀過「感時花濺淚，恨別鳥驚心」，可是現在他知道，為什麼那天夜裡的夜鶯會啼叫得如寡婦夜號一般的了。寄草啊，我的女人，你如今在哪裡啊！我還能見到你嗎？也許永遠也見不到了……他摸了摸口袋裡的遺書。那是從師長戴安瀾開始寫下的。戴師長已經帶頭宣布了自己陣亡後的代理人名單。然後，從團長開始，營、連、排、班長，都層層地預立了遺囑，指定了代理人。作為這次炸橋任務的別動隊長，羅力也不例外。他是帶著必死的信念等待明天的，可是，茶地的香氣卻讓他想起了愛情與親情。他感到自己的肩膀沉甸甸的，好像大哥嘉和的手就放在他的肩上，他甚至再一次聽到了大哥柔和沉靜的聲音……要活下去啊……要像茶一樣地活下去啊……

第二天清晨，當日軍第五十五團搜索部隊約五百人來到皮尤河南岸，其摩托車隊快速地疾駛上皮尤河大橋時，隱蔽在茶叢中的羅力輕輕地一揮手，引爆員頓時就按下了電鈕。並沒有天崩地裂般的震撼，茶地只是一陣緊張的痙攣，橋就轟然地倒塌了。羅力端起了身邊的機關槍，就帶頭衝出茶園掃射起來。日軍措手不及，頓時作鳥獸散，向公路兩旁的茶園裡跑，不知那密密的茶蓬，早就做了中國將士的天然屏障，這會兒，他們正可以從茶叢中向敵人掃射呢。

戰鬥很快就結束了。戴師長派人清點了一下，連河裡的和茶叢裡被打死的日本鬼子，少說也有一二百吧。

看著那些倒翻在茶叢中的鬼子屍體，羅力不免有些驚訝。蔥綠的茶葉，在陽光照耀下依然泛著悠閒和平的光芒，可是在它的根部，流著人血，鮮紅的散發著腥氣的人血。綠茶與鮮血，這樣強烈地刺激著他的眼睛，他無法把眼前的一切調和起來。

凱旋的羅力，親自開著他的軍用大卡車，沿著公路，直奔六十里外的同古。陽光燦爛，美人蕉怒放，公路兩旁的芒果園一片蒼翠。一道道的大椰子樹枝像江南的大風車在風中轉動，汽車一開，它們往後倒去，又像是一群群奔跑的大鴕鳥。羅力的車開得很慢，因為一路上馬路兩旁都堆積著餅乾、牛肉、鮮奶罐頭和香菸，還有茶葉包。在這些慰問品的後面，踴躍著各種膚色的平民，他們中有中國人、英國人、馬來人，還有中英混血兒，甚至還有專門從美洲趕來的華僑。看來他們中的許多人說中國話都不熟練，所以不時地夾雜著英語和馬來語，連聲地叫著——同胞，勝利！祖國，勝利！戰鬥中沒有流淚的戰士們，此刻卻流下了熱淚，連一向不輕易動情的羅力的目光也模糊了起來。

就在這時，他聽到了一陣歌聲，用漢語演唱的〈梅娘曲〉：

哥哥，你別忘了我呀，我是你親愛的梅娘。
你曾坐在我們家的窗上，嚼著那鮮紅的檳榔……

車子緩緩移動著，他看見前面一間茶亭，上面斜插一面茶旗，正在風中飛揚，上面寫著四個大字：唐人茶飲——

茶旗下面站著一個身穿傣族姑娘服裝的女子，一邊唱著歌，一邊為路過的戰士們沏著香茶。她的嘴脣連著牙齒一片血紅，一看就是被檳榔汁染的。羅力一邊開著車，一邊向那姑娘微笑，一邊想，要不是那滿嘴的鮮紅，這傣家姑娘，還真是有點兒像他的心上人兒寄草——想當年，他不也是在車上發現了路旁的那個杭州姑娘嗎？

就這麼又開了幾米遠，突然他像是被一個驚雷炸醒了。他一下子剎了車，把那一車子的士兵也一個個地搖得前仰後合。然後，他就搖搖晃晃地下了車，搖搖晃晃地往回走去。

他看見那個滿嘴鮮紅的傣家姑娘，幾乎也帶著和他一樣的神情向他走來，向他走來，兩人就越走越近，越走越近，一直走到幾乎要碰到鼻子了才站住。

那姑娘一把抓住他的肩膀，就用杭州話叫了一聲：「我曉得我會在這裡尋到你的！我曉得我會在這裡尋到你的！我曉得我會在這裡尋到你的……」

羅力看看四周的人，然後伸出一隻手去擦那姑娘嘴角的檳榔汁，一邊擦一邊說：「你怎麼弄成這副模樣了……」

他就一把抱住了寄草，杭州姑娘嘴角上鮮紅的檳榔汁，就沾到他的臉上了……

二〇〇師師長戴安瀾竟然能在這樣的時刻，給了羅力半個晚上的假，與那個孟姜女般千里尋夫的杭州姑娘相會，也算是仁至義盡了。此時的二〇〇師已進至同古以南前沿陣地鄂克溫，而日軍也已經尾追至此，雙方都做好了決戰準備。羅力猶豫地看著師長，說：「等這次戰鬥結束了我再去見她吧，我已經把她安頓在附近的中國老鄉家裡了，不會有什麼問題的。」

戴師長搖搖頭，看著桌上他給妻子王荷馨寫了一半的信，想了想，也不再說什麼，只把這信交給了他心愛的下屬，說：「你先看看這個。」

他指著信上的這一段話：

余此次奉命固守同古，因上面大計未定，其後方聯絡過遠，敵人行動又快，現在孤軍奮鬥，決心全部犧牲，以報國家養育！為國戰死，事極光榮。……

羅力把信放在桌子上，低著頭，好半天也不說一句話。戴師長問道：「明白了嗎？」

羅力點點頭，還是說不出一句話。倒是戴師長拍拍羅力的肩膀，說：「為這樣的姑娘做半夜新郎，死也值了！去吧！」

寄草安置的那戶人家，還是從前小邦崴趕馬幫時認識的一位中國人，說起來，還是羅力的東北老鄉呢。老漢姓王，兒子在東北抗日聯軍打仗犧牲了，老漢帶著女兒老伴一路南下躲避戰亂，竟然跑到了緬中深山裡開起荒來。沒想到跑得那麼遠，也沒避過日本鬼子，眼見得敵人又打過來了。王老漢幾乎可以說是從地球的這一頭跑到了那一頭，這一次他是決定死也不跑了，就和日本人在這裡拚個你死我活了。沒想到二〇〇師在這裡打了一個大勝仗。這是侵緬日軍第一次受到中國遠征軍的沉重打擊呢！身在緬甸的中國人無一不欣喜若狂，許多人聽說王老漢竟然還在這樣的時候接待了一個中國杭州來的姑娘，夜裡要和她的情人在這裡成婚，竟不顧戰事紛亂，傍晚時分就紛紛地趕過來了。

王老漢家的茅棚，搭在一處瀑布飛流的深山裡。一片熱帶雨林的風光：群山披綠，到處是野山茶、野菊花、野桑，還有野橄欖和檳榔樹。香蕉樹和芒果樹一群群的，椰樹突兀而起，像一隻隻長頸鹿，在山中巡視。真是插根筷子也發芽的好地方啊！澗水上又有一座座的獨木橋，傣家姑娘唱著歌，挑著擔子，一路婀婀婷婷地過來，穿過那紅花綠樹叢，真像仙女下凡一般。要是沒有戰爭，這裡不是桃花源又是什麼？

王老漢的家是用竹子搭起來的，仿著那傣家的竹樓，門前種了不少蔬菜瓜果，還有一叢叢長得簡直就如竹叢似的茶樹叢。寄草看著這樣的茶蓬不免驚奇，說：「大爺，你的茶怎麼長成這個樣子了？」

「哎，你不知道，緬甸這個地方沒有冬天，一年四季茶都可以長。可能是長得快了，聽說倒沒有了我們中國茶的香。又加整天打仗，沒有心思用水去澆它，也沒心情修剪，只好讓它隨便亂長了，權當作了籬笆吧。」說得大家都笑了起來。

此時，一天的酷暑已經在晚風中被漸漸吹散，茶地裡漸漸溢出了淡淡的香。朦朧的上弦月升起來了，不知什麼蟲兒，也在鳴叫起來，一直坐在寄草身邊一聲也不吭的羅力突然一把摟住了寄草的肩膀，說：「走，到茶地裡去走一走。」

寄草的心一下子狂跳了起來，他們想起了多年前的那個杭州的龍井之夜了。

杭州家中的情況，其實羅力比寄草知道得還要清楚，可是他已經看出來了，寄草對家裡發生的事情一無所知。他們手拉著手，默默地穿過茶園。羅力想像從前一樣地聽寄草的饒舌，可是寄草卻一聲也不吭了。她走著走著，突然一下子坐在了茶地裡，她說：「羅力，羅力，我再也走不動了……」

他們像世間一切熱戀的男女青年一樣，擁抱，親吻和做愛。即便在經歷了千辛萬苦之後，結局也沒有什麼不同——寄草看著天，羅力看著寄草，然後寄草就哭了。她想起了楊真曾經告訴她的感覺——你感覺到你的心裡一片光明了嗎？你有一種歷經艱辛終於如願以償的快樂了嗎？你的心就像星空一樣浩瀚、像明月一樣潔淨了嗎？……

遠遠地，幾個傣家姑娘過來了，手裡拿著一串串用茉莉花穿成的花環，蹦蹦跳跳地來到他們的身邊，把茉莉花就套到了他們的脖子上，一邊用生疏的漢語說道：「替你們舉辦的婚禮都已經準備好了，你們怎麼還在這裡啊？快跟我們過去吧，賓客們都等急了！」

王老漢家的火塘前，小邦崴蹲著，烤著他愛吃的竹筒香茶，見了羅力和寄草，說：「快進去看看吧，我用中國絲綢給你們布置了一間新房，還用了你們杭州的杭紡呢。」

寄草驚奇地說：「這會兒你從哪裡弄來的這些寶貝哪？」

「怎麼是這會兒弄的呢？都是這一路上準備好的，還有一尊觀音像。我想好了，要是新郎還活在世上，這些東西就是我的賀禮。要是新郎不在了，這些東西，就是給我自己當新郎預備下的了。」

羅力剛才已經聽寄草說過小邦崴的事情，這會兒不但不吃醋，反而還被他的豪爽感動了，拍拍他的肩膀說：「邦崴兄弟，進去吧，咱們一起喝茶！」

小邦崴做了個鬼臉，看著正在竹筒上咕嚕咕嚕滾著的香茶，憂鬱地說：「讓我一個人在外面待一會兒吧，我看著你們舉行婚禮，心裡就難受，我吃醋了！」

寄草驚異地笑，說：「小邦崴，你也會吃醋，真想不到。這下你該知道從前你那些數也數不清的女人是怎麼離開你的了吧？」

小邦崴站了起來，捂著心口，邊走邊說：「是這樣捂著一顆流血的心離開我的，我現在知道她們為什麼吃醋了。讓我一個人待一會兒吧——」

他就這樣半真半假地透露著真情，走下竹樓，朝山坳間去了。

羅力看著他，半天也說不出話來。直到寄草問他在想什麼的時候，羅力才說：「有多少好男人啊，你卻讓我攤上了。」

像閃電一樣快，寄草的眼前就出現了楊真，用那麼純潔的目光看著她，她彷彿聽到他說：「跟我一起去那裡吧。」

然後，羅力就聽到寄草提了一個與愛情無關的奇怪的建議：

「羅力，這次仗打完，你跟我一起去延安吧！」

「什麼？」

「我是說，那裡……可以找到真理……」

羅力心疼地看著他的姑娘。他想，她是多麼害怕他會死啊，她都害怕得精神有些不正常了，瞧她都說的是什麼莫名其妙的話，什麼真理不真理啊……

王老漢選擇了用白族人的三道茶來進行婚禮宴會的方式。火塘邊先將一隻砂罐烤熱了，再放入一撮茶，等那茶啪啪作響了，發出焦香之味，才向那罐裡注入熱水。俄頃，水沸了，又把茶水注入一種叫牛眼睛的小茶盅中。老漢用木盤子親自端了兩杯，敬到這對新人面前，說：「酒滿敬人，茶滿欺人，這淺淺的兩杯茶，是第一道。清茶再苦，也苦不過寄草姑娘千萬裡尋夫，也苦不過日本人侵犯我們中國。今日雖是新婚大喜之日，我們也切切不可忘記這樣的苦。從今往後，你們的日子長著呢，再甜的日子，也不可忘記我們曾經有過的苦日子啊——喝！」

姑娘們唱了起來，連窗外的蟲兒也跟著一起鳴唱，寄草和羅力對視了一眼，默默地喝下了這一杯人生的苦茶。

第二杯茶卻是甜的了。不知王老漢哪裡來的本事，竟弄到了一些核桃肉和一小瓶紅糖。姑娘們就哄起來了，叫著：「苦盡甜來！苦盡甜來！」寄草和羅力喝了，果然，茶香兼著茶甜，味道好極了。

王老漢說：「人生在世，做什麼事情都是這樣，只有像寄草姑娘這樣吃得起苦，才會有甜香跟著來啊，喝吧，孩子們。」

第三杯茶真是千般的回味，裡面有蜂蜜，有花椒，有乳扇，趁熱喝下，甜酸苦辣，千姿百態，什麼味兒都在其中了。王老漢說：「孩子們啊，好好過了今夜吧，今夜不比往夜，良宵一刻，一輩子都在裡頭了，姑娘，你可懂得老漢我的意思？」

寄草點點頭，老漢卻傷感起來，流著淚說：「我兒子要是還活著，也該是娶媳婦的年紀了。孩子啊，你可是在替多少好小夥兒娶媳婦啊，入洞房吧，入洞房吧……」

姑娘們又唱起來了，她們把茉莉花撒得一地都是。多麼奇特的夜晚哪，寄草恍恍惚惚地進了竹樓，今夜，她要做新娘了，她現在知道了，她的婚禮，一點也不比嘉草姊姊的遜色啊……

半夜時分，羅力離開了熟睡的寄草，輕手輕腳地起來了。他用幾乎可以說是訣別的目光，最後看了看被月光照亮的姑娘的面容，沒有再說一句話，就悄悄地下了樓。

小邦崴正在獨木橋邊等著他，他們說好了這時候在這裡碰頭的。

羅力用力地挽住了小邦崴的肩膀，說：「邦崴兄弟，我把我的新娘子託付給你了。等抗戰勝利了，我會來找你們的。那時候，她要是還等著我，我就領著她回家。要是我不回來，只有一個原因——我死了。到那時，你得替我好好地照顧她；她要回家，你就送她回家；她願意和你過，你就跟她好好地過……要是，要是，我們有了孩子——隨你的便——你們願意告訴他，就告訴他，他爹是打鬼子死在異國他鄉的；你們不願意說，就什麼也不要說了。也許到那時候，什麼仗也沒有了，人人都過上好日子了……」

小邦崴拔出馬刀來，對著月光二話不說，就向著自己的胳膊閃了一刀，血就流了下來。他高舉著手臂說：「月亮有眼，她看到了我起的誓：叭岩冷是我們的英雄，叭岩冷是我們的祖先，是他給我們留下了竹棚和茶樹，是他給我們留下了活下去的命根子……羅力兄弟，你記住，西雙版納的瀾滄江邊，有個拉祜族人聚居的地方，我們布朗人也住在那一帶。那裡有一個名叫邦崴村的地方，長著一株參天的大茶樹。我不知道它的年齡有多大了，也許一萬年前它就在那裡。樹下搭著一個草棚子，草棚子裡住著我趕馬人小邦崴。趕走了日本人，你就到大茶樹下來吧，我會把你的新娘子完完整整地交給你。大茶樹會保佑你們平安回到自己的家鄉。大茶樹是會顯靈的，它是我們布朗人的神明呢。相信我吧，你會回來的，我們會等著你的……」

第二天清晨，就在小邦崴帶著寄草，穿過異國的茶坡，向著北方，朝自己祖國的大茶樹下進發的時候，南邊，炮聲響起來了，震驚中外的同古保衛戰，終於打響了……

第二十九章

小堀一郎是在收到了國內來信，告知醫學博士諸岡存，在中國蒐集到了陸羽《茶經》的二十三種版本，特別是兩年前在陸羽故鄉天門收集到《湖北竟陵西塔寺刊本》之後，突然又產生了迫不及待地想上徑山的念頭。然後，他就想到了依然居住在羊壩頭的忘憂茶莊主人杭嘉和。

根據國內茶道中人來信告知，諸岡存博士是於昭和十五年七月到中國的。那本西塔寺刊本，還是民國二十二年時由西塔寺住持僧新明禪師書跋重刻，以後才由那個名叫胡雁橋的天門縣長親自送給諸岡存氏的。

聽說回國之後，諸岡存就於昭和十六年開始撰寫《茶經評釋》。

小堀一郎私下裡還是羨慕這個叫諸岡存的博士的。當他作為帝國的軍人在戰場上拚殺的時候，這傢伙竟然鑽了戰爭的空子，跑到中國來研究他的茶道。其實，尋訪陸羽故地這個念頭，小堀一郎在戰爭來臨之時，並不是沒有產生過。他千方百計地來到中國的杭州，不是沒有個人目的的。

他熱愛日本茶道，從血液裡熱愛。但和許多人在茶的嫋嫋香氣間修煉正果、渴望得到更高的境界不一樣，小堀在茶道中得到的僅僅是慰藉。他的近乎瘋狂焦灼的撕破裂開的靈魂，只有在這樣的片刻，才能得到瞬間的清涼。

即便是在以「和、清、靜、寂」為宗旨的日本茶道精神籠罩下，小堀一郎依然有著自己強烈的好勝心。在得知諸岡存的研究成果前，他一直以為，自己在本土的陸羽研究，特別是在《茶經》的版本學研究方面是走在前面的。諸岡存的消息使他明白了他在茶界中的位置。他突然發現了，即使在本土，也不是人人都那麼渴望上戰場的。在茶學界，還會有諸岡存這樣的人。

也許是機遇不好，他比十二世紀鎌倉時代的榮西禪師差遠了。榮西禪師在異國的土地上遇到了本土的重源禪師，他們可以同登天台山的萬年寺，他們可以縱談陸羽的《茶經》，並對這裡的羅漢供茶作詳細記錄。而在榮西禪師再度來華之後，回國時不但在寧波天童寺領走了佛衣和祖印，還帶回了陸羽的《茶經》手抄本。說起來，這還是陸羽《茶經》第一次傳之日本呢。而他小堀一郎，甚至沒有可能去一趟天台山國清寺。寧波倒是去過的了，但那是作為寧紹戰役的一名參戰軍人上前線拚殺而去的。他甚至記不得在那場戰役中，他有沒有閒心喝上一杯茶了。

此時，已經是一九四三年的秋天了，戰爭依舊在中國土地上進行，持續時間之長，超過了許多人的想像，也超過了他小堀一郎的想像。其間他回過幾次國，也曾經到過浙西等戰場，但不久又回到了杭州。這裡的湖光山色，令他心煩意亂，曾幾次下決心想永遠地離開它，又總覺得還有一些後事沒有料理好。直到聽說諸岡存的消息，他終於明白，他是不可能又喝茶又打仗的了。這種隱祕地希望兩全其美的念頭，到底也不過是一個夢。中國人說三十而立四十而不惑，小堀一郎已經過了四十，終於明白了什麼叫不惑。悟出了這一關，他倒反而輕鬆了，一邊套上中式長衫，一邊叫來翻譯杭嘉喬。杭嘉喬瘦得簡直就如一具骷髏，歪歪斜斜地過來，喘著氣問太君有什麼事情要他去辦。小堀看著他，說不上是鄙視還是同情，問道：「我去了一趟浙西，怎麼你就瘦成這個樣子了？」

「失眠，吃不下飯，別的倒沒有什麼。」

「茶也，末代養生之仙藥也，人倫延齡之妙術也。」小堀不知不覺地念起了榮西的《吃茶養生記》開篇之語，「嘉喬君吃不下飯，多喝一點烏龍茶如何？」

嘉喬看著小堀一郎的這一身中國打扮，一邊自嘲地說：「茶這個東西，茶聖說，精行儉德之人，為飲最宜。像我這樣要遭老天爺報應天打五雷轟的人，什麼靈丹妙藥怕也是沒有用的了。」

「此話怎講？」小堀一郎沉下臉來。他一直就不大相信杭嘉喬的病，總以為其中有詐，有事沒事地就抓住他不放。況且近日他發現，奴顏如嘉喬這樣的人，對他也有些不那麼恭敬了。

嘉喬想了想，才說：「不知太君夜裡做不做夢？近日，我常常夢到那沈綠愛從大缸裡升起來，張著嘴咬我。按照我們中國人的說法，這就是冤死鬼來索命了。」

他說著這樣的話時，好像一點也不害怕似的，這神情倒叫小堀佩服起來。小堀便說：「把夢境就作為夢境吧，我看你的精神狀態不壞，不像是一個被索命的人啊。」

「那是我知道我快要死了。連我爹都對我這麼直說了，他說：嘉喬啊，贖罪吧……」

小堀抖了抖長衫，從鼻子裡哼了一聲，說：「嘉喬君，軍部已經批准了我的請求，我要上前線去了。」

「不回杭州了？」嘉喬吃驚地問。

小堀搖搖頭，說：「準備戰死在沙場了。」

嘉喬看出了小堀一郎說話時神情裡的矯情。他越來越瞭解這個看上去殺氣騰騰的傢伙，這個不肯說真話的日本佬，這個來歷不明的雜種。可是他也已經學會了裝腔作勢，便做大驚小怪狀，說：「小堀太君怎麼說起這樣不吉利的話來了？本土不是還有你的女兒等著你凱旋嗎？」

小堀盯著嘉喬，想，真是不要臉，嘴裡卻說：「真是多愁的支那人。你還是給我去一趟羊壩頭吧。」見嘉喬有些吃驚地看了看他，他才說：「我要他親自陪我上一趟徑山。」

「太君一定要上徑山，我還是可以陪你走一趟的啊。」

小堀一郎從上到下地看了看嘉喬，說：「你怕他不肯跟我上山？」

嘉喬不吭聲，他的確就是這麼想的。

「你就跟他說，徑山，原本是我定了和他的女兒杭盼一起去的，既然他把他的女兒藏到了梅家塢，就讓她父親代女兒跑一趟吧。」

嘉喬吃驚地問：「什麼，盼兒沒有去美國？」

小堀一郎冷笑起來，說：「你們杭家人是不是都忘了我小堀一郎是幹什麼出身的！」

「我可是真不知道！」

「那是他們早就不把你當作杭家人了。」

小堀一郎淡淡地說，他不想再給這個人留什麼面子了。

嘉喬來到羊壩頭的這五進破大院子的時候，沒有從前門進去，他不願意見到那放大水缸的地方。即便是在白天，他也能感到沈綠愛的氣息、她的身影和她嘹亮的嗓音。他怕進這個門，可是他又不得不來。他還心存僥倖，想著也許還能彌補一些什麼。他全身的骨頭並非一天到晚地痛，這是一種令人蹊蹺的病，讓他在希望和絕望之間掙扎。他並不像說的那樣，對死已經有了充分的思想準備，他口口聲聲地說他要死了，實際上是口口聲聲說他不想死。

他看到大哥正在井邊吊水，抬起頭看到他，愣了一下，面孔就陰沉了下來，拎著一桶水，往裡屋走去。

嘉喬就自己來到井邊坐下。他探頭看看井底，井裡就映出一個骨瘦如柴的脫了形的男人。不知為什麼，他想起了小時候的那一場家庭糾紛，他想起了父親是怎麼先劈了二哥一個巴掌，後劈了母親一個耳光，而母親又是怎麼一把夾起了他就往井旁衝，要跳井尋死的場景。在他的整個少年時代，這些細節幾乎構成了他的血海深仇。然而，與他如今親身捲入的這一場戰爭比，這些回憶中的糾紛不但不再是仇恨，甚至蒙上了一層溫馨。對著井底下的那個人，他想，他杭嘉喬，究竟因為什麼，失去了本不應該失去的一切？他為什麼要那麼狹隘，為什麼要那麼凶狠？是什麼樣的命運把他一步步地推到今天這步田地，使他竟成了一個殺人犯，一個殺死自己親人的人？井下他的頭影前，突然出現了一個女人的頭，瞪著一雙死不瞑目的眼睛，死死地看著他。他打了一個寒噤，猛地躲開了頭。直起身來，他就看見大哥拎著水桶站在他面前。

大哥沒有理睬他，只顧自己往下放繩子吊水，嘉喬便要去幫忙拉那繩子，被嘉和閃開了。

嘉喬想了想，就放開了說：「大哥，我要死了。」

嘉和的水桶在井底下半浮半沉著，嘉和也不去拉，他說：「你才想到有這一天啊。」

嘉喬若有所思地說：「我做夢夢到我入祖墳了。不是和你們在一起，是隔著一條小溪，在茶園的那一邊，是我一個人的孤零零的小墳。也沒有墓碑，也沒有人知道。清明上墳的時候，一大堆人從我墳邊熱熱鬧鬧地走過，我都看見了。不過也不是沒有人看我一眼，回來的路上，總還有個人在我墳前停一下腳的。」嘉喬看著低下了頭的大哥，眼淚就湧出來了，抱住了他的肩膀，說：「大哥，只有你……」他就跪了下來，「大哥，我不想死啊……」

嘉和拎著那桶水上不上下不下的，好一會兒，長嘆了一口氣，只聽井底下哐噹一聲，桶就掉了下去，嘉和就坐在了井沿上，大薄手掌握成了拳頭，一下一下地死命敲著井臺，眼睛都紅了，咬牙切齒地說：「你給我一句一句說清楚，媽究竟是怎麼死的！」

那天夜裡，嘉和忙完了一切，悄悄地來到葉子的臥室前。他是來告訴葉子，關於白天嘉喬來通知他明天上徑山的事情的，卻看見葉子正在燈下流淚。他躊躇了一下，想推門進去，又站住了。他知道，葉子流淚，是因為中斷消息一年多的漢兒終於通過祕密渠道來信了。

嘉和也看了信。信寫得很長，因為渠道可靠，也不用遮遮掩掩，在杭州的嘉和他們這才知道了外界的許多事情——

……

去年五六月間，我們的茶葉研究所就已經全部搬遷完畢。從衢州到福建的崇安，工作環境，基本上是達到理想要求的了。據吳覺農先生說，我們所目前的人雖然不多，但比之於遠東各國的印度、錫蘭、日本等國，他們的改良機構，還不及我們的呢。人事方面我們也是極有優勢的，研究員，副研究員，大多是國內的茶學界權威。即便是助理研究員和助理員，也大多是大學畢業生。有的在茶業界已經待了十多年，少的也有三四年了。所以說，在這裡從事茶業工作，應該是很有前景的。

吳覺農先生還專門給我們茶人上了課，提出要求：工作的態度一是要公而忘私，二是要動靜兼顧，三是要即知即行，四是要替人著想，五是我們必須時時訓練自己。吳覺農先生還舉了日本茶人田邊貢的例子。他說他不過是一個中學畢業生，但因為自己努力，所以在日本茶學界很有地位……

……

除了本職工作，我也隨吳覺農先生做一些有益的社會活動。前不久陪著吳先生來回走了四十多里山路，從崇安到建陽徐市鎮國民黨的集中營，擔保出了一個名叫吳大錕的青年。據說他是

CP，也就是和林生、楚卿一樣的人。這是一件令人不解的國事——儘管政府口口聲聲說槍口對外一致抗日，他們的監獄裡依舊關著許多CP。徐市的集中營就是從上饒集中營遷過來的，裡面關著不少皖南事變的新四軍。那個吳大鋸，就是在慰問新四軍的途中被捕的呢。說到這裡我想起來了，你們有憶兒的音訊嗎？我倒是得到了他的可靠消息，他和我剛才提到的人屬於一個陣營的了，上了四明山，不過還領導著他的那支游擊隊。你們不會想到吧，楚卿為他生了一個兒子，寄養在茶區一戶人家。伯父做爺爺了，我也因此做了叔叔。這場戰爭雖然使我們杭家人生離死別，但是依然有新的生命在誕生。就像茶葉一樣年年採掉，年年照發。這麼旺盛的生命力，這麼倔強的精神，我慶幸自己選擇了這個行業……

……

目前，我除了工作之外，還要承擔一個名叫黃蕉風的十二歲的小姑娘的生活，她也和我在一起。她是父親目前這個妻子帶過來的女兒，是個很可愛的姑娘。說到父親和他的妻子的車禍，也許你們已經知道了吧……

自從嘉平回內地以後，嘉和就夜夜來到葉子的房中。他們一起苦度長夜，相依為命，合二為一。他們兩人都覺得，天地間沒有什麼事情能比他們的結合更順理成章了。

一切都是那麼的和諧，一個眼神、一聲嘆息、一個手勢，還有那種妙不可言的一個暗示。他們越熟悉對方，越被對方天長地久的美好感動。許多永遠也不會對別人說的話，就這樣從嘉和的口中汩汩地流淌出來了。

也許是為了彌補那多年來的克制和空白，他們幾乎天天夜裡在一起。即便在他們十分疲勞的日子裡，他們也不分開。他們像少男少女一樣地依偎著。有時，嘉和在半夜裡醒來，看見葉子翻身朝著另一邊睡去，他就會感到一陣恐懼，他就會輕輕地叫道：「葉子，葉子，快把你的手給我。」而早晨醒來的時候，他又會焦慮地擁抱著葉子說：「天哪，又是一個夜裡沒有能夠見到你。我多想你啊，昨夜我在夢中找了你整整一個晚上，我嚇壞了，你不會離開我吧……」

此刻，嘉和站在窗外，又突然地被夢裡的那種巨大的失落感控制。他不由得伸出手去，在虛空中抓了一下——彷彿失去什麼了，永遠失去，一股錐心剜肉似的劇痛鑽進了他的胸口。他驚慌失措得連手腳都無處放了，頭就輕輕地觸在了窗櫺上。他不敢想，是誰？是哪一個親人又要離他而去？是誰又要把他一個人孤零零地扔在這個地獄一般的沒有一絲亮光的黑暗裡？

在那邊，不算太遙遠的浙東水鄉，在杭嘉湖平原上，在一片茶坡中，一雙兒女幾乎在同一陣槍聲中倒下了。剛剛從四明山下來的杭憶和楚卿帶著他們的游擊隊，與日軍幾乎對峙了一天，向晚時分，他們成功地把敵人引到自己的身邊，他們的同志得以安全地脫險了。

現在，浙北一帶，無論敵人，還是老百姓，都知道杭憶部隊已經是共產黨的人了。楚卿脫險回來的第一天，就在棋盤山見到了杭憶。然後，由杭憶親自護送了上四明山。七個月之後，楚卿生下了一個兒子。而此時，作為父親的杭憶，正在平原上作戰。他連一次也沒有見過孩子呢，年輕的夫妻卻在這次遭遇戰中身陷重圍。

杭憶本來是可以完全避免這種結局的。他們遭到襲擊的時候，受傷的只有楚卿一個人，是他親自背著轉移的。楚卿傷得很重，她趴在杭憶的背上，也許比杭憶更能看到眼前的局面，喘息著就叫杭憶把她放了下來，然後，輕聲急促地說：「你帶著隊伍撤，我在這裡掩護你們。」

這是一個涼爽的秋天的早晨，茶蓬在早晨的露水中亮晶晶地搖曳著。楚卿的面色蒼白，就像淡藍的天空上絲絮一般若有若無的雲片。血正從她的嘴裡不時地湧出來，杭憶摘下了幾片秋茶芽，使勁地揉著，然後它們帶著露水，就被含進了楚卿帶血的口中。也許情急中的杭憶以為茶可以止血吧。楚卿無力地含著它們，蒼白的嘴脣就被茶汁染成了淺綠色。然後，她說：「快走吧，別管我了。」

杭憶一邊給她擦著流到面頰、下巴上的血，一邊說：「為什麼要我先走，就因為你是共產黨的人，犧牲必須在前？別忘了現在我也是了，現在我得和你生死在一起了。」

即便在這樣的時刻，他的話依然輕鬆俏皮。他數了數自己槍中的子彈，便命令他的部下從他們身邊離開。

楚卿發怒了，無力地用手扒著黃土，說：「……服從命令，你快走吧……」

杭憶一邊整理著身邊的子彈，一邊觀察著敵情。再低首看楚卿時，發了一下怔，突然一把抱住了楚卿，一大股空氣塞住了他的喉口，有一個錐子一般的東西猛烈地扎進了他的胸膛——他知道楚卿真的是要死了……

楚卿已經沒有力氣和杭憶吵架了，一邊喘著氣一邊說：「把我留下……孩子需要爸爸……」通過茶蓬朝山坡下望去，敵人正在搜索。杭憶貼著楚卿的臉說：「孩子已經交給茶女，現在，有我和你在一起……」正說到這裡，那邊山下，傳來一聲槍響，空氣就彷彿被這一槍嚇著了，凝固在了山坡上。周圍一下子鴉雀無聲，連風中顫抖的茶葉枝兒也僵在了那裡，一動不動。

杭憶觀察了一下，見沒有動靜，就輕輕地躺了下來，抱住楚卿，說：「我們兩人說好了一起上路的，我可不讓你一個人走。」

楚卿的臉上，不再有剛才的憤怒了。她的面容，變得非常平靜。她仰天躺著，一動不動，以免血從身上嘴裡湧出來。她問：「同志們都轉移了嗎？」

「轉移了！」

「你真不聽話啊……」楚卿嘆息著。

杭憶緊緊地盯著楚卿的眼睛，他在努力地回想著什麼，也許他回想的正是他的詩——我只是想在你走過的地方倒下，和你的那個已經永別的親人一樣……但事實上他的腦子裡一片空白，他什麼也想不起來了，他只是望著楚卿宣誓一般地說：「和你在一起，一定要和你在一起……」

他眼看著楚卿灰色的眼睛迷離黯淡下去，彷彿連眼前的他也看不見了。她的臉上，突然顯出了從未有過的少女的羞澀，她斷斷續續地說：「憶兒，我是真的愛你啊……」

「我也是真的愛你啊……」他覺得他說的話就像沒說一樣，他禁不住呻吟起來，「楚卿啊……楚卿啊……」

「你像我……死去的那……個親人，你……長得太像他了……他和……你一……樣，會吹口琴……我一直想，如果你上了山……你就和他……一模一樣了，他……就重新……活過來了……原諒我說這些……」

杭憶把頭埋在楚卿帶血的胸膛上，他說不出一句話來，世界依舊屏息靜氣，他聽見楚卿胸腔裡發出的漏風似的聲音——她要死了，她正在死去，我的愛人，她正在死去……

山下茶蓬中，開始有了搜索的動靜，敵人上來了。杭憶感覺到楚卿的喘息聲越來越輕，終於無聲無息了，眼睛卻睜得大大的。他長吐了一口氣，把楚卿放平在茶蓬下的黃土地上。他的槍膛裡還有兩粒子彈，其中有一粒是為楚卿準備的，現在不需要了。他屏著氣，從茶蓬根部的縫隙中往下看，他看到了一雙穿著皮靴的腳。他屏了一下氣，突然就跳了起來，朝那個偽軍放了一槍，那人倒下的時候，又聽到一聲槍響。

後面的隊伍連忙趴下，好半天不敢動彈。最後發現又沒動靜了，才衝了上去。他們在靠近山頭的茶蓬中發現了三具屍體：一具是那個偽軍，另兩具是一男一女，非常年輕，男的撲在女的身上，血正從他的太陽穴往外流淌。女的面朝天空，眼睛睜開著，神色非常安詳。一陣秋風吹過，滿山的茶蓬葉子就嘩啦啦地響了起來，吹落的幾片，就蓋在了這對青年男女的身上了……

現在已是夜裡了，杭嘉湖平原上的秋夜星光燦爛，河水閃閃如碎銀，曲曲彎彎地流向遠方。兩岸的茶園此起彼伏，散發著清香。今夜的河水上，浮托著兩個年輕人的身體。當敵人認出茶坡上的那對青年正是威震平原的杭憶和楚卿時，他們已經沒法照他們事先宣揚的那樣加害他們了。他們只得把這對死去的平原的兒女放在一塊門板上，順水而下，他們說這就是示眾——這就是抗日的下場。

河水卻並沒有嗚咽，她溫柔地托著她的兒女，靜悄悄地流著。星群又從天而降，簇擁著這一對飄搖的靈魂，護佑著他們，路過小石橋，路過茅草房，路過那一個個復仇的村莊。兩岸的灌木叢中有夜鶯在歌唱。再過去，伸展著的丘陵和田野間，一隊隊同樣矯健而年輕的身軀，在黎明前的黑暗中，生龍活虎地跳躍著——天就要亮了……

也許，就在這同一個夜晚，杭嘉和定了定神，終於推門走進葉子的房間。而此時的葉子已經讀完了信，正開始在燈下洗腳。

嘉和喜歡她的清潔；喜歡她在任何天崩地裂般的災難來臨前的那種依舊如常的沉著的、美好的、整潔的容顏；喜歡她的洗得乾乾淨淨的手和腳。嘉和知道，他們在這一點上完全相同——如果明天早上他們將一起去死，他們依然會在今天晚上把腳洗得乾乾淨淨。嘉和還知道他為什麼喜歡她——這個半透明的女人，使他享受了愛情，知道有了女人的隱祕的快樂，還有那種完全的完美的占有的滿足，還有那種在無邊的地獄般的絕望中的希望的星光──

當嘉和這麼想著的時候，他就半跪了下來，捧起了半浸在溫水中的葉子的那雙秀腳，開始輕輕地撫摸。一星燭光，照得房間裡人影兒搖搖曳曳，如夢如痴……我的愛啊，你是我童年的不可告人的心事啊……你的耳朵又薄又透明，像一塊玉，有好多次，我都想上去摸一摸；我也喜歡你穿的和服發出的窸窸窣窣若有若無的聲音。嘉和脫了自己的鞋，坐在葉子的對面，把腳也同樣浸到了腳盆中，兩隻又長又薄的腳板夾住葉子小小的腳……

桌上的燭光閃閃爍爍，照著了那隻被鋦好了的兔毫盞的側面。碗口在黑暗中顯得很深，上面卻放著一個小白瓷人兒，閃閃地發著銀光。嘉和伸出手去取下那瓷人兒。瓷人兒背上穿著根繩子，嘉和就輕輕地把它套在了葉子頸上。這正是祖上傳下的那尊茶神陸鴻漸像，它在地下陪了林生十多年，現在又回到地面來陪杭家的落難人。嘉和彷彿是在自言自語：

「你現在知道了吧，我才是那種最喜歡女人的男人呢。我喜歡那個值得讓我終生去愛的天長地久的女人：喜歡她年輕時的美貌，她年老時的眼角的皺紋；我喜歡她從前是我的，現在是我的，將來也是我的。等我有一天死去了，如果有另一個世界，在那個世界裡，她還是我的……一想到這些，我就會，我就會──」嘉和一時想不出什麼樣的詞彙來表達他的心情，就開始激動，緊緊地摟住坐在他對面的葉子，說：「我就會想和她在一起，在一起……」

他們兩人的腳依舊還疊在腳盆裡呢，嘉和的激情甚至使暈暈然的葉子驚訝，誰也不會想到，這個男人原來是可以這樣的……

小堀一郎，在許多中國人面前都有一種居高臨下感，甚至在趙寄客面前都有。唯其在這個名叫杭嘉和的人面前，優越感消失了。

他從來也沒有和嘉和正面較量過，那是因為他吃不準他能不能夠在精神上打敗他——他很在乎這一點——征服，在他看來，從來就是靈魂的征服。而杭嘉和這個人，是他很少見過的那種具有判斷力的中國人。他從前一直以為，在中國大地上生活著的中國人，很少有創造力，更說不上判斷力。

細細想來，好像就是從趙寄客血濺石碑開始起，他覺得一切都不再有意義。如果說還有什麼可以使他的靈魂起一點火花，那麼，就是和這個名叫杭嘉和的人對峙了。小堀一郎能夠感覺到從嘉和身上傳導過來的逼人的寒氣。可是他誤解了這種冷漠，他以為這種冷漠是彼此之間的敵視引起的，是戰爭引起的。他不知道，即使是在和平的年代裡，遇到一個如小堀一郎這樣的人，嘉和也依舊會天然地保持他的冷漠——他和這樣的靈魂隔著一條深深的鴻溝。

他們沒有坐日本人的軍車，小堀一郎只叫了一個馬夫，替他們趕著馬車，徑直就往杭州西北的徑山奔去。

徑山禪寺，位於杭州西北，天目山東南餘脈的徑山。寺廟初創於唐天寶年間，距今已有一千二百多年的歷史了。該寺始興牛頭禪法，由法欽開山，宗杲全盛，兩浙名僧咸集徑山，臨濟宗匠，如蒙庵元聰、無準師範、虛堂智愚等，先後在此住持弘法，被海內外佛徒奉為祖庭。歷代的帝王顯貴、詩人墨客、求法僧人紛至沓來。南宋時，江南各寺以徑山寺香火獨盛，被列為禪宗「五山十剎」之首，為全國著名古剎之一。

不過，徑山寺自法欽開山以來至民國時期，已經共歷了八次毀建，兩次大修。到得小堀一郎和嘉和上山的這一次，寺廟只剩下大雄寶殿、韋馱殿以及不多的齋房、老客房、庫房和僧房，還有妙喜、梅谷和松沅三房。那少數幾個僧人苦守著破廟，靠一點山林的收入度日，見了小堀一郎和嘉和，看他們都穿著中國人的長衫，小堀說的又是一口流利的漢語，便以為他們是難得還有興致到此一遊的過客。住持連忙叫人端出今年剛收的徑山野茶，釃釃地沖了兩碗送上來。

但見這徑山野茶，條索纖細苗秀，芽峰顯露，色澤綠翠，香氣清幽，滋味鮮醇，湯色嫩綠瑩亮，葉底嫩勻明亮。小堀一郎喝了一口，不禁讚歎起來，說：「當年皇甫冉寫詩送陸羽自天目山採茶回來，曾經這樣說道：千峰待逋客，香茗復叢生；採摘知深處，煙霞羨獨行。這個香茗，該就是此茶吧。到底是徑山茶啊，果然名不虛傳。」

這話明擺著就是說給嘉和聽的，也是一個話頭，希望嘉和能夠答腔罷了。誰知嘉和細細地喝著茶，卻是一言也不發。這股架勢，從他上車時就擺成這樣了。這半天了，他都沒有和小堀說過一句話。

那住持卻不知小堀這話什麼意思，接過話頭，不免得意，說：「徑山的野茶和別的地方的自是不同，你們喝茶到這裡來也算是有慧眼的。」

「此話怎講？」

那住持二話不說，折過身子回到堂後，片刻取出一本《餘杭縣志》，翻到某頁，說：「二位客官請看這一段——」

原來那《餘杭縣志》上果然記著：徑山寺僧採穀雨茶者，以小缶貯送，欽師曾手植茶數棵，採以供佛，逾年蔓延山谷，其味鮮芳，特異他產，今徑山茶是也。……產茶之地有徑山四壁塢與裏山塢，出產者多佳，至凌霄峰尤不可多得，出自徑山四壁塢者色淡而味長，出自裏山塢者色青而味薄。

小堀看著這志書，便躬身笑問杭嘉和：「杭老闆是杭州城裡的大茶商了，你們忘憂茶莊怕也是年年在進這徑山之茶的吧。照杭先生看來，此刻我們所喝之茶，要算是徑山四壁塢的呢，還是裏山塢的呢？」

小堀這一提醒，倒是讓住持想起來了，怪不得那麼面熟，不禁合掌連聲念佛：「阿彌陀佛，阿彌陀佛，老僧真正是糊塗了，怎麼連忘憂茶莊的杭大老闆也記不清了呢？要說你小的時候，你父親還時常帶你到這裡來的。我記得你還有一個兄弟，那是十分地淘氣，一晃眼多少年過去了，這人世間又多了幾道的劫難。難為你們還想著來看看我這老僧。你看看這戰亂時分，連僧人也無心念佛，這個徑山寺，當年何等興盛，如今也破敗到這個地步了。」

嘉和放下茶碗，這才慢悠悠地說：「方丈不必多慮。我本不是佛界中人，對釋家也向無求禪之心，這一點倒是與我的父親各異的。但即便如此，到底還是知道佛家一些禪理。比如輪迴之說，我是向來不信的，如今倒是寧願信其有的了。那些在人間做了豬狗不如之事的人，自是有報應的，將來無不要下地獄。至於這世間的劫難，來來去去，總有否極泰來、善惡各各有報之日。這麼想來，這佛理到底還是有一點實用的呢。」

小堀不失機會，趁機問道：「那麼杭先生又是如何解說這放下屠刀、立地成佛之理的呢？」

杭嘉和正色說：「我剛才不是已經說了，我對釋家向無求禪之心，只不過取了一些理來實用罷了。至於說到放下屠刀、立地成佛之事，我倒是至今還不大相信。即便那執刀的真正放下了屠刀，也不過是一個放下了屠刀的屠夫罷了，怎麼就立地成了佛了呢？若說殺人如麻者，立地便可成佛，那被殺的多多少少冤鬼，他們便只能在地獄裡做著鬼，如何有出頭之日？即便有一日熬出頭去，也不過投胎一戶好人家去罷了，比那成佛成仙的到底差遠了。如來公正，想必也不會那麼顛倒黑白。況且，那些活著的還未被屠夫所殺之人，也不見得就會相信屠夫放下屠刀，就是為了成佛。說不定那屠夫只是擔心自己有一日也下了地獄，被那些冤鬼捉了下油鍋呢。要說成佛，怕也不過只是為了保命而已呢。方丈，你說我的這番話，有沒有道理？」

聽著杭嘉和這麼說著話，又見他的眼神，那方丈看出蹊蹺來了。可是他又一時想不出該說些什麼好，只得勸他們喝茶，邊說：「杭老闆對佛理雖然不如我們出家人在行，倒也有一番自己的見識，只是見仁見智，老僧在此不敢說三道四。不過於茶理，杭老闆卻是杭州城裡數一數二的，不知能否吃出此茶的真正產地來，倒也讓我老僧見識一回。」

杭嘉和斜視了一眼小堀，一反他平時待人接物的風格，大笑起來，說：「如此說來，徑山寺的老師父真正是孤陋寡聞了。杭州城裡誰不知道，自打日本人進城，杭家人就燒了自家的五進大院，封了忘憂茶莊。偌大一戶人家，也算是妻離子散、家破人亡了。能活下去就是天保佑了，哪裡還有什麼茶事這一說啊！」

那徑山老僧睜大眼睛，半晌都說不出一句話來，好一會兒，才對著小堀問：「竟有此事？竟有此事？阿彌陀佛……」

杭嘉和這才又說：「你這就問到點子上了。這位先生，你別看他華語長衫，卻是道地的日本軍官呢，我們杭家的底細，別人不曉得，他是最最曉得，樁樁件件看在眼裡的。」

徑山老僧看看杭嘉和，又看看小堀一郎，來回倒了那麼幾眼，手就抖了起來，聲音也隨之發起抖來了：「阿彌陀佛，阿彌陀佛，老僧眼花，一點也沒有看出來，這位太君，看上去，實在是和我們中國人一模一樣的呢。阿彌陀佛……」這麼念著，老僧就一步步地往後退了下去——卻被小堀一郎一聲喝住道：「和尚且慢，這一碗茶，才剛剛喝了一個頭呢，你怎麼就退了下去？莫不是聽說日本人在此，就嚇破了膽？」

老僧一時怔住，看著杭嘉和，說不出話來。倒還是杭嘉和從容，說：「老師父，這裡不是還有我嗎？不是新知也是舊友了，我倒是想喝一喝貴寺徑山的二道茶呢。」

徑山老僧回過神來，方說：「十方香客，竟為佛徒。想當初，八百年前，貴國多少高僧還專門來此學習佛法，何曾有過害怕一事。來，上茶！」

小堀一郎的臉沉了下來，一聲不吭地走到了門外。

他沒有想到，這個杭嘉和，除了冷漠，性情還如此刻薄。小堀一郎在中國待的時間不算短了，除了趙寄客，還沒有一個人敢用這樣的聲調和他說話。他固然不能忍受李飛黃的奴顏，但也不能忍受杭嘉和的傲慢。他能夠聽懂杭嘉和每一句話裡面的夾槍帶棒，這就是他多少天來等待著的智慧的較量嗎？他看著四周的群山，想：應該打開天窗說亮話了！

這麼想著，他把他的那張陰沉的臉收拾乾淨，重新戴上那副從容不迫、胸有成竹的假面具，走進僧房，說：「還是這位徑山老師父說得有理啊，今日我們所說的大東亞共榮圈，其實八百年前在此地徑山就已經實現了。想當初，我們本土的聖一法師和南浦法師，早在南宋年間就來到此地山中，拜虛堂和尚為師，學習佛經，一住就是五年。歸國時不但把徑山茶和徑山茶宴以及鬥茶之俗一併帶入本土，還把貴國的茶檯子和茶道具也一起帶了回去。那些茶盞，就是今日的稀世珍品天目盞。聽說在你們杭家，還保留著一隻，還是我的茶道老師羽田先生親自送給你杭先生令尊的呢，有這麼一回事吧？」

杭嘉和欠了欠身子，高聲說：「有啊，怎麼沒有呢？說起來這隻茶盞還是宋王朝的官窯所燒。也是因為我父親當年救了羽田先生一命，先生無以為報，故而才物歸原主的。後來父親和羽田因為茶事不和，當著羽田先生的面，憤而砸了。那茶盞一分為二，羽田先生倒也不曾因此而拔出刀來殺了我父親。那茶盞倒是被我鋦好的了。不瞞你說，我今日還一直後悔鋦了那茶盞呢。」

「你杭嘉和也有後悔之事，聽來倒是新鮮。」

「普天之下沒有人，哪有物？再無有比人更為珍貴的。如今一些人，說起來也是知書達禮之輩，卻是殺人如麻，心如虎狼，只不過多披了一張人皮罷了。我聽說有一個號稱漢學家、茶道學家的日本軍人，為了一隻崇禎年間中國的青花瓷器，就可以一槍打死一個逃難的中國孕婦。如此說來，這隻天目茶盞，保不定有一天會把人害死在哪裡。物既傷人，要物何用，還不如當初我父親一下子砸了，大家乾淨呢。」

此時僧房中除了他們兩個，已經沒有其他人了，小堀一郎也顧不得再循序漸進了，漲紅著臉，逼近了嘉和，說：「杭嘉和，你給我想明白了，你在做什麼？」

小堀一郎以為這一下杭嘉和會拍案而起，與他大吵，這樣倒也好，先發洩了怒氣再說。誰知他一挨近嘉和，嘉和突然愣住了，盯了小堀一眼，別過臉，半天說不出話來，臉就明顯地發白，嘴角也抽搐了起來。好一會兒，他端起了身邊的茶碗，一飲而盡，就走了出去。

小堀一下子就明白，嘉和是想起誰來了。

他驚慌失措又氣急敗壞地衝了出去，一把揪住了嘉和的肩，問：「他跟你說了什麼！他跟你說了什麼！」嘉和生氣地用力一彈，掙脫了小堀的手，喝道：「這是我們的事情。」

小堀愣了一下，感覺到了自己的失態，拍拍手，自我解嘲地說：「是啊，你們的事情，我不感興趣。」這麼說著，悻悻然地踱開了腳步，走出廟門，突然一股憤怒襲來，轉過身大聲喝道：「杭嘉和，你出來！」

他本來是想說——杭嘉和，你知道你是在和誰說話！可一出口，變成了——杭嘉和，你出來！

但杭嘉和對他的指令置若罔聞，他看不見杭嘉和單薄的身影，只得嚥了一口怒氣。山林的氣勢一時化解了他剛才的塊壘，他對自己說：這正是我想像中的徑山啊……

站在徑山高峰，眼見天目山自浙西蜿蜒而東下，一直駐於餘杭長樂鎮西，山勢宛如駿馬奔突而下，在此驟然勒馬挽韁，東西兩徑又如馬韁盤折扶搖而上，直升天目主峰，徑山之名，由此而來。此景怎不叫人想起蘇東坡的〈遊徑山〉——

眾峰來自天目山，勢若駿馬奔平川。
中途勒破千里足，金鞭玉鐙相迴旋。
人言山住水亦住，下有萬古蛟龍淵。
道人天眼識王氣，結茅宴坐荒山巔。
……

放眼望去，但見徑山五峰——凌霄、鵬搏、朝陽、大人與宴坐一一屏立。五峰之前又有御愛峰，在此，上可仰觀峻峭群峰，下可俯視江河海灣。史稱宋高宗趙構在此賞景，一聲嘆曰：此峰可愛！從此山名「御愛」。

往細處觀此徑山，卻又見山徑兩側，松篁蔽天，濃翠沾衣，人面皆綠；又聽泉聲潺潺，如怨如訴，如箏如琴，如鈴如磬。站在此地，嘉和卻不可抑制地想起了父親和趙先生。他想到趙先生若能在此望山，父親若能在此聽泉，但聞山中傳梵唄、林間揚鐘聲，而壽木亦不知春秋。如此見山見水，見仁見智，那是何等的心曠神怡啊……

小堀一郎也被這徑山之氣懾住了，許久才說：「我在日本時讀過許多關於徑山的書籍，都說『百萬杉松雙徑杳，三千樓閣五峰寒』。如今三千樓閣倒是不復存在了，這參天的大樹卻風采依舊啊。」

嘉和沉默了一會兒，方說：「當年趙構上得山去，曾召僧人問道：『何者為王？』僧人答曰：『大者為王。』趙構不以為然，說：『直者為王。』從此，此地的古柏便被封為樹王了。你剛才說了一大堆的茶檯子茶道具，我倒覺得，還不如這一句『直者為王』來得痛快呢。」

小堀一郎氣得直咬自己的下嘴唇，一根根的絡腮鬍就針一樣扎了出去。這幾乎一模一樣的動作，在趙寄客身上曾是那麼的可愛……嘉和別過了臉，他想起了他和趙先生的最後一次見面。那時嘉平已經回來了，他以為趙先生是想看看他們兄弟倆，但小撮著卻強調說，趙先生只想見他一個人，他就又以為趙先生會有什麼重要的機密和他談。但是那天他們聊了很久，卻都是一些家常話，一些已經商定了的決議的重複。直到最後，趙先生要把他送出去了，站起來蓋茶杯蓋的時候，才彷彿輕描淡寫地說了一句：「嘉和啊，我要是有你這麼一個兒子，就死也瞑目了。」

嘉和聽到這話時，正背對著趙先生。但這句話像是一棒擊在他的後腦勺上。他只聽得耳邊嗡地一響，喉嚨就哽咽住了。他知道，趙先生今天叫他來，就是為了要說這句話，而這句話下面的無數心事，也只有嘉和聽得懂。因為他的視線已一片模糊，因為不想讓這位父親般的老人看到他的熱淚，他背對著趙先生，也盡量用輕描淡寫的語氣回答：「誰說我不是你的兒子？我從來就是你的兒子……」

這是一對真正的父子之間的對話，為什麼要讓這個人知道！現在，嘉和用眼睛的餘光看著小堀一郎，想：這個人什麼都想占領，這個人入侵了一切，還想入侵我們隱祕痛苦的心靈！

小堀終於發話了，他說：「現在，就我們兩個人了，你可以不把我看作一個——一個純粹的大和民族的子孫。就算是因為『他』吧，難道我們就不可以開誠布公地談一談？」

嘉和回過頭來，第一次正面注視著他，半晌才說：「難道你到今天還不曉得寄客先生為何而死？難道你還不曉得，除了漢奸，誰也不會和你對話？你是日本人也罷，你是中國人也罷，這對我們來說又有什麼意義？你早就沒有資格來奢談什麼茶道了；你也早就沒有資格上中國的徑山，早就沒有資格喝茶——無論中國茶，還是日本茶，你都早就沒有資格去碰一碰了。你們手上沾的血實在是太多了，你們再也洗不乾淨了，用什麼樣的水，哪怕是用茶水來沖洗，也無濟於事了……」

小堀一郎手裡的拳頭握緊了，好一會兒，才說：「看樣子，你的確是不打算回去了……」

第三十章

在小堀一郎看來，杭州的四季中，秋季要算是最合他的口味的了，尤其是深秋的有著小雨的夜晚。春夜和冬夜，他有時也會到六三亭俱樂部去胡鬧。但秋夜他喜歡一個人待在自己的客廳中，他喜歡穿上中國式的長衫，用曼生壺品茗。

有時候，他也會取下掛在牆上的古琴。可是他彈不好，撥弄幾下就只好停下來。往往這時他會不由自主地想起沈綠愛。他曾聽說，那個死去的女人，彈得一手好古琴。他想，趙寄客會不會就是因為這個而喜歡上她的呢？

他還是不能接受這個女人。儘管她已經死去多年，但在與她有關的人看來，她彷彿一直活著。他想像不出，這個一直活到死裡頭去的女人，憑什麼，竟然還能彈得一手好琴。這樣的琴聲，原本應該是發自那個叫盼兒的女子纖細的手指下才合適的呀，他想。

幽暗的燈下，他彷彿看到那個姑娘了。她穿著一身潔白的中式大襟衣衫，梳著一根長長的中國式的辮子。她在博山爐的一縷清香下，半跪在地上，低頭挑撫著琴絃。琴聲是悠遠而怡然的，其中又有深意。而他，他也是半靠在地板上的。他心痴神迷，恍兮惚兮，他的手裡，始終捧著那把曼生壺。

姑娘在一縷茶煙中消失了，小堀一郎搖搖頭，他知道這都是他的夢境——不可告人的夢境。

有好幾次，他都已經整裝待發，要到西郊的梅家塢一走。他知道，杭家的那個家人小撮著把這個姑娘藏在了什麼地方。不就是藏在了自己的眼皮子底下嗎？笑話，如果連這樣簡單的事情都查不出來，他小堀一郎還憑什麼入梅機關？

梅家塢是一個產茶的好地方。龍井茶的本山產區獅、龍、梅、虎、雲，其中的梅，就是梅家塢。小撮著本是翁家山人，娶得一個女人卻是梅家塢人。梅家塢離杭州城不遠，只是在山中，感覺好像是有了什麼屏障似的。想起來，小堀一郎也是可以理解他們杭家的。他們怎麼能把這麼一個生著肺病的女孩子送到十萬八千里路之外去呢？雖然太平洋戰爭爆發，日美正式宣戰，但美國還是常常有藥品，通過上海，祕密送到杭州羊壩頭。他小堀一郎只要小手指動一動，就能斷了這條通道。他也不是沒有動過這個念頭，但最終還是忍住了。他想，她和他一樣，都是難遂天年之人——還是讓她死在他後面吧。

明天晚上，是他告別杭城之夜。沒有任何宴請，他把這場告別安排在昌升茶樓。他要和杭嘉和來一場對弈，他開玩笑地說，這場對弈，輸贏只賭一隻手指。他認為他有信心贏他。

此刻，他輕輕地啜了一口龍井茶。中國的散茶，喝起來就是這樣自由散淡。在這塊土地上待的時間越長，他就越感到這種散淡之風的舒適之處。他這麼想著，就斜斜地躺在了鋪著地毯的地板上，隨手拿過一個枕頭。就在這時，門被輕輕地推開了，一個女人，也如茶煙一般地嫋嫋而來。

這是一個身著和服的女人，一個真正的日本女人。和服的料子，一看就知道是綢的，和這秋日的天氣正好吻合。至於那花紋，在藍白底色裡配上秋草，連那繫在腰間的雙層筒狀的帶子也是恰到好處地顯現出了秋草的圖案。她的頭髮，完全按照日本傳統女性的髮髻式樣盤了起來，腳上蹬著白布襪子，然後，再套上一雙木屐。

唯一和日本女人不一樣的地方，就在於她進來時沒有脫去木屐，鞋底在地板上發出了清脆的響聲。儘管如此，小堀一郎還是彷彿聽見了女人走動時那和服下襬發出的微妙的沙沙沙的衣料摩擦的聲音——久違的故園的聲音啊……

那女人走到了離小堀一郎不遠的地方。她依舊是站著的，甚至連腰桿也沒有彎下去，她的膝蓋也沒有像傳統的日本婦女一樣始終彎曲著。她的手始終雙握在胸前，看得出來，她是在護衛著一個掛件。這麼一來，她和小堀一郎之間的位置格局，就是一個站著，一個坐著，顯得居高臨下的了。小堀便遺憾地想，到底是在支那的日子太久了，即便穿上本國的和服，她也不再像是一個純粹的日本女人了。

雖然是這麼想著，小堀還是從地板上站了起來，坐到茶几後面去，說：「你到底還是來了。」

女人默默地看著他，沒有認同也沒有憤怒，他甚至能感受到她目光中的一絲憐憫。這洞悉底細的目光使他難受。她和他記憶中老師的女兒已經很不一樣了——老了，燈光下的皮膚依然很白，但細細的紋路刻上了額角。小堀明白，並不是因為她老了才和從前不一樣了，而是因為她的神情不再像日本女人了。

「我已經很多年沒見你穿和服了。在中國的時間待得太久，也許，你已經忘了自己身上的大和民族的血統了吧？……你為什麼不坐？你坐啊。」

「身體髮膚，父母所賜，和你一樣，我怎麼會忘了血統呢？」她的聲音雖然沉靜，但不免沙啞了。

小堀把手裡的曼生壺往茶几上一放，他的心頓時就煩躁了起來：怪不得傳聞說葉子和杭家的大兒子更為般配，果然，連說話的口氣也那麼相近，真是近朱者赤近墨者黑啊。

這麼想著的時候，他就指著她的和服說：「可是你連自己民族的服裝都已經不會穿了。我還從來沒有見過一個像你那樣和服的右襟壓在左襟之上的女人。羽田先生要是還活著的話，會為你的這身打扮羞恥的吧。」

葉子皺了皺眉，說：「記得我很小的時候，和你一起聽過父親的茶道課，那一節課專門講和服。

父親說，中國的孔子曰：微管仲，吾其被髮左衽矣。當時我不理解這話的意思，父親還請你來講解。你告訴我說，孔子的意思是說，如果沒有管仲，我們這些人大概就是披散著頭髮，穿衣服也要左邊開襟了。我還是不理解其中的深意，父親這才告訴我們說，左右大襟的風格起源於中國的右衽和左衽。右衽為君子，故而和服是右邊的大襟貼身；左衽是夷狄，也就是未開化的臣民，他們的風俗是把左襟貼身穿的。父親還告訴我們，古代我們日本民族，還未開化的時候，衣衽就是左邊在裡面的。我們的很多文明開化，來自中國。我記得，當時的你，聽了父親的解釋，非常高興。」葉子突然抬起頭，像是想起了什麼而吃了一驚似的說：「那時候你不像現在，不讓任何人知道你有中國血統。那時候，你還是為自己有一個中國父親而高興的。那時候你也不叫小堀一郎，你叫趙一郎。」

小堀一郎一直不動聲色地聽著葉子說。說完了，他也不回答，只是一聲不吭地用曼生壺喝茶。過了一會兒才說：「你今天到這裡來，就是為了告訴我，我們大和民族如今又回到未開化的古代去了嗎？」

「你知道我要和你說什麼。」

小堀一郎飲了一口茶，心中的煩亂還是壓不下去。他發現自己怕見這個女人。

「我不知道你此行的目的。」他只好重複一遍。

葉子突然歇斯底里叫了起來：「難道你就不為你自己感到羞恥嗎？難道趙先生一頭撞死在石碑前的時候，你就不為自己感到羞恥嗎？」

小堀一郎大吃一驚，這樣的爆發力，完全是日本女人式的。戰爭初起時他在本土的大型集會上看到過許多這樣大聲喊叫的女人，可她們喊著的口號是天皇萬歲和皇軍萬歲，與這個女人恰恰背道而馳。

小堀一郎從茶几後面慢慢地站了起來，現在他明白，這個女人是絕不會按照他的意願行事的了。

從現在開始，他應該放棄她是一個日本女人的念頭，她不是他的同胞了，她是一個徹頭徹尾的中國人。

他說：「看樣子，你和你的那位杭嘉和一樣，是不準備回去了。」

「我既然已經來了，必然就做好了回不去的準備。」葉子傲慢地回答。她的酷似老師羽田先生的神情，使他既痛恨又欣賞。他想緩解一下他們之間那種劍拔弩張的氣氛，便重新坐回到茶几後面，調整了一下語氣，才說：

「你太緊張了，我並沒有要扣留杭嘉和的意思，我只是請他明天夜裡到茶樓去與我下一盤棋。我一直聽說他有很高的棋藝，還沒有領教過呢。過不了幾天，我就要上前線了，我得把在杭州該幹的事情都幹完了，否則我會遺憾的。」

「——你不是想和他下棋，你是想讓他死——」

「我就是想讓他死，又怎麼樣呢！」小堀一拍桌子，勃然大怒。

「那麼你也會死的！」

「你以為我會怕死？」

「我知道你不怕死，但是你不想回日本去，你想死在中國。我知道，你想死在中國！」

「我想死在戰場！」

「不，你是想死在中國！你曾經偽造身世，才進入陸軍大學，才娶了你現在的妻子。你的底細我早已告訴國內密友。你要殺了嘉和，這封信立刻就會公開，軍事法庭立刻就會把你召回國內。我列舉的你的許多罪狀，是足夠處你以極刑的！」

小堀一郎氣得渾身發抖。他唯一還能在中國實現的這點願望——死在中國這祕密，被這女人一語說破。他恨她！他恨這個同胞，恨這個茶道老師的女兒，甚至超過恨中國人。茶几上放著那隻唐物石茶臼，他一把抓過來想朝那女人劈頭蓋臉扔去，結果卻大吼一聲，猛力朝茶几砸去。只聽嘩啦啦猛響一陣，茶几竟被生生地砸成兩半。茶几上的茶杯蹦跳到了地上，茶水流了一地。

葉子緊緊地閉住雙眼，雙手抱在胸前，她的全身也開始顫抖。不知過了多久，她聽到那個聲音再一次向她發出低吼：「現在，你還以為我是要死在中國嗎？」

葉子顫抖地睜開了眼睛，鬆開了手，茶神陸鴻漸像泛著白光，靜靜地靠在主人胸前。葉子的嘴唇哆嗦著，緩緩地點點頭。

小堀一郎似乎因為那猛烈的發洩而喪失了元氣。一股巨大的疲倦驟然向他襲來，他就一屁股坐在了那破茶几的後面，冷漠地問：「既然如此，你為什麼不早早地就告發我呢？」

葉子看看他，不再回答。

「是因為他？」

他們兩個都知道「他」是誰，但他們都不願意把那個名字從心裡吐出來。

「知道我會怎樣處置你嗎？」小堀這一次是自問自答，「我要把你送回國內去，就像你們把那個女孩子送到梅家塢去一樣。我要讓你知道，什麼叫生離死別，什麼叫可望而不可即……」

百年茶樓，今夜一片肅穆，樓上樓下一片燈火通明，卻看不到一個人。人還沒有開始來呢，只有老吳升悄悄地坐在樓上臨湖的欄杆旁。

湖上，淅淅瀝瀝的雨下起來了，聽得出它們打在殘荷上的聲音。老樓在風雨中飄搖，也發出吱吱呀呀的響動。那是不祥的預兆——有什麼不祥的事情又要發生。

今夜，小堀要在這裡與嘉和對弈。小堀還專門派李飛黃去找一批觀棋的中國人。躺在床上犯病的嘉喬，一開始還不明白，為什麼下棋還要弄一批人觀戰。老吳升說：「那都是人質啊，小堀要是下輸了，他會把我們都給殺了的。」

嘉喬聽到這裡，渾身上下就又痛了起來。剛才他又喝了一些老吳升熬的中藥，這一次不但不止痛，反而變本加厲起來。在這樣下雨的夜裡，他難受得幾乎就不想活了。他說：「爹，你給我一些鴉片吧，吃了止痛。」

吳升搖搖頭，說：「我不給。」

嘉喬突然就朝他乾爹拔出槍來，他的聲音鬼哭狼嚎，叫得十里路外都能聽見：「媽的我恨你！都是你害的我！你給我吃的是什麼藥，分明是毒藥嘛！」

老吳升照樣一聲也不吭，嘉喬就繼續叫著：「你給我鴉片，現在就給，你給不給？你給不給？說，你給不給！」

老吳升突然說：「你痛了還能叫，吳有被日本佬打死，連最後一聲叫我都沒聽見，你跟他一命抵一命才划算！」

嘉喬早已被寵養成的驕橫，在犯病時已經發作成另一種病態。聽了吳升的話，他一下子就從床上跳下來，舉著槍上前，用那隻沒有舉槍的手，對著吳升的臉一陣亂抽，一邊抽一邊叫道：「你敢再說一遍！你敢再說一遍！」

吳升的老太婆從裡屋出來，看到嘉喬這副樣子，嚇得也是一聲狂叫：「嘉喬你瘋了，你抽的是誰？他是你爹啊！」說著就上去一把抱住嘉喬。

誰知嘉喬渾身痛得什麼也顧不上了，一把推開了那老太婆，發了紅的眼睛睜得大大的，叫道：「誰他媽的是你們的兒子，誰他媽的是我的爹！我的爹姓杭，早被你們吳家逼死了！」

老太婆聽了此言，真正可以說是如被天打五雷轟一般，一把撲過去抓住老吳升的領口，哭叫道：「老天爺啊，老天爺你開開眼吧，你看看我們養了一條什麼樣的惡狗啊！」

吳升嘴角流著血，被嘉喬打得氣都喘不過來了，但還能連連無力地點著頭，斷斷續續地說：「打得好——打得好——打得好啊——」

嘉喬像一條狂犬，在他的吳山圓洞門裡翻箱倒櫃起來。他曾經記得，父親有過一包雷公藤，那是著名的毒藥，人稱「斷腸草」。吃一點點，人就要中毒，多吃一點，那可就要當場斃命的了。

可是他怎麼找也找不到，氣得他眼冒金星，出來一把抓住吳升老婆，吼道：「說，斷腸草到哪裡去了？」

老太婆哪裡曉得什麼斷腸草，她也從來沒有看見過嘉喬的這副吃相，一時嚇得話也說不出來，只是指著吳升說：「你問你爹，你問你爹吧。」

吳升這才站了起來，一邊擦著嘴邊的血，一邊說：「早就被人家用完了……」

「用完了……」嘉升悽慘地重複了一句，「就是說，我連死都死不成了——」

「人要死，還怕死不成？西湖又沒有加蓋！」老吳升突然說。

嘉喬變了形的臉一步步地朝吳升逼來，槍就一直逼到了吳升的腦門子上。吳升的眼睛就閉上了，心裡想：報應啊，報應到底還是來了……

吳升老婆卻一下子跪在了嘉喬腳下，邊磕頭，邊哭著說：「喬兒，喬兒，看在我們養你那麼大的分上，放我們一條生路吧——」

話音未落，只聽砰的一響，老太婆嚇得一聲噤住，哭都哭不出來。怔了不知多少時候，才大叫一聲：「老頭兒啊——你死得好慘啊——」

但見那老頭兒卻也不曾就地倒了下去，直直地站著，眼睛瞪得老大，一副痴呆相。這才曉得，嘉喬到底還是沒朝吳升的腦門子上打，那一槍是打到天花板上去了。

嘉喬看著半痴半呆的老太婆，吼了一聲：「滾！」

老太婆連忙說：「就滾！就滾！」拉著老頭兒朝裡屋走。老吳升卻停住了看著嘉喬，說：「喬兒，你吃了我的中藥吧，這可是解毒的，爹不騙你！爹還想讓你活啊！」

嘉喬突然大笑起來，他找到鴉片了，他可以止痛了。一次一次地被吳升哄著吃藥，他已經不相信有什麼作用。他揮著槍說：「快走吧，該上哪裡就上哪裡去，別在我眼前晃，我再發起火來可就顧不得了。」

吳升拿手遮著自己的眼睛，哭了起來，叫道：「喬兒，爹是真的想讓你活啊……」這麼說著，到底還是跌跌撞撞地走出去了。老太婆深一腳淺一腳地跟在雨巷中走著的吳升後面，哭著說：「老頭兒啊，我們走到哪裡去啊，吳有也被日本佬打死了，吳珠好好的人不做要去做婊子。活了這把年紀，杭州城裡也算是有頭有臉的人了，我們總不好讓婊子養我們吧，你叫我們去哪裡啊……」

吳升半推著老太婆，往秋雨中走去，邊走邊說：「走吧，走吧，天無絕人之路啊——」

在蒼茫的夜色中走出好遠，老太婆還沒有忘記回過頭來看看她的吳山圓洞門，一邊說：「造孽啊，活了這把年紀，還要被做兒女的趕出來，造孽啊——」

吳升卻說：「沒有被他打死就是福氣了！」

「這個漢奸，還是人嗎？連自己娘都敢殺。活一天，好人的命就在他手裡攥一天，不如早早死掉才好呢。」

吳升聽到這裡，突然站住，捶胸頓足起來：「喬兒啊，我心疼你啊，喬兒啊，我、我、我——」

他拔腿就往回走，走幾步又倒了回來，好像神志又清醒了一些，輕聲對著老太婆的耳朵說：「你知那斷腸草到哪裡去了嗎？實話告訴你，都讓我給他下到茶裡面去了。」

這一句話，嚇得老太婆腳底打滑，渾身上下就軟了下去。

「你，你你你你——你給他下了毒——」

「也不是這一日了。」吳升嘆了口氣說，「從他弄死沈綠愛開始，我就開始給他茶裡頭下毒。原本只想放一點點，只讓他吃了身子虛了，沒法出去做壞事便可。沒想到他執迷不悟，你沒見他時好時壞的，我也下不了這個手啊。直到那個小堀打死了吳有，我才發了狠心，給他往茶裡多放了一點。吳有是我的親骨肉，他再壞，也是被嘉喬這個壞種帶壞的。如今他被日本佬打死了，嘉喬卻還照樣當日本佬的狗，我氣不過。可我沒想要他死，只想讓他少動彈少造孽啊！」這麼說著，老頭子就嗚嗚嗚地哭了起來，老太婆也哭了，說：「老頭兒，我今日才算識得你……」

突然他們似乎聽到了悶悶的一聲，兩個人都嚇了一跳，不知是不是槍聲，嘉喬會不會……許久沒有動靜，吳升便又頓著腳朝吳山圓洞門哭，一邊哭一邊叫著：「喬兒你可不能死啊，喬兒你可不能死啊……」

這麼哭著，卻又倒走著，一步一步地走遠了，到他的昌升茶樓，作最後的告別去了……

被李飛黃捋捋刮刮弄到茶樓來的觀戰者，真正可以說是雜七雜八。比如當年曾在三潭印月島上給杭家少爺姑奶奶泡茶的周二就被拖來了。當然也有主動來給嘉和助威的，比如陳揖懷，那就算是人品高的了。說到人品差的，比如竟還有那當年偷了杭家衣物的扒兒張，見了杭嘉和就磕頭，邊磕頭邊說：「杭老闆杭老闆，你今日裡可要給我們中國人爭口氣啊，你贏了，我就把那張〈琴泉圖〉還給你——」

杭嘉和想，〈琴泉圖〉到底還是在他手裡啊，卻說：「我若輸了呢？」

「輸了我就不管你了，誰叫你輸的！誰叫你不給我們杭州人爭面子的！」

李飛黃聽了生氣，指著扒兒張，揮手說：「走，走，走，你到這裡湊什麼熱鬧？你當是從前喜雨臺杭州人下棋打擂臺賽啊。嘉和你可不要聽這賊骨頭胡說，他這是要你出人命呢。」

「不要給我攪五攪六了，不過是下棋，難不成誰輸了誰賠一條人命？」扒兒張是個混混，說話一向沒輕沒重的。

陳揖懷在旁邊，看嘉和一聲不響，就對扒兒張說：「今天夜裡這局棋，你們只管看著，千萬不要添亂。雖說不是一條人命，也是跟人命差不多。誰輸了，誰要斬掉一根小手指頭。」

李飛黃也說：「嘉和，老同學，今夜這局棋，你是萬萬不可贏的。你若真贏了，那小堀豈不是得斷手指頭？他哪裡會真正斷手指頭，說不定他的手指頭沒斷，我們這些觀棋的倒要先斷了人頭，你若輸了，小堀倒不見得真會要你的手指頭。他不過是爭口閒氣罷了，你也不用當真——」

「——煞屁！」李飛黃的話還沒有說完，就被扒兒張攔腰斬斷，點著李飛黃的臉就拍手打快板——

煞屁臭，抓來灸，
灸灸灸不好，肚裡吃青草，
青草好餵牛，牛皮好繃鼓，
鼓裡鼓，洞裡洞，哪個煞屁爛洞孔。
……

茶樓裡等著日本人來下棋的所有的中國人，甚至包括李飛黃，包括杭嘉和自己，也都忍不住笑了起來。虧得這個扒兒張，這種人命關天的時候，他還會想起那麼一段杭諺來挖苦李飛黃。杭嘉和指著扒兒張說：「好哇，果然我的圖就在你那裡，你倒是有本事，藏到今天才說出來。」

扒兒張指天咒地地說：「老早就想還你的了，只是擔心你燒了一回自家的大院，會不會又燒了我送回去的畫。那就太不划算了，還不如留著給我自己救急好呢。」

「既然這樣，怎麼這會兒你倒說出來了？」陳揖懷問。

扒兒張豎起大拇指，一直晃到杭嘉和眼前，高聲說：「你不曉得還是假痴假呆？人家杭老闆，今天有膽量到這裡來和日本人對棋，他就是杭州人裡的這個！我怎麼還好偷人家的東西，你們說是不是？」

大家又都笑了，第一次發現了扒兒張也有可愛的時候。嘉和就說：「扒兒張，你記牢，我若日後不能跟你回去拿我的圖，你得親自給我送回杭家去，說話要算數。」

他是帶著笑說這話的，但聽的人大多一下子溼了眼眶。只有扒兒張開心地回答：「杭老闆你放心，我一定送到你手裡。不過我們有言在先，今天夜裡你可是一定要贏了那日本佬兒東洋鬼子的——」

這麼說著說著他就停住了，發現大家的臉都繃得緊緊的，回頭一看，面孔也微微有些發白了，他的身後，站著的正是神情淡漠的小堀一郎。

為什麼要在這樣一個夜晚來到這裡？為什麼要與這樣的一個人對弈？小堀一郎看著一屋子的穿長衫套短褂的中國人，自己問自己。他看到那個人——他的對手，正坐在那邊窗口的茶桌下，他的半被暗色遮蔽面孔的神情令他難受。他不得不承認，自己一點也不想見到這個人，他不得不承認——他只是想體面地離開。

他使了一個眼色，有人就搬上了棋盤——縱橫十九條平行線，構成三百六十一個交叉點，三百六十枚棋子，分黑白二色，安安靜靜地躺在茶樓的燈光之下。他站了一會兒，看上去從容不迫，在心裡卻有些不安。那個男人並沒有站起來迎接他——是的，他已經習慣了被迎接，他一時不知道，在大庭廣眾之下怎麼主動地去和中國人對話。

他終於走上前去了，站到了杭嘉和面前，面帶和氣地說：「對不起，我來遲了一步。」圍坐在這個人身邊的人，一個個神色肅穆地離開了茶桌。現在，他看清了，其實這個人一無所有，除了眼前的一杯茶，茶煙在昏黃中極慢地繚繞著。這個人沉默不語，慢慢地，端起茶杯來，飲了一口，又飲了一口。

這個人的態度令人焦慮。他解下軍刀，放在一旁空著的椅子上，坐在他對面。有人送上來一杯茶，現在他們兩人就慢慢地品起了茶。

茶樓裡燈火通明，聽得到外面淅淅瀝瀝的雨聲，時間過得很慢。小堀感到了無趣，他又揮揮手，棋盤就移到了他們坐的桌面上。

他終於說：「怎麼樣，來上一局？」

嘉和沒有開口，只是用手指輕輕地叩著桌面，叫了一聲：「吳老闆……」

吳升親自拎著大銅茶壺上來，為他兌了水。嘉和還和他打了一個招呼：「淺茶滿酒，夠了。」

小堀的怒氣開始升上來了。他本打定主意，今夜不再放出心裡的魔鬼，但他控制不住。他說：「杭先生，請問誰執白？」

杭嘉和搖搖頭說：「我不執白。」

「你是讓我執白，你執黑？」

「我也不執黑。」

小堀微微愣了一下，明白了他的意思，嘴角輕輕抖了起來。他說：「請問……杭先生的微言大義？」

「我沒有微言大義。我不會下棋。」

聞言，小堀的臉都歪了，卻很快仰身哈哈大笑起來：「你不會下棋，你竟會當著你的那麼些同胞面說自己不會下棋，難道你也怕斬手指頭？你放心，我不會──」他突然止住了大笑，指著周圍的人問：「你們呢，你們呢，你們都不會下圍棋嗎？都不會下你們中國人發明的圍棋嗎？」

他的目光就逼住了李飛黃。李飛黃拱著手說：「不是不會下，是在你太君面前怯了場，不敢下了。」

小堀是想下臺的，從杭嘉和的目光裡他已經明白，這個人，今天是不打算回去的了。可是他並沒有想要他死的意思，他不想見到他，但是他並不討厭他，他恨這個人，但他看得起他。

他的話鋒就這樣移到了李飛黃身上，微笑著說：「李教授，杭老闆是真的不會下，你可是怯場，你替杭老闆上吧。」

李飛黃一邊勉強笑著，一邊搖手說：「我是真的不行，多年不下了，抱歉抱歉。」

小堀突然抬高聲音，用日語叫道：「李飛黃，你好不識抬舉！」

李飛黃面孔一下子煞白，張皇地四顧著，臉上掛著比哭還難看的笑，說：「我的確是不會下的了，不信你問問各位，我真的是多年不下了。」他順手就拉住了扒兒張，求救似的搖著，臉上幾粒淺淺的麻子也漲紅了。

扒兒張先是莫名其妙地看著李飛黃，然後大概是從他懇求的目光裡悟出了什麼，張口就說：「太君，他真的不會下棋。」

「你知道他不會什麼，他會什麼？」小堀冷笑著問，他已面露殺機，但扒兒張卻不會察言觀色。

「他會——他會彈琵琶！」扒兒張一拍腦袋，指著李飛黃的臉說，「太君你看，他臉上有麻子，有麻子的人會彈琵琶。」

他就拍著手又呱嗒呱嗒念了起來：

麻子麻，彈琵琶，
琵琶彈到天，做神仙；
彈到地，做土地；
土地娘娘轟的一個屁，麻皮彈到茅坑底！

他一邊念著，一邊用手指將一個個人點過去，念到「茅坑底」時，正好指到小堀一郎的臉上。所有的人都愣住了，然後，是無論如何也憋不住的大笑。小堀不太能聽懂杭州話，但他感覺到這些中國人在取笑他。他側過臉來，用眼睛的餘光看著他的對手，他彷彿穩坐釣魚臺似的，正在微笑。他的微笑，像利刃一般穿透了他寒冷的心。在這個熱鬧的中國茶館裡，他感到前所未有的孤獨。他憤怒地抓起一個茶杯就往地上摔，一下子就止住了所有的笑聲。但扒兒張卻慢了半拍，剛才大家笑的時候，他還沒有反應過來，現在人家不笑了，他卻突然真正感到了好笑。他就哈哈地獨自笑出了聲，第二串笑聲還沒煞尾，只聽悶悶的一聲，他的胸口好像被人拍了一下。他還想回頭看看，突然覺得心口劇痛，低下頭，他嚇壞了，血像什麼似的滲了出來，再一抬頭，他看見小堀一郎手中的槍還冒著熱氣，他就一下子叫了起來：「杭老闆，日本佬打我——」沒說完就癱了下去。

誰也不會想到，包括小堀一郎自己也沒有想過他要開槍。大家都被這突然發生的慘劇震住了，小堀幾乎和嘉和同時衝了上去，嘉和一把抱住了倒在地上的扒兒張，只聽到扒兒張嚥氣前的最後一句話：「日本佬打我——圖……在……你……枕頭下……」

從來沒有發生過這樣的事情。小堀一郎半跪在地，抬起頭，面對嘉和，竟面色倉皇，結巴了起來：「我……沒想……打死他！沒想……」

然後，他看見那雙發燒發怒的眼睛，他聽到那人咬牙切齒地朝他輕聲吼了一聲：「殺人犯！」小堀迅速而絕望地冷靜下來，傲慢地離開了這一攤中國人的血，他知道他又欠下了一筆血債。然後他說：「繼續下棋。」

等杭嘉和抬起頭來的時候，被槍聲招來的憲兵們，已經裡裡外外地包圍了昌升茶樓。小堀的目光，從剛才的猶疑變成了現在的殘忍——那種豁出去準備開殺戒的冷酷。

所有在茶樓裡的中國人，都被日本憲兵團團圍住，動彈不得。杭嘉和挺直了腰，說：「把他們都給我放了，我和你下這盤棋。」

現在，茶樓裡只有三個人了。他們是杭嘉和、小堀一郎、茶樓的主人老吳升。

老吳升看著這兩個人對峙在這一盤棋旁，他們的身下是一攤攤的血水和茶水，老吳升的眼睛也在出血了。雖然他不明白為什麼小堀一郎非得要和嘉和下棋，但他曉得杭嘉和為什麼說他不會下棋——他很懂他們杭家人說話的風格，杭嘉和是在對這個日本鬼子說——你沒有資格做我的對手！我絕不和你下棋！

他看見他們兩人在一支燭光下的對峙，他聽見那個日本佬從牙齒縫裡擠出來的聲音：「現在你就不怕斷了你的手指頭？」

然後，他看見杭嘉和輕輕用他長衫的袖口一抹，三百六十粒黑白棋子就嘩啦啦地落下了地。有一粒白子，劃了一條很長很美的弧線，一直滾到了他腳下的血泊中。

然後，他就看到他們兩人對峙得更近了，他聽見那日本佬舉起放在桌上的軍刀，幾乎是意味深長地說：「你輸了……」

然後，他就看見嘉和接過那把軍刀，一聲輕吼，手起刀落，血光飛濺，他竟生生地劈下了自己左手的一根小手指。吳升看到一股血噴了出來，一直射到了剛才扒兒張流淌的那攤血上。

現在，他們三個人都在深秋的西子湖畔發起抖來，血在他們之間噴湧著。小堀一郎面無人色地站著，一言不發，誰也不知道他內心被震撼的程度，在場的人只看到他搖搖晃晃地映在茶樓牆壁上的身影，這個身影在顫抖中低矮了下去，融入黑暗中，終於消失了……

另一個因為痛楚而挺直高拔的身軀，咬緊牙關，默默無言，也在顫抖中倒了下去，就倒在腳下的那攤血水和茶水之中了……

那個見到了這一切的老頭兒，半張著嘴，撲過去背起了倒下的人，也撲倒了那個燃燒的燭臺……

那天夜裡，杭州城沿西湖一圈住著的居民們，有許多人都看到了湧金門外的那場大火，他們眼睜睜地瞧著這百年茶樓在黑夜裡化為灰燼——火焰沖天，又倒映在西湖水中，悲慘而又壯美極了。

尾聲

公元一九四五年八月下旬，浙江天目山中那佛門破寺，依舊一片安寧。狂歡的日子剛過去，十二歲的越兒已經平靜下來了，正和燒窯師傅耐心地等待著一爐即將開啟的天目盞窯。

這些天目盞與平日的碗盞倒也沒有什麼特別大的區別，只是在每一隻碗的足圈底部燒上了「抗戰勝利」四個小字。這四個字還是越兒請阿哥忘憂寫的。越兒雖然在忘憂的教導下也能識得一些字，但他幾乎不能寫。哥哥忘憂告訴他，日本人到底投降了，他們可以回杭州了。

「那我們什麼時候走？」越兒立刻興奮起來，他年少單純，和忘憂那「近鄉情更怯，不敢問來人」的心情，到底是不一樣的啊。

忘憂說：「再等一等，再等一等，會有人來接我們的，會有人來接我們的……」

「是那個吹口琴的杭憶哥哥嗎？」

忘憂不想讓李越看到他內心的擔憂。他惴惴不安，夜裡噩夢不斷，他害怕自己心裡的那份對死亡的預感。彷彿為了趕走這種鑽進了心裡的不祥，他就爬到大白茶樹上去摘夏茶了。夏天的大白茶樹，長得和一般的茶樹一模一樣，鬱鬱蔥蔥的一片。他天天靠在大枝杈上，一手握著口琴，朝另外一隻手心敲打著。他在天光下睜不開的眼睛，瞇成了一條線，一直望著向山外去的小道，目光很久不轉動一下。

有時候，越兒從窯口回來，站在大茶樹下，就拍著樹幹問：「大茶樹，大茶樹，吹口琴的哥哥會來接我們嗎？」

當他第十次這樣問的時候，遠處山道上，終於有幾個人向他們走來了。最前面的是個年輕女人，背上背著一個小男孩。忘憂的心狂跳了起來，絕望和希望，把他的喉頭塞得喘不過氣，蒼白的手也控制不住地發抖。然後，他把口琴貼到了脣邊，耳邊，顫巍巍地響起他從小就熟悉的曲子：

蘇武留胡節不辱。
雪地又冰天，窮愁十九年。
渴飲雪，飢吞氈，
牧羊北海邊。
……

然後，他看到那個年輕的女人來到了大茶樹下，對著樹喊：「是忘憂嗎？」

忘憂就從樹上溜了下來，面對那女人站著。他聽到大茶樹颯颯地抖動著，他什麼都明白了。

那女人卻把背上的小男孩放下，推上前去，說：「這是你的忘憂表叔。」

忘憂蹲了下來，問小男孩：「你叫什麼名字？」

小男孩猶疑了片刻，輕輕地說：「得茶。」

「得茶？」

「就是『得茶而解』的茶嘛。」小男孩老三老四地解釋，卻眼饞地盯著忘憂手裡那個奇怪的會發出聲音的東西，對背他的女人說：「茶女阿姨，我要……」

忘憂就把口琴放到了他的小手裡。小男孩急不可待地胡亂吹了起來，一邊吹一邊奇怪地看著周圍的大人，他不明白，為什麼大人們突然都流出了眼淚。

從天目山中白茶樹下出發，向著千山萬水之外中國的大西南而去，一直走到雲貴高原，一直走入熱帶叢林，走入古代茶聖陸羽所說的古巴蜀的陽崖陰林中去——你發現茶的身軀，正在隨著故鄉的接近而越長越威風，它們向著高高的藍天伸展大枝，像巨無霸，像童話中那些搖身一變的神怪。他們是生長得多麼遙遠的大茶樹啊，遠得就好像長在地平線之外了。

那一天，就在那株西雙版納的大茶樹下，同樣是三歲的小男孩小布朗，正在樹下玩耍。有一片大茶葉子飄下來了，像蝴蝶在飛。他在樹下跳跳蹦蹦地抓它，一抓，抓到了一個大怪物。

這是一個多麼高大的破破爛爛的大怪物啊。渾身上下漆黑，只有眼球是白的。那個怪物還會說話呢，他說：「孩子，你媽呢？」

小布朗聽不懂他的話，他嚇哭了，叫著：「邦崴伯伯，邦崴伯伯——」

然後，一個穿著布朗族服飾的年輕女人，從樹下的茅棚中出來了。她盯著那個怪物看了好一會兒，才輕輕地說：「小布朗，爸爸回來了，小布朗，爸爸回來了，叫爸爸吧，爸爸回來了……」

日本在華作戰軍人小堀一郎卻是在更晚一些的時候，陪著他的上司、日軍第一三三師團師團長野地嘉平從戰場上回到杭州的。八月十五日，日本天皇正式宣布無條件投降，九月二日，日本投降的簽字儀式在停泊於東京灣的美國旗艦密蘇里號上舉行。今天，九月六日，小堀一郎要參加的，卻是中國戰區十五個受降區中的第六受降區的受降儀式了。

宋殿，出杭州城不過幾十公里，離它的轄區富陽縣城不遠，曾是日軍一四四師團在杭州地區的特工據點之一，可謂碉堡林立，戰壕縱橫，特務如蟻，軍犬成群，還有專門丟中國人屍體的千人坑。沒想到，這一日卻成了日軍俯首舉手投降的日子。士兵們對天皇宣布的無條件投降的詔令反應激烈，剖腹自殺的也不止一個兩個。那些渴望早日回家的士兵，雖然已經放下了武器，但兩手空空的他們依然站得筆挺，有的人手裡還拿著一支平日裡訓練刺殺時用的木頭槍，以顯示敗軍之兵最後的氣概。

這些情狀，在同僚眼裡，或許還有幾分無可奈何花落去的傷感，但在小堀看來，卻只是無聊荒誕之舉。甚至那使日本人丟盡臉面的受降過程，也不曾使小堀內心泛起什麼感情的浪花。

作為日軍敗將的一員，他一直跟在受降人員後面，同車到達宋殿的地主宋作梅家門前的空地上。他看見了那個臨時搭起來的受降臺，上面所設的圓桌，為中方的受降席，臺下所設的菜桌則為日方的投降席。他還看見臺上懸掛著的中、美、英、法等盟國戰旗，他也看見了半降著的日本國旗。他看見那些從降旗下走過的一張張陰沉的臉——野地嘉平、樋澤一治、達國雄、大谷之一、道佛正紅、大下久良、江藤茂榆……這些人，包括他自己，一個個，曾經是何等的「痛飲狂歌空度日，飛揚跋扈為誰雄」哪！而今，卻真正是羽扇綸巾一揮間，強虜灰飛煙滅了。

從宋殿回來，他就去了梅家塢，他知道，那個姑娘不但沒有死，反而活得越來越健康了。而他，卻是注定要消亡的了。他一點也不懼怕這種消亡，只是在此之前，他還有些東西要交給那姑娘罷了。

初秋並不是植樹的季節，但蘇堤上人聲鼎沸，許多杭州人都背著鐵杴鋤頭來了，他們是來挖那年日本人逼著他們砍去桃花後種下的櫻花樹的。八年的櫻花，也已經長得很美麗很繁華了，卻經不起遷怒於它們的杭人的砍伐。一些人在齊根處砍了之後，另有一些不解氣的人過來，使勁地挖那些已經扎得很深的根。

在這些人中，又有一個瘋瘋癲癲的半老頭子，穿著一件已經看不出顏色的破長衫，一邊喊叫著勞動號子，一邊竄來竄去地指導別人如何才能把樹根全部挖出來，看上去他和那些櫻花有著特別的深仇大恨似的。

他的目光執著，有一種明顯的痴呆。別人一邊推開他的熱心指導，一邊說著：「去去去，那年種櫻花也是你最積極，如今砍櫻花又是你最積極了。怪不得家裡沒人再跟你過呢，誰知你是真痴真呆還是假痴假呆！」

杭嘉和與陳揖懷，兩人加起來也只有一雙好手，此時，倒也安安靜靜地掘著一株櫻花樹。挖著挖著，陳揖懷感嘆起來，說：「桃又何辜，櫻又何辜，都是人作的惡啊……」

正那麼說著，就見痴呆者跑了過來，盯著他們直嚷：「人面不知何處去，桃花依舊笑東風！聽見了沒有，不是櫻花依舊笑東風，是桃花依舊笑東風！是桃花依舊，是桃花依舊，是桃花依舊……哈哈哈哈……是桃花依舊……」他就那麼嚷著叫著，手舞足蹈，在蘇堤上一路癲狂而去了……

陳揖懷說：「日本佬投降那天，我還看見他在門口放鞭炮，神志清爽著呢，怎麼說瘋就瘋了呢？不會是怕別人把他當了漢奸處置，裝瘋的吧？」

杭嘉和看著他的背影，好半天才說：「這一回李飛黃可是真瘋了。你還不曉得吧，他的兒子李越跟著忘憂從山裡出來，聽說父親跟過日本佬，死活不認。前日西泠從美國來信，把兒子的姓都改了，如今李越也不叫李越，叫方越了，吃住都在我家，倒把我叫起爸爸來。你看，李飛黃這個人，要說學問，他和小堀也都算是學富五車了吧，可是打起仗來，學問到底做什麼用場呢？」

陳揖懷卻手搭涼棚說：「你說起小堀，倒叫我想起來了。你看那邊湖上小舟裡，只坐了一男一女。

我看那女的像盼兒，那男的倒是像那個小堀呢。」

嘉和也朝那邊湖上望了一望，說：「就是他們。小堀要見盼兒，說是要把那隻曼生壺和一塊錶託付給她。」

陳揖懷吃驚得連手中的鋤頭柄都鬆掉了，用他那隻好手指點著嘉和的臉，說：「你、你、你，你怎麼敢讓他們兩個坐到一起？那個魔鬼，槍斃十回也不夠。他不是戰犯，誰是戰犯！」

嘉和仰起臉來，瞇縫著眼睛望著湖面。平靜的湖水間，有一隻鳥兒擦著水面而過……他說：「已經做了魔鬼，最後才想到要做人……」

「想做人？想做人也來不及了！」

「是啊……來不及了……」嘉和朝陳揖懷看看。揖懷突然大悟，說：「趙先生若能活到今天——」

「——揖懷！」嘉和捶了一下鋤頭柄，陳揖懷立刻就收了話頭，他知道自己是犯了大忌了。

好半天，才聽嘉和說：「……不可說啊……」

他們兩人說完了這番話，就呆呆地坐在了西湖邊，望著裏西湖孤山腳下那一片初秋的荷花。陳揖懷怕嘉和觸景生情，想到已經犧牲三年的杭憶，便把話題繞到葉子的兒子杭漢身上，說：「杭漢有消息嗎？他也該是回來的時候了。」

提到漢兒，嘉和面色舒展了許多，說：「剛剛收到他的信，這次是要回來一趟了，說是還要帶著他的那個妹妹一起回來呢。你看，抗戰剛剛勝利，他們的那個茶葉研究所就被當局撤了移交給了地方。還是吳覺農先生，說是要把他們這兩兄妹一起接到上海去，搞個茶葉公司，自己來幹。這趟漢兒回杭，是要與我們商量此事呢。」

「不是說寄草和羅力也一起回來了嗎？」

「正在路上呢。想不到吧，寄草也有一個兒子了，和得茶差不多大，這下兩個孩子可以做伴了。」

「想不到，想不到！」

「想不到的事情還有。因為嘉平和茶業沾了那麼一點關係，這次隨了莊晚芳先生一起到臺灣接收日本人投降時交出的茶葉行了，一時還回不了杭州呢……」

陳揖懷聽了不由大為振奮，說：「再過幾日，葉子也能到杭州了，真是喜訊頻傳啊。看樣子，忘憂茶莊劫後餘生，又可以開始振興了。你們杭家雖說曾經家破人亡，到底撐過來了……」

話還沒說完，就見湖上一陣大亂，有人尖叫：「有人落水了，有人落水了，有人跳到水裡去了——喂，喂，那邊船上的女人，你怎麼不叫人去救啊！你怎麼不叫人去救啊！來人哪——」

所有岸上挖櫻花樹的人都紛紛放下鋤頭，衝到湖畔。有幾個性急的小夥子就要往水裡跳。

再聽湖上有人叫：「別下來，這是小堀一郎，是日本佬兒，到西湖來自尋死路的！」

偌大一個西湖，都被這突如其來的自殺事件震驚了。西湖和西湖邊所有的人一樣，一下子屏住了呼吸。就只見湖中心一隻孤零零的小舟，舟上一個孤零零的女人，女人懷裡一把孤零零的曼生壺，壺裡一隻懷錶，還在孤零零地響——嘀嗒嘀嗒，嘀嗒嘀嗒……

整個下午杭盼都和小堀一郎在這條船上，他們一直沒有說話。偶爾，當杭盼抬起頭來時，她會與小堀一郎的目光相撞。小堀的目光很用力，他一直在緊緊地盯著杭盼，想著心事。直到剛才，小堀看著前方，突然說：「那是蘇曼殊的墓。」

她抬起頭來看看他，他的眼睛溼溼的，像是兩坨正在融化的冰塊。

「感謝你接受了我的邀請。」他有些笨拙地說道。

「我父親說，不用再怕你了。」

「噢。你父親……你父親……」小堀若有所思地朝堤岸上看，兩人又復歸於沉寂。「我要告訴你，我不能夠再活下去了。」小堀冷靜地對杭盼說。

杭盼抬起頭看看他，把曼生壺往懷裡揣了揣，才說：「我知道。」

「你知道？」小堀有些吃驚，「你知道什麼？」

「上帝創造了人，上帝也創造了愛。可是你想毀滅愛。你毀滅不了。你連你自己心裡的愛也毀滅不了——」

「所以我只好與愛同歸於盡了。」小堀彷彿談論別人的生死一般，淡漠地笑了一笑。他把鬍子刮得乾乾淨淨，套著那件他喜歡穿的中國長衫。

杭盼突然問：「這把壺是我家的，這隻懷錶是你的。你要我轉交給誰？」

小堀皺了皺眉，彷彿不喜歡這個問題，只是揮揮手說：「你要是願意就留下吧，也許有一天我女兒也會來杭州……」他搖搖頭不願意再說下去，卻問道，「要不要我送你上岸？」

盼兒再一次看著他，她從來也沒有發現他的面容會和另一個親愛的人那麼相像。他的胸口還貼著一張沾血的照片。一位少女，正在櫻花樹下微笑，那是趙先生的遺物。這麼想著的時候，她就緩緩地搖搖頭。

他看到她低垂著頭，他聽到她的喃喃祈禱：「我們在天上的父，願人都尊你的名為聖。願你的國降臨，願你的旨意行在地上，如同行在天上……」

岸上，突如其來地響起了一個瘋癲者尖厲的聲音：「不是櫻花依舊，是桃花依舊，是桃花依舊啊——哈哈哈哈……」

她終於聽到了他落水時的聲音。他在水裡掙扎，但又渴望永墜湖底，她能夠聽出這種心情。但她低著頭，只盯著手裡的曼生壺。……只能這樣了，願主免我們的債，如同我們免了人的債……救我們脫離凶惡……阿門……

西子湖三島蔥蘢，站在孤山頂上往下看，正好呈一「品」字，形成了中國古代神話傳說中蓬萊三山的格局意境。雖然三島歷經劫難，尚未恢復花容月貌，但迫不及待的杭州人，已經一船船地朝湖上擁去了。三潭印月我心相印亭前，坐著許多邊喝茶邊飽覽湖光山色的遊客。有人正在向他們介紹三潭印月的來歷，甚至一個日本佬兒的投湖自殺也不能打斷他們對良辰美景的欣賞——終於回來了，湖邊品茶的日子……

只有一張茶桌是空著的，每當有遊客想往上坐的時候，茶博士周二就認真地說：「客人，對不起，這張茶桌是預訂好的，我天天在等著他們來喝茶呢。」

「什麼時候訂的，怎麼天天都空著啊？」

「這句話說來長了——八年前預訂的。」

「哎喲，那還說得好啊？」

周二嘆了口氣，望望桌子和四張椅子，桌上四隻青瓷杯，早已放好了忘憂茶莊上好的軟新。周二想了想，拿起熱水瓶，挨個兒沖了四杯熱茶。乾茶浮了上來，熱氣騰騰，一股豆奶香撲鼻，一會兒香氣散了開去，融入湖上清新的空氣中。周二望著湖面，深深地嘆了一口氣，他自己也說不準，那些年輕人還會不會來喝茶。他還不知道，他們當中，有的人正走向湖邊，而有的人——他們永遠也不會再來了……

一九九七年五月三十日十二時二十分初稿完成

一九九七年十月七日十七時五分二稿完成

一九九七年十一月二十六日十八時四十五分三稿完成

一九九七年十二月十八日十八時二十分四稿完成

一九九八年三月十四日十三時五十分五稿完成

【茶人三部曲】人物關係圖

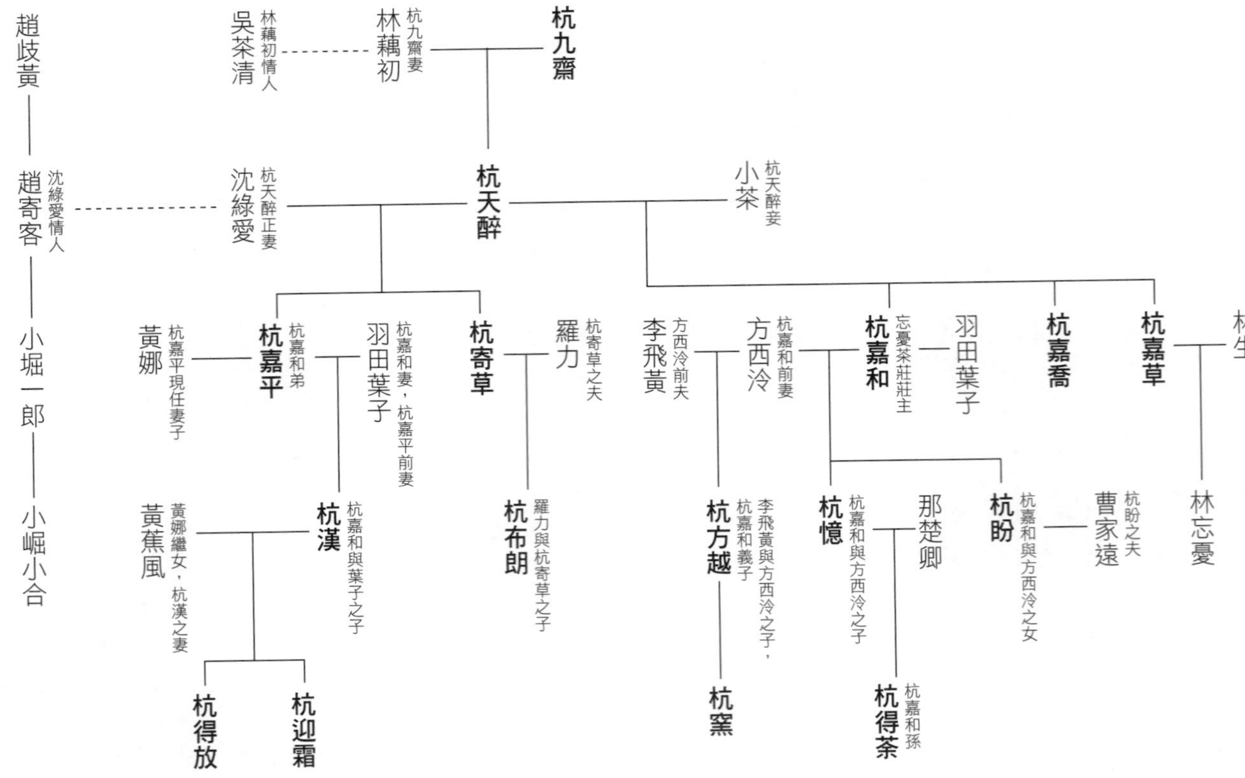

趙歧黃
趙寄客 沈綠愛情人
小堀一郎
小崛小合
吳茶清 林藕初情人
林藕初 杭九齋妻
杭九齋
沈綠愛 杭天醉正妻
杭天醉
小茶 杭天醉妾
黃娜 杭嘉平現任妻子
杭嘉平 杭嘉和弟
羽田葉子 杭嘉和妻，杭嘉平前妻
杭寄草
羅力 杭寄草之夫
李飛黃 方西泠前夫
方西泠 杭嘉和前妻
杭嘉和 忘憂茶莊莊主
羽田葉子
杭嘉喬
杭嘉草
林生
黃蕉風 黃娜繼女，杭漢之妻
杭漢 杭嘉和與葉子之子
杭布朗 羅力與杭寄草之子
杭方越 李飛黃與方西泠之子，杭嘉和義子
杭憶 杭嘉和與方西泠之子
那楚卿
杭盼 杭嘉和與方西泠之女
曹家遠 杭盼之夫
林忘憂
杭得放
杭迎霜
杭窯
杭得茶 杭嘉和孫

不夜之侯

作　　者　王旭烽
文字編輯　林芳妃
責任編輯　何維民

版　　權　吳玲緯
行　　銷　闕志勳　吳宇軒　陳欣岑
業　　務　李再星　陳紫晴　陳美燕　葉晉源
副總編輯　何維民
總 經 理　陳逸瑛
發 行 人　涂玉雲
出　　版　麥田出版
104台北市中山區民生東路二段141號5樓
電話：（886）2-2500-7696　傳真：（886）2-2500-1967
發　　行　英屬蓋曼群島商家庭傳媒股份有限公司城邦分公司
104台北市中山區民生東路二段141號2樓
書虫客服服務專線：(886)2-2500-7718；2500-7719
24小時傳真服務：(886)2-2500-1990；2500-1991
服務時間：週一至週五09:30-12:00；13:30-17:00
郵撥帳號：19863813　戶名：書虫股份有限公司
讀者服務信箱E-mail：service@readingclub.com.tw
麥田部落格：http://blog.pixnet.net/ryefield
麥田出版Facebook：http://www.facebook.com/RyeField.Cite/
香港發行所　城邦（香港）出版集團有限公司
香港灣仔駱克道193號東超商業中心1樓
電話：852-2508-6231
傳真：852-2578-9337
馬新發行所　城邦（馬新）出版集團【Cite (M) Sdn Bhd.】
41-3, Jalan Radin Anum, Bandar Baru Sri Petaling,
57000 Kula Lumpur, Malaysia.
電話：(603) 9056-3833 傳真：(603) 9057-6622
Email：service@cite.my

印　　刷　前進彩藝有限公司
電腦排版　黃雅藍
書封設計　楊啟巽工作室

初版一刷　2022年10月
定　　價　550元
I S B N　978-626-310-297-2

國家圖書館出版品預行編目資料

不夜之侯／王旭烽著. -- 初版. -- 臺北市：麥田出版：
英屬蓋曼群島商家庭傳媒股份有限公司城邦分公司發行,
2022.10
　面；15×21公分
ISBN 978-626-310-297-2（平裝）

857.7　　111012790